黎 言

著

江苏文艺出版社
JIANGSU LITERATURE AND ART
PUBLISHING HOUSE

图书在版编目（CIP）数据

老鼠仓 / 黎言著. 一南京：江苏文艺出版社，2014.3

ISBN 978-7-5399-7075-2

Ⅰ. ①老… Ⅱ. ①黎… Ⅲ. ①财经小说-中国-当代 Ⅳ. ①I247.5

中国版本图书馆CIP数据核字（2014）第027166号

书　　名	老鼠仓
著　　者	黎　言
责任编辑	郝　鹏　孙金荣
策划编辑	一　航
特约编辑	张　平
文字校对	孔智敏
封面设计	门乃婷工作室
出版发行	凤凰出版传媒股份有限公司 江苏文艺出版社
出版社地址	南京市中央路165号，邮编：210009
出版社网址	http://www.jswenyi.com
经　　销	凤凰出版传媒股份有限公司
印　　刷	三河市金元印装有限公司
开　　本	700毫米×1000毫米 1/16
印　　张	26
字　　数	396千字
版　　次	2014年3月第1版 2014年3月第1次印刷
标准书号	ISBN 978-7-5399-7075-2
定　　价	42.80元

（江苏文艺版图书凡印刷、装订错误可随时向承印厂调换）

引 子

------ • FOREWARD • ------

一

1998 年 9 月，新疆塔克拉玛干沙漠西端的库木库萨尔乡。

年近六十的阿里普大爷听到屋外一阵拖拉机响声，立即放下手中画笔，向门外走去。

艾里西尔，我的颜料买回来了吗？

老人画中那片浩瀚的沙漠还没有上色，那本该是一片金黄色，但黄色颜料用完了。艾里西尔是阿里普的小儿子，要送棉花到县里的棉站，老人交代他顺便给自己带些颜料回来。虽然到县里不远，但棉站人多排着长队，所以回来得有些晚了。

老人走出门，看到拖拉机后面还跟着一辆底盘超高的越野车，车膜贴得很黑，一点也看不清里面的状况。

车刚停稳，从驾驶室下来一名年轻的汉族姑娘，头戴一顶棒球帽，身着牛仔裤套装，却掩盖不住她的天生丽质，白皙的肌肤一下子照亮了阿里普大爷的房屋院落。艾里西尔从车上拿了一盒颜料，递给父亲，然后向姑娘介绍道：这是我的父亲，阿里普。

艾里西尔再向父亲介绍：这位姑娘姓水，她说是专程来找您的，我就带回来了。

老人迎上前,握住姑娘的手,用汉语热情地说:欢迎水姑娘来到塔克拉玛干!

老人走近打量,发现水姑娘二十七八岁,举止优雅,落落大方,浑身透着一股迷人的气息。老人凭感觉判断,以自己目前的画工还画不出她的美貌。并且,她淡淡的笑容里含着一丝忧伤,绝不像那些经常找上门来的导游姑娘。

老人想,汉族姑娘的心事总是比维吾尔族姑娘复杂多变,这或许就是她们最难以描绘的地方。

水姑娘问了老人的年龄之后,连声称赞阿里普大爷身体健朗。老人自己也觉得不错,至少到现在还没有输给村里的那些青壮年。在库木库萨尔乡,甚至整个麦盖提县,没有几个人能在沙漠中比他走得更远。

水姑娘说:我们想从这里穿越塔克拉玛干,乌鲁木齐地质队的柴工程师介绍了您,说没有谁比您更熟悉这片沙漠了。

老人熟悉她说的那位柴工程师。二十年前,他第一次找上门来请阿里普大爷做向导,以后几乎每年都要找阿里普大爷一起去沙漠里走走。

老人问道:你们去沙漠干什么?很多人找到我,都是为了穿越沙漠,但我还没有见到一个人成功。

水姑娘一笑:我们不是来旅游的,是来进行训练的。您放心,我们不会半途而废。

老人问:你们几个人啊?要不请客人都下车吧,今晚就在我家休息。

水姑娘婉拒:不啦,现在就我一个。我们的队伍有二十多个人,今天就住在县里的宾馆,我是前来请您做向导的。如果您没问题,我们想明天就集合出发。

明天就出发?你们太急了!至少也得给你们讲讲沙漠的情况。老人对水姑娘的说法明显不支持。他一辈子在沙漠里摸爬滚打,也没完全摸透沙漠的脾性,这个汉人姑娘也未免把事情想得太简单了吧。

水姑娘听罢立即从驾驶室里拿出一张地图来,在引擎盖上摊开说:阿里普大爷,我们已经把塔克拉玛干的情况都背熟了,您不用担心,这支队伍成功登顶过四姑娘山,浸泡过喀纳斯河冰冷的雪水,这片沙漠对他们来说,既是一个难题,又不是一个难题。这次我们的任务是从这里出发,争取以最快的速度赶到若羌。

艾里西尔平时喜欢上网，比阿里普大爷知道的信息多，知道登顶四姑娘山比登顶珠峰还难，听水姑娘说他们的队伍成功登顶，顿时一脸的疑惑。

若羌？！若羌在塔克拉玛干的东端。从麦盖提到若羌，如果走直线——东西横穿沙漠，足有八百公里啊！这八百公里，基本上是寸草不生的荒漠和戈壁。

老人思忖良久，看了看水姑娘建议道：我看你们不如沿着沙漠边缘的公路走，至少避免了被流沙吞噬的危险！虽然北线将近一千四百公里，南线也有一千三百公里。实际上，算上直线穿越中遇到的沙丘和险地，跟走南、北边线差不多，沙漠里白天的表面温度超过四十摄氏度，晚上又降到十摄氏度以下，细皮嫩肉的外地人肯定受不了。

在艾里西尔眼里，从麦盖提到若羌，简直就是去送死！在沙漠里，除了被流沙淹死，如果储备不够充分，还会被渴死和饿死！即使储备充分，一旦迷了路，还会被累死！在沙漠中行走，就像一条小舢板漂进了太平洋，就算拥有定位系统，又有什么意义呢？那些经纬度数据根本不会告诉你哪里是活路，哪里是死路！

那个漂亮的水姑娘明白父子俩的意思，她说：你们不用考虑安全问题，我们到这里来，就是为了挑战各种困难和危险，如果没有一些难度，这次训练就没有任何意义。

老人心里一怔，神秘地问道：你们不是一般的训练行动吧？肯定是带有机密任务的特训。十年前我还接待过这样的队伍，有农垦兵团的，也有北京那边过来的，但近些年基本没有这样的队伍了。

水姑娘见他这么想，没做解释，只是看着老人说：我们要求对这次行动严格保密，不该问的不问，不该看的不看，不该说的不说，这是我们自己的纪律，也是对向导的一个基本要求。您不会介意吧？

阿里普大爷是老向导了，见多识广，完全懂得在什么场面说什么话。心想既然他们要求保密，肯定有自己的考虑，多问也是白搭。他问道：那你们都做了些什么准备？

我们有一辆重型卡车跟着，水、食物、医药设备、帐篷、冲锋衣、护目镜、卫星电话这些东西都准备好了。

按多少天准备的?

一个月。

少了。

您觉得要多长时间?

至少做一个半月的准备。

我们不是来沙漠里勘探油田的，更不是来寻找宝藏的。我们反复测算过，一个月穿越沙漠应该绰绰有余。

我不想拿生命开玩笑。

我们也不想，所以才请您来做向导，只有您的经验和智慧能帮我们。

我老了！年轻的时候或许不是问题。

我们都是年轻人。您不需要徒步，只要坐在车里就行。我向您承诺，中途无论发生什么事，都会把您的安全放在第一位，如果真的被困，我们还有外援。

呵呵，如果真的被埋在沙漠里，就是外援来救援也来不及!

您放心，我们已经联系好了直升机救援，而且有最先进的定位系统，就算被埋了，也能用最快的速度挖出来。

老人听到有直升机救援，心想那肯定是部队训练了，或许比部队训练更机密也未可知。但要是碰上风沙天气，直升机也白搭啊。这些人来路不明，自己还是谨慎点为好。他仍然坚持道:我还是不想冒险，我还想多画几幅画呢。

哦?您会画画?

是啊，老了，画画找点乐趣。

能欣赏一下吗?

原来库木库萨尔乡是著名的农民画之乡，十几年前，一位农民的画在法国巴黎国际美术展上展出，还获了奖。后来，画画便成了越来越多库木库萨尔乡农民的爱好。他们的作品多次参展，多次被国内外媒体报道。阿里普大爷学画画还不到两年，已经画得很不错了。

水姑娘环顾阿里普大爷的画室，都是本地风情画，胡杨林、沙漠、维吾尔少女、摘棉花、跳舞等，色彩斑斓鲜艳，寓意欢快吉祥。

您画得真漂亮！您一般卖多少钱一幅？

我还没卖过呢。我们这里画得好的要卖一两百块一张吧。

我很喜欢您的这幅画，我出一万块买了，行吗？水姑娘拿起一张红色长裙翩翩起舞的维吾尔少女画，边看边说道。

一万？不行不行！老人有点受宠若惊，连连摆手拒绝。要是老乡们知道有人一万块买他一张画，肯定会笑话他的。在库木库萨尔乡，比他画得好的人多了去了。他知道这位水姑娘花大价钱买的并不是画，而是他的首肯，她需要他承诺当向导。

你要是喜欢，这幅画我可以送给你。只是沙漠太危险了，水姑娘，你们还是先想清楚了再说吧。

阿里普大爷，我们想清楚了，沙漠不能不去。这就像您画画，画了一半，不能半途而废。这一万是我买画的，您同意担任向导的话，报酬是五万，您看怎么样？

五万可不是小数目，一年收入加起来，也没有这么多。一个月的时间横穿塔克拉玛干，对阿里普大爷来说，也是一个挑战。也许余下的人生里，根本不会有这样的机会了。老人慢慢有了一股冲动，要想证明自己不是真的老了，只有大沙漠才能给出准确答案。他对水姑娘说：看来盛情难却啊，好吧，我试试！

水姑娘见阿里普大爷终于答应，兴奋之情溢于言表。她又提出请求：我们还需要一位司机，能请艾里西尔一起去吗？

哦，现在是摘棉花的季节，他是家里的顶梁柱，他走了就没人干活了。阿里普大爷表示抱歉，双手一摊。

我们给艾里西尔的报酬是三万，您可以拿钱雇请别人来帮着干活。

老人再想不出推辞的理由，只得同意水姑娘的请求，心想，自己一路上有儿子互相照应，也不错。艾里西尔听说自己要开着水姑娘的那辆越野车横穿塔克拉玛干，兴奋得一股热血涌上脑门，毫不犹豫地答应了。

他们接下来又谈了一些细节，水姑娘给了老人一万块买画的钱，又预付了四万佣金，还要赶回县城。老人担心她路不熟，坚持让艾里西尔送她，嘱咐他明天跟大队伍一道回来。艾里西尔从未见过水姑娘那辆路虎越野车，心里早就跃跃欲试了，一听送水姑娘回县城，就迫不及待地坐进了驾驶室，说要先练一下手。

第二天一早，三辆车开到了阿里普大爷院门前，重型卡车橘红色的车厢上，什么标志都没有，那轮胎超宽超大，足有一人高，后面是一辆丰田考斯特大巴，玻璃上贴着一层深黑色的膜，一点也看不到里面情形，车上的人也不下车。水姑娘从越野车后门下来，给副驾驶开了门，下来一个男人，他顺手摘下帽子，整个头光溜溜的。这人几乎全副武装，戴着护目镜，穿着冲锋衣，但看得出身形单薄。水姑娘迎着阿里普大爷介绍道：这是我老板，姓张。

张老板摘下护目镜，和阿里普大爷轻轻握了握手。阿里普大爷从握手的力度判断，张老板不是部队领导，只是有着军人般的冷峻和坚定的眼神。张老板寒暄了一阵，请阿里普大爷坐进了副驾驶，自己坐在后面，水姑娘跟着坐到了后面。

艾里西尔发动了车子，向东驶出。开了十多公里，出了胡杨林，放眼东望，浩瀚的沙漠一望无际。张老板让停了车，下去了。水姑娘也跟着下了车。

大巴里面一直没有现身的人，终于下来了。

阿里普大爷从车窗望过去，根本看不清他们的模样——全都一个装束，从头到脚裹得严严实实，连嘴巴都蒙住了，每人扛着一个大背包。他们站成四队，每队五人，整整齐齐，看起来像是军训。以前，很多单位来到沙漠进行军训，也都是在沙漠边缘做做样子，从来没有见过深入沙漠腹地五十里以上的。这队人真疯狂，竟梦想完成东西穿越！看着远处的队伍，阿里普大爷禁不住为之担心。

张老板挺直腰板，站在队伍前面讲话。阿里普大爷和艾里西尔隔得太远，虽然顺风，但张着耳朵也听得不是很清楚。只听得张老板大声说：孟子云，天将降大任于是人也，必先苦其心志，劳其筋骨，饿其体肤，空乏其身，行拂乱其所为，所以动心忍性，曾益其所不能……

阿里普大爷问艾里西尔：张老板好像是和尚念经，你听得懂吗？

艾里西尔只学过一点初级汉语，哪里听得懂？但他在父亲面前不懂装懂说：是的，张老板念的肯定是《金刚经》，有两句我在网上还听过。

阿里普大爷立即警告：你可不能跟着念啊！我们信的是真主，他们信的是释迦牟尼，一直都是井水不犯河水！

这时听得张老板没有念经了，父子俩又张着耳朵听了起来：……现在你们最大的敌人不是可怕的沙漠，而是你们自己！当你们感觉到，这两条腿不是自己的，喜怒哀乐苦痛累不是自己的，整个身体都不是自己的，甚至心都不是自己的，你们才能真正达到成功的境界！……为了明年的“雷霆风暴”，你们已经在冰山顶战胜了自己，也在雪山河水中战胜了自己，这次我需要你们在这一望无际的大漠里战胜自己……大漠再怎么变幻莫测，也比不过资本市场的翻手为云、覆手为雨；大漠中的毒蛇再狠，也狠不过躲在我们身后的血狼……

这边的维吾尔族父子俩越听越糊涂，觉得比听张老板念经还难懂了。隔了一会儿，突然听得队伍中爆发出一声：Yes,sir！

这次艾里西尔听懂了。他不自觉地在车里并拢了双脚，立时坐直，也轻轻跟着喊了一声：“Yes,sir！”

阿里普大爷踹了儿子一下说：你发什么神经？“噎死了”听着就不是一句好话，你还跟着起哄，长脑子没有啊？

艾里西尔感到委屈，辩解道：他们说的不是“噎死了”，而是“Yes,sir”，就是外国军队里士兵们喊的一句口号“是，首长”的意思。

儿子这么一说，阿里普大爷觉得有些不好意思。他自言自语道：难怪我看着不像军人，原来是外国军人！但他们看着不像外国人啊，对了，或许是针对国外敌对势力的一次特别军事训练。阿里普大爷想起近几年边境形势有些紧张，边民不断受到恐怖分子骚扰的事。他在电视上常常看到国外政府搞什么反恐行动，中国在忍无可忍的情况下，也很有可能采取张老板所说的“雷霆风暴”。阿里普大爷越想越觉得自己的判断有道理，不知不觉中也对这支神秘的队伍肃然起敬。

张老板讲完话，跟水姑娘低声说了几句，水姑娘转身又跟大巴司机说了几句，大巴便折回县城去了。

水姑娘没有坐到越野车上，而是上了卡车。卡车上还有两名司机。车上的人加上徒步的人，这支队伍一共二十六人。

从现在开始，就靠您和它了。张老板上了车，拿着定位仪对阿里普大爷说。

阿里普大爷明白，这趟神秘的大漠穿越之旅，就这样从脚下开始了。

越野车驶过一个大沙丘，斜着下了坡，阿里普大爷抓紧扶手说：这个沙丘有点陡，还有点长，卡车最好跟远点，否则车轮在沙地上打滑会出事的。

这时徒步的队伍还在卡车周围不远处。张老板拿出对讲机，按阿里普大爷的意思通知了卡车司机与各小组组长。卡车的速度马上慢了下来。

你们的勇气令人敬佩，已经很多年没有人能横穿整个塔克拉玛干沙漠了！阿里普老人发现张老板上车之后就一直沉默着，跟刚才向队员讲话时判若两人。他作为十里八乡最有名的向导，最大的特点就是能跟不同的人沟通，否则旅途就太无聊了。

张老板接话了：我知道 1993 年，一支中英联合探险队，也是从你们乡出发的，就是那位介绍您的工程师带的队，他们走了两个月。

是啊，这是一次，还有一次。

还有一次？

我也是听说的，那时候我还小。是 1949 年年底吧……

1949 年？那是传说吧？

那可不是传说。因为穿越过去的是王震将军的部队！他们几千人马，从阿克苏出发，由北向南穿越塔克拉玛干沙漠，直插和田，和田的守军被这队突如其来的人马震住了，只好宣布投降。

他们用了多长时间？

十二天，七百多公里！

等于每天走六十多公里。

是啊，这个纪录保持近五十年了。

那好，我们的目标也改为每天六十公里！张老板口气不容置疑地说。

什么？六十公里？在沙漠里一天走六十公里，若羌被敌人占领了吗？阿里普大爷大吃一惊。在他眼里，新手都会冒进，以为沙漠就像沙滩，可以一路平安无事地跑下去。别的不说，车子要是陷进了沙坑，这辆四驱越野还好弄点，那辆大卡车要是陷进去了，就麻烦了。这还只是车的问题，后面徒步的人一天能走五十公里？难道他们是所谓的机器人？这么急速行军到底为了什么？就为了破这个保持了五十年的纪录？阿里普大爷一肚子疑惑，但现在能确定的是他们不是一支军队，如果是军队，不可能不知道那个神奇的故事。

你是说直线距离六十公里，还是仪表盘上六十公里？艾里西尔也问张老板。

直线距离。

直线距离六十公里，在沙漠里至少要多走二十公里，张老板，你准备了多少天的水和食物？阿里普大爷问道。他明白，照这样的速度，十五天就到了若羌。如果按照这样的速度来匹配食物和水，哪怕每天直线拉个三十公里，要是没有后援跟进的话，那也会很危险！

二十天。张老板冷静地回答。

真的只有二十天？

二十天。

今天天气还行，没有太大的风沙，我建议最多走四十公里。

不，必须走六十公里！昼夜兼程也要完成！完不成任务，才会有危险。

阿里普大爷觉得张老板的要求太苛刻了，但又不敢多说。他提醒道：晚上休息时间不够的话，第二天的路程会走得更艰难。

老人家不必担心，他们练过，早把身体不当成自己的了。张老板少有地笑着安慰。他说完之后，再也不理会阿里普大爷的建议，而是拿着对讲机跟水姑娘通话，让水姑娘通知徒步队伍加速，最后给了她一个经纬度数据，要求队伍在那里集中。

张老板通完话，命令两辆车的司机再度加速。

你真的不担心他们？阿里普大爷指的是车子在前，一旦后面徒步的人出现紧急情况，恐怕难以及时救援。

第一天都不能坚持，葬身沙海算活该！张老板毫不犹豫地回答。

冷酷，这个“首长”太冷酷了！阿里普大爷心里暗自惊叹。

最先到达集中地点的一组是晚上八点多，不多久，后面的队伍陆陆续续到达，他们到达之后的第一件事就是向水姑娘报到，然后才去在卡车上领帐篷、搭帐篷、烧水煮东西吃、收拾睡觉。直到晚上十二点左右，正在阿里普大爷担心的时候，最后一队终于赶到了。在一个背风处，所有人都渐渐进入了梦乡。阿里普大爷蒙眬中听见有人喊累死了，他本想看看他们的样子，但实在太困，爬不起来。身边的艾里西尔也已鼾声如雷。

第二天五点钟光景，满天挂着星光，离天亮还远着呢，阿里普大爷就醒了，他还以为自己是第一个起床的，走出帐篷一看，那些人已经在收拾帐篷，便回身叫醒了艾里西尔。

二十人很快在卡车后面排好队，领取一天的食物和水。对这个队伍来说，食物和水总在前面，要想活命，只能拼命跟上去。

水姑娘一个人拆着水和食品的包装箱，又要给大家分发，在车厢里有点手忙脚乱。张老板见状命令道：吴非，你上去帮忙！

阿里普大爷第一次知道了一位队员的名字，随着张老板的手电照过去，那名叫吴非的队员英俊爽朗，身形矫健，轻轻松松地就跃上了车厢，拿了一根管子，插进一个五十升的水桶上，叫下面的人去另一端吸水，水流出来，下面的人就用水壶接着。分完水，吴非又帮水姑娘去分发食物，一人一包。

阿里普大爷和艾里西尔也站在队伍后面，他借着手电光近距离打量了一下这支队伍。这些人看起来都不到三十岁，有的还戴着眼镜，文质彬彬的，但表情都很坚忍，明显是久经训练的人。站在阿里普大爷前面的那个年轻人看上去最年轻，脸上有一道明显的疤痕，看起来有股杀气。阿里普大爷轻声问道：小伙子，你姓什么？

阿里普大爷跟他们打了一天多时间的交道，知道他们都跟张老板、水姑娘一样，轻易不吐露自己的全名，故意只问姓不提名。

我姓邢。

小邢，你这么年轻，感觉苦不苦啊？

不去感觉就不苦了。小邢的回答让阿里普大爷想了半天。

张老板远远地站在暗处，不停用手电扫着队员们，但很少说话。早晨温度低，星星挂在天上，就像挂在每个人的头顶，显得伸手可及。队员们看起来兴致很高，影影绰绰中又踏上了东进的征途，全然不见阿里普大爷担心的睡眠不足、体力不支的情形。

感谢老天爷眷顾，他们一连三天，没遇到过太大风沙，徒步前进的队伍一口气走了两百多公里的直线距离。在这个过程中，张老板偶尔替换一下艾里西尔，亲自开几个小时的车。从里程表上看得出，车子每天要走上百公里。多亏阿里普大爷熟悉地形，他们才几次避免跌进沙坑。还有好几次，GPS 失去作用，发生严重误差，也是阿里普大爷凭借风向辨认方向，才得以正确前行。好在落在后面徒步的队伍只看指南针，一直朝东挺进，反而偏差不大。有时候他们还能看见前面的车轮扬起的沙尘。实在找不到方向了，就跟着车轮痕迹走。

快到和田河了，就在河边上扎营吧。阿里普大爷建议道。

看情况再说。

阿里普大爷有点恼火，如果他的建议没用，还要这个向导做什么?

已经连续三天了，他们的体力消耗太大，需要休整一下。

他们已经适应沙漠了。

从这里到和田河，直线距离也有四十多公里，差不多了。

那好，就在和田河休息。

阿里普大爷这才放下心来，这三天来马不停蹄的，自己这把老骨头，都颠簸得要散架了。回头看看艾里西尔,刚出发时的那股兴奋劲也消失得无影无踪了。

二

第五天的夜里，蒙蒙眬眬中不知睡了多久，阿里普大爷突然被一阵吵闹声惊醒，爬起来循声望去，只见卡车车尾，三名队员围住了吴非。吴非背靠车厢门，一只手臂已被人按住，眼看另一个人即将控制住他的另一只手臂，只听得吴非厉声呵斥其中一名彪形大汉：常青，你反了你!

那个被称作常青的汉子压低声音，用双臂顶着吴非的胸脯，夹着一口东北口音恶狠狠地说：老板把我们当人看过吗？他坐在车里管过后面这些人的死活吗？今天几个人差点脱水死了，差点葬身沙漠，他动过丝毫善心吗？老子只想多灌一壶水，以备非常之需，就算喝不了，也不会浪费掉，这点要求过分吗？！

吴非毫不退让：你们先学会把自己当人看了，老板才会把你们当人看。我再说一遍，这些水不是你们几个人的，而是全体队员的，如果你们多灌几壶，有人就会少了几壶。常青你也不小了，像个男人行不行？

这时很多人被吵醒围拢过来，都说自己在徒步奔跑时嗓子眼渴得冒火，两眼饿得发黑，好几个同伴中暑昏倒，等于到鬼门关打了个转身。大家都帮着常青三人，要求吴非多发点水和粮食。

吴非一张嘴难敌众口，一横心道：我只管公平分发，不管发多少！这是老板交代过的。

你他妈就是老板养的一条狗！常青仗着人多，狠狠把常青往车厢上一摁，破口大骂。

吴非火了，当胸飞起一脚，把常青踢得后退了四五步，然后重心不稳，摔在了地上。另外两个队员哪见过这种阵仗，顿时胆怯了，手上松了劲，立即被吴非挣脱了双手。吴非指着地上的常青怒喝：你再骂一次试试，看我不撕了你的臭嘴！

走狗！

常青一口唾沫吐在了吴非的身上，接着豹子一样猛蹿过来，想用头部来撞吴非。说时迟那时快，眼看就要撞着了，头部却被吴非一掌按住，一反手，常青的脖子已经被吴非紧紧扼住。吴非的右脚在常青背后使劲，右手往后一拖，常青就倒地了。整个过程电光石火，加起来不到两秒！吴非挥出左拳，朝常青鼻尖上正要猛击，拳头却又被另外一个人架住。吴非一看，警告说：图玉你也想帮他是不是？我告诉你们，你们全上也不是我的对手！

图玉一口粤语腔调，操着夹生汉语劝道：我谁也不帮，都是自家兄弟，你把大家打死了，揍残了，你一个人也走不出这片沙漠！有什么话不能好好说呢？

原来常青白天出汗太多，怕自己明天撑不下去，想着晚上来找吴非开点小灶，好多拿点水和粮食。他又担心说服不了吴非，又忌惮吴非一身功夫，就在自己队里找了两个队员一起来吆喝帮衬，哪知几个人上来一言不合就动起了手。

这个家伙没人性！被紧紧摁住的常青仍在痛骂不休。

吴非听了，威胁道：你再骂一句？看老子不把你弄成残废！

常青感觉被摁得出不了气，两只手乱抓吴非的手腕，却怎么也不得要领。

图玉猛地拖开吴非，又往外拖了几步：行了阿吴，再闹要出人命了！

阿里普大爷看到远处黑地里站着一个人，定睛一瞧，原来是那个小邢。小邢冷冷地看着这一切，脸上的那道疤痕在月光下闪耀，令人想起疤痕后面的刀锋。阿里普大爷脑海里深深地记住了小邢的那张脸。

这时，吴非还想推开图玉冲过去：你松手，不关你的事！

都给我站好！阿里普大爷突然听得耳边一声大喝。原来张老板也被惊动了。所有的人员立即站直了，包括常青。一些人还从帐篷里赶了过来，像每天五更天时一样，老老实实地排好队，一副等着挨训的样子。

哪知张老板不想训话，只是扫了大家一眼，再次喝道：愣着干什么，都给我睡觉去！

吴非走了，常青也走了，站在黑处的小邢也不见了，但还有几个人纹丝不动。张老板用手电挨个照着他们，然后说道：你们是不是想动手抢啊？不用抢，随便去灌，不会再有人挡着你们！不过你们都给我想清楚了，你多拿一份，就会害死一个人，多拿两份，就会害死两个人，谁被大漠弄迷糊了，谁就去抢吧！

听完张老板的话，人群才都散了。只剩风呜咽着，吹得帐篷几乎要飞起来。

次日早上五点，风沙已停，又是满天星光。天气比前几天冷多了，阿里普大爷父子俩领完东西，早早坐到车上。发完食品和水之后，队伍并未立即开拔，后来又传来张老板的声音，原来正排着队挨训呢。

张老板说：……沙漠不是你们的敌人，风沙和饥渴也不是你们的敌人，酷热和毒蛇更不是你们的敌人，你们唯一的敌人只有你们自己……当你们真正做到视而不见，充耳不闻，这世上就没人能战胜你们，也没有事情能难倒你们，即便血狼这样的对手现身，也没什么可怕的……我相信你们的本事已经远在血狼之上，但前提必须是一个团队，一个整体，一个拥有登峰造极本领的完美组合，你们每一个人都缺一不可……任何内耗都将是一场灾难……血狼消失了两年，他活不见人死不见尸，但肯定离我们不远。他只是躲了起来，我们看不见他，他却看得见我们。他消失的时间越长，就越有阴谋。他随时都会向我们发动恐怖袭击。如果他在我们今后的“雷霆风暴”中现身，我们有多少胜算？我们睁着眼睛是很难战胜这个人的，必须闭上眼睛才行……

听着张老板的话，阿里普大爷产生了更多的疑惑。看来他们真的是在进行特别训练，他们团队的目标就是血狼，血狼到底是谁呢？又是哪国人？难道他比基地组织的本·拉登还厉害？张老板明明把血狼当成敌人，为什么还说“唯一的敌人只有你们自己”呢？

这时，队伍已经开拔了。张老板和水姑娘走过来，水姑娘上了车，张老板却没上。他对阿里普大爷说：请您跟我一起坐到卡车上去。

你想让卡车来探路？阿里普大爷惊讶地问。

是的。

不行，卡车这么重，万一出事，吃喝就成了问题，我们会寸步难行。

有些事比吃喝重要。

阿里普大爷知道，张老板是担心部下哗变，怕物资遭到哄抢。沙漠里人的性格容易被扭曲，如果发生突变，事情的确只会变得更糟。阿里普大爷也不说破，下了车，和张老板一起坐上了卡车。水姑娘和艾里西尔开着越野车在后面接应，吴非那个小组跟在卡车后面。阿里普大爷一眼就看出来了，前面是粮食和水，后面是救援车，紧跟在粮食和水后面的是一群高手，安排上这种微妙的变化足显张老板缜密的心思，还有对部下的戒备心理。

天亮了，太阳又开始专心炙烤沙海。一夜之间沙海悄悄换了容貌，有的地方高了，有的地方矮了，但依然是起伏的黄色海洋。

队伍拉到一处干涸的河床上，艾里西尔心潮澎湃，以超过一百码速度在平坦的河床上一路狂奔。在这辽阔的沙漠里，他的身边只有一位美女，而且是整个队伍中唯一的美女，美得像敦煌壁画里的飞天女神。他离家出门以后就一直没有洗澡，自己都闻得到一股浓烈的酸臭味。他很不好意思，不敢随便开口说话。倒是这位水姑娘，同样没水洗澡，但身上竟散发着一股好闻的香味，他想这应该就是传说中的“香汗”美女了。

前面有一个人，我们赶上去。水姑娘指着旁边沙丘上正行走的一个身影说。

艾里西尔加大油门，往沙丘上斜冲了上去，冲了一半，车身太斜，不能再上了。水姑娘朝外面挥手喊道：吴非！吴非！

吴非放慢脚步，侧过头，见是水姑娘，便下来了，跟车一路小跑，问道：什么事？

水姑娘拿出一瓶矿泉水，递过来说：给你的。

艾里西尔知道水姑娘是把自己的水让给吴非。他见过吴非的面相，是个大帅哥。可这时吴非并不领情：谢谢，我还有水。

我给你的，谁都不知道。

水姑娘转过头又问艾里西尔：你不会说吧？

我不会说。艾里西尔痛快地回答。

在艾里西尔眼里，张老板是个强硬冷酷的人。艾里西尔不知道张老板还会在哪一段路上再定下什么新规矩。他父亲这个老向导的建议张老板尚且不听，何况他这个毛头小伙呢？父亲曾建议两车殿后，以便随时救援。张老板硬是不答应，他的理由很简单——断了救援的念想，才闯得过生死关；勘破了生死关，才能无所畏惧。这使得艾里西尔一路上不敢多说，只听张老板的命令。现在，他和张老板分开了，感觉就像逃离了一片危险的沙漠。见到水姑娘背着张老板给人送水，他心里更像走进了一片绿洲，别提多么惬意了。

这样吧，你们开慢点，把水留给常青。这时吴非对水姑娘建议道。

为什么给他？水姑娘不解地问。

我昨天伤了他，他肯定一肚子气，你安慰一下他。

你怎么伤他了？难怪老板训话的时候有些话我听不懂。

他找我多拿水，我没答应，后来就动手了。

没伤到他的腿脚吧？

没有，但估计伤了他的心。

那好吧，我去给他。你又欠我一份人情啊！

好，这个人情我记住了。

艾里西尔听明白了他们的对话，掉转车头就往回开。时间已近中午，队伍拉得还不算远，常青他们正在后面的沙丘上。艾里西尔冲上那个沙丘的时候，常青他们却又下来了。坡有点陡，车子往前走了几步，突然不动了。艾里西尔猛踩油门，还是没用，沙子甩到底盘上，噼里啪啦作响。完了，四个轮子都陷进去了，而且越陷越深。

好在常青、小邢他们的小组都在附近，水姑娘下了车，用对讲机呼叫他们来推车。常青最先走过来，扯了面纱，摘了护目镜，竟有些兴奋地说：哎哟大美人，坐骑陷进去了？

艾里西尔见常青浓眉大眼的，脸皮有些粗糙，冲着水姑娘的笑容里，满是一副讨好的味道，好像庆幸车子陷得恰逢其时。

水姑娘接茬说：常青，你帮我们推出来，我一定好好谢你！

哦？先说怎么谢我，不是送我一把沙子吧？

当然不是沙子，但肯定是你最想要的东西。

你知道我想要什么东西？常青凑近了水姑娘，两眼放出光来。

肯定啊。

那等回了上海再给我吧。

我怕你现在就急着要呢。

是你比我急吧？这大沙漠的，我不急！

水姑娘抬头见小邢、图玉带来了五六个人，就没再理会常青，转头招呼小邢、图玉他们去了。小邢站在车头，弯下身去垫了两块石头在车轮下面，然后招呼大家：一起来吧，左右两边都站点人，趁司机猛踩油门时一鼓作气往前推！

于是三面都站了人，一起推车。水姑娘柔情万千，不停地鼓劲喊加油，叫得一群男人销了魂，拼命推车。但这里沙粒太细，无处着力，轮子在沙坑干转了几圈，车身依旧不动。本来就劳累不堪，推了两个回合，大家手脚更软了。一名队员用吴侬软语骂道：小赤佬，这沙子就像一锅粥！

操吴侬软语的那位又对图玉说：图玉，你是数学天才，算算这一堆沙子有多少粒？

十的二十次方。图玉不假思索地回答，说完，他开起玩笑反问：曾拓，你说上帝会在什么时候下单，让风把这堆沙子挪开？

上帝的心不可测，我只测人心。再过五分钟，自然会有人下单挪沙子的。曾拓回答道。

小邢建议说：姐，这么推不是一个办法，让大家先喝点水吧。

水姑娘马上拿了自己的水壶出来，送给大家喝。还说自己反正坐车上，没怎么出汗。但是没一个人接水，沙漠里就一个女人，这种时候不好好照顾她，却要喝她的水，还是男人吗？谁也不想以后被人笑话，丢了男人的尊严。大家都放下背包，取出自己的水壶，小心地喝上一小口。

艾里西尔见这情形，拿出自己水壶说：喝我的吧，是我开车不小心，连累大家了。

喝了这家伙的水，他到时渴了还得喝水姑娘的。众人想，艾里西尔把水壶就近塞到常青手里，常青犹豫了一下，又推了回去说：我自己有。

休息了大约五分钟，小邢对水姑娘说：姐，我们干脆把轮胎周围的细沙都刨开，刨出两条道来，露出粗沙就好办了。

曾拓对着图玉得意地笑着说，刚好五分钟。

水姑娘说只能这样了。于是开始刨沙子。

有人感慨道：不愧是速度之王啊，刨沙子都这么快。

大家抬头看去，只见常青双手跟机械手臂似的，不停前后摆动，滚烫的沙子跟着一堆一堆地飞扬起来。

有人开玩笑问常青：常大哥，你家不是炒板栗的吧？

常青不理会他们，只是一个劲地刨沙。

艾里西尔在后备厢里找了把小铲子，开始铲了起来。沙子不容易刨，垂直厚度到了膝盖，刨了一个洞，上面的沙子滚下来，把洞又填了一半。刨了十来分钟，才在前后轮的方向上开出两条道来，与其说是道，还不如说是坑，但足以看作是有效加速区。

歇息了一阵，水姑娘又从后备厢里找出一根粗绳，丢给常青。常青接了，指挥道：曾拓、图玉，我们拉纤去！

曾拓和图玉一起去了。艾里西尔开始加油，其他人顺势前拉，车一下子驶出了沙坑。常青感叹不已：幸亏是四驱越野，离地间距很高，否则还真难弄出来，恐怕要用直升机才能吊出来!

艾里西尔和水姑娘不停说谢谢，目送他们上路。常青慢慢收了绳子，看他们都走了，凑近水姑娘说：记得许我的东西哦!

好，看你这么辛苦，现在就给你！水姑娘说着，从副驾驶抽屉里拿出两瓶矿泉水。

常青不禁大失所望，又被美女耍了！但还是接过了水，这东西现在就是命啊!

一瓶算我送的，一瓶算吴非送的。水姑娘声明道。

他拿你的水送给我？常青不屑地问。

实话告诉你吧，我本来是送给吴非的，但他要我送给你。你不会不知道原因吧?

好，替我谢谢他！常青眼里的光亮瞬间熄灭，仿佛眼前的美女突然变成了一个老太婆。

水姑娘上了车，不久就赶上了吴非。他们又停下来围在一起，原来又有人中暑了!

三

第七天，离终极目的地已经行程过半，徒步队伍中还剩十七人，有三个人因为身体虚弱被呼叫的救援车接走了。

这天，正在路上颠簸的水姑娘突然接到张老板的卫星电话，他命令队伍转往东北方向前行。水姑娘用对讲机通知了各队。

图玉在对讲机里绝望地喊：这是要往死里整!

水姑娘告诫：图玉，不要喊，保持体力!

日落时分，原来的编组已经打乱了，自由组合的队伍三五成群，稀稀拉拉拖得好几公里长。艾里西尔看到，吴非、图玉、小邢三人成了最后一拨。

吴非、小邢的体力一直不错啊，怎么落到了最后？艾里西尔有些不解。

因为体力好，才让他们殿后的。水姑娘说。

可图玉体力一直不怎么样，怎么也在这里啊？

他是一级保护动物，老板不想他被救援车接走，所以派人保护他。

水姑娘让艾里西尔放慢速度，紧贴着他们三人。

又是一个下坡，上坡容易下坡难。沙层很软，一脚踩下去，齐了小腿肚子，小邢几乎是滑着下去的，刚站稳，图玉就从后面滚了下来，躺在小邢的身边一动不动了。吴非见状不妙，索性屁股贴着滚热的沙子也滑了下来。

小邢扶着图玉，解开面纱一看，只见他脸色惨白，双眼紧闭！小邢拿大拇指摁住了他的人中穴，摁了一会儿，眼皮子抬了几下。嘴皮子也挪了挪。这时吴非过来打开自己的急救包，从包里拿出一小瓶药丸，用水喂了下去。水姑娘跳下车，拿出一瓶矿泉水赶过来，又连续喂了几口水，图玉这才睁开眼睛，气若游丝吐出一句话：死的感觉真好！

水姑娘从车上又拿了些食品过来，给图玉都吃了，还一边哄着他说：图玉，别人死了老板不在乎，你可不能死，老板说了，就是背也要把你背过这片沙漠！要不你等下别走了，上我们的越野车。

想不到图玉立即拒绝：别！我走不到目的地顶多只是一个失败，还不算作弊，更不算孬种！在老板面前当不了英雄没关系，但在兄弟们面前还要做得起人！

正在等待图玉恢复元气的时候，沙漠尽头，一大片黑云铺天盖地滚滚而来，像地狱打开了大门一样。吴非、小邢跑到沙丘的最高处眺望，水姑娘朝他们喊道：怎么回事？

吴非大声回道：好像要下暴雨了！

图玉摇了摇头，有气无力地说：沙漠里下暴雨，你想得美！

小邢在高处摆了摆手，喊道：姐，你们先把图玉移到车里去，再把车开到高处停着。

特大沙暴！这时艾里西尔站在越野车前盖上惊恐地大喊。

对讲机里也传出曾拓的声音：请注意，特大沙暴来袭，收到请回复！

水姑娘拿出用塑料袋包好的对讲机回复：收到，请告诉我你们的经纬度！我们有五个人在一起，曾拓你保护好自己和队员，严格按照沙暴防范指南操作，随时保持联系！有问题吗？

曾拓回答：没问题！

水姑娘让艾里西尔按照小邢的话去做，自己在日记里记下了曾拓等人的经纬度数据，然后再将自己所在位置的经纬度数据也记录下来。

艾里西尔扶起图玉，趔趄着上了车，然后把车子开到沙丘迎着沙暴的那一面的高处停下来。水姑娘对着吴非、小邢大喊：你们快上车！

吴非不肯上来，趴在地上喊道：老板说了，不到咽气的时候，谁都不要上车！

小邢本来想躲到车里，听吴非这么一说，也跑到车后的高处躺了下来，安然等待沙暴降临。图玉憋着一口气喊道：不怕，有老子给你们收尸！

艾里西尔赞道：卡合尔曼（英雄）！

那一刻，夕阳孱弱的光芒也在颤抖。沙暴近在咫尺，车外的两人翻过身去，扣紧衣帽。

一会儿沙子就打过来了，先是稀疏的沙子打在身上，没多大感觉。很快，沙子开始密集射击，就像机枪一样，隔着冲锋衣也感觉到疼痛。疾风和沙子形成一股巨大的力量，仿佛把身子裹了起来，卷到半空中，卷到了黑暗的宇宙中。

这样的感觉重复了五六次，狂暴的风沙声音才慢慢停了下来。

又不知过了多久，肩膀被人拍了几下。吴非、小邢抬起头来，才发现天是漆黑一片，没有星星，没有太阳，能看见的地方不过一两米！艾里西尔站在他们身边说一切都过去了。躺着的两人自己全身没入沙子，只露出肩和臀部。吴非起身问：车玻璃没事吧？

艾里西尔说：没事！装的是防弹玻璃！

一会儿水姑娘也下了车，问道：你们没受伤吧？

吴非说：没有，感觉刺激，有点恍若隔世！

水姑娘急忙说：曾拓他们的对讲机都接不通了，估计被沙子掩埋了，我们快去救援。

曾拓他们所处的地方成了这阵沙暴袭击的中心地带，差点全军覆没。等到救援车赶到时，流沙已经淹没到大部分人的胸口，下半截直直地插在沙层里面。他们身上的背包、手上的对讲机都不知被风暴卷到哪里去了。艾里西尔看着水姑娘记录下他们的经纬度数，对她更是敬佩有加，一边挖人一边对她说：你真了不起，是你救了他们！

挖出所有人员之后，天空能见度已经好多了。大家在周围沙地里寻找着丢失的背包和对讲机，但还是有两个人的装备没找到。两队人并作一队，围绕着越野车蹒跚前行，沙暴余威未尽，护目镜不时被沙子击打得滋滋作响。行进速度没法快起来，最后十公里走了两个多小时，晚上十点才靠近集中地。

再往前走，队员发现有大片芦苇，还是方格形的，明显是人工种植的！大家鼓足了劲继续走，见到一条南北贯穿的公路！队员忘记了一天的疲惫和生死经历，爆发出一阵欢呼，冲向了公路。多么平坦的公路啊，那些适应了柔软沙漠的腿脚踩上去，先是感觉一脚踩空，然后才感觉到了坚硬的路面，他们走了好长一段时间才适应过来。

前面就是塔中！有人望着一片灯火之地大喊。

塔中靠近沙漠的中心地带，最初是塔中油田工人的聚集点。1995 年，贯通了塔克拉玛干沙漠唯一的公路——塔里木沙漠公路，塔中变成了公路上的一个补充点。这里只有一些低矮的房子，居住的人来自天南海北，大部分是援疆汉人。虽然只有几百人口，但每年总有大领导前来探望，甚至是中央级领导。

队员们欢呼起来了，原来他们远远地就闻到了——肉香！

晚餐安排在塔中油田的食堂，张老板等到人到齐了才宣布开餐。有肉、新鲜蔬菜、饮料，队员们感动得几乎要哭了，这可是七天以来他们的第一顿正餐！七天来，他们大部分时间吃的都是压缩食品，很多人的咽喉都落下了炎症。平时要是较早到达目的地，给自己的最佳待遇也就是烧水煮一包方便面，前提是还得有足够的水。

张老板站起来，端起杯子对这一群灰头土脸的部下说：祝贺你们！吃得了诸般苦的人，方能享得诸般福，你们经受住了沙漠的考验，证明了自己是一个强者！沙漠已经残酷地告诉你们，世上没有神，没有是非之分，也没有对错之分，只有强者和弱者之分。我们不能像软弱的众生一样，一直等待着末日审判，一直寄望于生死报应和生命轮回，我相信沙漠已经告诉你们——生无报应，死更无报应！勘破了滚滚红尘，穿越这片变幻莫测的沙漠，你们就等于穿越了世间的诸般色相，只有做到无色无相无法无天，你们才算真正的强者，才算所向披靡的钢铁战士！记住，今天在座的人都要坚持下去，一个不少地给我走到若羌，一定要证明自己就是自己的神！到底行不行啊？

众人看着桌上的大盘鸡和牛肉，齐声应道：Yes,sir！

阿里普大爷一听又来了，路上他就一直想问清楚张老板是个什么“首长”，但由于水姑娘有约在先，张老板又沉默寡言，多提行程上的建议他都不高兴，打听他的机密事情，肯定会惹得他更加恼怒。今天看两张大桌子上，塔中油田的干部一个都没有来，心想这个“首长”级别应该不高。

张老板要求勘破滚滚红尘万般色相的讲话并没有消灭大家的食欲，大盘鸡瞬间就抢了个精光！那个叫常青的大声嚷道：你们太不像话了，领导还没动筷子，就抢光了！当你们是七把叉啊？阿 Sir，您看是不是给您再来一盘？

张老板罕见一笑道：你知道我不吃肉的，不过我知道你常青离不开肉。好，今天你们敞开了吃，所有主菜我都准备了两份！

众人一致欢呼：阿 Sir 英明！

等第二盘菜端上桌，张老板拣了一个大鸡腿搁到常青碗里，说道：常青，来，吃个鸡腿！你在四姑娘山有点马虎，这次在沙漠表现不错！

张老板端着一杯饮料，挨个敬了下去，然后再去邻桌。与其说是敬他们，不如说是找机会跟每个人都说几句话。也难怪，连续七天奔波，张老板跟部下也没机会沟通。回到座位上时，阿里普大爷发现，张老板杯中的饮料还是原封未动。一直到吃完饭，阿里普大爷也未见张老板喝过一口。

张老板对大家说：谁想跟我说话，就去我的帐篷。

说完他就走了。老板走后所有队员更疯狂了，一会儿就把所有菜肴和饮料消灭光了。

晚上，阿里普大爷和艾里西尔的帐篷紧挨着张老板的帐篷，他们吃得有点饱，一时睡不着，一会儿听得张老板在帐篷里跟人低声交谈：

图玉，我就知道你会来。

我也不想来，但我从小在海边长大，这次身体承受能力已经到了极限。

但是我的“五虎将”名单里不能没有你。

我怕我坚持不到终点，今天要不是吴非他们，我就见不到您了！

这样吧，我当你是个病号，你可以在出发之后上越野车，我给你一天特别假期，一天过后要像以前一样。但是，这事要隐秘，让他们知道会影响士气。

Yes,sir！

又是一个天不亮的早晨，队伍继续开拔，已经越来越接近若羌了。徒步的队伍连续十天奔波，每天的直线距离平均达到了六十公里以上，晚上最后到达集中地的时间也越来越早了。这个情况大出阿里普大爷的意料之外。他以为他们会一天比一天糟糕。在救援车接走三个队员之后，他就没敢想这支队伍能坚持到终点。在他的经验里，此后每天至少会有一两个人晕倒，来自若羌方向的救援车会源源不断。但是，离开塔中已经三天过去，队伍里竟无一人出局，整个队伍愈挫愈勇，让他这个几十年的老向导大开眼界。

难道他们真的会破掉那个保持了五十年的穿越记录？

第十天，就在整个队伍都感到酷热难耐的时候，沙漠奇观出现了——一座绿洲就在远处的地平线上！队员们一阵欢呼，拼命地向那片绿洲狂奔。这时张老板又打来卫星电话，命令水姑娘立即控制住队员的行为，说那只是一个幻象，如果因此耗尽了体力，就真的要葬身沙海了。

水姑娘立即用对讲机喊话：大家都回来，不要朝绿洲出现的方向走，更不要跑，那只是一个幻觉，不是真的……

水姑娘继续拼命喊道：咱们不是经过废目、废耳训练吗？为什么看到假象还被诱惑？闭上眼睛回头！回头！不要迷失了心智！

艾里西尔看到最后面的吴非和小邢听到喊话后，拖着图玉就往回走。但还有很多队员在前面狂奔不已，更不可思议的是，有几个队员甚至顺手扔掉了手里的对讲机，不管水姑娘怎么呼喊，他们都听不见。

水姑娘命令道：艾里西尔，快，加速赶到前面去，晚了会出事的！

于是艾里西尔的车速也像被绿洲迷惑了似的，呼啸一声冲了过去。当车子超过了最前面的队员，水姑娘命令停车，和艾里西尔一道下车，拦住了那几个疯狂的队员。看着他们满头的汗水，艾里西尔就知道他们的体力已经消耗得所剩无几了，他和水姑娘把几个队员塞进了越野车后座，实在装不下了，还有两个干脆扔到了后备厢里。

果然，当天晚上到了集中地点，张老板又给队员们讲了一大堆“废目”“废耳”“废情”的道理，其中除了瞎子算命先生和佛陀囚笼冥想的故事向导父子俩能听懂之外，其他的话还是摸不着头脑。看到张老板学识这么高深莫测，阿里普大爷心里不禁感叹，真是天外有天人外有人啊！

第十一天，队伍进入了车尔臣河流域，若羌明天即可到达。看来王震部队十二天穿越七百公里沙漠的纪录，要被这支十二天穿越八百公里的神秘队伍破掉了。阿里普大爷感觉自己像做梦一样，既有几分兴奋又有几分怀疑。他看了看卡车车厢，食物和水所剩不多了，顶多够四五天的量！

张老板，你到底准备了多少食物和水啊？阿里普大爷不想质问，他只是好奇。

哈哈哈哈！张老板从未笑过，别说笑得这么夸张了。他得意地说：阿里普大爷，已经到了这里了，就不瞒你了，我本来准备了二十天的食物和水，在救援车来的时候又运回去了四五天的量，现在看还是带多了啊！

那直升机救援也是假的？

也不算假！没来救援是因为用不着，明天到了若羌它会来接我们的。

太震撼了！阿里普大爷感慨不已：真不知道你们这支队伍是谁派过来的？这么高强度训练又是为了什么？

张老板用手势制止他再问下去，语调突然变得冷峻起来：大爷，这一切都是机密。如果让外人知道了，我们的心血都会白费。

阿里普大爷迟疑良久，还是问道：如果搞突然袭击，你们的战斗力足以摧毁一个小国了，你们不会搞这样的恐怖袭击吧？

恐怖袭击？张老板听了一怔，然后又是一阵大笑道：这个词用得好啊！

见阿里普大爷满腹狐疑，张老板交代：阿里普大爷，我们十二天完成穿越，你们父子功劳不小！佣金我再给你们加三万，加上前面的一共给你们十二万。但我有一个条件：要求你们对这次行动完全保密，就当从未发生过一样，尤其是这些人的姓名，你们要完全忘得干干净净！没有徒步穿越，也没有创纪录，更没有沙海蜃楼！

阿里普大爷记得水姑娘原来说好的，一共是九万元，怎么一下子就变成十二万了呢？他想解释：张老板您弄错了吧？我跟水姑娘说好的……

就这样。张老板不耐烦地打断他：其余的……就当封口费！

张老板咄咄逼人的眼神，显得没有商量的余地。

第十二天，抵达若羌！艾里西尔眼尖，一眼就看到离集中地不远的坪地里停着两架直升机，从标志上看，正是建设兵团的。这种直升机还给他家的棉地喷洒过农药呢。

他悄悄问水姑娘：你们真的要坐直升机走吗？那我们呢？

水姑娘低声告诉他：你不要担心，我们走了，本打算让你们乘长途车回家，但你们身上带着现金，为安全起见，就给你们包了一辆小车，你一路要照顾好你的父亲啊！

艾里西尔有些舍不得跟水姑娘分开，他说：你们的越野车、大卡车总得开回去吧？要不我还给你们开车，免费？

水姑娘淡然一笑说：不用了，这些车都是从朋友那里借来的，已经安排他们来取了。

艾里西尔依依不舍：我们还能再见吗？

水姑娘对这个纯净的维吾尔族小伙也有好感，爽快应道：肯定有机会，下次我请你去上海！

突然意识到什么，她急忙改口：还有北京呀！

在若羌县城郊外的这片坪地上，张老板最后宣布：

这次沙漠穿越之旅，是我们的最后一次体能极限训练活动。我很高兴，综合十次操盘测试、技术训练、体能训练、生存训练的成绩，我在你们中间已经选出了"五虎将"，也就是五个主仓位的负责人。你们要记住，在此之前，你们还有名有姓，在此之后，你们就只是一个组织符号！是一、二、三、四、五号……一直到十七号。不过我没有把路堵死，这个排序最多只保持三年，三年之后，依旧按照各项测试成绩重排，所以说，都有机会！

看到阿里普大爷父子站在旁边，张老板让水姑娘带他们暂时回避一下。

阿里普大爷和艾里西尔坐到了吉普车里，由水姑娘开着车，找到一处安静地方。水姑娘从自己背包里拿出一个黑色皮质手提包，交给艾里西尔：这是付给你们的十一万，放好，别被人盯上了。包车钱已经付清，会直接将你们安全送到家中。

水姑娘突然想起了什么似的，再三叮嘱：这次穿越沙漠还要你们高度保密，请你们回去后不要跟任何人说起。

艾里西尔说：你放心！

阿里普大爷也说：水姑娘放心！

那天，阿里普大爷看着所有队员都登上直升机的时候，他跟艾里西尔不停地挥手告别。他很想做到像张老板交代过的，当一切都没有发生过。但是，他觉得自己一辈子也没法忘记这些人了。这支神秘的队伍来自哪里？为了什么？他可以装作视而不见，但这支队伍给他心里带来的强烈震撼不是短时间能平息的。十二天来，沙漠中的一个个感人场景，艰难跋涉中的一个个队员身影，已经深深地刻在了这位农民画家的脑海里。

四

一个月之后，还是在库木库萨尔乡，另一支十多人的队伍到达了。

队长几个人带着《新世纪经营报》的记者孙尔雅，找到阿里普大爷的院子。阿里普大爷在阳光下打量了孙尔雅好一阵，突然想起了水姑娘，觉得两人就像姐妹俩一样。他有些恍惚地问：你们跟水姑娘一起的？

队长不知道怎么回答老人的奇怪问题，一下子愣住了。孙尔雅却抢着回答：是啊，水姑娘找的也是您呀？

是啊。阿里普大爷明显还没有走出回忆，他赞叹道：那支队伍创造了一个奇迹啊！

孙尔雅意识到什么，忙问道：在您眼里的奇迹，肯定是成功穿越了沙漠。

他们走的也是北纬三十九度线吗？

阿里普大爷说：从这里到若羌，你们说是不是？

队长听了心里一沉，自己这支队伍号称“首次民间穿越塔克拉玛干沙漠N39°”，原来被人赶在了前面，现在变成吹牛皮，连旗帜都不好意思打出来了！

孙尔雅在心里琢磨了一下，又问道：他们有多少人成功到达目的地？

阿里普大爷回答：十七人，只有三个人被救援车接走了。

孙尔雅再问道：他们花了多少时间？

阿里普大爷骄傲不已：十二天啊，算起来比王震的部队还快！

队长像遭到当头棒击，一下蒙了。他们出发前根本没搞清状况，不仅不知道王震部队的穿越故事，更不知道有人十二天就完成了穿越，还喊出口号“一个月穿越塔克拉玛干”，现在看来，只是在新闻界和财经界闹出了一个天大的笑话！

孙尔雅还想再问很多问题，譬如他们来自哪里、是干什么的、穿越的目的是什么、为什么完成了穿越却不见任何新闻报道等，但是看到队长不断朝自己使眼色，知道他脸上已经挂不住了，才勉强闭嘴。

队长对阿里普大爷说：我们想请您做向导，还要请您帮忙租借骆驼。

你们这次不用汽车、直升机了？

不用了，我们就用骆驼。

你们有多少人？

十五个。

也想十二天完成穿越吗？

不可能，他们是特训，我们只是志愿者，至少得二十五天吧。

这个时节是旅游旺季，长租的骆驼不好找，价钱也高。

没关系，我们给您两万，其中五千块租骆驼，一万五千算向导费。

我已经老了，走不动，我给你们另外推荐一个向导吧。

那也行。

……

其实，阿里普大爷并不是因为向导费太少，更多的原因是他刚刚带完水姑娘那一队，已经心满意足了。如果新来的队伍试图挑战水姑娘那一队创下的纪录，他或许会再次披挂出征，但一看到他们计划二十五天完成穿越，他的心劲一下就没了。

记者孙尔雅的心劲也没了，她只想弄清几个问题之后就打道回上海。

孙尔雅毕业后到《新世纪经营报》还不到一年，老想着找点猛料，写出几篇有影响力的报道。这次听说财经界少壮派不服气老人帮攀登雪峰，在几家上市公司的联合赞助之下，发起了“首次民间穿越塔克拉玛干沙漠 N39° ”的志愿者活动，算是向老人帮公开宣战。《新世纪经营报》作为全国为数不多的几家专业财经媒体之一，自然收到了他们要求见证奇迹的邀请函，却没人愿意去沙漠受罪。美女小记者孙尔雅找到何社长请战，何社长笑说你沙滩都没去过几次，还敢去沙漠呀？孙尔雅振振有词地说了一大堆理由，何社长拗不过她，交代了一大堆安全措施，才允许她随队采访。

虽然拒绝担任向导，阿里普大爷照例请客人参观了自己的画室。大家对老人的作品赞不绝口，孙尔雅则在那幅最大的画面前停顿了很久，那幅画中，浩瀚炽热的沙漠仿佛在冒烟，最前面一部卡车扬起的沙尘像彗星的尾巴，最后面是一辆越野车，正停下来忙着救援。两部汽车之间的大小沙丘上，三三两两几小队人马在奋力奔走。孙尔雅仔细数了一下，除开下来救援的汉族女子和维吾尔族小伙，不多不少十七人，跟阿里普大爷说的前面那支徒步队伍的人数一样！其中七八个人的脸部还看得出清晰的轮廓。

孙尔雅问道：阿里普大爷，请问这幅画您愿意卖吗？

阿里普大爷一看就摇头：不卖，我还没画完呢。

孙尔雅细看了一下油墨，的确是没画多久。她好奇地问：人物、场景都布置得很紧凑了，就连画面的时间都能看出来了，是下午两点左右对不对？您是不想卖给我吧？

阿里普大爷打心里佩服这个小姑娘的眼光，但他记得张老板、水姑娘再三要求他们保密的叮嘱。他坚持说：场面太大了，颜色调配很不理想，至少还得花一个月时间才能完成。

孙尔雅趁机问道：您画中的这些人是从哪里来的？领队是谁？

阿里普大爷有些为难地说：姑娘，别问了，这些只是我的想象。

孙尔雅知道这笔买卖难成，便走开假装去看其他的画。当阿里普大爷带着他们离开画室的时候，孙尔雅又悄悄折了回来，迅速拿出微型照相机连拍了三四张。走出画室的时候，她发现没人注意自己。她默念道：阿里普大爷，对不起了！

回到宾馆，队长把大家召集起来，讨论了在阿里普大爷那里听到的情况。很明显，此行的意义已经大打折扣。

有人说，没有报道就可以当作事情没有发生，就像王震部队穿越一样，没有历史文献证明，只能算一个传说。队伍开到这里，已是骑虎难下，只能按原计划进行下去了，只是那面“首次民间穿越塔克拉玛干沙漠 N39°”的旗帜要先收起来，免得沙漠边上的人看了笑话。

大多数人都同意这种观点，决定第二天跟着艾里西尔出门找向导和骆驼。

第二天一早，孙尔雅和两名志愿者、艾里西尔一道上车前往镇里。

孙尔雅缠着艾里西尔问：你父亲不肯透露那一队人马的来历，是有保密约定吧？

艾里西尔奇怪地问：你们跟水姑娘不是一起的吗？

孙尔雅顺口答道：是一个大部门的，但任务不同。他们穿越的具体细节我们还不是很清楚，你能说说吗？

艾里西尔反问道：那你们到底是哪个部门的？

孙尔雅一听彻底绝望了。艾里西尔跟着这支队伍走了十二天，都没摸清底细，看来不是他们父子俩要保密，而是他们根本就没有走进这个秘密。这支队伍真是有备而来啊！

孙尔雅试探道：水姑娘是领队吧？你知道她的名字吗？

艾里西尔老实说：不知道名字，但她不是领队，领队是张老板，队员都称他“阿 Sir”。

孙尔雅追问：他们是开着车来的，一辆卡车和一辆越野车，对不对？

是的。艾里西尔到底年轻缺少经验，一下就被唬住了。

而且中间只有一个女的，对不对？

这些你是怎么知道的？

我们不是跟他们一个大部门吗？他们来了多少人我们肯定知道，但他们在沙漠里的细节我们就不知道了，还得请教你告诉我们。

可是……这不是不能说吗？

对其他人和新闻界当然不能说，但对我们，你大可以放心说，我们和他们都是一个部门，一定会为他们保密的。

经不起孙尔雅折腾，艾里西尔将那支队伍穿越沙漠的细节慢慢讲述出来，但是涉及到具体人名，他想起那笔高昂的向导费，死活也不肯说。其实不是他不守秘密，实在是年轻人心里浅，憋着这么一个破纪录的壮举有些难受，即便没有遇到孙尔雅，艾里西尔迟早也会对人张扬出去。

末了，艾里西尔问道：你们知道血狼吗？那个张老板训话的时候一直把血狼当作最厉害的敌人。

血狼？

艾里西尔补充道：不，是对手，张老板说他们最大的敌人是他们自己。

这时，有一个志愿者说：资本市场倒是有一个绰号叫“血狼”的，他就是原来号称“天下第一高手”的高荒原。但是他 1996 年就隐居海外了，他的死对头金彤 1995 年也死在监狱里了，还有谁会把一个销声匿迹的人当成对手呢？

孙尔雅摇头不信：这只是一个巧合吧？金彤我听说过，是“328 期货风波”的空头主角，但高荒原我还真没听说过。就算对付高荒原，这支队伍犯得着玩沙漠穿越吗，还硬生生地创下了一个徒步纪录？难道要在全球范围搜捕高荒原吗？依我看哪，这更像一次秘密军事行动特训，代号“雷霆风暴”，听着就像是一次跨国斩首行动，说不定就是在金三角抓捕大毒贩，或是在阿富汗越境打击恐怖分子！

艾里西尔这才明白过来：原来你们跟前面那支队伍毫无关系啊？！

第一章

---- • CHAPTER 01 • ----

一

2000年8月的一天，东部省会江东市的机场。在国际到达出口处，刘洪站在人群中，远远看见赵毅夫妇出来，他赶紧上前去一手接过汤安静的行李箱，另一只手伸向赵毅说，老板我来。赵毅的行李箱比汤安静的轻巧多了，他说不用。刘洪是赵毅的司机，他抓住拉杆说我来嘛，赵毅不想跟他抢来抢去，就松了手。快到停车处，司机碎步跑过去，开了前后车门，招呼赵毅夫妇上了车，轻轻关上门，然后打开后备箱，把行李放进去。赵毅将司机的举止看在眼里，没有说话，心里却想：经了打骂，这小子变机灵了！

上路不久，夫妻俩的好心情很快就坏了。这会儿是堵车高峰期，车子半天才挪几步，外面喇叭声响成一片，搅得人心神不宁。刘洪也想狠狠拍打方向盘骂娘，但瞥见副驾驶座位上的赵毅，硬是半空把动作缓了下来。蚂蚁搬家那么长的队伍都不乱，文明社会的人类怎么就这么寸步难行呢？赵毅开窗想抽支烟，一股浓烈的汽油味立即冲了进来，飞机上吃的东西差点吐了出去，他马上又关上窗户。赵毅正想着拿出碟片放音乐，还没伸手，刘洪已经把赵毅喜欢的碟片塞进了 DVD 机，轻音乐开始在车内流淌起来。

到了家，赵毅环视一圈，惊问：保姆呢？汤安静解释说：我昨天打过电话，说今天上午回来。现在十点不到，估计是去了菜市场还没回来。

刘洪帮着把行李搬进屋，又泡好两杯茶递给赵毅夫妇，说一路辛苦。完了问老板要去单位吗？赵毅摇摇手，让他回去。赵毅今天什么人都不想见，只想在家好好把时差倒过来。赵毅见刘洪转身欲走，突然想起什么，说刘洪你等一下，还有个事。

刘洪给赵毅当了两年司机，其实并不怎么称心如意，他不懂得看赵毅脸色不说，还有些自以为是。一次赵毅让他晚上去接北京来的重要客人，结果客人晚点了。刘洪开始还听赵毅的嘱咐在机场等了两个小时，后来到服务台查询航班，被告知晚点时间无法确定，他竟擅自开车回了市里。又过了两个小时，航班终于抵达，客人在机场等了很久不见有人接机，赵毅又睡觉关机了，最后只得搭大巴进城。见面后客人几次奚落赵毅，开玩笑说他的司机开黑车拉客去了。碍着是朋友介绍过来的，赵毅才没有开除他，但少不了招来赵毅训斥，甚至一顿劈头盖脸的臭骂。

赵毅起身走到卧室，拉住正在忙碌的汤安静低声说：把我新买的那只机械表拿去送他，叫他别声张！

汤安静迟疑了一下，不情不愿地拿起盒子，在客厅门口递给刘洪：你老板特意在国外挑了一只浪琴表给你，七百多美金呢，在国内用人民币买至少八九千。

司机脸色唰地红了，忙推辞说：这么贵重我怎么好意思收？谢谢赵总，我不能拿不能拿！

汤安静把礼品强塞进司机手里说：叫你拿你就拿上，你整天跟老板跑前跑后的，要让人看得起。赶快拿好，别让保姆看见，也别让其他人知道。

这时赵毅也出来对司机说：不要扭扭捏捏的，下回跟我出去时戴在手上。

汤安静笑说：还红脸呢，有什么不好意思的？

刘洪只好收下了，连忙解释说：没有不好意思，我想上洗手间。

汤安静笑了，指了指卫生间：赶紧去啊，不怕把自己憋死啊？

用完洗手间，刘洪再次谢过老板和老板娘，走了。等司机走远了，汤安静快快地说：七百多美金啊，抵他两个月工资了！

赵毅冷不丁地回了一句：女人懂什么！

赵毅本来想睡，但看着汤安静在卧室里倒腾不已，就在客厅沙发上躺了下来。汤安静把行李箱翻了个底朝天，一一清点着在国外扫到的名牌，美滋滋的。她把一根项链拿出来，在镜子前跟脖子上戴着的钻石项链对比了一下，觉得还是脖子上的更能衬托出自己的优雅迷人，便把新买的放回盒子里，准备存到保险箱里去。

赵毅正在迷糊之间，汤安静走过来拍醒他：放在保险箱里的首饰、名表，还有现金，你是不是放到其他地方去了？

赵毅被她这一搅扰，极不耐烦，没好气地说：你不会去看看其他两个保险柜啊！

汤安静“哦”了一声，转身回房间去了。赵毅重新合上眼睛。自从过了四十岁之后，舒心的睡眠已成为赵毅每天的奢望，为此他每周有一多半时间和汤安静分房睡觉，作为江东市高新投的董事长，赵毅需要保持好心情和高效率。

这时突然听得汤安静喊：你过来一下！

赵毅有些恼怒，不想搭理她。

但汤安静喊得更急了：你快过来啊！

赵毅听得她语气有些慌乱，便懒洋洋地起了身，边走边问：什么事啊？你名叫安静，怎么就安静不下来呢？

进了房间，汤安静正站在三个打开的保险箱前面，一副惊惶失措的样子——三个保险箱都空了，其中一个保险箱只剩下一堆文件！

赵毅顿时大惊失色，话都说不利索了：你、你搞什么鬼呀？

赵毅的话让汤安静更加紧张，仿佛眼前的一切是她造成的。她委屈不已地表白：我一打开就是空的！

赵毅家有大中小三个保险箱，小的主要放首饰、名贵手表、小件礼品等，中的主要放赵毅的一些机密文件，大的主要放大额现金、大件贵重礼品等。临出国之前，所有保险箱都塞得满满的，现在里面的东西却不翼而飞。三个空空的保险箱像三只张大的嘴巴，宣告堂堂江东市高新投公司董事长的家里失窃了！

夫妻俩被雷击了似的，呆呆地站了好一阵。后来赵毅把三个保险箱一一关上，再从汤安静手中夺过钥匙，又一一打开，但“奇迹”还是没有发生——三个保险箱依然空空如也。汤安静渐渐反应过来，掏出手机说：我报警！

赵毅吼了一句：报个屁，贼喊捉贼啊？

说这话的时候，赵毅脸颊上的肉绷得紧紧的，接着眉头也蹙紧了。他的声音里含着暴怒，暴怒里夹着压抑，压抑里藏着仇恨，仇恨里还带着焦虑。汤安静被他这么一震，似乎明白过来，不敢打电话了，嘟哝着：那怎么办？

两人脸上翻云覆雨，软了又硬，硬了又软，最后软塌塌地瘫坐在床沿。又不知过了多久，汤安静在每个房间转了一圈，回来对赵毅幽幽地说：名烟名酒还有那些字画都没动，其他东西也没有少，只有这三个保险柜被窃了，可怜我攒了十几年的首饰，好多还没戴过，钱你放了多少？

赵毅闷了半天，缓缓说道：整整一千八百万啊！

汤安静惊呆了！她好半天没回过神来，想了想问：原来不是拿回……？

我就知道你脑子不好使！赵毅气愤地说：两千三百万里面，还了亲戚两百万，不是还有三百万给儿子换了美元吗？

汤安静辩解道：我不是这个意思，你不是说怕家里放不下，准备把一千万放到办公室保险柜里去吗？最后怎么还是全放到家里了？

赵毅没好声气地说：办公室人来人往的，目标更大，出了问题更说不清楚！

汤安静仍在抱怨：你不是说过要把公司那笔钱赶紧还了吗？为什么不直接还到公司财务去？惹得我们遭这么大的灾！

赵毅听了这话，再也忍不住愤怒说：你这个女人越来越糊涂了，是不是脑袋也到更年期了？这钱后来不是决定要留给章老板吗？还回公司财务？你不想想，这钱挪出来时转了多少个弯？现在还回去哪那么容易？真让人起疑盯上了，你我脑袋加一块儿都不够啊！

突然出了这档子事情，不由得汤安静多想，她甚至怀疑是不是赵毅“贼喊做贼”，把钱借机转到哪个小三手上去了。但她没敢把这个话说出口，这一段时间，两人秤不离砣的，看不出他有丝毫动机，也没有作案机会。

汤安静垂头顿足地说：这出一趟国成本也太高了！

赵毅咬牙切齿地说：我现在杀人的心都有！

但是，除了目光像把刀子之外，赵毅不知道该去杀谁。他点了支烟猛吸，脑袋像电脑的杀毒工具一样飞速运算起来，检测哪个环节出了问题——病毒究竟藏在他妈的哪条程序里？谁是除了他们夫妇之外的第三个知情者？临走前一再交代家里时刻留人看守，怎会出现空当？设有自动报警触发装置的先进保险箱完好无损，谁又能打开？如果是贼，怎么策划的这一切？如果不是贼，对方想干什么？……

赵毅还没运算出任何结果，汤安静却突然像抓住一根救命稻草似的，大叫起来：是不是章老板下的手？这事只有他知道，你赶紧回忆一下，你跟章老板是怎么说的？

赵毅听了也一惊，恍惚着说：我说要他给我一个账号，钱随时打给他，结果他骂我傻，让我先把钱藏在家里，千万不能存银行，等找到转往国外的途径再说。

汤安静说：那肯定就是章老板了！让我们把钱藏在家里，千万不能存银行，还催着我们去国外，明明就是为他作案制造机会嘛！

赵毅来回踱着步子，一会儿又停下来不客气地说：我看你这回是真傻了！最知情的人是章老板，这不错，但章老板这么干的动机呢？本来就是他的钱，他犯得着吗？还有，他一个几十亿身家的人，会看上我们保险箱那点？

汤安静被赵毅说得不住地点头，也觉得章陕不可能，但这贼到底是谁呢？怎么就盯上自己家了？家里还养了狼狗，贼是怎么进来的啊？脑子里一团乱麻的汤安静催促道：你快想想办法，咱们不能这么就被人欺负了！

赵毅一直绷着眉头不放，低声吼了一句：我这不是在想吗！

汤安静低声说：这段时间只有保姆在家，你说会不会是……

正说着，大门声响，保姆买菜回来了。赵毅小声说：把两个大的关了。

汤安静迟疑了一下，关了一大一中两个保险箱，留着小的开着。夫妇俩出了卧室门。

保姆是赵毅老家过来的，一位四十几岁的农村妇女，来赵毅家三年了，一直勤勤恳恳，准时准点，家里该她收拾的地方都收拾得熨熨帖帖。见赵毅夫妇回来了，笑脸迎着说：你们回来得早嘛，我这就去做饭啊。

汤安静不吭声，盯着保姆看。赵毅坐到沙发上，放松了脸上的肉。他说：先不忙，你坐。

保姆知道主人有话要问，把菜放进厨房，回来坐在侧面沙发上。

赵毅喝了口茶，尽量放松情绪，说：这几天家里还好吧？

保姆说：还好啊。

赵毅又问：没发生什么事吧？

保姆说：没有啊，你们走的时候不是要我看紧点嘛，我三四天才出去一趟，也就是去市场买菜。

赵毅再问：狗呢，有什么异常没？

保姆说：狗一天喂三餐，白天守院子，晚上关在屋里。我只牵它在屋边上遛，后面亭子那边都没去过。

赵毅再问：你真的没出去过？

保姆手抖了一下，顿住了，一会儿弱弱地问：出了什么事吗？

赵毅冷冷地说：你带她去看下。

汤安静带保姆进了房间，保姆见保险箱空空如也，知道出事了，腿软着回到客厅，也不敢再坐下，老实交代说：我回去住了两天，家里侄女结婚。这两天是叫刘洪来守的屋。

汤安静轻轻走进房间关了门，给赵毅老家父母打了个电话，问了情况，证实保姆说的是实话，就出了房门，朝赵毅点了点头。

赵毅问：是哪两天？你回来后有什么异常没有？

保姆说：三号、四号两天。我回来后，他交了钥匙给我，问他狗喂了没有遛了没有，他说都做了，我里里外外看了一遍，家里还是老样子，没发现什么不一样的。

汤安静插问：你给的哪几把钥匙？

保姆回答：就院门、大门和客房门，三把钥匙。

汤安静立即发现问得多余，保险箱都能打开，其他门等于没装锁。

夫妇俩沉默了一阵，要保姆去做饭，并交代她今天的事不要对任何人说起。赵毅打电话给刘洪，没多久他就过来了，进了门打了招呼。赵毅示意他坐下。刘洪说：不用，站着就行了。

赵毅问：这段时间你都来了吗？

刘洪回答：按您的要求，我每天都来。一般是吃了中饭就过来看看。

赵毅问：有什么情况没？

刘洪说：都好啊，没什么情况，大姐去喝喜酒，我在这里住了两天。

赵毅问：这两天你都在家吗？

刘洪犹疑了一下，低声说：出去过两次，很快又回来了。

赵毅追问：什么时间？去干什么？

刘洪若有所思地说：就那两天下午，三点的样子，后来晚上又出去了一下。

赵毅蹙着眉头问：干什么？

刘洪好像不敢面对老板，半天才低声说是打牌去了。他之前打牌误过事，被赵毅训斥了几回，后来打得少了，但手还是痒，常常背着赵毅玩一玩。

赵毅这时虽然愤懑，也懒得计较他玩牌的事，继续问：晚上呢？

刘洪见老板没深究玩牌的事，轻松地说：晚上看电视，十点之前就睡觉了，早上六点多起来，起来就去遛狗。

赵毅不再问，要他回去。刘洪本来想问出了什么事，但话到嘴边，还是没敢问出来。他看保姆端着菜出来，也不跟他打招呼，一脸沉重，打开门就走了。

吃了饭，夫妇俩去小区监控室调阅监控和车辆进出记录，物业公司的人知道赵毅身份，也不多问，马上调了出来。三号、四号两天没有什么不正常，进出的车子都是小区的车，刘洪也确实开着车在那个时段进出过几回。赵毅住的别墅小区是江东市早期的别墅，最初还没有装监控，后来物业才在周围加装了，内部却没有。又看了小区四周的监控，没有发现什么钻栏杆、挖墙脚、翻树的异常情况。保安反映说，最近没什么可疑人员进出，每天都一样，车是自己小区的车，外面都是来送报纸、送邮件的那些人，原则上不让他们进门，东西放在传达室就走，业主也是接到通知前来领取。

晚上夫妇俩躺在一起，都翻来覆去睡不着。已经过了大半夜，汤安静还在翻来覆去地念叨不已：这些杀千刀的贼子，什么人不好去偷，偏偏惦记上我们家！偷我们也罢，偏又赶在这个时候下手，保险柜买了这么多年，也就这个时候装过这么多现金！

说者无心，听者有意，赵毅也觉得这个事来得太巧了。他说：这事冲着钱来还好说，就怕是冲着我来的。

那么多巨款和财物眨眼就消失了，汤安静很是痛惜，纠结不已地说：冲着你来怕什么？大不了兵来将挡，水来土掩！那么多钱在我们手上还没放满一个月，那才郁闷呢！

赵毅突然坐起来瞪着老婆说：你烦不烦？贼要真冲着我来，保险柜里的一千八百万都摸走了，股票账户里那四五千万还会不清楚？挪用公司资金的事还瞒得住他？

汤安静一听急了，看来一千八百万失窃还不算什么，要是把老公牵扯进去，麻烦可就大了，这个家都会毁了！她焦急地问：快想想你有没有得罪什么人。

赵毅想了想说：哪个场面上不得罪人？有时候得罪了别人自己都不知道。当官会挡别人的路，经商会抢别人的生意，任何一种情况都有可能让别人铤而走险，甚至鱼死网破。我想来想去，还真猜不出谁最恨我。

两人一一清点记忆中认识的人，分析来分析去，找不出一个确定的可疑对象。弄到凌晨，实在熬不住，才睡了过去。

二

第二天早上，物业打来电话，说有个包裹。保姆去物业拿了包裹回来。赵毅觉得不对劲，一看寄件人姓名很陌生，揣摩着是不是和失窃有关？便扭头对保姆说：你出去遛狗吧。

等保姆出去，赵毅拆了包裹一看，里面是一个手机，一张纸条，别无他物。

汤安静拿手机一看：这不是朋友送给我的那个手机吗？还是在香港买的！就放在那个小保险箱……

赵毅看着纸条，脸色沉了下来，汤安静凑过去，字是打印的：

赵总：你不想报警，就打手机里存的那个号码。

赵毅马上把撕坏的包装纸重新拼起来，包裹单子上留的寄件人地址看起来非常眼熟，突然记起来了，骂道：这个他妈的小区根本没建起来，现在还是一片黄土！你快打下这个号码。

汤安静照着包裹单上的号码打过去之后听到回复：您所拨打的号码是空号。她又拿起快递过来的手机，翻开通讯录一看，只有一个号码。

赵毅当机立断：去车库。

在搞清楚之前，没有一个人是可以信任的，从自己老家来的保姆也一样。于是，两人提了包，直奔自家车库，坐到汤安静的车里，把门窗关严了。

打电话过去？汤安静问。

赵毅犹豫了一下说：你打，摸一下情况，搞清楚是谁、什么目的。

汤安静拨了那个号码，响了两下，接通了。汤安静不作声，等对方先说。一个中年男人的声音不紧不慢：喂，赵总吧？

汤安静按了免提，问：你是谁？

对方也不诧异：你是赵夫人吧？你的首饰真不少啊，还全是洋货！

汤安静听了想发作，但看到赵毅不断做手势，便直截了当地问：你想怎么样？

对方说：赵总也在身边吧？你把电话交给赵总，这是一场男人间的对话，女人躲远点！

汤安静只好把电话交给赵毅。对方确认之后说道：赵总，你是场面上的人物，我敬你，所以咱们说话就不要绕弯子了。兄弟是提着脑袋、摸着良心做事，这次拿了你们的钱，拿得多了点，但我没那么贪，更不会把事情做绝。我只要一千万，其他的钱和财物，可以都还给你们，不过你们得写个承诺书，把钱财数目都如实写清楚，并承诺永不追究，然后签上你们夫妻俩的名、盖上你们的章就可以了。从此以后，我们之间就当什么都没发生过。赵总意下如何啊？

汤安静在一旁听得清楚，没想到这么大一笔钱财被偷了还有还回来的道理，心里不禁一阵惊喜。赵毅也松了一口气，看来这事只是一桩图财案，并非什么厉害对手给自己挖阴沟。但他并未放松戒备，对着手机客气地说：这位兄弟，你这么做很聪明，但让我怎么信任你啊？

对方不客气地回复说：赵总，这些钱财要么你拿些回去，要么一分也别想拿走，全看你自己的态度。还有一个最坏的可能，就是我们都拿不到，全被警方拿走。我很不希望这样，你应该也一样吧？

赵毅怕对方早早挂断电话，多一分钟交流，就能多了解对方一分。他拖住对方说：你的话我听得懂，只是这一千八百万里面，有一千五百万是别人的，我的都可以给你，但是别人的钱我得还，还请你多多理解。

对方没想到赵毅竟然跟自己讨价还价，哈哈大笑了几声说：赵总，我知道这些钱是别人送给你的，要不然，就凭你们两口子拿高薪，三辈子也拿不了这么多！

赵毅心里一惊，想不到这个贼一上来就捏住了自己的七寸，看来没那么好对付。赵毅还想软缠硬泡：那些珠宝首饰手表折算成现金不下四百万，那可全是我自家的，都送给你，另外再付给你三百万，加起来有七百多万了，也不枉你跑我家一趟。

汤安静听说东西送人，有些心里不悦，但也不敢插嘴。男人不明白女人对珠宝首饰的情怀，就像他们永远不明白女人生孩子的痛楚。

对方停顿片刻，正当赵毅以为贼准备妥协时，对方竟恶狠狠地回话了：赵毅，别做春秋大梦！钱在我手里，拿走的钱再还回去，本来就坏了规矩，今天我是给你机会，你别不识好歹，否则什么后果你知道！

赵毅听了一时失语，半天没想出一句话来。对方紧接着说：你们还是老老实实去写承诺书，我会准时找你们的！我可没耐心和你们唠家常！

等对方挂掉电话，赵毅夫妇你望着我，我望着你，好像有很多话要说，但又不知从哪里说起。突然间电话响了，赵毅赶紧拿起手机，一看不是对方的手机号，而是刘洪打过来的。赵毅这才想起应该去上班了。他接了电话，让司机再等一会儿。

汤安静急了，说老公你不能去上班，这事儿还没完呢。

赵毅说：今天蒲副市长要来高新投视察，很重要，我得去陪一下。你不要怕，这事没这么快，得跟贼好好周旋一下。看来他吃准了我们不敢报警，又担心我们请人来摆平，所以才明目张胆找上门来，好让我们写保证不加追究。贼一定是本地的，而且对我们很熟。

汤安静思忖了一会儿儿说：如果真找人把贼查出来，把东西追回来，又会怎样？

赵毅说：那就会鱼死网破，贼玩完，也会逼我们同归于尽。这对我们太不利了，贼是什么人？我们又是什么人？跟贼火拼就是个笑话！再说，我们拖不起，公司那一千三百万要及时归还不说，把这事闹大了，股票账户上的资产也会打水漂。

汤安静低声提醒：那些股票账户没用我们的名字，谁查得到？

赵毅不屑地说：如果你被抓进去了，你能保证自己不说？我是没法保证的。现在要保证的就是让这事尽快熄灭，不能殃及我们的前程。

汤安静有些无奈，觉得人生第一次走进了死胡同，明摆着被别人欺负了却不能出手反击，跟今天赵毅的地位和能力太不相称了。她问赵毅：除了接受贼的条件，我们就真的想不出别的办法了吗？

赵毅想也没想回道：有啊，把贼抓住，完全控制在我们手上，把东西全部拿回来，然后把贼杀掉！

汤安静一听要杀人，觉得太恐怖了，一时噤声。

赵毅没理会她：你要不杀人也可以，就是逼贼接受条件，让贼少拿点钱达成和解，我们放人！不过还是得跟贼周旋。

汤安静继续沉浸在自己的想象中，问道：抓住贼的话，给他多少合适呢？

赵毅说：这可不好说，至少得比一千万要少。给多给少就看贼的能耐了，遇到厉害角色，跟我们死磕起来，还真不如杀了一了百了。

汤安静不想把这事闹到杀人的地步，又实在想不出好的对应之策，她不耐烦地说：这也难那也难，你先定个方案再走，说不定贼马上又要打电话过来了。

赵毅慢慢镇定下来了，安慰老婆道：先稳住贼，跟他慢慢谈。现在他拿了东西在手，别激怒他走极端，能多拿点回来就多拿点，苍蝇也是肉啊！

赵毅急着要上班去，又怕贼打电话过来时汤安静把事情搞砸。他想了想，干脆主动给贼拨了电话过去。对方马上接了问：赵总的承诺书写好了？

赵毅苦着脸说：那一千五百万真不是我的，请高抬贵手，我保证绝不追究。我要是因为一千五百万栽了，说不定也要请你们来陪我。

对方听完这话明显动怒了，他咬牙切齿地说：想威胁我？那些贵重物品我说过不要，你拿三百万就想打发我们？你这是逼我当反腐英雄啊！

说完，便恶狠狠地挂断电话，根本不想跟赵毅讨价还价。赵毅摇下车窗，点了烟，抽了两口又扔出去，也恶狠狠地骂了句：王八蛋！

汤安静有些动摇了：要不，我们少要一百万吧？

赵毅没否认，又拨电话，被对方直接挂断，便发短信过去，说愿意少要一百万。

两人傻坐着，像等着法院判决。忽然电话又响了，是刘洪，提醒九点半有个会，现在九点二十了。赵毅压住怒火说：我就出来了。

赵毅交代汤安静：我得走了，有情况跟我联系，记住发短信，别打电话！贼要钱，但也怕我们走黑白两道。这事不能往两败俱伤的方向走，你就当一桩生意来谈，互相要价是正常的。别把他们逼急了。记住现世安稳，才能岁月静好！

汤安静瞬间有些感动。结婚后，赵毅有十几年没有说过什么浪漫的话了，便温柔而又坚定地对赵毅说：好，你放心去吧！

刘洪把车停在小区马路边上，见赵毅出来，连忙下来拉开车门。到了一个路口，刘洪手机短信铃声突然响起，前面刚好又是红灯，刘洪踩了一个急刹。赵毅本来心有不悦，被刹得身子往前一冲，忍不住爆发了，厉声骂道：心思用到哪里去了？！

刘洪左右不自在地道歉：对不起，老板，看后面车去了！

到了公司，赵毅匆匆下车，快到电梯口，才想起提包落在了后座，没多想便又快步走回去。到车旁时砰的一声拉开后面的车门。刘洪正低头看手机，回头一看是老板，吓了一跳，手机掉座位底下去了。他立即对赵毅说：您让我送上去嘛。

赵毅没理他，拿起包又快步走了。进了电梯，马上发了一条短信。

汤安静等了好一阵子，对方仍没有回音，正准备打开空调通风，手机突然响了，立即拿起跟贼联系的手机来看，没有信息。她深深呼吸了一下，再从包里掏出自己的手机。原来是赵毅发来的短信，说底线是拿一千三百万回来。汤安静清楚老公的意思，他从公司挪走的那一千三百万，不能再拖了，再拖怕出大事，于是回了一个“好”字。

贼终于打电话过来了，见是汤安静接的电话，诧异地问：赵总呢？

汤安静老实回答：上班去了。

对方揶揄道：他不在乎这个钱嘛！我不跟你们啰唆，这钱对半分，还你九百万，贵重物品你都拿回去，就当我做了一趟亏本生意！

汤安静见对方终于松了口，觉得和谈有望，按照赵毅的既定方针，沉住气说：还我们一千四百万吧？贵重物品我都送你们。

汤安静本来对自己的珠宝首饰情有独钟，看得比钱还重要，但赵毅说了，这是策略，多要钱，反正贼拿着珠宝首饰也头痛，迟早会还回来。

对方一听火了：别装蒜！同意就赶紧写好承诺书，不同意拉倒！我再给你们六个小时时限；否则，别怪我没给机会！

汤安静一看表，已经上午十一点了，也就是说，贼要求下午五点前解决此事。和贼打商量无异于与虎谋皮，再拖下去自己毫无把握。她一时有些六神无主，想再拨贼的电话，但又不知说些什么好。她只好发短信把情况告诉赵毅。

好长一段时间，赵毅没回信。汤安静拿着手机静静地坐在车里，感觉渺小无助，巨大的车库房顶显得那么低矮，像要倾塌下来，把她掩埋了似的。

三

汤安静歪着身子躺在座位上，两眼茫然地盯着前面，从未感觉这么失魂落魄。一阵铃声把她惊醒，是自己常用的手机。她打开一看，赵毅发来短信：注意刘洪举动！

刘洪？他不是一直跟着你吗？汤安静感觉有些莫名其妙，马上回了短信过去。

这事做得如此了无痕迹，不可能单枪匹马干得了，一定有内应。我看他反应不太正常。

赵毅估计还在开会或者陪领导，没有打电话过来，而是又发了这样一段短信。

汤安静又问：你确定吗？

赵毅回复：不确定，只是一种感觉。那天我抽了他耳光，他很可能起心报复。

汤安静看了赵毅回复，想起古代那个“邻人失斧”的故事。或许是老公太紧张了，竟怀疑到了自己司机头上。他们平时待刘洪不薄，从没拿他当外人。赵毅给他开的工资、福利都比其他人高，就算抽了他耳光，也不至于来偷老板家呀。再说，这些钱取出来、放在家里的过程，他跟保姆都不知情。

不过，凡事不可想象。自从发现家中失窃，汤安静真的觉得自己的脑袋不好使了。如果刘洪内外勾结，还向主人开口索要一千万，真是太不可思议了。家奴不义，祸起萧墙，假如真是这样反倒好说了。在汤安静眼里，谅刘洪再怎么折腾，也翻不了赵家这座五指山。

平常，汤安静在赵毅面前百依百顺，但她一旦决定要做的事，也不会听赵毅的意见。这一点，在名媛们当中，她是有些声誉的。女人没主见，顶多做个主妇；有了主见，就成了女王。想着想着，汤安静越来越义愤填膺。

什么世道？贼偷了东西竟敢回过头来讨价还价，还找各种理由威胁失主！如果真是刘洪这个家奴伙同外人欺负主人，就更是个笑话！

汤安静突然想到，秦志邦还在西山派出所当着所长呢。

秦志邦和汤安静从小算是近邻。他比她大不了几岁，青春期一直做着跟她“青梅竹马、两小无猜”的美梦，也不止一次地表白过。因为两家环境差别有些大，秦志邦也不怎么出众，汤安静虽然跟他约会过几次，始终没让秦志邦得偿所愿，顶多就是亲个嘴、摸个胸什么的。后来秦志邦被招进了特种部队，转业以后当警察，不知道怎么又当上了所长。别看秦所长平时耀武扬威，见到汤安静还是有些英雄气短，一副暗恋时期的羞赧模样。

想到这里，汤安静立即拨了秦所长电话。电话那边立刻传来秦所长兴奋的声音：安静，今天怎么想起我来了？

汤安静反问：怎么？见不着您还不允许打个电话问候啊，您不想接我电话吧？

秦志邦一听激动了：安静你这是什么话啊？广告上说，再忙也有相思的时候，这个世界我谁都可以不想，也不能不想你啊。说吧，我把门关上了，有什么心里话都说出来，好好感动我一把。

汤安静故作嗲声道：志邦你好坏啊！咱们都一把年纪了，你还说这些不正经的话！

秦志邦一阵哈哈大笑：安静我说的可是心里话哟，跟你说了几十年心里话，你就是不当回事！我还真不知道为什么，当初我比赵毅下手早，怎么就让他捷足先登了？

汤安静叹了一口气：唉，还说这些干什么？过去的事就让它过去吧，就当是一段美好的回忆。

秦志邦兴致来了：安静你这话怎么听起来老气横秋的！你才三十几不到四十，我也刚过四十，人说三十如狼四十似虎，就说些夕阳西下的话，太没劲了吧？

汤安静突然在电话里哭了起来，似有满腹委屈：志邦你不知道，我现在被坏人欺负了，你要给我做主啊……

秦志邦哪里受得了这个，立即问汤安静：你现在哪里？我马上过来。

汤安静止住抽泣：不用，我马上来你办公室。

也就十几分钟的时间，汤安静就到了秦志邦的办公室。

秦志邦本来还想继续开玩笑的，但看到汤安静的确愁容满面，一下不好意思了。他关上门，倒了茶水递给汤安静。

汤安静接过水一口喝干：志邦，我已经几天没睡着了，这事你先答应帮忙我才说。

秦志邦急了：安静你快说事儿，我看着你就受不了，除了你要我去杀人，其他能办到的，我决不推辞。

汤安静说：我不要你杀人，只要你抓人。

秦志邦更加疑惑不解：发生了什么事？要我抓谁？

于是，汤安静慢慢告诉秦志邦，自己跟赵毅出国之前，准备给儿子多换点美元，省得每年折腾，就借了一点钱放在家里。临出国前被告知不能多换多带美元，就把两百万现金放在家里的保险箱。等他们从国外回来一看，竟被贼偷了，被偷的还有一些名贵首饰手表。

秦志邦看上去显得比汤安静还急：你们怎么不报案呢？这种案件越早报案越容易侦破，晚了贼都跑没影了。

汤安静解释：我也是这个意思呀，可是老赵说自己是国企老总，数目也不少，怕报案之后引起社会议论，还怕媒体乱写一通，到时被说成贪官污吏，就是浑身有嘴也说不清呀。还有一个原因，老赵怀疑就是身边的人所为，这个人又是一个领导推荐过来的，不愿意把事情闹大了。

秦志邦似信非信：哦，这么回事呀。

汤安静说着又流泪了：现在贼骑到我头上来了，竟然要跟我们谈判，说把首饰手表还给我，钱全归他们，还要我们承诺不报警。

秦志邦话中有话：谈判？偷了两百万还敢回来，这些贼也忒邪门了！

汤安静接着说：老赵顾忌多不想惹事，我可咽不下这口气，想来想去只有你能帮我，志邦你可得帮我一把。

秦志邦本想避开这事，说话的时候却拍着胸脯：安静你说吧，我说过只要不是杀人，怎么帮你教训他们都行！

汤安静用纸巾拭干眼泪：我想利用谈判之机引蛇出洞，你带几个可靠的人帮我把他们抓住。你那些手下也不亏待他们，我付他们十万辛苦费，你的那份另外给。

秦志邦一听连声拒绝：谈什么辛苦费？你的事就是我的事，一分钱也不要，只要安静你对我好！放心，这事我清楚了，要有所为有所不为，对吧？

汤安静高兴不已：志邦你真聪明！要是早些年发现你这么聪明，哪有赵毅的机会啊？

秦志邦嘚瑟起来，一把抓住汤安静的小手说：日久见人心，路遥知马力，现在你也可以给我机会呀！

汤安静轻轻挣脱手腕：机会多的是，等你帮我摆平这档子事，我一定感谢你。

秦志邦意犹未尽：好，我等着。

商量好一切细节之后，汤安静按秦志邦说的，迅速去西郊比较偏僻的常乐宾馆包下了五间房。做完这一切，汤安静想万事俱备，只欠东风了。小贼敢欺负老娘，一定叫你们看看是什么下场！这时秦志邦电话进来了：我这边人手已经到位，有三个警察、三个联防队员，应该能应付，你主动联系他们吧。

汤安静回复：好，我马上打电话！

下午四点钟不到，汤安静主动拨通那个电话，听声音还是那个中年男人，他不耐烦地问：时间快到了，承诺书写好了吗？

汤安静胸有成竹，应对自如：你不是要承诺书吗？我家老赵开会去了，我得找他签名啊。

对方说：这就对了，你现在随时听我电话指挥，要是有一点自以为是，别怪我不讲江湖道义，你们后果自负！

汤安静装着不放心似地问道：那九百万和所有贵重物品你们都准备好了吗？我要求一手拿东西，一手交承诺书。

对方声音立即提高了：听谁的？我要先拿到承诺书，确认没问题才还你们东西！

汤安静还是显得不放心：要是我给了承诺书，你不还我东西怎么办？

对方大骂：你脑壳进水了吧，还跟我讲条件！承诺书没问题，东西自然会给你们；如果不给你们，承诺书不等于是一纸空文吗？

汤安静觉得贼说得也有道理，心想只要把人抓住了，东西还能跑到哪里去。于是妥协道：好，我听你的，你可要说话算数啊。

对方明显不耐烦了：少废话！你现在拿着承诺书，把车往八一桥方向开过去。别忘了把承诺书装进红色塑料袋。到了那里再听我电话指令。

汤安静依言而行，一会儿就接近八一桥了。

这时对方电话进来了，他命令道：开到桥下，那里有个垃圾桶，你把红色塑料袋丢进去，然后走开，不要回头。

汤安静故意拖延时间：八一桥哪边？东边还是西边？

对方说：东边。

汤安静又问：那我们的东西怎么办？你不会骗我吧？

你他妈太啰唆了！对方骂完立即挂了电话。

汤安静立即换了个电话打给秦志邦：怎么样？你们看到我的车了吗？

秦志邦说：就在八一桥边，盯着呢。

汤安静交代：我到了桥下东边应该还会跟他通话，你们看准了就动手啊。

秦志邦说：一切都在我的掌握之中，你放心。

汤安静从车里拿起红色塑料袋，随手塞了一张白纸进去，把车开到八一桥下，靠东边停下来，心脏扑通扑通跳个不停。她抚了一下胸口，深吸一口气，默念了三遍“上天保佑”，拿着袋子开了车门，走近垃圾桶，把袋子塞了进去。又转身回来，上车，继续开车前进。过了一个十字路口，她主动打电话过去，对方接了，但没好气地问：说好听我电话，谁让你打过来的？

汤安静显得着急：你拿到了吗？快点去拿啊，我担心被捡垃圾的捡走。

对方骂了句“你操空心”，接着又命令：你一直往前开，开到河边上去，再沿着河边开到渡口，把车停在渡口边上，锁了车，你坐船去河中间的岛上去。

汤安静知道那个渡口，早已经废了。河中间的岛是个荒岛，原来还有些居民，市政府准备开发作为旅游景点，居民都已经搬走了。只有周末的时候，偶有一些年轻人去那里玩，现在估计一个人影也没有。

汤安静到了河边，准备转弯去渡口，心中十分着急，一直想着怎么还不抓住，怎么还不抓住。等绿灯的当口，电话又响了，汤安静迅速接听，急不可耐地问：抓住了吗？抓住了吗？

秦志邦说：不好意思啊……

汤安静心里一沉：跑了？

秦志邦意味深长地说：这太让我们丢人了……

绿灯亮了，后面的车一顿喇叭响，汤安静也不管，把车就停在路中间，焦急地追问：到底怎么样啊？让他跑了？

秦志邦却哈哈大笑起来：不是！是太没技术含量了，老鹰抓小鸡一样，两个人带车被我们一举抓获，这些小贼完全是江湖小学没毕业的水平，不知道怎么敢出来混。

汤安静吐了一口气，这才过了绿灯，嗔道：你吓死我了，我的小心脏都跳出来了。真是太感谢太感谢你了！

秦志邦谦虚地说：别客气，你直接去常乐宾馆吧，我们在那里会合。

汤安静调了头，喜滋滋地朝常乐宾馆开去。这时天空真蓝，江水也显得可亲可爱。这回自己为这个家立了一大功，赵毅肯定会另眼相看了。还有那些首饰，马上就要回来了！汤安静上一次感觉如此欢快的时候，似乎只有十几年前和赵毅结婚的那天了。

到了常乐宾馆，汤安静恨不得马上见到那些贼，却在大厅被秦志邦拉住：不急不急，等下再去。

汤安静奇怪了：怎么不让我去见他们？

秦志邦神秘地说：先让他们看报纸。

汤安静更加奇怪了：看报纸？让他们看什么报纸？还搞政治学习啊？

秦志邦不回答，转身对汤安静说：我们去房间里谈吧。

汤安静早就准备好了休息的房间。她只好跟在秦志邦后面快步走向楼上的房间。

两人进了电梯，秦志邦解释说：看报纸就是垫着一堆报纸打，这样没外伤。这是我们的规矩，刚进来的人都要看报纸，在古代叫杀威棒，先杀杀他的气焰。

汤安静恍然大悟，附和道：好好好，就得让他们吃点苦头，实在是太嚣张了。

电梯门打开了，秦志邦伸出手拦在门边上，两眼柔情地看着汤安静，示意她先出去。汤安静忽然觉得有些羞赧，又有些不安，背着老公和另外一个男人进了宾馆房间，不管做什么，都有些说不过去。

关了房门，汤安静一边烧茶，一边问秦志邦是怎么抓住他们的。秦志邦说：没什么可说的，他们停了车准备去垃圾桶捡东西，我们几个兄弟一冲上去，拿把假枪一顶，乖乖就范了。

汤安静惊讶道：就这么简单？

秦志邦不屑一谈地说：那还要怎么的，你以为会发生电影里那种街头火拼？

汤安静还是不信：真的？你们没有受伤吧？

秦志邦走过来，搂住汤安静的腰说：我要是受伤了，你心疼不心疼啊？

汤安静象征性地扭了一下：心疼，当然心疼了。

她心里想赵毅搂着别的女人时，是不是也这样矫情。

秦志邦的手正要往上移，电话响了，不情不愿接了电话：嗯，好，我就下去。

秦志邦挂了电话，对汤安静说：供出同伙了，我下去一下。

汤安静说：我也下去。

贼有两个，一个叫姜大为，看上去身强体壮，面相有些凶狠，已被打得垂头丧气；一个叫陈志金，身材瘦小些，皮肤有些白细，似乎苟延残喘了。

秦志邦的伙计们都穿着便衣，其中一个穿运动服的介绍说：姜大为还真经打，硬是不说，这个叫陈志金的倒是几下就招了，供认了手机上那个同伙叫刘洪。

刘洪！汤安静叫了起来，真的是刘洪？

伙计见她不相信，又朝姜大为猛捶了一下：刘洪是不是同伙？你们短信里的黑话别以为老子不知道！

姜大为见陈志金招了，好汉不吃眼前亏，也承认了。

秦志邦把汤安静拉到走廊上，轻声问：刘洪是什么人？

汤安静似乎还没反应过来，愣了一下才回答：是赵毅的司机。

秦志邦也不惊愕：要不要通知老赵再抓？

汤安静想了想说：老赵现在开会没时间，我看直接去抓了他吧，他应该在老赵公司。要姜大为打个电话过去，约个地方见面。你看怎样？

秦志邦反对：不太好，他们现在被打得没气了，容易露馅。这样吧，先用姜大为的手机发个短信过去，说一切顺利。你再打电话过去说在河边发生了追尾事故，车子不能动了，要他开一辆车过来给你去办急事。

汤安静依言到路边上拨了电话，语气急切：刘洪，老赵现在要用车吗？

刘洪说：他今天陪市里领导开会，估计暂时不会用。

秦志邦在一边故意大声说话：你怕是把油门当刹车踩了吧，把人家屁股撞成这个样子！

刘洪听旁边有人说话，又问：您没出事吧？

汤安静故作懊恼状：不小心撞了别人的车，被拦着不让走，正在等交警过来。我现在有急事要办，你开车过来我先借用一下，另外，这边还要你帮我处理一下，交警你不是有熟人吗？

刘洪帮汤安静处理这样的事也不是第一次了。他问了详细地址，说一刻钟内赶到。

秦志邦带了两个伙计，坐一辆车出发了，汤安静跟着走。到了河边，两辆车贴着停了。不一会儿，刘洪开着赵毅的车过来，刚一下车，就被抓了。刘洪望着车里的汤安静，开始是一脸错愕，转而变成一脸愤怒。

秦志邦敲了敲汤安静的车玻璃：怎么样，不够刺激吧。

到了宾馆，才打了几下，刘洪就讨饶，伙计们也不停手，差不多够了才打住。汤安静在走廊里听得一阵呻吟，心里畅快极了。她对秦志邦说：这里就交给我吧，我知道你们忙，请你帮我叫几个人来看着，不能再是警察啊。

秦志邦点头：也是，警察不好干这事，我叫几个联防队员来吧。

汤安静仍有顾虑：可靠不？应该不会出去乱讲吧？

秦志邦安慰道：不用担心，我都交代好了。别看联防队员不正规，办起事来比警察还可靠，对我的忠诚度更高。

汤安静这才放下心来：那就好，这事就到此为止。这帮畜生我自己来处理，我要让他们吃尽苦头。

秦志邦交代：还是速战速决为好，别节外生枝，教训他们也得适可而止。

汤安静说：这个自然，我也想低调才出此下策的，不然报案给你们省事得多。

秦志邦立即打了个电话。不一会儿，来了五个结实的年轻人。秦志邦对他们细细作了交代，撤换了所里的伙计，与汤安静去摆庆功宴了。

吃了庆功宴，秦志邦叫伙计们先回所里，他和汤安静又回了常乐宾馆。

一进五楼的休息房间，秦志邦就一把搂住汤安静啃了起来。大事已了的汤安静半推半就着，两个人滚到了床上。和暗恋自己的人上床，汤安静觉得踏实，至少他曾经对自己有过真情，世间男女关系最怕没有真情。这就是女人总在想与不想之间纠结的原因。而男人一生最遗憾的，就是不曾和初恋的女人上过床，不在乎是不是在她最美好的年华摘花，只求在枯萎之前为自己怒放一次，这样才能了却所有念想。到手之后，秦志邦觉得，自己一直想入非非的这个女人，也就那么回事，并不比其他女人更爽。女人是个鬼，搞了就后悔，这话说得对啊。不过秦志邦脸上还是很愉悦，毕竟这个女人是自己的初恋，还是一名副厅级老板的夫人。

汤安静望着秦志邦，一脸绯红地感慨：想不到二十年之后，还是让你得手了！

秦志邦笑了：我们原本两小无猜，现在是两情相悦！你不后悔吧？

汤安静低着头说：肯定后悔啊！这事只能有这一次，再不能发生第二次了。

秦志邦也没敢多想以后的事，但嘴上不想放过，故作遗憾：谁说不能有第二次了？

两人开了一会儿玩笑，又喝了会儿茶，精力恢复得差不多了，各自穿上衣服。秦志邦问：追回东西之后，接下来你打算怎么办？

汤安静感慨道：还能怎么办？教训他们一顿之后放人呗，这帮畜生杀也杀不得，关也关不得，到时还得给他们发路费！

秦志邦建议：老赵的这个司机也太无耻了，对老板下这样狠手，要不把他弄残算了？

汤安静心想还有两千多万在他们手上呢，弄残了他不闹翻天才怪，便说：得饶人处且饶人吧，老赵领导的面子不给不行啊。你们不也是抗拒从严、坦白从宽吗？

秦志邦笑道：亲爱的你真是善良啊，那就交给你自己处置吧。我先走了。

汤安静连忙从包里拿出十万块：今天太感谢了。

秦志邦一阵推托：你已经谢我了，这个可不敢再收。

汤安静硬塞到他手里：你帮我这么大忙，怎么感谢你都不够的，再说你手下来了这么多人，怎么也得打发，要不然人家说我不知好歹。这一份你先拿去给大家发奖金，我会再给你准备一份的。

秦志邦见推不掉，只好说：那我就恭敬不如从命，拿去给兄弟分了。我那一份你不要准备了，再弄就见外了。你记得我就好。

汤安静娇媚一笑：记得，当然记得。

四

刘洪单独关在一个房间，双手被紧紧铐在室内的双层铁床上。汤安静把看守他的年轻人支了出去，坐在了他对面的床上。刘洪也无怯意，眼睛盯着汤安静。汤安静忍不住用手连指了他几次，才说：真没想到你这么蠢，我们哪里亏待你啦？

刘洪反唇相讥：亏待？你问问老板，他什么时候把我当人看过！

汤安静说：笑话！你就是一个下人，难道还要老板把你当上司伺候？

刘洪毫不示弱：我要告诉你们，下人也是人，别忘了下人也同样长着一颗脑袋！

汤安静听罢大笑：啊哈，不错，你是长着一颗脑袋，就是长歪了，所以才有今天！挨了打不说，还要坐穿牢底，让家里老婆孩子……

刘洪打断她：有老板陪着，坐牢我觉得值了！放心，如果能侥幸关在一个监狱里，我一定还把他当老板，照样伺候他！

汤安静气得直发抖，四处找揍人的家伙，转念想起赵毅的交代，心想跟这奴才置气没意思，他们藏着自家的东西，那是他们的护身符。于是，她换了口气说：今天被我抓住了，你总该好好想想后果了吧？

刘洪不服软：你们破坏协议，先想后果的是你们！

汤安静盯着他：刘洪啊刘洪，你狠啊，今天我才算看清你的狰狞面目！

刘洪大言不惭：我再怎么样，都比不上老板面目狰狞。你问问赵毅吧，他的尾巴见到谁会夹起来，见到谁又会翘起来？你问问他跟那个姓马的出纳是怎么回事？再问问他跟电信那个狐狸精又算怎么回事？这些事我都不想说了。你以为自己又好到哪里去了？有本事你光明正大去炒股，用自己的账户去做老鼠仓啊，敢告诉别人你用我的账户赚了多少钱吗？

汤安静被刘洪一顿连珠炮轰得方寸大乱。赵毅背着她养小三，居然还不止一个！但她很快镇定下来，抢白道：谁做老鼠仓？你知道老鼠仓是什么吗？

刘洪不禁大笑：是啊，我只是个下人，哪里知道老鼠仓呀，我顶多只能在你们家里做个老鼠仓而已！

汤安静气得脸色红了又白，忍不住狠狠抽了他一个耳光，大骂：无耻！混蛋！别忘记你们现在落在我手上！别逼我，大不了我什么都不要，挖个坑把你们活埋了！

刘洪居然嬉皮笑脸：老板娘您打得不痛不痒的，您还是别生气，俗话说人为财死、鸟为食亡，那么大一笔钱财，都争着不想要，只想着拼个你死我活，这才是疯了！

汤安静不想跟他多废话，忍了又忍才说：你想求财就好，我可以放你们出去，就当什么事都没发生。我还会给你们钱，算是封口费，不过我们要签一份保密协议书。怎么样？

刘洪扭过头来，看着汤安静，不紧不慢地说：你们撕毁协议在先，我也既往不咎，你只回答我两点：第一给我们多少？第二是否愿意签字承诺不追究？

沉默了十来分钟，汤安静亮出底牌：给你们三百万。

刘洪不屑地哼了一声：三百万？付医药费都不够！

汤安静说：那是你们找抽！过了这村就没有这店，不要可别后悔，我的耐心已经到了极限！

刘洪摆出一副死猪不怕开水烫的姿态：我的耐心也到了极限，给我们一千二百万，什么都好说！加的部分是惩罚你们违约，还有医疗费。

汤安静见他得寸进尺，不由得再次发怒，指着刘洪咆哮起来：刘洪，你别不知好歹，给你一条活路，你还想当神仙了！现在你们都在我手上，别说打残，就是让你们永远见不到明天也不是难事！

刘洪见这个平时温柔的女人，一下子变成了一头凶狠的野兽，也吃惊不小。他本来还想刺激一下她，想到没必要把事情做绝，也堵死自己的活路，就不再吭声了。

汤安静也不想这么快跟他们讨价还价，自己这么一折腾，总得减少点损失，好让赵毅不要小看自己。底牌亮出，就让他们三个人去商量吧。实在不行，再让赵毅拿主意。她察看了一下房间的后窗，发现是打不开的，就开门出去，叫看守把刘洪三个人暂时关到一间房，都戴好手铐，严加看守。汤安静让联防队员们都撤到门外，打开窗户盯住他们。自己又回到楼上休息的地方，盯着服务员打扫好刚才跟秦志邦一起弄乱的房间，才坐下来给赵毅发了个短信。

在汤安静诱捕窃贼、私设刑堂的这段时间里，赵毅全程陪同蒲副市长调研，把手机调成静音，忙了一天，晚上又陪领导喝酒。今天他特意少喝了一些，等到要散场的时候，发现刘洪还没来，心里一股怒火随着酒劲冲上来。他正要打电话给刘洪，才发现汤安静早发了短信来：果然是刘洪，已经被秦所长抓到常乐宾馆了。

赵毅匆匆送别了蒲副市长一行，立即打电话给汤安静。汤安静说在宾馆等他，赵毅立即打了个出租车赶过去。

赵毅一进房间便问：什么情况？

汤安静抑制不住脸上的兴奋。她觉得自己用智慧化解了一场家庭危机，兴致盎然地把来龙去脉讲了一遍。赵毅听完后，不置可否：你确定秦所长没审问他们偷盗的细节？

汤安静解释：他们抓人后直接关到宾馆，在我赶到现场前后，只审问过同伙姓名，还狠狠揍过他们，应该没问其他方面。我提前交代过，要自己来审问他们，有什么问题吗？

谁知赵毅听了后悔不迭，连声叹气，然后压低声音对她吼道：你知不知道你又做了一件蠢事！你说不要他们审他们就不审啊？你说两百万他们就信哪？秦志邦干警察这么多年，老油条一根，什么猫腻看不出来？再说了，你能保证秦志邦怎么说，他手下那些人会跟着怎么说？他们打过窃贼了，就说明他们已经审过了，谁能保证他们只问同伙不问案情？这时候说不定整个派出所都知情了，如果有人存心捅娄子，秦志邦罩得住吗？

汤安静满心不悦：你这么激动干什么？你担心的这些我都考虑到了，我跟秦志邦一再交代要保密，并且已经给他的手下开了十万辛苦费，说还要另外给他一笔。就算他们真了解一些案情，也会睁一只眼闭一只眼。再说，贼也不敢轻易吐露金额数，那是他们最后的救命稻草，说了他们也完了。

听汤安静这么一说，赵毅对刚才的态度有些后悔：看来你也学聪明了！做任何事一定要考虑周到，不能留下漏洞，千里之堤溃于蚁穴，否则后悔就来不及了。

汤安静想起刘洪说的赵毅那些丑事，不禁一肚子怨气：还不是被你骂出来的，在别人眼里我是贵妇人，在你眼里我就是一块抹布！

赵毅看看床铺，发现还干净，就势搂住汤安静柔软的腰肢说：谁说你抹布了？今天你不就做成了一件大事吗？不过有些方面还得小心提防。

说实话，汤安静很明白赵毅动作的意思，往常赵毅只有在想要的时候才会碰触她的身体，但此时她想拒绝赵毅的温存，一来这间房里的一场暴风骤雨刚过去，温度都没降下来；二来她对赵毅的那些风流韵事一下子难以消化掉，她的心里正压着怨气呢。她坚决地推开赵毅的手说：回家再说吧，这里不卫生，我怕得病！

赵毅独自瘫倒在床上，静静望着天花板，好像喝了不少酒的样子。汤安静有一肚子话想问他，但看到他那个样子，觉得还是今后慢慢问得好。她正想说回家的时候，赵毅却坐了起来，表情严肃地说：安静啊，这是一件见不得光的事，见光就是死。现在看起来不存在漏洞，但我还是担心派出所，你再给秦所长送二十万过去，就说是我表示感谢。

汤安静穿上衣服，不以为然：老公，你胆子也太小了，世上哪件事不冒风险？这次让几个畜生一闹腾，损失不小。我是跟秦志邦说过要感谢他，那也用不了送那么多，我看再送十万应该差不多了，送得太多他反而会起疑心。

赵毅坚持道：我这是要堵住他的嘴。你要知道，这个案子实际是两千多万啊，再牵扯下去，就是七八千万。秦志邦是什么人？跟我们非亲非故。我知道，他曾经喜欢过你，但说不定正因为这事心里恨着你我呢。

汤安静想，秦志邦占的便宜大着呢，老娘的身子就不值钱啊。但她不敢多说，只得答应赵毅，再给秦志邦送二十万过去。

赵毅又交代汤安静，跟那几个贼要尽快达成协议放人，拖久了不好。汤安静本来想让赵毅来掌控局面，但赵毅表示自己最好不要出面，让她尽可能拿回一千三百万现金，还有那些珠宝首饰，万一有难度，也不能跟贼硬碰死磕，少个一两百万也未尝不可，千万不能拖延。

汤安静点着头，心里却一片苦海。自己挽回败局，反被赵毅说风凉话，自己赔了身体，还要赔几百万进去，赵毅却逍遥自在，还在外面乱搞女人？他把我汤安静当成什么了，他的公关小姐？！

赵毅说完就走了，留下汤安静一个人坐在房间里。周边的黑暗慢慢笼罩过来，把她紧紧裹住，让她突然感到有些无助。

汤安静又给秦志邦送了二十万。秦志邦死活不收，听得是赵毅的意思，就说老赵也太客气了！看汤安静诚意十足，他想不收反而会让赵毅发现自己有鬼，就干脆收了。

只是想到这三十万，相当于自己三年的工资奖金，秦志邦就有些舍不得分给手下的弟兄们，干脆全部放进了自己腰包。他的想法也不是没有道理，作为公务员，收人家钱的事，范围控制得越小越好，最好只有自己知道才安全。他收下汤安静的钱之后，反过来再三交代汤安静要保密。

当然，这么多手下跟着秦志邦办私事，不是多给点加班工资就可以解决的。秦志邦事后选了一个高档酒店，掏出三万元现金，花两万请帮过忙的手下吃喝玩唱了一遍，另外一万打了红包人手一份。他对大家说，事主盛情感谢大家。

汤安静第三次跟刘洪谈判的时候，刘洪提出要一千万，汤安静加到四百万。两人仍然互不让步。汤安静让几个联防队员又给他们看报纸。第四次，汤安静加到五百万，刘洪咬住七百万不放。

汤安静是持家惯了的女人，做事当然能省就省，想着越要赶紧越不能急，于是隔一天让一步，所以老谈不成。赵毅担心拖久了东窗事发，几次打电话催汤安静放宽条件，弄得汤安静烦了就说：贼都没有你这么急！你急什么？他们现在一天让我一百万，等于我一天给你多挣一百万啊！

赵毅被弄得骂也不是说也不是，只好劝她：这不是钱多钱少的事，而是安全不安全的事。

最后刘洪提出最低要六百万，每人两百万，赵家出承诺书，由刘洪三人签下保密协议。汤安静知道，如果赵毅知道，肯定就达成协议了，可汤安静不甘心。她想死守住最多给他们五百万的底线，并没有将这一情况告诉赵毅。

那天，汤安静又来问刘洪，见他一副死流氓嘴脸，又想起他在家里的奴才样，气得暴跳如雷，顺手夺过联防队员手中的一把扳手，朝刘洪的小腿砸了过去，怒吼道：老娘今天废了你们算了！东西老娘不要了，也要出了这口恶气！

只听得刘洪一声闷哼倒在地上，看来腿是断了，几个看守进来也傻眼了，怕汤安静再次动手，使劲拖住了她。

正闹得不可开交的时候，突然一群警察拿着枪破门而入。这次轮到汤安静傻眼了，不知怎么就被粗暴地按倒在地，双手反扣在背后。所有人等包括秦志邦安排的看守人员都被铐着带走了。

第二章

----- • CHAPTER 02 • -----

一

上海黄浦江畔，《新世纪经营报》大楼。

晚上八点多，同事们都陆续下班了，孙尔雅还在电脑前发呆，QQ信息声叫了好一阵，她也未予理睬，直到秦小敏给她发来手机短信，逼她上QQ聊天。秦小敏是她的大学室友加闺密，大学毕业分配到老家江东的银行工作，一直如鱼得水。刚打开对话框，秦小敏已经一口气发了三个沮丧的表情过来，还有一段留言：好不容易现场逮住你，为什么不理我？为情所迷还是为情所伤啊？

孙尔雅先回了个同样沮丧的表情，她知道秦小敏问的是自己和男友范东的事，回道：为情所伤？这么奢侈的浪漫怎会发生在姐的身上？姐这几天快郁闷死了，茶饭不思！

秦小敏问道：不会是更年期提前到来吧，快说来听听，什么灾难把你的胃口毁成这样？

孙尔雅心情还没收拾好，不想讲故事当祥林嫂：先说说你的灾难！

秦小敏：有苦难言啊……

孙尔雅懒洋洋的：不会又要我给你做心理辅导吧？是老公欺负你还是遇到小三了？

秦小敏：去，你才需要心理辅导呢。唉，不知道该不该说啊……

孙尔雅笑了：还说不需要呢。说吧，反正我辅导你好多年了。

秦小敏：心神不宁……

孙尔雅又发了一个搞怪的表情过去：这么吞吞吐吐的，我看你是胸神不宁吧。

秦小敏：说正经的。我堂哥出事了。

孙尔雅坐直了身子，认真敲起字来：聆听中，继续。

秦小敏：前几天，我堂哥突然被抓了。他是派出所的所长，听说是他一个朋友家里失窃，案子报到他这里，让他出面帮忙。小偷很快被抓住了，竟是那个朋友家的司机。朋友和司机想私了，派出所的人就撤出来了。哪知道他们派出所的王指导员知道了，悄悄把这事告到上面，我堂哥就以滥用警力的罪名被抓了。

孙尔雅凭着记者直觉问道：是你堂哥落下什么把柄，还是指导员设下圈套陷害呀？

秦小敏：都有一点吧，具体案情我也不是很清楚。我堂哥算好意帮忙，结果被指导员做了文章，他觊觎所长的位置不是一天两天了。

孙尔雅迅速在网上查了一下“滥用警力”的罪名，安慰道：没事，“滥用警力”说起来严重，只要没有舆论炒作，不算大罪！

秦小敏：听说还抓住他一些别的把柄。

孙尔雅仗义执言：什么把柄啊？无非是朋友对他表示感谢，吃点喝点还拿点吧？只要没玩出巨额受贿案情，在你堂哥身上就做不出一篇大文章。警察帮朋友忙是常有的事，你开车违章不找熟人啊？从司法程序上来看，立案了还能撤案呢，这事真不算什么。

秦小敏：我也不清楚具体情况，所有案情市里严密封锁消息。我堂哥朋友四处打听，都摸不到确信。可是，为什么要封锁消息？我们越想越觉得不是好事，这才找你帮忙啊。

孙尔雅叫屈：姑奶奶，你太高看我了！我能帮什么忙啊？你应该在江东下手啊，你堂哥自己就是警察，你们家又是当地大户，难道找个人打个招呼就那么难吗？

秦小敏：哎呀快别说了，没出事前一大堆人跟我堂哥称兄道弟，个个都像能两肋插刀似的，可出事之后都不知躲到哪里去了。这世界上，锦上添花的多，雪中送炭的少啊。

孙尔雅：你说得有道理！可我真起不了作用啊。

秦小敏：你一个名记，神通广大，对我们来说天大的事，你一个电话就解决了。

孙尔雅笑了：你损我吧？没看过那个写记者的段子啊？

秦小敏：你快发给我，让我狠狠地同情你一把！

孙尔雅立即从网上把段子复制过来：原创转发呵！“某天晚上下班回家，一巡逻民警迎面而来，突然对我大喊：站住！民警问道：你是记者吗？我回答：是记者。民警：可以走了。我感到很诧异，问道：为什么这样问我？民警说：深夜还在街上走，寒酸苦逼的样子，不是小偷就是记者！”

秦小敏：那绝对是个小报记者写的，跟你这样的大报记者没关系。

孙尔雅声明：什么小报大报？五十步笑百步而已。告诉你，我的真实生活跟这差不多。

秦小敏：反了反了，明明是我跟你诉苦来着，怎么变成你跟我诉起苦来了？我现在已经被搞得睡不着觉了，三天两头地找人，又不见任何效果。

孙尔雅开起了玩笑：你说被谁搞得睡不着了？是你老公还是别的什么人啊？

秦小敏：求你别打岔了！你倒是帮不帮我？

孙尔雅表态：帮！你有事我怎么能不帮呢？但我只是个跑财经线的啊，你堂哥这事归公检法。你先等等，跟你一聊上天，我就感觉到饿了，让我先找点吃的东西！

孙尔雅起身，到边上小谷和老海的办公桌抽屉里一顿乱翻。平时这两人都是她的搭档，不会在意她的“扫荡”，别人可就不好说了。折腾半天，她终于从老海桌下的一个纸袋里摸出一包方便面，撤了包装纸就往嘴里塞，也不看看过期没有。

重新坐到桌子前，发现秦小敏发过来很长一段话：你呀死性不改，有了男人跟没男人一个样，谁受得了啊？范东还好用不？都用了这么长时间，既没见你退货，又没见你谢媒，你当是走私呀！走私偷税漏税，但快乐还得跟人分享不是？你还当我是最好的闺密不？

范东是秦小敏介绍给孙尔雅的，在一起还不满三个月。孙尔雅原来的“高富帅”男友，想让孙尔雅考徐汇区的公务员，说一切都安排好了，只要她走个过场就行，但遭到孙尔雅断然拒绝。他们的感情产生裂隙，后来又因男方劈腿而完全断绝了关系。在孙尔雅痛苦难当之际，秦小敏将自己在上海的中学同学范东引荐给她。范东的体贴和温柔，让孙尔雅很快走出了初恋受挫的阴影。

孙尔雅立即敲字回击：没见深更半夜我还在报社啊，哪有你想的那么浪漫和快乐？范东跟我谈朋友，算是浪费时间，根本享受不到正常男生的乐趣！

秦小敏：啊？你不会不正常，在那方面天天虐待他吧？

孙尔雅忍不住发笑：你都看到了，我每天都是被虐的样子，哪有劲虐待人家呀？告诉你实话，我们一周顶多见一次面。

秦小敏立刻发过来一个流口水的表情：这么好的男人，是有些浪费！

孙尔雅伸了个懒腰：我吃饱喝足了，不说范东了，聊正经事！

秦小敏：记得上次你说过认识《公安报》的谢总编，那可是公安部的单位。如果她能以采访的名义去下面打探，一定能摸清楚我堂哥的情况，说不定还能打上招呼，对江东起的作用肯定不小。现在从下往上找人办事太难了，只能从上往下走。

孙尔雅解释：她哪里是总编啊？只是比我强点，是编辑部副主任。她们报社不大，有时也是一个必须亲自跑腿的记者，我估计使不上劲。

秦小敏：只要她真答应了，就没有使不上劲一说。再说，即使真的没有什么效果，我也心甘情愿，毕竟尽心尽力了。

孙尔雅感慨不已：你对你堂哥真好！可是这个谢记者虽是朋友，但我们不是一个单位，最后怎么样不是我说了算数的。

秦小敏：没关系，只要你肯答应帮忙联系谢记者，我就谢天谢地了！

孙尔雅想，对谢记者开口不算难事，但能不能起作用还真不好说。于是回复道：好吧，我明天就联系，你在江东也多打听情况，有变化及时沟通。

秦小敏：好久没见到你了，你也来江东玩吧，我可以爆个猛料给你。

孙尔雅职业性条件反射：真的？骗我是小猪！是不是我这条线的？我这几天正为没有新闻线索犯愁呢。前几天去一家上市公司采访，那家董事长是个老滑头，特别会“防火防盗防记者”呢！

秦小敏：这个事你肯定感兴趣，也是与上市公司股票有关。

孙尔雅听得有些兴奋起来了：快简明扼要地跟我说说！

秦小敏：我们刚刚冻结了江东市高新投董事长赵毅夫人的银行账号，两口子都被逮捕了！

孙尔雅一听不对：江东高新投？没有这样一家上市公司呀！你别忽悠我。

秦小敏：我没说完呢，听说他挪用公司巨款买了 000189 织云科技的股票，翻了好几倍，赚了好几千万呢。

孙尔雅连续发问：做织云科技的老鼠仓？消息可靠不？他是怎么案发的？

她等了好一会儿，才等到秦小敏发过来的文字：我也是听说的，赵毅夫妇听信了一个朋友的消息，挪用了高新投上千万巨款，全部买成织云科技，几个月下来翻了好几倍。后来不知怎么被自己的司机捅出来了……不过，冻结银行账号这事千真万确！

孙尔雅清楚，织云科技是一家老牌军工纺织企业，上市多年从未有过突出表现，但近半年以来股价拔地而起，疯狂上涨数月，市场上却找不到任何上涨的理由。现在终于发现有人在做它的老鼠仓，这背后肯定有故事，说不定还能挖出一个大庄家。

孙尔雅不想放过这个机会，但看着秦小敏的信息又疑窦丛生——他堂哥的朋友家被自己的司机偷了，赵毅的老鼠仓也是被自己的司机捅了，莫非这个朋友跟赵毅是同一个人？如果是这样，秦小敏肯定知情，却装作不知情。她这么做肯定有隐情，估计她堂哥的案情没这么简单，为亲者讳嘛。

孙尔雅故意弱弱地问：你堂哥的案子跟赵毅这个案子有联系吗？

秦小敏有些敏感：我还不知道，我也怀疑这两个司机是同一个司机……

事不宜迟，迟了摸到的消息就成了旧闻。孙尔雅决定马上回家好好睡一觉，明天就动身去江东采访。不过，为了不想让秦小敏感受到自己明显的兴奋，她强迫自己冷静下来，发了最后一段文字过去：小敏，不管怎样，你提供的线索很重要。我先让《公安报》的谢记者问问你堂哥的案情，争取能帮上忙！你呢，也再找找特殊渠道，尽可能摸清楚你堂哥的案情，当然还有赵毅的案情，我明天就向报社申请，争取早日来江东看望你。

二

几年不见的闺密到访，秦小敏亲自开车迎接。两人一见面仿佛又回到了青春恣肆的大学时代，在机场又拥又抱的。一番热烈举动之后，才互相打量，孙尔雅搂着秦小敏的腰说：哇，你越来越有公主范了嘛，身材比以前还火辣，这脸蛋滋润得，幸福死了吧？

秦小敏也在孙尔雅屁股上摸了一把：你也是啊，还是这么漂亮麻利又身手不凡，国产版霹雳娇娃呀，这胸都赶上卡梅隆·迪亚兹了，没少被揉吧？

两姐妹斗着嘴上了车，一路上又讲些大学读书时候的荤话笑话，问了几个相熟的同学现况。不知不觉到了酒店，秦小敏先带孙尔雅去吃了江东的特色夜宵，回到房间时已经十点了。孙尔雅想起范东带的礼物，便从包里拿了出来，递给秦小敏：喏，范东给你的礼物。

秦小敏竟有点不好意思：亏他还记得，我这媒人没白当嘛！

她伸手正要去接，孙尔雅收了回去：包装盒又是粉色又是蝴蝶结，这么暧昧的礼品，我想看看是什么。

秦小敏佯装来抢：你想得美哟，这是给我的东西，又不是给你的！

孙尔雅不给：你在学校说过，你的就是我的，这么怕我看，不会是他写给你的情书吧？

秦小敏撒娇：就是情书，就是情书，快给我，偷看私人信件可是犯法的！

两人闹成一团，玩笑开够了，孙尔雅才把礼物给了她。

两人先后洗了澡，都没有什么睡意，坐到床上聊些体己话。秦小敏打开手机短信，拣了一条念给孙尔雅听：什么是最高级的爱？对富人来说就是舍得为你花时间，对穷人来说就是舍得为你花钱，对年轻人来说就是不舍得碰你，对中年人来说就是每晚都要用你，对文艺青年来说就是回归平淡普通，对普通人来说就是突如其来的浪漫。爱情没什么标准，愿意为你去做那些看似做不到的事情，才弥足珍贵。

孙尔雅听完默然了一会儿，问秦小敏：你老公对你怎么样？

秦小敏坦言：还好啦，女人结了婚，就是一只被戴在手上的戒指，男人刚开始还不适应，磨来磨去就慢慢适应了，但再不会像放在商场柜台里那么吸引人了。

孙尔雅搂住秦小敏的头：没这么恐怖吧？至少戒指还是套住了手指，以你的魅力，不会套不住他的那根手指吧……

秦小敏戳着孙尔雅的胸脯说：看看你，才谈了两个男朋友，就变得这么流氓！这种事啊，多了就乏味啦。例行公事一样，跟按时上班有什么区别？你跟范东呢，他那方面怎么样？

孙尔雅暗自得意：还行吧。

秦小敏没有放过她的意思：哟哟哟，看你的虚伪样，就知道你们还新鲜劲儿十足呢，是不是他太强了，你扛不住啊？你以前还嫌他身体单薄，说他缺少阳光劲。人家范东中学时可就是跑马拉松的，老实告诉我，比你原来那个“高富帅”是不是强多了，你吃不吃得消呀，要不要我帮忙……

孙尔雅装作生气，推开她：切，用得着你帮忙？别以为我是林黛玉。

秦小敏又趴过来细声问：到最后的时候他一般喜欢用什么姿势？

孙尔雅闭嘴不答，秦小敏追着问：快说，快说，快说。

孙尔雅顶不住，只好说：他喜欢看着我，两手疯狂地抓着我的胸脯。

秦小敏惊呼：哇，好淫荡啊。难怪你的胸脯变大了。遗憾啊，四年大学我都没看过你的胸，现在让我看看也不迟。

秦小敏说着伸手过去解孙尔雅的睡衣。

孙尔雅拿手护住腰带，闪身躲开：不给看，不给看。

秦小敏装作生气了：范东都看过了，闺密还有什么不能看的嘛？你是怕比我的小吧？就要看，就要看。

两个人又纠缠在一起。挣扎了一阵子，孙尔雅无奈：要看也要先看你的。

秦小敏坐了起来，说：好，你不准耍赖。

说着秦小敏直接脱了睡衣，一对雪白的木瓜颤颤悠悠蹦了出来。

孙尔雅见了暗暗嫉妒：你的好刺激哦，估计是个男人都受不了。

秦小敏骄傲地说：是啊，我老公就受不了。他每天晚上完事后还要摸着睡觉，手上一摸不着就会惊醒。来，你摸摸。

秦小敏说着牵了孙尔雅的手上来。

孙尔雅轻轻地抚摸着，有些心慌，但手感不错，滑嫩，细腻，柔软，摸着摸着两点就挺了起来。秦小敏忍不住轻声呻吟，两只手慢慢伸进孙尔雅的睡衣里，也摸了起来。孙尔雅的两点也挺了，身上感觉开始潮湿起来。

不摸了。孙尔雅陡然停住手，把自己的睡衣扣紧。

秦小敏也穿上睡衣。两人突然觉得有些尴尬，都不作声，各自走了一阵神。秦小敏说：好了，验收了你的胸，没有垫硅胶。

你不会垫了吧？孙尔雅故意提高了嗓门，想把刚才的诡异气氛赶走。

秦小敏一本正经：我的可是天然美品，那东西有毒，我才不喂毒奶给未来的宝宝吃呢。

一句话说得孙尔雅嘻嘻笑了起来，打趣道：要是奶牛的东西都像你这样就好了。

秦小敏伸手要打孙尔雅：好啊，你敢绕着弯来骂我，看我怎么收拾你！

两个人又在床上滚成一团，气喘吁吁才停了手。

孙尔雅忽然问：你老实交代，中学时就和范东混得这么熟，是不是和他有过一腿？

秦小敏俏皮地说：我倒是想啊，早知道他那么强，我就倒追他去了。

孙尔雅又问：真没有？

秦小敏严肃道：真没有，范东就喜欢你这种类型的。

孙尔雅听了饶有兴致：那我什么类型？

秦小敏不假思索：你呀，就是那种表面上泼辣，实际上很傻的那种咯！

孙尔雅轻轻打了几下秦小敏：敢说我傻，找打吧你！

两人话说多了，喉干口燥。秦小敏去烧了水，泡上红茶端过来。喝了几口，秦小敏犹豫不决地说：尔雅，我有一个秘密，不知道该不该跟你说。

如果一个女人对闺密说自己有秘密，那意思就是要解密了。孙尔雅怂恿道：你说吧，我会保守秘密的。

秦小敏迟疑了一会儿，终于忍不住：我有一个情人！

这个重大八卦让孙尔雅震惊得茶水洒了一被子：你是说你现在背着老公偷人了？

秦小敏不满道：说得这么难听！早知道不说给你听了。

孙尔雅连忙说：对不起，对不起，那你们是真感情吗？

秦小敏脸上涌现出一丝绯红：应该是吧，他蛮关心我的。每次我们约会，他都会给我一些惊喜。有一次我们去露营，我不知道那地方昼夜温差大，他特地带了棉大衣过来给我穿，让我好感动。哦，说起那次野营，我们还在山顶上做了一回，好刺激啊，我扶着一块大石头，风吹在身上好舒服，他完事后一下子就倒了。

孙尔雅吃惊道：不是倒了是死了吧？那么冷的地方都敢搞，现场不死回来了也会死的。

秦小敏说：还真奇怪，我以为少不了要感冒一阵子，结果两人什么事都没有。

孙尔雅忍不住好奇又问：那你觉得爱你老公多一些呢，还是爱他多一些呢？

秦小敏沉默了很久才回答：我也分不清楚。他呢，能给我刺激，老公呢，能给我安定。这两种东西我都不能缺少。我跟他在一起的时候，都是偷偷摸摸的，背着所有的熟人，但是越这样越上瘾。我知道这不是长久的事情，但就是丢不掉，在一起待两天了就想分开，但分开久了就更想，见面就更疯狂。我有时觉得自己跟那些吸毒的人差不多了。

孙尔雅指出：你这是典型的情感补偿综合征，老公身上得不到的，就到别的男人身上去找。他在江东吗？他有老婆吗？你们多长时间见一次面？

秦小敏淡定地说：他没老婆，有一个女朋友，也不在江东。我们一个月、有时两个月约会一次，也不一定，要看两个人的方便。

孙尔雅还是有些想不通：你们是方便了，但你老公和他女朋友就不方便了，关键是他们都不知情，一直被欺骗着。

秦小敏大声提醒：嗨，你站在谁的立场上去了，还算不算我的闺密啊？

孙尔雅解释：我理解你，但并不等于支持你，这件事毕竟很伤人，要是范东做出这样的事情，我决不会手下留情！

秦小敏忙说：你这么漂亮，这么精明能干，范东应该知足了，绝不会红杏出墙的。

……

此时的两个女人，一点儿也不像财经记者和银行白领，倒像娱乐线的狗仔队，好不容易逮着绯闻缠身的大明星专访，八卦了一大堆感情问题。两人一直聊到凌晨一点，实在熬不住，才昏昏入睡。

第二天一早，秦小敏起了床，准备去上班，见孙尔雅也醒了过来，一拍脑袋说：你看跟你疯了一晚上，把正事儿都忘了，我堂哥那事儿怎么样了？那个《公安报》的谢记者有办法吗？

孙尔雅告诉她，谢记者已经答应帮忙过问，并准备找江东公安线的领导说说，但这个事情得有一个过程，不能急。秦小敏十分感激，说要对谢记者表示表示。孙尔雅摇手说，这么做就俗了，现在最重要的还是尽可能从江东多了解案情，有什么情况及时告知谢记者。

看着秦小敏还有些困惑，孙尔雅干脆也起床穿衣：我在江东的时间不长，俗话说“不入虎穴，焉得虎子”，今天我们分头努力——我先找江东的同行聊聊，你呢也试试找个关键人，咱们先把案情的来龙去脉弄清楚，再决定下一步怎么走。

秦小敏热情不高，但还是作出了回应：我倒是想到一个关键人，但不是公安线的，顶多从他那里探点口风，我堂哥的事找过他，但他帮不上，你说要不要约一下？

孙尔雅问：干什么的？

秦小敏说：市里的一个秘书，跟我老公关系还不错。

孙尔雅一锤定音：就约他，这种人了解内幕。要他畅所欲言，千万不能让他知道我是记者，你就说是你的姐们儿，在上海卖楼花的。

秦小敏有些顾虑：不好吧，第一次见面就骗人家，万一穿帮了，朋友都没的做了。

孙尔雅安慰道：这有什么？我又不是经常来江东，穿不了帮。你尽管去约他，定下来了打电话给我。

媒体记者一般都是上午睡觉，下午和晚上活动。秦小敏走后，孙尔雅想马上去找同行了解情况，但想到让秦小敏约人的事，怕到时面容憔悴，令人生厌，便又埋头睡了下去，一直到十点多才起来。

从秦小敏让她帮忙又不想多说的态度中，她隐隐猜到，赵毅老鼠仓案和秦志邦渎职案可能是黏到一块的，从大的角度来看就是一个案子。或许是秦小敏堂哥在案子中扮演了一个尴尬的角色，或许还有更见不得人的内幕。这样更好了，弄清她堂哥的案情，就会使赵毅老鼠仓案水落石出，自己也能抓住一条重大新闻线索。

孙尔雅打开电脑，先看了一下 000189 织云科技的股票行情。

这个股票在过去的三个多月时间里，从三四块一路飙升，翻了三倍多，并且一直拒绝回调。这段时间里，沪市大盘涨幅还不到 3%，而且再也找不出一只涨幅超过它的股票。

织云科技的前十大股东里面，第一大股东是当地政府国资，其他股东均为流通股，总流通股本只有 1.5 亿股，占总股本的三分之一不到。第一大流通股东黑铁投资持股并不高，只占流通股的百分之六点几。

从股本结构上看，根本判断不出庄家的存在，黑铁投资的法人叫吴非，如果他就是庄家，这点股份肯定无法实现控盘，必须串通其他股东一致行动才有可能。如果他不是庄家，那么其他庄家也必须串通黑铁才行，否则黑铁就容易成为庄家的对手盘。前十大流通股东的持股比较均衡，都在流通盘的 2%—6% 之间。抑或庄家另有其人，黑铁以及其他股东都是庄家控制的账户？按照相关法规，利用关联账户坐庄操纵股价，属于严重违法违规。

这只股票三个月以来的走势，几乎完全被主力控盘，到了想涨就涨、想跌就跌的地步，要说没有庄家操纵，就是掩耳盗铃了。

但庄家是谁呢？又是如何实现操控的呢？

孙尔雅进到“织云科技”股吧查看了一下，吧里非常热闹，各种消息滚滚而来，说什么的都有，有的说织云科技收购了金矿，有的说它投资网络公司，还有的说它在研发“水变油”技术……

有人还把《南方经济观察报》的一篇记者采访也贴到股吧里——

记者问追涨织云科技的股民：你知道这只股票上涨的原因吗？

股民：不知道。很多人都在猜。

记者：都猜什么？

股民：猜谜呗。上市公司不开口，大家都在说梦话。

记者：那你相信这些梦话吗？

股民：不相信。

记者：不相信你还敢追进去，凭什么？

股民：我相信庄家。这只股票走势一看就有长庄介入，庄家总是先知先觉，股民都是后知后觉的。

记者：庄家也有败走麦城的时候，你就不怕买进去给庄家陪葬吗？

股民：要怕就不进股市了。社会上讲的是跟对人，股市里讲的是跟对庄。作为一个有先天性劣势的小散，我不跟庄跟谁呀？俗话说“过把瘾就死”，进股市赚不赚得到钱不说，至少也得过把瘾，要死就死得轰轰烈烈，不能死得窝窝囊囊！

记者：那你盼望上市公司发布利好信息吗？

股民：恰恰相反，我希望信息发布越晚越好，越晚赚钱机会越多。炒股之妙就在于不知道，要是都知道了还赚谁的钱呀？

记者：如果他们一直不发布信息，你就一直持有织云吗？总有赚够跑路的时候吧？

股民：它哪天公布利好消息，我就出货。否则我会一直持有它。

记者：看得出你信心爆棚。

股民：是的。毕竟这样牛气冲天的庄股凤毛麟角，碰上了就是我的运气，就算被它套住，我觉得也是一件幸福的事情！

记者：你不觉得这种幸福是一种泡沫吗？泡沫越吹越大，一旦破灭会很惨的。

股民：你要这样理解就没办法了，那我可以告诉你，活着本身就是泡沫，是一种最大的泡沫，是不是？

记者笑了：你的理解很有意思！

……

看完这篇报道，孙尔雅也笑了。在股市里，庄家经常扮演股民的上帝，其实只是魔鬼。庄家让股民进地狱的办法，总是万变不离其宗，先让大家嗨起来，跟上他的步伐，但就在大家望见天堂的那一刻，他会釜底抽薪，让一切美景瞬间崩塌。看得出，织云科技的股民已经走在一条毁灭的路上。

中午孙尔雅接连打了几个江东同行记者的电话，才下楼吃饭。从同行口中，她了解到一些基本线索，证实了自己的猜测——秦志邦案只是赵毅案的“案中案”，但对于赵毅涉及老鼠仓的案情，同行知道的并不比秦小敏多，尤其是关于老鼠仓背后的庄家，几乎没人关注。同行说，关于这个案件，市里严令不准媒体报道和传播。

地方上越是严控就越有问题。孙尔雅想起《公安报》谢记者说过的话，到了江东，需要找公安线的领导，她可以帮忙联系。如果在秦小敏的秘书朋友那里收获不大，自己再请谢记者出面也不迟，也好帮秦小敏过问一下他堂哥的案情。

就在这个时候，秦小敏来电话了。她兴冲冲地说：尔雅，我联系好了。那个秘书答应得很痛快，前几天我老公找他还说没空。他老板是分管经济工作的副市长。

分管什么倒无所谓，关键是市里领导，不可能对这么大一个案子不知情。孙尔雅立即表示：你帮我订个地方，晚上我请客！订好你再告诉我。

秦小敏不悦：你看不起姐们吧，谁要你请？你一个卖楼花的，请我们江东人，想拉我们去上海买楼啊？你完事就回酒店，晚上我过来接你。

孙尔雅也不推迟：那你来接我好了，我也难得享受贵宾级待遇！不过到时千万不要说漏了嘴，我只是售楼小姐，每天上班就是坐台、接客、谈房事，下班也是出台、陪客、谈房事。你跟你老公也统一口径，酒前酒后莫失言啊。

秦小敏答应：没问题，我们会比你更注意。嘿，你是不是经常冒充别人啊？

孙尔雅洋洋自得：那当然，干我们这一行，人人都是百相观音，个个能玩无间道。

秦小敏追问：哎哟，这么厉害呀，你不会玩我吧？

孙尔雅心里咯噔一下：瞎说，我玩你干什么？好了，你来酒店前先给我打个电话。

三

在饭店包厢，孙尔雅第一次见到了秦小敏的老公，姓杨，高大帅气，是江东一家通信公司的老总。孙尔雅心里暗暗嫉妒了一会儿，又想秦小敏这妞真不知足，家里放了一棵这么好的大树，还要到外面去拈花惹草。

不一会儿，秘书到了，秦小敏老公赶紧起身，跑到大厅门口迎接。看到秘书，杨总连忙说：感谢首长百忙之中接见小民，我要去接您，您又不让，辛苦，辛苦呀！

秘书轻轻拍了拍他肩膀说：杨总莫客气，自家人千万不要讲虚套，今后“首长”二字可不能乱叫。

杨总装出不解：事实嘛，首长的秘书也是首长。

秘书解释道：有人写过一本领导秘书的书，引得很多老同志对我们不满，说什么二号首长，不就是替人办事跑腿的嘛，还想狗仗人势？

杨总说：我不同意他们的说法，那些人肯定都没有配过秘书，心里不平衡。

秘书一笑：人言可畏啊，还是低调点好。

杨总附和：低调，但决不能低头！

秘书进了包厢，立即被两个美女迎着。秦小敏他熟悉，但看得出她身后那位美女更有气质。他立即对杨总说：你金屋藏娇啊？身边尽是大美女，快给我介绍介绍！

杨总介绍：这位是我老婆的大学同学孙尔雅，刚从上海过来，是上海一家名贵楼盘的售楼部经理。这位是王贤，我们蒲市长的秘书。

孙尔雅见蒲市长的秘书王贤戴着一副深度近视镜，态度却也平易近人，忙上前握手，一对凤眼浅含笑意，作淑女状：幸会，请王秘多多关照哟。

王秘热情表示：欢迎孙经理来江东市，江东这几年发展不错哟，您可以介绍您的客户到江东来买楼，支持我们江东的 GDP 啊！

孙尔雅开玩笑：我还想邀请王秘到上海去买楼呢。

王秘看一眼杨总，会心一笑：上海的楼我是真想买呀，可是太贵了，我又不是赵毅，也没有炒股，哪有那么多钱啊？

孙尔雅装糊涂：赵毅是谁？是江东首富吗？

秦小敏意味深长地看了孙尔雅一眼。王秘拍了一下杨总的肩膀说：首富肯定不是，是不是首贪正在调查。他家还有一位亲戚被赵毅拖下水了呢。

杨总点头称是。孙尔雅装作什么都不知道，转头问秦小敏：有这样的事？

秦小敏躲不过：就是我堂哥秦志邦咯，他非得要给朋友帮忙，结果把自己帮进去了。王秘，你说怎么办，难道我堂哥就捞不出来了？

杨总也望着王秘：我上上下下找遍了人，就是没人回我一句有用的话，看来这回秦志邦摊上大事了，还请王秘给我们指条路啊！

王秘边掏出香烟边说：你这个堂哥是夜路走多了，终于遇到了鬼！他去帮什么人不行？偏去蹚赵毅的浑水！不过话说回来，比起赵毅来，你堂哥还不算冤大头。你们不要急，我老板已经问过赵毅的案情了，我多少知道一点……

就在三人都屏住呼吸准备听故事的时候，王秘突然不说话了。等杨总给他点上烟之后，他才慢吞吞地抽了几口说：今天我们立个规矩，所有的话都可以说，但不能带出这扇门。

三个人看着他都乖乖地点头。杨总把两瓶茅台拎到桌上，补充道：今天是来喝酒的，酒逢知己千杯少，酒言无忌，出了门，王秘什么话都没说啊！

看到气氛突然变得凝重，王秘又解释：其实也没什么，主要是有纪律，不准媒体八卦赵毅案。哎，我说这个赵毅啊，两千万巨款被偷，也还算不上什么，他还有股票，还有地位，冤就冤在三个贼偷了他家之后，竟突发奇想找他谈判，要跟他一起分赃……

原来，汤安静跟三个贼被一锅端了之后，死活不向警方开口吐露实情。三个贼知道赵毅最害怕公开盗窃案情，又知道赵毅在江东势力大，都指望着赵毅赶快找人把他们捞出去。汤安静则担心把赵毅扯进来，这样他们就彻底完了。后来警方略施小计，对汤安静说赵毅也被抓进来了。不久一个警察又走进审讯汤安静的房间，说赵毅已经供认不讳，并说事情还牵扯到他们的儿子。一旁的汤安静听了，立刻崩溃了，把所有事情吐了个一干二净。赵毅就这样被请进来了。

事情的起因要追溯到一次国际投资论坛上，赵毅攀上了大名鼎鼎的庄家章陕，两人一见如故，在洽谈合作的过程中，章陕给赵毅推荐了一只股票织云科技，让他买个两千万去赚点快钱。那只股票买进的价格不到四块，章陕暗示他至少要守到二十块。赵毅虽是副厅级干部，自己也没多少闲钱，七拼八凑才够七百万。按照章陕的指示买进后，当天就大赚了 20%。赵毅夫妇俩于是又在高新投公司想法挪出一千三百万资金，几经周转打到了汤安静安排的那些股票账户上，其中就包括赵毅司机的账户。利用这些资金，汤安静依次买进了五百四十万股织云科技。

汤安静买股票的事不知怎的被司机知道了。司机背地里也跟着买了一万多股织云科技，看着每天上涨的股票，心里乐开了花。但去证券厅的次数多了，有几次竟被汤安静撞上。考虑到安全，汤安静把这事跟赵毅说了。赵毅勃然大怒，从此提防着司机的一举一动，汤安静也在营业厅将所有股票账户加密，除她之外不准任何人查询账户。

当织云科技狂拉到十三四块钱时，赵毅出于公司财务半年报的压力，同时也因为股价上涨得心理承受不了，同意汤安静暗中减持了一部分股票，清空了司机等几个“危险账户”，变现了两千三百多万。这个举动立即被章陕获知，章陕指责赵毅不听指挥。赵毅则巧辩变现是为了兑现感谢章陕的诺言，表示立即把两千万打给章陕。章陕让他找渠道先转到国外的账户上。于是，赵毅找了个出国考察的机会，带着老婆去了一趟美国、加拿大，给儿子换了两百万人民币的美元，又还了亲朋好友三百万，余下一千八百万全都藏到自家保险箱里。赵毅想着在找到安全的境外账户之后，回来立即把现金转过去。

就在出国前一个礼拜，赵毅去邻市谈业务，在高速路上遇到大雾，司机没有及时减速，突然追尾，差点让赵毅丢了性命。赵毅顿时怒不可遏，下车就给司机两耳光，打得鼻血都流出来了。从此，司机心里恨死了赵毅，等赵毅两口子一出国，就跟自己的牌友策划着怎么报复老板。牌友又引见了一个江湖大盗“开锁王”，三人结成盗贼同盟，趁赵毅家保姆不在家之机，做下了这桩惊天大案。

王秘讲到这里，看到酒过三巡，就单独来敬孙尔雅：我这辈子是买不起孙经理的房子了，但江东有钱人多的是，孙经理这么美艳迷人，如果在江东办个上海房展，估计整个上海外滩的房子都能卖光。

孙尔雅一仰脖子，先亮了杯底：谢谢领导，我先干为敬！我真来江东卖房，第一个找您捧场！

秦小敏在一旁假装嫉妒：尔雅，王秘这是赞你倾国倾城啊！

王秘酒兴慢慢上来了，又来敬秦小敏：我一直嫉妒杨总呢，要是当年我比杨总先到你手上开户就好了。

秦小敏用手捂住酒杯推挡说：王秘真会开玩笑，我这样的残花败柳，您会看得上？

王秘感慨：让一朵鲜花变成残花败柳才是享受呢，才是真男人！来，我敬你！

秦小敏不松手：酒我是真不能再喝了，我要怀孕呢。

王秘疑惑不解：怀孕？你要跟谁怀孕啊？

秦小敏看了一眼老公，娇滴滴地说：还能跟谁呢？

王秘继续佯装：我说，这肯定有问题啊，杨总已经喝了这么多，肯定是不适合跟你怀孕了，你说还有谁？

秦小敏嗔道：我已经说过好几回了，让他少喝点，可他一见到您就激动，管不住自己。

杨总马上证实：是呀是呀，向领导汇报一下，我老婆在桌子底下快把我踢坏了！

王秘大笑：小秦啊，踢坏了别的地方都不要紧，千万别踢坏了怀孕的机关啊！要不然很难修复的。

哪里啊？秦小敏不好意思地争辩。

王秘在酒桌上挑起战端的时候，孙尔雅在脑子里快速处理着赵毅案信息。这个王秘果然是知情者，连章陕给赵毅提供股票信息的事都知道，肯定还了解更多内幕。章陕不是“东僧西道、南童北妪”中的“东僧”吗？据传他的操盘技术天下无人能出其右，经常不声不响地入驻某只股票，涨幅都在五到十倍之间。还有一种传言，说 1999 年爆发的“5·19”网络行情，章陕就是始作俑者。如此精准指点赵毅，在涨跌停板制度下一天之内获利 20%，章陕莫非就是织云科技的庄家？

这时他们正谈论孙尔雅，秦小敏说：尔雅可不是残花败柳，她还是一朵鲜花！

王秘又转向孙尔雅：那我敬鲜花！说不定出门就走桃花运。

孙尔雅反问：领导桃花运还少啊？都说江东是个美人窝哦。

王秘装出一脸苦难：当秘书的日子苦啊，整天是“躲进小楼成一统，管它春夏与秋冬”，兔子都不肯撞到我们这样的树上，何况美女呢？

杨总帮腔：王秘接触美女的机会确实少，但原因就难说了，是不是天天跟着领导上电视，怕江东美女认出来啊？

孙尔雅反过来攀着王秘：我不是鲜花，只能算小草。来，上海跑过来的小草敬您这棵大树！我喜欢听您讲的故事。这赵毅案一彻查，必定拔出萝卜带出泥，那个庄家章陕后来被赵毅供出来了吗？

跟孙尔雅靠得很近，王秘已经闻到她的体香了。他感到一阵迷醉，说：你让赵毅怎么供认啊，章陕只告诉他是一个朋友做的庄，又没有具体说是哪个朋友，总不能把章陕也抓过来审问吧？

孙尔雅不解：您是说，织云科技的庄家这次不会曝光了？赵毅老鼠仓案也不会波及股市里去？

王秘肯定地回答：不会。

孙尔雅又问：主要原因是不是江东想保赵毅，所以才严格控制案情扩散，不想彻查到股市上去？

王秘冲她赞道：脑子好使！我怀疑你不是卖楼的，是上海市政府秘书长！

孙尔雅解释：我真是卖楼的，只是替我姐们儿急，希望她堂哥能大事化小、小事化了。

王秘说：秦志邦只能争取大事化小，但要化了几乎没有可能。

王秘接着分析道：赵毅案情肯定要控制在一定范围内。赵毅什么人哪？不大不小副厅级，跟我老板差不多。如果案情捅上去，两千万的案子很难罩得住，罩不住就有风险。赵毅是江东籍人，跟江东官场存在千丝万缕的关系，万一他胡说跟谁吃过跟谁喝过，岂不是要牵连一大批？谁想看到这样的事发生啊？

杨总插话了：那你老板是什么态度呢？

王秘说：我老板分管高新区，认为赵毅还算是一个有能力的人，不想他出大事。

杨总表态：那我们就放心了，蒲市长有这个想法，秦志邦的事也大不到哪里去。我觉得蒲市长很快会转正的。

王秘一笑：这个我说不好，不过从常务副市长到市长也不是难事。

孙尔雅再次发问：赵毅还有那么多股票没卖，估计会怎么处理啊？

王秘又吸上一支烟：肯定依法强行平仓咯，难不成还给他留着啊？他挪用了一千三百万公司资金，但回来七千万，赚了好多倍啊！司法平仓有严格时限，不管价格高低，都得限期变现。庄家要是存心为难，变现之路必不顺利。如果庄家恶意打压股价，逼迫老鼠仓在低位成交，少赚几千万也有可能。还有一个可能，就是庄家不声不响接下所有卖盘，让江东市饱赚，省得他们再来捅自己的马蜂窝。庄家也清楚，江东最不想把事情闹大，人事顾忌不说，如果让上级纪检介入，这几千万最后归谁都不好说。

孙尔雅还想追着股票的事问下去，注意到一旁秦小敏的脸色越来越不好看，于是她改口问道：赵毅如果从轻处理，小敏堂哥的事也不会严重吧？

王秘看着秦小敏：你哥的事说重就重，说轻就轻。

秦小敏连忙表态：王秘您说，我们听您的，您指哪我们打哪。

王秘摇摇头：听我的没用，我起不了作用，完全看他自己的运气。

王秘说完，用手指了指自己的头上。

杨总立马明白了：找谁最有用呢？

王秘点了一下杨总，然后看着秦小敏说：你这么聪明，讨到这么如花似玉的老婆，怎么就不开窍呢？不是找谁不找谁的问题，而是看老板们怎么想。

秦小敏反应快，她问王秘：您就说对我哥有利还是不利？好让我们心里有个底。

王秘轻轻吐了一个烟圈：如果赵毅案闹大了，你哥也不得轻松；如果赵毅案情控制住了，你哥也重不到哪里去。上面正在商量这事，过几天就会有结果。

秦小敏怨道：我哥真不省事啊，帮人家忙，帮出个同案犯来了。

杨总劝慰：不要担心，王秘不是说了，市里会低调处理吗？

王秘打起哈哈：不过你哥做事也真不干净，一上来就戴了好几顶帽子，也算自作自受吧！别的话我不多说，如果有机会，我肯定帮你们。你们也不要乱找人，说不定起反作用，要相信市委市政府，我认为事情会朝好的方面发展。

孙尔雅听出王秘话中有话，很想刨根问底，但看着秦小敏的样子，想着她一肚子的烦恼，只好忍住作罢。

一瓶茅台喝完了，杨总又让开了一瓶。杨总说还要送孙尔雅回酒店，于是举杯也稀了。酒场变成了王秘和孙尔雅两个人的战场，大半瓶酒基本上被两人喝光。王秘本来也没对孙尔雅设防，一顿酒陪下来，兴致颇高，两人很快哥啊妹地闹成了熟人。后来杨总还要叫酒，被王秘喊停了，说这段时间比较紧张，不能喝太多了。

散场时，王秘拉着孙尔雅的双手不放，说明天晚上还要请她吃饭。孙尔雅说明天要回上海了，欢迎王秘去上海玩，到时自己一定搞“三陪”。王秘问哪“三陪”，孙尔雅说陪吃陪喝陪聊呗。王秘借着酒意大声说孙尔雅没有诚意。这样闹了一会儿也就散了。

在送孙尔雅回酒店的路上，三人都没怎么说话。到了宾馆，秦小敏搂一下孙尔雅说：今晚我就不陪你了，好好休息吧。

孙尔雅跟他们告别回房间。她迷迷糊糊想了一阵，觉得赵毅案有些地方还有疑问，特别是秦志邦这个角色一点都不清晰，秦小敏明显比较敏感，不能再问她了，明天还是找找《公安报》谢记者，最好设法去接触一下西山派出所的王指导员。洗完澡后，已经十点多了，酒劲开始发酵，一股倦意袭来，她立刻瘫倒在床上。

四

第二天早上孙尔雅起了个早，吃完早餐，挨到九点过了，才拨通谢记者的电话。

谢记者是很仗义的女记者。在一次大型采访活动中，她认识了孙尔雅，被分配跟孙尔雅住在一个房间近两周时间。她喜欢孙尔雅的热情和机敏，毫不犹豫认下了这个妹妹。她对孙尔雅说，财经界资源她不多，但新闻采访优势得天独厚，很多把记者拒之门外的重大案件，她作为内媒记者却通行无阻。如果孙尔雅在政法线采访遇阻，她可以出面帮忙。

孙尔雅在电话里诉说了自己在江东采访的难处，说市里对案情已经严加控制，媒体不准报道，又找不到关键知情人。问谢记者能否帮忙联系市局领导，允许她去采访西山派出所的王指导员。

谢记者听了，觉得事情没那么简单，劝孙尔雅别跟江东市较劲，既然市里严令不许报道，警方必然也戒备森严，就算自己出马，也未必能摸到实情。

孙尔雅保证，自己不会惹恼江东市，也对赵毅案情中的敏感人事没兴趣，只是案情中有一处细节涉及上市公司，而这家上市公司自己一直跟踪，这次只是想找到当事人求证一下，看看上市公司到底在玩什么花样。

你不是捅江东市啊？谢记者半信半疑，她妥协说：我给你找领导没问题，就怕他们知道你是记者应付你，你还是接触不到知情人。

孙尔雅建议：要是知道我是财经记者，他们肯定对我防范。姐，我的意思是，我能不能冒充是你们《公安报》派下来的记者啊？

没想到谢记者一口拒绝：这可不行！冒充《公安报》记者可不是开玩笑的，再说，《公安报》是机关报，根本不可能报道你说的那些事情。

孙尔雅不死心：姐，你看能不能模糊处理一下？思想政治工作成绩你们总要报道吧，你让我去采访这个方面。我在网站上看到，王指导员这次刚被评为优秀思想政治工作者，其他方面我见机行事。

谢记者被她缠得没法了，想了一会儿说：我真不该认你这个妹妹，说不定哪天死在你手里！好吧，我一会儿给江东市局的谭政委打个电话，他认识我，就说我已经到了江东，根据各地上报的评优材料，要指定采访两名基层的优秀思想政治工作者，其中一个就是你说的西山派出所王指导员。到时你替我直接去采访王指导员他们。

孙尔雅大喜：谢谢亲姐！我找到了一张你的名片，到时递给王指导员，他会更加相信我。姐你放心，这事天知地知、你知我知，我一定办得天衣无缝，绝不会给你带来任何麻烦。

谢记者感叹道：你这么一闹，今后江东我是不敢去了。这样吧，你既然冒名顶替我去采访，就正经替我抓点典型事迹回来，或者多带点材料回来。回头我整理一篇报道，发到报纸上，让他们看到了才妥当。另外，你提问题要有技巧，不要露出破绽，办完事情立马离开。如果你暴露行踪，不光是你，连我也得遭殃！就这样，你现在等我电话吧。

又过了半小时，谢记者电话打进来了。她说已经跟谭政委通过电话，已经联系妥当，并把问到的两名派出所指导员电话给了孙尔雅。

孙尔雅记下电话说：谢谢！姐，你对妹妹太好了，下次去北京当面谢你！

谢记者说：你这次不害姐，姐就谢天谢地了！刚才谭政委一听说我在江东，立马就要接我去市局，我胡编乱造好不容易才躲了过去！你可要谨慎行事啊，打电话要去别的酒店！

孙尔雅应承：好，我听姐的。

孙尔雅很兴奋，马上奔出酒店，在邻近处找到另一家酒店，走进大堂用座机拨通了王指导员的电话。

哪位？电话里传来王指导员的声音。

孙尔雅问：是王指导员吧，您好！我是《公安报》的谢记者，想找机会采访您一下。

王指导员立即热情起来：谢记者你好！欢迎你！谭政委跟我说过了。你现在在哪里？要不要来接你啊？

“谢记者”说：我在酒店，不用接了，如果您有时间，我现在马上过来。

王指导员坚持说：我有时间，你告诉我在哪家酒店，我过来接你吧，要不然谭政委会批评我的。

“谢记者”想，就让他来接吧，这样更像顶头上级的报社记者派头，但转念一想还是不妥，如果让他找到酒店来，不小心穿帮怎么办？对方可不是一般人啊，还是别惹事生非了。于是她不容置疑地回答：真的不用接了，谭政委那里由我去解释，我时间紧、任务重，现在马上赶过来。

十几分钟之后，“谢记者”就到了派出所，问了王指导员的办公室，直接敲门进去。

房子里坐着一个精壮的中年男人，板寸头，特显精气神。不等“谢记者”作自我介绍，中年男人上前就握住了手，“谢记者”只好递上谢记者的名片，双方免不了好一阵客套。

王指导员一边看看名片，一边问：你们报社跟部里在一栋楼吧，我当了二十年警察，还没去拜访过呢。

“谢记者”答非所问地说：没关系，您成了市局先进分子就会有机会的。

王指导员感慨：太难了，工作不好做啊！

“谢记者”鼓励：有什么难的？大家都是人，别人能做到的我们也能做到。

王指导员一笑：那倒是。

“谢记者”又问：王指导当过兵吧？

王指导员见来的是一个美女，比市局警花一点不差，心情自然不错。他爽朗一笑道：当过几年兵，退役回来就进了公安战线。

“谢记者”望着他：难怪，一看您就像军人。我从小就崇拜军人。

王指导员谦虚：不行了，年纪大了，再不是当年的毛头小伙了！

“谢记者”大大方方拿出录音笔摆在桌子上说：王指导，我今天主要是听您讲故事，只要是你们所里的故事，什么内容都行。

王指导员见了录音笔开着，立即坐正：好的，你提问，我回答。

“谢记者”笑着说：您这样太严肃了，您尽管放松，谈谈所里的思想政治工作成就吧。

提到这个话题，王指导员胸有成竹：在所有的公职中，公安干警本来是一个神圣的职业，负有特殊的使命，但这些年来，随着社会环境的变化、人们观念的改变，干警这个吃苦受累的特殊职业面临着更多的职业危机——譬如家庭抱怨多、薪酬收入低、意外风险大、迁升机会少等，而社会上各种各样的诱惑又摆在我们面前，所以要保持这支队伍的纯洁性和战斗力，对我们政工干部来说，实在是一个严峻的挑战……

就这样，两人边问边聊，从职业吸引力下降到威信受损，从干警下岗到警力不足，从人民币贬值到买不起房，从财政吃紧到灰色收入，然后再聊到西山派出所的队伍建设和良好警民关系，一路东拉西扯，才扯到了现在所里的状况。

王指导员新近扳倒了秦所长，升迁在望，又加上系统权威媒体来做专访，这样的机会，市局局长都不一定有，所以他兴致高昂，到后面索性敞开了心扉大谈特谈，一顿添油加醋讲得唾沫横飞，恨不得时光逆转，让对面的美女记者，跟随自己见证英雄往事。

看看差不多了，“谢记者”开始发问：听说您在整肃警务方面取得了不俗的成绩，我很感兴趣，您能具体讲讲吗？

王指导员一下子敏感起来，借秦志邦案发，他将所里人员调换近半，名曰整肃警务，实则是铲除异己，这事在局里还引起不少非议呢。他叹了一口气：这事别提了，好心没好报，我是吃不了兜着走啊！

“谢记者”惊问：您何出此言？

王指导员愤然不已：坏事做绝的还有人同情，一身正气竟引人非议，风气不正啊！

“谢记者”劝导：我知道您指的是什么，您还是给我具体讲讲吧。

王指导员警惕性倒不低：这个案子市里已经下了禁令，我还是不扯的好。

“谢记者”糊弄他说：我们是内部媒体，江东市的禁令管不着。再说，您说的这个案子涉及警员的堕落，属于内部阴暗面，我肯定不好写进报道。不过我可以写成内参，呈给上级领导去看。

内参？内参王指导员太懂了。有人因为内参一步登天，也有人因为内参马失前蹄。莫非自己的机会就在眼前？他立即对“谢记者”转变态度：你们是上级单位，我相信会对我们负责，这个案子我不能对别人讲，但可以对你讲。

“谢记者”鼓励他：谭政委推荐您接受采访，就是对您的工作表示肯定。他说王指导员那里有一个精彩的故事，还说只有让您亲自讲出来才生动，您不会让我失望吧？

王指导员听她这么一说，憋在肚子里的话恨不得马上要决堤了。

“谢记者”再三保证：您放心，我们是一家人，都有纪律的，不会轻易拿自己的职业开玩笑的。

王指导员兴奋地说：我们的队伍绝大多数是好的，是讲正气的，但也得承认，还有极个别的败类，他们就像一粒老鼠屎搅坏了一锅汤。说来惭愧，我们所里就出现了这样的败类，幸亏我发现及时，把这个败类绳之以法了。这个败类就是前任所长秦志邦，在高新投董事长赵毅家中失窃案发后，竟然答应赵毅老婆的要求，动用警力大搞非法拘禁，滥用私刑，不仅如此，他还无耻地接受了赵毅老婆的性贿赂……

“谢记者”吃惊不小：您是说，他帮了赵毅老婆的忙，她反过来帮他找小姐？

王指导员不屑一顾：要是这样，也还算他是个人！他跟赵毅平时称兄道弟，却趁机玩了他的老婆！

“谢记者”感叹：真有这样的事？

王指导员愤慨地说：还不止这样呢，他玩了人家老婆不说，还厚着脸皮收了人家三十万，说是分给帮忙的弟兄们，结果钱全都被他藏进了腰包。你说这样的人是不是腐败透顶？还算不算人？

滥用警力，接受贿赂，作风腐烂，秦志邦犯的可是三宗罪啊，他这样帮朋友忙也帮得太离谱了点。“谢记者”想起秦小敏的话，才明白她并非不知情，而是对秦志邦的所作所为羞于启齿。在“谢记者”看来，要想帮秦志邦变得十分棘手。她装出一副好奇加敬佩的表情问道：他敢这样做，行事肯定十分机密，您又是怎么察觉的呢？

王指导员有些得意地说：说到底还是警惕性起了作用。最初我发现所里有一群人喝了酒，随意问了一句“谁请客呀”，他们说秦志邦。我又说太阳从西边出来了，秦所长从不请客的。有人就说是秦所长代替朋友请的。我又问为什么他的朋友要请客，这样秦志邦滥用警力给朋友帮忙的事就暴露了。我赶紧把这事向分局作了汇报，分局觉得事情严重，立即部署抓人。经过审讯后才知道，秦志邦哪里只是滥用警力呀，还犯了更严重的罪呢！

“谢记者”说：看来秦志邦这次是逃不掉牢狱之灾了。

王指导员斩钉截铁地说：至少判十年以上！说不定比赵毅判得还重！按说秦志邦不是没有能力的人，他在部队就是特种兵，手上功夫比我好得多，但他思想品德教育没及格，权力越大，能力越强，起到的破坏作用只会越大，这次江东警方的声誉就毁在他手上。现在想起来还很后怕，一个堂堂派出所所长，人品竟然比不上那三个贼！

“谢记者”震惊：王指导员何出此言？难道那三个窃贼有重大反腐立功表现？

王指导员纠正：我没说窃贼反腐立功。三个窃贼是团伙，秦志邦滥用警力也是团伙，但秦志邦的确比贼还不如。盗亦有道，还讲个责权利，秦志邦却一人独吞所有赃款。贼还思前想后，知道把风险最小化，跟赵毅谈判，秦志邦却落井下石、害人害己，最后还把半个派出所的人都送进去了。其实他也害了我，有人还以为我跟秦志邦内斗，趁机设下圈套让他钻，什么逻辑啊？

“谢记者”作出同情的样子，安慰道：这事不能怪到您的头上，市局的审讯结果会证明您的清白。

王指导员说：清者自清。我相信组织，我跟秦志邦本来就不是一路人。

“谢记者”追问：您刚才提到三个贼，他们到底干了些什么，能不能详细讲讲？

王指导员谈到窃贼，明显表现得比对秦志邦更有兴趣。他一五一十地说：这些贼比秦志邦讲义气。贼出于帮朋友出气的目的，才下定决心去偷赵毅家。在两千万钱财面前，贼还能不乱阵脚，并冷静分析赵毅资产来源，得出赵毅也是一个贼的结论。他们害怕把事情闹大，也害怕赵毅找黑道追杀。但他们知道赵毅更害怕曝光，一旦赵毅报警，他的前途就完了。这些贼思前想后，就跟赵毅谈判分赃，表示愿意把财物还回去一部分，但要求赵毅写一份永不追究的承诺书，想以此拿住他的把柄，好明目张胆地分钱。如果不是赵毅老婆自以为是找秦志邦帮忙，赵毅挪用公款的事情、三个窃贼做下的盗窃案都不会被发现。赵毅还会继续玩他的老鼠仓，三个贼也会过得逍遥自在，说不定又在打下一家的主意了。所以在贼面前，秦志邦的智商就显得捉襟见肘了，他短短两天时间就把自己送进了监狱。不过，还得谢谢秦志邦这样贪财贪色的腐败分子；否则，这起大案不知要花多长时间才能侦破！国家财产还不知要受到多大的损失！

“谢记者”纠正他的话：不是要谢谢秦志邦，而是要谢谢王指导您！要不是您的细心和责任心起作用，秦志邦还会继续混在公安干警的队伍里，赵毅这样的巨贪可能至今还在为祸江东。您真是大功臣啊！

哪里，哪里，王指导员客气说，主要是我们有一个好的制度，能培养好的干部，也不会放过任何一个腐败分子。

……

王指导员跟“谢记者”一口气聊了近两个小时，都觉得聊得差不多了。“谢记者”又让王指导员挑选了一大堆文字材料，并请他把材料直接寄到名片上的报社编辑部。之后，“谢记者”说还要采访下一家单位，婉拒了王指导员的午餐招待请求，愉快而迅速地告别出来。她在街边打车回到酒店。然后退房、直奔机场。

直到在机场办好买票登机手续之后，孙尔雅才给谢记者打了一个电话，告诉她所有情况，建议她跟谭政委立即通个电话，就说报社有急事要求自己回京。孙尔雅还承诺谢记者，根据采访内容，一定认真给她写一篇优秀思想政治工作方面的通讯稿。

她突然想起答应秦小敏给秦志邦帮忙的事。秦志邦背上的不仅是一个滥用警力的罪名，还有收受贿赂的指控。不管怎么找人，都难逃牢狱之灾。孙尔雅心里对秦小敏多少有些不满，既然让自己去找人帮忙，还遮遮掩掩隐瞒内情，但她还是给秦小敏打了个电话。她没有说自己采访王指导员的事，只说报社另有任务安排，自己要赶回上海。她说秦志邦的事谢记者也问过了，表示事情有一定难度，只能见机行事。秦小敏听着绝望，有些丧气地说：看他自己的运气吧，我们已经尽力了，如果他活该倒霉，找谁都没用。

五

回到上海，孙尔雅没有回住处，而是直接去了报社。

她在电脑上搜索“吴非”“黑铁投资”，只有寥寥几条信息，而且内容基本一致：黑铁投资公司法人代表吴非。

再搜索“章陕”，则出现了好几页索引目录，细细翻看一遍，大都用了“中国著名私募投资人”“股市顶尖投资高手”“中国最神秘庄家”“资深投资专家”等称呼，从信息发布时间和内容来看，都是在著名的“5·19 行情”之后。

1999 年 5 月 19 日，以章陕为核心的长江三角洲投资集群，以迅雷不及掩耳之势拉升网络股“三驾马车”——东方明珠、上海梅林、广电电子，掀起了席卷全国的网络风暴。章陕登高一呼，股市应者云集，以唐千年为核心的西北投资集群、以海归叶晓天为首的珠江三角洲投资集群、以曹宜妃为核心的环渤海投资圈纷纷揭竿而起，把无数巨资砸进以网络为主的新技术和新经济概念股票之中，沪深 A 股齐齐出现大盘连续暴涨的奇观，二十天之内上证指数暴涨了 65%。经过不到两个月的暴力拉升之后，民间资金蜂拥入市，散户更是砸锅卖铁开户买股，中国再现“全民抢购”风潮，只不过这次抢购的不是肥皂、食盐等日常品，而是股票，数千万股民对一波大三浪的上涨翘首以待。就在这种集体性的疯狂时刻，先知先觉的四大主力已经顺利完成“胜利大逃亡”。这批大赚特赚的主力，最终赢取了“东僧西道、南童北妪”四大庄家的美誉。

“东僧”即章陕，曾毕业于佛学院，有“魔鬼手指”之称，1995 年在“328 期货风波”中站队多方，大获全胜，一举消灭了大空头金彤，从而积下第一桶金。

“西道”即唐千年，少年经商屡败屡战，在经历一百零一次失败之后，遁入终南山当了道士，三年之后声称得道下山，1992 年进入原始股交易市场一夜暴富。

“南童”叶晓天之父叶玉堂本是广州十大国际奢侈服装品牌总代理。1998 年被仇家雇凶杀害，叶晓天从沃顿商学院奔丧归粤，继承了父亲上亿遗产，年仅十九岁就步入商界。

“北妪”曹宜妃背景神秘，本为某部附属公司财务人员，凭敏感嗅觉在

1997 年以五十五岁退休年龄杀进股市，创下了两年连翻三十倍的史上最牛炒股成绩。

经过“5·19”一战，东西南北四大庄家私人财富均跨入十亿级富豪门槛，成为中国股市炙手可热的神秘大鳄。在股市，十亿资本意味着能撬动上百亿民间资金，这四大庄家如果再度联手，将决定中国股市的未来走势。

孙尔雅打开织云科技的行情，发现真如江东王秘分析的一样。几天前，盘面出现过几次罕见百万股大单抛售，卖单总计超过一千万股。孙尔雅据此肯定赵毅四百万老鼠仓已被强行平仓，至于跟着卖出的股票，很可能是别的老鼠仓。赵毅案虽未被公开报道，但知情人并不少，特别是在江东本地，各种小道消息甚嚣尘上。股市是一个不相信公开信息的地方，往往小道消息决定命运。但这次跟风出逃的老鼠仓判错了方向，强行平仓并未造成股价动荡，织云科技反而从十三块狂涨到了十六块附近。

织云科技走势一枝独秀，已经完全脱离大盘。从市场舆论来看，章陕一直都是一个影响大势的庄家，在每次大盘发生反转行情的前夕，总是能先知先觉，担当一轮大行情的急先锋。甚至有人吹捧，自从 1992 年创设深沪股市以来，资本市场就一直唯章陕马首是瞻，把他当成一面旗帜，他的一举一动都会受到市场的强烈关注。孙尔雅却觉得织云科技走得太孤独了，对大盘没有丝毫影响，庄家不可能是章陕。如果章陕操盘织云，“西道”唐千年、“南童”叶晓天、“北妪”曹宜妃这些大鳄不可能视而不见，股市或许早就引爆了一轮新的大行情。

章陕有钱有势，没有理由把赌注下到一只莫名其妙的股票上，更没有理由糟蹋自己对大盘的号召力。不仅“东僧”，连“西道”“南童”“北妪”也不会这样干的。退一万步来说，就算章陕坐庄织云科技，那他也没有理由要赵毅做自己的老鼠仓，在某种程度上，这无异于把自己的钱白白送给赵毅。一般券商、基金坐庄，用的是公众资金，实际控制人会让自己的亲朋好友大做老鼠仓，从而轻易把公众资产转移到个人手中，但章陕是私人资本，凭什么要转送给赵毅？送给赵毅老鼠仓信息的合理解释只能是——章陕把朋友坐庄的信息送给赵毅，损失不是自己的，赵毅赚走的是朋友的钱，他却赚到了赵毅的信任，这样送顺水人情的事，股市每天都在发生。

看来，织云科技的庄家一定是个新手，是初入江湖的冒失鬼，是初生牛犊不怕虎，自以为有钱，把股票蹭蹭蹭地往上拉，从中赚取某种快感，赚取明星般的出场效应。

现在整个资本市场都在旁观，大佬们也一定在暗中关注，一旦发现这个庄家实力不济，肯定都会落井下石。一旦这些更强大的高手潜入其中，成为庄家的对手盘，灾难随时都会发生，热捧织云科技的散户随时会从云端摔落下来。

孙尔雅又点进织云科技的股吧扫视了一遍，那里真是一个泥沙俱下的世界。小道消息满天飞，散户骂娘声带泪，欲问庄家何处有，黑手遥指黄河西。股吧看似散户的集中营，却也是庄家施放烟幕弹、猎杀散户的最佳场所，所以孙尔雅盯上一只庄股，总会去它的股吧看看，庄家疯狂做局的背后，多少会在股吧里留下一些蛛丝马迹。

一连翻了好几页上千条信息，孙尔雅还真是看不到有价值的内容，就连赵毅老鼠仓案的消息也没有一点。奇了怪了，赵毅案在江东被禁不难理解，怎么在信口雌黄的股吧也被禁了？难道江东股民中除了赵毅再没人炒作和关注织云科技吗？

突然，一个自称“我是 328 金彤”的帖子吸引了孙尔雅：“大家都不要测顶了，庄家至少把织云科技做到一百块！”金彤是“328 期货风波”的主角之一，是中国早期最大券商远方证券的创始人。由于他是大空头，在“328 风波”中跟政策唱反调，被多头中发投公司一举剿灭。作者用这个网名发帖，肯定是想引人注意。从这条信息内容来看，明显是在误导股吧散户，庄家要把织云科技从四块做到一百块，讲什么神话啊？

孙尔雅有些愤然，立即注册了一个“孙子兵法”的网名，给“我是 328 金彤”回帖道：欺世盗名！我看你就是庄家！不，是庄家的走狗！

不想对方马上跟帖了：算你有眼光！留下 QQ 号，告诉你真相！

这下轮到孙尔雅傻眼了！对方被臭骂一顿，居然没有回敬，还说她有眼光，什么人哪？不过她也不发怵，留 QQ 就留 QQ，反正 QQ 上注册的也不是真名，大不了到时将对方拉黑，看他能玩出什么鬼！

孙尔雅看了表，已经晚上十一点了，这家伙这么晚还在上网，并且盯着股吧信息，觉得疑惑不解。但她还是把自己的 QQ 号发了过去，并留言：我等着你！

孙尔雅郁闷地回到住处，房间凌乱不堪，她才想起忘了给范东打电话。要是范东知道，肯定会过来候着她，并默默地帮她收拾好一切。这个男人越来越让她感动。正是他的细心和殷勤，使她慢慢从上一段初恋阴影中彻底走了出来。想到这里，她对秦小敏心中充满歉意。在江东采访中她对秦小敏隐瞒内情有些看法，想来是自己太狭隘了，下次好好找个机会跟秦小敏沟通一下，帮她在秦志邦案上出谋划策，以维护好多年的闺密感情。

第二天一上班，孙尔雅打开电脑，习惯性地点开 QQ，一堆信息弹了出来，不想搭理的就关，想搭理的就回。她还发现有一个叫"AK47"的人加她为好友，她点了同意，并附言"你好"。一会儿，一个大灰狼的头像闪动起来，AK47 发了一条信息过来：我是 328 金彤，不是庄家的狗。

孙尔雅一惊，没想到股吧的那个家伙这么快就盯上了自己，他到底想干什么？好半天她才反应过来，回了一条信息：金彤不是死了吗？想借尸还魂啊？

等了好久没见对方回复，看样子对方已经下线。孙尔雅在心里骂了一句"神经病"。

孙尔雅回头跟范东通了电话，让他今晚到她的住处来。范东学的是国际金融，在浦东一家房地产公司打工，收入不高，休息时间却比孙尔雅充裕多了。每次只要孙尔雅召唤，他会立即跨越黄浦江。孙尔雅喜欢这种召之即来挥之即去的恋爱，作为记者，她需要给自己更多的自由空间。

刚放下范东的电话，何社长电话就打过来了，让她立即去他办公室。

何社长见到孙尔雅劈头就问：江东采访怎么样？摸到有价值的线索了吗？

孙尔雅将采访情况作了详细汇报，何社长听完兴奋地说：你立即将采访到的案情写一篇报道吧，一定要快，我们这周内就发出来。

孙尔雅热情不高：我本来是想通过赵毅老鼠仓案追查出织云科技的庄家，现在江东市不想把案情扩散，已经封锁消息，彻底斩断了老鼠仓信息的线索，所以这时去报道赵毅案意义并不大，还得冒着得罪江东市的风险。而且，秦志邦案跟财经报道根本沾不上边，我看还是算了吧。

何社长不悦：小孙你也算一个资深记者了，怎么这样考虑问题呢？我们做新闻的，就是敢为人所不敢，有独家更不能轻易放过，哪有那么多顾忌？现在你是还没有追查到庄家的下落，但事情是发展变化的，说不定你这条新闻一刊登出来，庄家自己就露出马脚来了。江东越是禁止消息扩散，我们的报道就越有新闻价值。再说，我们是全国性报纸，凭什么江东说禁就禁啊？要禁也行，得他们来求我们，而不是我们听他们的！

何社长说的不是没有道理，孙尔雅很快被他说服了，但想起秦小敏的请求，还是不想把秦志邦扯进来,以免到时他在舆论影响下被重判。她向何社长承诺：那好，我今天就可以把这个新闻报道写出来，只是那个秦志邦案真的跟财经新闻扯不上，还是隐掉了吧。

为什么要隐掉不写啊？这么好的故事，不写他就不真实了，不写他就不曲折了。只要读者感兴趣的故事，我们不仅一定要写，还要写出新花样来！

孙尔雅回到编辑部，把江东采访的赵毅案情细细梳理了一遍，花了两个小时就敲出一篇报道，标题是《江东高新投董事长家中失窃，织云科技老鼠仓被强行平仓》。孙尔雅写完又斟酌了很久，把赵毅老鼠仓跟织云科技股价的诡异走势结合起来，认为赵毅老鼠仓只是织云科技老鼠仓的“冰山一角”，如果不是江东警方抓住了滥用警力的秦志邦，如果不是秦志邦抓住了三个入室偷盗的窃贼，如果不是三个窃贼异想天开想与赵毅谈判，如果不是赵毅激怒了他的司机，织云科技的老鼠仓将很难曝光于天下，织云科技的黑庄会隐藏得更深。孙尔雅刻意淡化了秦志邦的所作所为，对他收受赵毅老婆的钱财和性贿赂只字未提，从整个文章里看，秦志邦有功有过，显得还有些冤。

下班前，孙尔雅将稿件发给何社长，何社长说自己马上看，要孙尔雅先等等。何社长很快看完稿子，在给孙尔雅的电话里显得很兴奋：小孙，这么好的故事，早点写出来嘛，我已经安排在这周末作为头版头条刊出！

孙尔雅下班回到住处，发现范东早就过来了，而且准备好了晚餐。两人像往常一样，亲亲热热地吃完饭，又各自洗了澡，早早坐在床上看书。说是看书，其实都没怎么看进去，都在装，看谁先妥协。范东瞄了孙尔雅几眼，有些忍不住了，把手伸过来，在她凹凸有致的身上摸来摸去。孙尔雅也慢慢闭上眼睛，侧身把头往范东身上倒了过去，范东就势用嘴堵住了孙尔雅的嘴。两人疯狂劲儿都上来了，一句话都没说，就不停翻滚起来。直到一个回合结束，两人才稍稍安静下来。范东气喘吁吁，一只手仍然放在孙尔雅胸脯上不肯松开。孙尔雅知道范东还没有彻底满足，等一会儿必定还有一场大战。孙尔雅跟他一起几个月已经习惯了。生怕累成一团泥的孙尔雅就此睡了过去，范东问起江东之行，还问感谢秦小敏的礼物是不是亲手交给她的。

孙尔雅懒洋洋地白了他一眼：你怎么老问起你的礼物？没有什么见不得人的东西吧？也不问问秦小敏她堂哥到底干了些什么？

干了什么？范东不屑一顾：无非是收了别人的钱，替别人办事呗。

孙尔雅叹了一口气说：如果这么简单，我还真能找人帮她。她堂哥秦志邦不仅滥用警力犯渎职罪，还拿了人家三十万，最荒唐的是他还跟赵毅老婆发生了性关系呢！

这么严重啊？范东手上动作慢了下来：那你找谁帮忙都难办了。

孙尔雅点头：原来一个秘书分析说，赵毅判得重，他也会跟着倒霉，赵毅判得轻，他也可能重不到哪里去。但后来我背着秦小敏采访了告密的那个指导员，人家说了他至少会判十年以上，可能判得比赵毅还重呢。赵毅在江东影响大，人家会争着保，但一个小小派出所所长，谁会保他呀？说不定想保赵毅的人正恨着他呢，不是他胡闹，赵毅怎会东窗事发？

范东想了想，出主意说：不如你们媒体做个文章，让秦志邦出来说话，干脆把赵毅案闹大，捅开江东这个马蜂窝，让那些想保赵毅的人竹篮打水一场空！

孙尔雅立即反驳：不可能，一是秦志邦被控制得这么严，怎么出来说话？二是只有查出老鼠仓背后的庄家，才能把事情闹大，但现在线索断了。其实，即使捅了江东这个马蜂窝，对秦志邦也没好处，除了被搞得更臭、钉死在耻辱柱上，毫无益处。

范东的手又不安分起来：这个秦志邦是自作自受，咱们帮得上就帮，帮不上是他的命。唉，不说了，别扫我们的兴了。

孙尔雅看着眼前的男人，突然想起秦小敏找情人的事。她起身问道：扫兴，扫兴，你怕是从我身上得不到满足吧？

范东手上动作不停：是啊，我每次都不够，要好几次才能舒服。

孙尔雅斜着眼说：一看你就是一个危险分子，你不会像秦小敏一样吧？

范东听她说到秦小敏，好奇地问道：秦小敏怎样啊？也要好几次才能满足？

孙尔雅咬住嘴唇：不要问了，你弄得我好痒，快好好伺候！

范东立即翻身上马，两人兴致勃勃又疯了起来。范东在关键时候问道：秦小敏到底怎么啦？你别吊我胃口好不好？

孙尔雅有些受不了，就说：秦小敏找了一个情人！她还说两人在一起时像吸毒一样上瘾。

范东听了愈加勇猛，边干边问：怎么可能啊？她不是跟老公感情很好吗？

孙尔雅断断续续回道：所以人……真是一个怪诞的……动物，居然……发明了偷情，还……妻不如……妾，妾不如……偷！

范东的身体被刺激得钢铁一样，就盼着熔化在孙尔雅的身体里。孙尔雅已经满足两回了，他居然还金枪不倒！她看着他瘦硬而又善战的身体，觉得自己真的难以满足范东，又想起秦小敏说要不要帮忙的话，不禁问道：你太厉害了，难怪秦小敏说你中学练过马拉松，要是她知道你这方面也厉害，估计不会轻易放过你，你不会喜欢她这样的女人吧？

范东故意开玩笑：你觉得呢？你会吃醋吗？

孙尔雅顺势咬了范东一口说：你敢！你敢这样，我直接碎了你！

范东做出很害怕的样子，停下所有动作保证：你就是拿刀逼我，我也对她没兴趣，你什么人她什么人嘛！

孙尔雅满意了：这还差不多！不管什么时候，你的意志都要像你的身体一样坚韧！

女人的赞美就像春药，范东开始发起更凶猛的进攻。孙尔雅本来已经不想要了，但在他的持续攻击下，欲望又像一波海浪汹涌袭来，终于忍不住千娇百媚地激动起来，张大了嘴乱叫不已。随着范东一阵低沉的吼声，她也浑身一阵颤抖又到了高潮。

范东倒在她身上躺了好一会儿，像死去了一样，声息全无。孙尔雅想这家伙简直像一颗炸弹，今晚都快被他炸得粉身碎骨了。有个疼爱自己的男人真好！他不会像秦小敏一样背着自己找情人吧？看这个男人贴得自己这么紧，孙尔雅瞬间闪过这个念头。

本来第一回合结束，孙尔雅就累得直想睡觉，但陪范东大战三个回合之后，反而一点睡意也没有了。孙尔雅看着沉沉睡去的范东，心想男女生理上差别怎么这么大呢。

她躺在范东身边，越是想睡觉，脑袋就越是清醒，江东采访以来的细节像电影一样在脑子里放个不停。她干脆起床，在书房轻手轻脚地打开电脑，顺便挂起 QQ，然后又冲了一杯咖啡，把灯光调到比较暗的一格。

正在翻看近几天的财经新闻，突然那个叫“AK47”的大灰狼头像一阵闪动，孙尔雅赶紧将声音关掉。回头一看，一条信息发了过来：你是财经记者吧？

孙尔雅一惊，反问道：你是谁？

AK47：不用紧张，我是人。

孙尔雅追问：凭什么说我是财经记者？

AK47：你在股吧流窜，不是股民就是记者，QQ 名为“股市益虫”，不是记者是什么？

孙尔雅不得不佩服对方的判断力，她回了一句：你盯我干什么？

AK47：谁盯你呀，我盯织云。

孙尔雅又问：那你盯织云干什么？

想想觉得这个问题很白痴。AK47 却回复了：我盯庄家。

孙尔雅一听像找到了知音：你发现了什么？

AK47：先谈你的看法。

孙尔雅忍不住：我也是想盯庄家。

AK47：我知道，益虫盯害虫。

孙尔雅换了一个问题：你盯庄家的目的？

AK47：我是股民行不行？

孙尔雅又问：想跟庄吗？跟多久了？赚了还是亏了？

AK47：记者都是提问机器吗？

孙尔雅没回答他的问题，却说：我抓住庄家的尾巴了。

AK47：庄家是人，没长尾巴。

孙尔雅嘲弄对方：你好像见到了庄家一样，告诉我他什么样子？

AK47：庄家就是章陕。

孙尔雅又吃一惊，这人怎么知道章陕，莫非是江东股民？就算是江东人，连赵毅都不知道庄家，他这么说肯定是牵强附会！

她回了一句：不要乱猜，肯定不是章陕。

AK47：爱信不信！

孙尔雅回道：这不是章陕风格！

AK47：风格是用来骗人的，你适应了他就会改变。

孙尔雅一笑，回复：这话我爱听，庄家的最大本事就在于骗人。那你了解黑铁投资吗？知道吴非吗？

AK47：你想知道什么？

孙尔雅想象得出对方神气的样子，她问道：他们跟庄家是什么关系？

AK47：章陕的一个账户而已。

孙尔雅不信：你是说吴非的身份是假的？

AK47：看来你不蠢。

孙尔雅看了有些生气，但她没有计较，半夜三更的，有个人说话也挺难得。

她又问：除了黑铁投资，庄家还有哪些账户呢？

AK47：你去统计呀！

孙尔雅想这人还挺有个性，动不动就刺激别人，就用激将法问道：我觉得庄家更有可能是吴非，你有章陕坐庄的证据吗？

对方好久没有回话，孙尔雅心想这人根本不靠谱。

正准备关了QQ对话框，AK47却发了份文件过来，文件名是“名单”。孙尔雅顺手接了，点开一看，原来是“000189前二十位流通股东名单”。

孙尔雅马上问：这能说明什么呢？与章陕有什么关系？

AK47：四分之三是庄家账户，吴非跟庄家，只是木偶与提线人的关系。

孙尔雅赞道：你太牛了！公开信息只有前十位流通股东，你竟然弄到前二十位的！但怎么让我相信这是真的？关键是你怎么证明它们就是庄家的账户？

这时，大灰狼头像一下子变成了灰色。孙尔雅想他也许是隐身了，决定等一会儿，但是等了很久也没见回复，只好作罢。

第三章

----- • CHAPTER 03 • -----

一

很快到了周末,孙尔雅没看到自己的稿件刊发出来。就想打电话给何社长,但想着稿件编发是总编室的事,有时推后一两天也很正常,贸然给社长打电话,倒显得自己过于急功近利,就决定再等等看。

又等了一周,还是没看到报道刊发出来,孙尔雅想起何社长的承诺,头脑有些发热,就去问总编室怎么回事,谁知总编室主任告诉她,稿件已经被何社长压下不发了。

孙尔雅回到新闻部,气得直砸自己桌上的键盘,惹得所有人都看着她。她想不通到底哪里出了问题,莫非江东真的找上门来了?没理由啊,江东之行这么悄无声息,怎么会被人盯上呢?不行,得找何社长问个究竟!

何社长见到她却很高兴,大声说:小孙,我正要找你呢,你这次为报社立大功了!

孙尔雅有些摸不着头脑,问道:社长,我那篇报道怎么没发出来啊?

何社长一笑置之:要是发出来就不值钱了!想不到你一篇报道就为报社换来了五十万广告费,真是一字千金啊!

五十万广告费?孙尔雅一惊,果然不出自己所料,江东派人前来公关了!

听何社长慢慢解释，她才明白，派人公关送钱的并不是江东，而是从未引起自己注意的上市公司织云科技。

原来何社长看了孙尔雅的报道，发现她将赵毅案矛头直指织云科技的庄家。织云科技从未发布过任何重大信息，庄家却一连数月疯狂拉抬股价。表面上看，上市公司似乎跟庄家没有任何勾连。何社长心里很清楚，在长达半年以上的坐庄过程中，如果没有上市公司的配合，庄家决不敢这样随心所欲，看似平静的表面背后，必定大有文章。

何社长判断，织云科技的高管肯定不想这样的文章见诸报端。他把这篇报道发给织云科技孔董事长，说是明日报纸的头版头条，请孔董事长“审核”。没想到孔董事长反应非常强烈，立即回电话给何社长，说公司正处于技改研发关键时期，这篇报道绝对不能刊发。何社长要的就是这种反应，一再强调这是重大新闻稿，不可能撤下来，撤下来报纸就开天窗了，没法对读者负责，更没法对报社的广告客户负责。孔董事长一听何社长这样说，更着急了，当即表示上市公司愿意承担报社损失，条件是赵毅案决不能见报。何社长说这等于是让这一期报纸作废，损失太大了，我怕你们承担不起。孔董事长立即表示一切好说，公司马上派人前来报社签订广告合同。

织云科技紧急派人前往报社。经过一番讨价还价，最后双方达成一致：织云科技支付报社五十万广告费，何社长保证孙尔雅稿件不见报……

孙尔雅没等何社长说完，就着急地打断他：社长，您不能这么处理我的报道啊！

何社长安慰道：小孙你不要急，这篇稿子虽然没有发出来，但稿费还是会给你，并且是照特稿稿费标准发放。

孙尔雅急忙解释：社长，我在乎的不是稿费，而是上市公司的反应，太不正常了！

何社长说：嘿，你跟我想到一块儿去了！他们反应这么不正常，才说明你的报道写出水平来了嘛！

孙尔雅见何社长没明白自己的意思，继续解释：我的意思是，赵毅案只是织云科技的一个老鼠仓，我披露出来，首先跟我们急眼的应该是庄家本人，或者是江东官场，怎么孔董事长倒成了急先锋了，您不觉得这里面大有蹊跷吗？

何社长不以为然：我知道有蹊跷，所以才使出一招“投石问路”。他们要是心里没鬼，怎么会送五十万啊？

孙尔雅分析道：社长，我看孔董事长的反应也太大了，这不仅证明上市公司跟庄家早已沆瀣一气，而且背后还藏着更大的黑幕！他们这么做，明显是在掩护庄家，掩护自己的巨大利益，说不定这五十万根本不是织云科技给的，而是幕后的庄家掏的。

何社长听了，苦笑一声：小孙，我看你是揭黑报道写多了，不能什么事都往黑处想啊！这总算是一则负面报道吧，哪家上市公司愿意把自己放在火上去烤啊？换一个角度，你也应该为报社着想一下，今年广告收入大幅下降，维持下去不容易啊。我不是跟你们老说，要把报社看成一个公司吗？公司是干什么的？生产东西、卖东西的呀，你想想我们能卖什么？只能卖文字呗。你去江东跑了两天，能产生这样的经济效益算不错了，报社会记住你的贡献，但你也要记住，欲望不能像个无底洞，做任何事都要有个度，过度了可能一事无成。

孙尔雅听着这话有些鄙夷，心想自己不过是想把报道写得更透彻一些，而处心积虑跟上市公司图谋交易的是他何社长，怎么反说自己的欲望成了无底洞呢！

看着孙尔雅没吭声，何社长压低声音对她说：哦，你也不会白忙，孔董事长答应支付给你五万辛苦费，条件是你要答应稿件不能外流。另外，孔董事长还邀请你去织云科技实地采访。你明天没人的时候来我办公室，我把那五万转交给你！

孙尔雅更加吃惊了，上市公司竟然连自己也要重金收买！这让她又疑窦顿生——这钱为什么不经过报社财务，而由何社长亲手转交呢？要是自己不追问稿件的事，何社长会将这五万块交给自己吗？

孙尔雅这时才相信，自己一篇报道无意之中捅了一个马蜂窝，这里面的水远比自己想象的还要深！她不想就这么轻易放弃，于是郑重其事地请战：社长，我喜欢钱，也需要钱，但我的看法是，这个报道还可以跟踪下去，我已经摸到了一些重要信息，假以时日一定能挖出更多更黑的内幕来。如果查到庄家和上市公司勾结起来操纵股价，我会把他们的老底都挖出来，到时何止五十万？

五百万都会有人乖乖送上门来！

何社长一听立即把脸拉了下来：小孙，我劝你别钻牛角尖了，狗急了还跳墙呢！庄家哪有那么好查？你知道他设了多少层防火墙？又有多大的能量？现在有钱什么事情摆不平？就算你能查出来，你不怕出事，我还怕饭碗不保呢。

孙尔雅知道再说什么也没用了，看何社长的样子，已经吃了秤砣铁了心。

她有些郁闷，赌气地说：既然社长这么怕事，今后其他揭黑报道也别让我写了，免得报社为难！

何社长不以为然：小孙你分明是闹情绪嘛！我并没有打击你工作的积极性，这次你做得很好，今后应该发挥自己的长处，多写这种报道，最好让他们看了都害怕。你写得越多越狠，他们送过来的广告费就越多，你个人的收入也会越高！

说完何社长朝她会心一笑，俨然她已成了一个同谋。

孙尔雅突然感觉很不舒服，对自己也有些恶心，感觉自己就是报社，不，应该是何社长的一个赚钱工具，被他牢牢地抓在手上动弹不得。她甚至联想到了夜总会的老鸨和小姐。

她不屑地说：社长，那五万块黑钱也别给我了，都上缴报社吧，我怕黏手！

何社长听了很恼火：什么黑钱？这事你知我知，报社其他人都不知道，好歹也是你自己的辛劳所得，有什么好怕的？你别给我添堵好不好？

孙尔雅不服气：社长，不是我给您添堵，是您给我添堵！这事闹得我很伤神，您干脆准我几天假，让我出去休息一下，好好静一静吧。

何社长听了，沉默良久，脸色才慢慢由阴转晴：你是该好好想一想了，我给你放一周假！不过出门玩就要花钱，你把银行卡号写给我，我马上把那笔钱打给你。早点回来啊，争取写出更多重磅报道，我照样给你争取辛苦费，不会让你吃亏的。

孙尔雅还想推拒一番，但转念一想，这五万块就算自己拒绝了，也肯定不会被何社长退回去，只怕就此跟何社长结下梁子。于是，在何社长好说歹说之下，她写下了自己的银行卡号。

回住处见到范东，孙尔雅说周末要带他去杭州西湖疯玩几天。范东一听，就要给杭州的同学打电话，忙着联系住的地方。孙尔雅立即阻止，说不用找人了，这回自己掏钱住到西子宾馆去。范东听了大吃一惊，说在那地方住一晚上千块，太贵了住不起。孙尔雅想告诉他自己有钱了不在乎，立马觉得不妥，改口说报社这次奖励她，答应给她报销全部费用。

第二天一早，孙尔雅特意在楼下的银行自助机上查了一下，发现自己卡里真的多了五万，这差不多是自己一年工资的总和。她在自助机前深呼吸几下，心里顿时觉得平衡了些，便拉着范东往杭州奔去。

二

织云科技的股价已经站稳在十八元之上，眼看就要创出二十元的历史新高了。

孙尔雅对着电脑上面的行情不断告诫自己：得人钱财与人消灾，不要看，不要想，赵毅案不关自己的事，织云科技庄家不关自己的事，孔董事长的激烈反应更不关自己的事！

可是，只要一想着赵毅的五百多万股股票要是留到今天，两千万本金已经变成一个亿，孙尔雅就觉得十分难受。仅仅八个月时间，织云科技就从赵毅的买入价四元涨到了接近二十元，庄家到底砸进来多少资金，又赚到了多少？他们竟然只拿五万元就收买了自己，拿五十万就搞定了报社，让庄家巨大的利益链转危为安！

在孙尔雅努力转移情绪的这段时间里，范东几乎每天都从浦东赶过来陪着她，陪着她过居家生活，陪着她拼命购物，陪着她疯狂做爱。陪她的时间久了，范东终于看出了一些意思——在轻松欢快的外表下面，孙尔雅其实很压抑。她经常突发奇想要去干什么，却又总是半途而止。范东肯定她心里藏着一些什么事情，多次试图走近，但都给她挡了回来。

这天晚上，范东照例奋力扮演了一个称职男友的角色，弄得孙尔雅香汗淋漓才倒头睡了过去。孙尔雅洗净了身体，换上睡衣蜷曲在范东身边，却怎么也睡不着。她蹑手蹑脚走进书房，又打开电脑，把声音调到静音状态。

QQ 一挂上去，就弹出一堆信息，很多是“黑庄论坛”的网友发来的。孙尔雅清理了一下，把关于织云科技的信息交流归集到一起，结果发现它已经发布了一道公告：

> 本公司于近期召开临时董事会，审议通过了与以色列内格夫水资源集团签署合作协议的决议，拟投入 1.28 亿元购买其海水淡化项目实验设备及其生产线，合作协议如期落实之后，本公司占有合作项目 70% 的股份，内格夫水资源集团占有合作项目 30% 的股份。鉴于该项协议尚未进入实质性操作，存在不确定性，特此提请投资者注意风险。

不出所料，织云科技终于露出了马脚！此前面对市场质疑，它数次发布例行公告，宣称“本公司近期没有任何根据有关规定应披露而未披露的事项或与该事项有关的筹划、商谈、意向、协议等会对公司股票价格产生较大影响的信息”，以示清白，但海水淡化项目的公告又把上市公司推到公众舆论的前台——

为什么早在八个月前股价就出现异动？

截至正式公告之时股价已经翻了近四倍，谁能有这种先知先觉的本领？

庄家到底是个人资本还是一群大户游资？

……

内格夫水资源集团是何方神圣？孙尔雅立即搜索。原来这是位于以色列内格夫沙漠中的一家咸水改造公司，以膜渗透技术著称，咸水淡化技术已经广泛输出到欧美各国，是世界上少有的几家掌握了海水淡化核心技术的企业之一。

孙尔雅又进了织云科技股吧，发现很多人都在热议海水淡化技术，有人留言说国内海水淡化技术远远落后于国外，大多停留在蒸馏法阶段，能耗太高，而国外企业的膜渗透技术又存在着现实应用的瓶颈，主要是膜的成本高、寿命短，而织云科技通过与内格夫集团合作，即将掌握一种低成本、长寿命的膜生产技术，能生产出比工业用水价格成本更低的淡水和比自来水水质更好的纯水。

有人还贴出专家报告，称未来三十年之内，地球上生态的破坏将导致一场巨大的水资源危机，陆地淡水资源将完全枯竭，海水淡化技术将迎来空前发展机会。

这时，好莱坞大片《未来水世界》正好上演，把人类未来的淡水危机描绘到了极致，疯狂地助长了股民的想象力。有人说生活用水价格每吨一元多，工业用水价格每吨六元左右，南水北调成本是每吨八至十元，而织云科技的工业用水成本已经降至每吨六元，并且有望在十年之内把生活用水成本降到每吨两元。届时，人类无须担忧淡水资源的枯竭，因为水质更优、成本更低的海水淡化产品将大举造福人类。凭此垄断技术，织云科技和内格夫集团将获得上万亿的市场机会。

海水淡化技术真有那么神奇吗？织云科技真有如此广阔的市场前景吗？即便这项技术能普惠人类，那也是三十年之后的事情了。现在的上市公司又有多少能挺到三十年之后？孙尔雅觉得织云科技就是一个正在吹大的泡泡，她产生了一种想去戳破它的强烈冲动。

最后，孙尔雅还是忍不住在“黑庄论坛”上留下了预警帖，说织云科技庄家已经把股价成功拉升了四倍，基本完成了理论上的升幅，现在它肯定会趁着利好公告而出货，上演胜利大逃亡的游戏，投资者应高度警惕，切忌跟风追涨，避免从庄家手中接过最后一棒。

发完帖子，她还觉得不够，又把帖子粘贴到了自己的 QQ 群里，鼓励朋友们转发。

大灰狼头像突然开始闪动起来，AK47 发来一条信息：你太自以为是了！

孙尔雅很恼火，突然想起了何社长，他也是拿这副嘴脸来教训她。

你以为你是谁呀！她很快敲了几个字过去。

AK47：你这样说只会害人！

孙尔雅本不欲理睬他，但看了一下手表，已经晚上两点多了，觉得这人总是月黑风高的时候才溜出来，不是穷极无聊就是居心叵测，又想起他上次刻意盯上自己，还不知用意何在呢，就决定先稳住他再说。

孙尔雅：除非你就是庄家，或者庄家的走狗，否则你急什么？

AK47：嘿嘿，织云就是涨到一百元，庄家也不会出货的。

看来这个人还真是嘴尖皮厚，还口出狂言！

孙尔雅：你别这样语不惊人死不休，正常点好不好？

AK47：好笑！说我不正常，是你自己内分泌失调了吧？

她仿佛看到了屏幕背后的那个人，网上说话这么尖刻，很像一个女扮男装的家伙。她决定先来个火力侦察，好好逗逗对方。

孙尔雅：我还好，这会儿早阴阳平衡了，老公就睡在我身边。你恐怕落单了吧？别折磨自己了，姑娘，好歹找个男人来疼一下吧，心情会好很多的。

AK47：跟老公一起都睡不着，你的病不轻啊！

孙尔雅：呵呵，幸福得睡不着啊！你呢？没有男人就睡不着，很痛苦吧？

AK47：别嘚瑟了，幸福不比痛苦值钱！

孙尔雅不甘心，更加相信对方是个女人，还很可能是一个怨妇，再刺激她有点于心不忍，于是问道：你跟你男人掰啦？没关系，去找他吧，男人呀，给他点甜头就会回头的。

AK47：说说，你都给男人一些什么甜头？

果然是一个男女关系里弱智的主，竟然向自己讨教起绝招来了！

孙尔雅：关键是你要满足他，让他无暇顾及其他女人。

AK47：你这是占有啊，难怪你男人累成这样！

孙尔雅：我男人哪里累了？

AK47：你男人睡得像猪一样，你却兴奋得像猫头鹰，典型的阴盛阳衰啊！

孙尔雅愤怒了：怎么也比你强，不像你这时候还在网上钓男人！

AK47：我没那爱好！

孙尔雅一惊：莫非你想钓女人？太有品位了！

AK47：我只想钓你。

这也太赤裸裸了吧？这个时代真是盛产妖魔鬼怪，想不到自己半夜三更竟被一个女人盯上了！幸好是网上，要在现实生活里，不把人吓个半死才怪！这个妖精网名“AK47”，一看就是重口味的类型，不然也不会盯着自己死缠滥打。

孙尔雅突然想起秦小敏，想起江东那夜发生的细节，迟疑了一下：我对你没兴趣！

AK47：你确定?

孙尔雅：我只对男人有兴趣。

AK47：除了身边这个，对陌生男人有兴趣吗?

也只有秦小敏这么挑逗过自己，这人该不会是她扮的马甲吧?

孙尔雅：陌生男人也比你强!

AK47：如果我就是陌生男人呢?

孙尔雅：你是鬼吧，深更半夜玩变性?

AK47：我一直是男人啊，什么时候说过是女人啦?

孙尔雅：那你为什么一直深藏不露?

AK47：让我露什么？你不怕你老公发现啊?

孙尔雅：哎呀，你真是一个流氓!

说罢她不禁朝范东睡的房间瞄了一眼，还好，没有一点动静。

AK47：流氓只想告诉你一个浅显的道理——千万别相信自己的感觉。

真丢人，就这样被人耍了一把，孙尔雅想就此隐身躲开算了，但这会儿偏偏精神抖擞。不就是个陌生男人吗？看不见，摸不着，能拿本姑娘怎么样?

孙尔雅：为什么盯着我不放?

AK47：想告诉你几件事。

孙尔雅：什么事?

AK47："000189 前二十位流通股东名单"看了吗?

孙尔雅：我查过了，那是一份假名单，好多地方对不上号。

AK47：哈哈，你被人玩了！信息披露半年一次，我这可是本月的最新信息。

陈尔雅一听顿时明白了，股东变更情况半年披露一次，加上经常延期两三个月，造成披露出来的股东信息至少推迟了七八个月，与实际情况往往相去甚远。庄家在进货或者出货时，都会利用信息披露的时间差来误导市场，而很多股民缺乏这种信息优势，经常被骗得晕头转向。

孙尔雅：凭什么相信你?

AK47：没要你相信，只是告诉你一个逻辑，谁想坐庄织云，就必须把大部分流通股东搞定，统统变成自己手中的筹码，而不是变成对手盘。

嗯，有点意思了，这个人看来不傻。

孙尔雅：我看黑铁投资最可疑,吴非可能就是庄家。你知道吴非的底细吗？

AK47：你又来了！

孙尔雅知道对方又在指责自己自以为是，很是不爽。

她故意问道：有什么问题吗？

AK47：黑铁跟其他股东持股数太接近，几个月来都没什么变化，说明仓位稳定，没有大幅度增减股票，不太可能由他完成控股。它顶多是庄家手里的一颗棋子。

孙尔雅：你的意思是，应该多查查排在前面的流通股东，谁的仓位增减幅度大，谁才有可能是庄家的活跃账户？

AK47：你很聪明！但又有什么用呢？

孙尔雅：？？？

AK47：一个庄家账户成百上千，持股变化很大，你盯不住的。

孙尔雅：那就没有办法判定庄家了？

AK47：判定庄家有什么用？散户都能看得出有庄没庄。

孙尔雅：要是发现上市公司跟庄家勾结呢？我发现织云科技有些不正常。

本来她想说孔董事长收买报社的事情，但想着已经收了人家的钱，嘴上就紧了些。

AK47：这个有用，但要有证据。上市公司勾结庄家操纵股价，是重罪。

孙尔雅：还没有证据，我准备去织云科技采访，看看它的海水淡化项目，利用赵毅案探探公司高管们的口风，说不定他们会露出马脚来。

AK47：毫无意义！要是让你看出破绽，庄家估计还在上幼儿园！

孙尔雅不想跟他争辩。通过赵毅案报道，她已经捏住了上市公司的痛处。就算答应不再捅织云科技的娄子，她还是想把真相弄清楚。织云科技公布海水淡化项目，这给实地摸底采访带来了契机。

她仿佛感觉到自己离庄家越来越近，甚至听到了他的脚步声和喘息声。

AK47：织云和庄家的合谋，根本不是记者能想象的。

孙尔雅不服气：没有调查就没有发言权。哎，我只是觉得奇怪，你又不是记者，为什么这么热衷于这个话题？

AK47：我想利用你。

孙尔雅：你到底是谁？想干什么？

AK47：你没吃亏，你也可以利用我。

这人口气也太大了吧，他以为自己是上帝啊？

孙尔雅：我为什么要利用你？你又有什么值得我去利用？

AK47：好男也不跟女斗，尤其是那种自以为是的女人！

孙尔雅：我对你更没性趣！

刚把字敲出去她就后悔了。原来她用全拼输入法，不小心把“兴趣”打成了“性趣”，等发现已经晚了。

AK47：在家说话注意点，说不定你老公在你背后看着呢！

孙尔雅立刻感到后背上一阵发麻。回头一看，妈呀，吓死了！原来范东无声无息地站在她身后，正看着她 QQ 聊天。

她恼怒地推了范东一把：你干什么？人吓人，吓死人呢！

范东脖子摇了一圈，颈关节咯咯作响，他盯着电脑屏幕说：我正要问你呢，大半夜的你不睡觉，想干什么？

孙尔雅惊悸之余，不耐烦地解释：别闹了，我这是工作！

范东语带讥讽：工作？半夜三更你为谁工作？难道你的工作就是陪陌生男人聊天？就是跟人在网上谈“性趣”？

孙尔雅一听火了，大声责问：范东，你敢偷看我的聊天记录？你敢干涉我的行动自由？

范东服软了：姑奶奶你别这么大声，小心邻居们听到！我哪敢干涉你的自由啊，我这是担心你的身体呢！

说完范东继续睡觉去了，孙尔雅心情受到干扰，再聊下去的兴趣一点都没有了。

QQ 上还挂着 AK47 幸灾乐祸的留言：哈，给抓现场了吧？

一会儿又来一句：等你在织云科技碰壁再说。

孙尔雅以为 AK47 就这样走了，没想到最后他又加上一句：你真傻！

孙尔雅看着这句留言，觉得分外刺眼。这是继秦小敏之后第二个说她傻的人，秦小敏凭的是闺密关系，他这么说，又凭什么？

三

第二天一觉醒来，已经上午十点多了。范东什么时候离开的也不知道，床上被子收拾得整整齐齐。孙尔雅胡乱收拾了一下，不吃不喝赶往报社。

一到报社，她就拨通了何社长的电话：社长，织云科技孔董事长邀请我去实地采访的话，还没过期作废吧？

何社长说：没有过期作废，织云科技公告海水淡化项目合作，我正想让你去一趟呢。

孙尔雅怕何社长担心，立即表态：这次我不查庄家，也不揭黑幕，只想看看织云科技的海水淡化项目。如果真的有前景，可以给他们做一个正面报道。

没想到何社长听了很不满：你天生就是打庄揭黑的，做什么正面报道？

这回孙尔雅傻了，上次揭黑流产了，这回贴金又不准，何社长到底想要干什么呢？

她犹豫不决地说：织云科技公告利好，眼下形势一片大好，给他们做一次正面报道不是最好的广告吗？

何社长点醒她：你上次那篇报道虽然没登出，却让织云高管感到了危机，所以才这么快发出利好公告。他们这是在掩盖危机，你的任务就是要揭开盖子。这次去你一定要多留心眼，别光听他们说些好听的，最好再爆些猛料出来，让他们高管看了想哭，甚至想死，让他们乖乖地把钱送过来！

孙尔雅算是彻底服了，何社长不愧是领导，站得高，看得远，想得透。

她故意装糊涂：都收过他们的钱了，这么做不地道吧？

何社长解释：一码是一码。上次收了钱，也办了事。这次不给他们整点事出来，还怎么收得到他们的钱呢？捅出问题来了，我们雪中送炭，他们才会主动上门感谢。千万别搞锦上添花，否则占了你便宜还记不住你！

孙尔雅不无遗憾：社长，您是说，我这次的报道又要白写了，哪怕写得再好也肯定登不了。这样下去，我这个财经记者还怎么混啊？

何社长语气恼火：你现在混得不好吗？有几个记者能像你拿这么多钱？报道登不登有什么关系啊？关键是你写的文字有价值，有价值才能变现。你放心好了，如果你这次抓住了他们的把柄，我保证你不会吃亏！

孙尔雅还想申辩，自己选择做记者，并不是为了钱，更不是为了文字能卖个好价钱，而是为了正义和理想……但现在她跟何社长说这些显然不合时宜，而且这些东西摆在何社长的面前，肯定十分苍白无力。她还能说什么呢？

何社长见她无语，进一步叮嘱：你见到织云高管，千万别提那笔辛苦费的事，那笔钱经过很复杂的财务手续才转出来，只可意会不可言传，切忌授人以柄。

孙尔雅苦笑：难道拿了钱，连说声谢谢的机会都没有了？

何社长不悦：拜托了小孙，别这么幼稚好不好？你这次去织云，我提一个“三不”要求——不提赵毅案，不提上次收钱的事，不提操纵股价的嫌疑。其他你见机行事，把这次行动当作一台好戏来演，你是总导演，结果好坏，全看你的水平了。

孙尔雅被他说得不好意思：社长，您才是总导演，我只是一个演员，您别把我当群众演员就行，因为群众演员最后连个名都没有！

何社长也乐了：什么群众演员？你是主角。对了，我还要给你找个配角，你的老搭档老海怎么样？

孙尔雅略一思忖，就否定了：老海太江湖了，我怕他玩出火来，还是让小谷跟我一起去吧。他话不多，沉得住气，又会见风使舵，关键他懂摄影，建议给他配个针孔摄像头。

何社长说：就让小谷跟你去，但针孔摄像头就算了，他们肯定早有防范，背着照相机大大方方反而名正言顺。

放下电话，孙尔雅马上找到小谷，商定采访的细节。她让小谷尽可能收集海水淡化的信息，告诉他这次是以采访海水淡化为借口，暗访上市公司与庄家之间的黑幕。

小谷很兴奋，一是因为要出远门，二是因为这次采访是受对方主动邀请，这就意味着对方会主动接待，不管结果如何，好吃好喝好住是没问题了，这跟被采访人防着躲着拒人于千里之外相比，待遇上肯定是天壤之别。没多长时间，小谷就说已经查好了资料，订好了当天晚上的火车票，睡上一晚，正好第二天早上赶到织云科技。

中午刚过，范东就来了电话，问孙尔雅吃了没有。孙尔雅想起昨天晚上的事，还没有完全消气，不想搭理他。当时孙尔雅确实被吓得不轻，两人争吵之后，她想着想着，就觉得没了安全感。范东误会自己跟陌生男人夜聊还是小事，关键是范东站在背后那么久，自己竟然毫无知觉。自己的 QQ 密码他是不是也记住了？自己老是夜里起来忙活，他是不是都这样？孙尔雅甩不掉在自己房间被人偷窥的感觉。她喜欢夜晚，就是因为可以收藏自己的一些秘密，可是范东轻易就毁坏了自己的这点自由空间。孙尔雅第一次睡了沙发。在睡着的最后一刻，她还在想，今后不能让范东住到自己这里来了。

范东说：尔雅别生气了，作为惩罚，我今晚过来免费给你做家务行吗？

孙尔雅气呼呼地说：今晚我不需要你！

范东急了：别这样，咱们走到一起不容易，千万别被这点小事伤了感情！

孙尔雅心有些软了：今晚我要出差。

范东不相信：去哪里？不是去见那个叫 AK47 的网友吧？

孙尔雅一下又恼怒起来：你又来了！老实告诉我，你是不是经常偷窥我，还偷偷上过我的 QQ 之类？

范东停顿了一下：没有的事，就这一次。半夜我顺手一摸，没摸到你，一下就惊醒了。开始以为你上卫生间，又等了一会儿还没见你回来，我才慌了——莫不是你采访中得罪了什么人，被人半夜下药绑架了不成？我悄悄打开门，却发现你在书房上网。开始想恶作剧吓你一跳，后来见你正跟一个陌生男人聊天，才起了好奇心，在你背后看了一会儿。你别多想了，这事是我不对，是我太在乎你才这样的。我晚上给你烧你最喜欢吃的红焖带鱼。

孙尔雅问道：冰冻三尺非一日之寒，你是不是很多事都这样瞒着我？

范东委屈不已：明明是你瞒着我半夜上网，怎么反倒成了我瞒着你了？

孙尔雅说：你要是敢像秦小敏背着她老公一样，背着我在外面胡闹，趁早一拍两散！

范东赌咒发誓：尔雅，你怎么能把我跟秦小敏相提并论呢？我要是违背你，哪里对你不忠你就剁掉我哪里！你就像主人，我就像奴仆，你这么强势，我这么弱势，我还担心你背着我红杏出墙呢！

孙尔雅听到这里，也感觉到了自己过于强势，仿佛看到了电话那头范东可怜巴巴的样子，于是顺势下了台阶：没有最好，我出差回来会好好检查你的，要是发现哪里不对头，你记住自己说过的话！

范东嘚瑟起来：是，我美丽的女主人，我的一切都属于你，为你服务是我毕生的荣耀！

孙尔雅被他逗得扑哧一声笑了，骂道：别贫了！我没那么高贵，只是你今后一定要学会尊重我的生活习惯，一定要懂得给我留一点自由空间！

范东说：没问题，大不了我当你是"三班倒"！这次采访，你能告诉我去哪里吗？

孙尔雅把应邀去织云科技采访的事说了。范东就问她上次赵毅案那篇报道怎么没见发出来。经过两人电话里这么一闹，孙尔雅对范东早没了防范，顿时忘了何社长的再三叮嘱。她说报道写得击中要害，所以被收买了。范东又问谁被收买了，是报社还是她自己。孙尔雅不置可否。范东似乎明白了什么，他说我们去杭州疯玩了几天，吃海鲜、上歌厅、住五星级就是这家上市公司掏的钱啊，难怪！孙尔雅制止他不要胡说八道，范东连说明白明白。

电话煲到最后，范东告诉孙尔雅，江东赵毅案已经判决下来了，昨天的《江东日报》上发了一条很短的消息。

孙尔雅立即挂掉电话，上网搜索一阵，查不到任何信息。后来一想，对了，报纸可能还在报摊上卖呢，数字报刊发到网上，至少要等到三四天以后了。她给江东的同行朋友打电话详细问了一下，朋友干脆在电话里把那条新闻给她念了一遍：

江东市高新投公司董事长赵毅因挪用公款，数额巨大，近日由市中级人民法院判处有期徒刑八年，缓刑两年；其妻汤安静因公款炒股判处有期徒刑四年，缓刑两年，并没收所有非法所得。

孙尔雅又问到秦志邦的判决结果，还有那三个窃贼刘洪、姜大为、陈志金的情况，朋友表示均一无所知，还说江东人早把这事忘了。孙尔雅心里笑了，江东不就是想这样吗？看来，为了达到让人们健忘的效果，法院还真动了不少脑筋——不仅把三个案件分拆开来，使每一个案件看起来相对孤立，而且把一对同案犯赵毅夫妻也分拆开了，让赵毅专门从事挪用公款，让其妻专门炒股，每一个人的两重罪甚至三重罪变成了一重罪，恶意挪用一千多万的罪行竟然跟一个受贿贪污十万的罪行差不多画上了等号！

孙尔雅越想越觉得自己被织云科技五万元收买太冤，要是那篇关于赵毅案报道发出来，江东还敢这么肆无忌惮吗？区区五万元就换得织云庄家、高管和江东官场的安稳，真是一箭三雕啊！织云孔董事长反应如此强烈，是不是也手握着多方筹码？要真是这样，织云科技背后该藏着多大一个局呀！

孙尔雅左思右想了一阵，又觉得自己想太多了。现实生活中毕竟不像网络论坛里说的那样，到处都是陷阱，到处都是阴谋。如果一个记者受到“阴谋论”控制，只会走极端，只会走进死胡同。说不定赵毅案带出来的很多巧合都是偶然，没有那么多必然。孙尔雅突然很想知道秦志邦案的判决，秦小敏为这个案子拜托过自己，虽然自己无能为力，但听着赵毅被如此轻判，秦志邦的判决在她心里便有了一些悬念——为掩盖赵毅罪行，秦志邦或被轻判；但无人保他，秦志邦可能被判得比赵毅还重。

孙尔雅点开秦小敏的QQ，发了一条信息过去：赵毅判了，你堂哥应该也判了吧？

秦小敏立即回了过来：谢谢你的关心，判了。

听秦小敏的语气，应该判得不重，孙尔雅悬着的心开始落下：几年？

秦小敏：十三年，缓一年！

孙尔雅一惊：啊，这么重啊？

秦小敏：谁让我家朝野无人！

孙尔雅：我还以为比赵毅轻呢。

秦小敏：他犯的罪比赵毅重，是自作自受！

孙尔雅感觉到了秦小敏的情绪，回了一句：不能这么说！

秦小敏：为什么？他不仅滥用警力，还玩人家老婆，还收人家钱！

孙尔雅安慰：后两项罪赵毅老婆也犯了，理应同罪，难道他滥用警力那一项比赵毅挪用巨额公款还严重吗？

秦小敏：现在说这么多有什么用？你不是来江东采访过吗？为什么没见你的报道登出来？你不是在上面找了关系吗？难道你找的关系帮错了人，去帮赵毅说话啦？

这一连串问题让孙尔雅顿时发懵，自己是答应过帮忙，但最终没帮上。当时秦小敏态度暧昧，也因为秦志邦犯罪性质严重，自己忙来忙去，就把这事搁起来了，也没有给秦小敏一个很好的解释。她以为秦小敏不会计较，最终还是计较起来了。

愧疚是愧疚，但孙尔雅也明白，秦志邦一案，自己帮不帮忙结果都一样，怎么折腾都不会有多大效果。秦志邦判十三年，只是相对赵毅夫妻来说被判重了。在秦小敏家人眼里，秦志邦是被赵毅夫妻拖下水的，赵毅夫妻是主犯，秦志邦是从犯，结果从犯比主犯判得还重，他们当然会不满。秦小敏不是认识王秘书吗？王秘书不是可以找到蒲市长吗？如果别人说话能起作用，走王秘书的路线或许比走谢记者那条线还有用得多。秦小敏愤怒发问，心情可以理解，但于情于理也怪不到自己头上。

孙尔雅回复：怪只怪我们人微言轻，缺乏赵毅的人脉背景！

秦小敏却发来一个愉快的表情，并附言：亲，吓你一跳吧？我跟你开玩笑而已！事已至此，我没有丝毫怪你。我堂哥判决前几天，我跟嫂子去庙里拜访过一位大师，大师说秦志邦动了不该动的东西，咎由自取。我嫂子也抽到了一支婚姻家庭下下签。看来一切都是老天注定，我们都把这事忘了吧！

孙尔雅感慨：相比之下，你堂哥是有些冤，不，是有些倒霉。本来我写了赵毅案报道，考虑到为了不把事情闹大，你堂哥或许还有被轻判希望，最后才忍住没刊发出来。

秦小敏：是吗？那我谢谢你，至少你尽心了！

孙尔雅不想承认自己被收买的事，回复道：我还没有放弃，等我找到新的证据，那篇报道我会发在“黑庄论坛”上。

秦小敏：早知如此，还不如当初让你做大文章，至少让赵毅夫妻曝出真面目！

孙尔雅：你说得有道理，我这就去那家上市公司采访，看能不能找到新的线索。

秦小敏：去几天啊？

孙尔雅：至少两三天吧。

秦小敏：哎哟，那范东岂不是白白浪费在家，你不担心他呀？

孙尔雅：担心什么？怕他跟你一样？他敢！

秦小敏：他不敢，不等于别人不敢。

孙尔雅想起秦小敏的自白，坦承道：真碰到像你这样的，估计他也没有免疫力了！

秦小敏：可惜姐有了情人，忙不过来呢，要不就去给你帮个忙！

孙尔雅发了一个砍肉的表情过去：你敢！小心我大义灭亲！

四

正当孙尔雅准备去织云科技采访的时候，在这家公司的一间小会议室里，烟雾缭绕中，一群恼怒的面孔若隐若现，责骂和埋怨像机关枪扫射出来的子弹，一起对准一个人开火，那个人看起来身材高大、五十不到的样子。

他就是织云科技的副董事长严磊。

严磊除了负责处理董事会的日常事务，还管着织云科技的工会。上任以来，织云的职工福利，小到劳务费开支，大到房屋分配，都由他来主持。可是这个节骨眼上，他摊上了一件大麻烦。

原来，六七万人的织云老厂区里，真正被装进上市公司的工人不过六七千，大部分人都被边缘化了。被边缘化意味着自谋生路，或者被踢到效益很差的外围企业里，生活状况大都不好。好在大部分家庭里，会有一个人是织云正式职工，便成了家里的唯一希望。

织云科技进行技改，大量退出传统纺织业务，只留下了精纺这一小块，所以有大量土地闲置起来。这几年纺织行业每况愈下，织云科技也不乐观，每年都要靠卖地才能做到年报不亏损。群众看着厂区土地不断卖出十分痛心，担心未来厂区被弄得寸土不留，于是集体签名提出了新建职工宿舍的强烈要求。

这届新班子上任之后，在改善职工待遇方面已经黔驴技穷，只好顺应民意，作出了新建六百套职工宿舍的决定。工程分两期进行，每期建成三百套，由严副董事长全权负责职工建房、分房的工作。

严副董事长签发职工分房申请的公告之后，一下就遇到了难题。原来符合分房条件的职工远不止他此前统计的八百多户，而有一千三百户之多。除非新建宿舍套数翻倍，否则很难一碗水端平。但增加建筑面积要通过董事会决议，公司还指望着留点土地日后旱涝保收，怎么可能再增加土地和资金投入呢？

严董急在心里，开发商也看在眼里。于是，开发商康总提出一个一箭三雕的办法：让所有符合分房条件的职工集资，集资款变成福利房购房款，由公司出面给职工办理房产证。

开发商给严董细细算账：福利房办理商品房产权证，职工需按工龄补缴一笔房款。织云科技有资格分房的职工，经过几轮裁员，大都年轻化了，这笔补缴款一定不少。织云可以拿这笔钱给开发商，把原定的七层职工楼改建成十七层的高楼。除了所有符合条件的职工都能分到房之外，还可以剩下一些房子，这些剩余的房子可以按市场价预售给厂区的其他人员，这样做既不需要新增建筑用地，也不需要公司再度投入资金，一举解决了僧多粥少的矛盾，还可以为公司增加一笔收入。

严董心动了，但建房的计划已经获得房产局、国土局、规划局、城建局等多个部门批准，要重新更改谈何容易？开发商承诺，自己在市里的这些部门都有关系，更改建房计划只是小事一桩。

严董把这件事汇报到董事会，倒没有遇到什么阻力，不过孔董事长和杨总经理都有些担心，七层跟十七层到底安全性要求不一样。他们要求严董认真论证其可行性，别留下任何隐患。严董生怕再生变故，当即在全体董事面前立下军令状：确保建房变更工作安全、高效、规范，因此引发的任何问题，一概由自己负责。

开发商很快拿到了国土局和房产局的变更许可手续。严董信心十足，想着十几栋宿舍楼转眼间就变成了十几栋高楼大厦，自己成了“织云新城”的筹建者，也会在织云名留青史了。他闭上眼，仿佛看到了不久的将来，织云人对自己的爱戴和恭敬，仿佛看到了自己更美好的前途。

一个浩大的工程就这样开工了。几乎同时，房屋预售工作也正式开始了。

过了一年，前期高楼全部竖立起来。在房子交付方面，却遇到了障碍。本来交房工作织云应该派员管理，由于开发商成立了物业公司，并建议由物业公司全权打理。严董也觉得多一事不如少一事，没有干预太多。但事情很快闹到他这里来了，有的投诉房屋得房率太低，建筑面积水分太多，使用面积占不到70%；有的投诉不装防盗门，没有采用国家标准要求的中空玻璃；还有的反映楼板裂缝、卫生间漏水、层高不足、楼间距太近；等等。

严董高度重视，立即组成新的验房小组，对大家反映的问题进行查实，并与开发商商量补救。这不仅关乎严董的名声，更重要的是开发商康总是自己哥们儿引荐的，弄不好容易引火烧身。初期竞标中，为了给哥们儿面子，严董想了不少办法，才让康总如愿以偿。

但是问题实在太多了，开发商也头疼不已。他们找到严董，保证把问题解决好，不过希望织云再追补一部分资金。他们把超预算的账算给严董看。这让严董很是恼火，公司建房款、职工的福利房补缴款和大部分对外预售房款都在开发商手上，怎么还来要钱？上市公司的钱哪有那么好拿呀？每一分都得经过董事会，每一分账都得给公众算清楚，何况自己早已跟董事会立下了军令状？

开发商拿不到钱，积极性也没有了。面对收房者的责难开始磨洋工，与收房者之间的积怨更深了。后来有一个跳槽离职的建筑监理站出来说话，说自己跳槽是怕将来承担不起责任，织云这批楼房质量的确存在巨大质量隐患，譬如地基打桩，按照地质勘测部门要求，要打很深的钢筋混凝桩才行，但开发商都私下偷工减料，桩打得太浅，而且大多是素混凝桩。

这位离职监理的话掀起了轩然大波，几乎所有人都拒收“危房”，并要求赔偿购房损失，每天围在织云办公楼前吵闹不休。孔董事长、杨总见状都借口开会出差，躲到外地去了，其他高管更是请假的请假，陪客的陪客，尽量不去办公楼找罪受。

这可害苦了严董一个人。

严董把火气撒到开发商康总身上，责令他赶紧采取补救措施，以平息众怒。

就在这个节骨眼上，开发商康总和他的财务经理都不见了，他们几乎卷走了放在物业公司的所有资金！严董也彻底惊呆了！

很快，有人曝光开发商跑路的原因，原来国家最近出台文件，坚决禁止企事业单位再建职工福利房，市规划局和城建局没敢批准这项建筑计划的变更。规划变更办不下来，后续其他房屋产权手续也会受阻，加上织云购房人一直闹个不停，老康只好选择卷款跑路。

于是，群情激愤的织云人把目标对准严董，指责他违规招标，监工不力，还收受了开发商巨额贿赂，沆瀣一气搞出“豆腐渣工程”！他们还要求公司对严董严惩不贷，追回房款，重建职工小区。

这件事越闹越大，虽然前期买房人还不到八百，但每一个收房人背后都有一个大家庭，织云广场上为此静坐的，最多的时候竟聚集了好几千人。

孔董事长、杨总经理想不到事态会闹到如此严重的地步，纷纷赶回坐镇处理此事，才有了这次紧急会议的召开。

脸蛋最漂亮的司董秘伸手扇走眼前的烟雾，拿出一年以前的董事会会议记录，里面有职工建房的方案、预算及变更报告，还有严副董事长亲笔画押的那份“军令状”。司董秘把这堆文件递给与会人员逐一传阅之后，看着严磊说：严董，这件事情闹得骑虎难下了，我听群众中有人说，为此准备组织集体上访，再闹下去，你可要有思想准备啊！

严磊丧气地说：我能怎样啊？谁会想到老康会突然跑掉呀？

钱监事长兼着公司纪委书记，一向看严磊就不顺眼，这时发言了：严董，有人说老康是你指使他跑路的，如果真是这样，我觉得你不如跟着他一起跑路，一了百了！

严磊压抑着恼怒反问：姓钱的，说话可要讲证据啊！我有病啊，职工建房是我管的事，老康跑路对我有什么好处？你要幸灾乐祸是吧？别忘了我出事你们也好不到哪里去！

钱监事长仍不放过他：今天是没好处，谁知道昨天有没有呢？

严磊气得脸都变了形，猛地一掌拍在会议桌上，看着就要发作。

杨总经理看不下去了，赶紧制止道：请你们不要内讧好不好？

孔董也说：严磊呀，不是我说你，你找什么人不好，偏要照顾朋友关系，怪不得群众会乱想嘛！我不是早跟你们谈过吗？这段时间，谁都不要想着那些歪门邪道，只要保证班子团结和稳定，保证海水淡化项目开展顺利，在座各位下辈子都不会缺钱花！我们这一任班子能干几年呀？你为什么不能忍忍，非要搬起石头砸自己的脚呢？

严磊望着孔董，眼里只有无奈：董事长，我向您赌咒发誓，我是照顾了朋友关系，但我绝对没有从中拿钱！

钱监事长立即接话：鬼信你！你会这么好心，拿了钱主动跑来告诉我们？

严磊差点跳起来：姓钱的，别落井下石！你看看自己的屁股，今天出门擦干净了吗？

钱监事长也不示弱：严磊，你就等着有人请你去喝茶吧！

严磊反击道：请我喝茶？告诉你我今天进去，你也躲不过明天！

一直没怎么吭声的沈总对严磊摇摇手，示意他不要这样。沈总是副董事长兼副总经理，平时跟严磊关系不错，所以一直没有指责他。

沈总说：严董，现在说这些有用吗？小袁说明天《新世纪经营报》的记者就要来采访，那个记者可不是好惹的。孔董说上回她就要捅我们，花了七十万才摆平呢，这件事如果不尽快息事宁人，恐怕她对海水淡化项目的兴趣很快会转移到你头上来。

小袁是证券事务代表，在这帮高管中职位最低，听到沈总说起这事，赶紧证实：哎，真不赶巧！我跟周主任已经商量了一些防范措施，但还得以防万一。

孔董点点头：你们考虑得很对，记者那里一定要防范，千万别引火烧身，这段时间已经够烦人的了。上次那五十万广告费、给何社长的十万，还有给记者的十万，都是吴非掏的。这次要是让记者盯上职工建房的事，他没理由再掏冤枉钱。那么，这个钱就只能自己掏了，具体点说，就只能由严磊你来掏了。

严磊不服：明明是公司的事，怎么要我私人掏钱啊？

孔董声明：你现在掏不起，我会给你记着账，将来从你账上扣除。你做事不顾大局，总得花钱买个教训吧？

严磊一脸不情愿：那就干脆定一条硬规矩——今后不管谁摊子上出了事，就从谁的账上扣钱！

孔董严肃地说：你这个建议不错啊！还有，你不愿意承担也行，那你自己想办法去请走广场上那些打坐的神仙！

严磊立马蔫了下来：董事长，我有这个本事，现在还坐在这里啊？

孔董侧身跟杨总经理交换了一下意见。两人近乎耳语，有时干脆停下来，不停用手指在桌子上写些什么。最后孔董抬头扫视了会场一圈，大家熟悉他这个习惯性动作，孔董这是要作总结发言了。

孔董喝完一口茶，干咳几声道：事情已经出了，迟早要面对，我跟大家签订股权激励协议的时候就强调，我们是一荣俱荣，一损俱损。现在这个时候把严董踢出局肯定不行，要相信班子有处理好棘手问题的能力。我有三个意见讲给大家：一是群众问题宜疏不宜堵，要尽快形成职工建房事件的解决方案，该赔就赔，该补就补，这个事情我会后就跟司董秘、袁代表，还有办公室主任商量出一个细节方案。至于规划变更问题，过几天我去找市长试试。二是严董这里的工作，不作调整众怒难平，调整了严董又受委屈，我提一个折中方案——宣布暂停严董职务，只拿基本工资，由公司纪委高调宣布介入调查，等事态平息之后再宣布查无实据，然后等半年，我保证最迟一年之内让严董官复原职。在这之前，严董要配合公司，尽量保持低调，严守秘密，演好这出悲情戏，获取群众的广泛同情，并负责联系开发商，把开发建房合同继续履行下去，让他们掏一部分资金，织云弥补一部分资金，共同把善后问题解决好。三是记者来了，大家一定要统一口径，只做正面宣传，严防死守职工建房的事情，千万别引火烧身！在接待工作上要大做文章，全程监护记者采访，我把丑话说在前面，谁敢砸织云的品牌，事后别怪我砸他的饭碗！

听完孔董一席话，最不放心的还是严磊，他急不可耐地说：让姓钱的来调查我，还不如现在就把我送进去！

钱监事长正准备发话，孔董用手势制止住了。孔董劝道：严磊呀，你有点大局观好不好？我这也是被你逼出来的办法！再说，就是做个样子，等事情平息了，一切都恢复原样。这个事有整个班子给你做证，有会议记录可查，你担心什么？你动动脑子吧，真把你一脚踢出去不管，对大家有什么好处？

其他人都附和说，是啊是啊，把这个坎迈过去，下辈子都不用愁了，忍一忍吧。

严磊又不放心地问：董事长，织云再补给职工建房的那部分钱，不会又记在我的账上，从我的激励股权里扣走吧？

孔董一脸苦笑道：肯定不会，那些钱至少有五千万，特别是地基，该补桩的地方还要补桩，只怕把你扣光了也不够。不光建房补偿款，就是刚才说的记者公关费，你也别担心，只是警醒一下你。但你一定要吸取教训，赶紧把老康找回来。如果再闹出什么事，董事会救不了，在座诸位也爱莫能助，恐怕我们跟织云厂区警方怎么打躬作揖，也保不住你了！

听到董事长这个回答，严磊的眼泪突然流了下来，抱拳四周作揖道：这次大家救了我，我牢记在心，今后做牛做马也要回报大家！

众人见他如此，顿时也消了不少气，都不再言语。

会后，孔董、杨总留下了司董秘和袁代表，并打电话叫来办公室周主任。

孔董表示公司需要尽快作出一系列紧急决定，其中包括提请董事会对严董暂时停职检查的决定，还有对职工新建房进行补偿、维修的决定，最后是海水淡化项目即将正式投产，涉及公司重大机密，建议宣布公司非核心生产部门从明日起放假三天，工资、奖金照发，另外每人补助五百元旅差费，以外出旅游交通费及景区门票形式报销。

下午下班前一个小时，三份重要文件发到公司各个部门和车间，厂区内一片沸腾。为了庆祝胜利，有几个地方竟燃起了鞭炮。伴随着人们一阵阵喝彩，广场上的人群陆陆续续回家了，偌大的织云广场上，只剩下一地垃圾。周主任跟袁代表带着几十个环卫工赶紧打扫卫生。几个小时之后，几天来吵闹不休的织云广场上又恢复了往日的宁静。

周主任对袁代表感慨道：还是董事长有办法，不仅弄来了海水淡化新项目，还三两下就把这么大一个群众性事件平息了。

袁代表若有所思地说：周主任，这次你出了不少力啊，董事长很器重你哟！

周主任想说什么，话到嘴边又咽了回去。今天发完文件之后，孔董事长把他叫到办公室，夸奖他这次事件中跟警方沟通得不错，体现出了维护织云大局的良好素质。原来，周主任的连襟，也就是妻妹夫老施，是织云公安分局的局长。在织云建房事件中，周主任冲在最前面，警方每天紧跟着他，一直在现场维持秩序，避免了事态升级和过激行为的发生。

孔董事长说完拿出几张表格，要求他现场填写，说是虚拟股权激励绝密文件，公司根据他的表现，准备授予他十万股织云股权，支付价格是每股四元。承诺四年之后可以兑现，兑现价格不低于每股二十元，如届时股价低于二十元，由公司按每股二十元全部回购。

周主任一听心脏狂跳不止，以为自己在做美梦，狠狠掐了自己一把，感觉很痛，才觉得孔董事长不是跟自己开玩笑。每股十六元的利润，十万股啊，自己一瞬间就赚到了一百六十万！中六合彩都没有这么爽！他填完所有的表格之后，走出董事长办公室时感觉像练了轻功一般。

出门之后他想找个人庆祝，或者尽兴喝一顿小酒，但想起已经签了保密协议，孔董事长也再三叮嘱要守口如瓶，就是自己家里人也不能说，否则公司将收回他的激励股权，他才憋住了找人去喝酒的念头。

其实袁代表知道他在憋劲，因为这事他很清楚，那些虚拟股权激励表格就是他一手设计的。董事长还就授予周主任股权激励一事征求他的意见。当时董事长表示自己手上还有八十万股织云股票可以调配，考虑到这次事件多亏周主任全力周旋，想拨给他二十万股。袁代表建议不要给那么多，十万股就够了，多了反而令人生疑，容易招惹是非。来日方长，公司需要激励员工的地方还很多，剩下的股票不要急于出手。孔董事长想想觉得袁代表说得有道理，就定下给周主任十万股的计划。

今天辛苦了，晚上我请客。周主任热情邀请道。

谢了，老婆孩子在家等着我呢！袁代表朝周主任挥挥手，走了。袁代表一路上乱想，周主任也真不走运，被自己说一句话就少拿了十万股。哎，谁让自己是织云虚拟股权激励的设计师，反而在班子里拿得最少，只分到五十万股呢？

五

织云科技位于东部省份，并不沿海。20 世纪五六十年代还有火车可以直达厂区，后来随着织云纺织厂的边缘化，除了货运，客运站渐渐成了一处遗迹。要去织云科技，必须在最近的那个城市下火车，再坐车走二十多公里。织云现在是那个城市的一个卫星城。

公司派来接车的司机也姓孙，四十多岁样子，步态像个军人，相互介绍后很快熟络起来。小谷说你们老孙家古代可是名门望族呵。司机说算起来自己是孙膑七十二世孙。孙尔雅一听惊呼，说自己族谱上写着，是孙武第七十七代嫡亲。

上车之后，两个姓孙的人忍不住攀起了亲戚。

孙尔雅认为自己是孙司机的祖姑奶奶，孙司机不承认自己辈分比她低。他说孙膑是孙武的孙子，所以才得到鬼谷子先生的照顾，得以收为门徒，如果她是孙武第七十四代孙，才能跟自己平辈，七十七代算起来就是自己的孙女了。

孙尔雅笑说那是历史谣言，贻误后人的。她掰着指头算起来，孙武统率吴国军队灭楚败越的时间是公元前 500 年前后，而孙膑围魏救赵发生在公元前 350 年前后，这两个中年男人之间隔了一百五十年，被说成祖孙关系实在过于晚婚晚育了。按照上古人们的婚生习惯，这中间至少隔了五代以上。

孙司机说不过孙尔雅，只好认输：可惜我书读得少；不然，一定好好考证一下。

孙尔雅安慰道：读书多少没关系，你的车开得很好呵，感觉像坐飞机一样平稳！

孙司机得意起来：那当然！不瞒你说，公司那么多司机，还没谁敢说比我技术好，公司换了五届班子，可我一直都是给一把手开车。

小谷、孙尔雅听了，都连声说自己走运，不小心竟享受到了一把手的待遇！

孙司机纠正说：车不是一把手的，不过这辆商务车比孔董座驾感觉一点不差。

家常随意一拉，气氛立即活跃起来。孙司机介绍，老织云厂的棉纺军品在抗美援朝战场上一炮走红，工厂也因此被划给部队，归属当地大军区。20世纪五六十年代织云一直是最红火的军品生产厂家，产品专供部队使用，用火车皮运往四面八方。那时整个厂区都施行军事化管理，职工享受部队的福利待遇，厂长、书记都是正师级，令周围老百姓羡慕得不行。到了“文革”后期，产品质量猛然下降，从此一蹶不振，织云口碑一去不返。到70年代，已经达不到最基本的军品要求，工厂也因此被军队踢回给了地方。

孙尔雅不解地问：“文革”闹停产了吗？

孙司机摇头：没有停产，而是扩产，产量最大的时候垄断了周围三四个省的军装供应。

小谷也疑惑不已：那生意不是更好了吗？赚的钱多了，质量应该更好啊。

司机笑了：那是现在的道理。当年是按计划生产的，突然需求增多了，生产环节就会乱套。何况那时仅凭领导的一张字条就可以把东西运走，收不到钱不说，最后连上级单位的补贴都拿不到。

为什么呀？两人听了更加不解，齐声发问。

司机陷入回忆之中，饶有兴趣地讲起故事来了。

原来“文革”期间，深受“不爱红装爱武装”的影响，男女老少都想弄一套军装穿在身上，更别说红卫兵造反组织了。到了全国大串联时期，不少人成群结队跑到织云。看到大门口戒备森严，由战士荷枪把守，不让他们进门，就齐声高喊“毛主席万岁”，结果惊动了厂里领导。早先军区传达精神下来，要确保军企不受冲击，所以领导都不敢开门。后来最高指示出台了，一些阻挡红卫兵的单位被党报点名批评，负责人也被撤职查办。织云厂的领导顶不住压力，只好把小将们统统迎进门来，在职工食堂招待他们好吃好喝，又把招待所腾出来专门接待他们。领导们想得简单，以为这样就算用实际行动支持“文革”了。没想到这些小将们吃光喝光还不肯离开，提出要买厂里生产的军服、军帽、皮带、水壶等物资。军用物资是不能外卖的，就算请示报告打到司令部，也没人敢批准。

厂里向上级请示无果，也没人出来明令禁止。有些红卫兵神通广大，手拿老领导的字条来厂里要东西，于是这些军备物资开始悄悄外流。后来越闹越凶，大量红卫兵涌进厂里，引发了厂内造反组织夺权，组成了厂革委会。就这样里应外合，打着“支持文革”的旗号，军用物资开始大量外流。

消息传出去，又招来更多的人。有些人甚至连钱都不付了，手持一封当地“文革”领导小组的介绍信，就大摇大摆地运走了厂里库存。厂里的职工跟过去拿钱，都是空手而回。“文革”最疯狂的时候，厂里上下积极性也上来了，不就是支援“文革”吗？跟支援朝鲜一回事呀！于是他们真像抗美援朝那阵子，每天每晚地加班加点，热火朝天忙生产。

生产量一大，厂房车间就跟着扩建，熟练工人根本忙不过来，还得请周边农民兄弟进厂帮忙。这样一来，大量生手临时工涌进厂门，两三千人的工厂，眨眼就变成了万人规模。就是这样，几年时间下来，把织云的产品质量全毁了。到后来，除了厂里直接归口的部队，再没有其他地方部队敢要厂里生产的劣质产品了。

孙尔雅听了啧啧称奇：我以为民工潮是80年代以后的事，没想到60年代就发生了！

孙司机好像还没有从回忆中走出来，摇着头感慨不已：哎，那个时代既是天堂，也是地狱！其实那种全民疯狂现在也有，不过现在追的是明星，那时追的是毛主席！

小谷听了突发奇想：其实毛主席就是一个明星，这样，历史就更容易理解了，所谓个人崇拜也只是一种人性需求，根本用不着上纲上线。

孙司机附和：是呀，人总得信点什么，拜点什么，否则人生太无趣了。中国没有上帝，也没有皇帝了，不拜毛主席拜谁呀！

他们一番话令孙尔雅陷入沉默，资本市场不也是一样吗？只要一听说有庄股，就会引来成群股民盲目跟风，连理由都不问，上万上亿的人一起往火坑里跳！庄股的背后是庄家在操盘，历史＝背后的庄家又是谁呢？

小谷还在感慨：听孙司机这么一说，“文革”时的人还真是淳朴，也容易沟通，不认识的人去了都能管吃管喝管住。哪像现在这么势利啊？

孙司机解释说：那是因为吃的都是公家的，私人什么都没有。要是私人家里的东西，肯定跟现在一样舍不得拿出来。

小谷笑说：所以要斗私批修嘛，你看看现在，是不是越有钱就越为富不仁啦？

想不到孙司机脑子非常好使，他说：现在的问题不是私人有东西，而是私人的东西还不够，不够就会争，争起来就会产生矛盾。要是大家都够了，自己怎么吃也吃不完，怎么穿也穿不完，还有啥舍不得送给别人的？

孙尔雅听着这话，对他伸出一个大拇指：本家，高见！当年马克思也就想到这个层次。

这里离织云还有多远？看到前面出现一个镇子，孙尔雅问道。

过了前面那个镇，还有六里路。孙司机看了一眼孙尔雅说：看来你们从没来过织云，要是来过，我肯定有印象，特别是你。

孙尔雅回答：是没来过。不过我对你们公司也不陌生。

你不会是买过我们公司的股票吧？这段时间涨得可真凶！

我不炒股，但你们公司的新项目牛啊！是章陕介绍的吧？孙尔雅故意引话。

张山？哪个张？哪个山？还真没听说过！孙司机想了半天，摇了摇头。

要不就是吴非介绍的？吴非是我朋友的朋友，听说很有能耐。

孙尔雅这么说，连小谷都听不懂了，显出一脸茫然。

吴非我认识，是公司的股东呀，经常来开股东会，今年我接待了他两三次，他三十出头，长得很帅，跟电影演员似的。

海水淡化项目肯定是他引进的吧？孙尔雅不死心，继续追问。

这个你别问我，高科技我们搞不懂，孔董说过这是公司重大商业机密，不准员工打听和议论。不过这跟吴非有关系吗？不是孔董亲自去以色列谈成的项目吗？

好吧，既然是商业机密，我们最好别聊这个，免得让孔董知道了，怪您多嘴。

孙尔雅有一句没一句地问了些吴非的细节，譬如除了开股东会，他还来过织云没有。孙司机说好像来过，有一次还是他开着这辆车送吴非、孔董、杨总一起去风景区钓鱼。

从孙司机的回答判断，吴非是织云科技的常客，跟织云高层来往甚密。看来那个 AK47 说吴非不是庄家、章陕才是，完全是一派胡言。如果庄家真是章陕，就不可能不跟织云高层往来；如果有往来，作为织云最好的司机一定接待过他。看来，AK47 要么是个无聊多事的股民，知道章陕是高人，故意往他身上贴；要么是一个别有用心的家伙，说不定还是吴非的人，故意扰乱自己的视线，来掩护形迹可疑的吴非。

这时车子开进了一片新土地，从宣传牌上看得出是“织云科技产业园”，应该是进入织云科技的地盘了。孙司机慢了下来，指着一片新土说，那就是公司新项目的选址。

再往前走，就进了织云城区，孙司机说老织云范围很大，不亚于一个县城，真正装入上市公司的，不到原厂区的五分之一。上市很残酷啊，大多数老职工都被踢出了局！

厂区里还看得到很多苏式建筑。在一片保存得很完整的苏式建筑群面前，孙司机几乎停了下来。他骄傲地说，这就是老织云的部队医院，现在几乎成了一个标志。

孙尔雅看到门口有士兵站岗，边上挂着醒目的招牌，上面写着部队番号：××516 部队第四医院。她问道：成了什么标志？

孙司机感慨道：整个织云军事管制区，就剩下这块地方了，其他都军转民了。它证明了织云非凡的过去，也见证着织云尴尬的今天。

孙尔雅劝慰：不尴尬啊，现在多好呀！昔日一个厂，变成今日的一座城，沧海桑田，生机勃勃啊！非得几万人被军事管制起来才叫爽啊？

织云科技的办公楼位置环境极佳，三面环山，又在整个织云老厂区的制高点。眼看就要到了，孙尔雅突然问道：本家，能不能先带我们到海水淡化实验室附近转转啊？

谁知孙司机听了连连摆手：祖姑奶奶，这可不行！别说是您，就是平时迷了路，也不能往那个方向走。一个实验室，一个生产线，都是公司最高机密！我端着公司的饭碗呢，要是带你们去，董事长一定让我吃不了兜着走！

孙尔雅心想，织云早已戒备森严了，这次不会空手而归吧？她故意跟司机开玩笑说：那好，就不凑这个热闹了！不过老孙啊，今天你认了亲戚，下次可不许再改口哟！

孙司机把车停在一栋三层小楼前，说到了。连忙下车给两位记者拉开车门。

门口站着好几个人在朝这边张望，孙司机带着孙尔雅两人走过去。他指着迎面而来的中年男子说：这是我们杨总。

然后，又对杨总介绍：这是孙记者和谷记者。

杨总连忙伸出手说欢迎欢迎，好不容易才把你们盼到我们这个小地方来，路途辛苦啊。接着又把身边那几个人一一作了介绍。孙尔雅寒暄之间，默默地把他们都记了下来，一个是沈副董兼副总，一个漂亮女性是司董秘，还有姓袁的证券事务代表，年轻帅气点的小伙是董事长秘书小曹。

记人是孙尔雅天生的强项。以前参加报社招聘会时，一个副总编问她有什么特长，她就说自己善于记人。副总编马上找来十个人，让他们各自报了一遍姓名，然后问了另外一个问题之后，要求孙尔雅再说出他们的姓名，孙尔雅报得一字不差。也因为这个，报社破例跟非新闻专业的孙尔雅签约。

杨总把两位记者领进了二楼的一间会议室。他告诉孙尔雅，孔董事长和另外一名刘副总正在会议室候着。

一进会议室，孙尔雅吃了一惊——墙上挂着巨大横幅，上书“热烈欢迎《新世纪经营报》记者莅临指导工作”，下面摆着两个“媒体嘉宾”席，每个座位前都摆着一簇怒放的鲜花，还有精致的水果盘，斜对角上还摆着放幻灯片的设备，这分明就像一个新闻发布会场嘛！孙尔雅看到坐在主人席上的男子仪表堂堂，想必就是孔董事长了吧。

不出所料，孔董事长一双大手握住了孙尔雅的小手，久久没有放开。他说：这一阵我正想去拜会你们报社呢，想跟贵报签约成为长期广告客户，公司发展日新月异，很需要你们媒体帮我们做宣传啊。既然今天来了，我们就好好跟你们汇报一下工作吧！

孙尔雅使劲抽一下手掌。孔董事长感觉不好意思了，立刻把手松掉，再去轻轻握了一下小谷的手。孔董事长回到座位上，小谷打开相机准备开拍。孙尔雅使了个眼色，小谷把脑袋伸过来。她贴着他的耳朵悄声说：不要拍了，都是做戏给我们看的。

曹秘书把三份厚厚的资料分别放到孙尔雅和小谷的面前：一份《织云科技历届光荣榜》、一份《织云科技海水淡化项目历次实验报告汇总》，还有一份《从传统企业转型为现代新型企业的战略思考与经营管理定位》。

杨总主持会议，请孔董事长致辞。

孔董事长用力清了清嗓子，然后说话：我们今天开的是一个记者欢迎会，欢迎孙记者和谷记者来我公司指导工作，两位记者不辞劳苦来到公司，为的是要帮助我们，来推动我们的工作更上层楼。所以，我要对在座的班子成员提一个要求——不管是谁，对记者提出的问题，都要知无不言、言无不尽，虚心接受记者的批评和指导。在此，我也向记者同志保证，在织云科技指导工作期间，我们一定高规格做好接待，尽最大可能满足你们的要求。

孔董事长刚说完，孙尔雅站起来说：谢谢织云科技的各位领导盛情招待。我们这次是来采访的，不是来指导工作。我们只需一位手上工作不忙的领导陪我们走走看看就行，其他领导还请各忙各事，如果需要，我们会提出专访请求。

杨总解释中午吃完饭先听汇报，如果还有时间，就带记者参观织云科技的厂区。

孙尔雅表示不必参观厂区了，坐车来的时候已经大致看过。现在市场关注的焦点是海水淡化项目，特别是膜渗透的核心技术，希望我们这次来，能对膜技术实验室和海水淡化生产线一睹为快，好给投资者带回一些新的信息。

杨总听完表示为难，说涉及公司重要商业机密，只能查看相关资料，谢绝现场参观。

孙尔雅担心时间紧张，怕引起不必要的误会，也不好再坚持。

午饭安排在织云科技的小餐厅，一张大台桌，至少可以坐得下二十多人，八位公司高管加上办公室周主任、秘书小曹，再加两位记者，一共十二人。看得出菜肴都是精心准备的，除了海鲜一应俱全，还有时令大闸蟹，特制三文鱼籽羹等。

席间，记者都拒绝喝酒，所以很快就吃完了。孔董事长建议记者先去休息。孙尔雅表示时间紧迫，说还是先了解有关情况。于是一群人再回到会议室，孔董事长派了三个人，先后给记者讲解了那三份材料。不听则已，一听又吓了孙尔雅一跳。原来织云科技的海水淡化实验已经做了一百二十多次！这么说好几年前就开始了？按照他们的说法，实验结果完全达到甚至超过了市场人士所猜测的水准：每吨膜技术的工业淡水生产成本已经低于六元。

孙尔雅一口气问了两个问题：既然达到了这么满意的结果，为什么不将实验结果向公众公告？为什么不立即批量投产？

孔董事长镇定地回答：虽然公司膜技术实验结果已经不错了，但我们相信还会取得更好的成绩。另外，每吨工业淡水生产成本已经低于六元，但对比起我国工业用水价格还没有明显优势，并没有形成比较大的利润空间。如果现在急于把成果推向市场，只会把公司新产品的毛利率压得很低，这对于一个靠技术生存的企业而言，是不可取的。我们现在已经开始小量生产纯水，这只是为了检测公司产品的应用性和技术寿命。所以我们不开发出毛利率高于50%的成熟技术，是不会轻易对外公告的，更不会大举投产。我们相信，从现在的进展来看，一切都不会太遥远！

孙尔雅趁机再次请求：能让我们亲眼见识一下膜技术实验室和纯水生产线吗？

孔董事长同样做出了为难的表情，但还是回头与杨总耳语了一阵，最后说：你们也不是一般媒体，是我们的长期合作伙伴。今天我就对你们网开一面，特许你们参观海水淡化生产线，但膜技术实验室吧，恕眼下不能从命，这是公司最高商业机密，关涉到公司的未来，公司非专业线副总都没有进去参观过，所以还请谅解。条件成熟了一定请你们前来参观。

孙尔雅想，实验里是有核心技术，但生产线也能看到结果。不管怎么样，已经算是走进织云科技海水淡化项目的后花园了，即使自己看不出其中奥妙，也还可以把看到的一切带回去给专家分析呀。主意打定，她笑着点头同意了。

六

孙尔雅坚持只要袁代表一人陪同。临出发前，袁代表又叫上了周主任。袁代表还给两位记者各自发了一个特制的牌子，上面写着“记者采访”字样。孙尔雅有些不快，心想戴着这样一个牌子，不等于是警告被采访者不要乱说吗？

看到孙尔雅蹙眉，袁代表解释：自从海水淡化项目公告出来，就有不少记者来织云摸底，有的竟想收买相关技术人员，有的还偷拍新项目车间，对此我们已经严加防范，在厂区组织了专人秘密巡逻。你们挂上牌子，就不会被看成冒牌记者，以免引起不必要的麻烦。

这怎么说也是对记者不怀好意，小谷不悦地说：不必了，我们有国家颁发的记者证。

袁代表笑道：你们的记者证在社会上畅通无阻，在我们厂区可不行。也就是现在，原来归属部队时，你们连进大门都很难。

孙尔雅觉得这个袁代表有些不会说话，不禁揶揄道：那不是原来吗？现在部队岗哨没有了，连大门也拆了，跟社会上还有什么区别呢？

袁代表被说得不好意思，但仍然坚持：海水淡化项目的安保级别很高，说小了是公司机密，说大了是国家机密。我们的技术可是全世界最先进的，很多国际同行都在觊觎呢！我看你们还是戴上吧，如果不愿意，出来再摘掉也不迟。

周主任这时也附和着说：没事的，多一个证件更安全，我们这里的人不好惹啊！

袁代表顿时白了他一眼：我看是你不好惹吧？把公司说得跟黑社会似的！

小谷一听乐了。周主任惭愧不已，连声说：我不会说话，你们别见怪！

去新车间有很长一段路，孙尔雅想借此参观一下公司经营场所，但看到的情景很是令人失望：这段路上，到处是传统纺织业的废旧生产线和厂房，有的地方还堆着高高的垃圾，一点也看不到一个高科技公司的气象，他们凭什么敢把上市公司取名为“织云科技”呢？更奇怪的是，车间里和马路上看不到几个人，也听不到机器轰鸣的声音，完全是一片萧条的景象。倒是在山那边，隐约看见有一群新建的高楼。

孙尔雅指着山那边问：你们的老车间都搬到那边去了吗？怎么这里看不到职工啊？

周主任正想回答，被袁代表肩头拍了一把，顿时一怔，不吭声了。袁代表说：为新项目开工让路，有的外头学习去了，有的临时放了几天假。哎，都是因为新项目密级太高了，内部职员也需要回避一下。

太故作神秘了吧，快跟核武器实验一样了。可能正是织云内部的故作神秘，才引发了千万股民的丰富想象力。孙尔雅暗自想道。

袁代表又补充说：我们的传统产业大部分都搬到山那边去了，很多车间并没有停机。

孙尔雅趁机发问：今年纺织业利润如何？

袁代表轻描淡写：维持吧，市场不景气啊。

孙尔雅又问：网上有人说，织云这几年的利润都是靠卖地维持，有这种情况吗？

袁代表不屑：谁说的？财务报表上有这一项吗？为了新项目，我们还想买地呢！

孙尔雅分析道：你们为海水淡化投了一个多亿。听孔董的意思，最近又没什么大规模产出，哪还有钱买地啊？其实新产业根本用不了那么多土地，除非你们不想真正转型，还想守着原来那一亩三分地！从长远看，你们倒是应该赶紧卖地，扶持新产业尽快投产！

看到袁代表没声音了，周主任承认：公司也这么考虑过！

一路边走边聊，很快到了新车间外面。令孙尔雅吃惊的是，门口还真有两名士兵持枪站岗！岗哨挡住他们的去路，查看了孔董事长的手令，又分别仔细检查了四人的有效证件，并要求做了登记，最后要求小谷留下照相机才放他们进去。孙尔雅想，连袁代表和周主任都要检查，看来孔董说的保密问题并不是一个托词。

进门后，袁代表低声解释，这些士兵来自织云医院，那里有两个班的武装警卫。孔董跟医院领导关系很好，新项目引进之后，出于安全考虑就借调了一个警卫班过来。

看到纯水生产线，孙尔雅不禁眼睛一亮，原来这个崭新铿亮的设备就是令千万股民为之疯狂的“阿拉丁神灯”啊！袁代表指着一个水池说这是纯水池，又指着另一个说那是原水池，也就是海水。两个池里的水都是一样的蓝色，外人根本看不出差别。

袁代表从纯水池里舀起一杯水递给孙尔雅，要她尝尝味道。周主任也同样给小谷舀起一杯纯水。孙尔雅尝了一口，感觉不错，很甜软，也很清爽，像大雪山上流下来的溪水味道，忍不住一口气把一杯子水都喝光了，喝完对他们说：口感很好！比我手里的这瓶矿泉水要好喝，有点像依云水的味道。建议你们今后就用这种水招待客人！

周主任显得不好意思：这种水还在实验期，还是商业机密，将来一定没问题。

袁代表却兴奋地说：孙记者的口感不错，这就是纯水！比我们日常喝的自来水、地下水水质都要好很多，不过现在成本还太高，没法推广。我们生产出来的工业用水成本就比这个低多了，将来肯定会在市场上先推广工业用水。

说完他指了指不远处几个更大的水池，说那就是工业用水生产线。看得出，那边的设备没有这边的新鲜，但容积和管道都要大很多。

趁他们不备，孙尔雅朝小谷使了个眼色，颇具意味地看了他身边的原水池一眼。

小谷立即说纯水太好喝了，喝了还想喝。他端着杯子走到离原水池很近的地方，又连舀了几杯纯水喝了下去。

孙尔雅却快速往前走了几步，一边走一边问袁代表和周主任：这个生产线你们到底投入了多少钱啊？

周主任刚要开口，袁代表却抢着说：纯水生产线、工业用水生产线、还有反渗透膜技术实验室，总共花了一个多亿。这个我们都公告过了。

孙尔雅若有所思地哦了一声，然后回头对小谷喊道：你也太贪了吧，不就是一个水吗？喝那么多不怕找厕所啊？

小谷摸摸肚子道：第一次喝到这么好的水！哎哟，你这一提醒，我还真想上厕所了，这里面有吗？

周主任指了指小谷身后：从那道门进去再往左拐几步，就是洗手间。

小谷说了声谢谢，疾步走了过去。

孙尔雅看着小谷的背影，感叹道：年轻人就是缺心眼，上洗手间还端着一杯水，我看你在里面怎么喝得下！

袁代表和周主任都笑了。袁代表说了句"都怪水好"。

接下来，孙尔雅继续问道：你们公司今后是想卖水？还是想卖造水技术呢？

袁代表斟酌了一会说：我们也不知道董事会的长远打算，但我想，卖水的市场范围太受地域局限，去外地开设水厂固定投资成本又太大，应该是卖技术的市场更大一些吧。如果掌握了垄断技术，卖到全世界每一个角落都不是问题。

孙尔雅又问：至少目前还没有出现淡水危机，要是这个危机来得太晚，对你们公司这项新技术有多大压力呢？

袁代表似乎胸有成竹：不会太大。公司已经完全考虑到了这一点。我们的利润考量并不是未来危机，而是令人担忧的淡水供应现状。只要成本比别人低，水质比别人好，我们的利润空间会越来越大。我们长期为传统产业所累，不会再走回头路了。

孙尔雅反问：传统产业？你们不是还在做吗？

袁代表解释：是还在做，但产量越来越小了。这种技术含量不高、技术进步缓慢的产业，产量越大，亏损就会越多。

孙尔雅反驳：如果技术进步太快，会导致很多工人没事干，总不能都下岗吧？

一直话不多的周主任说：不下岗怎么办？早下岗早有活路，迟了连摆摊的地儿都没了。再说，哪一次技术进步不是牺牲工人就业的机会呢？社会发展就是这么残酷，必须有一部分人作出牺牲！

孙尔雅惊问：主任高见！您觉得管理者和工人之间，谁应该做出牺牲呢？

袁代表向周主任使了个眼色，并接过话说：孙记者这个话好深奥啊，其实技术最终会造福于整个人类的。

晚上回到招待所，关上房门，孙尔雅急着问小谷：你的那杯水呢？你不会真在厕所里喝掉了吧？

我还真尝过了，一点也不难喝。不信？你也来尝一口！小谷从裤袋里掏出一个矿泉水瓶，里面还有大半瓶水，他将水递到孙尔雅手里。

啊，海水你也敢喝？孙尔雅惊呼。

你看我有什么不对劲吗？小谷坚持要她喝一口。

孙尔雅推道：你喝过的，我不喝。我从小就特讲卫生。

小谷诱惑：假如你这一口喝下去，能喝出一个惊天秘密，你也不愿意喝吗？

孙尔雅指着他说：一看你这小子就没安好心！是不是在水里下了蒙汗药，要谋我的财害我的命？罢了，姐豁出去了，就喝一口给你瞧瞧！

小谷等着问：姐，味道怎么样啊？

孙尔雅咂咂舌头说：还行，怎么海水都没咸味啦？难不成放久了也会变味？

小谷正色说：非也。这充分说明，他们的纯水是真的，但原水是假的！我想你也判断得出来，他们所谓的原水根本不是海水，而是普通自来水。这样的“海水淡化”，技术难度大大降低了！

孙尔雅感慨：原来他们的“海水淡化”就是这么玩的啊！你小子连海水都敢喝，了不起，你今天立大功了！

小谷有些惊诧：啊？不是你暗示我在厕所“喝水”吗？

孙尔雅回忆了一下，一脸茫然地反问：我暗示过吗？

没等小谷回答，孙尔雅继续问道：岗哨那么严，你是怎么带出来的？

小谷有些得意：他们留下了照相机，可没阻止我带矿泉水瓶，我带进去自然又带出来了。

孙尔雅点头：我也带了瓶水进去。我看到你进去时只剩小半瓶，出来时却是大半瓶，警卫怎么就没起疑心呢？

小谷不以为然：姐你当记者真是浪费，应该去小区当保安，那样的话，小区一定是鸟飞不进来，苍蝇也飞不出去！

孙尔雅骂道：贫嘴！我跟你说，那点剩下的“原水”千万别喝了，要作为重要证据保存好，给我带回报社。

一会儿她又说：早知如此，工业用水的原水你也应该弄点回来，说不定也掺假了！

小谷说：可是我只有一个矿泉水瓶啊，再说，来回上厕所，不是喝多了，就是急性糖尿病发作，他们也会起疑的。

孙尔雅意识到了什么，跟小谷说：不怪你，后面应该我去做。哎，白白浪费了一个矿泉水瓶，还有一次去厕所的好机会！

小谷大笑：你当时这么想就好了！

……

当天晚上，又是一群高管陪吃陪喝。吃完了孔董事长又带着一班人马，要请记者去 KTV 唱歌。孙尔雅本想拒绝，后来一想，干脆随他们吧，混熟了脸明天好跟他们聊天。

唱完歌，孔董事长又让杨总陪孙尔雅去泡脚，说是跑了一天，要好好休息一下腿脚。泡完脚杨总把两位记者带回宾馆。杨总让其他人等在车里，他一人陪记者走进房间，顺手关上门，从大提包里拿出两份礼物，硬塞给每人一份，还说不成敬意。等杨总走后，拆开一看，发现送的是同一款瑞士名表，只是分了男式和女式。小谷对这种国外品牌很了解，他告诉孙尔雅一块表至少七八千！小谷问要不要退回去。孙尔雅掂着手表说退什么退啊，收买我们的赃物，退回去就没证据了！你要是怕事，回去退给何社长！小谷听孙尔雅这么说，就安心地收起手表，然后回房睡觉。

第二天早餐时，孙尔雅向孔董提出先到山那边的车间看看，再对孔董和杨总分别做一个专访。孔董说专访不成问题，但山那边建议就不要去了。孙尔雅说昨天见识了海水淡化生产线，但不让小谷拍照，今天想找几个纺织车间拍一点，回去好做文章。孔董说事不凑巧，今天山那边开发商打地基要放炮，怕出事故车间也临时放假了。

孙尔雅感觉有些不对劲，但又说不出有什么问题。既然记者采访提前预约过，为什么新项目不给看，老项目也遮遮掩掩呢？是不是织云科技还有什么难言之隐？

孔董说要找杨总商量一下，暂时走开了。望着孔董离去的宽大背影，孙尔雅感觉到了这个滴水不漏的男人对织云的控制力。他心里到底在想些什么？她感到有些茫然。

过了一会儿，曹秘书过来说杨总临时有事，只能采访孔董一个人了。说完把两位记者请进了孔董办公室。孔董坐在大班椅上面，挥手示意记者先坐下。曹秘书给记者倒好茶水后，将一叠文件递给孔董。孔董接过文件，并不急于批阅，而是顺手打开了办公桌侧面的大屏幕电脑。孙尔雅从远处不难看到，他首先打开的是 000189 的行情。孔董回头看了一眼，可能是发现了什么，顺手把电脑屏幕稍稍转了一个方向，后来感觉不对，立即再移了回来。就是这样一个细微动作，让孙尔雅心里突然有了想法。

她不失时机地说：想不到孔董这么关心公司发展，上班第一件事就是看公司股票！

孔董顺势接过话头：没办法呀，现在是公司发展的关键时期，所有的眼睛都盯着公司的一举一动，股票价格是公司发展的晴雨表，也牵动着我们的心啊，上去了证明市场看好公司，下来了证明市场对公司还心存疑虑。

孙尔雅故意称赞：国企班子里，团结总是最大的问题。我看织云科技的管理层就非常团结，根本没有这个问题，实属难得啊！

孔董很是受用，连声说：是啊，是啊，你们也看到了，公司的发展趋势还是不错的，根本不是有些人攻击的那样，股价就是最好证明嘛！

孙尔雅正想提这个敏感的问题，便顺着问：有人说 000189 股价狂飙，是因为有幕后庄家，还说庄家就是吴非，孔董知道吴非吗？

孔董事长一这个问题，哈哈大笑：吴非？岂止是我认识，织云高管都认识呢！刚刚就发了一个通知，过两周要开临时股东会，不过吴非这周就会过来，想在织云医院住一个礼拜，他心脏不太好，经常来我们这里住院。要是孙记者不急，在我们这里多留三天，我还可以介绍你跟他认识呢！

过了几秒种，孔董想起来又问道：小孙有男朋友了吧？否则我可以给你做个介绍，吴非还是钻石王老五一个呢！

孙尔雅知道他在开玩笑，要不是昨晚何社长电话催她回去，她还真想见识一下这个神秘人物。她存心逗乐：孔董，你拿这么优秀的男人诱惑我，是想逼我犯重婚罪吧？

孔董惊问：哎呀，你怎么这么小就结婚了？你老公在什么单位啊？

孙尔雅脱口而出：他在一家美国公司做管理，是世界五百强公司！

其实，范东此时正在浦东一家国企地产公司做广告策划，混得并不怎么样，离五百强差了太多。孙尔雅也并不在乎这些，她只是想隔空杀杀这个吴非的锐气。

孔董感叹道：哦，这么优秀！也不比吴非差啦，下次有机会带我认识一下！

孙尔雅大方说：好！还请孔董关照！

孔董笑说：这个自然！上次你和何社长关照了我们，我们自然要懂得回报！是不是？

孙尔雅一听就知道孔董所指。她收了钱，不管心里怎么想，都应该当面表示一下谢意，但想起出来之前何社长再三叮嘱，就收住话头，及时转到了吴非身上：有人怀疑吴非就是庄家，我看并非是胡乱猜疑。今年织云股价飞上了天，赚得最多的就是吴非的黑铁投资了。作为一般投资人，哪怕是超级大户，都会在这个过程中逢高减持股票，兑现利润，可是大半年以来，黑铁的持仓从未出现任何变动，他如此坚定持股，信心从何而来？唯一的解释只有——他就是庄家！

听孙尔雅这么说，孔董脸上看不出任何反应。他反驳说：按照你这么推理，肯定有问题。据我所知，公司流通股东前三十位中，今年持股仓位没有变化的，至少能找出五六位，你能说他们都是庄家吗？

庄家只有一个，他们即便不是庄家，也很有可能是庄家的关联账户或一致行动人！孙尔雅把孔董一脚踢过来的皮球又踢了回去。

你这是侦探小说看多了，说起来容易，他们怎么关联了？你有证据吗？公司股东看好公司新项目，坚信公司发展前景，不可以吗？孔董说着说着脸色越来越严峻了。

如果少数股东利用一般投资者缺少的信息优势，进行股票投机，您说算不算违规？算不算操纵股价？孙尔雅语带机锋，步步紧逼。

你倒说说看，吴非有什么别人缺少的信息优势？

那吴非又是何时知道公司海水淡化信息的呢？您总不能告诉我，他跟千万散户一样，是公司公告之后才知道的吧？

他要开股东会，自然在公告之前就知道了，之前之后有那么大差别吗？

怎么没有差别？所有老鼠仓都是在公告之前买入，再在公告之后卖出，您说这里面差别有多大？

小孙这话可不要乱说啊，吴非是我们公开信息的股东，怎么能跟老鼠仓混为一谈呢？再说，你什么时候发现吴非是在公告前买入的？

我不能确定他买股票具体在哪一次公告之前，但我确定至少是在这一次公告之前！

……

一轮辩论下来，孔董已经有些被动了。孙尔雅心里却明镜似的，自己只是指点吴非而已，已经把他惹急了，比指点他自己还难受！看来织云高管跟吴非还真的难脱干系。

不过，吴非还是吴非，庄家还是庄家，想凭口舌之利就把二者捏到一起，似乎也没那么容易。孙尔雅解嘲似的一笑道：孔董不要动气，股民骂的是庄家，不是上市公司，只要你们跟庄家没有关系，就让他们骂去呗。

孔董回过神来，也附和着说：是，是，我们事情多的是，不跟他们浪费时间！

孙尔雅建议道：孔董，其实有个好办法，为了让天下股民看清楚织云没有跟庄家站在一边，你们可以反着干。庄家拉升价你们就发利空，庄家压股价你们就发利好，这样要不了多久，庄家肯定就得丢盔弃甲跑路了。

听到这里，孔董又觉察孙尔雅居心叵测，他赶紧申辩：这不是子虚乌有吗？我们堂堂国企上市公司，为什么要跟庄家搅到一起？对于公司信息发布，交易所有严格规定，绝不能想怎么玩就怎么玩的！

孙尔雅觉得这场对话该结束了。孔董并不傻，想从他那里探出庄家的踪迹，跟江东赵毅案一样难。她收起穷追猛打的姿态，解释说：相信孔董也见识过，市场上的确有些上市公司跟庄家合谋，坑害了广大投资者。织云没有这种情况，当然再好不过，最终清者自清。孔董可否借我们采访之机，当面澄清一下，向投资者承诺上市公司永远不会跟庄家有任何关联？我想这对投资者和织云科技都是有利无弊的……

孔董事长紧盯着孙尔雅，坚决打断她的话说：我不能回答你这个问题，你这是在给我设套。如果我回答，就中计了，肯定会影响公司股价，反而逃不脱操纵股价的嫌疑。

第四章

CHAPTER 04

一

刚回到报社，何社长就把孙尔雅和小谷叫到办公室。

不等何社长开口，孙尔雅就埋怨道：社长，什么事这么着急？非得令我们赶回报社，再多守两天，说不定就见着庄家了！

你们找到庄家了？何社长听了有些惊愕，他解释道：不是我着急，而是你们守在那里，织云孔董着急！

我们在他地头上安分守己，他着急什么？孙尔雅不解，接着盯着何社长说：社长，你为什么帮他们说话啊？

谁帮他们说话啊？我是担心你们捅了马蜂窝！

什么马蜂窝？

你们不是提出要看织云老车间吗？

是呀，那是早晨的事，可你昨晚就打电话命令我们回报社了！

谁让你们跟他们司机瞎聊的？他们害怕呀，生怕你们跟老车间职工聊起来！

哦，明白了。先是司机出卖了我们，接着孔董又到你这里告状。但我还是想不通，这跟司机聊天怎么就扯到老车间里面去了？

最近织云职工闹事，就是因为建房扯皮。职工楼就建在老车间边上，你们去老车间，一找职工聊天，不就捅了马蜂窝啦？怪只怪你们去的不是时候，这几天他们正忙着紧急处理这事呢，一个个忙得焦头烂额，哪有时间跟你们兜圈呀？当然巴不得你们早点走！

社长您怎么能听他们的？越防记者的地方越是有鬼，您应该把这个情况转告我们，让我们去捉鬼打鬼呀！

这有什么用啊？跟你们要找的鬼八竿子打不着。

至少可以浑水摸鱼呀！您不是说要捏住他们的痛处吗？

听你的意思，这次采访你们摸到了一些内容？先说给我听听。

两个记者你一言我一语，除了织云送礼品的事，把采访情况详细汇报了一遍。何社长听罢，半天未置可否，最后表示织云海水淡化实验掺假可以做文章，但要指证庄家就是吴非好像还有问题。孙尔雅说自己基本可以锁定这个吴非了，只是还缺个核心证据，但凭织云高管跟吴非之间的紧密关系，不妨先把吴非抛出来，搞一次“火力侦察”，或许能引蛇出洞。何社长明白孙尔雅的意思，就点头说报道发不发无所谓，至少要写给织云孔董看看。

孙尔雅清楚，这篇文章并不怎么好写，一点也不像赵毅案那么曲折、那么清晰。织云公司里看到的一切，就像迎面扑过来的一团迷雾，陷得越深越令人无所适从，只有一些模糊的面孔在眼前变幻不已，一会儿是孔董，一会儿是吴非。尽管自己从未见过吴非，但孙尔雅确定那个面孔就是他！从织云海水淡化掺假，到孔董言辞闪烁，再到莫名其妙被社长叫回，孙尔雅有一种强烈的感觉——自己跟庄家只隔一层窗纸了，织云与庄家勾结已经毫无疑问。剩下的事情就是如何捅破这层窗纸，揭开他们头上的神秘面纱。

晚上回到住处，孙尔雅心里还有些乱，更有些没底，所以没有通知范东过来陪自己。她想等自己心里静下来再说。她一边在电脑上胡乱敲打着这篇报道的标题，一边把 QQ 挂了出来，立刻弹出一大堆留言。孙尔雅一个也不想看，自己需要的是“芝麻开门”的神奇咒语，可那些留言除了胡说八道还有什么呢？她多么期待着奇迹再次出现啊！她相信奇迹。赵毅案发不就是一个奇迹吗？发现织云海水淡化掺假不也是奇迹吗？

就在这时，一个大灰狼头像剧烈闪动起来，那个被孙尔雅几乎快要忘掉的

AK47 发过来一条留言：这么快回来，看来不妙啊！

孙尔雅发现对方此前并未留言，而是等着她登录 QQ 以后才上来的，看来是专门潜伏在网络上的狩猎者，他到底有什么阴谋？她反问：这几天你一直在监视我？

AK47：没那兴趣，碰巧而已！

孙尔雅问：你老是大半夜上网，不会也是记者吧？

AK47：你猜呢。

孙尔雅回复：我也没那兴趣，我要写文章！

AK47：你想捅织云庄家？

孙尔雅：我不告诉你！

AK47：最好别告诉我。

孙尔雅诧异：为什么？

AK47：听过鸡肋的典故吗？

孙尔雅问：你想说什么？

AK47：食之无味，弃之可惜。

孙尔雅有些恼火：要么好好说话，要么下线走人，别没头没脑地胡言乱语！

AK47：你这次采访没有意义。

孙尔雅：继续，我倒要看看，你嘴里能吐出什么样的象牙！

AK47：你千万别告诉我，你见了织云高管，还看过海水淡化现场，哦，你还差点见到了黑铁吴非……

孙尔雅惊问：你怎么知道？难道你就是吴非？

AK47：你的想象力很丰富嘛！

孙尔雅想再诈他一下：你有心脏病，住院手续办好了没？

AK47：有你这么骂人的吗？

对方这话一说出来，证明他完全没有听懂孙尔雅的话，听不懂就证明他既不是吴非，也不是织云那边的人，甚至跟他们一点联系都没有。孙尔雅的警惕终于放松了一些。她回复：我还以为你是织云派来捣蛋的。

AK47：不错，是块当记者的料，有警惕性。不过你怎么就被他们收买了呢？

孙尔雅心弦又绷紧了：谁被收买了？

AK47：你呀！

孙尔雅恼怒：不要血口喷人！

AK47：那你解释一下，你在“黑庄论坛”上的那篇赵毅案报道，为什么没在《新世纪经营报》刊登出来？

AK47又加一句：故事挺好，写得也不错，你们报纸没理由拒绝的。

孙尔雅一听立时傻眼了，这个人不仅上过“黑庄论坛”，而且还知道自己报社的名称，太可怕了！自己对他一无所知，他却对自己了如指掌。他肯定还知道自己更多的信息！她几近咆哮：你到底是谁？为什么躲在黑暗中偷窥我？还知道我一些什么？

AK47：孙记者发怒的样子一定更好看！上次对不起，惹你男友跟你吵架，不过他的名字我还真没弄清楚！

太恐怖了！这家伙说不定就躲在自己身边，上次明明说的是自己的老公，这次他却说是男友，不是熟悉自己的人是谁呀？自己在这家伙眼里，就是一个玻璃人！到底是同事、邻居，还是别的什么人？孙尔雅一边在脑子里搜索一边不断摇头，能想到的这些人都是只知其一不知其二，不太可能了解到这么多细节。从赵毅案发到眼下采访织云，这个家伙一直盯着自己不放，难道是秦小敏搞恶作剧？由于经常QQ联系，她了解自己的日程，甚至猜得出自己的目的，更重要的是了解自己和范东的关系，只是一点不太可能，她怎么会这么关心股票呢？没有三五年浸泡在股市里的经历，谈起股票，是很难像AK47这么自以为是的。孙尔雅越想越没有一个结论，一时间坐立不安起来。她起身看了看窗外，夜色掩盖着一切，说不定那个家伙就躲在对面漆黑的窗子后面。想到这里，她赶紧拉上所有窗帘，等感觉稍微安全了一点，她才重新坐到电脑前面。

很久没见对方回复，AK47又发来一条信息：窗帘都拉紧了吧？

孙尔雅一愣，全身鸡皮疙瘩都起来了，忍不住回击：你这个魔鬼，别吓人了行不行？

等了一会儿，AK47才回复：是你自己吓自己！

孙尔雅问：你这么紧盯我不放，到底有什么见不得人的目的？有本事别遮遮掩掩的!

AK47:我想说实话，可是信不过你!

孙尔雅:为什么?你藏得那么深，我还信不过你呢!

AK47:我想帮你揭露织云黑庄。

孙尔雅听了一怔，竟有这样的好事?但发过去的文字是:那也要看我信不信得过你!

AK47:如果我信不过你，你写文章就没有证据了。

孙尔雅不屑:你太抬举自己了，我写文章多的是证据，为什么要找你?

AK47:你出去旅游一趟，就想打庄揭黑?也太侮辱庄家脑袋了吧!

孙尔雅感到严重被蔑视，回复道:你以为你又是谁，庄家他爹呀?

AK47:嘿嘿，别的不说了，指点你绰绰有余!

这人真不知天高地厚，又开始吹牛了。

孙尔雅说:我不跟你胡扯了，还要写文章呢。

AK47:要听我的，你这篇文章还是别写了。

孙尔雅:为什么?

AK47:写不写结果都一样。

孙尔雅:肯定不一样，你等着看报纸吧!

AK47:我肯定看不到的!

孙尔雅:放心，为了让你看到文章，这次我一定让文章登出来，没有人能收买我!就算在《新世纪经营报》登不了，也会在别的媒体上登出来!

AK47:那就打一个赌。

孙尔雅问:赌什么?

AK47:这次没有媒体会登你的文章，更不会有人来收买你。

孙尔雅:哈哈，除非你能收买所有媒体!别忘了我手上有重要证据。

AK47:别骗自己了，除了你的“黑庄论坛”，没有一家媒体会感兴趣的。

孙尔雅:要是你输了怎么办?

AK47:我输了，我保证给你最想要的信息;不过你输了就得听我的。

还好，不是骗财骗色之类的赌约。听他这口气，真像掌握了什么重大机密似的,莫非真的碰到了一个内部知情人?果真如此,他存心泄露机密又为何故?是分赃不均还是权力之争?孙尔雅想不出一个所以然,但看到对方如此费尽心机,不管他是谁想干什么,她都很想揭开这个谜底。何况她一点也不吃亏,赢了能获得新的坐庄线索,输了也不过是听对方的,对方不是说过想帮自己揭黑打庄吗?

她回复:你有什么信息,最好现在就给我。因为你输定了。

AK47 :那就等输赢定了再说。

两天后,孙尔雅把《揭开织云科技资产重组的神秘面纱》一文交给何社长。

在这篇文章里,她对织云的海水淡化项目提出了诸多质疑,尤其是对织云支出 1.28 亿元投资款之后的利润来源表示出巨大担忧。为了佐证自己的质疑,她在文章最后抛出了两颗重磅炸弹:一是海水淡化生产线上的原水池并不是海水,二是织云股价翻了四倍,包括吴非在内的前十大流通股东中,竟然有六位半年多以来没有增减股票。她指出,如果织云科技资产重组是假,那么配合庄家炒高股价就是唯一目的,前十位流通股东中一直持仓不变的六个账户很可能已被庄家操纵。在文章的最后一句,孙尔雅写道:就在记者离开织云科技的时候,一次新的临时股东会正在紧锣密鼓地筹备之中,据传,第一大流通股东黑铁投资的吴非将提前赶到织云部队医院,他因心脏病一直在此住院就诊。

孙尔雅对自己的文字很有信心,她甚至想象得到稿件见报之后发生的连锁反应——先是其他媒体跟风炒作,接着是织云股价雪崩,最后是织云高管找上门来。如果他们的危机公关失败,庄家说不定会做最后的垂死挣扎,这时候不怕他不露出马脚来。

回头看看织云的股价,已经第三次站在二十元之上了。俗话说“事不过三”,股价三次向上突破,很可能再度出现一个大幅拉升,这个时候往往是股民最喜欢追涨的时刻。孙尔雅琢磨,等自己文章发出来,必定给织云盘面造成打压,说不定会将近期追进的投资者全线套牢。为了避免这种灾难的发生,孙尔雅觉得自己有责任提前预警。她想到了自己主持的“黑庄论坛”。这个论坛虽然开设不到两年时间,但在关注庄股的投资者中颇具号召力。很多人根本不顾论坛屡屡预警的庄股风险,而是冲着庄股的暴利效应而来。有人留言说“黑庄论坛”提示的庄股才是大庄股，是有奶的娘，比那些无庄涉足的野股强多了。当孙尔雅把织云科技确定为庄股之后，“黑庄论坛”更是火爆异常，每天都有新人进场，每天都有几百上千条股吧留言，只是这些留言内容与她开设论坛的宗旨相去甚远，他们大多诉说追涨杀跌的快感。孙尔雅思忖，或许通过“黑庄论坛”，不难把自己对织云股价的预警传递出去。

打定主意之后，孙尔雅点开“黑庄论坛”，在织云科技股吧留下了一段红色粗体文字：据传，织云科技内部近期爆发群众性事件，严重影响了正常生产，提请投资者注意风险！另外，本论坛版主最新报道《揭开织云科技资产重组的神秘面纱》即将见报，其中首次报道了织云资产重组的实地采访，披露了重要信息，提出了相关质疑。敬请投资者关注！

写完之后，她看了看，又把这条信息设定成了“置顶”模式。

晚上下班很早，孙尔雅坐在沙发上感觉有些无聊，才想起给范东打电话让他过来。

一个小时之后，范东来了，他坐得离孙尔雅远远的，有些奇怪地问：你这次采访怎么去了这么久啊？闹得我挺想你的。

孙尔雅气呼呼地说：你坐得这么远，怕我有艾滋病还是怎么的？我看你不是想我，你是想我最好别回来吧！

范东听了，顿时一脸惶恐，好像自己的秘密被人揭穿了一般，立即把身子移到孙尔雅的身边，搂着她说：看你说到哪里去了，我是怕你上回的气没消，还不想看见我呢！

孙尔雅鼓励他：你的手别抖了！我哪有你说得这么刁蛮呀？你可千万别跟秦小敏说我是一个不好伺候的女人啊！

没想到听到这些，范东的手抖得更厉害了，脸也有些红了。孙尔雅顺手摸了他额头一下，关切地问道：你怎么啦？不会是病了吧？怎么我才出去几天你就弄成这样？

范东连忙掩饰：没什么，我有点饿，这几天心里老恶心，所以中午没吃饭。

孙尔雅一把拉起范东说：那还等什么？我也饿了，赶紧做饭去吧！

两人立即像一对小夫妻一样，把冰箱里的菜搜罗出来，范东掌勺，一会儿工夫就炒了四个菜。孙尔雅拿出一瓶轩尼诗红酒，两人你一杯我一杯地干了起来，一顿饭吃了近两个小时才收场。范东正准备去厨房洗碗，孙尔雅两腮红云乱飞地看着他，说别洗了，就放在那里吧。范东说没事，一会儿就好，你先上一会儿网吧。孙尔雅突然大声说我不想上网,更不想你两手沾满洗洁精的味道。范东终于听懂她的潜台词，他拉上客厅的窗帘，就在沙发上和孙尔雅缠绵到了一起。几分钟之后，范东就不行了，可孙尔雅兴致正高呢。孙尔雅问怎么回事啊？太不正常了。范东喘着粗气说可能是身体真出了点问题,要不去床上试试？孙尔雅心头的火也渐渐熄灭，说要是身体不爽，这事最好少做，周末我陪你去医院检查一下吧！范东说好，估计休息几天就没事了。范东穿好衣服，又到厨房洗碗去了。

二

严磊半个身子陷在沙发里，两只脚交叉搁在茶几上，电视频道换了一茬又一茬，要不就是年轻人唱着吐字不清的歌，要不就是后宫戏，都不对胃口。换来换去，停在了体育台，正在播放拳击比赛。一名拳击手瞬间将对手击倒，对手倒地，毫无还手之力，再也爬不起来。这精彩的致命一击，让严磊慵懒的身体一下子坐了起来，心里暗自叫了一声好。把对手打趴下，自己站着，就是胜利，这是雄性的追求。自从公司撤职的处分文件出台，严磊在家里一连待了五天。孔董为了追求真实效果，把严磊的办公室都撤掉了。按规定，严磊上班也只能去沈总那里报到。孔董要严磊装得再像一些，让他在家里好好关几天，给群众造成一个极其倒霉、极其委屈的印象。这五天，严磊一次门也没有出去过。他明白，自己现在是打了一个趔趄，但还没有被打趴，更没有输掉，甚至趔趄都算不上，只是一个策略，等于耍一些迷惑对手的假动作。现在，那些闹事的人欢欣鼓舞，以为金牌在手了。哼，等着瞧吧！严磊抿了一口定神茶，继续欣赏镜头回放。

不一会儿，严夫人下班回来了。严磊扭头一看，没带菜回来，便提议道：出去吃吧，我都好几天没出去过了。严夫人绷着个脸，扔了包，坐在沙发上不动。不用问，严磊也知道是怎么回事。自从织云闹事以来，严夫人就没舒坦过。原来是堂堂高管夫人，上下同事都争着巴结讨好，现在严磊成了待罪之人，被公司贬回原形，同事嘴上不说什么，但眼神完全不一样了，好像严夫人也是共犯。严夫人小心翼翼，在办公室里都不敢高声，对同事有求必应，生怕耽误了人家的事，却不敢主动揽事，免得别人误会。精神越紧张，工作就越容易出错，严夫人是织云的老出纳，算账更容易出错。今天就算错了一个账目，虽然没有人说她什么，她自己心里却挠心得很。

反正你没事做了，不如我们外出旅游吧。严夫人开口了。

每次出去旅游都得花个好几万，买回来一堆东西又没什么实用价值，珠宝首饰之类的都放在柜子里收着。以前还承受得起，如今就不同了，严磊只有基本工资，虽是高管，也就八千多，职务津贴、岗位津贴、效益工资全没了，每月一下就少了一万三四千。严夫人工资不高，全部加起来每月才五千多。家里日常开销本来就大，加上要给双方父母，还有上大学的儿子生活补贴，严夫人掰着指头一算，现在两人每月只剩下六七千块。自从严磊借钱投资新项目之后，每月要还的债就有一万，开支形势马上紧张起来了。

忍一忍吧，过了这段时间再说。严磊劝道，他已经跟老婆做过很多工作了，说等群众闹事平息之后自己就会复职，现在扣掉的待遇到时都会补回来。

我忍够了！再这样下去，我要进精神病院了。你不去，我一个人去！严夫人气呼呼地说。

我也想去，外面多自由啊，可手上没钱，怎么玩啊？

钱都哪里去了？一百多万的存款鸡飞蛋打不算，每个月还背上这么重的债务！你搞什么搞啊？这个家快被你毁了！严夫人明知故问。

不是早跟你说了，那钱都是拿去投资股权了，是投资公司看中的高新技术项目。

严磊哄着老婆，心里记着孔董跟他签订一百万虚拟股权激励协议时说的话——“保证对谁都不能说，对朋友不能说，对老婆不能说，就是在梦话里也不能说。”再说，动用了整整四百万哪，四年之后承诺利润一千六百万，这两个数字要是让她听到，不把她吓死才怪。

别跟我提投资公司，我还不知道，这几年投一个死一个，谁赚到钱了？我才不信他们就长着一颗外星人的脑袋！

严夫人对这个事已经积怨很久了。以前，一直顾及着严磊的面子没有说什么。今天实在忍不住才发泄了一些不满。她平时好搞自己的穿着打扮，把严磊装扮得衣冠楚楚，高枕无忧地做一个高管夫人就很知足了。现在，她竟然要扳着指头过日子，女人的危机感说来就来了。如果年轻二十岁，再苦再累也觉得有奔头，现在进入中老年了，忽然发现一日三餐都成了问题，她哪能不心头发慌？

你别担心，我们一辈子赚不了大钱，就得借别人的脑袋赚钱，告诉你这可不是一个机会，而是铁定的结果，到时候我会成倍地给你拿回来，你想怎么花就怎么花。严磊堆着笑脸说。他觉得不能往下说了，再说就要露馅了。

我等不了，现在就要钱，儿子开学就要一万，这个月的债我是没法还了，要还你自己去想办法！严夫人没好气地说，她不想跟老公谈钱的事，一谈就头痛。

你先垫着吧，万儿八千的私房钱你总有吧？少打一场麻将不就省下来了。严磊在老婆面前硬不起来，只好求着她。

真是站着说话不腰疼！你以为我现在还敢打五十块一炮的麻将？严夫人想起来就委屈，连训带骂道，你天天躲在家里倒是好享受，让我在外面替你装孙子，不但不敢打麻将，连穿戴我都不敢讲究了。我怕别人戳着我的脊梁骨，骂我是腐败分子的家属！

你说什么呢？没这么严重啊！就是真的这样，也只是一种效果，他们看我们家越老实、越倒霉，就越不会盯着我不放，我不是很快就能官复原职了吗？我知道这段时间你受委屈了，求你再忍一时，等钱收回来，一百块一炮我随便你放！

那我问你，你是不是还有事没跟我说，你到底投了多少钱出去？

严磊一口咬定：借了一百万，加上我们自己的一百万，总共投了两百万。

两百万！严夫人不禁打了个冷战，忧心忡忡地说：这两百万要是打了水漂，下半辈子只好去喝西北风了！

不说下半辈子，就是下辈子，下下辈子，我都给你承包了。我管你三辈子幸福日子！

别嘚瑟了，这辈子都弄得这样乱糟糟的，还管下辈子呢！下辈子我可不想再跟你了！

不跟我你跟谁？千年修得共枕眠，我们的日子还长着呢！

我这一辈子，还没见赌博能发家的，你把我们的全部身家都赌了出去，我看迟早玩完！

女人不要瞎说！严磊生怕她一语成谶，赶紧制止她说话，一会儿又解释道：我这不是赌博，是坐地分钱，没有任何风险，有风险也是投资公司来埋单。

要是投资公司都开垮了呢？老严，你就听我一次，赶紧撤资吧。

撤资？黑纸白字的，怎么撤？严磊暗自好笑，眉头紧皱，这女人今天怎么这么难缠啊？

你现在撤资，损失一点，没关系，要是以后公司垮了，老板跑了，损失就大了。你可千万别让我背着债务进棺材啊！

你能不能说几句吉利话啊，还嫌我不够倒霉？

我说老严，你是真不明白，还是装不明白啊？严夫人说着说着也来气了。

有什么明白不明白的？严磊朝她泛起了白眼吼道。

严夫人正色道：你清醒点吧，你不是副董事长了，现在就是一个平头老百姓，说不好听点，你现在说话，对其他人来说管个屁用！投资公司凭什么要让你赚钱啊？你管得着投资公司吗？白纸黑字等于废纸，到时候他们爱怎么说就怎么说，你能怎样？那么多非法集资案，多少人血本无归，凭什么偏偏你就走运！

怎么扯到非法集资啦？你也是搞财务的，这点常识都不懂，别说了，吃饭去吧！

严磊话里避重就轻，心里却被老婆一席话吓得凉了半截。现在撤了职，就是失去了护身符。一年半载恢复原职，到底是半载，还是一年，还是更长乃至无限期？世事难料，鬼知道以后会有什么变故？再说自己虽然相信公司，相信孔董，但自己还相信过开发商老康呢，这孙子不也是跑得无影无踪了？谁能保证织云不再出事啊？谁又能保证孔董不出事啊？孔董就可信吗？这人看似处事公平，实则深不可测。其他几个人中，更是有人巴不得自己出事滚蛋呢。严磊觉得自己现在的情形真有点掉毛凤凰不如鸡！

你别扯开话题，以后怎么办，你怎么打算？在家里闭关修炼五天了，总该想出点什么主意了吧！严夫人坐着不动，话锋却步步紧逼。

孔董说……。严磊只好又坐下来，本想说孔董答应了自己什么什么，话到嘴边又收了回去，改口道：孔董在会上做了决定，公司纪检部走个程序，放心，他们查不出什么的，很快就会还我清白的。

你有没有问题，自己最清楚，没有最好，要是查出问题，我这辈子就毁在你手上了！严夫人说着眼泪就涌了上来。

肯定不会有问题！严磊信誓旦旦地说。

你啊，就是太轻信别人，上了老康的当，还没醒过来，现在又轻信了孔董和班子。这次的事，你就没觉得是他们给你下的套吗？你钻进套里看不明白，我却看得清清楚楚！

哪里是套？你别乱猜，更不能对别人这么讲！严磊心里又被猛击了一把，说话明显带着火气。老婆这话要是传出去，让其他班子成员听到了，岂不又成了新的罪证？说不定到时真把自己给处分了，那时候可就百口难辩了。

不过，有时女人的直觉很准的！

你这是诅咒我！严磊故意掩藏起自己的慌乱，指着老婆骂道。

我哪里诅咒你了，我是担心你，担心这个家，你老糊涂了吧！他们就是要整垮你，把你永远压在他们的五指山下，让你动弹不得！

严磊憋了一口气不作声。如果真像她说的这样，严磊也不怕，大不了鱼死网破，自己没了护身符，但并不是像她说的那样动弹不得。严夫人不知其中利害，自然不明白这点，严磊也不能说破。

老婆的担心显然也有些道理。五天了，老钱还没让自己去接受调查，虽说不是真调查，但早做样子早解脱。如果老钱一直这么拖着不办，这个事就一直没有结论，严磊就一天不能复职，拖个一年两年，就一年两年不能复职了。

严夫人不死心，继续劝他：你要不是老糊涂，就赶快想办法把钱拿回来，早作其他打算。

钱是不可能拿回来的，这段时间要委屈你一下了。好吧，这个问题到此为止！严磊用手指头敲了敲桌子，像在公司开会时一样，力排众议地强行做了决定。

严夫人见老公今日油盐不进，失望起来，眼前这个男人，越来越看不明白了。

晚上严磊想做点夫妻间的事来安慰老婆，却被严夫人冷淡而坚决地一把推开了。

第六天，严磊终于出门了。下楼走出单元门，看到小区公园，有一些老职工带着孩子玩耍。严磊照旧跟他们打招呼，只是头低了点，声音也低了点。那些人修养好的也回应一声，或者点个头，脾气大点的瞟都不瞟他一眼，一副没听见的样子。等严磊走远了，纷纷在背后议论起来：

那样子，好像跟没事人一样，脸皮真厚！

他怎么不关进去？要是毛主席在世，肯定要被枪毙！

只怕他还会东山再起……

他敢再起，我们也再起！

……

严磊不急不慢出了小区之后，换了快步向办公楼走去。认识的同事见了，目光能避开的尽量避开，实在迎面撞上了，嘴里"哎"一声，算是打过招呼。严磊像是个陌生人闯了进来。这群白眼狼！严磊在心里骂道。

纪委钱书记并没有急于传唤严磊。在班子里他跟严磊一直不和，他不想让别人以为自己在借机整人，当主动权握到了手里时，他要做给班子成员看，还要做给群众看——他一点也没有操之过急，更没有落井下石。另外，这样也体现了处理严磊的会议精神。

这天一名下属进来，把一叠材料递给了钱书记，钱书记翻了翻，满意地点了点头说好。下属说严磊已经到楼下了。钱书记把材料收起来，说知道了。

严磊像不经意似的走进钱书记办公室。钱书记抬头招呼了一声：严董来了！

按照规定，严磊每周要到公司纪检部门点卯。严磊完全可以不来，等着他们给自己打个电话过来就行了，就算他们打了电话，去不去也要看心情。可孔董坚持要他把戏做足，别给外人留下口实，这才专程过来一趟。

听到钱书记喊“严董”，而不是老严或直呼其名，严磊心里稍稍踏实了点，像派去卧底的人员终于回到警局，身份马上恢复了一般。钱书记随口问道：严董最近过得怎么样啊？

托你的福，还好。严磊应付道。

其实我也不想找你来。钱书记给自己泡上一杯茶,又在给严磊也泡了一杯。

是吗？严磊反问道，心里却在揣测他的话意，难道真抓住了自己什么把柄？

我不请你来,是在害你；我请你来,才是在帮你。钱书记把话说得有板有眼。

我倒想看看你是怎么帮我的。严磊也来了个一语双关。

帮你很简单呀，你主动多来纪委，主动多交代问题，我也配合你，早点给你下结论。钱书记话说得倒是一点也不避讳。

我来可以，但问题是没有什么要交代的。严磊拿捏着分寸回答。

真没有问题要交代吗？钱书记追问。

没有。严磊斩钉截铁。

你不交代，我这个结论怎么下？群众又怎么看？你以为大家这么好糊弄啊！钱书记说着就敲起了桌子，露出一副极其为难的表情。

严磊立马觉得被刚才的感觉骗了，这个人永远只会站在跟自己对立的战壕里，指望他帮忙，不如把自己送给他当靶子练。

严磊冷冷地说：害我也好，帮我也好，这事最好在春节前解决，好让大家都好好过个年。

这个事不是我说了算的。钱书记绷着脸说：现在康老板还没找到，房子动不了工，职工怨气还没散，这个时候你急着要结论，只会适得其反。

严磊何尝不想找到康老板，可想想他失踪前几天，还对自己抱怨过，如果织云不追加投入，他就没法干了。严磊当时没想那么多，还对他说想跑路就趁早，别让人发现了。他真跑之后，严磊才意识到自己彻底被动了。

要是康老板永远找不到，是不是要把自己永远晾起来？

想到这里，严磊觉得不能落入钱书记的圈套，争辩道：找康老板是一码事，其他的事是另一码事，一码归一码，两者不能混为一谈。

钱书记态度也硬了起来：我们这届班子就想求个平安，不能出事，开发商你必须找到，这是政治任务！这事是在你手上闹出的乱子，你怎么好意思说一码归一码呢？

你少拿帽子来压我！这事宜短不宜长，我警告你，你最好别在里面玩花样！

严磊噌地站起来，几步就冲出去了。

出了门，他就朝杨总办公室走去。杨总正在和几个领导班子成员谈笑风生，突然见严磊出现在门口，一下收起了笑脸。几个人见势告辞，出门的时候特意保持距离，谨慎地问一声老严来了啊。杨总在座位上不动，不热不冷问了句：你怎么来了？

严磊回答：还不是姓钱的折腾，他命令我来，我敢不来吗？

杨总顾左右而言他：老严啊，现在是非常时期，你有事，我们可以私下约谈，办公室这里人来人往的……是吧？

严磊大为不快，说：身正不怕影斜，我都不怕，你怕什么！

杨总解嘲：我不怕，我是为你着想。你现在这个情况，要是再有些流言蜚语，往你身上泼脏水，你不是更被动了。

你怎么跟姓钱的一个调调！严磊感到十分憋屈。

他说什么你别认真就是了。老严啊，不是我说你，你要调整好心态，就当休假了，休完假回来一切照旧，多好是不是？我还想休假呢，从心里讲，我真羡慕你！

你这是身在朝中，不知道被贬的滋味！

那你就拿出个被贬的姿态来，别人不理解，我还能不理解，孔董还不理解？

严磊一下子被堵住了。杨总也不再多说，低头一个劲地批起文件来了，明显是一副要赶客的样子。严磊坐在那里，浑身长虱子似的不爽，说声告辞，又出去了。

他还想上楼去找孔董，想听孔董说几句踏实话。楼梯上正好碰上周主任，周主任照旧热情，还告诉他孔董已经出去，指着窗外远处大门口，孔董的车刚出大门。严磊想他不会是听说自己来了故意避开吧，这些人怎么跟商量好了似的！严磊心头掠过一丝惊恐，难道老婆说的话是对的？但他马上又安慰自己，想多了想多了。

周主任正要走，严磊叫住他问：今晚你有空没？

什么事？周主任恭敬问道。

你替我约下施局长，晚上一起吃个饭。

周主任因为负责对接这事，上次还得到了孔董的特别奖赏，所以马上答应下来。

周主任离开后，严磊走到大楼一角，这里没人，他拨通了孔董电话：董事长，我来找你不在，只好在电话里向您汇报了。

孔董嗯嗯嗯地应答着，催他快说正文。

严磊一口气说了三件事，一是钱书记为难自己，想要假戏真做；二是只拿基本工资，维持不了日常家庭开支；三是万一康老板找不到怎么办。

孔董理了理思路说：这些都不是问题。你说钱书记假戏真做，他要是假戏假作，被群众看出来，群众能放过你吗？你有什么好怕的？老钱能抓住你什么把柄？再说，抓住了又能把你怎样？至于家里紧张，你去找沈总，让他给你多报点费用，我回头也给他打个招呼。千万别跟老婆闹，那只会因小失大。另外，康老板一定要找到，他不回来你这里永远是个烂摊子，就是我想给你复职，群众也不会答应的。告诉你一个好消息，规划变更的事我已经找了市长，作为历史遗留问题解决了。你可以把这个消息告诉康老板，我是在为他跑腿啊。

严磊一听不对：董事长，我到哪里去告诉他这个消息啊？

孔董在电话里打起了哈哈：我的严董，我知道你能找到他，公司培养你这么多年，还不知道你的本事？

严磊正待替自己辩解，孔董已然挂掉了电话。

三

从织云采访回来的第五天，何社长终于打来电话，让孙尔雅去他办公室。

应该是谈稿子的事，不知道这次结果怎样，何社长不会又把这篇稿子卖了，找织云拿广告费吧？无可非议，卖稿子是何社长的经营之道，但自己还在吃着记者这碗饭，文章不能总是见不到阳光啊，长此以往，跟黑道混混玩敲诈勒索还有什么区别？

见孙尔雅推门进来，何社长满脸不悦，劈头盖脑就是一顿训斥：小孙，做人要厚道，做事要讲分寸，上次你收了人家钱，结果还在网上毁人家，我没有计较，可这次你实在太过分了，弄得连我都下不了台！

孙尔雅感到莫名其妙，一股火在心里乱蹿，她尽量压抑着情绪说：社长，这次我怎么啦？不就是写了一篇文章吗？你不喜欢可以不发呀，犯得着这么苦大仇深吗？

何社长用手指点着她，恨铁不成钢似地说：你呀你，怎么就不知道长点脑子？

孙尔雅揶揄道：社长，您就别这么高要求啦，要是我长着您一样的脑子，那您干吗去？

何社长余怒未平：你还有脸贫嘴！你跟我说说，那个什么“黑庄论坛”是怎么回事？织云职工建房事件你根本不知情，为什么还要瞎起哄蛊惑人家？

孙尔雅一听是“黑庄论坛”预警的事，心想肯定是织云方面也看到了，在找何社长的麻烦。她说：“黑庄论坛”是一个同人网站，我只是想小范围给投资者预警，怕万一我的报道发出来，他们怪我打压股价，把我当成坏人。

何社长把一叠稿纸狠狠甩在桌子上，盯着孙尔雅说：哦，你想当好人，就让我来当坏人？你踩着我的肩膀想爬到哪里去？告诉你，你这篇稿子写得毫无价值，社里决定不发了！社里都没作决定，你竟然敢说“即将见报，敬请关注”，真是好笑之极！我倒要看你拿着鸡毛当令箭怎么玩儿！

孙尔雅算是彻底明白了，何社长之所以对自己大发雷霆，一是因为泄露了织云职工闹事的秘密，等于在织云孔董面前抽了他的耳光；二是因为提前透露了自己的最新报道，而这个报道能否见报取决于他的权力，自己这么做，等于是在报社员工面前又抽了他的耳光。两耳光使他恼羞成怒，骂她是小事，还要公报私仇，文章都不准她发了。孙尔雅突然想起自己跟AK47那个荒唐的赌约，怎么突然就变成了现实呢？这个家伙也太神了，连何社长来这一手都能预测得到！

她平静地看着何社长说：既然社里明确不用我的报道了，那我总可以发到别的媒体吧？

何社长坚决否定：不行！你和小谷是本社员工，采访报道也是本社的工作安排，不经社里同意，你个人无权处置任何内容。如果不听劝诫，让报道内容流失出去，连同上次你在黑庄论坛偷发赵毅案报道的事就一并追究！

孙尔雅越听越不对劲，早先压在心底里那股火陡地升腾上来。她决然地说：社长，你还是早点去请律师吧。你听好了，我可以不当你的员工，也可以退回织云采访的差旅费，但是，这篇报道我发定了！

何社长没想到会闹成这样一个结果，有些傻了。但他不甘示弱，不想让孙尔雅这样一个下属看自己的笑话。他像一头豹子一样盯着她，语气却稍微弱了下来：小孙，路是自己选的，也是自己走的，一旦迈出第一步，就没有回头的机会，你可要想清楚了，只要你不发这篇报道，自动关闭“黑庄论坛”，报社还是愿意继续培养你的。你要明白，报社内部决不容许有两个声音！

孙尔雅斩钉截铁道：社长，不劳费心了！我也该找一个能自由自在写文章发文章的新东家了，如果您不介意，就提前祝福我吧！

何社长气得哼哼了几声，不耐烦地说：任何一个地方都没那么好混，不学会成人之美，只会毁人清誉，在我们这一行里就叫缺德！

孙尔雅大受屈辱，愤怒质问道：社长，是谁要记者专捏人家的痛处，专门写让人看了想哭甚至想死的报道？又是谁把报道撤下来去换取广告费？这算不算缺德？算不算比我更缺德？

何社长被孙尔雅一席话气得暴跳如雷，可就是说不出一句话来。

孙尔雅毅然转身，头也不回地走了。

什么社长，被人家手里的一点小钱哄得跟狗似的，眼界也太低了，难怪这么多年报纸一直疲软，王小二过年一年不如一年，空有财经大报的衔头！这样玩下去，报社必垮无疑！

孙尔雅一气奔出报社大楼，却并不知道要去哪里，不知不觉到了黄浦江边。江水永远是那么混浊，那么躁动不安。自上大学以来，孙尔雅一心梦想转入传媒业。毕业后终于如愿以偿，但这几年走下来，新闻理想像刀削面一样，一片片抛入上海滩这锅沸水里，捞出来都被人吃掉化成了粪便。最后只剩下一个铁打的道理——什么都是拿来交易的,没有交易,狗屁都不是。可是尊严也可以拿来交易吗?没有尊严，生活还要什么意义！孙尔雅看着江水远逝，心里萌发一同远去的念头。好几年了，也该换个地方了，树挪死，人挪活，不挪自己迟早郁闷死。

回到住处有些晚，孙尔雅发现范东已经过来了，正在厨房忙着做饭。

她打开电脑，先看了看织云股价，发现这几天都有点萎靡，已经非常少见地走出了四连阴。虽然阴线实体不算很大，但盘面压力肯定不小，再跌又要回到二十元以下去了。她记得在“黑庄论坛”预警的时候正是四天以前，盘面压力是不是自己预警所致？她无法确认，但股价这个时候明显在等待新的信号。或许正是庄家把压力传递给了织云，织云又传递给了何社长，才招来自己的第一次职业危机。如果明后天自己采访织云的文章不能见报，新的信号又会释放出来，股价继续上扬的可能性非常大。

何社长为庄家立下了如此汗马功劳，不知织云孔董又会如何报答？哎，怪只怪自己太冲动了，连问都没问一句就气得跑出了报社。

她进入“黑庄论坛”，发现近些天留言明显活跃，说什么的人都有。估计比这里人气还旺的财经网络论坛，国内不会超过五家。这个自由论坛一直由孙尔雅主持，但参与者还有《新世纪经营报》的很多编辑和记者，还有一些财经媒体同人。既然它已被何社长盯上，自己离开报社了还是暂时关闭为好，免得他日后再拿论坛说事，为难这些昔日同事。她思前想后，决定在论坛发布置顶消息：本版主即将离开《新世纪经营报》，本着负责任的态度，本版主决定暂时关闭“黑庄论坛”，关闭时间定于三天之后，请论坛所有会员做好准备，建议在论坛再次恢复之前通过 QQ 相互加为好友，以便继续交流。

关闭消息刚一置顶，立即引来网友发问：是不是受到了威胁？没有人身安全问题吧？有问题到我这里来避难……

有一位网友还发来私人消息问：是不是你们老板给你压力了？

孙尔雅一看是“五月鲜花”，一直是论坛活跃分子，就如实回答：是的。

“五月鲜花”问：有没有想过跳槽？

孙尔雅回复：还真想了，不知道哪里愿意收留我啊？

“五月鲜花”问：在意工作地点吗？

孙尔雅回复：只要不毙我的文章，让我继续查织云黑庄，去哪儿都无所谓。

她想着织云科技的文章已经破题，怎么能够轻易放弃呢，这题目做下去，一定能够做出大文章。不想做大报道的记者不是撒谎，就是放狗屁！

“五月鲜花”说：《财经新闻周刊》热烈欢迎你加盟！

对方说完还加了一堆鲜花图片过来。

孙尔雅心想不会这么快吧，刚想跳槽，就有人过来接盘了，而且是《财经新闻周刊》！她知道这家周刊是北京知名媒体，创刊时间只有三年多时间，但已经声名鹊起，属于国内排在前三的重要财经媒体。听闻这家周刊对广告商极其挑剔，扬言广告信誉度跟新闻报道真实性一样重要，因此把很多有钱的大单位拒之门外。

孙尔雅相信奇迹，但从来不敢相信奇迹会这么快发生，便问道：请问你在《财经新闻周刊》是……？

“五月鲜花”说：我在论坛早就表明过身份，只是《财经新闻周刊》的一名普通记者，但此刻我们总编孟夫子就在我身边，他说他一直在关注你，热烈欢迎你能加盟周刊！

孙尔雅回答说：谢谢五月鲜花！谢谢孟夫子！这消息真是来得太突然了！

“五月鲜花”要了孙尔雅电话，说跳槽的具体条件孟夫子会亲自联系她，她有什么想法也可以到时跟孟夫子提出来。

孙尔雅想着自己已不是孤身一人了，这么重大的事还得跟范东说说，便去厨房，对正在炒菜的范东说：我准备跳槽了。

范东在为孙尔雅做油爆虾，一盘活虾刚好倒进滚烫的油锅，噼里啪啦响成一片，加上手又忙着，没太听清她说什么，就回道：这么晚还去跳操啊，广场上那群老太太早走了！

孙尔雅提高了嗓门说：我是说跳槽，不是跳健身操！

范东忙碌不已，生怕锅里的虾爆烧过了或火候不够，抽空反问：你好好的，跳什么槽啊？

孙尔雅几乎喊着：今天社长骂我，说我缺德！

范东停下手里的活儿，盖上锅盖，愤怒地说：什么，说你缺德？他有病吧？

孙尔雅见范东维护自己，心里舒服了点，就把白天在何社长办公室的事从头到尾讲了一遍，说到被何社长辱骂的时候，眼泪都快掉了下来。

孙尔雅说：他肯定被织云科技收买了，不准我公开与织云科技的任何采访内容！

范东惊问：你怎么知道他被收买了？

孙尔雅说：又不是第一次了！上次我要不是去催稿件，他就没准备把钱给我！

范东更糊涂了：给什么钱，稿费啊？

孙尔雅干脆说了：我们不是去杭州玩了几天吗？花的钱就是织云收买我的，总共给了我五万，条件就是撤下我的报道。这次也是不让我发报道，但我一分钱也没见着。

范东听了恍然大悟，良久才说：原来上次你骗我！我还真以为是报社给你报销呢。这次你可不能吃亏，应该主动去问他要钱。

孙尔雅感叹说：狗社长怪我不给他面子，拿了织云的钱还在网上炮轰织云，恨得咬牙切齿的，又怎么会给我钱呢？只怪当时被他气得七窍冒烟，没来得及讲究斗争策略，连问都没问一声；否则，好歹也能多拿住他一个把柄！

范东听了恨恨不已：这个何社长也太狠了，自己吃肉都不给人家喝汤！

孙尔雅知道范东还在想着被人收买的好事，就说：钱不钱我倒不在乎，主要是得让我继续写织云科技，继续发文章！

范东也知道，孙尔雅还是放不下那个赵毅案，就低声劝道：你呀，别跟何社长这种人一般见识了，不就是写新闻吗？他这里不行换一家就是，上海知名财经媒体不下十家，按你的名气可以随便挑。换了单位还可以换题材，别盯那个赵毅案了，上次得罪的人不少，连秦小敏的忙都没帮上，反倒把他堂哥曝光了。秦小敏肯定生气，说不定正恨着我们呢。

孙尔雅一听老大不高兴，阴阳怪气地说：哎哟，心疼你老同学了，爱屋及乌了啊，当初怎么就没有近水楼台先得月呀？

范东平静地说：看你胡说些什么，工作也是为了生活，得罪的人多了总不太好吧。

孙尔雅听到这话，想起何社长那副嘴脸，和他那套“成人之美”的狗屁理论，不禁冒出一股无名火，尖声质问：范东，你是不是怕我连累到你了？想当初，我们滚到一起可不是我逼你的！

范东见形势不对，赶忙圆场：没逼，没逼，是我死皮赖脸追的你，我的公主，我这辈子都是你的仆人，围着你，伺候你，无怨无悔！

孙尔雅渐渐熄了火，趁机说：那仆人同意主人跳槽了？

范东连说：同意，同意。我敢不同意吗？

孙尔雅说：那好，你同意了啊，帮我准备一下，我过几天就去北京。

范东傻了，又钻进她圈套里了。他弱弱地问：去北京，一下跳这么远啊？

孙尔雅解释：北京的《财经新闻周刊》请我过去，那是一家很有原则性的杂志社，是我最理想的职业平台。

范东感叹说：好是好，可我们这个家怎么办？

孙尔雅开玩笑：反正你也不在乎我，从没有向我求过婚，这样不正中你下怀吗？

听了这话，范东急得都快跳了起来，连说了几个“我我我……”，就是说不出一句完整的话来。孙尔雅也觉得说笑过分了，回头又说：没关系啦，飞机只要个把小时，方便得很。你随时可以去看我，我也可以随时回来看你。

坐来飞去很贵的。范东说出这话，显得一点底气都没有。

孙尔雅慷慨表示：上次织云收买我的那笔钱，还剩四万多，我全交给你，就做我们今后的交通费用！

范东更加不好意思了，表态说：这个钱你还是留着，到时攒够了去付房子首付，机票钱不够咱们就坐火车，大不了每个月我去一次，你回一次，争取低成本高效率！

孙尔雅忍不住捅了他一下说：我是够了，就怕你不够！

范东受不了，立即伸手就来搂孙尔雅，还一边说：我确实不够，不如我们从现在开始就加班加点，把分开之后想做的事尽量多做点！

孙尔雅半推半地问：这么亢奋，你的身体恢复了？

范东兴致高昂：你就是我的药，跟你在一起，什么病都会好！

他说罢就把手往她裙子里面伸了进去。哪知孙尔雅猛然跑开了。她说：一手的油烟，吃完饭洗干净了再说！

范东无可奈何，只得又去继续忙碌。

又过了一天。孙尔雅在办公室拟好了辞职报告，按程序要先经过何社长签字批准，才能去财务部和人事部办理社保转移、档案调动等手续。正踌躇间，何社长倒先来了电话，要孙尔雅去他那里。

在办公室，何社长像换了一个人似的，当着她的面点开“黑庄论坛”，然后停在那条关闭论坛的信息上面。他笑眯眯地说：小孙你觉悟很高嘛，论坛说关就关了。只是辞职这个事，你说说气话也就罢了，切不可当真，像我们报社这么好的单位上海没几家的。再说，辞职你说了不算，得我说了才算，别忘了你跟报社签过五年合约，现在时间还没到呢。

孙尔雅苦笑道：社长，你别误会，我关闭论坛是不想累及无辜，并不是想留在报社。

何社长并不理会：小孙，报社想留你，因为你是报社财经新闻的台柱子，培养你可不容易啊，我昨天话是说得重了点，如果让你想不通，我可以给你道歉！

孙尔雅从没见何社长给下属道过歉，为何一夜之间他态度发生这么大的转变？报社其他领导的意见没这么重要，再说，还有人把她看成何社长的亲信呢。五年合同期也不是理由，按照合同规定，报社可以解聘员工，只需给员工多付一个月工资、三个月社保即可。唯一的解释只能是织云那边，他们又为什么害怕自己跳槽呢？他们好不容易买通何社长，通过他把自己捏得紧紧的，如果自己真的跳槽到别的媒体，局面就难以控制了。看来肯定是昨天自己扬言一定要发文章，又引起他们紧张，才让何社长出面挽留自己。果真如此，就可以确定何社长已被他们彻底收买。

孙尔雅似乎想妥协，她问：既然把我当成报社记者，那我这篇文章呢，还能不能发？

何社长说：小孙你别为难我，这篇报道社里研究过了，发出来价值不大。我也给孔董看过了，他一点都不感兴趣。这次一分钱广告费都没拿回来，我劝你也别纠结了。

孙尔雅不信：那海水淡化掺假的事他怎么解释？

何社长说：孔董说没那回事，就算水质有些差异也很正常，因为生产线并未正式投产，公司也没有就此公告过任何实验结果，更没有公布相关检测数据。

孙尔雅仍不甘心：孔董不在乎没关系，只要市场在乎。我难以想象，当狂热追捧的海水淡化题材变成了自来水淡化题材，这些数以万计的股民心里会怎么想？……

何社长忍不住打断她：小孙，股民怎么想关你什么事呀？他们给过你一分钱吗？

孙尔雅一笑：这次织云也没给过我一分钱呀！

何社长有些恼怒：留你是报社的意思，跟织云可没关系！

孙尔雅想，不如把这个玩笑继续开下去。她说：报社留我，我没兴趣；要是织云留我，说不定我会考虑一下，他们肯出手，至少证明我值点钱吧！

这话说出来，何社长哭笑不得：小孙，没想到你会这么想，这么不单纯啊……

孙尔雅拿出辞职报告，郑重放到何社长桌上，看着他说了声拜托，轻快转身离去。

隔了一天，孙尔雅又接到何社长电话，以为辞职报告获准了，再次去了他办公室。令她没想到的是，这次何社长又使出一招，说织云孔董听说孙尔雅辞职，愿意虚位以待，请她去织云担任证券事务代表一职，或者安排她一名亲属去织云工作，以报答她对织云的善意。孙尔雅很吃惊，证券事务代表可是高管，织云下这么大的血本，宁肯让袁代表下课，也要摆平自己，看来自己真的不小心动了他们的奶酪！

晚上回到住处，孙尔雅把这事跟范东说了，范东也觉得奇怪。吃完晚饭之后，他又提起了这个话题。他问孙尔雅：你回绝何社长了吗？

孙尔雅说：当时听到“善意”二字，只觉得好笑，并未表态。

范东认真地说：我倒觉得你可以考虑一下。

孙尔雅不以为然：考虑什么？都是忽悠，先把我稳住再说，到时再一脚踢开。你也不想想，证券事务代表需要专业任职资格，我怎么干得了？

范东仍不死心：你要真不去，不如让我去，只要你继续当记者，谅他们也不敢为难我。哎，他们好歹是一个上市公司，比我现在这家地产公司肯定强多了！

孙尔雅断然拒绝：不行，我不许你去那个地方！

范东不解地问：为什么？他们不是承诺照顾你的亲属吗？

孙尔雅恼火了：你算我什么亲属呀？你看不出他们的阴谋啊？只要我的亲属接受了条件，就等于当了人质，我今后只能说他们的好话，再也不敢揭黑打庄了。这是在拿我的职业理想做交易，别上当了！

范东想不通，既然我是你的男朋友，为什么不能为我的职业理想考虑一下呢？我好歹还是学国际金融的呢！可这话他不敢说出来，只能藏在心里。

琢磨了一会儿，他说：其实记者这个职业吧，有人说本事不在笔头上，而是在社会关系中长袖善舞，很多记者自己混得并不怎么样，家里人却照顾得很好。

孙尔雅明白范东说这话的意思，没好气地说：范东你真想吃我的软饭？可以！不过要等我跟你一刀两断之后再说！

四

不知道怎么回事，三四天过去了，孙尔雅的织云采访报道一直没见回音。新闻是有时效性的，再磨蹭下去，这篇报道就一文不值了。自从跟何社长翻脸后，她一口气把文章发到国内五家知名财经媒体，按她的预计，至少有两三家会给自己回信吧。

织云要想完全搞定这么多媒体是不可能的，但何社长就说不好了。凭他《新世纪经营报》社长的名头，在圈里打个招呼，封杀一篇报道易于反掌。想到何社长有可能联合绞杀自己的报道，孙尔雅更加觉得这个地方没法待了。跟何社长拧上了，待下去只会一辈子烂在这里，一篇像样的报道都别想发出来了。

看来跳槽是没商量了，而且越快越好，只要新单位同意，甭管合同呀社保呀之类的后事。孙尔雅打定主意，就想联系《财经新闻周刊》的孟夫子，只要他敢登自己这篇报道，自己马上就去北京，让报社合同见鬼去！关键是让何社长见鬼去！

但她突然想起，自己跟五月鲜花留了电话，却忘了要孟夫子电话。“黑庄论坛”已然关闭，跟五月鲜花唯一的联系方式只有QQ了。她在自己的QQ联系人中找了一圈，发现根本没有五月鲜花这个人。她眨着美丽的大眼睛细想一阵，是呀，五月鲜花只是人家的论坛网名，她在QQ上不会用这个名字来注册的。嘿，给何社长这一闹，脑袋就犯迷糊了，看来只乖乖等着人家主动联系自己了。孙尔雅在QQ上聊得最多的只有一些报社同事，还有秦小敏，接下来就是那个AK47了。想到AK47，她此时还真想跟他聊聊，想听听他怎么看何社长跟织云的关系，还想听听他对自己辞职的看法。她开始有些相信他的话了。只是她怕认输，毕竟报道还没发出来。

她点了AK47的大灰狼头像，发现是离线状态。是啊，这个家伙都是在月黑风高的时候才上网游荡，大白天说不定还在睡大觉呢。她忍不住发了一条信息过去：做个好梦吧，我晚上再找你聊天！

跟服务了三年的报社彻底解除心理关系之后，孙尔雅并没有找到别人说的那种轻松和解脱，反而有一种百无聊赖的感觉挥之不去。她想随便抓住一个人聊天，聊什么怎么聊她并不知道，只是想找个人陪着说话，或者用酒精麻醉自己。平常有些同事拉她去酒吧，她一点兴趣都没有，总觉得那种场所离自己很远很陌生，但今天谁要是邀她去酒吧，她会觉得很亲切。那些曾是同事的哥们、姐们都趴在电脑前忙着，孙尔雅这几天经历的事情他们一无所知，连一同去织云采访的小谷，也不知道她要离职了。按规定，如果织云采访报道登出来，一定要署孙尔雅和小谷两个人的作者姓名，可小谷清楚这篇报道是孙尔雅一个人所写，所以从一开始就同意这篇报道可以发到别的媒体，并且只署孙尔雅的姓名。孙尔雅知道，自己与这些同事、朋友之间，已经被一堵墙隔开了，这堵墙只有自己看得见，对别人来说，这堵墙是透明的，不试着走过去撞痛了额头就感觉不到。很快打消了跟他们倾诉甚至喝酒的想法，她似乎不想看到他们撞到这堵透明墙上受伤惊醒的样子。

最后她还是忍不住抓住了一个人，这个人就是她的闺密、大学室友秦小敏。

她点开秦小敏的QQ，还好，正在线上。她留言：我要离开上海去北京了，祝福我吧！

秦小敏：你又骗我！

孙尔雅一惊：我什么时候骗过你呀？

秦小敏：你骗我还少啊？大学二年级时，你英语考了A，我考了一个C，结果你就骗我说你也考了C！还有一次，明明男生给你写了一封肉麻的情书，你死活不给我看，还说只是讨论人生哲学！还要我举例说明吗？

孙尔雅连发了两个气急败坏的表情过去，接着写了很长一段话：没想到你现在还这么傻！那天成绩下来，你拉着一张都快哭了的脸，我这么说不是想安慰你吗？再说情书那事吧，那个男生太肉麻了，一封信里竟然用了九十九个比喻，还说自己本来想送九十九朵玫瑰，因为没钱买不起，只好写九十九句诗给我。我们那时那么纯洁，这种黄色小说一样的东西能给你看吗？看了不被腐蚀才怪呢？

秦小敏回复：我不能看？那你怎么就能看了？告诉你，那个男生给你写这样的信，当时就快把我给气疯了！最无耻的是他竟然吹捧你是校花，还说你的胸脯坚挺入云，就像他家乡的远山一样迷人！

孙尔雅大惊：啊？难道你当时就偷拆了我的信？

秦小敏回过来一大段：我用得着偷拆你的信吗？我是偷拆了那个男生！不瞒你说，他那时一直是我的暗恋对象，从一进大学我就迷上了他，只是因为害羞，不敢向他表白，哪想到他竟摸到我上铺来了！就在他给你写情书一周之内，我就约上他去了一家小旅馆。

孙尔雅不知道还有这么一段插曲，十分好奇：你们到底干了什么？难怪那个男生后来就再也没有找过我！

秦小敏：想不到吧？还有你更想不到的呢！那家伙跟我做爱之后，还把写给你的情书原稿也给我看了。我问他为什么给我看，他说送给你浪费了，本来就应该写给我。

孙尔雅愕然：啊？这哪里是我骗你，分明就是你骗我！

秦小敏：人家那时不好意思说嘛！现在告诉你不算骗你吧？

孙尔雅惊呼：还不算呀？都五六年了，亏你还是我闺密，只怕也是骗我的吧？

秦小敏：闺密是真的，不然就永远不会吐露这事了。

孙尔雅问到：那你们后来也没在一起啊，怎么瞒过群众贼眼的？

秦小敏：我们行动极其隐秘，哪能让你们看得到啊？当时要让你知道了，还不成了跟你争风吃醋抢男人了？放心，这点觉悟我还有。后来我嫌他那方面不怎样，他也嫌我不是处女，秘密来往了几次，就都放手了。

那时她就有性经验了？自己怎么一点都不知道啊？秦小敏就像一个说书人，总是一个悬念接着一个悬念，一个秘密接着一个秘密，一下彻底把孙尔雅搞晕了，她甚至怀疑秦小敏又在恶作剧，全是编故事涮自己开心。

她迟疑了一下问道：你那时真那么开放？我不信，我一点都没察觉啊！

秦小敏：那是因为你太自我了，从来就不关心我这个朋友。上次我不是告诉过你吗？我有个情人，其实在高中毕业之后的那个假期，我们就好上了，他真的很棒！

孙尔雅突发奇想：这么说，范东肯定知道你的情人是谁了？

秦小敏：不可能，范东那时小屁孩一个，他懂什么？我才看不上那帮男同学呢！

孙尔雅稍微静下心来，继续问道：那你告诉我，你为什么要勾引给我写情书的那个男生呢？人家招你惹你了吗？

秦小敏：不是他，而是你招我惹我了！我暗恋了两年的男生不给我写情书，反而给我的上铺写情书，你要是站在我的角度会怎么想？

孙尔雅笑道：呵呵，你嫉妒我，结果就去害别人？

秦小敏承认：是的，我当时非常嫉妒你，脑子里只有一个念头——就是击败你！

孙尔雅故意问：结果呢？还不是赔了夫人又折兵。

秦小敏：你也别乐，那个家伙曾经摸着我的胸脯说，我的胸脯比你的更性感、更迷人！我等他说完这句话，就把他一脚踹掉了。

孙尔雅似有所悟，回复道：你变态！没想到那时你就这么变态！上次在江东酒店，你死活要跟我比拼胸脯，是不是也是这个情结作怪呀？

秦小敏发来一个 OK 的表情：亲，今天你终于开始懂一点姐的心思了！

孙尔雅回了一个骷髅头过去：色即是空，空即是色，你这个躲在盘丝洞里的美妖精，小心哪天遇到孙猴子！

秦小敏：你姓孙，不会是那个终结我的孙猴子吧？姐把什么都倒给你了，你可要替姐守住秘密哟，姐还要在世上做人啊！

孙尔雅想起上次跟范东说过秦小敏情人的故事，感到有些惭愧，但想到设有内部防火墙，很快心里释然了。她说：放心，你的事我跟范东都没说过！

秦小敏：你真要去北京了？长期还是短期啊？那范东一个人在上海怎么办呐？两地分居迟早守不住的。

孙尔雅坚信自己，也坚信范东。她回复道：两情若是久长时，又岂在朝朝暮暮？

秦小敏：只怕朝朝暮暮惯了，缺了一朝一暮，就受不了凄凄惨惨戚戚！

孙尔雅不客气地反驳：我可不像你，把那种事看得这么重，满足不了就去偷去抢！

秦小敏：你性冷淡我知道，问题是范东受得了吗？你上次说他每次都要好几次才能满足，你就不怕他背着你惹出事来呀？

孙尔雅装作不在乎：如果真像你说的，他在上海耐不住寂寞，那最好不过了，大不了我一脚踢了他。北京的世界那么大，你还担心我找不到一个男人吗？

秦小敏：你别磨着牙齿说狠话，范东要是真的跑了，你不要抱着我哭脸！

孙尔雅赶紧发了一个哭脸的表情过去，开玩笑说：那我现在就抱着你哭，呜呜呜，来得及吗？

秦小敏：来得及，来得及。妹妹别哭了，一切有姐呢，到时姐给范东多打预防针。

孙尔雅：那就拜托你了，小心别让针扎了啊！

秦小敏：好了不说了，我们银行开饭了，下次再聊！

孙尔雅一看表，已经中午十二点了，于是跟着一溜烟下了线，找饭吃去了。

晚上想好了要和 AK47 联系，所以孙尔雅提前给范东去了电话，让他晚上别过来，她要写稿。范东不相信，不是决定去北京了吗，还写什么稿啊？写工作简历还差不多。孙尔雅不想跟他废话，就说算写简历吧，反正想一个人静一静。范东开玩笑说，只有不搞网恋，不会网友，自己才放心她一个人待着。孙尔雅听了，火气上来了，说我人还在上海呢，要真去了北京，你不放心怎么办？范东声音立即低了下来，说我就怕你去见那个 AK47，那家伙一定不是好人，起个网名都这么凶，他不会也在北京吧？范东的话让孙尔雅哭笑不得，她想直接挂了电话，但一种恶作剧的念头陡然升起，她告诉范东，今晚就是准备跟 AK47 约会，对方人就在上海，召之即来挥之即去。电话那边范东沉默了一瞬，最后说那你可要注意点，发现有什么不对劲就报警，或者打电话给我。

估计是听说自己要去北京了，井然的生活秩序被突然打乱，范东最近显得有些神经质，总是疑神疑鬼的，作息也开始反常起来。有一次，孙尔雅三更起床去洗手间，竟发现范东在自己的电脑上玩游戏。她猜他玩游戏只是借口，很可能是想查看自己的上网记录。不过，无论 QQ 还是文档中，自己都没什么见不得人的内容，就没阻止他，继续睡觉去了。她知道他跟自己在一起，还是有些心理压力的，特别是收入和工作方面，说好共同存钱付房子首付，到现在才存了八万元，其中六万还是孙尔雅的。

这个男人有着令人吃惊的性潜力，但也严重缺乏自信。

孙尔雅想，去北京之前，一定要找个机会跟范东好好聊聊。毕竟是天南地北分居两地，要是处理得不好，说不定真的会像秦小敏说的鸡飞蛋打。说笑容易，但自己还从没有想过跟他分手的事情。

QQ 一直从七点钟挂到十一点钟，倒是收到一堆信息，但没有一条是AK47 的。

十一点二十分，大灰狼的头像闪动起来，AK47 终于发来一条信息：你认输了吧？

看 AK47 这种口气，孙尔雅老大不高兴。

她写了一句扔过去：看来我白等了！

AK47：你约过吗？

孙尔雅气不打一处：你要是我男友，早蹬了你！查白天留言，看我约过没？

AK47：没约具体时间。就算约了，我才上来，怎么知道？

孙尔雅一想也是，回复道：你是猫头鹰啊，这么昼伏夜出，白日做梦！

AK47 并不理睬：我盯着所有媒体，你的报道我没看到，你认输吧。

孙尔雅狡辩：慢慢会发出来的，你急什么？

AK47：黄花菜都凉了，谁发呀？

孙尔雅只好认栽：好吧，暂时算我输了，别忘了，我还有反败为胜的机会。

AK47：噢？

孙尔雅干脆告诉他：我准备跳槽到北京的《财经新闻周刊》，条件是他们发这篇文章。

AK47：财经新闻？不错的选择。只是你这样开条件，简直浪费资源哪！

孙尔雅：为什么？

AK47：你的报道不能影响股价，撼不动庄家，就一钱不值。如果我是你，宁肯跟对方要待遇，要职位，然后利用我提供的信息写报道。

孙尔雅似乎又看到了对方脸上不可一世的表情。她忍不住质问：凭什么听你的？

AK47：按照我们的约定，你现在就该听我的。

孙尔雅很想听他到底能八卦些什么，就回复：好，我听你的。但你先回答我几个问题。

对方不置可否，没有回复。

孙尔雅：首先，你怎么确定我的报道就发不出来？

AK47：我猜的，因为你不可能采访有价值的东西。

孙尔雅接着写道：我发现了海水淡化实验掺假，还发现吴非跟织云高管眉来眼去，后面还有织云职工闹事，难道这些还不够杀伤力？还不能影响股价？

AK47：嗯，职工闹事肯定有影响，但你查不下去。其他都是捕风捉影，织云随便出来说一句就化解了，海水淡化并未公告相关数据，他们左说右说都没问题。

这话跟何社长说的几乎一样。她始终弄不懂，织云为什么不怕自己质疑海水淡化，而在职工闹事上严防死守呢？难道自己真的钻进了牛角尖？

孙尔雅：其次，公告海水淡化项目是为了配合庄家吗？织云凭什么要配合？

AK47：要讲配合，就得先讲控制，织云高管没控制力，只能听庄家摆布。控制的关键是利益诱惑，庄家用利益作诱饵，很容易就能让国企上市公司及其控制内部人上钩，然后跟自己的坐庄行动捆绑起来，共同进退。当然，这个诱惑必须足够大，否则很难掌控局面。

孙尔雅听得起劲，迫不及待地问：织云庄家的诱饵到底是什么？

AK47：一个是海水淡化项目，还有一个嘛，应该是老鼠仓。

孙尔雅回复：这谁不知道啊？问题是具体怎么玩的？

AK47：织云公告花了1.28亿元买了进口设备和实验室，启动合资程序。其实织云只是一家织布的企业，日常经营举步维艰，哪有这么多闲钱去玩投资啊？

孙尔雅若有所悟：你说新项目是庄家帮忙拉过来的？

AK47：岂止帮忙，连钱都是庄家掏的！

孙尔雅充满疑问：织云公告天下的项目，怎么是庄家掏钱？这账怎么做啊？

AK47：就是要你看不懂，否则庄家怎么玩？庄家玩资金大挪移游戏，首先要找一家中介，现在最好但也最烂的中介就是券商。根据规定，券商的业务中，既有高风险委托投资，也有低风险委托投资。而且，券商最大的好处在于它有一个资金池，高风险投资和低风险投资的资金都可以混在一起，哪边需要就往哪边放水，你根本摸不清资金的具体来源、性质和用途。庄家经常利用这个资金池浑水摸鱼，轻易把低风险的资金转换成高风险的资金。庄家的1.28亿在这样的水池里洗了一个澡，再穿上衣服上来就变成了织云的投资款。

孙尔雅似懂非懂，疑问却越来越多。她问道：你是说，庄家把1.28亿打到券商资金池里进行委托投资，然后由券商把这笔钱以投资回报的方式还给织云，是这样吗？

AK47：你越说越复杂。打个比方吧，你刷卡购物，用了银行透支，结果你男朋友找个自助机又给你还上了。织云跟庄家的交易，基本也是这个逻辑，这笔钱是庄家想办法给织云融过来的，最后也是由庄家来还的。但要让人看不出痕迹，就得钻法规的空子，签几份协议，既不让双方违规，又要约定好双方的责权利。

孙尔雅兴奋地说：我懂了，通过券商的资金池，他们顺利完成了移花接木！

AK47：首先，织云根据法规许可，跟券商签订一笔1.28亿元的低风险委托投资协议，即织云委托1.28亿给券商进行国债、企业债投资，但这笔钱不用织云实际支付，织云只管签署协议。接下来由券商跟庄家再签一份高风险委托投资协议，即券商把织云委托的1.28亿再委托给庄家进行风险投资，也就是买卖股票。这笔钱虽然还在庄家手里，但权益已经实现转移。从法律上看，庄家欠了券商1.28亿，券商又欠了织云1.28亿，庄家只要还给了券商，就等于券商还给了织云。这中间，庄家看似跟织云没有发生关系，却把1.28亿新项目投资款还给了织云。说起来简单，实际协议却是一个极其复杂的过程。庄家拿着这笔钱买卖织云股票，等于拿着织云的钱去炒织云股票，按理说属于违规，但券商的资金池洗白了这一切。在1.28亿的投资收益中，庄家拿出一部分利润悄悄替织云分期偿还掉海水淡化项目融资，另一部分则用来维持将来的新项目利润。

虽然疑窦丛生，孙尔雅大致也听懂了，她不禁啧啧称奇：这手资本魔术玩得真高！海水淡化完全成了庄家手里的道具嘛！

AK47：这笔钱看似转来转去的，其实根本没挪过窝，动的只是两份委托理财协议，还有对织云的暗中控制。

孙尔雅立时傻眼：你是说这1.28亿进入券商资金池也只是走个形式？券商胆子也太大了，资金进出至少得留个账根吧？

AK47：资本就是这么玩的！在这个过程中，庄家、织云、券商都心照不宣，越是长期合作，账面痕迹越少就越安全。为了长远利益，谁都不会轻易破坏坐庄同盟的。

回想一下 AK47 所言，仿佛是在听痴人说梦。这是真的吗？这个网友不会又编了一个自以为是的骗局，等着自己掉进去看笑话吧？但这又不像是一般股民能编得出来的故事，而且还有很多地方自己弄不明白，譬如庄家的终极目的是什么，譬如这么机密的协议，他又是从哪里得知……这一切就像一个巨大谜团，强烈吸引着孙尔雅，使她欲罢不能。

AK47 再发信息：这些内幕消息对你去新单位或许有帮助，所以说去采访织云没什么用。我今天说了这么多，你该相信我了吧？相信下次继续，不相信就拉倒！

孙尔雅：让我相信你很容易，你告诉我，你到底是干什么的？为什么了解庄家这么多机密？又为什么找上我？为什么你自己躲着不肯露面？

AK47：哎，记者真麻烦，总是这么多问题。算我白费口舌，看来你还是不相信！

孙尔雅怕他生气跑了，并且一去不返，赶紧回复：其实我挺信任你的。那天晚上聊天被我男朋友发现之后，他就有些防你了。不过你放心，今天我为了跟你聊天不受干扰，已经把他打发走了。我对你的信任你不用怀疑。

AK47：你不信任男朋友，男朋友也不信任你，我看你们还是早点解脱吧！

孙尔雅骗他：如果他真不可靠，解脱是迟早的事。

AK47：还是防着他点好。既然你选择了打庄揭黑，你就得有心理准备，后面的剧本很惊险，不让他知情其实就是保护他。我们说好了，从现在开始，我们之间的交流会涉及很多内幕，不能留底，只能靠脑袋记忆，每次事后都要尽快删除，如果让人看到，你就完了，我也完了。今天累了，我先下了。

孙尔雅：哎……等等……

可是大灰狼头像一晃就销声匿迹了。

五

第二天中午，孙尔雅正在报社楼下吃饭，一个陌生电话打了进来。她赶紧跑到一个避人的角落接听，那头果然是《财经新闻周刊》的主编孟夫子。对方简单寒暄之后直奔主题，邀请孙尔雅北上加盟周刊。孟夫子透露，自己关注她很久了，她写的每篇大报道他几乎都看过，并且欣赏她恣肆泼辣的笔风和敢作敢为的劲头。他介绍，《财经新闻周刊》虽然创刊时间不长，但背景深，势头猛，已经做了不少重大选题，周刊的宗旨就是不遗余力地挖黑揭黑，影响市场，影响决策层，打造最专业、最权威的媒体品牌，成为中国财经媒体的 No.1。

孙尔雅听到电话那头的声音很亲切、很诚恳，一点也不像老谋深算的何社长，好感油然而生。她说她对财经新闻也不陌生，其中一些深度报道曾使她深受影响，也坚定了她打庄揭黑的信心，不过她最佩服的还是周刊的眼光，一直坚持把新闻价值放在首位，而不是像别的媒体一样把经营利润放在首位。她注意到，在创刊后的一年内，周刊几乎没有刊登过广告，即便此后影响力扶摇直上，也始终把广告投放控制在一个极小的范围，而且对广告商十分挑剔，把很多发生过事故的大企业都拒之门外。

就这样两人你一言我一语，惺惺相惜，聊了很长时间。

孟夫子想让孙尔雅赶赴北京，财经新闻部的副主编因为生孩子，报休了一年时间的产假，孟夫子想聘孙尔雅为首席记者，还想推荐她出任这个部门的副主编。孙尔雅听了心里暗喜，听了 AK47 的建议，她正想向孟夫子提待遇和职位的事情呢，没想到孟夫子全都替她想好了。她知道，财经新闻部是周刊最核心的部门，这个副主编位置，算是核心中的核心了。自己调进周刊做首席财经记者已属不易，何况升到行政序列呢！职位上去了，待遇条件根本不用自己提，周刊自有规矩。

孙尔雅记起了自己五年期合同的问题，她告诉孟夫子，原单位已经表态不愿意放人，并拿合同未到期说事，她既然决定跳槽就义无反顾，只是担心周刊对人事手续看得重，怕到时调档受阻。孟夫子听了很久没吭声，明显是在斟酌这事的轻重。过了一会儿，孟夫子承认进周刊必须办理正式调动手续，不过他想到了一个办法，等孙尔雅一报到，周刊立即给她原单位发调动函，再让一个朋友给何社长去个电话盯一下，应该不成问题。孙尔雅很佩服孟夫子，在自己这里天大一个难题，他让朋友打个电话就解决了，这才叫站得高，看得远，难不倒呢。她低声问孟夫子，那位朋友什么人呀，能让何社长这么听话。孟夫子说这事你就别打听了，我保证你顺利调动就是。

最后，孙尔雅说了织云的两篇报道被撤下的事情，她希望新单位不要因为经济利益撤下或者阻发自己的文章。孟夫子听了，表态说周刊拒绝有偿新闻，价钱再高也不出卖自己记者的文章。孟夫子让她把两篇报道先发给他看看，如果没问题就选最近的一篇发到周刊上。孙尔雅听他这种态度，连日来的不快一扫而光。难怪有人说婚姻中要嫁对人，社会上要跟对人，一个好老板让人事半功倍，一个不好的老板让人事倍功半。将何社长与孟夫子稍作比较，孙尔雅发现孟夫子才是自己命中的贵人。不过，她不同意周刊再发这篇文章。自从跟AK47交流之后，她就改了主意，她要写一篇织云科技的深度报道，把庄家与织云勾结的真相揭露出来。所以她对孟夫子说，自己已经掌握这家上市公司更核心的内幕信息，相信能做出一篇大文章，就把它作为送给新单位的一份见面礼吧。

孟夫子听了孙尔雅的表态，向孙尔雅郑重作出承诺：第一，绝不干涉她做的任何选题；第二，先帮她争取部门副主编职务；第三，只要做出成绩，会继续推荐她升任部门正职，工资、奖金、福利等待遇也会随之上调。他最后又解释，在周刊的行政序列中，部门正职以上都会纳入福利分房的范畴。

有了孟夫子的承诺，孙尔雅在原单位楼里走路都精神多了。她满面春风把辞职书送到每一位报社领导手里，然后又在他们还没回过神的时候转身离去，整个报社的人都在议论孙尔雅，不知道她中了什么大奖，突然就宣布离职了。一些同事朋友更加关心，纷纷表示要请她吃个告别饭，孙尔雅一一拒绝了，她说等她回头办调动手续的时候再说。她的确没有时间去应酬任何人了，因为她答应孟夫子明天就去北京报到。更让她担扰的是，最近范东也不对劲，是不是自己突然决定去北京给他带来了危机感？她约他今晚两人要好好沟通一下。她认为范东现在的工作也不是很理想，这次自己先去北京，不妨慢慢给他访一家好点的单位，等他去了北京，自己再争取一套房子，幸福的日子并不遥远呢。

孙尔雅最后一个拜访的是何社长。看着孙尔雅走进办公室，何社长还在做梦：小孙，你终于想通了！我手上事多，咱们闲话不说，你只要告诉我你的选择结果——是决定留在报社，还是去织云担任高管？

孙尔雅本想趾高气扬地告诉他，自己就要去《财经新闻周刊》报到了，但一想到这人不靠谱，还是别向他泄露口风为好。再说，孟夫子说过让朋友来找他，自己现在过分开罪他，到时会不会给帮忙说话的朋友添乱？孙尔雅这一转念，就对何社长大诉其苦：社长，感谢您和报社这些年对我的栽培，但我实在无能为力，最近精神压力很大，通宵睡不着觉，我怕这么下去，我会患上精神分裂症，为了不给您和报社增添负担，我恳请辞职，先找个地方看看病再说，还请您行个方便！

何社长一听就紧张了，上次报社一个司机出了车祸，医疗费、误工费、终身伤残补助等一堆麻烦事都还没扯清楚呢，想不到孙尔雅又来了一个精神分裂症，真是你不找麻烦，麻烦却偏偏找上你！

何社长好像忘了自己刚才的话似的，爽快地朝孙尔雅挥挥手说：好，好，你赶紧去看病吧，你的辞职申请，我争取尽快在社委会上提出来，给你特事特办！

为了即将到来的远途旅行，孙尔雅下午去了一趟南京路的商场，给自己买了一件厚实的羽绒服，还买了一个巨大的行李箱，足以装得下一年四季的服装。拉着箱子走在南京路上，她想要是《财经新闻周刊》在上海多好啊。进入九月份，北京被沙尘暴笼罩的消息不断在网上发布出来，而上海依然是和风细雨，暖湿宜人。想到自己这张还算细嫩的脸，能否在北方的风沙中经受住考验，孙尔雅心头不禁升起一丝酸楚。

回到住处的时候，范东已经过来了，他把她的房间里里外外收拾得整整齐齐，然后又忙着要去做饭。孙尔雅提议出外面吃西餐，范东说好是好，就是我这副样子有点难看。孙尔雅仔细一看，吓了一跳！原来范东脸色蜡黄，憔悴不堪，两只眼睛变得像熊猫，边上两个大黑圈十分突出，如果他体型胖一点，看着或许像熊猫一样可爱点，可是他太瘦了，看起来形容枯槁！孙尔雅大呼：你这是怎么啦？一天不见就病成这个样子！

范东不好意思，辩解道：我没病，我只是一晚没睡觉！

孙尔雅不信：一晚没睡能变成这样？上次你一晚做了五次，眼圈也没见变成这样！

范东从自己提包里拿出一个望远镜说：眼圈太黑可能是看这个太久了！

孙尔雅更加吃惊了：你为什么看了一晚上望远镜？到底是看什么？哦，你是不是偷窥你的邻居了，老实交代，是偷窥女人还是人家夫妻？

听了这话，范东似有满腹委屈：你也不想想，我要是偷窥别人，还敢告诉你呀！

孙尔雅听着这话就不爽，这充分证明，如果他真干了什么事，自己肯定是被他瞒得死死的了。世上最严的防范往往不在敌我之间，而在最亲密的夫妻之间，一边在枕边说着甜言蜜语，一边早已同床异梦。孙尔雅在聚会上经常发现，朋友熟人玩笑之间，互相都能敞开心扉，但一旦谁的老婆老公或男女友现身了，气氛立马变得诡异起来。哎，人不走近就不会有戒备，人不相亲就不会有伤害，千年悲剧终于演到自己头上来了。

这时她还不想计较这个。她低声怒喝：既然没有什么见不得人的，你就老实说啊，畏畏缩缩地想干什么？

范东看着她承认：我一晚上都在偷窥你。

孙尔雅不解：你偷窥我？有病啊？

范东说：昨天你打电话，不是说要跟那个网友约会吗？还说他人就在上海，我是怕你出事才监视你的。喏，就在那家酒店，你看，五楼中间那间，窗户正亮着灯的。

范东指着对面一个窗户，让孙尔雅仔细辨认。

孙尔雅赶紧拉上窗帘，好像有人还躲在那间房里偷窥自己一样。

她情绪难以抑制，骂道：范东呀范东，除了在床上，你已经不像个男人了！你知道你在干什么吗？处心积虑想捉我的奸，还是想拿着什么把柄坑害我？你是不是连远距离摄像机都备好了？

范东抓住孙尔雅的手，安慰道：不是什么都没发生吗？现在我相信你了，你要见网友只是一句气话，不是真的要抛弃我。我从下午六点钟守到早上六点钟，眼睛都没眨一下，就连你一点多熄灯睡觉了，我都没放下望远镜，因为我得盯住楼道灯，怕你半夜突然出门。这一夜的确很辛苦很累，但我觉得值了。我知道你还没有外遇，跳槽去北京也不是为了摆脱我。你骂我吧，现在对我来说，真的打是亲骂是爱！

看着范东猥琐的幸福的模样，孙尔雅很难受。她本来想约范东好好谈谈，鼓励他去拼争，向前看，一同去奔向那小小的幸福，但这下一点聊天的心情都没有了。她连骂他的兴趣都无影无踪，倒是有一肚子的挖苦话想倒给他，但看他那副可怜又可恨的样子，想起明天即将远行，于是什么话都没说。

她不打不骂，范东反倒觉得没劲，自觉乖乖地做饭去了。

等他端菜走进客厅时，孙尔雅问道：对面不是五星级酒店吗？你开房花了多少钱？

范东表功似地说：一千二百八十八元。为证实你对我的感情，花多少钱我都不在乎！

孙尔雅苦笑：你真大方！为了捉我的奸，竟然肯花上半个月工资！你也不想想，我要真让你捉了奸，你又能怎么样？还不是白白浪费了半月工资？

这天晚上，由于孙尔雅推说自己心情不好，两人第一次约在一起而没有做爱。

第五章

----- • CHAPTER 05 • -----

一

刚到北京的时候，孙尔雅因为范东偷窥自己的恶心事，有些不大想搭理范东。但范东跟她完全相反，老是主动打电话，没完没了地肉麻磨蹭。那个涎皮赖脸的态度，孙尔雅拿他一点辙都没有。仅仅十天时间，范东就来了两次北京。每次都坐火车硬座，从上海到北京才一百多。这两次孙尔雅都不想他过来，说自己刚到新单位，要加班加点好好表现一下。但范东说得入情入理，说正因为她加班忙碌，他更要来北京给她洗洗衣做做饭，办完家务事第二天他就回上海，根本不用她陪。其中一次，孙尔雅开会回来得很晚，到住处已经十一点了，她累得倒头就睡。范东给她洗完换下来的衣物，也陪在她身边轻轻睡下了。第二天早上她看到范东蜷曲在床边上，一股歉意油然而生，她知道他性欲旺盛，这次憋了快一周时间，都忍住没有骚扰她，也实属难得了。那天早上，她主动弄醒了范东，跟他狠狠地做了一次才赶去上班，结果到新单位上班第一次迟到了。

从此他们一周见一次面，大部分时间是范东来京，在此期间孙尔雅也回了一次上海，而且那次还是带着任务——回原单位办理调动手续。

有那么几天，孙尔雅过得十分无聊。她很想找 AK47 聊天，心里有十万个为什么，但怎么也联系不上，对方一直不在线。范东刚好手上有一份策划案要赶出来，说再等两天才能过来看她。她一回到住处就觉得度夜如年，本来就不善打理家务，这下房间里更乱了，沙发上、地板上、床上到处都是乱扔的衣服、杂志和书，地板也已经很久没拖过了，洗手间里散发着一股难闻的味道，锅碗瓢盆在水池里打架，灶台油乎乎的，令人不敢靠近。越是这样，她越是不想做这些事情。她感觉自己无从下手，心情恶劣到了极点的时候，就干脆出去在咖啡馆里坐到凌晨一点。

一天下班回家打开门，她见房间里乱得跟废品站似的，怀疑自己走错了门，不禁暗自叹了一口气，顿时忘了范东的百般不是，只记得他的殷勤实惠。这时正好范东来电话，孙尔雅哀怨道：你还记得我的电话号码啊？

范东说：才四天吧？我好忙啊，加班加得都找不着北了。

孙尔雅有气无力：是找不着北京吧！你干脆彻底忘了我，省得跑来跑去的！

范东惊问：我的皇后娘娘，我哪敢忘了您哪！你怎么啦？好像生病了似的，是不是也是加班累的？你别着急，我的事做完了，这次我请了五天假，马上进京伺候您老人家！

孙尔雅一听这话，心头烦躁去了大半，晚上也没再去咖啡馆，少有地睡了个好觉。

范东说到就到。一进家门，见满屋狼藉不堪，马上变身为家政服务员，洗的洗，擦的擦，拖的拖，折的折，码的码，摆的摆，倒的倒，几个时辰下来，就把里外外收拾一新了。

孙尔雅下班回来时，大门正敞着透风，她瞥见房间里面整洁、明亮、宽敞，以为走错了楼门，退一步抬头，看了一眼门牌，才确认是自己住处。只有房东跟他有钥匙，猜想肯定是范东来了，心跳竟开始加快了。她听见厨房炒菜声，便悄悄走过，从背后突然伸手蒙住范东双眼，半天不说话。范东手里正炒着菜，只好停下来说，你回来啦。孙尔雅噗哧一笑，松开了手说：你大白天敞着大门，就不怕坏人进来呀？

范东满脸汗渍，在锅里炒个不停，回头说：就刚才这细皮嫩肉的一双手啊，怎么着也只是个坏女人，我有什么好怕的？

孙尔雅的粉拳立即砸过来：好啊，你敢骂我是坏女人，看我怎么收拾你！

范东死皮赖脸地说：来吧，我命里犯贱，正盼着被你好好收拾一顿呢！

孙尔雅听了，立刻像章鱼一样缠住他，诱惑道：看你这么下贱，要不现在就收拾你？

现在？范东看着自己满身污渍，不好意思地说：还是等吃完饭、洗完澡再来吧！

于是两人腻腻歪歪说笑成一团，好久才做好晚饭。

接下来的时间，孙尔雅都是按时下班，及时回到那套被范东安排得无比温馨的小房间，在那里沉溺于两人世界的欢快之中。孙尔雅跟着范东一起逛菜市场、禽肉市场，为几毛钱跟贩子们讨价还价，为一条不知死了多久的鱼跟鱼老板争执不休，直到鱼老板愤怒地操起杀鱼刀，痛骂一句“上海人”，他们才落荒而逃，一边逃还一边争论是谁的口音出卖了上海。孙尔雅觉得自己完全变成了小市民，但她觉得没什么不好，甚至觉得连“势利”“市侩”之类都可以原谅了。俗就俗呗，比起雅来，好像俗离幸福更近一点，难怪那么多高圣古贤热衷于玩“大隐隐于市”的游戏！再一看，范东也不那么遭自己反感了，他计较这个计较那个的，不就是俗一点吗？都说上海男人俗，缺少阳刚正气，但是女人都愿意找个上海男人嫁了。有时，上海男人心眼的确跟针眼一样细，但在家里他能让女人成为主人，跟那些大男子主义肆虐的家庭相比，这才是真正的幸福。

离开上海之前，孙尔雅就想跟范东好好聊一下两人的事，自己也老大不小了，如果要把世俗坚持得彻底一点，就应该早点结婚，早点生子，早点被房子、孩子、车子之类的俗事折磨得死去活来。由于范东犯二，通宵偷窥自己，让自己满腔热情消失得无影无踪。从自己进京后的情况来看，范东还是那么在乎自己，当时鬼迷心窍干出来的荒唐事似乎也情有可原了。一次跟范东做完爱之后，孙尔雅心满意足，心想还是赶紧给范东物色一家单位吧，等他也进京，两人的婚姻大事就水到渠成了。

一个下午，忙得不可开交的孙尔雅突然接到秦小敏电话。秦小敏说她来北京了，住在西苑饭店，跟她一起来的头儿看望熟人去了，下午和晚上都很空闲。

她明天出去办事，办完事就得回去，希望孙尔雅赶紧过来一聚。说实话，孙尔雅既想见秦小敏，但又有点怕见她，不知道这个闺密心里到底藏了多少秘密故事，每次讲出来都能吓孙尔雅一跳，她的故事总是那么惊险刺激又令人胆战心惊。更微妙的是，她嘴上说不怪孙尔雅，心里却对她堂哥秦志邦的事耿耿于怀。孙尔雅曾答应找人，最终却没有帮上忙。秦志邦被重判，相信秦小敏心情也好不到哪里去，要是她旧事重提，孙尔雅难免有些尴尬。

孙尔雅望着眼前一堆稿子，晚上还有总编会，要讨论自己关于织云科技的选题呢。她心想秦小敏真会挑时间啊。她对秦小敏说你来北京怎么不提前打个电话呀，现在我有点忙，晚上还有个会要开，这样吧，我让范东先去找你，先好好喂饱你，养足精神，晚上九点散会以后，我再陪你出去玩通宵！

秦小敏很惊讶：这么巧？范东也来北京了？

孙尔雅说：他来看我你嫉妒啊？那好，今天下午就把他借给你了。说好了有借有还，再借不难，可不许占为己有啊！

秦小敏大笑：你个大傻妞，还有借有还呢，谁稀罕啦？

……

跟秦小敏通完话，孙尔雅又拨通范东的电话。

孙尔雅说：老公，告诉你一个好消息，你老同学要来北京了。

自从决定跟范东结婚之后，孙尔雅对范东就开始改口称呼“老公”了。当然，范东并不知道其中奥妙，还以为是自己的表现感动了她。以前在上海，孙尔雅就总是变换对他的称呼，而且无奇不有，高兴时喊过“好汉”，不高兴时甚至叫过“耗子”“臭虫”之类。

孙尔雅很少跟自己同学来往，她怎么知道他同学来北京的事？

范东感到奇怪：我同学？谁啊？

孙尔雅反问：除了秦小敏，我还认识你别的同学吗？

范东哼哈道：是她啊，我以为你说的是我大学同学呢。

孙尔雅不满：拿点精神出来好不好？秦小敏又没得罪你，她还是我俩媒人呢！

范东解释：她是没得罪我，可你不是得罪她了吗？

孙尔雅一听这话就过敏：我什么时候得罪她了？她堂哥那些事怪我呀？帮

不上忙怪我呀？报纸上不是没发我的文章吗？网上那些内容，为她着想，我还特意做了删节呢！

听到她的语气不对，范东软了下来：你要是不写那篇赵毅案的文章，不就什么事都没有啊，她还会怪你吗？

孙尔雅有些恼怒：笑话！我不写文章人家就不知道了？这么大一个案子，江东人传得有鼻子有眼的，在我文章里算是淡化处理了！哎，你帮谁说话呢？

范东赶紧声明：我是怕她怨你！她不是来找你麻烦的吧？

孙尔雅坦然地说：找什么麻烦，找麻烦还会预约？她说和她头儿来北京出差，明天办完事就走。你就放心好了，我们的同学友谊万岁，她永远是我的闺密！

范东说：这样最好，就怕你们见面了尴尬。

孙尔雅交代：她住在西苑饭店，下午晚上都没事，你去酒店接一下她，先陪她一起吃个晚饭。我手上还有一堆事，晚上还有个很重要的会，估计得九点以后才能下班。

范东有些为难：不好吧，让我去酒店接她，一男一女多不合适啊。不如你定个吃饭的地方，叫她直接去就是了。

孙尔雅暗自得意：哎哟，还老同学呢，你心里有鬼啊？叫你去就去，人家第一次来北京，总得尽一下地主之谊吧？我都跟她说好了，等散会我再带她出去玩。

范东勉为其难，只好答应下来。

孙尔雅接着埋头看稿。她是财经新闻部的首席记者，又是部门副主编。为了让她带队写好重大报道，主编会尽可能承担部门改稿审稿的任务，但这段时间主编家中老母患病住院，重任暂时落到了孙尔雅肩头。孙尔雅不想让主编操心，更不想让主编看不起说闲话，所以事事特别用心。就在她快看完桌上的一大堆稿件时，总编室打电话通知，说总编今天回不来了，会议改成明天上午再开。孙尔雅长长舒了一口气，看看时间，还不到七点，估计范东和秦小敏吃完饭回酒店了，看看手上的活用不了一刻钟就能干完，她的心像长了翅膀，都快飞出去了。

收工之后，孙尔雅立即想拨通闺密电话，后来一想不如给她个惊喜，于是又关上电话，拎包离开了办公室，来到楼下挥手拦了一部出租车，直奔酒店而去。

到了门口，她先敲了三下门，等了一会儿，见没有一点反应，就变着嗓子学酒店服务员的声调说：秦小姐您好，我是酒店服务员，您要的果盘送来了！

她把耳朵贴在猫眼上，听到一个女人的声音说是你订的吧，一听就像秦小敏的声音。接着一个男人声音说没有啊，我还有以为是你打了电话呢。听声音是范东。孙尔雅在门外为自己的恶作剧快乐成了一朵花，她使劲憋住才没有笑出声来。门还是没开，估计里面的人还在纳闷是谁。于是她又说了一遍刚才的话，才听着有人朝门口走过来了。她知道里面的人会朝外看，就把猫眼挡得死死的。一会儿，“咔嗒”一声，内锁打开了，门被拉开一半，一个男人裸着上身，气呼呼地说：听好了，我们没叫服务！

又听得里面的女人急喊：你别开门啊！

孙尔雅犯迷糊了，还以为敲错了门，但这个半裸的男人正是范东啊！

范东也惊呆了，他万万没想到孙尔雅会提早到来！

也就是一瞬间发怔，孙尔雅随即就意识到了发生的一切。她几乎是猛力撞开了门，把范东推到贴墙靠边，便冲进房里，看到了无比惊人的一幕：房间里内衣、乳罩什么的乱散了一地，秦小敏正窝在被子里！秦小敏想不到进来的人是孙尔雅，也惊呆了，慌乱中被子滑落。孙尔雅看见自己在江东摸过的那对木瓜奶，正肆意的跳动着。一瞬间，三人都相对无语，范东的内裤还顽强地撑着，那条内裤是孙尔雅来北京之后给他买的。

孙尔雅感觉是在不恰当的时候，撞见了别人不恰当的隐秘。仿佛过了一个世纪，孙尔雅才幽幽说了一句：看来我来得不是时候啊！

没人回应她。她也觉得没人敢回应。这两个人，一个是自己闺密，一个是自己男友，竟然一起通奸了！他们就像一对老鼠，用最残忍的方式偷偷啃食了自己的庄稼，她的心在不停滴血！突然，她变得怒不可遏，拿手上的包就朝秦小敏狠狠砸了过去，歇斯底里地喊道：你他妈的真有本事！心满意足了吧？怎么不继续啊！

还不都是你的错，你不是说范东很厉害吗？秦小敏顺手挡过孙尔雅的包，冷静下来说。仿佛她是一个旁观者，这一切与她无关似的，她的那对木瓜奶也在一阵剧烈晃动之后安静下来，她下意识地拉上被子盖住了。

孙尔雅清楚她指的什么。江东那一晚，自己真是傻瓜透顶啊，竟然跟一个这么狼心狗肺的女人掏心窝子。她本来还指望这一切只是幻象，只是一个难以醒来的噩梦，但秦小敏那副安之若素的样子，彻底让她绝望了。这一切不是幻象，更不是梦，一切都无比真实、残酷。

孙尔雅被激怒了，抓起地上的一切，包括拖鞋、内裤、乳罩等朝秦小敏一顿乱扔过去。她把这些东西全都当成了手榴弹、炮弹，最后她还使出了有生以来从未使用的核武器，咆哮起来：你这个无耻贱人，臭不要脸的婊子！见人就偷的下三滥！……

只是这时她才发现，原来骂人也算一门学问，自己这方面能力实在不足，没骂几句就坚持不下去了，真是“骂到用时方恨少，事非经过不知难”啊！孙尔雅不想这么快就败下阵来，更不想这么轻易放过他们。她掉转头盯着范东，不知道是害怕还是穿少了冷的，范东的身子竟有些哆嗦。她脑子里闪过秦小敏在江东酒店说过的话，电影快放过一遍之后，一种更不好的预感突然袭来。她抓起刚才砸过秦小敏的一条长裤，砸到范东头上，然后冰冷地命令：你出去！我有话问你！

拿了包冲出门的时候，孙尔雅瞥了一眼范东，那模样让她作呕，她咽着口水强忍住了。

等范东胡乱穿了裤子出来，孙尔雅砰的一声带上房门，在酒店走廊上问道：上次你送她的礼物到底是什么？

什么礼物？赤着上身的范东十分了解孙尔雅的脾气，但还是想装糊涂混过去。

别装了！孙尔雅根本没打算放过他，大声怒吼：见不得人是吧？敢作不敢当是吧？你还是不是一个男人啊？

走廊上本来很寂静，孙尔雅的大声怒骂立即引来几个客人打开房门张望。范东有些害怕，他还从未见过这样的阵仗。他想孙尔雅既然单问此事，十有八九是知道了那份“礼物”的内容。他想，这肯定又是秦小敏干的好事，她总爱玩火，有时还故意作弄人。他曾多次告诫她，就算守口如瓶都难保不会东窗事发，何况她喜欢跟孙尔雅在网上叽叽喳喳，总有一天会把局面弄得不可收拾的，只是没想到事情来得这么快！事到如今，还有什么可隐瞒呢？

于是他低声承认：是她的裤衩。

孙尔雅蒙了，好像没听懂，再一次问道：什么？你再说一遍！

范东的眼神有些涣散，反正已经豁出去了。他确定地说：是秦小敏的裤衩，以前跟她好的时候她留给我的，后来她说要还给她，并且用一种最浪漫的方式。

什么时候的事？孙尔雅忍不住搡了一把范东，厉声问道。

两年前的事，我跟她有很多年了。范东尽量压低声音，尤其看到有人开门的时候。

她一条裤衩你竟然藏了两年多时间！你是不是还拿它打过飞机？你老实说！孙尔雅可没打算放低声音，反而因为激动提高了嗓音。

范东这才清醒了一点，觉得事儿越闹越大了，便央求着孙尔雅说：没有的事，我藏在一本大书里，只是怕人看见，一直没敢拿出来洗。

听着范东的无耻供认，孙尔雅觉得天旋地转。她见过不少黑幕，但还没见过这种情况。她也见过不少倒霉的人和事，但还没见过像自己今天这么倒霉的时刻。一种被愚弄的屈辱感从脚底升起，瞬间蔓延全身。她明白了，刚才秦小敏在床上说的都是假话。这个婊子这个时候还说假话！还想继续玩自己，真是杀人不见血！原来，她口中的念叨的那个情人，竟然就是自己的男友，还是自己即将打算与之结婚的男友！

这世道究竟怎么了？我孙尔雅是前世做错了什么，还是今生招谁惹谁了，竟遭遇小人如此这般的作贱？

不能轻易让眼泪流出来！不能让他们看到自己的软弱！她在心里命令自己。血债血偿，自己不会这么轻易放过他们的。她把手伸进皮包里，摸索了好一阵。范东以为她又要拿出什么证据来，结果她什么也没有拿出来。她控制住愤怒问道：范东，你跟秦小敏的丑事是不是从高中就开始了？

生怕她再度大声怒吼起来，范东只好老实承认：是的。

这么多年以来，包括她结婚以后，都没有断过？

我尝试断过，但是她断不了。

你就不怕她老公知道？

也怕，但她说越怕越刺激。

你跟我在一起，还跟她鬼混，是不是也觉得刺激？

我是真心爱你的！但是我又怕她伤害你！

少说废话！你一个男人这样说，还要不要脸？

为了你，我每次跟她提出分手，她都威胁我，说第二天就会告诉你一切！

这么说，你是受尽了委屈啰，我是不是还要谢你？

我知道对不起你，我一开始就应该跟你坦白的，但是这样，你肯定看不上我。

好，我现在看得上你了！你跟我说实话，上次我去织云采访，你是不是跟秦小敏又鬼混到一起去了？后面还有过吗？

你去织云那次，是她来找我的。我本想拒绝，但她说恨你没帮上忙，还在网上曝光了他堂哥秦志邦，所以要报复你，我怕她真找你把事情闹大，就……

你就陪她上床了！那几天你人都虚脱了，是不是因为干这个？

和她在一起三天三夜。除了周末，我还请了一天假。她说我把你当公主，也要把她当公主，说你怎么玩，就必须跟她怎么玩！不然决不放过我们俩！

呸呸呸！后面还做过这种丑事吗？

这个……是来往过两次。一次是你来北京之前，她骗我去江东，说你跟她说到北京之后就甩了我。还有一次是你来北京后，她又到上海，说是你派她来给我打预防针的，让我继续好好哄着你，一直哄到你想结婚为止。她的原话是要玩死你这个骄傲的公主！

……

一切如此残酷，但事实都摆眼前。通过这一段对话，孙尔雅彻底明白了，自己一直活在一个阴谋之中，掉进了一个以玩阴谋为乐的闺密的圈套里。为了对付自己，秦小敏不惜玩火焚身，设计对付了那个喜欢自己的青涩男生，还刻意把青梅竹马的情人介绍给自己做男友。她施展双面间谍的手段，让别人落入她的色情陷阱，她却躲在背后偷偷发笑。她所有的目的只为打败自己，为了摧毁自己努力营造的一切。从范东的礼物，到范东生病，再到范东偷窥，都是她居心叵测的杰作！即便自己逃到北京，她都能遥控着范东，让他千里迢迢地取悦自己。真想不到啊，这个婊子竟然操纵了自己这么长时间的生活。如果再往前一步，自己给范东在北京找到工作，并且步入婚姻。秦小敏也就操纵了自己的一切，等于毁掉了自己一辈子！

看到孙尔雅问过自己之后不再大吵大闹，范东松了口气。以往不管怎样犯什么错，只要无耻地放下自尊，老实回答她的所有问题，最后都会获得她的谅解。这次看来也不会有问题，他颤抖着身子对孙尔雅说：我早就看出了秦小敏心如蛇蝎，一直想摆脱她，但都没有机会，今天终于彻底解脱了！不管她，我们走吧！

说完，范东不顾自己没穿上衣，伸手想牵孙尔雅，好像急着离开这个是非之地似的。

去你妈的！孙尔雅见他如此，抬手就是狠狠一个耳光，然后反手再抽了一个！抽完耳光，她撕心裂肺地喊道：去死吧！你们这两个猪狗不如的东西！

刚一转背过去，孙尔雅的泪水就夺眶而出！她跑到电梯间，胡乱一顿猛按，可是电梯迟迟不来，她转身飞跑进了消防楼梯。

二

一觉醒来时，孙尔雅还以为自己来到了另一个世界，感觉分不清白天黑夜，在洗手间，她下意识地照了一下镜子，把自己吓了一跳！镜中哪有自己，分明只有一个鬼：脸色苍白，印堂发绿，眼神呆滞无神，一头乱发像个疯婆子。她条件反射地摸了一下自己的额头，冰凉冰凉的，又摸了双手，怎么没有一点感觉呢？到底发生了什么？她一点也记不起来了，稍微使劲想一下，就头疼得要命。她倒在沙发上又闭上双眼，静静地什么也不想，又昏睡了过去，她才慢慢进入到一个梦中。她在一片枯黄的草地上狂奔，觉得累了，便跟着妈妈回到家里。开始她拼命地想爬到双层床的上铺，每当快要爬上去的时候，她总会掉下来，每次掉下来都会踩到妈妈的身上。听到妈妈哎哟一声倒下，她慌了，连忙去看时，却看不到妈妈，只看到自己下铺秦小敏的那张脸。

孙尔雅被这个梦惊醒了。她坐起来时，发现自己眼角已然挂着泪，泪珠倏地一下滑过脸庞，滚落到布艺沙发上，不见了，只留下一点湿痕。她耳边顿时响起自己喜欢的摇滚歌手王磊的原创歌曲《哭》：

我感觉／我感觉到了／有一股特殊的痒／是心情刺激着思想／化成水／它是一颗泪珠／从我的脸庞／滚到胸膛／好久没有了／好久没有这种感觉了／我竟然哭了／我竟然哭了。

当这首歌曲在心底反复响起的时候，孙尔雅的泪水就像决堤的海水，奔涌而出，流经嘴边的时候，她能感觉到一股又苦又咸的味道。她一动不动，任由这场苦咸的洪水一次次汹涌奔袭，淹没掉她所有的过去和未来。

泪水流干之后，孙尔雅才感觉到了饥饿。她跌跌撞撞地趴到冰箱里找了一块不知道是什么时候买的蛋糕，咬了一口，看包装盒才想起是范东买的，心想他不会在这里面下毒吧，还有什么恶毒的事情他做不出来呢？便马上不吃扔掉了。就这么一个下意识的动作之后，她突然醒过来了——原来自己怕死！既然不想死为什么不好好活下去呢？就算为了复仇也得活下去！

她挣扎着起来烧上水，又跑下楼去，在小超市买了一堆食品饮料，准备好好安慰自己受苦受难的肠胃。当她吃着苹果打开手机时，发现已是第二天晚上七点了，这才想起旷工了一整天。她记得今天有个总编会，要专门讨论自己的选题，就想给孟夫子打个电话解释，又意识到早下班了，说不定人家已回到家里了，只好作罢。

孙尔雅一口气吃了一个苹果、半个西瓜、两个面包、两包泡面、一包薯片，又喝了一罐红牛，才感觉全身的温度开始回升上来，一团郁闷纠结的心情慢慢被化开，心中顿时畅快多了。有吃有喝真好！孙尔雅像基督徒一样在胸前画了个十字，口中念念有词：感谢主赐予我食物，让我起死回生！

吃饱喝足之后，昨天下午在西苑饭店发生的一幕开始回到脑海中，孙尔雅挥动意念的剪刀，却怎么也剪不掉这一段记忆。那些记忆的颜色一下子失去了所有色彩，只剩下黑白两色。既然一切在自己眼里非白即黑了，事情就变得无比简单。她开始疯狂地翻起自己存放的名片。记得在江东的那个饭局上，秦小敏的老公给了自己一张名片，是的，杨总。这个男人比自己强不到哪里去，他同样被秦小敏蒙在鼓里。既然对手已经联手出招，两个可怜虫为什么不能互通消息呢？

终于找到了那个杨总的名片，还好，地址邮编都有。孙尔雅从手提包里找出一个录音笔，打开听了一下，正是昨天下午自己跟范东的对话，人物、时间、地点、故事等要素一个不少，声音也十分清晰。她把这段录音拷到一个新U盘里，又写了一张纸条：杨总，我是孙尔雅，上次见过，同是天涯沦落人，请您欣赏一段录音，对话人是我和范东，这是我在北京秦小敏酒店房间门口所录，一切尽在不言中，请多保重！

孙尔雅把纸条和U盘塞进一个牛皮纸信封，准备明天一上班就快递给江东的杨总。

做完这件事，孙尔雅长长地松了一口气。当她低头看到范东的拖鞋，就觉得还有一些重要的事，需要马上去做，一刻也不能耽误。她先是把范东用过的东西，拖鞋、牙刷、毛巾、内衣、袜子等所有用品包括安全套统统扔进一个垃圾袋。又把两人共用过一切，包括牙膏、香皂、浴巾、床单等也扔了进去。她脑子里闪过一个词：消毒。对，她要给这个地方彻底消毒！现在，范东就是一个菌毒源，他经手的一切都会危及自己。想到这里，孙尔雅跳了起来，觉得沙发和椅子都不能坐了。这些都是房东的，不能乱扔。但椅子必须好好清洗，沙发套也得摘下来，等干洗店洗了之后才能用。

一口气又忙了很久，才觉得差不多了。孙尔雅拿鼻孔四处嗅了几下，总觉得哪里还有范东的难闻气味。她又翻箱倒柜找了一阵，最终在一本相册里找到了。这是一本她跟范东的合影相册。她一页一页地翻过去，发现了两张她跟范东、秦小敏三人的合影。一张是秦小敏把范东介绍给她不久照的，那天秦小敏来上海，范东从火车站接到她之后，在一家咖啡吧等孙尔雅下班，照片就是在咖啡吧照的。当时孙尔雅拿着相机对了很久的焦距和光圈，秦小敏和范东在镜头里晃来晃去，经常把头靠在一起。现在想起来，这两人的举止其实是一种公然宣战。

那时，自己把秦小敏当成恩人，一点也没察觉。当自己把相机交给一位服务生之后，还凑到他们身边做了一个逗乐的表情。从这张照片来看，范东始终把头跟秦小敏偏在一起，两人得意的表情一模一样，只有自己像个背景板上的陪衬，傻乎乎的。范东还刻意在他跟孙尔雅的头部之间做了个奇怪的手势，这下两人距离显得更远了。还有一张是今年六月三人在金茂大厦顶部拍的，范东左拥右抱，范东左手放在孙尔雅的腰部，右手却明显搁在秦小敏的右胸边上，其中两根手指几乎是搭到秦小敏的乳房上。范东的脸上充满得意之色，秦小敏显得无比自信，孙尔雅仍是一副满不在乎的表情。这张照片充分展示了孙尔雅的美貌，尤其是跟秦小敏相比，由于光线的原因，秦小敏的肤色显得更暗了。孙尔雅不止一次地看过这张照片，并把它放到办公室的电脑屏幕上，从来没有看出什么不对。今天再一看，一切阴谋都写在这张照片上了，两人多年的秘密昭然若揭！只怪自己粗心大意，从没往深处想过。孙尔雅联想到跟秦小敏的对话，对方曾多次说自己傻，想不到自己傻到了这个份儿上！

她把范东的照片、合影一张张撕毁，在烟灰缸里烧成灰烬。轮到准备撕毁这两张三人合影时，她突然停住了手。她转而在照片背面分别写上“秦小敏、范东、孙尔雅”，然后再写上照相时的大致年月日，又分别加上一句：离秦范奸情暴露 ×× 天。她把这两张照片塞进了准备寄给秦小敏老公的那个牛皮纸信封里，心里说杨总你去慢慢欣赏吧，再让你的宝贝老婆给你讲解她的浪漫情史！

看看时间已经八点多了，孙尔雅拎着几大袋垃圾下楼，把这些东西扔到离大楼最远的一个垃圾桶里，然后她拐进一家又一家小商店。她想买一挂鞭炮到房间去放，把所有的晦气都赶跑！令她失望的是几乎所有商店都不卖鞭炮，最后一家店老板告诉她，北京市区禁放鞭炮，那东西跟手榴弹一样，大妈们发现可要抓人的。

在街头狠狠遛了一圈，孙尔雅十点多才回到住处。很多东西都被处理掉了，房间显得空荡荡的，孙尔雅却感觉干净坦荡多了。垫了一件自己的衣服在沙发海绵上，她坐下来打开电脑，习惯性地登上了 QQ，一大堆信息爆了出来。她一个都不想看，一阵连续点击关了。她依稀记起一位网友警告自己“防着你男友一点”，后来又在脑海里搜索出 AK47 这个网名，回头去查 AK47 的聊天记录，结果又发现更多留言：

在吗？

活着吗？

跟你聊聊老鼠仓的事，有兴趣吗？

怎么回事，真被人做了？

……

老鼠仓？赵毅老鼠仓？孙尔雅摇摇头，清楚这事已经过去了。现在她感兴趣的好像是织云老鼠仓，还不知道今天总编会通过了选题没有？上次 AK47 说庄家要坐庄织云，必须完成两个控制，一是控制上市公司，一是控制上市公司的高管，莫非他要讲织云高管的老鼠仓？她马上进入了状态，发现最后一条信息是十几分钟前发出来的，估计 AK47 还在线上，她马上回复：我上来了，洗耳恭听！

想了一下又在键盘上敲出：你想说织云老鼠仓？骗我是孙子！

才被坏人恶骗了一把，孙尔雅再不敢相信任何人了。

等了两分钟，AK47 终于回复过来：你才是孙子！不是自称“孙子兵法”吗？

是的，第一次跟 AK47 联系上，在织云科技股吧临时注册时用的就是“孙子兵法”。这家伙记性还不赖。

想起来北京后一直联系不上他，孙尔雅回复：我看你也不靠谱！

AK47：怎么？被男友甩了？

孙尔雅：胡说，是我甩了他！

AK47：好，好，旧的不去，新的不来。

孙尔雅火气上来了：你幸灾乐祸是不是？

AK47：你很痛苦吗？

孙尔雅反驳：谁说的？我想放鞭炮庆祝呢！

AK47：那可不行，北京禁止，有我这句话不就行了？

孙尔雅：谁告诉你我在北京？

AK47：在上海，你甩得掉男友吗？这才多久啊？

孙尔雅明白他是指来北京之前，一起聊过这个话题，离今天还不到二十天时间，想想在上海被人瞒得紧紧的，哪有可能揭穿他们？如果真要庆幸的话，是应该庆幸自己来了北京，才逼得那两个猪狗不如的东西现了原形。

不过这跟 AK47 有什么关系啊？孙尔雅留言：你为什么躲我这么久？上次说那么多，一会儿又玩失踪，吊我胃口啊？

AK47：别怀疑我，我也有难处！

孙尔雅趁机质问：你知道这么多，又说庄家是“东僧”章陕，莫非你跟他有关系？

AK47：不要纠缠这些问题，否则我就走人。

孙尔雅妥协：好，我不问。但你要我写文章，总得让我相信你吧？

AK47：你大可以放弃，我还不相信你呢！

孙尔雅埋怨：我在明处，你在暗处，总觉得你像个鬼一样。

AK47：看过《聊斋》吗？鬼比人有情！

一听这话，孙尔雅又想起那两个闯进自己生活中的人渣。

她回复：没错，人比鬼无情！是不是我也变成鬼，你才愿意跟我说实话？

AK47：不用变鬼，你迟早会知道一切。不是不报，时间未到。

孙尔雅好像捕捉到了一丝什么气息，她写道：这么恨章陕？是不是杀父之仇啊？

AK47 半响才回复：你不是也恨黑庄吗？坏人就该人人得而诛之！

孙尔雅把仇恨转移到范东、秦小敏身上，产生了强烈共鸣。她回复：你说得对极了，坏人都是过街老鼠，必须人人喊打！

AK47：时间不多，你要加快写文章的速度。

孙尔雅：那你快给我内幕资料呀！

AK47：内幕不是问题，但我们必须相互信任。

孙尔雅提议：我不管你有什么目的，反正我只能赌你了。你很难找到比《财经新闻周刊》更好的媒体，我也必须借助你的内幕资料才能写好文章。我们算是拴在一根绳子上的两只蚂蚱吧，相互利用吧！

AK47：相互利用？怎么都行！这世界坏人都在抱团，要阻击他们，我们怎能一盘散沙？

孙尔雅觉得 AK47 的话说到了自己心坎上。是的，浑蛋们处心积虑，把生活弄成一团糟，我们岂可坐视不管，听任豺狼逍遥自在？她慷慨应允：好！从现在开始我们正式联手，我也不再质疑你，只要你在适当时候能证明你跟庄家的关系。作为我的线人，我承诺不会曝光你，但我必须保证消息来源的真实性。这是重大报道的基本要求。

AK47 显然还在犹豫，很久才回过来：我的身份现在还不能暴露，但总会暴露的。我只能告诉你，我跟章陕绝非一般关系，就在一小时前，我跟他还在一起喝茶。

果然是龙潭虎穴中人，而且就埋伏在庄家身边！能跟庄家一起喝茶，是庄家朋友的可能性最大；了解这么多秘密，应该是合作者，但他要毁庄，说明其中自身利益并不大，看来应该是比较边缘的合作者。孙尔雅快速地猜了一遍，并没有结果。

也罢，以后慢慢再问，先摸清关键内容。孙尔雅说：我一直怀疑庄家不是章陕，而是吴非，原因就是章陕要是行动起来，市场上不会这么安静的。像“5 · 19 行情”，东、南、西、北四大庄家一齐上阵，结果撬动了整个大盘。这次织云科技行情走得如此孤立，完全不像章陕的手法。如果真是章陕出手，“西道”唐千年、“南童”叶晓天、“北妪”曹宜妃早就闻风而动了。我想听你解释一下这件事。

AK47：如果用股民的逻辑去推断市场，最后你会像股民一样错乱。首先，市场上现在没人知道织云是章陕坐庄，因为没人相信，这正是章陕想要的效果。尽管赵毅一度曝光了章陕，还是没人相信他就是庄家，但他的确就是庄家。他为什么要坐庄织云？我还不是完全明白，但我知道织云肯定不是他的终极目标，织云只是跳板。其次，市场为什么没有跟他一起暴动，肯定有市场的道理。“5·19”市场几大庄家都跟他一起行动，凭什么此后大家就必须唯他马首是瞻呢？市场舆论太神化他了！

孙尔雅去了一趟洗手间，看到自己还是蓬头垢面，出来就问：今天你在 QQ 上可以待多久？不会像以前说走就走了吧？

AK47：可以聊多点，我也不想跟你捉迷藏了。

孙尔雅：那好，你把你知道的都写过来，我先去洗个澡，回头拜读。

AK47：行，不过你记住，今天的聊天记录一定要彻底删除，明白？

孙尔雅：放心，这个我懂。

AK47：故事很长，一时还不知道从哪里开始说起呢。

孙尔雅见他主动上来爆料，明显有内幕，就想让他娓娓道来，报道或许能写得更生动。便回复：上次说了新项目，这次就从织云老鼠仓开始吧。

AK47：好，就从这里开始。

等她洗完澡，看到AK47已经留了几段话，但明显还没结束。她又去洗了脸，洗完还是觉得脸部蜡黄干燥，又补了水，上了一层保湿霜，抹了些粉。几道美容工序下来，她才坐到电脑前面，细看留言：

赵毅老鼠仓案看似很偶然，其实可能藏着一个很大的故事。章陕绝不是简单地取信于赵毅，或贪图赵毅承诺的两千万利润，他应该是看中了赵毅公司里一块极具价值的资产。这块资产到底是什么，是矿山还是医药，我还不清楚，但这跟章陕坐庄织云科技多少有些联系，具体什么关系，我也不清楚。

赵毅案发，江东力保赵毅，证明章陕气数未尽，他遇到了坏事的赵毅夫妻，也遇到了多一事不如少一事的江东。在赵毅股票强行平仓过程中，江东仿佛跟章陕达成了高度默契，顺利收回大把现金的同时，轻易地放走了股市大鳄章陕。

赵毅老鼠仓案发差点把火引向了章陕，所以你对赵毅案的报道发到网上时，才引起他们的高度恐慌。织云高管大举公关媒体，就是章陕的主意，也是章陕掏的钱。

其实章陕掏的最大一笔钱不是媒体公关，而是织云高管的老鼠仓。你那篇赵毅案文章贴到网上，影响并不小，至少让章陕看到了不可控的风险。他原计划等织云股价达到五十元时再公告海水淡化信息，但是在不到二十元时你就逼他发布公告，时间几乎提前了一半。从这个举动来看，他一定提前把老鼠仓安排给了织云高管，但他具体怎么安排的，安排了多大的老鼠仓，这些我都不得而知。我知道的有三点：第一，要控制织云的一举一动，必须靠老鼠仓才能收买内部控制人；第二，织云不是民企，光收买一个人是搞不定的，必须收买整个团队，但收买很多人的风险远大于收买一个人的风险，不知道他会怎么安排；第三，收买他们的总数目肯定比送给赵毅的老鼠仓要大，但大太多也不可能。因为总共一亿五千万流通股，章陕的控制是一亿到一亿二千万股，其余要留给市场追风盘，而织云通过新项目 1.28 亿元才拿走了章陕两千万筹码，再加上赵毅这样的人际关系，就算只照顾两个，也去了一千万，减掉这三千万股，章陕的实际持仓就会降到七千万到九千万股之间，他要保持对盘面的绝对控制力，还能给织云高管多少呢？我想他不会多于一千二百万股。他深知人为财死、鸟为食亡的道理，给少了，会起不到应有的激励。他想让织云高管敢于去冒着践踏一切法规的风险，就算八个高管吧，应该也不会低于八百万股。

孙尔雅看到这里，吃惊不小：啊？织云的老鼠仓原来是我逼出来的呀？

AK47：你不逼他也会安排的，迟早而已。

孙尔雅疑惑了：你是说，织云收买媒体的动力来源于老鼠仓安排？

AK47：不仅收买媒体、公告海水淡化，而且对职工闹事严防死堵，高管团队铁板一块，都表明章陕对织云高管的老鼠仓已经安排妥当。

孙尔雅恍然大悟：我一直奇怪，为什么他们如此害怕我接触职工闹事这件事？原来是担心我再次捅到他们的老鼠仓啊！

AK47：这件事牵涉到他们一个高管。如果任由事态扩大，这名高管会前途不保，这就会给庄家的防火墙撕开一道缺口，小则危及老鼠仓，大则危及庄家的整个坐庄计划。你说他们慌不慌？

三

这个夜晚就像一辆高速列车，随着暗夜深处飞快的键盘节奏，时钟不知不觉指向凌晨一点，孙尔雅却没有丝毫倦意。庄家在织云股票上的种种安排，就像一部惊险小说，刺激又震撼，深深地吸引着她，就像《一千零一夜》中的国王一样，她不想让故事停下来，于是不断催促 AK47 继续下去。看着这个神秘网友发过来的一段段留言，她心里一路抽丝剥茧。在织云采访时的满腹疑团，也开始一一解开。原来织云重金收买媒体、他们高管罕见的团结，以及对采访百般阻扰和承诺安排自己工作的背后，竟藏着这么大一个布局！为了守住这些秘密，为了守住自己的“摇钱树”，他们才不惜绞尽脑汁地跟自己周旋。再想想自己一路下来，追查赵毅案，质疑海水淡化，忙得不亦乐乎，其实连个鬼影子都没踩着。按照 AK47 的说法，除了掌握两个核心证据——章陕对海水淡化项目的控制，以及他对织云高管团队的控制，其他方面都不足以撼动这条股市大鳄。这么想着，孙尔雅的思路渐渐明朗，既然 AK47 都不知道织云老鼠仓的具体安排，自己要从这里找到证据比登天还难，不如先从海水淡化的三方协议入手，猛然掀掉他们勾结合谋的盖子，曝光了他们再说！

主意已定，孙尔雅问道：我们这次猛攻庄家，能把海水淡化的三方协议作为突破口吗？

AK47：也只能如此了，其他证据我都没有。这个时候拿三方协议攻击章陕是早了一点，但没办法，他的警惕性太高，几处零星的火苗都被他们扑灭，只好用牛刀杀鸡了！

孙尔雅听了有些吃惊：你是说，你手上就有三方协议？

AK47：没错，我有协议的复印件。但现在还不能给你。

孙尔雅傻了：为什么？这么重要的证据，又不是原件，你留着干什么？我没有这个文件，怎么写报道？

AK47：现在不给你，是为了你的安全，也是为了我的安全，关键时候会给你的。

孙尔雅问道：关键时候是什么时候？我的报道发出来之前？

AK47：应该是报道发出来之后。你或者杂志社一旦因此惹上麻烦，我会把这个东西抛出来，替你们解围。

孙尔雅一听急了，手里明明握着证据，却要自己巧为无米之炊。这样玩，这个选题能否说服孟夫子都成问题了，这个 AK47 怎么这么麻烦？

她回复：我可以写，并且可以肯定这是今年财经界最重要的报道之一，但没有证据在手，恐怕报道没人敢发。万一我被人以“造谣诽谤”的罪名起诉就惨了，不仅毁不了章陕，反而会把自己给毁了。

AK47：报道写好了，就自然有人愿发。放心，没人告得了你。媒体不是法院和检察院，没有说一定要拿到证据才能写文章。媒体讲究的是逻辑真实性。

孙尔雅反驳：我是第一作者，都没有看到真实性，你让别人怎么相信？

AK47：你的意思？

孙尔雅：你至少要让我相信你的真实性吧？第一，你是谁我不知道；第二，你的信息怎么来的我也不知道；第三，你说手上有证据，真有还是假有？真的还是假的？我更不知道。你让我怎么相信你不是一个黑客，你不是在忽悠我？

AK47：就算将协议发给你，也只是一个复印件，你不是一样怀疑它的真实性吗？

孙尔雅据理力争：不会。有了这份复印件，具体条款都会曝光，签署各方、经办人等也会曝光，协议的真实性我们很快就能查证出来。

AK47：这么说我更不能给你了，我担心的就是你做傻事，一做傻事就全完了！

孙尔雅听不懂他话，不悦地问道：什么意思？

AK47：这两份协议的设计非常复杂，在财务和金融方面动了不少脑筋。一是协议设有防火墙，你们一折腾，大家都会暴露，更重要的是人家早想好了退路；二是协议早已部署了八卦阵，你们按图索骥，只会落入庄家陷阱，最后放走庄家；三是庄家的能量很大，只要听到一点风声，就会全力以赴，我怕协议还没到你手里，就先回到了庄家桌子上。

孙尔雅仍不甘心：你怀疑我会出卖你？

AK47：就算不怀疑你，我能不怀疑你身边的人吗？

孙尔雅：你太不相信人了！我要是这样不靠谱，你当初又为什么选择我呢？

AK47 回答：谨慎行得万年船。

孙尔雅：我马上给你上传记者证！

AK47：免了！我数过，在我住处附近一根电线杆上，做假证的广告就有四十多条！

孙尔雅大呼：乱套了！明明是我问你要证据，怎么成了你问我要证件了？

AK47：我们信任彼此比什么都重要！没有这些协议，你这篇文章并不难写，你完全可以用“据知情人士透露”“涉嫌”“疑似”等这样的字眼，你担心什么！我现在就是你的知情人士。为了证明我跟庄家的关系，也为了证明我没有骗你，我想到了一个办法，就是预测明天的股价。对了你就听我的，错了说明我是骗子。

孙尔雅惊讶不已：你又不是庄家，怎么知道明天的股价啊？就算是庄家本人，明天盘中也会充满变数，怎么能够准确预测呢？

AK47：是有点难度，但还有其他办法吗？

孙尔雅很好奇：那你就预测明天，噢，不，应该是今天织云的收盘价吧。

AK47：对，是今天。这样吧，昨天它的收盘价是 30.77 元，我给你预测四个价格，错一个算我骗你。首先是今天开盘价 30.61 元，其次是上午出现盘中最低价 29.68 元，然后是下午出现盘中最高价 31.84 元，最后是收盘价 31.19 元。你看行吗？

这个难度也太大了吧，一天的股价怎么会由他一个人说了算呢？不说个股变数很大，大盘瞬息万变谁又能说得准啊，AK47 竟然敢这样打赌，除非他亲自控盘才有可能，难道他真是庄家的操盘手？或者是比操盘手更重要的角色？如果是这样，那一切判断就简单了，他这样做无异于向自己挑明了身份，好让自己彻底信服他。而且他还有一个目的，就是毁掉他的主子章陕。看来，这个 AK47 跟章陕肯定是苦大仇深，但他们之间到底是利益纷争引起的倾轧，还是像马克思讲的那种老板跟打工仔的阶级矛盾呢？或许他想扳倒章陕之后取而代之吧。孙尔雅一时无从判断，不管怎样，这次预测将是一个试金石。如果他说对了，孙尔雅就没有任何理由再怀疑他了。如果他错了，估计他也不好意思再来忽悠自己了。

孙尔雅承诺：如果你做得到，我听你的。

AK47：太晚了，我先下了，让你相信了再说。记住，预测的事切忌对人说起！

孙尔雅一看时间，已经快两点了，她写了一个“放心”发过去，也马上下线休息去了，她把闹铃设到八点半，不为别的，她不想错过白天的好戏，她要在开盘之前赶到办公室。

北京的早晨没有一天不拥堵，但孙尔雅在九点刚过的时候就赶到了办公室。还好，没人用怪异的眼光看着她，同事像平常一样跟她打着招呼，偶尔有人问一声“没睡好吧”就走开了，没人在乎她一天没来上班，更没人看到她内心曾经的风暴。孙尔雅看到自己的办公桌上堆着两叠稿子，一叠是记者原稿，一叠是部门编辑的改动稿，按程序都要她来定稿，但她不管。她推开这些稿子，快速地打开桌面电脑，然后点开股票行情。九点二十五分，织云科技股票竞价还剩最后五分钟，两千多手单子挂在 30.99 元的买单上，离 AK47 预测的 30.61 元还差 0.38 元，除了挂单数在零星增减，价位一直没有变动。九点半一过，价格一下就被打了下来，三千多手成交，成交价正好是 30.61 元！

孙尔雅觉得太不可思议了，挂在 30.99 元上的两千多手买单明显不是 AK47 控制的。为了打掉这笔买单，必须卖出上千万元的股票才行。这一下就花掉了几十万股筹码，要维持住一天的价格，并且保证在最高价和最低价之间震荡，还不得花数百万筹码啊！若想调动数百万筹码，他手上控制的织云股票必在千万股之上。按照他晚上在 QQ 上所言，章陕实际控制的筹码也不过几千万、一个亿，难道 AK47 就是章陕的一个合作者？利益合作方出现分歧，造成狗咬狗的局面也有可能。黑铁投资也持有一千多万股流通股，如果今天黑铁的仓位变动最大，那这个 AK47 无疑就是吴非了。可惜自己在交易所没有卧底，否则查一下就清楚 AK47 的真实身份了。或者他是章陕坐庄织云的老鼠仓，甚至可能是最大的一个。织云高管这么大的团队也不过持有八百万到一千二百万股，这个 AK47 一家就持有上千万股，动不动还跟章陕喝茶聊天，看来他对章陕的重要性要远大于织云任何一个高管，也大于江东赵毅。这样一个重要人物到底会是谁呢？反过来看，织云高管出卖了自己对织云的控制权，AK47 又能给章陕什么好处呢？他跟章陕之间到底有些什么见不得人的秘密交易呢？这样想下来，孙尔雅有些不寒而栗。她感到 AK47 来头不小，绝对不会是一个天使，而更像一个魔鬼。浮士德与魔鬼签约，交出的是自己的灵魂，自己与魔鬼打交道，最后又会怎么样呢？

想到魔鬼，想到黑暗，想到圈套，孙尔雅脑海里立即浮现出秦小敏、范东的面孔，还有谁比他们更黑更诡计多端呢？跟他们打交道，自己已经死过一次了，不是照样活过来了吗？以前采访时听山区的老人讲，人只要死过一次再活过来，就成了阴阳人，鬼见了都避之唯恐不及的。孙尔雅想我也见过阎王了，现在就是一个阴阳人，还怕他 AK47 不成？

可能是因为开盘打压的恐慌，织云科技一路走低，才半个小时过去，股价就到了 30.15 元的最低价，这里接近前日的最低点，如果再不企稳，股价就会形成一个破位态势。不多久，股介果然稳住了，资金开始纷纷反扑，价格很快反抽到 30.60 元，再往上走一分两分钱，就要冲破开盘价了！可这种反抽还没坚持十分钟，就被一阵雨点般的大单打回原形，这些大单每笔也就一两百手左右，但持续性强，比那些数以十手计的买单凶猛多了。眼看着股价跌破了前日低位，朝 30 元以下直逼过去。十点四十七分，又是一笔三千多手的大单闷头一棒，把股价从 29.89 元直接打到 29.68 元，正好验证了 AK47 的盘中最低价！

再看 29.68 元之下，已经是一座空城了。买单稀稀拉拉地散布在 29.30 元以上的价位上，这时只要谁恐慌地卖出一百手筹码，价格一定会飞流直下，AK47 的最低价预测就会不战而退。就在这时，一笔五千多手大单横扫过来，价格定在 29.80 元上，瞬间成交了近三千手，还有两千多手挂在买单位置。当这笔买单消耗殆尽，猛然又是一笔四千手的买单扫上去，到上午收盘时，沪深大盘齐齐跌了百分之一以上，但织云多方已经获得优势，股价收在 30.61 元，离早盘开盘价仅差一分钱。

即使不看下午的盘面，孙尔雅也不会怀疑 AK47 的能耐了。如果自己是织云科技的股民，账户上摆着一百万织云股票，还有一百万现金，依照 AK47 晚上提示的最低价 29.68 元买入一百万元，再在最高价 31.84 元卖出以前的一百万元股票，账户依然还有一百万元股票，但市值转眼就会多出七万多元。难怪股市那么富有吸引力！庄家会受到疯狂追捧！如果自己炒股，遇到像 AK47 这样的牛人，会放过这种一夜暴富的机会吗？自己还甘愿当一个看着人家一夜暴富的财经记者吗？扪心自问，孙尔雅好像也没有确定的答案。

中午时分，孙尔雅才拨通了主编孟夫子的电话。孟夫子没有多说什么，只是让她去他办公室。一见面，孟夫子就问你病了，孙尔雅没有说话，只是点头。孟夫子看着她说你没有病，是遇到了什么麻烦吧？孙尔雅还是不答话，泪水却静静流淌下来。孟夫子也不再问，只是一个劲地递上纸巾，等着她流泪，擦干泪水，再流泪，再擦干。这样过了大约一刻钟，孙尔雅一下破涕为笑，说旧的不去，新的不来，我怎么会在您这里哭脸呢？孟夫子忙说没事，你不找闺密，而是在我这里哭脸，是看得起我，我不胜荣幸！孙尔雅这下真被逗笑了，说哪有什么闺密，闺密就是潜伏在身边的定时炸弹，我就被炸飞了！谢谢总编理解！

抹掉泪水，孙尔雅就把庄家与上市公司织云科技之间的勾结故事大致讲了一遍。看得出，孟夫子听得很认真，也很感兴趣。等孙尔雅讲得差不多了，孟夫子惊奇地问道：章陕我知道，这么厉害的资本高手，这么独具机杼的坐庄行动，你怎么知道的？一定有高人指点吧？

孙尔雅承认：的确有人暗中指点我，而且他绝不是一般人。

她把 AK47 跟她网上预测股价的事告诉孟夫子，说这个人就潜伏在庄家身边，手上已拿到章陕勾结织云的核心证据，但现在还不能暴露身份，请周刊在报道中也要尽可能保护好他。孟夫子听了大喜过望，当即拍板，让孙尔雅就从采访织云入手，披露海水淡化生产线弄虚作假的内幕，然后再炮轰织云的虚假资产重组，其中还可以把赵毅老鼠仓故事结合起来，最后引用知情人士的话来揭露三方协议的黑幕。

孟夫子越说越来劲：就做一个“织云疑云”的专题，当下一期的封面文章。

孙尔雅说文中最好不要提黑铁投资吴非的姓名，因为他很可能就是爆料人，要掩护好他。

孟夫子不以为然：不要紧，最好的掩护就是该怎么说就怎么说，他是黑铁投资的法人，织云第一大流通股东，如果你只提章陕不提他，反而会让章陕起疑心。

孙尔雅也点了点头，表示认同孟夫子的说法。过了一会儿她说：爆料人怕我们被收买，说三方协议要等报道出来之后才交给我们，这样我们是不是有点被动啊？

孟夫子满不在乎：只要你相信他，一切都可以依他！我们是媒体舆论，又不是证监会，不负责调查取证。就算爆料人食言，最后不给我们协议。等报道出来，也自有司法部门去取证。他给了我们协议，我们还是要转交给司法部门。再说，织云科技和章陕怎知我们没有证据在手？他们一定心虚，我谅他们不敢赌！

谈完工作，孟夫子坚持请孙尔雅一起下楼吃饭。在小包间里，孟夫子要了一瓶酒，来敬孙尔雅。孙尔雅终于忍不住，向孟夫子遮遮掩掩地讲了自己被男友劈腿的事。只是在她的故事里，男友不是那个猥琐伪善的范东，而是换成了初恋的上海高富帅，秦小敏这个角色也被她干净彻底地抹掉了。旧的不去，新的不来。孟夫子也无法免俗，用这句 AK47 说过的套话，认真劝慰了她一番。

下午，孙尔雅跟孟夫子回到他办公室，两人一直盯着织云科技的走势，结果一切正如 AK47 所言，下午一路冲高，最高摸到 31.84 元之后，织云科技开始进入调整，最后收盘价又正好是 31.19 元！孟夫子也从未见过这种事，连声说道“神了”“真是神了”。孙尔雅见状心情不禁大好起来，自己相不相信 AK47 无所谓，关键是老板相信了！

当大晚上十点多，孙尔雅才在 QQ 上等到 AK47，一碰面她就把总编孟夫子的态度告诉对方。AK47 看完她发过去的信息，回复过来说你总算跟对人了，你老板不傻，又说《织云疑云》这个名字很好，有些玄妙，很符合章陕的玩法。

见 AK47 半天不说预测的事，孙尔雅主动出击，说根据他提供的信息，自己今天拿一百万在 29.68 元买了织云股票，按最高点 31.84 元算，赚了七万多。她问他明天还有比 31.84 元更高的机会没有。AK47 坚决不信，说 29.68 元那里根本没有别人的百万买单，还说如果真买了，她就真赚了，因为明天织云就有一次站到 33 元以上的机会，往后还有 40 元、50 元的机会：看到 AK47 这么嘲笑自己，孙尔雅尽管对炒股没兴趣，也免不了有几分懊恼。她想下次一定找个机会，让孟夫子的账户买进去，轻松赚一把。不就是做老鼠仓吗？不就是收买吗？自己和孟夫子竭尽全力帮他摧毁章陕，连章陕都知道送钱过来，他为什么不能送点股票机会呀？想到这里，她大胆向 AK47 提议，如果毁庄报道遇到阻力，他也可以给关键人提供短线老鼠仓的机会，相信这样更能激励大家跟恶庄斗到底。没想到 AK47 一口拒绝，说你们要找老鼠仓机会，干脆别写了，直接去找章陕提条件更有用。孙尔雅怕把刚刚建立起来的信任毁了，赶紧声明只是开个玩笑。

通过这晚的 QQ 交流，孙尔雅还发现了庄家更多意想不到的秘密。

原来章陕给织云拉过来的海水淡化项目并不虚假，初期合同签了五年。因为织云高管班子五年之后很可能换届。章陕从以色列引进的技术，不说达到了世界最高水平，但也称得上是世界一流。让章陕头疼的是织云这群高管，根本没打算真做这个项目，他们只想玩股票，玩一把就走人。对他们来说，项目来得太容易，老鼠仓来得太容易，股价炒起来也太容易，未来公司的利润也来得太容易。所有人的利益都太容易实现了，谁还会趴下去真抓实干？谁还在乎公司的长远未来？无论章陕花钱请来多么牛逼的专家，织云的海水淡化最终只是一个摆设、一个神话。

最出乎孙尔雅意外的是，章陕竟从没有拉高织云出货兑现的计划。虽然章陕坐庄织云的终极目的连 AK47 都被蒙在鼓里，但从他的海水淡化信息公告计划，不难看出他志在长远。AK47 说章陕动用了十个亿的资金坐庄织云，原计划在一年半之后、股价达到五十块时再祭出海水淡化项目公告，没想到赵毅案发带来了意想不到的风险，逼迫他在二十块不到就仓促进行公告。按照现行进度计算，AK47 断言五年之后织云股价至少拉到一百五十块。如果项目利润产生了，他还会玩不断转配转送的把戏，反复除权之后，它的最终目标要看复权价。即使五年之后后织云高管换届，他仍可明修栈道，暗度陈仓，重新搞定新的高管团队，把上市公司牢牢捏在手心。如果真遇到什么阻力，他还可以运用手中筹码要挟他们。对章陕而言，坐庄初期最不可控，越到后来他的控制力就会越强，最终，他会把整个织云“合法合规”地拿到自己手里。

孙尔雅彻底惊呆了！五年做到一百五十块，就算他只有十块钱的坐庄成本，十个亿岂不变成了一百五十亿了？章陕不愧是资本枭雄，他这么疯狂坐庄到底是为了利润，还是为了把织云做成百年老店，抑或还有更不为人知的目的？

最后，AK47 告诉她一个重要信息：三方协议一方是织云科技，一方是万金证券，一方是黑铁投资。三方协议是在万金证券委财部经理贾准手上签订的。也就是说贾准跟织云先签一个低风险委托投资协议，同时由贾准跟黑铁投资再签一份股票委托投资协议。

孙尔雅灵机一动：代表黑铁投资的是吴非，对不对？

AK47 承认：对，吴非代表章陕去的。

孙尔雅问道：既然你无法提供协议，我能不能去找吴非或者贾准？

AK47 惊问：你想干什么？？？收买还是色诱？你以为自己是谁呀？打草惊蛇不说，先告诉我你准备死几次？！

孙尔雅没想到对方反应如此激烈。她原来就怀疑他是吴非，现在听到自己要去找吴非，反应这么紧张。她这下更加相信 AK47 就是吴非了。

四

孙尔雅离开《新世纪经营报》之后没多久，何社长就接了一个特别任务。不过，给他布置任务的并不是上级领导，而是织云科技的孔董。孔董不知从哪里了解到孙记者已经跳槽到一家更厉害的媒体，就打电话过来埋怨何社长，说他办事欠考虑，织云开出那么好的条件，他没留住她不说，还激怒了她，逼得她赌咒发誓不放过织云。孔董说只要孙记者盯住织云不放，我这个董事长就不会有好日子过，难道何社长就能独善其身吗？何社长一听话中有话，顿时也慌了，解释说孙尔雅跳槽，本来是可以拦住的，但想不到上面有人帮她打招呼，这个招呼他不能不理，要是不理只怕他早坐不稳这个位置了。孔董哈哈一笑道，我这边出事了你就坐得稳吗？横竖是坐不稳，不如铤而走险。何社长一听更慌了，惊问这么严重啊，还得走这一步？孔董知道何社长听岔了，不禁问道您想什么呢，以为杀人放火啊，谁还干这种蠢事！我看你熟悉孙记者的情况，让你想一个绝招出来，牵制住孙记者，别让她没完没了地跟织云对着干。一切资源都由织云提供，你就提供一个好点子吧！

要是放在以往，何社长根本不会把孔董这类人放在眼里。但俗话说拿人手短，吃人嘴软，他早已被孔董牢牢捏在手上。他想起孔董早就表过态，如果孙尔雅对织云高管职位不感兴趣，还可以照顾她的一名重要亲属，由织云给一份高薪养着，不管孙记者去哪里，她都不会轻易找织云的麻烦，这名亲属会让她投鼠忌器，哪怕她硬要找碴，织云还可以派这名亲属去做前期工作。何社长原以为孔董只是说说而已，没想到他会来真的。他犹豫着答应下来，反正是织云出钱出力，自己顶多拉个皮条而已。可是，孙尔雅在他手下好几年，但要说有什么重要亲属，他还真不清楚。不过这难不倒他。他先找到人事和财务，让他们按孙尔雅和谐离职计算，该给她补偿一些什么项目。人事负责人表示，按报社规定，主动离职者即期结清工资、社保等各项关系，扣除各项奖金；被动离职者由报社补偿一个月工资，补偿三个月的各项保险，奖金按实际贡献结算。何社长说给孙尔雅按被动离职计算，另外工资也按三个月补偿。人事和财务负责人都说这样做不合社里规矩。何社长生气了，说什么规矩，孙尔雅是有重大贡献的记者，我奖励她不行吗？两人仍面面相觑，何社长说赶紧去打个联合请示报告，拿给我签字。说罢不耐烦地挥手，让他们快去照办。

接下来，何社长找到孙尔雅在报社的小哥们小谷，跟他说报社还有一笔补贴要发给孙尔雅，想通知她男朋友过来代领一下，问小谷是否有她男友的电话。小谷一听有这样的好事，马上把范东的姓名、电话、单位等详细信息都告诉了何社长。小谷和范东见过几次，但一直没互留电话。一次报社同事吃夜宵，孙尔雅喝多了，小谷问孙尔雅要了范东号码，打电话让他来接孙尔雅，顺便记下了他的号码。何社长记下范东信息之后，郑重其事地对小谷说，社里正在讨论这事，还没有最后敲定，希望小谷先不要告诉孙尔雅，如果确定下来，他会亲自通知孙尔雅。

何社长摸清范东情况之后，立即给孔董打电话，告诉他自己找到了孙尔雅的男朋友，学国际金融的。孔董一听来了兴致，忙说我知道，孙记者说过她老公在浦东的世界五百强企业上班，挺优秀的一个小伙子吧。何社长一听不对呀，这个范东哪是她老公啊？又什么时候去世界五百强企业上班啦？分明只在浦东的一家地产公司嘛，自己打听的结果是一个月才拿不到三千元工资。不过织云的高薪在这样的条件面前，说不定更有诱惑力。姜还是老的辣，何社长故意不点破孙尔雅的说法，他对孔董说，孙尔雅这个老公还真是一个人才，就看织云怎么安排了。孔董说织云现在僧多粥少，如果孙记者肯过来，好歹给她腾出个高管位置，让她专门对付全国媒体；如果她老公愿意来，弄不成高管，但高薪是肯定的，至少保证他跟织云办公室主任拿一样的薪水，职位上可以让他暂时屈就办公室副主任，等他做出成绩来了，再给他升职加薪不迟。何社长顺便问了一下织云办公室主任的薪资情况，孔董故意谦虚，说上市公司吧，吃得饱撑不坏，也就拿个一万四五千吧。何社长惊讶不已，说这么好的待遇啊，什么时候也照顾一下我的亲属吧。孔董答应好说，又说只怕照顾了亲属，就照顾不到您本人了。何社长一听，赶紧说那就算了吧。

范东在接到何社长电话，请他去办公室的时候，正郁闷不堪。自从被孙尔雅赶回上海，他就后悔不迭。孙尔雅这么一个好姑娘，要长相有长相，要才华有才华，关键是要收入有收入，实在是打着灯笼都难找，可最后还是给自己玩掉了，不应该呀。秦小敏跟自己虽然青梅竹马，感觉也不差，但到底是别人的老婆，她能像孙尔雅一样，把钱跟自己存到一个折子里吗？她能跟自己结婚生子吗？说白了怎么折腾也就是偷偷玩一玩而已，但为了跟秦小敏玩一玩，竟然把自己跟孙尔雅的姻缘都拆掉了，真是捡了芝麻丢了西瓜啊！再说，在这个三角恋中，秦小敏也太狠了点，为了追寻刺激，到处设下圈套，其实只是把自己当成报复孙尔雅的一个工具而已。刚从北京回来一周左右，范东打电话给秦小敏，就想找她说说心里话，但秦小敏一点也不热情，好像两人从未发生任何故事似的。在他追问之下，她才劝范东别再来往了，她老公已经知道了一切，如果哪天撞上，她老公一定会杀人的。范东说这是好机会啊，立即劝秦小敏跟老公分手，两人彻底走到一起去，结婚生子过下半辈子。秦小敏听了在电话里一阵冷笑，然后对范东说，你那么一点收入，怎么养家活口呀？养女人光喂饱下面是不够的，还得喂饱上面！范东听了，立即傻掉了。自己从十几岁开始守着她，守了十多年，真想不到她是这样看待自己的！他强忍住难受，问她老公是怎么知道的，秦小敏语气无奈地说还能有什么原因呢，肯定是孙尔雅告状呗。

走进何社长办公室，范东有点近乡情怯的感觉，一是有点自卑；二是来到孙尔雅曾工作过的地方，好像到处都有孙尔雅的影子，让他感到不自在；三是现在他被孙尔雅甩了，虽然别人还不知道，但冒充她男友多少有点心理障碍。他调整了一下心态，对自己说既来之则安之，然后握住何社长伸过来的手，自我介绍道：我是范东，孙尔雅男朋友。

何社长客气地请他坐下，装作随意问道：小孙去了北京，小范是不是也要马上过去了？

范东生怕露馅，忙掩饰道：没这么快，至少还得等一两年吧。

何社长感叹：小孙是个难得的新闻人才呀，就是我们庙太小了，留不住她呀！

范东也装模作样：不是这样的，孙尔雅去北京，是因为朋友相邀，其实她跟我说过好几次，她真舍不得离开《新世纪经营报》，更舍不得何社长这样的好领导！

何社长表态：好！她把我当好领导，我也把她当成好员工！今天叫你过来，就是报社，不，是我决定要给小孙作出一些特别补偿，报社人事跟财务算了一下，需要你给小孙代领各项工资奖金和保险补偿款，总计有两万八千多元。

范东乍一听，就想推说让孙尔雅自己来领。后来一想，虽然自己跟孙尔雅分手了，但还有两万多存款在她手上的存折里呢。还打算过一段时间，等孙尔雅冷静下来了再争取一下。这次正好是一个契机。否则电话一通，还没说一句话就会被她挂掉。跟孙尔雅这么久，范东算是摸透了她的脾性。她是一个刀子嘴豆腐心的人。犯什么错都没关系，只要会说会做，装出一副洗心革面、重新做人的悔改态度，说不定她还真会给自己一个机会。在北京西苑饭店他就看出来了，孙尔雅最恨的不是自己，而是秦小敏，如果自己能找到机会向她表明立场，对秦小敏口诛笔伐，并不是没一点回旋余地的。

范东说：那我就先替孙尔雅谢谢何社长了！等她回上海，我一定让她来当面拜谢您！

何社长听了十分受用，赞道：小范不错，前途无量啊！没想过换一家好单位吗？

范东疑惑了，看着何社长不吭声。

何社长接着说：我有一个朋友，在一家上市公司任董事长，几次让我给他推荐人才。上次我推荐了小孙，可是小孙去了北京，要是你感兴趣，你去好了。

范东想起来了，问道：何社长说的是织云科技吗？

何社长拍了一下桌子说：正是，你怎么知道的？

范东承认：孙尔雅跟我说过，说何社长一片盛情难却，十分遗憾啊！

何社长怂恿：你去的话就没有遗憾啦？我基本替你打听清楚了，你能拿到办公室主任的待遇，月薪有一万四五左右，不过职位暂时有点紧张，会先给你安排一个副主任干。

范东故意装出尴尬的样子说：何社长，这样不好吧？俗话说无功不受禄，你这么关心我们，让我怎么报答你啊？

何社长不以为然：报答我干什么，你好好干，报答好织云和他们孔董就行了！不过，有一件事我要跟你交代好，织云只愿意照顾小孙的老公，你跟小孙还没结婚，到了人家那里，你可记住了——你就是小孙的老公，在浦东一家世界五百强企业上班，薪水每月至少八九千吧。这些情况我不说，他们不会追究的。

听得出，这是何社长在教自己编写履历表，他还想拿这事控制自己，不知他想达到什么目的？嗨，甭管这么多了，就冲着那一万四五千元的月薪，飞蛾扑火也值得了。就是怕何社长私下跟孙尔雅说起这事，要是她知道了，又是竹篮打水一场空！

范东支支吾吾：何社长，这事我是没问题，就怕孙尔雅知道了不让我去，她从来不许我占便宜，如果知道您这么照顾我，她肯定坚决反对！

何社长表态：这事你自己不说，我是不会说出来的，我觉得你能处理好。小孙在北京，天高皇帝远的，谁知道你去了织云啊？再说织云离上海并不远，两三个小时火车就回来了，要想瞒住小孙，容易得很嘛！

范东按照何社长的安排进了织云。第一天孔董就接见了他，见他言辞得体，一副明白事理的样子，很是高兴。他给范东引见了袁代表和周主任，让周主任起草一份聘请范东担任织云公司办公室副主任的文件，明确范东的工作就是协助袁代表做好对口外联和媒体公关。孔董说这本来是周主任的工作，但周主任最近忙不过来，所以请范东专门负责。孔董表示副主任一职只是过渡性安排，范东实际待遇跟周主任是同一级别，公司正在考虑设置董事会办公室，范东就是将来董办主任的第一人选。范东听了很感动，连忙感谢织云和孔董给自己的机会，表示一定用心工作，不辜负领导信任，用优异成绩来回报织云。孔董最后还问起孙尔雅的情况，说你家小孙也曾是织云的朋友，有你加盟织云，大家就成了永远的朋友！

袁代表把范东带进为他准备好的办公室，这里足足有二十平方米，装修一新，布置一新。范东小心翼翼地坐到那张大班椅上，闭上眼躺了一会儿，感觉超爽，自己终于有单独的办公室了！他曾对孙尔雅说过，这一辈子的职业理想就是有一间独立的办公室，还有一辆公司配车！孙尔雅嘲笑他是白日做梦，他说自己没要求配女秘书，算是低调做梦了。

袁代表鼓励他：范副主任，好好干，公司一定会给你更大的发展空间！

范东谦逊不已：谢谢！今后工作上，还请袁代表多多指教！

袁代表摇摇手说：指教谈不上，我们一起努力。最近公司转型，先要把媒体公关做到位，防止记者乱做文章。上次听说孙记者写了一篇报道，讲到海水淡化掺假的事，其实纯属误会。孙记者曾经表示要把这篇文章刊发出来，你不妨先过问一下这件事情。

范东一听就明白，孙尔雅跟何社长闹翻跳槽不就是因为这个吗？奇怪的是，她去北京已经二十天了，原来一直说要发这篇文章，怎么还没发出来呢？看来是时候跟她联系一下了。

范东刚到织云，公司还没来得及给他租房，就暂时住在织云招待所里。说是招待所，其实只有五个人在上班，一个是经理老祁，一个是副经理柳青青，还有两个女服务员，年纪都不大，一个厨师平常很少露面。经理老祁不知忙些什么，隔三岔五不来上班，日常工作都是由副经理柳青青负责。柳青青三十岁不到的样子，打扮得舒适干净，见人就笑脸相迎，一看就知道她曾经是一位出众的美女。周主任把范东介绍给柳青青时，笑说柳经理我把范主任交给你了，他是孔董从上海请来的人才，你可要保证白天让他吃好，晚上让他睡好噢！范东从远处看，见她与秦小敏有几分神似，所以走近之后连正眼都不敢看她。听周主任这么说，范东脖子唰地红了大半截，他想不到织云这么偏僻的厂区，竟有如此精致的女人。柳青青大方握住范东的手，对周主任说主任您不放心啊，那您来陪范主任好了！您把客人交给了我，就是我的人了，我肯定要包他满意啊！柳青青的声音很好听，说话像唱歌儿似的。周主任走后，柳青青带着范东去房间，两人并排走着。一个女人特有的体香不断冲击着范东的嗅觉，范东顿时产生了一股冲动，他快速瞥了一眼柳青青的侧脸，才发现她一点都不像秦小敏。他强迫自己熄灭欲火，同时警告自己，这是一个陌生的地方，是自己人生的一个新起点，必须从头开始奋斗，没有财富没有地位，就没有女人真正瞧得上自己。

收拾完一切，又洗了个热水澡，范东的心情才渐渐稳定下来。他泡了一杯茶，喝光之后，开始拨打孙尔雅的电话。电话铃声响了很久，之后就断掉了。范东仿佛看到了远在北京的孙尔雅的愤怒，他知道再拨下去也是同样结果，于是改了主意，先发了一条短信过去：尔雅，我是范东，我知道你还在生气，但我有个事要跟你谈，是关于一笔钱的事。

发完短信又等了片刻，范东再拨过去，孙尔雅接了。她冷冰冰地说：不就是你在存折上的那两万块钱吗？我早想还给你了！你发个银行账号过来，我明天就打过去！

范东赶紧声明：我哪还有脸来找你要钱啊？我是给你来送钱的！

孙尔雅以为他涎皮赖脸又赶到了自己楼下，立即大声吼道：送什么钱？赶紧给我滚！再缠我小心送你见阎王！

范东知道她误会了，急忙解释：我没来北京，我在上海，何社长不知道我们之间的误会，让我给你代领了一些补贴。我怎么交给你？

孙尔雅一听，也冷静下来：补贴？什么补贴？关你什么事？

范东低声说：是不关我的事，上次在北京是我浑蛋下流，是我猪狗不如，是我辜负了你，我这辈子都没脸见你了，还哪敢掺和你的事？是何社长不明事理，硬把我拉到报社，让我代领这笔钱的。他说你对报社有贡献，就算离职了，也不能亏待你，所有待遇都多补了三个月，还把你应拿的奖金也全部发给你，不少啊，有两万八千多。我想推掉这事，但我总不能说我们在闹矛盾吧？还是你把账号发给我吧，我明天就打给你。

这次孙尔雅听明白了，何社长又在打什么主意？他竟然跟猪狗不如的范东搞到了一起，会不会又有什么阴谋？她不想去思考这些事，你们这帮孬种，有本事尽管去玩好了，看你们能玩出什么花样！

她态度坚决地说：这钱别给我，谁给你的你找谁去！等我把两万块打给你之后，你再也别来惹我！我永远不想看到你，也不想听到你的声音，是个男人就自生自灭吧！

范东不依不饶：不管你对我怎样，这钱一定要给你，你那里的两万块我也不要了，我欠你的，就算下辈子也还不清！我保证今后不再骚扰你，自从分手之后，我想死的心情都有，一切全是我的错，还有那个坏女人秦小敏，她终于遭到报应了，她老公把她甩了！

孙尔雅心里涌起一股厌恶：她老公甩了她，你不正盼着吗？两个无耻的人终于滚到一边去了，这个世界从此才能安静下来。

范东趁机劝道：今后你就当我死了吧！但我死了也会关注你的每一步，关注你写的每一篇文章。我的在天之灵也会保佑你，让所有坏人都远离你，让所有伤害不再发生。如果你在周刊稳定下来了，就别再去招惹那些庄家和上市公司了，别挡他们的财路好吗？他们瓜分的，动辄都是上亿、几十亿的利益蛋糕，你要是惹恼了他们，他们什么事干不出来？……

孙尔雅越听越不对劲，突然一声断喝道：你狗屁放够了没有？要下地狱就去黄浦江，黄浦江上没盖子，别他妈的缠着我阴魂不散！既然你不告诉我银行账号，也行，我也不给你打钱了，你就把何社长那笔钱当成是我还你的，那笔钱我认领了！

范东急忙说：那怎么行？我这边多出来八千多块呢！

话还没说完，电话里已传来了嘟嘟嘟的忙音。范东知道孙尔雅还很厌恶他，根本不想听他多说，就把电话挂掉了。

范东打完电话，恍恍惚惚的，觉得阻止孙尔雅发报道这个任务十分艰巨。不过，她这篇文章这么久还没发出来，说不定她的初衷已有所改变。看来这条路就是一个赌局，自己是非赌下去不可了。从报社代领的那笔钱还在手上，只要这段时间孙尔雅不再发织云的报道，日子一长，自己不怕找不到机会，再慢慢和她改善关系。尽管孙尔雅疾恶如仇，像今天这样，不还是沟通上了吗？事在人为，孙尔雅那点脾气在自己眼里算不了什么，只要脸皮再厚一点，嘴巴再贱一点，说不定能跟她重归于好，最后成就一段美满姻缘呢。

第二天上班，范东主动找到袁代表，说自己已经跟老婆孙尔雅谈妥了，她和现在的杂志社最近都不会写织云科技的任何报道。谈完这个话题，范东回到自己办公室，双手合十口中念念有词，过了很久那颗狂跳的心才平静下来。

五

周六清晨《织云疑云》终于登上了《财经新闻周刊》封面，摆到了全国各地数以万计的报刊摊位上，然后又迅速传递到各种各样人们的手中、办公桌上。一看就知道周刊美编花了不少心思，他们在封面上做足了效果——一群纺织工正在精心惬意地编织着头顶的五色云彩，远处天边，一阵遮天蔽日的乌云正滚滚袭来。上午九点左右，这期《财经新闻周刊》已经在全国卖断；十点不到，孟夫子昨晚决定加印的一万册也迅速卖光。这是周刊创刊以来第三次出现卖断的情况，而前两次都是在十点以后，这次提到了十点之前。这个时候，孙尔雅什么都不知道，她正在酣睡之中。昨天晚上，为了排版这篇长达两万字的封面专题，她跟孟夫子一起改了七遍稿子，手指都写变形了。孟夫子看完清样，实在熬不住，就回家睡觉去了。可孙尔雅不放心，她跟到出片公司，直到看到胶片出来，又细细阅读了一遍胶片才大着脑袋回到住处。

等她醒来赶到杂志社，已经下午了。编辑部每一个人都对她热情有加。有人送来刊着《织云疑云》的周刊杂志，告诉她本期杂志两次卖断的消息，还有人送来一杯热咖啡。一个本部门关系不错的同事更是直接帮她打开电脑，点开“东方财经新闻”网站，头版头条是“财经新闻重磅推出《织云疑云》，女记者孙尔雅揭开惊人黑幕”，后面紧跟着五六个小标题，再点开都是自己报道中的一些细节要点。等这些同事离开，孙尔雅躺在椅子上，深深地吸了几口气。文章总算做出来了！为了揭露织云黑庄，自己花了这么长的时间，跟各色人等周旋，不舍昼夜地在网上追踪，不惜跳槽，跟男友闹翻……这一切忍辱负重，终于变成了红极一时的封面文章，在大江南北、长城内外被人们争相传阅，震撼了每一个投资人，震撼了整个资本市场和媒体圈！孙尔雅这个名字从此响亮起来了，就像历史的滚滚洪流不可阻挡。小气猥琐的何社长算什么？下流无耻的范东、秦小敏算什么？固若金汤的织云高管、手握重金的庄家章陕又算得了什么？

她打开织云科技的股票行情，果然是开盘跌停！从昨天的收盘价 34.99 元直接打到 31.49 元，在跌停价位上码着巨量大单。在上午两个小时的交易中，全部成交量只有七千多手，不到昨日上午交易量的十分之一。查看织云暴涨以来的最大跌幅，有两次单日跌停，但每次持续跌幅都没有达到百分之十五以上。如果明天再度跌停，就创造了自庄家介入以来的最大跌幅。如果连续三个跌停，股价就回到一个月以前的 25 元左右。

孙尔雅心想，这次总该让庄家伤筋动骨了吧？想想庄家章陕将作出的反应，她不禁替 AK47 担心起来。他在章陕身边玩无间道，没玩出动静还好，如今《织云疑云》刊出来，连三方协议这样的绝密文件都被曝光了，不可能不令章陕疑心出了内奸。如果他被章陕锁定成内奸，还跑得掉吗？如果他跑不掉，等待他的又会是什么结果呢？面临着上百亿的坐庄利益，章陕不可能束手就擒，反而很可能狗急跳墙，对 AK47 痛下杀手，永绝后患！想着自己的内线可能会面临这样一个结果，孙尔雅感到不寒而栗。她不想看到 AK47 出现任何状况，如果他出事，不仅关系他的安危，而且还关系孙尔雅和周刊的安危。因为三方协议还在他手上，如果长时间拿不到这份协议，报道所涉黑幕各方绝对不会善罢甘休，到时说不定自己和周刊都得乖乖站在被告席上。

她立即点开 AK47 的 QQ，看到他不在线，上一次聊天记录已是好几天前了。周刊被热卖的情况促使孙尔雅的脑子高速运转起来。这次的报道肯定打了庄家和织云一个措手不及，他们一定正忙着查找内奸、商量紧急对策。对 AK47 来说，时间就是生命，说不定他预先想好了退路，早就溜掉了。这几天他都没有跟自己联系，或许就躲在某个秘密的地方，正密切关注着整个事态的发展。他应该能判断，在这篇报道出来之后，章陕会怎么应对媒体；AK47 还担心自己和周刊会被庄家收买，所以他坚决不肯透露自己的真实身份，也迟迟不肯交出三方协议。这么一路分析下来，孙尔雅又稍稍放宽了心，这个 AK47 鬼精得很，不可能被章陕抓住的。她思忖片刻，还是在 QQ 上给他留了一句话：如果看得到这句留言，晚上十一点我等你。保重！

这时孟夫子的电话进来了，让她立即去他办公室。孙尔雅推门进去之后，发现孟夫子正跟社里的保安队长谈话，她心里一怔，难道麻烦这么快就找上门了？孟夫子见了她，连忙招呼：小孙过来坐，这位是保安队翟队长，你这个《织云疑云》太火了，大大超出我的预料，我担心报道会引起连锁反应，这段时间由翟队长负责你的个人安全，上下班你都跟他联系，由他安排保安接送。

孙尔雅开起了玩笑：主编，您也太杯弓蛇影了吧？有这么严重吗？这可是高级干部才能享受的安保待遇啊！您是不是听到什么啦？

孟夫子正色道：还是防患于未然的好，这事在周刊不是一次两次了。前年西北记者站的记者小王，不就是被人家绑架了半个月之久吗？还有去年，我们驻武汉的记者家里被砸了个稀巴烂不说，父母还被人打得住进了医院。

孙尔雅听了心有余悸，问道：这么大的事怎么没听周刊给大家通报啊？

孟夫子解释：要都通报给你们，岂不是自乱军心，谁还愿意去冒险采访啊？再说，这些事件当地警方都作出了公正处理。如果告诉你们，除了把事情闹大，还能有什么好处？

孙尔雅点点头说：明白了，原来您也一直防着我们啊？

孟夫子说：你这篇报道出来，三个地方必定成为舆论中心，一是织云科技，二是黑铁投资，三是万金证券，他们必定乱成一锅粥。今天上午织云的公关电话已经打到我这里来了。相信他们还会采取很多我们意想不到的动作，我们一定要有充分的思想准备。

孙尔雅接过话头说：三方协议拿不到手，我始终放不下心来，我那个秘密线人现在还不知道怎么样了。

孟夫子表态：你考虑待有道理，我们一定要尽最大努力保护好线人安全！如果必要，你可以请他躲到我们周刊大楼里来。这里十五个保安，我已经安排二十四小时值班了，比政府大院还安全！

看到孟夫子这样态度，孙尔雅不禁想起何社长。在关键时刻，一个站出来保护自己的记者，另一个却拼命把自己手下往外推，都说人跟人比差别不大，这两个领导态度怎么就如此截然不同呢？

第二天、第三天织云科技股价毫无悬念地出现了三个一字跌停。在孙尔雅的 QQ 上，神秘的 AK47 仍然没有露面，这让她心里有些不安。

《织云疑云》刊出之后，几天之内，网络、电视、广播、报纸等都在疯狂转载和评论，大批财经记者涌向了织云科技、黑铁投资和万金证券，他们似乎想掘地三尺，把这些公司掀个底朝天。股民看到股价无量暴跌，根本没法出逃，只能把满腔怒火发泄到网络上，他们对织云高管和章陕不停臭骂、恶搞，恨不能把他们逼出来群殴致死。当然，也有质疑的声音。一个财经专家在电视上呼吁，《财经新闻周刊》应该及时公布三方协议的具体范本，如果两份投资协议确属由同一经手人同时签订，并且万金证券提供不出织云科技的进出账单，也提供不了黑铁投资的进出账单，才能确定织云和庄家勾结合谋了。否则这个指证就是拉郎配，就是莫须有，就是诬陷！见到这种质疑，孙尔雅忍不住在办公室里求神拜佛，祈祷 AK47 早日露面，把三方协议早日交给周刊。

第四天，孙尔雅终于等来了一条比较令人震撼的消息——万金证券委托理财部经理贾准携款潜逃！消息来自万金证券所在省会的一家晚报，记者引用万金证券委财部一位员工的话说，从财经新闻刊发《织云疑云》的前两天起，就没有看到贾准来公司上班了。根据部门资金调拨记录来看，贾准很可能涉嫌卷走了一笔五百万的客户资产。万金证券主管投资的副总裁也向媒体表示，贾准请了长假休病。

在“东方财经”新闻网站的《织云疑云》跟帖中，有一条比较引人注目的爆料信息，这名爆料者自称是万金证券内部员工，并且跟贾准很熟。他说贾准下属和主管副总裁的说法明显是为了掩盖真相。据他所知，就在《织云疑云》刊出的前一天下午，他还看到贾准跟一位客户吃了晚饭，报道出来当天，自己看到报道中赫然写着贾准名字，心想这下他可出名了，内线电话打过去，才知道他并没有来上班。他说贾准是委财部经理，积累在手上的业务大单就有数十亿之多，凭此拿到的公司奖金一年就有好几百万，他为什么要携款逃跑？贾准不是潜逃，而是在《织云疑云》报道出来之后神秘失踪了。为了佐证自己的说法，这位爆料人还指出，贾准的汽车就停在公司地下车库，说明他是早晨上班进入地下车库之后才失踪的，只要警方做个检测，就不难证明那天早晨贾准是否开过汽车。另外，贾准住在近郊的豪华别墅里，房款已经全部付清，这栋别墅的价格已经超过六百万了，你说他处心积虑卷走五百万，而丢掉合法合规的六百万家产，除非他疯了！

接下来的时间里，又有人爆料说，贾准消失之后，跟他经常在一起的小女友也突然消失了。有人在当天当地的机场出入境记录中查到了他那个小女友的信息，记录显示，她在《织云疑云》刊发的当天晚上去了香港，但前后几天的记录中，都找不到贾准的踪迹。

有媒体报道，警方开始介入万金证券，深入调查贾准失踪一案。舆论高压之下，万金证券公司再三声明：

一、公司没有和织云科技、黑铁投资签订任何合作协议，市场传言属于不实之词，公司将在适当的时候追究造谣者的法律责任；

二、贾准的潜逃纯属个人行为，与公司没有任何关系。

当地警方始终没有公开贾准失踪的调查结果，但网上随即有人爆出内幕：警方从贾准家里搜出了大量假公章。令人震惊的是，涉及万金证券公司的假公章就达十三枚之多！

这条消息刚刚传播出来，万金证券又赶紧发表声明：贾准私刻公司公章，对外所签任何协议都与公司无关，不具有任何法律效力。而且，目前也没有证据表明，贾准用假公章与织云科技、黑铁投资签订了三方协议，公司也没有查出关于 1.28 亿元财务转账记录。

第五天，织云科技股票连续五个一字跌停。织云科技终于在当地日报上发表声明：某媒体关于织云科技与庄家勾结的报道严重失实，违背了新闻伦理，是对公司的肆意污蔑，要求涉及不实报道的相关媒体立即向公司道歉，并主动澄清市场影响，否则公司保留追诉相关媒体相应法律责任的权利。

当晚，织云所在省级电视台也以“织云新城建设”为题，在晚间新闻中对织云科技作了特别报道，并披露了部分海水淡化膜技术实验室的外景，以及海水淡化生产线。电视上，被采访的专家说，织云科技的淡化处理技术确实达到了世界一流水平。根据其成本测算，工业用水的大规模生产可以随时启动，纯水生产技术也取得了巨大进步，一旦织云科技大规模投产，将大大降低我国的用水成本。长远来看，还将大大缓解整个地球的淡水危机。

就这样，一边是织云不断辟谣，一边是股价依然断崖式下跌。经过五个连续跌停之后，第六天终于打开了跌停板，但股价已经被打到二十元之下，很多高位追进的股民资产瞬间被腰斩。全国数千万散户聚集在各自的营业部证券大厅，群情激昂，把所有的口水都吐到了织云身上，而那些离织云较近的一些股民不约而同，组成一支数千人的队伍，潮水般地涌向上市公司追讨说法。织云科技只好大门紧闭，向监管部门和地方政府紧急求救。为避免事态进一步恶化，监管部门与地方政府联合表态，将迅速成立联合调查组，尽快查明事情真相，给广大投资者和市场一个负责任的说法。

然而，织云合谋坐庄的事件仍在继续发酵，股价仍在不断走低。网上开始传言，说有一个高位追进的股民疯掉了，又有一个股民心脏病当场发作……还有很多借钱炒作的股民受不了亏损跳楼的消息。

万金证券贾准失踪的消息刚刚传到周刊时，孟夫子马上找到孙尔雅，告诉她那个内线值得信任，他所说的三方协议确有其事。不过，庄家手段也十分狠辣，他知道贾准必成舆论焦点，所以先下手为强，设计了贾准失踪这一着妙棋，查不到万金证券的资金转账证据，一切调查和质疑只能到贾准为止，庄家虽遭受重创，但仍有回旋余地。

孙尔雅深为孟夫子的判断折服，不愧是老财经，连庄家企图都看出来了。但是她没拿到三方协议，一直在担心周刊被起诉呢。另外，AK47一直不见踪影，贾准又恰好失踪，两个人手上都拿着三方协议，他们不会是同一个人吧？如果贾准被庄家控制住，岂不是意味着自己永远拿不到三方协议了？短期来看，庄家也不敢断定《财经新闻周刊》手上没有证据，所以不敢乱动；时间一长，就不好说了。

她把自己的担心跟孟夫子说了。孟夫子劝她不要多想，应该相信内线，内线吐出了贾准，并且一再声明他手上没有协议原件，只有复印件，足以说明他不是贾准。他分析，这个AK47一直躲在黑暗中，蓄谋已久，对形势估计得很充分，肯定早就做好了应对一切的准备，不会像贾准那么轻而易举被庄家控制住。孙尔雅觉得也是这个理，贾准只是一个中介，AK47却可以轻松控制盘面，他即使不是黑铁投资的吴非，也应该是和吴非差不多的重要角色。

孟夫子说既然一记重拳打过去，还不能让庄家趴下，就只有连续出拳了，这个时候切忌停下来看戏。任何迟疑和等待都会给庄家喘息机会，等到庄家组织起有效的反击，一切都会变得被动起来。孟夫子要孙尔雅尽快联系到那个内线，再接再厉，继续写出关于织云庄家的重磅报道。看到孙尔雅有些疑惑，孟夫子指点说可以根据内线提供的织云老鼠仓线索，狠狠地再捅织云高管一刀，让他们自乱阵脚。

孙尔雅想了想说：这个有点难，上次自己去织云采访，他们已经严防死守了。

孟夫子说：恐怕还得靠内线。

孙尔雅突然想起了什么，缓缓说道：我记起来了，当时织云因职工建房引发群众闹事，内线就提醒说，虽然织云老鼠仓铁板一块，但群众把矛盾焦点对准了其中一个高管，这个事件持续发酵下去，有可能造成高管铁板利益联盟的解体。如果顺着这个线索深入采访，说不定会摸到织云老鼠仓的核心内幕。当时我还想不通，怎么织云孔董和何社长都怕我捅这个马蜂窝呢？如果您同意，我立即再去织云采访！

孟夫子摸了半天脑袋，也没表态，最后郑重其事地说：确实是个机会，但这次你不能去。你的处境已经很危险了，如果你去冒险采访，只怕到时跟贾准一样，突然哪天就不见人了。我是想彻底打垮庄家，但更要保证自己员工的人身安全。还是先联系内线吧。

孙尔雅一天数次上 QQ 给 AK47 留言，结果都是石沉大海，杳无音信。

第六章

------ • CHAPTER 06 • ------

一

康老板失踪的事，让严磊一度恼羞成怒。这人也太不靠谱了，动不动就撂挑子，把这么大一个烫手山芋扔给自己就溜了。他打电话给朋友，康老板就是这位朋友赌咒发誓介绍给自己的，可是朋友也说联系不上，康老板三个电话号码都打不通。严磊只知道康老板两个电话，朋友却知道三个电话，康老板是不是还有四个或五个电话呢？这家伙在自己面前一直装得老实可靠，原来一直在耍心眼，怕是早就做好了一走了之的打算。

其实，康老板失踪，在严磊眼里也不能算是意外。在此之前几天，严磊把公司否决追加建房投入的结果告诉给康老板时，康老板绝望地说严董对不住了，织云这活儿没法干了，这是要逼上梁山啊。严磊当时一听就不对，说你小子不会铤而走险跑人吧。康老板两手一摊，说还有什么办法，真跑了房主肯定闹事，织云才会高度重视，说不定增加投入的事、规划变更的事都会迎刃而解，你我才能解脱呢。严磊一听这家伙真是奇葩一个，竟能这样去想问题，他一跑，还不得由自己来背黑锅呀？严磊质问康老板，你想害死我是不是？知道外面群众怎么说吗？都说我收了你的黑心钱，内外勾结蛇鼠一窝。康老板开玩笑似地说，严董，绝对害不死你，只是一个苦肉计，你暂时受点委屈，长痛不如短痛，织云同意补偿我就马上回来开工。严磊见康老板有些恶作剧，有些火了，说有本事你就试试看，别让我抓到你！否则非抽你的筋剥你的皮不可。康老板忙说严董不会的，都只是个玩笑。结果过了两天康老板就真联系不上了，找售楼部经理一问，说他出差了，去哪里也不知道。消息传开后，售楼部被房主砸了个稀巴烂，围挡和墙壁上刷满了“黑心开发商、还我血汗钱”之类的标语。

严磊当时想，既然之前康老板这么暗示过，问题解决后一定会回来。但是康老板卷走了大部分资金，如果严磊再帮他掩盖，行贿受贿、内外勾结的罪名就坐实了。所以，为了跟这个黑心开发商划清界限，也为了向班子交代，他还是向织云公安分局报了案。这事情由周主任出面斡旋，其妻妹夫施局长亲自过问此事，警方几乎查遍了康老板的亲戚、员工和客户，并且严密监视他的银行账号、身份证号、手机号，又派人去康老板名下几处房产蹲点，最终一无所获。严磊想，织云追加补偿建房资金的文件都下来这么久了，为什么康老板还不露面呢？琢磨之后算是找到了一些原因。康老板不回来肯定是担心被警方抓走定罪，别的不说，光是卷资出逃一项就够他喝一壶了，还有织云项目招标的问题，以及在其他项目上的问题，没事也会给他找出事来，小事也会弄成大事，这时回来，不等于是自投罗网、自取灭亡吗？严磊这么一想，自己也有些后怕，跟康老板合作这么久，他要是真被抓了，下一个被抓的会是谁呢？

这天，周主任约到了施局长，三人一起来到市里的酒店吃晚餐。寒暄一阵以后，严磊问起了追查康老板的最新情况。施局说有些复杂，警方已经查到了康老板的大方向，他跟财务经理一起坐飞机去了西部某市，但通过当地警方查找，竟未发现他们的任何踪迹。警方还传唤了康老板老婆，希望她劝说康老板回来自首，没想到她一点也不配合，还说老公失踪了，自己也要报案，反过来找警局和织云要人。后来织云答应解决资金补偿问题，办案人员把这个情况告知了他老婆，希望他主动归案，争取宽大处理，但仍没有任何回应。

严磊听完更加坚信自己的判断了，连老婆都传唤了，康老板还敢露面吗？严磊起身给施局长敬酒，恭敬地说：织云闹事给您添了不少麻烦，我这里赔个罪，先干为敬，施局随意了！

施局刚喝完，严磊又满上一杯，对施局说：我还有个请求，请你再帮我一个忙。

施局问：什么事？严董直说无妨！

严磊把酒一口抿掉，又看着施局喝完才说：康老板那件事，我想撤案！

施局不解：撤案？你们找到人了？

严磊说：人没找到，但不撤案的话，只怕永远找不到了！

施局仍不解：为什么？

严磊解释：康老板肯定跟家人联系过，如果他知道老婆被传唤了，心里一定很害怕。要是回来被警方抓住，卷款出逃的罪名他还洗得掉吗？即使他知道织云作出了追加投入补偿资金的决定，也不会为这笔钱冒险回来的，因为回来就意味着失去自由，何况他还会怀疑这笔钱能不能买回他的自由。再说，卷走的那笔钱已经够他花一辈子了。

施局哦了一声说：你的意思，是让我们暂时撤案，装作不追究他，好引他回来？

严磊摇头：不是假装撤案，是真撤。真抓了他对织云毫无意义，关键是要他继续给织云职工去建房、去善后；否则，职工还会闹事。我就是因为职工闹事下台的，如果职工再闹，我就更惨了。我惨了对谁也没好处啊！

周主任一直盯着这件事，此时，他也觉得严磊说得在理，连忙朝施局点头。

施局仍有疑问：康老板卷钱跑人是你报的案吧？既知今日又何必当初呢？

严磊苦笑说：当初是恨他，今日是为大局着想，当然也是为了救自己。

施局思忖了一会儿说：撤案不是不可以，但也需要一些手续。法律规定，对情节显著轻微、危害不大、不认为是犯罪的，可以撤案。这可能要你们公司出一份公函，认定康老板属于这种情形，并提出撤案申请。

严磊会意地看了周主任一眼，忙说：这个我跟周主任明天就请示班子，应该很快就能办好，谢谢施局支持我们的工作！

周主任也说没问题，然后又告诉施局，五十万警民建设经费公司经过研究已经通过了，这几天就能打到账上。这笔经费织云年年都会给，以前只有十万，最近情况不同，织云群众闹事以来，每天都要请警方维持局面。孔董表态要增加警民建设经费，施局每次都会多派人手去帮织云维持秩序。虽然织云群众情绪愤慨，但总归没有闹到不可收拾的地步。

施局也乐得甩掉这个麻烦，基本同意把康老板交给织云，还说康老板最后能不能找回来分局就不再过问了。严磊表态说孔董把找回康老板的任务交给了我，我一定会尽力而为。饭局散场的时候，严磊又悄悄在施局口袋里塞了个红包。

回到家里，严磊仍满脑子想着怎么找回康老板的事，上了床之后翻来覆去睡不着，结果把老婆吵醒了。前几天他求老婆行周公之礼都被拒绝，今天心情好，就摸索着想扳过老婆的身子，谁知老婆狠狠地摔了一下手臂，正好砸到严磊脸上，严磊痛得直叫哎哟。老婆的手也砸痛了，嫌恶不已地嚷道：白天不让人好过，晚上还不让人好睡，你想干什么？

严磊把这些天积压的怒火全喷了出来，吼道：我告诉你，不要狗眼看人低！今天你不让我碰，等我官复原职了，你求我我都不会碰你！

做你的春秋大梦去吧！

严夫人掀开被子起身，跑到客房去睡了。

第二天，严磊向孔董和沈总递交了撤案的请示报告，得到了他们的一致首肯。孔董还表扬了他，说一看这个报告就知道严磊在认真想事，并要求沈总在人员和经费上给予严磊大力支持。严磊想到晚上老婆的恶劣态度，恨不得马上逃离那套冰冷无情的房子，于是提出想在织云招待所开一间房，用作联系康老板和处理职工新楼善后的事情。想到严磊暂时没有办公室，孔董毫不犹豫就同意了。

出了门严磊就直奔织云招待所。柳青青正在值班，看到严磊进来，老远就笑眯眯地招呼道：是严董啊，您今天怎么有空来了！是不是来看我的呀？

严磊跟柳青青很熟，在他主持团委工作时，柳青青还是他手下的一员得力干将，不过那时她还小，二十岁左右，能歌善舞，活泼可爱，织云老领导都很喜欢她。一晃快十年过去了，柳青青变得像一个熟透了的果实，严磊却老了，两鬓白发明显长出不少。

严磊把沈总签字的开房审批单交给她，神秘地说：小青青啊，这回我可不只是来看看你的，我要长期住到你这里来，享受你的特殊服务，你不会不欢迎吧？

严磊一直称柳青青为“小青青”，陌生场合人家会听成“小亲亲”，往往编出很多荤段子来说他们俩，但柳青青和严磊都知道只是玩笑，从来没有当真过。听严磊这么说，柳青青笑着回答：欢迎啊，怎会不欢迎呢？您是我的老领导，手把手教过我，您让我往东，我决不敢往西，您说什么我就做什么，您要什么我就给什么，绝无二心！

严磊少有地高兴起来，赞道：小青青，人家都说女大十八变，我发现你是结婚之后十八变啊，小嘴变得更会说话了，脸蛋变得更漂亮了，身材也变得更好看了……

柳青青马上装嫩，娇滴滴地说：我一直是在领导的栽培下茁壮成长呀，看来领导是嫌弃我过去长得难看咯？

严磊不禁盯着她的胸脯看了一阵说：不嫌弃不嫌弃！过去你是女孩，现在你是女人。

柳青青站起来，把做好的房卡双手交给严磊。严磊伸手来接，手指差点就碰到柳青青的胸脯了，他不好意思地赶紧把房卡收回来，再看柳青青倒像没事似的，一颗心才镇定下来。

柳青青走出前台，领着严磊一边走一边说：严董住到这里来，有什么要求请多多吩咐！

严磊跟在柳青青后面，她身上那股特有的体香直扑他鼻孔，严磊一时有些迷醉，又像回到过去某个熟悉的场景，久违的温馨、浪漫又回到了内心。这个女人给人感觉真好！

柳青青把他送到了房间门口，轻声说：严董您请休息好！

从前台到三楼房间门口，柳青青一直陪着严磊，加起来的时间不过两分钟，严磊却觉得很漫长，他打心底里享受这短暂的漫长，现在整个织云再也没人愿意陪他这样一起走了，就连自己老婆都不愿意，这个女人怎么就不能像柳青青一样，懂得体贴和尊重自己的男人呢？这几年她俨然成了一只母老虎，真令人难以忍受！

进来坐坐吧？严磊发出邀请。

柳青青说声好的，跟着进了房间，虚掩了门，拿起水壶帮他烧水。严磊脱了外套坐下，习惯性地拿了遥控器调台。这段时间以来，遥控器成了他的亲密伙伴。

柳青青坐下说：严董，您好像瘦了一点。

是吗？严磊伸手摸了摸脸颊，又说：是瘦了一点。

您不要心理压力太大嘛，我相信事情很快就会过去，您可要多保重身体。

柳青青的关心像纯水漫过喉舌之间般滋润，严磊大有上前给她一个感激熊抱的冲动，但仍冷静地说：小青青，你比谁都看得清楚。放心，我是钢筋铁骨，经得起千锤百炼！

可不，严董身材一直都没变呢。

柳青青说着起身去泡好了茶端过来，放下茶杯，告辞说今夜她当班，有事尽管吩咐。

严磊说干就干。

住进织云招待所的第二天晚上，他在介绍康老板竞标的那位朋友的带领下，拎着一大堆礼品来到了康老板家里。一进家门，他就把警局的撤案通知书递给康老板老婆，又告诉她公司决定追加投资、补偿康总、补偿住户和规划变更等多方面的好消息，希望她告诉康老板，让康老板打个电话给他。康老板老婆不理会这些，仍在痛骂康老板跟财务经理私奔了，抛弃妻子，在外面不得好死。严磊顺着她说叶落归根，在外面确实不得好死，但回来就不同了，回来不光一家团聚，还能多拿几千万巨款呢。朋友跟康家很熟，也劝道还是让康老板回来吧，可别错过了最好时机。严董这次可是被他害苦了，等他回来才能官复原职呢，康老板老婆一听这话，问道：严董复职之后还管织云建房的事吗？不是听说有个沈总已经接手代管了吗？

严磊一听有戏，她明显在担心织云内部会出现对康老板不利的局面，这肯定也是康老板的心理。严磊宽慰她：只要康老板能回来开工，我肯定还管这个事。织云撤我是临时决定，迫于房主闹事的压力，现在事情解决了，房主不闹了，所以康老板也应该回来了。

对方态度明显松动，犹豫着说：我是真不知道他死哪里去了，他在远处有个朋友，我不知道他是不是知道一点什么。

严磊想起施局长透露的情况，康老板明显是去了西部某市，就对她说：我知道他是应他那位朋友之邀，到某市考察投资环境去了，就是怕他被警方误打误抓，才赶紧到警局要求撤案的。你赶紧联系他，告诉他我在等他的电话。

康老板老婆听了大吃一惊，仿佛看到自己老公被抓走的一幕，忙说：他那位朋友我也没见过，只是听他以前说起过，要找到那位朋友也没那么容易，严董还是回去等消息吧，我联系一下，找不找得到都会给您回话。

严磊一听就明白她做不了主，肯定还得找康老板商量，就起身告辞出门。

在朋友送严磊回织云的路上，一个电话打了进来，听声音正是康老板。严磊看了一眼车上的时间，从康老板家里出来还不过二十分钟！一种成就感就像点着的烟花倏地从严磊心底升腾起来。在电话里，严磊却是一顿破口大骂：康老板，你他娘的还好意思给我打电话啊？要不是我想到及时撤案，你他娘的这会儿早进去了！别以为你狡兔三窟，织云警方连你住哪间房都摸得一清二楚了，不信你自己打电话去警局问问！

后面这些话完全是威慑康老板的，严磊断定他不敢去打警局的电话。

感谢严董！想不到我出来才几天，织云出了这么大的事！严董受惊受苦了，我回来就给您摆酒压惊！康老板一副诚惶诚恐的腔调，但明显在编话。

你他娘真会胡扯！织云的事明明就是你惹出来的，我是被你害的，你装什么无辜！严磊怒不可遏，根本不理会旁边朋友让他压低火气的手势。

严董，这两天我正想找您汇报呢。说实话，织云那个项目我真是做亏了，这个与当初织云压低预算有关，但也有我对形势预计不足的责任，想不到建材几个月就涨了50%，我这小本经营的，哪里撑得住啊？可是织云又不愿帮我，房主还不停闹事，我只能拆了东墙补西墙，去外面另找项目弥补。刚好这边一个朋友说起可以参加一个项目的工程竞标，我连招呼都来不及跟您打一个，就心急火燎地赶过来了。我的想法是通过朋友关系先竞到标的，之后再转手给别人，自己只拿点差价，回头再去做织云的项目。

康老板一口气说了好久，在严磊听来都是假话，但他得给康老板一个台阶下，否则又会把他吓得胡思乱想。他装作不满地说：康老板，你出去找项目，想主动解决问题是好事，可也用不着关了电话吧？弄得我替你背了这么大一个黑锅，都没个地方能说得清楚！

康老板听严磊口气也没怎么怨他了，忙道歉说：是我对不住严董！我回来一定将功折罪！我来到这个地方，就被朋友接到郊外一个山里面，这里有一家豪华度假村，为了客人彻底摆脱外界干扰，度假村特地推出一项服务，清除了所有通信信号，所以手机才无法联系上。我每天不是闭门做工程预算，就是开门在湖边钓鱼。严董是真的，不信你可以上网查这家度假村，电话不通是他们的一个招牌服务。

严磊揶揄他：我才不会去查！我说你除了搞工程预算，恐怕还在搞婚外情预算吧？自己一跑了之不说，还把财务经理这个老姑娘带在身边，你不会这次带个孩子回家吧？告诉你，你老婆可是一肚子怨言了，自己小心点！

康老板听了大笑道：严董多虑！我不是早说过吗？我的财务经理是给您培养的，我怎敢在太岁头上动土啊？这次带她出来，是因为做预算少不了她，回来我就把她送到您府上去！

严董在电话里笑了，不禁骂道：呸！想老子喝你的洗脚水，没门！老子手里美女一大把，随便拿出来一个，就能让你那个财务经理无地自容！

严磊开这个玩笑时心里想的就是柳青青。

康老板听了说：原来严董一直金屋藏娇啊，等我过两天把这边工程预算做完了回来，你也给我介绍一个好不好？

严磊应道：介绍美女没问题，有问题的是你能不能快点回来，你又不是一个小孩子，总不好意思让我老给你擦屁股吧？

康老板承诺：我三天之内向您报到。不过话说回来，我这一跑，还真跑出了一个意外效果，让孔董他们心甘情愿出了血，只是委屈了严董，我回来一定把您的损失都给补回来。

严磊听了暗自发笑，康老板还以为孔董同意追加资金是他的功劳，其实要不是因为我，你是死是活谁在意呀？不过这话只能回头再跟他说了，现在只有等他安全回来，才能跟孔董、杨总还有那个姓钱的说得起话。

康老板似乎怕严磊担心，给他留下一个电话号码，说是某市里的朋友电话，他不住在度假村，找到他就能找到自己。

因为心里兴奋，严磊在织云厂区找了一家酒店，跟朋友又狠狠喝了一顿酒，酩酊大醉被送回招待所时已经过了晚上十一点。柳青青在前台看到，立即出来从严磊朋友手里接过身子沉重的严磊，跟另一个值班服务员一起努力，连背带架把严磊弄进了房间，直到给他脱了鞋、盖好被子才退出房间。严磊朋友看在眼里，心里不免顿生羡慕——这小子艳福不浅啊，被撤了职还有美女对他这么好！

第二天起床之后，严磊正想着昨晚是怎么回到招待所房间的事。柳青青前来敲门并送来了这两天严磊乱丢在房间的衣服，洗得干干净净，并且叠得整整齐齐的。严磊想起前段时间在家，都是自己清理衣物，老婆还讥讽说你都变回劳动人民了，还妄想着剥削阶级的好日子啊。看着眼前的柳青青，严磊不禁有些感动，口里连说谢谢。柳青青问领导昨晚没事吧，喝成那样，让她担心了一整晚。严磊一问，才知道是她把自己背回房间的，更加感动，紧紧拉住她的手感慨道：这个世界上，还是小青青对我好啊！

柳青青不好意思了，赶紧抽回手就走，走到门口回头一笑说：领导，您别放在心上，这些都是我应该做的！

二

就在严磊紧锣密鼓准备东山再起之时，他一个老部下找到招待所来了。

老部下敲门时，他正在睡午觉，还做了一个美梦，可惜这个梦被一阵敲门声打断了。严磊打开门，见外面天气并没有变冷，老部下却高高竖起了衣领，还戴着一顶棒球帽。他让老部下进了门，指着他那一身古怪打扮问：你干吗呢你？大白天的装神弄鬼！

老部下赶紧脱掉外套，丢掉帽子，怨道：哎呀，快闷死我了！我不敢跟您打电话，怕被人盯上，刚刚去了你家一趟，见到嫂子，告诉我你住到招待所去了，把我吓了一跳呢！

严磊声明：我住到这里是为了工作需要，你神经兮兮干什么？是不是你嫂子又跟你胡说八道什么啦？

老部下知道严磊误会了，赶忙纠正：不是嫂子说什么，而是我以为你被纪检部门控制了，再也见不到你了！

严磊越听越糊涂，气得直骂：你小子今天吃错药了吧，好好地诅咒我干什么？

老部下自己倒了一杯水咕嘟咕嘟喝下，平静了一下心气才说：严董，我没患病，也没诅咒您。我已经被钱书记的人控制在一个宾馆好几天了，昨天下午才放出来。本来我不该在这时来打搅你，但我又怕您还被蒙在鼓里，所以决定冒险来给您提个醒。直到嫂子说你们吵架了，我才放下心来，原来你并不是像我一样被钱书记请过来的。

这个姓钱的又他妈折腾什么呢？看到老部下这么急，多少与自己有些关系。

严磊盯着老部下问道：姓钱的控制你干什么？你是不是被他们抓住了什么把柄？

老部下被问得有些不好意思，只好承认：他们借口说我在工会劳保用品采购中拿了回扣，要审查我的问题。

严磊不客气地问：那你到底拿了没有？

老部下吞吞吐吐：拿了，也不算拿，都是卖制服那家公司硬塞到我口袋里的，才几千块钱的事，他们非要小题大做！

严磊看着他，质问道：你是一次几千块吧？总共多少次，加起来够好几万块了吧？我多次警告你，织云自己就可以做制服，你们非要到外面去采购，不招人怀疑才怪呢！

严磊撤职之前管着两个部门，一个是工会，一个是后勤总务部。再之前严磊是后勤总务部经理。这个部下在自己执掌后勤总务部时就跟着自己，后来又调到工会去了。这次织云闹事，主要是针对后勤总务部，他们负责跟开发商康老板对接，老部下这把火暂时还烧不到自己头上，所以严磊并没有自乱方寸。

老部下很紧张：钱书记说我这个事可大可小，关键是看我的合作态度。他说要是我把另外一件事情讲清楚了，就可以大事化小；要是拒绝讲或者讲不清，就后果自负。

到底什么事？你别这么紧张好不好？

老部下轻声问道：您还记得六年前办公楼装修那个项目吗？那个时候我们

都在后勤部，公司正在上市。

记得，怎么了？严磊皱着眉头问。

他们要我说清楚的就是这个事，说那个装修老板送了二十万，是我经的手，最后这笔钱到哪里去了。

操！姓钱的果然居心叵测、乘人之危！严磊听了一惊，心里问候了姓钱的祖宗无数次。

他迫不及待地问道：那你是怎么交代的？

他们说这二十万是装修老板直接交到我手里的，是我一个人贪了还是跟您分了？是怎么分的？我说我真不知道这个事。他们竟拿出装修老板的回忆录音给我听，还说一个人贪这二十万可以判我二十年，如果跟您分赃，并且我拿得不多的话，主动交代可以免予起诉。

严磊这才觉得事态严重，不禁问道：那你到底怎么说的？

老部下表情都快哭了：几天几夜下来，我实在熬不住，就说这笔钱我都交到部门了，是您接手的，您说我工作努力表现好，当场给我奖励了三万块。

严磊追问：那十七万你又是怎么跟他们说的？别吞吞吐吐，跟我最好一字别漏！

您当时告诉我，剩下那十七万就当部门奖金存起来，要细水长流，今后部门谁有贡献就奖给谁一点，激励大家努力工作，把上市工作做好。我把您的话原封不动地告诉了他们。我想要是他们找您的麻烦，至少您还有个回旋的余地，私设小金库总比受贿判得轻些吧！

严磊使劲回忆，那时自己确实把这笔钱存到了一个账户里，连老婆都没告诉，后来因为孔董要自己上缴虚拟股权激励的款项，才不得已把这笔钱取了出来。羊毛出在羊身上，看你姓钱的又能把我怎么样？

严磊想想又问道：除了这个，你再没有乱说其他什么事吧？

天地良心，我绝对没有！他们还说掌握了您和我很多问题的证据，相信其中我的问题不大，主要是您的问题，如果我主动交代，算是将功补过，尽量可以做到少追究，甚至不追究。

严磊不放心：你真的什么都没说啦？

严董，我跟您这么多年了，您看我像是出卖您的人吗？

钱某人既然已经开始假戏真做，接下来就是在公司班子会议上摆出自己的“罪证”，建议公司通过决议，对自己实行“双开”，然后交到公检法手里，等自己几年牢狱之灾出来，什么也没有了，自己那一百万虚拟股权激励肯定也会被他们瓜分得一干二净……这就是他钱某人的阴谋，他想弄假成真，把自己当猴耍！严磊这样推想着，脸全黑下来了。他猛地一记重掌拍在桌子上，大骂道：狗日的钱某人，老子在前面冲锋陷阵，他竟然在后面玩阴的，太他妈无耻卑鄙了！

老部下看到严磊激动起来，担忧地问：严董，现在到底是个什么情况啊？外面流言很多，有的说您这次死定了，有的又说您还会东山再起，公司将来到底会怎么对您？我们好多老部下都很困惑不解啊。

严磊很快恢复了正常，语重心长地说：你这次做得很对，说得也很对。你们放心，钱书记不敢把我怎么样，莫说没查出我什么问题，就算查出我有问题，他又能奈我何？我住进招待所，就说明公司对我的撤职只是暂时的，目的是催促我去解决善后问题，现在我这边已经取得了很大进展，相信事情很快就会过去，公司很快会恢复我的职务。这个时候，你们这些老部下一定要提高警惕，也要沉得住气，该怎么处理的就赶紧处理好，要严防姓钱的再耍什么花招，以免被他抓住把柄大做文章……

严磊正说得起劲之时，砰砰砰一阵急促的敲门声又响了起来，老部下顿时吓得就往卫生间里躲，被严磊一把扯住了。严磊大声喝问谁呀。外面响起柳青青的声音：领导您还好吧？我刚回来就听服务员说你这里来了客人，我进来给你们烧壶水倒杯茶吧！

严磊给柳青青打开门，老部下像羞于见人似的，匆匆告别走了。柳青青看着严磊老部下远去的背影低声说：听服务员说有一个怪怪的人来找你，又听得你房间传来一声巨响，我担心你这里有事，就赶紧过来看看。

下午六七点的样子，严磊正想着怎么解决晚餐的事，他既不想回家看老婆的一张寡脸，也不想再吃招待所送来的盒饭。正在踌躇之时，孔董电话进来了，严磊正要找孔董控诉姓钱的呢，还想把找到康老板的事跟他汇报一下。

严磊开门见山：董事长，您好心好意安排我做好善后工作，可那个姓钱的老是在我背后耍阴谋诡计，他妈到底安的什么心啊！

孔董问道：怎么回事？你说说看，到底是你的问题还是他的问题？

姓钱的悄悄在背后调查我，竟污蔑我在办公楼装修中受贿，事情都扯到解放前去了，他是不是也想我扯一下他的祖宗八代啊？

孔董严肃批评道：严董这就是你的不对了，骂人解决什么问题？要是这样我们上次都只管骂你就好了，犯得着替你担惊受怕背黑锅吗？办公楼装修这个事本身就是你的不对，拿了钱私下分了不说，还编出这么一套冠冕堂皇的说辞，你骗三岁小孩子呀？五六年过去了，你倒是给我说说，除了给人三万，你还给部门谁发过奖金？全部落进自己腰包里了吧！这事我还没追究你，你倒追究人家来了！公司要是追究你这件事，你就够判个十年以上了，何况你身上还有更大的问题暴露出来！

严磊一听孔董这个态度，立时傻眼了。什么更大的问题？莫非是指织云职工闹事又惹出新的麻烦来了？他想想觉得不可能，就说：董事长，哪还有更大的问题呀？康老板这事我不是正在全力处理吗？并且现在已经取得了很大进展……

孔董打断他：你和康老板之间的事是得好好反省了，我今天打电话，不是想听你发牢骚的，而是想通知你明天上午来我办公室交代新的问题。你呀真是烂泥扶不上墙！

严磊惊呆了：董事长你说清楚点，又要我交代什么问题呀？

孔董愤怒地说：你初一做得，初五就不记得了？好，我不妨先提醒你一下，好让你有个思想准备。你从康老板那里到底拿了多少好处？你好好想想，最好晚上做梦的时候也别忘了回忆一下啊！

孔董愤怒地挂断了电话。严磊一屁股坐在沙发上，全身像散了架似的瘫成一团。

严磊最担心的那件事，肯定被姓钱的查出来了。他猜不准到底哪个环节出了问题，自己这边肯定不会，老婆都被蒙在鼓里，那么会是谁在这时落井下石呢？他把记忆彻底扫描了一遍又一遍，最后确定是康老板那边出了问题。

他赶紧拨通康老板留下的那个电话，有人接了，但不是康老板本人。严磊请对方转告康老板，越快越好。对方说声好，就挂掉了电话。

不过半个小时，康老板果然回过来了。

严磊直奔主题：老康，这边又出事了，他们好像查到了你给我的那笔钱。这到底是谁干的好事？不会是你吧？

康老板劝道：严董别紧张，我肯定不会出卖您。您想想，行贿受贿都是罪，我出卖您等于出卖我自己呀！您让我冷静想想，我干脆明天一早坐飞机赶回来，有我在，您不用怕！

严磊赶紧制止：我都想跑了，你这个时候可千万别回来，回来就被抓走了。在外面你想怎么说就怎么说，要是真到了里面，你想想还有这个自由吗？

康老板安慰他：严董您也不要急，这事当时我安排得天衣无缝，我这边只有我跟财务经理知情，虽然是出纳去办的转账，但这个收款方都是朋友的公司，而且设了两道关卡，他们怎么会查得到呢？即使他们查到也没什么，到时就说是我借给您的，我手上有您的签名字迹，明天我就找行家造一个你的借条，再造一个我的收条。关联方借钱是不太好，但总比行贿受贿好听些！

严磊还是不放心：康老板，你让财务经理遥控你的公司，好好查一查你的内部，看看到底谁跟我们过不去。另外，这段时间没有我的电话，你千万别乱动，特别是不能轻易回织云，如果我三天内没给你打电话，说明你现在这个手机号码也不安全了，今后联系我请另外换一个号码。切记切记啊！

上午九点，严磊走进孔董办公室。按理说他应该早点过来汇报，但他知道孔董的作息习惯——八点准时上班，八点到九点之间处理公司文件，听取其他人的汇报，九点以后不是看股票就是开会议事。如果严磊提前进入孔董办公室，就会不时有人进来打断，该说的话肯定说不清楚，而且事情传出去对自己更为不利。

看到严磊进来，孔董起身让曹秘书出去，然后亲自起身，把门关上，又上了锁。孔董把曹秘书早已给严磊泡好的一杯茶，放在他面前。然后问道：严董，想了一晚上，你该想清楚我请你来要谈的问题了吧？

与其腹背受敌，不如放手一搏，严磊直言不讳说：我知道董事长找我谈什么，其实我早就想主动向您汇报了。就在您给我虚拟股权激励的时候，我找康老板暂借了两百万现金，上缴到股权激励的支付款里面，在康老板手上，有我写的借条为证。我当时就想向您汇报这个事，但怕您不同意。我一时半会儿又借不到股本金，才拖了下来，没想到今天被姓钱的抓了把柄，以此相要挟，想置我于死地，还请董事长明察秋毫，还我清白！

孔董听着不舒服，就敲着桌面说：严磊，我可不想听你这么胡扯。你好好回忆一下，公司股权激励是八月下旬才推出来的，高管团队中此前无一人知情，康老板那两百万又是什么时候到你账上的？就算人家借钱给你，为什么不直接打到你账上，而是故意转了几道弯？假造一个借条算什么本事？有本事就假造一个银行进账凭条给我看看！现在织云局面弄得这么被动，都是借你的光！你小子真有本事，建房引起群众事件，办公楼装修收受贿赂，工程招标伸手要钱。要是这些事闹出去，群众不撕了你才怪；把你送进监狱，恐怕你这一辈子都不用出来了。现在织云是整个班子都在为你一个人擦屁股，可是越擦你屎尿越多，你还让不让人活啊！你还把公司党委看作一回事吗？

严磊一看孔董根本不吃自己这一套，顿时慌了神了，求着孔董说：董事长，我是有问题，可是我都在认真解决问题啊，这次算我连累了大家，我可以在班子会上向大家作检讨，但还请您看在我一直为您鞍前马后的分上，再给我一个痛改前非的机会，我一定把康老板请回来，也一定亲自监工把织云职工楼按计划建好。如果您这次救了我，我愿意给您给织云做牛做马，我还愿意把这两百万从兑现后的股权激励里拿出来，分给其他班子成员，以示感谢。

孔董摇摇头：虽然你这个态度不错，但我一个人也做不了主，现在这个事又不是我一个人知情，你也清楚钱书记对你的态度。昨天跟他讨论这件事，他已经失控了，说你这么大的问题还这么嚣张，一定要把你交送司法处理。如果公司不交，他就宣布辞职，以个人名义向上级反映你的问题。你知道你的问题有多严重吗？以前我和杨总还能勉强为你开脱，现在我们说话都没人愿意听了。说不定哪天我们也会被人举报上去，说我们包庇贪污腐败分子。

严磊绝望了，感觉自己已经四面楚歌。他抓住孔董的双手，就像抓住了最后一根救命稻草，涕泪满面地说：董事长，难道您真的要丢下我不管了吗？难道我的人生真的走到了尽头？求求您再想个办法，我一定把您看作我的再生父母！

孔董看到严磊流泪，也觉得有些不忍，转过头去，无奈地说：严磊啊，你是一个人，我也只是一个人，不是你的上帝，你的上帝在你自己身上。当初我跟钱书记说，对你的撤职审查要假戏真做，不能让群众看出猫腻，否则你的复出就没有希望了。现在看，你太经不起考验了！一查就查出这么多问题，不仅拖累了班子，还拖累了公司，我是爱莫能助啊！

严磊从没见过孔董对自己这样说话，但他仍不死心地问：那您打算怎么办？等会儿就把我送到检察院？我的下半辈子就只能待在监狱里了？

孔董显得犹豫不决：严磊啊，我也不想这样，如果没有这两百万的事，我还会让你继续把戏演下去，但是戏这么快就被你演砸了，我还能有什么办法？

严磊恨恨地说：只怪姓钱的入戏太深了，用真刀真枪来对付我！

孔董摇头：也不能怪他，当时这样决策，我该负主要责任。

严磊终于认命：董事长，不管结果怎样，我都感激您。没事我就先告辞了。

孔董也不挽留，只是在临开门的时候，站住了又说：既然事情已经这样，你也不要多想，我回头会跟杨总商量的。钱书记那里我会想法暂时稳住他，你千万别找人家去闹，这样只会激化矛盾。你的问题最终怎么处理，我要静下来好好想一想了。真有必要的话，我会在市里给你找找人的，倒是你自己，该长点脑子了，敏感时刻尽量少抛头露面。

从孔董办公室出来，严磊就怏怏不乐地回了招待所。回房间后像死猪一样躺了一个小时左右，严磊就打电话把柳青青叫了上来，他把一千块钱交给她，让她给自己买一瓶好酒,再到餐厅炒几个好菜送上来。柳青青说钱就不用给了，有沈总的签字条，都可以记账报销。严磊说今天我不报销，钱这个东西生不带来死不带走，只有花掉才痛快。柳青青见状不再多说，拿起钱下楼去了。

等了差不多半个小时，柳青青提了一瓶高度茅台进来，后面跟着厨师，端着一个大托盘，盘子里有五个盘子，都是招待所最好的菜肴了。厨师放下菜就走了。严磊又从钱包掏出一千元递给柳青青，说酒菜一千块不够，至少值两千块。两人推来推去的，竟抓住对方的手扯了好久，直到有所意识，才松开。严磊自我解嘲说小青青的手我白摸了，这么半天我都忘了找手感。柳青青则把钱放到严磊床上，说领导要是再给钱，就是看不起我柳青青了。严磊说好我不给钱可以，但我有一个要求，今天你陪我喝一次酒。柳青青似乎有些犹豫，没有立即答应。严磊问她是不是怕他喝醉发酒疯。柳青青说你要是真喝醉了我不怕，你上次喝醉的时候就是我伺候的，我就是怕你借酒浇愁。

严磊哈哈大笑道：有美人，又有美酒，此生足矣，还哪有什么愁啊？！

三

范东终于领到了第一个月工资，还报销了一大堆费用，包括交通费、住宿费、餐费等等。工资由三块构成，基本工资 6700 元，职务津贴、岗位津贴还有生活补贴等加起来 4100 元，另外还有效益工资 3900 元，总计 14700 元。费用报销之后，他发现自己在织云工作期间，日常吃、住、行基本不用自己掏一分钱，全部可以公费处理。以前他一直羡慕别人“工资基本不动、吃喝有人相送”，想不到自己时来运转，一眨巴眼就拿到了在上海四五倍的月薪，真是幸福不可阻挡！如果再使把劲，步入“要什么就有什么”的上流阶层肯定不成问题！

晚上，范东躺在招待所的床上掐算着未来，只要这么干下去，自己一年就能存上十几二十万，三五年就是一个富翁了。孙尔雅怎么啦？她再不理自己，就用人民币砸她，不怕她不动心！装什么牛逼呀，她不是也收过织云的公关费吗？而且花起来还那么痛快淋漓。哼，幸好自己进织云迟了一步，要不然，就轮到自己送她钱了！想到自己也会拥有织云公关费开支的大权，范东喜不自胜起来，竟在床上哼起了江东小调，咿咿呀呀地，他仿佛看见了未来那个对自己百般依赖的孙尔雅。就算搞不定孙尔雅，再找秦小敏也不错啊。

在北京酒店东窗事发之后，他恨过秦小敏。他不是恨秦小敏一直捏住他不放手，说实话，他跟秦小敏一样，已经迷恋上了秘密偷情带来的巨大刺激。他怪秦小敏不该因对孙尔雅的嫉恨迷住了眼睛，轻易就失去控制，在孙尔雅面前过分“玩火”，不仅轻易打破了两人之间维持了十多年的平衡，而且彻底毁掉了自己跟孙尔雅竭力维持的关系。事后他甚至怀疑，这一切可能是秦小敏的一个阴谋。那天下午去酒店，秦小敏就缠着他要亲热，结果他以先吃晚饭为由推托了。吃晚饭期间，她又不断挑逗，追问他跟孙尔雅之间一些新的隐私细节，以至于再回到房间时，她几乎是饿狼扑食一般按倒了他。他心里却一直在打鼓，孙尔雅离得这么近，他没有一点安全感。他一会儿说不行我听到孙尔雅的脚步声了，一会又说房间里有摄像头，想把她从自己身上吓走。没想到她更疯了，一边扯着自己的衣物，一边嚷道我就是要让孙尔雅看看，我就是要让所有的人看看，你是我的，谁也抢不走！范东拿她一点办法都没有，只得依了她。后来他越想快点完事，秦小敏就越是不依不饶，还说想看她跟孙尔雅到底谁有魅力，一定要破掉范东跟孙尔雅的做爱纪录！

原来，范东和秦小敏高一时就恋爱了。那时范东是贫二代，但成绩好，身上还有一种拽酷甚至略带孤傲的劲头，很像热播影视剧中的男主角，是班上女生寝室夜谈会的重点对象。一个跟秦小敏关系不错的姐们暗恋上了范东，她在夜谈会上把范东据为己有，向室友不断吐露自己的“三十六计”，惹得一帮小女生情绪高涨，都伸着脖子准备看一场活生生的青春爱情版免费电影，结果却异常狗血——范东竟把这位女生写的几十页情书转交给了班主任！女生的悲惨下场可想而知，更可怕的是整个女生宿舍都觉得范东这个家伙太过分了，家里什么背景都没有，不就是体育成绩好，还有数学英语什么的老考第一吗！一帮女生酝酿良久，决定替姐妹报仇雪恨，最后她们把这个艰巨的任务交给了秦小敏，相形之下，没人比秦小敏更老谋深算，更沉得住气。她们的最终目的是让范东忍不住主动来追秦小敏，最后给秦小敏写情书，主动跟她约会，接下来就以其人之道还治其人之身，让秦小敏把他的情书也交给班主任，还到学校状告范东对女生非礼要流氓！

秦小敏虽不是出身官宦之家，父母却是江东最早的一批个体书商，经过多年打拼，家中非常殷实，他们把女儿培养得像一个大家闺秀，身上透着一股自信和执拗，加上长得鹤立鸡群，经常博得高年级男生的大把回头率，同年级的男生在她面前就更没有免疫力了。

通过暗中观察，秦小敏发现范东下晚自习之后喜欢一个人打扫教室，以至于班主任把教室钥匙都交给他保管，而且早晨他总是天不亮就起床，在学校操场持续跑圈。秦小敏马上有了主意。下晚自习之后，她也开始拖沓时间，等同学都走了之后，默默地帮范东一起打扫教室。而且，她比范东更细致，经常帮同学整理狼藉不堪的桌面，把黑板擦得干干净净，并且提前把桶装水换好。班主任十分满意，就在班上表扬了范东。范东却说是秦小敏的功劳。在班干部改选的时候，范东是班长，秦小敏成了生活委员，两人开始更加默契和心照不宣。看到范东对自己的好感与日俱增，秦小敏在一次收拾完教室之后，问起范东早起跑步的事，说自己也想早点起床锻炼身体。范东听了很高兴，但说天太黑，女生起得太早怕不安全。秦小敏对他嫣然一笑，说不是有你在吗，有什么好怕的。范东只得同意了。

接下来，秦小敏每天天不亮就早起跟范东一起跑步。这下范东像吃了兴奋剂一样，在跑道上劲头更足了。他自己心里清楚，他的劲头不仅仅是因为有一个美女同学陪着自己，而是每次秦小敏早上起来跑步，都没有戴胸罩，两个发育得无比美妙的乳房总是在他眼前跳跃不已，他跑得越快，秦小敏的两个乳房就跳得越凶。正处在青春发育期的范东哪里受到过这样的诱惑，他觉得自己为这两个乳房去死都值了！什么“书中自有黄金屋，书中自有颜如玉”之类的说教全是屁话，只有眼前两个跳动的乳房才货真价实，只有青春欲滴的秦小敏才能让自己如临仙境！上课的时候范东开始走神，他把想象力全部放到了秦小敏身上，放到了她的乳房上。在没人注意的时候，他在日记本上写下无数赞美秦小敏的句子，还有无数对她美妙乳房的明喻、暗喻和借喻。不到三个礼拜，他就写满了厚厚一本，接着又开始写第二本献给秦小敏的青春赞歌。

如果仅此而已，范东顶多算秦小敏的一个暗恋者。但结果出乎所有人的意料，也出乎他们自己的意料。那天，照例是一次心情激荡的晨练，范东心情好，不知不觉越跑越快，秦小敏在后面追得气喘吁吁，一边跑一边喊慢点慢点，我都快累死了。范东回头，看到秦小敏在后面停下来直喘气，于是跑回来想鼓励她。这时秦小敏双手按在大腿上，勾着腰和头，宽大的内衣完全中空，一对白皙的乳房完全暴露在黎明时的黑暗中，如此刺眼，如此震撼，范东甚至看清了她乳头的鲜艳颜色！这种强烈的刺激瞬间击倒了范东，那两个他无数次歌颂的圣果就吊在眼前的树上，伸手可及。他什么也没想，就把双手哆哆嗦嗦地伸了过去，一把捉住这日思夜想的果实。秦小敏也惊呆了，她想推开他，但浑身无力，同时她也感受到了一股强烈的刺激，这使她无比舒畅，让她忘记了一切，包括自己身负的重大使命。

两人一发而不可收拾，逐渐从摸胸发展到接吻，而后还彼此探索了在生理卫生课堂上闭着眼睛学过的异性禁区。

秦小敏的室友越来越不满了，大家派她去报复范东，刚开始还能听到一些进展汇报，眼看着目标一步步靠近，却再也听不到重大消息了。是不是秦小敏背叛了大家？秦小敏心里却安之若素，她觉得既然那天早晨没来得及设下诱捕流氓范东的陷阱，自己已算彻底背叛了姐妹们，只好跟范东坚定地站在一边了。这样的选择对她来说一点都不困难，相反还很快乐。随着与范东肉体的进一步接触，秦小敏把枪口彻底掉转过来，对准自己的同盟军。她开始编一些范东如何拒腐蚀永不沾的善意谎言，说自己准备打持久战。后来见她们不信，干脆连谎言都懒得编了，上床就呼呼大睡，根本不理她们的茬。

然而，群众的眼睛毕竟是雪亮的，群众的智慧也是无穷的。在一个夜深人静的时候，班主任带着保卫科人员拿着手电，在反锁的教室里当场抓获了范东和秦小敏，他们两人躺在垫在地上的衣物上，正在全身赤裸地忙碌不堪，对当头大祸一点感觉也没有。后来同学们看到了学校给他们的处分通告，都是开除学籍、留校察看一年。双方父母听到这个消息，都气炸了肺。他们在第一时间不约而同地赶到学校，闹着给自己的孩子转学。秦母除了大骂学校之外，还把满腔怒火撒向了待在同一间办公室的范父。她说学校查出范东写了三大本色情日记，足以证明自己女儿是被他引诱带坏的，自己一定不会放过这个小流氓。范父有高血压，一时百口难辨，气得满脸通红。这时秦小敏站出来说，是她主动勾引范东的，全寝室女生都可以作证。秦母惊呆了，噼里啪啦给了秦小敏两耳光，拉着她就跑出了学校。

后来两人的学校一个城东，一个城西，相距二十多公里，但天下已经没有什么防火墙能挡住他们了。每到周末，两人总能找到机会约在一起，虽然时间紧促，但两颗心越走越近。他们郑重约定：但得白首不相离，宁负苍天不负卿。

这样背着双方家长秘密往来，像间谍似地度过了高中，又度过了大学，竟瞒住了所有认识他们的人。

大学毕业后，范东留在了自己大学的所在地上海，而秦小敏没有去上海，而是回到江东，进了家人给她安排的大银行。在大学分分合合的日子里，两人都曾各自有过自己的浪漫情史，但始终保持着跟对方感情和肉体的秘密联系。他们逐渐形成了一个共识：要把两人间的秘密进行到底！为此，他们对间谍行为逐渐上瘾，甚至不断增加玩间谍的难度，为此决然放弃了两人最终走到一起的想法。

一个人守着一个秘密，像得了一种不可告人的病；两个人共同守着一个秘密，那就不是得了病，而是得了大奖！那里面充满了多少不为人知的欢娱啊！两人共同坚守着这个秘密，有一种打破禁忌、和一切作对的疯狂快感！是的，没有什么能阻止他们了。在他们面前，世间所有的偏见都显得十分脆弱和可笑。他们每一次偷吃禁果，都会嘲笑那些老掉牙的棒打鸳鸯桥段，他们在彼此熟悉的身体里，互相获得信任，获得慰藉，获得生命的意义。

秦小敏结婚之后，两人依然秘密来往。比起之前只对长辈朋友隐瞒来说，现在还要对老公隐瞒。在秦小敏看来这不是风险增加了，而是刺激和挑战增加了。只有这种背叛，才是真正的挑战。在这些挑战中，激发了更多的欢乐。两人常常在肉搏中一个说范东你要是也找一个老婆才过瘾。另一个则问你老公现在干吗呢？他要是知道我在玩你会怎么想啊？……两人想到这样轻而易举就闯进了世上最森严的道德禁区，往往更加疯狂。

后来秦小敏刻意把孙尔雅介绍给范东，像玩网络游戏一样，挑战再度升级了。在大学期间，孙尔雅和秦小敏表面上看来是一对好姐妹。实际上，孙尔雅喜欢争先好强，经常抢了秦小敏的风头，秦小敏则像个陪衬。秦小敏面上装着，但内心的嫉恨却像春草一般疯长，玩弄孙尔雅的心理从此有增无减。后来在堂哥秦志邦的事上，秦小敏认为孙尔雅不仅没帮上忙，反而把事情越闹越大，弄得堂哥惨不忍睹进了监狱，后来还和堂嫂离了婚，于是狠狠玩她一把的心理更加强烈。秦小敏在范东和孙尔雅的 QQ 上穿花拂柳，处心积虑地透露彼此间的一些隐私。她在聊天时，一会儿把孙尔雅的话告诉范东，一会儿又把范东的事伪装之后告诉孙尔雅，看着他们互相折腾，她更加得意。上次孙尔雅去江东，范东带给秦小敏的礼物，就是一次两人偷情后秦小敏故意留下的一条内裤。她威胁范东如果不照她的吩咐办妥，就把一切告诉孙尔雅，看她会听谁的。秦小敏还在QQ上跟范东打赌，让他猜猜孙尔雅知道内情后会有什么反应。

范东受不了孙尔雅在生活中的强势，曾屡屡向秦小敏抱怨，他说自己是一个性奴，现在一无所有，只能低三下四地伺候着这个公主，真没出息。秦小敏总是安慰他，给他鼓舞士气，说没事还有我呢，你暂且忍辱负重、卧薪尝胆，等到她一旦动了真心，想跟你结婚的时候，看我怎么玩死这个公主！

这天晚上，正当范东沉浸在与过去两个女人的绵绵春梦之中，一阵敲门声突然响起，他打开房门，一看是柳青青，便把她请了进来。柳青青一脸绯红，像喝了酒，呼吸也有些急促，衬衣领子也敞开着。柳青青让他赶紧把门关上，告诉他隔壁房间有一个人很讨厌，老是缠着自己，她好不容易才脱身跑了出来。自从住进织云招待所之后，柳青青经常过来看一下范东，问他住得好不好，如果有什么特殊要求就跟她说，她会想办法满足的。刚开始听到“特殊要求”样的字眼，范东还有些耳热心跳，而且柳青青那张俏脸总是让他想到秦小敏，后来时间长了，就发现人家只是出于职业习惯，对工作认真负责，真把客人当上帝，所以也经常跟她开开玩笑，很快就混得像老熟人一样。

看到她这么紧张，范东问：谁呀这么大胆？敢欺负我们柳经理！

柳青青低声说：不就是那个严董嘛，过去他是公司领导，老想占我的便宜。前不久他被公司撤职了，在家里待得很郁闷，就跑到招待所来开房，动不动就借酒浇愁，喝多了就胡说八道，骗我说他马上就要复职了，让我跟了他。

这时又有人敲门，柳青青把头贴过来悄声说：你别开门，就说睡下了！

由于挨得近，范东又嗅到柳青青身上那股独特的体香了，不由得一阵意马心猿。

门外果然有一个男人喊道：柳经理！柳青青！你给我出来！

范东隔着门故意瓮声瓮气地问：谁呀？半夜三更都睡了，找什么牛经理、马经理？

外面的人似乎很诧异，嘟哝道：刚才还在，怎么一会儿就不见人影儿啦？

听到外面的男人走远了，柳青青似乎松了一口气。她坐到床上，看着范东说：谢谢啊范主任，不过我还得坐一会儿，别出门就被他发现了。

范东开玩笑：柳经理，你就是睡在这里，我都没什么意见！

柳青青笑骂道：哟，你也太不把我当回事了吧？我虽然比不上你们上海女人洋气，好歹也算一个美女吧，送上门来你还有意见啊？

有一天下班，范东看到过柳青青老公，他骑着一辆摩托来接她下班，看起来胖一点，但也不失为一个英俊小伙。他笑说：我哪有意见？你老公有意见还差不多！

停了一下他又说：我看你对老公很忠诚啊，不然，怎么会躲开刚才那个男人呢？

柳青青幽幽道：也不是忠诚，主要是那个男人太自以为是了，也不看看他自己的状况，要是换成你这样的，我才不怕呢！

说完她就盯着范东，静等着他接话。从她眼睛里范东明显看到了一种要勾引他的意思。哎，看来又是一个怨女！范东想起孙尔雅，不知道她是不是在独守空房？是不是还在痛恨着自己和秦小敏？想想她真是一个无辜的受害者，一直以来什么都不知道，遇上一个秦小敏已是她的不幸，遇上自己简直就是雪上加霜。

范东提醒她：你不怕才出虎口又进狼窝呀？我也不是一个好男人。哎，这世上的男人哪有真对女人好的，都只不过是玩玩而已！

柳青青感慨：一个说自己不好的男人，至少不是骗子。现在这世道，女人是男人的玩物，男人又何尝不是女人的玩物！都是玩玩，重要的是选择，有选择才有自由。

范东点点头，反问道：你是说，你想自由地选择男人？

柳青青脸又红了，轻声说：我没试过，不过要是刚才那个严董，我肯定不愿意。

范东很喜欢柳青青这副欲盖弥彰的样子，心想织云到底是小地方，跟大城市的女人就是不同，她们没有大城市女人的心机，表达感情也没有那么多拐弯抹角。可惜自己刚来此地，还在为跟孙尔雅的关系头疼不已，对柳青青这样的美女，只能叶公好龙，不然，只怕高薪领不了几个月就得走人了。范东装作情不自禁，搂住柳青青的肩头，在她脸上飞快地吻了一下，正待她半推半就之际，他却很快松了手。

他满眼含情地说：我很喜欢你，不过我刚来织云，得注意群众影响，另外也怕有不好的传言被我老婆听到，所以我们要克制一段时间，等我处理好一切，我再回头找你，到时你可不许拒我于千里之外哟。

柳青青兀自叹了一口气，看看表，已经十点多了，只好依依不舍地离开范东房间，走到门口，又回头说了一句：大城市里的男人就是不同，什么都看得那么远。我相信你！

看着柳青青静静离去的背影，范东感到心里有些憋屈，但也产生了一丝快感——总算战胜了自己一回，看来自己真的开始成熟了。

第二天一早，范东刚进办公楼，周主任和袁代表就过来一把拉住他，说这下可别让你跑了，到孔董办公室去吧。范东满头雾水，问他们出了什么事，可他们都不说，只是说要他跟孔董亲自解释。

到孔董门外，从开着的门里望过去，孔董正在里面急急地踱着步子，看样子情绪也不好，范东忐忑不安地跟着两人进去，喊了声孔董好，就再也不敢说话了。

孔董停下来，大吼一声：范东，你干的好事！

范东望着他说：孔董息怒，到底出了什么事您尽管说！

孔董不说话，把一本杂志狠狠朝他摔了过来。范东拾起定睛一看，我的妈呀，正是《财经新闻周刊》，封面上赫然写着：本期专题报道《织云疑云》，本刊记者孙尔雅。范东不敢怠慢，翻开杂志，赶紧阅读起来，越往下读，他越是心惊胆战。这个孙尔雅，她不是在跟织云作对，而是处处跟自己作对啊！自己好不容易端上一个金饭碗，上来就让她砸掉了，难道谁把自己进织云的消息曝给了孙尔雅？为什么自己想要的东西总是无法得到，为什么每个人都和自己过不去？为什么？

接下来孔董还有袁代表、周主任说了些什么，范东一句都没听清，在他们的怒骂和嘲笑声中，自己被硬生生地赶出了孔董办公室。

去招待所收拾好东西，范东拎着一大一小两个包，快速经过前台。柳青青正在值班，她看到范东，站起来问范主任回上海啊。范东苦笑着回答说是，有点急事要赶回去处理。他心里无比懊悔，甚至近乎迷信了——是不是昨晚柳青青闯进自己房间带来晦气啦？如果真是那样，当时还跟她客气什么？

走到离织云办公楼不远的大路边上，范东搁下包，一边在心里感慨老天作弄人，一边向来往的出租车不断招手。恍惚之中，一辆奥迪车开过来，停住了，等黑黑的车窗摇下一看，原来是给孔董开车的孙司机。范东进织云之后，孙司机不知从哪里知道他就是孙记者的老公，曾主动上门认过亲戚。孙司机问道：范主任，你这是去哪里啊？要不要我回头送你一下？

范东一瞧，后座还有个美女，很养眼。美女转过头看了范东一眼，但此时此刻范东对美女还哪有兴趣！他摆摆手说：孙师傅，您先忙去吧，我打个出租车就行。

司机看着范东有些不对劲，又问了一句：你没事吧？什么事这么急呀？

范东似乎难为情：世事难料。哦，的士来了，回头再说吧！

范主任好走，祝您一路顺风！司机说完关上窗户，朝织云办公大楼开了过去。

四

这天，孙尔雅刚进报社，同事说有个包裹放在她桌上了。孙尔雅马上猜想是谁送的，是范东还是 AK47？如果是 AK47 把三方协议寄过来就太好了。她进办公室就迫不及待拿起邮包，一看是昨天从北京西直门邮局寄出的，这地方离周刊编辑部不到一公里，这让她更加奇怪。打开一看，里面竟然是一个从布娃娃身上扭下来的头，扭断之处还沾着斑斑血迹！还有一页打印纸，上面写着：

闭上你的嘴，否则下次拧掉的就是你的脑袋！

同事纷纷凑过来，不禁大吃一惊，坏人竟猖狂到了这种地步！于是纷纷劝孙尔雅小心点。孙尔雅想，还是孟夫子的预判准确，庄家果然开始反击了。她立即找到孟夫子。

孟夫子说：周刊会保证你的人身安全，你以后尽量少出门，上下班我派车接送。

孙尔雅很感动，孟夫子真是一个好领导。她用手指着头顶问：你有压力吗？

孟夫子明白，顿了一下，摸了摸下巴上稀疏的几根山羊胡，意味深长地说：你不要管我的事。我会一直支持你的，相信我！

孙尔雅又问：有人找你送过钱没有？

孟夫子很坦然：还真找过几次。两天前，有人送来起诉我们周刊的律师函。之后又接到过一个电话，我问他是哪里，他不说，只说要约我谈一笔千万以上的广告合同，前提是我保证周刊不做他们的负面报道，并且别的媒体做他们负面报道时，我们周刊要针锋相对，做他们的正面宣传。我的确有些动心，周刊社成立以来，还没有接过这么大一笔单子。但我告诉他，除非他们保证自己的一切行为合法合规；否则，就是给一亿广告费，也不能保证不做他们的负面报道。听我这么说，他们就再没联系过我。我想十有八九是你捅到的那些单位派来的。你放心，你的报道已经让我骑虎难下，我只能一条道走到黑了。

孙尔雅追问：他们要是给你做老鼠仓的机会呢？

孟夫子被问呆了，之后戏谑道：那要看是多大的老鼠仓！

他说完又哈哈大笑起来，两眼直视孙尔雅说：别担心，我会兑现你来周刊时的所有承诺，不会中途被人收买的。

晚上回到住处，孙尔雅变得十分警惕。她四处查看了一遍，没发现什么异样。于是在网上等 AK47，一直等到凌晨一点，AK47 还没有现身。实在熬不住，便倒头就睡着了。睡得正酣，迷迷糊糊听见一阵急促的拍门声，孙尔雅顿时没了睡意，悄悄看了时间：凌晨两点半。拍门声越来越粗暴，门似乎快要被拍破了。孙尔雅感到恐惧之极，赶紧拨打求助电话，一时又想不起半夜三更该找谁。她想象着门外面的人，不会把反锁的门捅破吧，他们要是真闯进来，会不会像对付布娃娃一样拧断自己的脖子？说不定这帮恶魔还带了电锯、斧子什么的……

孙尔雅越想越怕，躲在床上缩成一团，瑟瑟发抖，大气都不敢出。后来她又觉得不能任人宰割，要想办法逃走。她跑到阳台上，发现都封死了。想试着跳窗，伸出头一看外面，夜色中十几层高的楼底看着就像深渊！

拍门声音持续了六七分钟之久，正当孙尔雅慌乱中拨打110时，好像隔壁邻居也被惊醒了。她听到邻居开门问话，然后听到一阵脚步声远去。既然人都走了，打110还有什么用？她说了句“对不起打错了”，赶紧挂断电话。这样半睡半醒地挨到了早上，开门之后，邻居过来说，昨天晚上他看到三个男人站在门口，一个个人高马大的好像都喝了酒，见他开门才摇摇晃晃地一哄而散。他问孙尔雅在哪上班，是不是在社会上招惹了什么人。

孙尔雅见邻居误会，把自己看成不三不四的女人，就搪塞说他们喝醉酒认错门了。

一到周刊，孙尔雅就跟孟夫子和其他领导汇报了这些异常情况，他们又将保卫科长和保安队翟队长一齐叫进来商量对策，最后决定让孙尔雅暂时不要回住处，就安排她住在办公楼里，旁边就是保安休息室。整个大楼只留一个进出口，又在安全通道和所有死角增加了摄像头，如果有陌生人进来，监控室人员都会在第一时间发觉。

孙尔雅窝在办公楼里才发现，像一个国家领导人一样被一群人保护起来，连进出都不自由，实在是一种顶无聊的日子。她每天给AK47留言，越不回复就越担心，自己这样被人看护着，跟蹲监狱有什么区别？这样的日子要是继续下去，总有一天会疯掉！她想不管他跑到什么地方，总可以找个机会上网吧？一想又不对，要是去了国外，只怕上网也联系不上，自己从来就没能跑到国外的网上去过，国与国之间的防火墙只怕比国界还难以跨越吧。要是在国内，他更不可能上网了，现在抓捕逃犯，大都是上网暴露了行踪才被发现的，说不定章陕早就在网上等着他了。

孙尔雅曾经想要AK47的手机号码，但对方怎么也不肯，说是不想被记者骚扰。

这天下午，心里正纠结不已的时候，桌上座机响了。孙尔雅有气无力地接了,电话里一个低沉的声音,好像是从地狱里传过来的:喂,你好,是孙尔雅吧?我是AK47。

孙尔雅一下从椅子跳了起来,惊呼:真的是你?你没事吧?

对方说:真是我,现在还没事。

孙尔雅一下子警惕起来,他怎么知道我的座机号码?莫非AK47暴露了,而坏人又冒充成AK47来找自己?她灵机一动问道:你真是AK47?那好,“鬼比人有情”怎么对?

对方赞道:不错,有警惕性。那对个暗号吧,“人比鬼无情”对不对?

孙尔雅急问:真的是你!你在哪里?你怎么知道我的座机号……

对方打断她:你什么都别问,现在就出来,到离你们最近的肯德基,我在那里等你。

孙尔雅好像怕他挂了,喊着:我被坏人盯上了,在楼里出不来!

对方回答:我也是被人追杀,才找到你这里来的。不用怕,你找个同事,换她衣服穿了,把发型变一下,戴个眼镜什么的,正大光明地从正门走出来。

孙尔雅还在担心:那万一呢?

对方冷酷地说:如果你碰上万一这事,就说明你怎么都逃不掉了。

挂断电话之后,孙尔雅马上又拨了孟夫子内线电话,没人接。再拨孟夫子手机,终于通了。她汇报了要去跟线人在肯德基见面的情况。孟夫子听说线人现身,也很高兴,说自己很快赶回周刊社,他建议孙尔雅把线人带到周刊大楼里来。她说线人对谁都很戒备,根本不会相信周刊,只能自己出面先稳住他再说。孟夫子又叮嘱她带两个保安一起去,没想到又被孙尔雅一口拒绝了。她说这个线人身份特殊,凡事只能听他的,根本没的商量,如果带保安一起去,说不定反而让他起疑,会把事情弄糟;再说,保安跟着她目标太大,更容易引来坏人盯梢,这样线人会更容易暴露。孟夫子见她说得有理,不再多说什么,但仍表示在她离开大楼后会安排便衣到肯德基,随时保护他们的人身安全。他再三交代,如果见到线人就先把证据拿到手。孙尔雅找了个身材相近的同事换了衣服,那个同事又从包里拿出一副墨镜,最后想想干脆把包也给了她,说全套道具都给你配齐。

孙尔雅出了门，戴着一副大墨镜瞄来瞄去，确定没人跟踪才进了肯德基，她进门扫了一圈，也没发现太可疑的人，便找了个位子坐下来等，不时抬头侦察四周一遍。没多久，她看见一个面相挺凶的男人拖着一个小型拉杆箱走了过来。那人一边脸像被刀子砍过，残留着一道长长的疤痕，两颊颧骨棱角分明，眼睛藏得很深，眼光就像从地下隧道射出来的电光，短硬的头发，一根根插得像针一样。他个头一米七八左右，两只手还戴着黑色手套，走起路来阴森森的，那些和他迎面而过的客人纷纷躲闪避让。孙尔雅心里暗叫不好，这下完蛋了，还是给杀手盯上了！她瞬间觉得自己像盘子里的食物，只要别人一张嘴，就会被吃掉。幸好她旁边也坐了人，杀手总不敢当着别人的面朝自己捅刀或者开枪吧？这个 AK47 怎么还不来！他不会已经被干掉了吧？想到这里，她心里更慌神了，屁股像被钉在椅子上，一动也不敢动。她把头扭向另一边，用眼角的余光关注他的举动，准备找合适的机会摆脱他。

他真的朝她走过来了！

他已经坐在她对面的空位上！

她手心里全是汗，心脏扑通扑通跳个不停。他下一步要干什么？

我是 AK47。他看着他说。

她顿时傻了，喃喃道：你说什么？ AK47 ？

AK47 是全世界杀人最多的枪。他冷冷地回答。

杀人最多？她听到这句话，不禁哆嗦着闭上眼睛。

但只杀敌人。他又补充了一句。

孙尔雅听了慢慢睁开眼睛，发现他正盯着自己。她忐忑发问：你真是 AK47，不是杀手？

我要是杀手，一眼就能找到目标。你看看，肯德基这么多人，还有谁戴着一副大墨镜的？他对着她笑着说。她发现他笑起来更难看，但目光中透着一股真诚。

鬼比人有情。她想起了暗号说。

人比鬼无情。我的真名叫邢智！他摘下右手手套，把手伸了过来。

她握住他的手，感觉厚实而有力。

我叫孙尔雅。她自我介绍。

我知道，你的照片我也见过，所以一下就找到你了。

啊？你暗中调查过我了？

要跟你合作，必须知己知彼。

可我对你一无所知！

现在不就知道了？

你到底是谁？刚才真以为你是杀手呢，吓了我一跳。

这里还真不安全，有两个人神色很可疑。

孙尔雅顺着他的眼色看过去，发现翟队长跟一个保安坐在离她很远的角落，故意装作没有看到她，埋头吃东西。不知道他们什么时候进来的。

那两个不是杀手，是我们周刊派过来保护我们的。她低声告诉邢智。

那也不安全。邢智的口气一下子就变得很冷了。

想不到你叫邢智，我一直以为你就是吴非呢。孙尔雅想找个话题活跃气氛，便把心里的揣测说了出来。

我早说过你不要乱猜。邢智一句话就把她堵了回来。

孙尔雅想起在QQ上聊这个话题时，他就骂她自以为是，当时令她很不舒服，只是为了掌握更多信息，她才忍住了没发作。现在一看这人跟网上一个性子，真不好伺候。但为了拿到三方协议，更为了对庄家进行二次曝光，自己只好忍气吞声了。

那你是怎么知道我的座机号码的？孙尔雅问道。问完又觉得自己白痴，人家早就把自己的信息摸得一清二楚了，一个座机号码难得倒他？

邢智看了翟队长那个方向一眼，果然不理会她的问题：这里不是说话的地方。你把手机电池和芯片取出来。这里四楼有个咖啡馆，我们坐电梯上去，找个包厢说话。

进了电梯，孙尔雅看到翟队长他们也起身了。谁知电梯门刚合上，邢智就把二楼以上的按键都按亮了。这栋楼最高能到二十七楼，六楼以上是酒店房间，电梯这样一楼一停，谁也猜不到他们到底去了几楼，只是害苦了翟队长他们！

孙尔雅提醒：你把保护我的人甩掉了，说不定他们会怀疑你的身份。

邢智不动声色：最好的保护是隐藏起来，斩断一切线索。他们只是一个线索。

出了电梯门，两人找了一个隐秘的咖啡包厢，点了些吃的东西。从邢智点的数量上看，他今天明显还没吃过东西，不知道他这段时间在忙些什么。

孙尔雅迫不及待了：你在北京待多久？我有好多问题想问你！

邢智不紧不慢地说：我找你有几个目的。一是把证据复印件交给你，万一你和你们杂志社被对方起诉了，你们可以保护自己。复印件不能直接作为司法审判证据，但作为新闻线索和司法调查线索绰绰有余。二是贾准失踪了，三方协议原件曝光的可能性很小，加上在万金证券查不到1.28亿的进出账记录，一场令人震惊的坐庄黑幕变成了贾准作奸犯科的个人表演，所以这次即便启动了司法调查，也很难把章陕揪出来，你还得准备写后续报道，我还要告诉你更多内幕……

好啊，我正准备写《织云疑云》的续集呢！孙尔雅听到这里，忍不住打断邢智的话。

邢智继续说：三是我的现金用完了，身份证、银行卡都不敢用，熟人更不敢联系，所以请你帮忙找一张身份证，尽可能面相像我一点，另外还要你帮我订个房间，还要借点……

邢智不好意思说出口了，毕竟是求一个第一次见面的人，是个网友，并且是个女的。向女网友开口借钱，可不是闹着玩儿，弄不好会让人报警的。

孙尔雅知道他想借钱，表态说：这些都不是问题，等下我就去想办法拿钱，我们现在被拴在一起，只能跟庄家破釜沉舟斗到底了。

邢智问：你说你被盯上了，什么情况？

孙尔雅便说了恐怖包裹和半夜恐吓的事情。

邢智安慰道：还好，章陕没想要你的命，只是恐吓一下。现在他的第一目标是我，在抓住我之前，他还有所顾忌，不敢把事情闹得更大。我在他眼皮底下失踪之后，他肯定会盯紧你们周刊，一旦发现我来找你了，他就能判断证据还在我手上，所以……

所以什么？孙尔雅急忙问道。

所以我们这样接触是最危险的。邢智冷静地说。

孙尔雅一阵胆战心惊：你别吓我，我最近真吓怕了。

邢智不动声色：你别怕，越怕事越多。你拿了证据之后马上赶回报社，复印一份，然后找个同事悄悄借好身份证再回来，我就在这里，边吃东西边等你。

孙尔雅还是有些担心：不如你跟我一起去，还可以保护我。

邢智开起玩笑说：我想做护花使者，但你看我这张脸，目标是不是有点大啊？

他从拉杆箱底层翻出一大叠资料，交给孙尔雅说：这是三方协议复印件，这是我能拿到的章陕坐庄 000189 的一些账户资料，这是章陕在“5·19 行情”里坐庄的一些账户资料……可惜，还有一些关键账户章陕看得很严，我实在无能为力。

孙尔雅表示感激：谢了谢了！我以为只有三方协议呢，想不到你把他坐庄的账户资料都拿出来了！现在可不可以告诉我，你到底跟章陕什么关系？

邢智听了严肃地看着她说：我是章陕的三号操盘经理，也是这次坐庄织云的五大仓位责任人之一。我告诉你这些，是想让你心里有数。如果你真想保护我，这个事绝对不能对任何人提起，包括你的老板，而且今后所有报道永远不能提及。

孙尔雅被对方的信任感打动了，她一个劲地点头，表示听懂了他的话。

邢智继续说：另外，公布这些资料的时候还要注意，除了章陕，尽量不要牵涉其他人进去，譬如黑铁的吴非，他的签字最好隐掉不提，他跟我一样，只是章陕的一个操盘手，擒贼先擒王，所有事情都是章陕操纵的。还有，那些坐庄账户也不要轻易公布出去，即便需要公布的时候也要有所保留，因为有些账户是操盘手找来的，章陕只是控制账户上的资金额度，所以很难作为章陕坐庄的直接证据，弄得不好只会把他们变成替罪羊。

孙尔雅承诺一切都照他的意思去办。她想想又问道：吴非是不是也像你一样失踪啦？

邢智坦言：自从我逃脱之后，就没法关注他们了。不过我一开跑，章陕肯定不会怀疑他们了。现在舆论口诛笔伐，他和黑铁成了新闻焦点，日子必定也不好过。

孙尔雅拿着三方协议，还有很多不解，趁机问道：贾准用假公章签的肯定也是假协议，从根本上讲，这样是不是就推翻了庄家与上市公司合谋的结论呢？

邢智点头说：章陕正期待着起到这个效果呢！但是从贾准手上搜出假公章，并不能证明这份协议就是假的。这份复印件就不难证明公章真是万金证券公司的。贾准那里搜出的假公章其实不一定就是贾准制作的，章陕和万金证券都可以造假，再栽赃到贾准头上。另外，像万金证券这样的中小券商，要想与大券商争夺客户，总是喜欢使出一些无奇不有的怪招，故意用假协议、假公章让员工在外面招揽客户，公司跟员工搞费用分成，不出事大家都好，出了事就推到员工身上，拿点小钱逼他们跑路。

孙尔雅听得毛骨悚然，她感叹道：太不可思议了吧，一个正规中介公司居然这么玩？证券公司也太黑了！那你又是如何从贾准手上拿到协议复印件的？

邢智很淡然：我跟他很熟，以前经常打交道，别人花点钱就能买通他签这个协议，我花点钱也不难把协议复印件拿到手。

孙尔雅听了心惊不已。他为了给媒体找证据，竟然不惜自己花钱买内幕证据，他花了多少钱？花钱又是为了什么？他总不可能像自己一样以揭黑打庄为职业吧，就算自己为了新闻报道，也不至于要花钱去买证据，何况像贾准这种年收入上百万的人物，又岂是一点小钱能够买通的？这里面一定藏着一个巨大的秘密，可能还是一个终极秘密！想到自己已经靠近了这个秘密，她不禁有些兴奋，但她知道这个问题肯定令他敏感，于是压低情绪问：你这样做到底是为了对付章陕，还是织云那帮高管？

没想到邢智毫不犹豫：织云高管只是工具，章陕才是终极控制人。章陕不倒，织云高管也会高枕无忧，除非他们的老鼠仓自燃自爆。

五

孙尔雅出了咖啡馆，开始一路左顾右盼，只要离自己十米以内的人员都会引起高度警觉，后来想起邢智所说的话，觉得这样反而容易引人注意，就硬着头皮什么也不看，径直往前走，好在这段路并不远，很快就到了杂志社门口。

她走到孟夫子办公室门口，这时孟夫子已经赶了回来。她将三方协议的资料和账户资料分好类并贴上标签，然后郑重交到孟夫子手上，又把线人的要求和目前状况细细汇报了一遍。孟夫子听说线人愿意继续给她爆料，很是高兴，叮嘱她一定把庄家核心信息摸到手，赶紧写成重磅新闻，争取本期杂志再作为封面文章推出。他还签字让孙尔雅去财务先借上八千元现金，其中五千块交给线人，另外三千块留给孙尔雅做费用，线人在北京的吃住行费用都由杂志社报销，社里还可随时出动保安人员，保障线人在北京的安全。孙尔雅讲了线人在肯德基发现翟队长的事，说暂时不需要，几个保安跟着，反而会暴露目标。

孙尔雅借了两张同事身份证，又回办公室拎上笔记本电脑，带上随身行李。出了办公楼四面观察，发现五十米外的树荫下站着一高一矮两个年轻男子。他们本来就形迹可疑，见孙尔雅盯着他们看，马上背过身去，假装抽烟聊天。孙尔雅心里一惊，完了，被跟踪了！她马上往杂志社方向快步走回去，到了门口，见一辆的士正好停下来，她快速钻进车里，对司机说：快开！

司机一边打开计价器一边问：去哪儿？

孙尔雅回头看后面，那两人也上了停在旁边的一辆小车，更着急了：你先往前开，速度要快，我会告诉你怎么走！

司机开着往前走，到了一个路口问：左拐还是右拐？

孙尔雅一直盯着后面，见那辆车还没有被甩掉，心里直打鼓，急忙说：哪边快走哪边！

司机觉得奇怪，打趣说：拍谍战剧啊，美女，是不是被跟踪了？

孙尔雅毫不隐瞒地说：是的，师傅你帮我甩掉后面那辆车！

司机笑说：还真是啊？今天算你碰对人了。我告诉你啊，我原来在南方一个城市开出租，在那里开车一点也不用讲文明礼让，满地的车呀就跟水里的鱼一样，钻来钻去，见缝插针，那才叫作考验技术呢！

果然，这司机方向盘打得勤了，左转右转，很快把好多车都甩到了后面，连过了几个红绿灯，后面那车就再也看不到了。然后他听孙尔雅的指挥，又转了大概十多分钟，终于绕到了肯德基。司机惊讶地说：你这姑娘真好玩，这不就在你刚才上车的地方附近吗？还不到两百米远吧？为什么要坐上出租绕这么大一圈啊？

孙尔雅得意地说：我不上你的车，能甩掉刚才跟踪我的尾巴吗？要是我从单位走到肯德基，还不被他们瓮中捉鳖手到擒来呀！

司机听懂了，笑道：怎么样，我这水平还行吧，下次你有事希望还能碰上我啊！

孙尔雅说声好，拿了司机名片，又谢了司机，立即快步上楼。自己折腾这么久，这个邢智该不会有事吧？孙尔雅心里突突跳了起来，到了包间，见他还在，长长地舒了一口气。她摘了墨镜，喝了一大杯水。邢智见她这个样子，便问：遇到麻烦了？

孙尔雅把被跟踪的情况说了。

邢智也警觉起来：他们已经嗅到气味了！这里离你们单位太近，我们赶紧离开。

两人商定到她帮他订好的酒店，先帮她赶完这期稿子再说。

孙尔雅结了咖啡馆的账单之后，两人收拾好准备下楼。她拿出一张名片说：就找刚才那个出租司机来接我们吧。他的反跟踪技术不错，我特意留了他的电话。

邢智马上制止，拿过她的电话，迅速取下电池和芯片卡，然后再交给她。看着她一脸的困惑不解，他解释道：你坐过他的车，再坐一次就意味着增加一分危险，更危险的是，他知道你被人跟踪了，他会不会好奇你为什么、被谁跟踪？他知道跟踪你的人在哪里，也知道你在哪里，他会不会更加好奇？你继续推演下去，就会知道坐他的车还是不是很安全！

经过几次惊吓，孙尔雅听到他的推断，不禁有些心惊肉跳起来。但她装得若无其事地说：你的想象力真丰富，可是把人想得太坏了！

邢智看着她：不是人好人坏的事，所有危险都是慢慢走近的，你斩断了它的可能性，才会安全起来。现在下楼随便拦一辆出租车，可能更安全些。

进了酒店房间，邢智先紧紧拉上所有的窗帘，房间顿时黑了下来。孙尔雅想到孤男寡女共处一室，很像陌生网友第一次约会，顿时觉得有些害怕，她说还是打开一点窗户吧，这样空气新鲜。可邢智毫不理会，打开房间里所有的灯，开玩笑说就今天北京的空气质量来看，还是门窗紧闭更健康些。然后，他检查了房间的每一个角落，还特地试着开关了一下卫生间的窗户，说还好，终于找到一扇能打开的窗子了。孙尔雅疑惑不解，顺着这扇窗子往外望去，离地面有十几层高。她问你打算紧急时从这里爬出去吗。邢智点点头，并不答话。她说如果待在房间是等死，从窗子爬出去是找死，我宁愿死在房间里。邢智做了个手势，示意她把头伸出去看看。她发现外面离窗子一米多的底下有一道墙根，从墙面凸出来几厘米，左侧横着一米多处还有一根铸铁大水管。她惊呼不已，你还指望靠它们啊，站不稳扒不着，只怕没摔死之前就吓死了。邢智不动声色，说至少存在一种可能，杀手破门而入的话，我们可以顺着水管爬下去。孙尔雅坚持说我肯定不行。邢智说我肯定会试试。孙尔雅一听不对劲，像看见珍稀动物一样盯着他，说遇到危险你不会一个人跑掉而把一个女人丢下吧。邢智又笑了，看起来很像苦笑。他说如果你怕冒险，那我就只好一个人先跑了。孙尔雅看着他直摇头。在门外检查完安全门、安全通道之后，邢智进门，把房门安全锁啪的一声搭上。孙尔雅说你别制造紧张气氛，现在我觉得锁在房间里更没安全感了。她正在脱掉外套，邢智指着她头顶侧面的位置说那里是摄像头，如果女性在房间脱光了，马上会被监控人员看到。孙尔雅听了激起满身鸡皮疙瘩，抗议说谁脱光了，跟我在一起可别起坏心眼呵！她拿着一张纸，爬到凳子上，明显想把摄像头遮住，没想被邢智一把拉住。她喝问你想干什么。邢智解释不能遮，一遮监控室马上会发现异常，被曝光的概率反而大增。他说房间只要没有反常行为，监控一般不会关注。她问什么算反常行为。他开玩笑说譬如你脱光了，对不起只是假设，譬如男人手淫，譬如婚外偷情，譬如老少不伦恋，譬如杀人放火吸毒碎尸等，都是重点监控对象。孙尔雅揶揄说你整天琢磨这么变态的事，会不会也很变态啊？邢智坦然道，近墨者黑，我肯定有点变态了，你怕不怕呀，如果怕最好离我远点。

孙尔雅心里很想离他远点。一个大男人长得凶神恶煞，还那么多花花肠子，说话不留情面，谁愿意跟他守在一起啊，何况除了网上聊天之外素昧平生的，男对女了如指掌，女对男却一无所知。可是，这个男人不是普通网友，他已经是一个要命的合作者，没有他的帮助，自己满腹文采只能烂在肚子里。最高水平的政治是把敌人变成朋友，他还不是敌人，只是一个自己不喜欢的合作者。如果能多忍着点，也拿点政治素质出来，应该不成问题。

孙尔雅一边打开电脑一边说：这次我想写一篇《织云老鼠仓揭秘》的大报道，你跟我好好分析一下织云高管，如果点中要害，我想一定会给章陕致命一击。

邢智摇摇头说：这个题目机缘未到，没有像赵毅案中司机的那种角色冒出来，要想曝光织云老鼠仓没那么容易。我建议你换一个题目试试，根据我带给你的章陕“5·19 行情”坐庄资料，可以先曝光章陕的坐庄历程，揭开他头上的神秘面纱，擒贼擒王，杀人诛心，也好让世人一睹其真实面目。

说罢，邢智脱下外套，摘下手套，坐到沙发上。孙尔雅赫然发现邢智左手的食指短了一截，指点着吃惊地问：怎么回事？操盘手怎能让手指受伤？不会是章陕所害吧？

邢智黯然说：早就如此了，不是章陕剁掉的，不要把他想成私设刑堂的黑老大。

断了手指的操盘手，犹如瞎子练成神枪手，其高难度不言而喻。这人脸上刻着刀疤，手指断了一截，说不定身上还有更惨不忍睹的创伤。他一定有着一段无比苦难的过去。说实话，孙尔雅很想知道他的过去，他的劫后余生与他处心积虑摧毁章陕有没有什么联系。但看他有意掩饰，她也不好多问。

孙尔雅提议：既然是写章陕坐庄的历史，就干脆把标题定为《章陕坐庄史揭秘》吧。

邢智想了一会说：意思是到了，还不够简洁，我看不如就叫《庄家章陕》。

孙尔雅反复念了几遍，然后说：好，简短有力，就像一把匕首。就是它了！

接下来，邢智告诉孙尔雅，章陕在坐庄织云科技之前，一直是资本市场最活跃的人物，早年他误打误撞，追随远方证券老板金彤，纵横大江南北，闯下了“魔鬼”章陕的称号，与“天使”彭剑、“血狼”高荒原并列，号称金彤的三大门徒。章陕的经典案例有“抢购国库券”“坐庄深发展”“发动“5·19 行情”等。在“5·19 行情”中，他先知先觉，大赚暴赚，赢得了“东南西北”四大庄家之首“东僧”的称号。要写《庄家章陕》，必然避不开中国资本市场的第一场恶战“328 风波”和章陕在资本市场的大手笔“5·19 行情”。

孙尔雅想起邢智曾经在股吧注册为“我是328金彤”，就问章陕发家是不是跟金彤兵败328有直接联系。邢智点点头说，章陕本是金彤的三大门徒之一，在“328风波”中是空头司令金彤旗下主力，在最后也是最紧要的关头，跟高荒原双双被多方中发投成功策反，临阵倒戈，背叛了自己的老师金彤，并陷金彤于绝地。

章陕佛学院研究生毕业后在佛学机构里任职。一次偶然的机会，他陪着自己的老师来上海给老板们讲经，中场休息时，他跟当时炙手可热的远方证券老板金彤聊到资本市场。他说资本市场其实就是一个屠宰场，看起来一团迷雾，但想赚钱并不难，因为一切纷争皆起源于人的欲望。欲望就像青草一样，野火烧不尽，春风吹又生。在这个生生灭灭的过程中，能控制和寂灭欲望的人就是屠夫，就是胜利者，而被欲望操纵和驱赶的人就成为被屠宰的失败者。被大师《金刚经》讲座催眠得有些迷糊的金彤听了他这话，有如醍醐灌顶，一下就觉悟了，他拉着年轻自己十几岁的章陕说你是高人，我想请你去公司做顾问。章陕问顾问是什么。金彤想了一会儿说，顾问就是帮大家开天眼，看清什么是风险，什么是机会。章陕不置可否地一笑，露出白亮的牙齿，接下管彤名片就走了。

当金彤几乎要忘记这个年轻的佛教徒时，章陕却自己找上门来了。

原来，他跟一个好看的安徽姑娘悄悄住到一起，不小心弄出身孕，可他不想娶人家，一心劝安徽姑娘流产。姑娘很较劲，死命地护住自己的肚子不放手，想逼章陕跟她结婚。姑娘“一哭二闹三上吊”的招数使了好几遍，也没收到什么好的效果，扛不住肚子一天天大起来，只好跑到章陕的西北老家哭诉他的万恶罪行，而章陕硬是躲着一年都没有回家。后来被逼急了，姑娘破罐子破摔，跑到佛学机构去告了一状。这时已是20世纪80年代中期，男女之间的事情只要没结婚就不算太耍流氓，一般单位都是多一事不如少一事，懒得管，但佛学机构就不一样了，一天到晚让你敬佛念经，就是为了给你的下半身念紧箍咒，结果你还是系不紧裤带，把孽障种到人家肚子里去了，而且死不认账，真是岂有此理！单位忍痛割爱，把一个颇具慧根的年轻佛教徒就此扫地出门。

为了甩掉愈挫愈勇的安徽姑娘，离开佛门的章陕天南地北地漂泊流离，过了一段很长时间的云游生活。他原以为像古人一样能长见识，也必有奇遇，但实际是永远在为下一顿斋饭着急上火。这时他才感到，一切都不如守在那个倔强的安徽姑娘身边可靠，或许她已经生下了那个孩子，如果这样，他好歹也算是一个孩子的爹了。当他洗心革面正想回头找安徽姑娘的时候,突然得到消息，她在自己被开除的那一天就义无反顾地打掉了腹中胎儿。章陕觉得她打掉的不是他的血脉，而是他心底仅存的一点善念。他感到自己已经放下了一切，终于可以走进那个屠宰场了，这才摸出金彤留给他的那张名片。

章陕在金彤面前闭口不谈自己和安徽姑娘的事，只是说想见识佛的智慧在资本市场会放出怎样的光芒。金彤任命他为市场巡视员，享受公司部门副总待遇，安排他给培训的员工上课。刚开始，章陕觉得自己像是给一群屠夫讲授庖丁解牛的技术，心里老大不痛快，毕竟“不杀生”是佛教第一大戒律，自己这一步跨出去，算是从彼岸跳到了此岸。后来见识多了，经常跟金彤一起喝茶论道，觉出了在资本市场大开杀戒的快感，心里才慢慢踏实起来。

资本市场变幻莫测，但章陕的解读很独到，也很透彻。当他看到国库券在黑市打折出售时，他提醒金彤说机会来了，国库券无法流通，就像一池积蓄起来的水，谁敢挖开一个缺口，让水流动起来，谁就能获得这笔巨大的财富！章陕一语点醒梦中人，促使曾经的大学教授金彤下定决心当一回黑市贩子。他动员全公司员工放下手头的所有项目,奔赴全国各地的大街小巷抢购打折国库券。正是这次看似滑稽的行动，却使远方证券赚到了做大做强的“第一桶金”。从那时起，金彤就嗅到了章陕身上嗜血成性的一面，再也没有把他看成一个满嘴阿弥陀佛的小和尚，而是有意栽培他做一个操盘手，让他进到远方证券最核心的圈子里。章陕因此有机会参与到早期资本市场的每一场枪林弹雨之中。

20 世纪 90 年代初，大盘股深发展、深万科等成功上市。当时，国家经济陷入治理整顿期间，各项改革停滞不前，新兴资本市场遭到前所未有的打压，资金纷纷上岸观望，成交量一天比一天稀少。这些大盘股的上市，使一级市场抽走了大量的资金，造成了二级市场的严重失血，深沪指数每况愈下。时任远方证券自营部副总、主持自营业务的章陕在大众源源不断的恐慌割肉中看到了机会。他对金彤说，人弃我取，深发展、深万科流通盘只有几千万股，在成熟市场只算是中小盘，上市的负面影响被过度高估，这是一次难得的机会，而不是风险。这个时候只要我们丢一根火柴下去，星星之火必定燎原。金彤同意他的看法，让他先拿个方案出来。仅仅过了一天，章陕就递给金彤一份“蛇吞象之战”的操作请示，他提出了秘密抄底深发展、带动深万科的操盘计划，对动用的资金、仓位、账户、人员、信息、直接和间接合作者等提出了详细的需求。金彤阅后当即批准秘密执行。

于是，章陕带领远方的自营团队，在三十元下方采取低吸策略，一路收集散户在丢弃的筹码，当拿到了足够便宜筹码之后，突然发动猛烈攻击，深发展就像一头脱缰的疯牛狂奔起来，章陕的战略伙伴也在深万科盘面上积极响应，两只翅膀沉重的大盘股瞬间像蝴蝶一样轻盈地飞了起来，各路资金推波助澜，纷纷加入战端。

当市场人士还没看懂是怎么回事，又传来了领导“南方谈话”，中国再次步入改革开放的高速轨道，一种长期投资中国的信心开始复苏，股市就像火山突然喷发起来，原来避之唯恐不及的大盘股一下变成了抢手货，深发展和深万科首当其冲，市场效应带动大盘指数一路上扬。从远方证券入驻到出局，深发展在一年时间之内就让股价从三十元之下翻到九十元之上，章陕为远方证券成功赚进数亿真金白银，自己也坐上了自营部总经理之位。

令章陕变得家喻户晓的，还是90年代中期的的“328风波”。当时围绕着328期货品种，资本市场形成多空两大阵营，一方是以中发投公司为核心的北方多头资金，一方是以远方证券为核心的南方空头资金。两股势力频频恶战，势同水火，但大多是资本雄厚的空方占上风。空头司令金彤旗下形成“天使”彭剑、“魔鬼”章陕、“血狼”高荒原三大主力，号令着江浙沪数百亿新兴资本，大有随时一举剿灭中发投的磅礴气势。就在国家即将发布328品种价格信息的前夜，中发投利用近水楼台的优势，提前获知财政大幅补贴328品种价格的消息，并利用这个绝密消息，一夜之间策反了金彤的两大门徒章陕和高荒原。第二天章陕、高荒原临阵倒戈，令数十亿资金一夜之间由空转多，逼得金彤和彭剑破釜沉舟，违规挪用了远方证券的数十亿客户保证金。金彤的垂死挣扎最后被沪期所判定无效，因为挪用巨额客户保证金、违规操纵市场价格两项重罪，金彤、彭剑最终锒铛入狱，被称为“中国美林”的远方证券宣布破产，数百亿的民间资本更是灰飞烟灭。

在“328风波”中，章陕按照金彤的部署，本来持有大量空单，能动用的资金所剩无几。当中发投派人对他亮出底牌时，开始他十分纠结。毕竟即将公开的信息站在多方一边，他执掌的投资公司如果听令金彤继续做空，就会冒着被多方剿灭的风险，但要马上反手做多，又必须在高位先平掉空单，这样也会造成巨额亏损。这时高荒原站出来，说他手上还剩十亿元民间资金，可以分给章陕一半，条件是联手对付金彤。章陕哪里知道，这时高荒原手里至少握着不下于二十五亿巨资。于是两人跟多头中发投秘密约定，在最后的一天里一边平掉空单，一边大肆反手开多。最后清算交割，章陕不仅没亏，还赚到了近两亿利润。章陕曾一度对高荒原充满感激。在两个月之后，高荒原找到章陕，邀请他与自己再次联手，在另一个期货品种上择机做空，秘密伏击气焰高涨的中发投，想借此一举铲灭多头势力，逼迫他们把“328风波”的利润吐出来。章陕对高荒原这样朝秦暮楚有些震惊，但没有表露出来，只是推说远方垮掉了，自己手上的资金不多，没法大规模参战。高荒原听了说不用担心，他手上现在就有十个亿，还可以借到十个亿，足以联合起来对付中发投了。章陕一听更不敢答应了。他算得出来，高荒原动辄可以拿出十亿“私房钱”，明显是他在“328风波”中欺骗了自己，背着自己暴赚了一把！章陕不仅没有答应合作，还暗地里把高荒原的秘密计划告知中发投。中发投纠合全国多头势力，扬言要找高荒原算总账，才把他吓得屁滚尿流躲到国外去了。

金彤入狱之后，江浙沪民间资金经过休生养息，渐渐恢复了元气。这些资金本来跟高荒原关系密切，慢慢都聚集到高荒原旗下。章陕害怕高荒原报复自己，像躲灾一样躲着高荒原。他知道，高荒原早就扬言要跟自己和彭剑一决高下，现在彭剑入狱，这只杀红了眼的“血狼”更不会放过自己。章陕不敢掉以轻心，开始在江湖上招兵买马，暗中积蓄力量，他发誓要以高荒原为靶子，训练出一支顶级的操盘团队，专门对付高荒原出其不意的偷袭。高荒原在远遁国外之前，曾与章陕的操盘团队一度交手，结果还是高荒原获胜。章陕不想浪费弹药，主动撤出战场，无论高荒原怎么挑衅都视而不见。后来高荒原被赶出国门，但他死不见尸活不见人，更让章陕夜不能寐。章陕清楚高荒原的脾性，他就是“血狼”，藏得越深，接下来的偷袭就会越加出其不意。

章陕精心训练的这支操盘团队就是后来屡战屡胜的“魔鬼团队”。外界都以为20世纪90年代末的“5·19行情”是一次井喷和意外，实际上，章陕为了策划这次行情，曾秘密蛰伏了两三年时间，精心制订了一个代号为“雷霆风暴”的计划。

谈到“5·19行情”，邢智让孙尔雅拿出账户资料。他把章陕分布在东方明珠、上海梅林、广电电子等网络股“三驾马车”上的账户、仓位信息尽可能详细地标注出来，给她解析了章陕的计划和策略。为了帮助孙尔雅更好地消化这些内容，他还从网上下载了与“5·19行情”相关的历史信息，并为她判定信息来源的真伪。邢智告诉她，在《庄家章陕》一文里，就章陕“雷霆风暴”的预备动作，重点体现在两个方面。第一，他对旗下的魔鬼团队多次进行极限训练，譬如嵩山面壁七日、登顶四姑娘山、喀纳斯冰浴、穿越塔克拉玛干等，用最残酷的竞争淘汰赛来选拔参与“5·19”突袭的操盘手，他的目的就是要训练出一批“了生死、离贪爱、灭尽身智”的钢铁战士，来担负在未来资本市场发动恐怖袭击的重任。第二，为了追求“登高一呼、应者云集”的市场效应，他还在各种投资聚会和投资论坛奔走穿梭，秘密联络各地实力派资本大佬，加速了资本市场“东僧西道、南童北妪”四足鼎立的进程，为他最终雷霆一击赢得了大批同盟军。

讲到这里，已经六个小时过去，进入到凌晨四点。孙尔雅看了看手表说，我们以前在网上聊QQ也没有这么晚过吧。邢智纠正说是没有这么早过，上次聊到两点你男友就跟你吵，要是聊到四点还不直接跟你分手啦。孙尔雅一阵尴尬，没有接这个话题，转而打听起登顶四姑娘山的事，最后又问他穿越塔克拉玛干的时间是不是1998年9月份。邢智罕有露出惊诧的表情，问这个事情这么机密你怎么知道的。孙尔雅得意地说别以为我那么傻，我还知道你们很多事情，那次带队的有一个女人姓水，没错吧？这下轮到邢智脑子里的问题不断冒泡了，这个财经记者怎么会知道这些？章陕还有哪个环节出了纰漏？孙尔雅见他一脸困惑，就赶他到隔壁新开的房间去睡觉，说自己要趁热打铁，把《庄家章陕》赶出来。临走前她对他真诚地说谢谢，第一次孤男寡女地待了一晚上，没有发生一点安全事故。邢智解嘲似地笑笑，说还真有些后悔，该干的事没干。

一觉睡到十点，邢智醒了，去敲隔壁的房门，孙尔雅立即开了门，说已经写完了，正在修改文字，正好要请他帮着看一遍。邢智先给孙尔雅叫了一份早餐，然后在她电脑上看稿，除了偶尔点头，很少发言。最后说，写得不错，你把章陕坐庄织云与他的坐庄历史联系起来了，就像连续剧一样好看！除了几个别字，我提不出任何意见。

孙尔雅问他接下来怎么打算？

邢智不假思索：亡命天涯呗，离你越远越安全。

孙尔雅问：你觉得这篇《庄家章陕》登出来，能让章陕彻底暴露吗？

邢智想了一会说：很难，不过会逼得他狗急跳墙。你还得继续写下去才行。

孙尔雅急忙说：你逃命去了，我还怎么写啊？要不然跟你一起逃，反正现在我也不安全。我可以在路上采访你，继续写章陕的报道，一直写到他灰飞烟灭为止！

不行。邢智断然拒绝，他分析道：虽然你很危险，但躲在办公室相对安全点，我想章陕还不至于去炸掉你们周刊大楼。你跟着我跑到外面去，出了事谁负责？再说，谁知道要躲到什么时候才是尽头？

孙尔雅心想他身上还藏着很多秘密，决不能轻易放过他，于是表态说：你不就是怕负责任吗？好，我会向周刊说清楚，如果我出事，一切后果自负，跟你没一点关系。现在我们目标完全一致，只有尽快摧毁章陕才能结束东躲西藏的日子。如果现在我放弃对你的跟踪采访，章陕很快就会转危为安，而我们就会前功尽弃。

这个理由让邢智有些动摇，他沉默了一会，又没话找话似地问：你那个小心眼的男友，会看着你跟一个男人乱跑不管吗？

孙尔雅神情顿时黯淡下来，掩饰道：大难临头各自飞，谁管谁呀？

邢智知趣地说：你们真分手啦？也好，分手不是一件坏事。

孙尔雅仍不满：我是去采访，又不是私奔，跟分不分手有什么关系啊？

邢智妥协：好，可以不谈分手，但我们孤男寡女的，要不引人注意，离开这个房间就得演戏了，而且最好就演私奔，这你不会反对吧？

孙尔雅怔住了：还要演私奔？我们奔向哪里？

邢智似乎胸有成竹：他们会把目光重点盯着周刊，离北京越远越安全，就去新疆吧！

孙尔雅也毫不犹豫：行，我就跟你去新疆！

事不宜迟，两人决定，等孙尔雅下午把稿子发给孟夫子之后立即动身。孙尔雅电话里告诉孟夫子说，线人判断庄家已经严密监视自己了，只等线人现身就会动手，现在自己和线人的处境都很危险，如果《庄家章陕》刊出就更危险了，所以必须暂时逃离北京。孟夫子问她具体去向，她看着邢智的手势说现在还不确定，不过自己会一路跟踪采访他，继续深挖章陕坐庄内幕。孟夫子很赞赏她这种工作精神，加上怕她在办公楼出事，就同意了她的采访请求，并问她还需要什么帮助。孙尔雅按照邢智的约定，准备打完电话就撤离酒店，所以告诉孟夫子暂时什么都不需要，自己住进周刊大楼之后，曾经回去找全了随身行李，现在又带到酒店来了，如果今后有需求会随时联系他。

打完电话，两人迅速下楼退了房，刻意避开人来人往的大堂，绕到后门出来，上了一台酒店预订的出租车，直奔火车站而去。

第七章

—— • CHAPTER 07 • ——

一

范东从织云狼狈滚回上海的第二天，忍不住给秦小敏打了电话。

离开织云，他内心发生了颠覆性的变化——对孙尔雅由满腔同情立即转变为切齿痛恨，对秦小敏由心有怨气变成同病相怜。他早就意识到，孙尔雅一定不会放过秦小敏。孙尔雅既然知道秦小敏过去的那么多隐私，她定会对秦小敏的老公和盘托出一切，而她老公肯定无法忍受，一脚踹掉秦小敏的可能性极大，说不定还会四处找寻自己以报仇雪恨。秦小敏处心积虑跟自己秘密苦恋十来年，现在肯定跟自己一样，也被孙尔雅逼得无路可走了，如果这时还不挺身而出，自己在秦小敏面前还算个男人吗？

范东拨了秦小敏的电话，可是电话那头传来的，不是忙音就是“您拨的电话已停机”。秦小敏到底怎么了？跟自己交往这么多年，她的确做过很多荒唐事，也曾多次蔑视自己的懦弱，但跟自己始终患难与共，从没有出现半点动摇。那天在北京西苑饭店，孙尔雅走后，自己进房间去拿衣物时，她还是那样温柔款款，说想自己留下来过夜，还在劝自己对孙尔雅要死心，说不是你的就求不来，求来了也是一个祸害。前不久在电话里听得出，她虽然情绪不高，但也没出什么大事。就算她现在被老公甩了，也犯不着躲着自己吧？

范东想到跟秦小敏关系最好的一个银行朋友。秦小敏还带她一起来上海见过范东，但是秦小敏保证过，她不知道他们的秘密关系。范东找出她的电话赶忙打了过去，还好接通了。那个朋友告诉他秦小敏跟老公离婚之后，跟一个江东大老板逃到国外去了。范东大吃一惊，忙问什么老板。朋友说是秦小敏在信贷业务中认识的，这个老板欠了秦小敏银行不少钱没还，后来银行催得急，老板怕被抓就跑了，秦小敏怕担责任也跟着他跑到国外去了，江东警方已经开始调查这件事。听到这个消息，范东意识到，秦小敏这下完了，前段时间他看过有关赖昌星偷渡出境的报道，这么一手遮天的人物，警方都誓言要将他捉拿归案，秦小敏毫无资本又如何跑得了，说不定这会儿早给国际刑警盯死了！

范东后悔没有早点去找秦小敏，这样把她拉到自己身边，或许能在关键的时候救她一把，免得她心慌意乱跟人亡命天涯。这样一想，范东更恨孙尔雅了，不是因为她的牵扯，自己不会被忽悠进织云，也不会贪念织云的富贵，更不会做跟她复合的美梦。

正在范东纠结不堪的时候，突然接到一个电话。那是一个陌生女人的声音：你是范东吧？我知道你刚从织云回来，如果你还想继续留在织云，你现在就到你楼下的上岛咖啡来找我，我正在这里看《黄浦晚报》。

也太惊悚了吧？竟然找到我楼下来了！他忙问：你是谁？为什么找我？

我要送你一单大生意，就看你自己敢不敢接！

什么生意？

你下来就知道了。你怕什么呢？我一个女人还会吃了你？就算要吃了你，你现在比被人吃了又能好到哪里去？你就不想置之死地而后生，好好地赌一把吗？

范东还想问，可对方已经挂断了电话。

范东想这肯定是冲孙尔雅来的。孙尔雅写出《织云疑云》，让资本市场突然乱了套，看织云孔董对自己的态度就可想而知庄家有多么仇视孙尔雅了！他们肯定不会轻易放过孙尔雅，而自己在织云冒充孙尔雅老公，也被他们看成打击目标了。真是偷鸡不着反蚀一把米！后来一想，自己孙尔雅老公的身份不是假的吗？假的跟他们说清楚不就行了吗？反正这时人家已经等在楼下了，跟破门而入还有什么区别？是福是祸都躲不过，不如下去赌一把。

范东哆嗦着下了楼，环顾四周，也没见到什么可疑人等，就壮着胆子进了上岛咖啡。这时候是下午，店里人不多，他一眼就看见一个美女坐在窗边看《黄浦晚报》，仔细看她四周，实在也没有什么危险分子。范东做好心理准备，朝美女走了过去。走到近前，正待开口问话，却又发现对方似曾相识，到底是谁又想不起来了。

请坐。美女朝他招呼：一回生二回熟，我们是熟人了。

美女的确美，朱唇微启，明眸转动，处处让人心醉神迷，这让范东更想不起自己在哪里见过她，他心里的戒备却慢慢放松了。

我看着你也眼熟。

我叫水蓝，这是我的电话号码，只供你拨打的二十四小时专线。

这个自称水蓝的女人说完递过来一张名片大小的卡片，上面除了打印的一个电话号码，什么也没有。范东有生以来还是第一次收到这样一张名片。那只递给他卡片的手也引起了他的注意，正如《诗经》所云："手如柔荑，肤如凝脂，领如蝤蛴，齿如瓠犀，螓首蛾眉，巧笑倩兮，美目盼兮。"对于阅人无数的范东来说，这样极致的女人就坐在自己对面，也是第一次，她一下就把孙尔雅比了下去，秦小敏就更不在话下了。

我为什么要打你的电话？你是我老板吗？范东问完这句话，很是佩服自己的定力，好歹自己也算曾经沧海，怎会轻易在一个美貌女人面前自乱阵脚？

如果你没有异议，从现在起，我就是你的老板。不过你的基本薪酬待遇还是由织云支付，跟原来不变，他们随后会联系你的。我这里每月还有一万块奖金，如果你工作成绩突出，每月五万也不成问题。我给你的任务就是马上飞去北京，具体地址和联系人我会在电话里告诉你。到了北京，你就是那里的负责人，拥有开支权和人事权。留在那里的一辆全新道奇大捷龙就是你的专车，两个女员工，一个是你的财务，一个是你的助理，另外五个男员工都是你手下的专业技术人员，加你一起八个人，每月工资费用开支三十万，有特殊任务时我会适当增加预算。这个摊子我就交给你了。千万别让我失望！

说完水蓝从包里掏出五万元现金，推给范东说：这五万你先带在身上，其他都由我每月转账给你。

范东猛拍了一掌自己的额头，有响声，而且还痛，确实不是在梦中。五万块就放在自己眼前，伸手可及。他恍惚着说：这是真的吗？你不说清楚让我去干什么，我哪敢收钱？

水蓝很好看地笑了：放心，我不会让你去杀人！再说，拿这点钱去杀人也不够。

范东从水蓝的笑容里看到了一丝不容置疑，仿佛一切已经由她决定，他无处可逃。

您的意思是？范东话一出口，发觉自己没把对方看成一个美女，而是已经看成了老板。

你二十四小时监视《财经新闻周刊》的记者孙尔雅，只要有陌生人跟他在一起，你就赶紧查明身份，并报告给我。你明白我的意思吗？

范东一听，果然是对付孙尔雅的，只是没想到他们会利用自己来监视她。

我知道你不是她老公，还知道你现在连她男朋友都不是。你恨她对不对？水蓝盯着他说。

你们怎么知道的？

这你就不要问了。孙尔雅把报道发出来，必然会有人来找她接头。你这段时间的任务就是全力盯着你的前女友，以及外面来找她的陌生人。千万别让她们跑掉了，跑掉你也得派人盯着，否则我唯你是问！

发现陌生人接头后，要不要抓住她们？

那不是你的事，你只管盯好人，并及时跟我联系，其他的事自有人去安排。

是不是他们杂志社很棘手啊？你不告诉我你的身份，我不会多问，但我相信你们都是玩资本的，其实用玩资本的方式对付这家杂志社并不难。

范东知道自己这么说，对方或许反感他多嘴，但他还是忍不住说出了口。没想到水蓝并没有责怪他，而是漫不经心地说：怎么对付？你倒是说说看。

范东说：这家杂志社严格控制广告业务，资产规模一直做不大，业内声誉虽然很高，但权属关系远不像国内某些报刊集团那么复杂，目前来看它只是一个三级子刊，你们花点小钱就不难收购它，然后让它变成像织云这类上市公司的控股刊物。我查过他们的控股方，也是一家文化企业，不是行政单位，被收购的可行性还是挺大的。

水蓝显然听进去了，肯定道：你这样用心就对了，想不到你还有这方面的头脑！

范东解释：我是学国际金融的，一直没找到对口单位。

你先干好手头这件要紧事，因为没有人比你更了解孙尔雅的衣食住行。如果表现不错，你进金融行业的机会多的是。至于其他方面，不安排你去做的事最好不要打听。

范东表态：我一定好好干！再说，孙尔雅也害得我够惨了，如果你们给她点颜色瞧瞧，也等于是帮我出了一口恶气！

水蓝又笑了：想不到你们谈一场恋爱，竟谈出这么刻骨的仇恨来了，佩服！

范东苦笑：我今天这么惨，全是拜她所赐！唉，还有人被她害得更惨呢！

水蓝质问：现在有了新任务，你还觉得惨吗？

范东忙纠正：不惨，不惨，我这是遇到贵人了，把我一下从地狱拎到了天堂，就是不知道自己为什么会这么走运？

水蓝点醒他：你的贵人是织云的孙司机。

范东更迷糊了：孙司机？与我何干？

水蓝淡然道：那天你离开织云，孙司机把车停在路边问你，结果你匆匆坐出租车走了。我当时就坐在他的车里。

哦，记起来了，当时车里是坐着一位美女，只怪自己当时晕头转向，有眼不识泰山！

范东说着，再次狠狠拍了一下自己的额头。孙司机知道自己跟孙尔雅的关系，肯定是他把这层关系告诉了车里的水蓝，水蓝再对自己展开调查，知道了一切，由此选定自己来监控孙尔雅的行踪。他们真是有钱！有钱真的能使鬼推磨啊！

晚上，在赶去北京的机场路上，范东接到了织云袁代表的电话，他满嘴客气，问范东怎么不声不响就离开了，弄得公司大股东很有意见，想见他都没见着。范东也学乖了，说上海这边有急事处理，所以匆忙赶了回来，下次有时间会回织云的。袁代表说每月工资、奖金都会打到他卡里，在外面工作有什么需求尽管提出来，织云孔董说欢迎范主任随时回织云，招待所的房间还给他留着，办公室也给他留着，一直等到他凯旋。

提到招待所，范东想起温柔似水的柳青青，不为别的，就为柳青青他也想再回织云。

他绝没有想到，此时柳青青正在卷入一场意想不到的风暴之中。

二

在柳青青陪严磊喝得大醉的第二天上午，一阵电话铃把严磊从梦中惊醒，他迷迷糊糊摸过电话一看，是孔董，于是手忙脚乱地接了。孔董说公司班子召开了关于他的问题的紧急会议，经过孔董和杨总的耐心疏导，班子初步达成了一个新的处理意见，形势对他十分有利，让他赶紧去孔董办公室。

严磊放下电话静坐了一会儿，感觉眼前没那么摇晃了，只是觉得头大。他跑到卫生间，用冷水龙头冲了一阵脑袋，等清醒多了才穿上衣服匆匆出门。路过招待所前台时没有看到柳青青，心想只怕是昨晚陪自己喝酒喝多了，还在家里休息呢。昨天晚上自己一边跟柳青青碰杯，一边讲述自己的人生故事，同时也吐露了不少织云高层之间的人事纠葛，特别是对孔董和钱书记颇有微词。现在想起来，就像是给自己在织云的日子开追掉会，在全公司唯一理睬自己的女人面前给自己画上一个悲壮的句号。然而，刚刚接到孔董电话，又觉得这个句号画得太匆忙了点，对孔董的抱怨也有点过头。严磊边走边想，如果人生还能重来一次，一定再找柳青青好好喝一顿，把那些说过头的话都收回来。

严磊进了孔董办公室，看着杨总也在场，就朝他点头致意，然后诚惶诚恐地坐下来。

孔董照例把曹秘书赶出去，再亲自关上门，又上了锁。

孔董感慨道：严磊，你倒是逍遥自在啊，听说昨天晚上还跟柳青青一起喝茅台！你知道把我和杨总害得有多惨吗？昨天从下午研究你的问题，一直弄到晚上，开完会我和杨总晚饭都没吃，又为你的事忙到凌晨！

严磊心里一惊，连喝酒的事都曝光了，恐怕自己对柳青青抱怨孔董的事也瞒不住了！他嘴上却说：孔董辛苦！杨总受累！为我严磊的事日夜操劳，我对不起两位领导，改日我请你们喝茅台谢罪！

孔董连忙止住他：喝酒就免了！现在不光群众，连班子成员都看不下去了。我们两个还跟你牵扯不清，说不定明天就有人告到上面，把我们说成你的后台！我本来是让你装孙子，没想到你就是真孙子，现在送也送不得，甩也甩不掉，真是一点也不省心哪！

严磊听着孔董一番话，终于琢磨出他们的态度——对自己肯定是保而不是弃了，但不敢乱插嘴多说什么，只是一个劲地点头：感谢孔董和杨总成全！再生之德日后定当厚报！

孔董拿手指点着严磊：你别恩将仇报就行！具体会议精神就让杨总给你通报一下吧。

杨总字斟句酌地告诉严磊，在昨天的班子会议上，七个高管除了孔董、杨总，剩下的五个人中有四个建议将严磊收受开发商康老板两百万的案子上交给市检察院，他们说虚拟股权激励可以放弃，当时签订的班子成员“一荣俱荣、一损俱损”的保证书也可以撕毁，但是绝不能留着严磊这粒老鼠屎。他们的看法是，严磊走到今天这一步，导致班子的和谐和团结遭到了空前破坏，与其最后被一锅端了，不如各人自扫门前雪！关于严磊的问题，只有沈总提出了不同看法。他说班子寿命也就是五年，时间还剩下四年，今天严磊犯事就送走他，谁能保证明天就没人犯事了，到时是不是也得送走他？不送严磊能服吗？如果送走，谁又能保证那个犯事的人不是自己？严磊是偶然事发，天有不测风云，谁敢说自己不会碰上下一个偶然因素。沈总说将心比心，就事论事，严磊犯的错误可以让他自己弥补，让他花钱买教训，只要他还有能力赎罪，就不是一个问题，实在没能力再另当别论。孔董、杨总都支持沈总这个意见，所以再一次表决时，袁代表也站在沈总一边，出现了四对三的情况。经过孔董几个小时做工作，除了钱书记，其他人对保下严磊基本没有异议。刚开始大家想让严磊把康老板那两百万和办公楼装修回扣十七万都吐出来，上缴公司财务，后来孔董说那样反而不好做账，不如认同严磊跟康老板之间的借款关系，让严磊把借条和收条都找来复印一份留在钱书记那里做销案依据，至于还不还给康老板，那是严磊跟康老板之间的事。谈到对严磊的处罚时，孔董提出了严磊自己的建议——即从他的虚拟股权激励里拿出一部分匀给班子其他人。关于严磊应该拿出多少虚拟股权，班子成员争论很激烈。钱书记说应该全部剥夺严磊的股权，以儆效尤。沈总则坚持适可而止，如果全部剥夺严磊虚拟股权，还不如将他直接送进检察院。最后在孔董、杨总坚持下，达成了剥夺严磊 30% 虚拟股权即三十万股的决议，其中孔董、杨总表示不参与分配。最后在孔董主持下，给钱书记、沈总、刘总各分配五万股，给司董秘、袁代表各分配四万股，剩余七万股留作公司机动股权，奖励有功有贡献者。这次钱书记审查严磊有功，特地从公司机动股权中再额外奖励他两万股。

严磊老老实实听杨总说完，已经吓得魂不附体了。他没想到钱书记会必欲置自己于死地而后快，也没想到沈总会在关键时刻为自己仗义执言，更没有想到孔董和杨总不仅没有趁火打劫，还放弃瓜分自己股权的机会。自己现在就像一块肥肉丢进一群饿虎的笼子里，只有被瓜分被撕咬的分，好在他们没把自己全部扔进去，还给自己留下了一线生机。

严磊计算着，自己一百万股权就这样变成七十万了，而钱书记本来就比自己多出十万股，现在又拿走自己七万股，两人差距更悬殊了，今后恐怕跟他对垒的资格都被剥夺了！这样想着心里难免一阵失落。孔董看出他的心思，语重心长地劝道：钱财乃身外之物，只有人身安全有保障，才有意义，如果这次钱书记跟你死磕，我们也没法制止，说不定你就丧失自由了！你要记住“破财消灾”的古训啊！

严磊毕恭毕敬：是，董事长说得对！就让他狗日的发个不义之财！

杨总提醒：严董啊，这可是组织决定，我看你还是少说闲话为好！

严磊回道：是的杨总，我听您两人的！

一会儿又意识到什么，严磊问道：三十万股权划给了他们，一百二十万股本金还能退给我吧？我老婆一天到晚指桑骂槐，说我借了债，把这个钱退给我，其他我都心甘情愿！

杨总解释：这个钱大家的意思是不退你了。你想想，那两百万加十七万都翻过去了，你这一百二十万凭什么就翻不过去？这个事你最好赶快想明白，现在公司还没有做出最后决定，就看你的意思了。

严磊几乎快哭了：这不是把我往死路上逼吗？我现在只有七十万股权了，在高管中的地位比司董秘还低，是不是再玩下去，我的股权比袁代表还少啊？如果这样玩，还不如现在就把剩下的七十万股权全拿走，反正是落得一个家破人亡！

孔董见状，忍不住焦躁地踱起了方步，一会儿停下来说：严磊，你不要担心，到时你仍然是公司高管。我跟杨总这么做，也只是权宜之计，毕竟事情出在你身上，要想平息众怒也只能如此。我有个不成熟的想法——这次你别较劲，老实认了公司安排，回头你尽快找回康老板，让他赶紧开工，顺便把你的借条和收据都复印过来。你要是把这件事处理好了，杨总做证，我把你这次损失的股权都补回给你！

杨总也点头道：孔董的话不假，公司还有几十万股权，都是准备奖给有功者的。

严磊感叹：这么一折腾，家业都败光了，你就是奖给我，我也没钱买啊？

孔董呵斥道：严磊，你这话说得难听了，我们好心好意帮你，好像你还很难受似的，难不成你想让我和杨总给你掏钱埋单？这两天你知道我们夹在中间有多难受吗？一方面要跟你做思想工作；另一方面还要跟老钱他们交心恳谈，确保他们把你的事烂在肚子里！

杨总也劝道：严董，今天就到这里吧，事在人为，你的问题董事长一直没有封死，就是想看到你在后面的工作中做出成绩来，到那时一切都好说。本届班子还有四年任期，你完全可以通过自己的努力来一个咸鱼翻身嘛！

孔董说还有事跟杨总商量，严磊只好苦着一张脸退出了孔董办公室。

在经过沈总办公室的时候，严磊被沈总一把拉了进去。关上门两人相对而坐，半天没有一句话。沈总从柜子里拎出两瓶茅台，送给严磊说：酒我就不陪你喝了，你我二十年同事一场，该说的话我都替你说了，你那五万股激励股权我暂且替你收下，否则只会被他们分掉，等你的事情了结之后，我一股不少地还给你！

严磊忙说：那怎么行？害我的人都拿了，你这么帮我，拿得越多我心里越舒服！

沈总苦笑：拿多少都是你的，我希望你一股都不分给他们，但我能力有限，双拳难敌四手，幸亏孔董、杨总出面维持，才给你留下一线生机。下面的事你可不能再掉链子，你要尽快找回康老板，让停掉的工程赶紧上马。

严磊凑近悄悄说：沈总放心，康老板马上就会回来复工！

严磊用黑色塑料袋装着两瓶茅台回到招待所，他特意在房间门外瞧了瞧，确定隔壁和四周无人，才关上门拨通了康老板那个神秘号码。照例是别人接了，严磊报上姓名，告诉对方让康老板尽快打过来。

三点左右，康老板终于打了过来。严磊简短地跟他说了公司对自己的处理意见，说他妈的这次亏大了，把你给的那两百万都亏光了，还弄得灰头土脸左右不是人。康老板听了安慰他说钱算个球，就是一股流水，赚了花花了再赚，生不带来死不带走，只要你严董还管着职工建房这一摊子，水就会继续流动，到时候你的所有损失都包在我老康身上。严磊听了这话，忍不住又骂了几句康老板害死人之类的话。康老板告诉严磊一个消息，说那两百万的事就是他那个出纳干的，有人看到钱书记的手下找过她，进进出出好几次，估计是根据她手上的转账凭条追查资金去向，最后追踪到了严磊的个人账户上，后来这个出纳害怕跑掉了，现在谁都找不到人。严磊一听就说肯定是姓钱的这小子策划的，他交代康老板根据转账线索去重做一份借条和收条，千万别再给姓钱的留下什么把柄。康老板应承说那是，咱们也得吃一堑长一智了。严磊让康老板即刻赶回织云，说事情基本已经告一段落了，下半辈子有没有好日子过还指望着他呢。康老板连声说没问题，自己明天就回织云，马上宣布一期深度整改，同时二期破土动工。

很快到了晚上，严磊觉得一切都安排得差不多了，于是拨打前台电话，电话里传来柳青青温柔甜美的声音：领导，您什么时候回来的？

严磊说：小青青，我这一下午都没出过门呢。前台现在还有人吗？

柳青青说：有人，今天不是我的班，我来看看的。

严磊犹豫了一会儿说：那你现在上来吧，我找你有事！

柳青青询问：我要不要给领导安排一些饭菜，昨晚您又喝多了，我可以让厨房给你做点清淡养胃的汤羹过来。

严磊嘿嘿一笑道：好酒不过夜，那几杯早蒸发成空气了，你甭担心！

柳青青答应：那好，我马上过来。

严磊在房间等了不到五分钟，柳青青就敲门了。

打开门一看，房间里整整齐齐，一张茶几搬到了房间中央位置，上面摆着四样菜肴：清蒸大闸蟹、红烧牛蹄筋、生拍黄瓜、炒花生米。柳青青惊呼：领导又要开小灶啊？

严磊打开塑料袋，拎出两瓶茅台说：我在这里住着，给小青青添了不少麻烦，今天特地略备小酒以示感谢！

柳青青连忙推辞：不行，真的不行。昨天晚上我值班，陪你喝酒就睡在招待所了。今天上午回去老公疑神疑鬼，老说我身上有股怪味。今天我不值班，晚上还得回家，要是再喝酒，家里到时还不得闹翻天啊？领导实在想喝，我给你找个人来作陪！

说完柳青青拿起电话就要拨打，却被严磊一把按住关上了。严磊闷闷不乐地说：今天孔董说不愿跟我喝酒，沈总说也不愿跟我喝酒，他们都把我看成一个灾星！这些人都说在使劲帮我，其实也是在帮着姓钱的害我！现在整个织云的人都看不起我，我他妈一点也不在乎，我只在乎你，至少你不会看不起我吧？我今天只想找你陪我喝，你不愿意就算了，就算你把李白找来陪我，我也会感觉没劲！

柳青青听着这话不对劲，便解释道：不是我不愿陪领导，确实今天不凑巧，您昨天刚喝过，最好也别喝了，免得损伤身体！

严磊脸色越来越难看：行，你下去吧，我的身体还是我自己的！

柳青青杵在门口进退两难，脸上有些尴尬，过了一会儿说：领导，那我先去忙别的事去了，您慢慢来，等会我再来看你。

也不等严磊回应，柳青青轻轻带上门就离开了。

回到前台，柳青青回想起严磊那些话，还觉得怪怪的。为什么孔董和沈总都不愿跟他喝酒呢？严磊敢找他们喝酒，肯定是他的事情没问题了。如果他没问题，就会回到副总经理位置上，招待所是后勤总务部的下属企业，到时他还是自己的顶头上司。但孔董和沈总不愿跟他坐在一起喝酒，肯定是怕群众议论，也有可能还有一个过渡期。昨天晚上喝多了，严磊还对她说过，他走的是“之”字运，人生注定波澜起伏，还说钱书记就是他命中注定的“小人”，现在正挡在路上让他过不去。时隔一天，钱书记还是好好的，严磊没这么快时来运转吧？柳青青在前台一会儿琢磨着严磊话中带刺的意思，一会儿又想着他在房间里一个人喝闷酒的情形，有些坐立不安。曾有几次她想让服务员上去看一眼，但都忍住了。看看时间已经过去了一个小时，她起身对值班服务员说：我上去看看严总，有事会打你的电话。

柳青青敲开门，看到严磊脸色通红，提醒道：领导喝了不少啦，差不多就早点休息吧！

严磊反问：你不是走了吗？又上来干什么？

柳青青说：我怕你一个人喝闷酒，不放心，上来看看情况。

严磊明显喝了不少，舌头开始打结。柳青青摇摇打开的酒瓶，发现少了一大半，还有一瓶搁在那里，他要是一个人全干掉，不进医院才怪！柳青青想不能让严磊在招待所出事。她拿来一个茶杯，顺手把另一瓶没打开的酒藏到柜子里，回过头把剩下的酒倒进茶杯，最后一点滴到了严磊的杯子里。

她举起杯说：刚才我不对，让领导一人喝闷酒，现在我赔罪，跟领导干一杯！

严磊不干，一把抓住柳青青的手说：你承认不对，就自罚三杯！

柳青青说：我这么大一个杯子，要是罚三杯，还不得烂醉如泥呀？

严磊比了比她的杯子，可能觉得是大了点，就说：那你连喝三大口，分三次干掉。

柳青青也不多说，一口气连干了三大口，感觉身体一下就热了起来。

等柳青青喝完杯子里的酒，严磊急得团团乱转：酒呢，还有一瓶酒呢？我一直放在这儿的，难不成半夜三更被人偷走了？

柳青青看他的样子，显然没大醉，还记得找酒，但再喝下去肯定要醉倒在地。于是她骗道：前面好像来了一个人，把酒给拎走了。

严磊摸着脑袋想了半天，也没想起谁来过，就说：肯定是你的厨师，这小子不是个好东西。昨天晚上我跟你喝酒的事，竟被他告到孔董、杨总那里，说不定还诬蔑我说他们坏话！

柳青青一听大惊：不会吧领导，厨师是个老实小伙，怎么会干这种捕风捉影的事？

严磊不屑道：老实都是装出来的！今天上午孔董就问过这事，这事只有你和他知情，不是他难道是你啊？

柳青青连忙否定：不可能是我，上午我都在家睡觉呢。

严磊催她：你赶紧找厨师，让他老实点，只要乖乖把酒送回来，我概不追究！

柳青青怕他一根筋较劲起来下去找厨师闹，就装着在房间找来找去的，忽然在柜子里拎出那瓶酒，喊道：找到了找到了，原来藏在这里！

严磊盯着柜子说：一看就知道是厨师藏的，我永远不会把东西放到那里去！

柳青青突然问道：难怪您今天不让厨师炒菜了，原来是您恨他！这些菜都是您从外面饭店里叫过来的吧？

严磊得意地点点头，拧开酒瓶盖子，先给柳青青倒上一大杯，回头准备给自己倒上，发现杯子太小，就找来一个跟她同样大小的杯子，倒满了举起来说：酒好，还得人好！在我严磊落难的日子里，我老婆都不理我，但你没嫌我，我很感动啊！

柳青青脑子里想着拒绝严磊，实际上却像欠了他什么似的，把他敬的酒全喝了下去。酒喝得越多，她的拒绝就越显得无力。三大杯下来，慢慢身子开始飘忽起来，眼前的一切总是变幻不已，灯光下好像有很多蝴蝶飞来飞去。等严磊去了卫生间，柳青青摸着心跳得厉害，便顺势往床上一躺，顿时舒服多了。

严磊出来，见柳青青闭着眼睛，高高隆起的胸脯上下剧烈起伏，以为她出了什么状况，便径直走到她身边，一下站不稳也倒在柳青青身上。两具被酒精烤得冒火的男女身体黏在一起了，就稀里糊涂再也分不开了。

有那么一两次，柳青青突然睁开眼，看着正在猛扒自己衣物的严磊，惊叫道：领导不行！这样会出事的！

没想到醉意中的严磊还能开玩笑：小青青，不要怕！领导说行，不行也行！领导说不会出事，再大的事也不算事！

柳青青被重重地压住，一直在挣扎，但这种微弱的挣扎与其说是一种抗议，还不如说是一种激励！严磊的力气很大，很快她上身的衣服被他脱光了。随着他的嘴一路拱下来，下身的裙子也被他掀了起来。一片模糊意识中，柳青青一手抓到了床头电话，她想拨给前台服务员求救，可是身子被严磊紧紧压着，她的眼泪都急出来了，却怎么也找不准数字键，正在乱拨一气，下身突然传来一阵剧痛，啊！已经被严磊得手了！柳青青惨叫一声：不要啊……

严磊马上用嘴堵住了她的嘴。完了！一切都完了！整个天花板就像突然塌下来一样，柳青青吓得死死地闭上了眼睛，心里却一下如释重负。

被酒精刺激的严磊就像吃了春药，此时身体像一匹被关得太久的野马，在柳青青美妙青春的肉体上恣意奔腾，前前后后不肯放手，足足折腾了两个多小时。柳青青越是推拒，严磊就越是勇猛。严磊在这种推拒之中获得了一种征服的快感。这种征服感在他的生活中已经失落很久了，想不到年近五十竟又找了回来！

狂风暴雨过后，柳青青瘫在床上无法动弹。严磊的酒却完全醒了，他对着柳青青不敢说话，只是一个劲地猛抽自己的耳光。最后还是被柳青青用手拉住了。她幽怨地说：事已至此，我已经被你害惨了，你这么做还有什么用？

严磊诧异地问：你不恨我了？如果你不恨我，我日后一定好好报答你！你要相信我，我还有这个能力！

柳青青醉意全无，一反常态道：谁说我不恨你？我杀了你的心都有！但谁让我这么下贱，晚上跑到一个男人房间，还跟他喝酒聊天！说出去谁会相信我！

严磊听了她这话，才稍稍放下心来。正要起身去洗澡，却发现被子上一圈血红色。严磊惊奇不已，柳青青不是结婚了吗？怎么可能还像处女一样呢？他回头好奇地问：小青青，你是不是碰巧经期来了？

柳青青也很奇怪,跑进卫生间收拾了一阵说:没有,是你太猛了,弄伤了我。

痛不痛?

我是人，你说痛不痛啊?

从卫生间出来，柳青青迅速找到内裤胸罩穿戴好，看了看时间，盯着严磊说:我要回家了，今天的事决不允许再次发生，也不允许你在外面乱说，只是你知我知，大家都还有日子过;如果传到别人耳朵里，我做鬼也不会饶你!

严磊看着她，满脸歉意说:你知我知没问题，其他的话就言重了。

柳青青打开门，头也不回地走了。严磊心里多少有些遗憾，这个美丽温柔的年轻女人，看她的样子，再也不会把自己当领导看了!她会把自己当成什么呢?

三

孙尔雅和邢智来到北京西站的售票厅，环顾四周，没看出可疑的人，便排队买了票,直奔候车室而去。候车室里坐满了人,屋顶虽高,仍像盖了锅盖煮粥,闹哄哄的声音几乎淹没了广播声，两人稍隔三步远便听不清对方讲什么。好不容易找了两个座位坐下，孙尔雅望了望检票处的提示，去乌鲁木齐的火车还有一个多小时。邢智顺手抄起位子上别人遗落的报纸，装模作样看起来，目光却在报纸的掩护下不停向四周扫视。

孙尔雅把行李箱搁到座位上，在厅内的商铺里买了两瓶水、两个面包，走回来把东西送到他面前。邢智伸手接了水，面包却拒绝了。孙尔雅转手打开一个面包啃了起来，把另一个放到了背包里。两人好像各怀心事一般默默无言。

你好像有很多问题，现在为什么不问?邢智开口问她。

你不是说要处处小心吗?这里这么多人，不怕泄露天机呀?

人越多嘴越杂，这里比酒店房间还安全!

这里也有摄像头呀，你看!孙尔雅指着头顶的天花板说。

我看到了，厅里总共有六个摄像头，但这里至少有六七百人，就是说一个摄像头要管一百多人，而且一个监控室要管多少个这样的大厅，还有里里外外很多场所，你想想在这里找一个目标有多难！所以我一直怀疑在火车站布控抓人的效果。

都说天网恢恢疏而不漏，你认为所有罪人都能受到法律制裁吗？

要看情况，在雨果《悲惨世界》里，就逃不掉。

我问的是现实中。

应该是逃不掉，但实际逃脱的不少。

你不相信报应？章陕是佛教徒，他相信吗？

有一个中国诗人写过："我不相信死无报应。"从这个情绪上来讲，报应是该有，但实际上经不起推敲。如果说死亡是一种报应或者审判，那么，对天灾中死难者的尊重体现在哪里？对孱弱者的呵护又体现在哪里？即便有原罪之说，每个人的罪孽深重程度也会不一样，老天用如出一辙的荒唐方式来惩戒人们，又如何体现它的公平？章陕相信报应，实质只是相信"成者王侯败者寇"的逻辑，因为他内心充满恐惧，他企图用成功来掩盖这种恐惧。

你真有文化！你们这些操盘手拜章陕为师，多少也受了他一些熏陶吧？

现在我们五大仓位的操盘经理里面，只有一号吴非真正算是他的学生，是章陕从远方证券一起带出来的，其他几个跟着他的时候，都是业内高手了。二号常青早年就是众安证券的首席操盘手，众安被人吞并之后，他受到排挤，投奔了章陕，章陕给了他比众安高五倍的薪酬。但章陕薪酬付得最高的是四号图玉，他是一个数字天才，对各类数字组合极其敏感，经常能从盘面数据中对资金、一致行动人作出准确预判。五号曾拓原是追随高荒原的操盘手，是个融资高手，但高荒原喜欢独来独往，不注重团队力量，曾拓一直混得不如意，而且高荒原逃出国境之前，还拖欠了曾拓他们半年薪水，所以高荒原一失踪，曾拓就被章陕收归麾下，并视为破解高荒原战法的标本。

你在魔鬼团队中最年轻吧？难道追随章陕之前也学成绝顶高手了？

不能说是绝顶高手，但我的第一个操盘老师不是章陕，我是凭操盘技术考进来的。

既然章陕是高荒原之后的天下第一高手，你跟什么人学徒竟能获得他的青睐？

这个问题恕我不能回答，我要保护我的老师。高荒原、章陕天下第一，那是他们自己拼杀出来的名声，其实还有一些真正的高手本领不比他们差，只是不屑跟他们比拼而已。

你是说，你的老师甚至比章陕还厉害？怎么可能啊？如果你那根手指在追随章陕之前就断掉了，就是说你的老师有本事让四根手指战胜章陕旗下的五根手指？

邢智虽然不说话，但对孙尔雅点了点头。

这个人这么厉害，在网上应该查得到。孙尔雅满心好奇地说。

查不到，他一直隐姓埋名。

那他为什么教你操盘术，而你又投奔了章陕呢？孙尔雅问完，突然意识到什么，像发现新大陆似地大声说：我知道了，你老师教你功夫，是想让你去找章陕报仇！你老师一定跟章陕苦大仇深！

你刚才说我老师比章陕厉害，他为什么不直接找章陕算账？

章陕害过他呀！呃，章陕出卖过金彤、高荒原，这两人操盘技术都比他高，你该不是他们中间某个人的门徒吧？

不可能，你别瞎猜了。

那你为什么注册"我是328金彤"这样一个网名呢？金彤是不是你的老师？

我即兴不行啊，你又为什么注册"孙子兵法"呢？

我姓孙啊。

我跟章陕混，章陕原来跟金彤混。这个解释合理吗？

孙尔雅盯着邢智说：我觉得你很多事都瞒着我，我都跟你亡命天涯了，这样有劲吗？

邢智说：你本来挺美一个女孩，就是这样盯我有些瘆人。老实告诉你，我不是瞒你，该告诉你的都冒险告诉你了，不该告诉你的最好别追问！

孙尔雅仍不放手：章陕是黑庄，你又是他的手下，说不定还是亲信，你是怕他被送上审判台之后，自己也逃不掉吧？

邢智坦然道：我的确担心我那些同事给章陕陪葬，至于我自己，还真没怕过。毋庸讳言，我现在的努力就是毁掉章陕，只要他垮掉，我甘愿给他陪葬！

孙尔雅穷追猛打：如果你不怕玉石俱焚，为什么不站出来实名举报指证章陕，而是指使我写文章，自己却东躲西藏？

邢智解释：如果能玉石俱焚，我早就实名指证章陕了。我不相信报应，只相信报仇，相比之下，我更相信那个诗人的另一句诗——“卑鄙是卑鄙者的通行证”。章陕常把“我不入地狱谁入地狱”挂在嘴上，什么事都用极限思维，又深谙“有钱能使鬼推磨”的厚黑学，一般人根本玩不过他。我只能跟他打持久战，在暗处帮你们推波助澜。如果过早现身，只怕我进了地狱，他还在天堂看笑话！

孙尔雅似懂非懂，转开话题：那你拿到贾准的协议复印件花了多少钱？

二十万，还请他洗了一次脚。

你真有钱啊！章陕每个月给你开多少薪水？

这不算多，我跟贾准很熟，算是哥们吧，彼此都帮对方办过很多事。换成你们记者，就是花五十万，他也不会给的。我让他把协议都复印下来，说怕章陕不给我兑现奖金，要拿个把柄在手上。其实在三个月前，我就拿到了这份证据。

孙尔雅暗自心惊，二十万块！就为了一个复印件？这个邢智到底想干什么？他不会是安全部门的卧底吧？难道章陕还有着更隐秘的背景？想想又不对，哪有安全部门人员被黑社会追杀的！邢智的身世一定不简单，说不定跟章陕是隔世仇怨。

孙尔雅感叹道：我两年收入都没有二十万！

邢智坦白：也花了我两个月的工资加奖金。

这时候车厅一阵人潮涌动，去乌鲁木齐的车次开始排队检票，孙尔雅拉着行李箱起身要走，发现邢智一动不动，催促道：检票了，我们也去排队吧。

邢智头也不抬：我们不去乌鲁木齐，先去西安。

去西安？你没买去乌鲁木齐的票？孙尔雅吃了一惊。

是的，还有一个多小时。

为什么去西安？

我们这一路过去，多换几趟车是件好事，可以干扰追踪者的视线，为我们的逃亡赢得主动。另外，我要顺路去西安见个朋友。

见什么朋友？

这跟你没关系。

怎么没关系？我现在跟你有了关系，你再跟别人有关系，就跟我有关系！

邢智见孙尔雅声音越来越大，忙做了一个“Stop”的手势，低声说：你小声点！你这么绕口令，别人听到了还以为我跟你真有关系！

孙尔雅脸色突然绯红，重新坐下，自我解嘲说：这样不是更好吗？你说要演私奔戏，可我看根本不像私奔，而像拐卖妇女！

邢智讨饶：记者的嘴就是厉害，我说不过你。

我警告你，今后路上的事情都要和我商量，这是最起码的尊重和信任，如果再出现这种欺骗和出卖同伙的事，可别怪我非暴力不合作！

绝没有出卖呵。我隐瞒你是想保护你，知道 Curiosity killed the cat 的意思吗？

什么意思？我外语不好。

在西方神话里，猫有九条命，不会死的，但它最终死于自己的好奇心。

你是说我是一只好奇的猫？还会害死自己？

不是吗？如果不是对赵毅案好奇心起，你怎会被人追踪逃亡？

这跟你处处隐瞒我有什么关系？

适时斩断你的好奇心，会让你更安全，也更专一。记者总爱被好奇心困扰。

你应该感谢我的好奇心，不然，谁帮你对付章陕？

是，我心存感激。不过一路上我们要演戏，而且要演得像真的一样。

我哪里不像？

私奔情侣一般都是女人听男人的，乖乖跟着就是，哪有这么多质疑？

凭什么就不能让男人听女人的？就你这样的，在我这么一个大美女身边，顶多算个跟班吧，还要求女人对你“三从四德”，白日做梦吧？

美女常伴拙夫眠，男人越是外表不出众，往往越有主见。

孙尔雅一听到“眠”字，吓了一跳，难不成他还想占我的便宜？这可得给他约法三章，别让他得寸进尺。孙尔雅提议：扮情侣难度太大了点，不如我们扮地下工作者吧？

邢智忍俊不禁：扮地下工作者？你也不看时代，哪里去找鬼子汉奸陪你玩？

情侣有什么好？人家盯上了不一样跑不掉吗？

不是我想占你便宜，只是一个权宜之计，否则我们两个人走在一起，是人看着就觉得哪里不对。减少一个让人起疑的细节，就是减少一分危险，谁知道坐在你身边的这个人，此刻不想拼命寻找你啊？

孙尔雅听了毛骨悚然，转头盯着身边座位上一个二十来岁的大学生模样的男子，那人也吃了一惊，问道你没事吧。孙尔雅摇摇头，没出声，又观察起邢智身边一位正喂孩子吃奶的妇女，趴过头低声说：她总不会吧？

邢智也低头悄悄说：你到街头商场超市调查一下就明白，最容易被黑社会组织利用的，就是正在哺乳期的妇女。

你的意思是，我们得在所有人面前装情侣！

装孙子也行呀！但你长得这么高雅大气，尽管姓孙，只怕一时半会儿也低调不下来！

这么说，你长成这样，还是一种天然优势哟！

过奖，要是觉得情侣辱没了你的形象，我们还可以演婚外恋，你就是小三，那种死乞白赖缠着男人的小三！邢智说完得意地看着她。

你这样下去会得妄想症的！孙尔雅一时气急，指着邢智诅咒道。

我这是为你着想，当小三你主动我被动，我占不到你的便宜，被你逼得走投无路。不过你就是导演，所有情节和对白都得劳你费心设计，我坐享其成！

孙尔雅偏着头想了想，表示赞同道：行，我是导演你是演员，你得听我的！

没问题，你还需要什么特权？趁机一次提出来。到了火车上目标大，来回一趟就能把十几节车厢审视一遍，只能秀恩爱，千万别谈资本市场。

孙尔雅看看表说：我当恩爱秀导演，也不亏待你，给你一个回忆资本市场往事的访谈主持人当当，现在离开车还有半个小时，你给我讲讲从章陕身边成功脱身的故事吧。

邢智这时侧身紧盯着候车厅的入口方向，孙尔雅顺着他的目光看过去，发现两个铁路警察快步冲了进来，径直朝他俩坐着的位置奔来。孙尔雅大惊失色，难道这么快就被追踪者发现了？他们想用报警的方式拖住自己？邢智一把搂住孙尔雅的肩膀，在耳边低声说别慌，不像冲着咱们来的。孙尔雅很快恢复了镇定，这时警察已经站在了他们面前，朝一排坐着的四五个人紧张扫视着，最后指着孙尔雅命令道：把身份证拿出来！

孙尔雅正疑惑之间，发现身边那个大学生模样的年轻人老老实实掏出了身份证。一个警察看了一遍说：就是你！你跟我们走一趟！

年轻人看看自己的行李袋，另一个警察手疾眼快，突然抢过袋子，边上两三个便衣人员一拥而上，反剪住年轻人的双手，一群人簇拥着很快离开了候车厅。

怎么回事？惊魂未定的孙尔雅问道，周围的人没一个说得清楚，她最后看着邢智。

邢智漫不经心地说：你应该庆幸，这个年轻人不是对付我们的人。这么年轻，应该不是什么大案逃犯，十有八九是黄赌毒了。车站不是抓赌的地方，涉黄涉毒的可能性最大。如果涉黄，警察会当场打开他的背包验证。看那个警察抢夺背包的动作，明显知道他背包里的重要秘密，却又没有当众打开，基本判定里面藏的不是毒品就是枪支。

孙尔雅一听身边的这个人可能持有枪支，更是一阵后怕，颤声道：要是警察慢一步，那人岂不是要拿自己作人质了？

邢智拍拍她的肩膀安慰道：没那么容易。我刚才已经搂住你了，他如果采取行动，我会顺势把你拉开，再给他飞腿一脚！

孙尔雅这才意识到邢智的手还搁在自己身上，立即挪了挪身子。邢智意识到了，不好意思地收回了手，回头又说：刚才不是演戏，是条件反射！

孙尔雅这次倒没有计较，只是说：你看着像个杀手，想不到还真有功夫！

邢智低声说：章陕在少林有朋友，每年都要送上不少香火钱，换来我们每年都要在少林寺武训两个月，综合比试下来，吴非功夫最高，我居其次，一般小蟊贼你不用害怕。

那我该叫你一声邢大侠了，你在来北京之前遇到过什么惊险没有？

你遇到这么多事，我能轻松吗？

还有时间，你赶紧说说。

好吧，我就讲一个最简单的。你的《织云疑云》刚一出来，章陕当天第一时间就盯上了贾准和吴非，先是临时停止了吴非操盘黑铁投资及其关联账户的大权，让他躲了起来，马上又亲自奔向万金证券。我知道上海已经不是安全之地，这时刚好我控制的一个重庆融资户强烈要求撤资，我赶紧请示赶去机场的章陕，要求亲自去重庆跟客户谈判。章陕心思放在贾准身上，想也没想就同意了。我知道这么做很冒险，要是章陕警惕性再高一点，想想这个关键时刻为什么内部竟然有人外出，我就跑不掉了。可能他被气昏了头，百密一疏竟被我蒙混过去了。我一路狂奔，什么都没带，只拿了放在操盘室的衣物，又顺道到朋友那里拿了一堆证据资料，直接上了一辆去武汉的火车。武汉有个同学在国资委混得不错，但那几天偏偏很忙，于是安排一个公司司机先带我去珞珈山和东湖转转。司机来酒店接我的时候，还带着一个朋友，说也是从上海来的一个朋友，也想一起出去看看，凑一个车方便。我知道司机不容易，想顺道省点接待费用，一起吃一起玩，也就答应了。车子出了城，在一条乡村小道上摇摇晃晃，我突然听到耳朵后面咔的一声闷响，回头一看，哇塞！吓死我了！司机的那位朋友拿着一把枪正对着我的后脑勺！我大声呵斥说你干什么。那朋友赶紧说一把假枪而已，看看能不能吓到人，如果真有效果，下次出远门就可以带在身上吓唬坏人。我要他拿过来看看，那朋友把枪递给我，说真是假枪，打不出子弹的。我掂量了一下，沉甸甸的，跟真枪一模一样。就跟那朋友说我可不是坏人，你别这样吓人，人吓人，吓死人！随手把枪塞进了前面的抽屉里。司机也对那个朋友说，你什么时候玩起这个来了，只有黑社会才玩这个，平时最好不要带在身上引起误会，再说也不吉利啊。当晚回到酒店之后，我越想越不对，后悔没有及时取下弹夹看看，说不定那枪就是真的，只不过当时卡壳了。又回想那家伙一路的表现，是有点鬼鬼祟祟、心不在焉的样子，不像出来玩的。于是赶紧收拾东西，故意把手机落在房间里，在半夜时分直奔火车站，上了去北京的火车。

孙尔雅听得震惊，感叹道：幸好你警惕性高、跑得及时，后来呢，又出什么状况没有？

后来又发生一些类似的事情，再后来，就吓着你了。邢智故作轻松地说。

火车从北京到西安要一天多时间，孙尔雅在北京为了写《庄家章陕》，已经一夜未睡，所以上车没多久就沉沉地睡了过去。邢智一个人独坐了一会儿，后来也爬到上铺，却并未睡着，直到早上六点车厢早起的人多了起来，才勉强睡了两个小时。第二天上午九点，火车驶进了西安站。

两人乘坐一辆出租车直奔大慈恩寺。邢智在寺边的宾馆开了一间钟点房。孙尔雅问：你不是来西安见朋友吗？怎么奔寺院来了？你专程来拜佛的吧？大慈恩寺我知道，唐三藏从印度回来后，唐太宗让他和他的徒弟辩机和尚在此翻译佛经，是极有佛性的地方。

佛若有灵，就会收了章陕。

莫非你的朋友是个和尚？章陕原来也是和尚，他们之间有没有关系啊？

没关系，你别瞎猜。

你这么神秘兮兮的，我能不猜吗？

我现在就出去见朋友，你最好待在宾馆休息。要是想出去，也别太远，在附近走走就行了。我们都不要开手机，有事我会打到宾馆房间。我两小时之内回来，要是没回来，你就自己拼命跑路。如果遇到危机情况就报警。

我不能跟你一起去吗？

我也想带你去，可这个朋友从不见陌生人。

我们不是能扮成那什么关系吗？

正因为是假扮，所以更不能去。去了就会露陷。

你不会就此把我甩掉了吧？

真想甩掉你，昨天在火车上你睡着的时候最容易。

四

从宾馆里面出来，邢智像一个老街坊一样，在楼下石阶上的阳光中蹲了五分钟，然后拣了一个无人的瞬间闪进旁边的一条胡同，快步走了七八分钟，又左拐再左拐，再右拐推开一家看似普普通通的四合院大门。原来里面还有一个院子，高高的水泥院墙上装着类似电网之类的障碍物。邢智在坐北朝南的一扇大铁门前止住脚步，按下上面的门铃。约莫分把钟过去，一位老者打开右侧小铁门上的观察窗口，看着邢智问道：请问您找谁？

邢智恭敬回答：我找唐老师，您告诉他我叫邢智。

老人看着他说：居士请稍候，待我去通报一声。

说完照旧关了小窗。约莫有等了两分钟，听得咔嗒一声，侧门打开了，刚才那位老人对邢智做了一个请进的手势说：老板在里面等着您！

邢智跟着老人，走出铁门后面的屏风墙，穿过一片土坪，进了正中大厅。

一个年近五十的中年人迎上来，握紧邢智的手说：哎呀，昨夜梦见一条黑狗咬住我不放，知道今日必有贵客来到，只是没想到是邢老弟啊！

邢智见厅里还有两位客人，忙说：自从两年前得见唐老师，我是一直盼着再见您，今日唐突叩访，实在搅扰了老师的清静！

那位唐老师忙说：老弟客气，我也盼着你啊。来，我介绍一下，这位张真人，是前几日从青城山过来的，想去终南山拜访故人，被我挽留在此数日了；这位居士无欲无尘、无名无姓，自号虬髯客，是我当年在终南山结下的生死之交，他最佩服隋唐“风尘三侠”之一虬髯客，是以得名。明天他们就要起程去终南山了。

邢智抱拳作揖，算是向两位高人施礼致意。细看张真人的确有几分仙风道骨，而虬髯客长须冉冉，更是豪气干云。四人寒暄客气一番之后，张真人首先起身告辞，唐老师很是默契，也未做任何挽留，起身与虬髯客一道，将张真人直送至铁门之外。

邢智看看厅内墙上，仍然是自己两年前见到的模样，那副“大丈夫在世，有恩报恩，有仇报仇，一点不含糊”的条幅照样挂在那里。他知道，这幅硬笔书法出自一位得道高人之手，唐老师一直奉为座右铭。再看看茶几上，三个人却摆着四个茶杯，而且只有一个杯子是满着的。明显这杯茶是给自己预备的，邢智拿起杯子将冷茶一饮而尽。

正好唐老师跟“虬髯客”转身回来，见此情景唐老师说：哎呀，那杯茶是给你留的，但是冷了很久啦，我们重新喝热茶！

邢智笑道：唐老师神机妙算，对我的情义从来不会冷却，我必须领情！

唐老师哈哈一笑：我只知道有朋自远方来，但是刚才那位张真人却算出客人是十点一刻敲门，还算出客人小我整整二十岁。于是我在十点钟就给客人倒好了茶水。刚才我们验证了，你正好十点一刻敲门。

邢智听了赞叹不已。

原来唐老师正是天下四大庄家中的“西道”唐千年，从1997年开始，一直和“东僧”章陕合作坐庄，是“5·19行情”的四大主力之一。在以往的秘密交往中，开始还是章陕亲自出面，后来精力忙不过来，就把“西道”唐千年和“南童”叶晓天的关系维护交给了邢智和图玉，把上市公司与“北妪”曹宜妃的关系维护交付给了吴非和常青。后来常青闹情绪，干脆不让他插手这些公关事务了。对于五号曾拓，因为高荒原留下的心理阴影，章陕对他既用又防，根本不让他介入新的人际关系，只让他维系江浙一带的几个融资老客户。

章陕绝没想到，邢智会跟“西道”“南童”成为十分私密的朋友。1998年，穿越塔克拉玛干沙漠之后，回来的路上邢智以探望老同学的名义，跟章陕请假在西安滞留了两天，其实他根本没去看什么老同学，而是径直找到了“西道”唐千年府上。自此之后，邢智与年长自己二十岁的唐千年成了莫逆之交。

邢智向唐千年介绍了自己跟章陕斗法、被迫逃亡西域的经过。唐千年听完感叹道：“5·19”之后，我才真正了解你跟章陕的故事，在很多自家兄弟面前，屡次赞赏邢老弟“卧薪尝胆、十年报仇”的胆略和毅力，但还是想不到你行动这么快，更想不到章陕竟对你开了杀戒。我听江湖传言说，章陕对黑道放出狠话，悬赏五百万捉拿你，不管死活。

一旁的虬髯客听着也点了点头，似乎表示他也听闻这事。

邢智解释：我还没砸中他的七寸，真砸中的话，他说不定会把悬赏提到一千万。

唐千年豪爽地说：我很想跟章陕对赌，他请黑道追杀你，我就请黑道保护你，他开价一千万，我就开价两千万，看谁最后能把你竞拍到手！

唐老师千万别激动，章陕现在麻烦缠身，自己都顾不过来，追杀我只是虚张声势而已。

你千万不要掉以轻心，现在黑道正愁没生意呢，这种百万大单会让他们挤破脑袋！章陕要紧急护盘，钱字上头肯定捉襟见肘，但也不至于为几百万上千万发愁。

唐老师说的是，这也是我逃亡西部的主要原因。

那你这次准备躲到哪里去？

新疆我熟悉两个地方，一个是喀纳斯禾木村，一个是塔克拉玛干的麦盖提。问题是还有那个写《织云疑云》的女记者跟着我，她吃不了苦，所以我可能会选择去禾木村。

可是章陕也知道你在这两个地方训练过，难保不会派人一路找到禾木村去。

现在顾不上那么多了，只能赌一把，赌他判断我还躲在北京。毕竟那个记者突然从他们眼皮底下消失了，而她的杂志社就在北京，他们会认为她躲进了某个酒店。就算他们判断我们跑出了北京，那也得在北京排查很久之后才知道。

邢老弟，这事虽然是你跟章陕之间的恩怨，但也并非跟我毫不相关，一是章陕玩过我们，还害得我和“南童”双双被罚市场禁入两年时间，二是你我情同手足，并对我毫无隐瞒，我不可能看着章陕追杀你放手不管。虬髯客是我的好兄弟，最爱打抱天下不平，一身武功冠绝天下，十年前就曾夺得过全国散打冠军，后来在终南山一直修炼内功心法，现在是炉火纯青，已臻化境，我想你不妨在我这里安住三两天，让他明天护送张真人上山之后，回头陪你一道去禾木村。有他陪着，你这样难得的市场奇才，定不会有事！

谢谢唐老师！谢谢虬髯兄！我不想给你添这么大的麻烦。这次前来拜访，一是看看唐老师，二是还有个不情之请，我不敢用银行卡，也不敢找任何熟人，怕暴露行踪，但我知道找你没关系，章陕怎么猖狂也得让你几分……

邢老弟不必多说，为兄我自然明白，我给你马上拿现金过来，十万够吗？

唐老师你看我这样，还背着十万块去逃亡，不是给章陕的悬赏加码吗？两万足够了！

那怎么行？你这次帮为兄净赚四亿，我用钱给你铺路铺到禾木村都是应该的，你可别把我逼成了小气鬼，传到江湖上，我还怎么敢在墙上挂着这十八个字？

原来，在“5·19行情”中，第一波井喷到顶之后，号令群雄的大庄家章陕花了好几个月时间，准备从所有热门股全身而退，此时他却一边对市场密集发布“大三浪行情”的言论，把包括“西道”“南童”“北妪”在内的盟友都骗得团团转。就在他点燃所有人希望的时候，却又命令手下五大主力仓位悄悄减持股票，当他只剩下 30% 总仓位的时候，才对核心盟友传出撤退的信号。邢智在章陕对内部下达减仓令的时候，觉得这是一个揭穿章陕嘴脸的大好机会，于是第一时间给“西道”和“南童”分别发送了“章陕开始减仓”的绝密匿名信函。开始他们都怀疑这份密信的真实性，并没有及时撤退。直到接到章陕撤退信号之后，才发现这是一场骗局，但一切为时已晚，他们只能不顾一切疯狂出货，有几天把大盘砸得惨不忍睹，惊动了监管层，后来追查下来发现“西道”唐千年和“南童”叶晓天的公司存在重大市场操纵嫌疑，于是对两公司法人唐千年和叶晓天给予两年市场禁入的惩罚。两人公司在“5·19 行情”中虽然暴赚，但行政罚没和杀跌出货带来的损失都在四五亿元以上。经此一役，两大主力恨透了章陕，却跟章陕门徒邢智成为倾心相交的朋友。

在章陕秘密坐庄织云科技之时，邢智故技重施，又给“西道”“南童”发去与“5·19 行情”时一模一样的绝密信函，只不过这回不再是匿名，而是实名。两大主力此时对邢智已深信不疑，决定要跟章陕好好玩一把，于是分别组织数千散户账户，悄悄跟随章陕在低位买入织云科技。“西道”撤出一亿资金，持仓成本竟然只有每股六元多一点。当股价升到三十元以上，邢智再次发出“跑路”信号，两人都回复说在三十元以上跑光了，并且表示感谢说把“5 · 19”该赚的都赚回来了。

经过邢智仔细盘问，唐千年承认自己一亿本金确实变成了五个亿，但在三十元以上只走了三个亿，还剩下两个亿特意留在盘内，要放在章陕身边当定时炸弹，找机会狠狠落井下石一把，感谢他在“5·19 行情”中对盟友的一番“深情厚意”。

这时，唐千年手下拿来十万现金交给邢智。邢智拿起其中两叠，说雪中送炭，不在多少。

唐千年也不再强求，但要求邢智一定带上虬髯客，以防万一。

邢智坚持不受，开玩笑说如果真遇到危急情形，自己一定朝天大喊一声“虬髯兄救我”，那时不论虬髯兄在哪里，都一定会闻声赶来。

看看时间过去了一个半小时，邢智担心孙尔雅一个人在宾馆着急，便起身向唐千年和虬髯客作揖告辞。唐千年独自将邢智送至铁门口，不无惋惜地说：邢老弟，其实你哪也不用逃，完全可以留在我这里，咱们整天坐而论道岂不快哉！你要真的留在西安，我给你十个亿操作，同进同退同享福利！

邢智先谢过唐千年，再婉拒道：大事未竟，寝食难安。待章陕事毕，再来叨扰唐老师。

邢智正欲离去，突然想起什么，转身对唐千年低语：除掉你两亿元剩余股票之外，我暗中观察，盘中仍有数千万股低位伏进的筹码坚如磐石，大有跟章陕共存亡的味道。我怀疑“北妪”也进场了，可能是章陕的一致行动人。你在后面要小心，别被他们联手玩了！

邢智离开宾馆不久，孙尔雅枯坐了半个小时，感到实在无聊。她越揣摩越觉得自己有理，邢智一定是去大慈恩寺拜访哪位大师，或者烧香还愿去了。寺院就在近前，不如跟随前去探访一下，看他玩些什么鬼把戏，真被他碰上了，就说自己也来诚心求神拜佛，问问前途婚姻什么的，他又能怎么样呢？

此时是上午，孙尔雅买了门票，跟着人流走进寺院。门口看着一大堆人，里面游客并不多，孙尔雅想起邢智说过的话，小心翼翼，觉着迎面而来的每个人都很可疑，生怕和其他人挨得近了。沿着几株唐朝古树往僻静处走去，孙尔雅绕过那些烧香叩拜的人们，进了大雄宝殿的后院，见一群人围着一名老和尚，正听他宣讲佛法，远远地立住听了几句因果循环之类的话，又绕过二殿，一下就看见大雁塔了。她围着塔身转了一圈，终于放弃了爬上去的念头，塔里人不多，要是遇到万一，性命丢在哪一层都不知道。

她返身一圈找过来，并没见到邢智。忽见一间僧房里一位老僧正在闭目打坐，见他纹丝不动，她起初还怀疑是一尊雕塑，便忍不住走近多看了一眼，这时面目祥和的老僧突然睁开眼睛说：女施主，此处有你的东西。

孙尔雅环顾四下，才意识到老僧口中的“女施主”就是自己。奇怪了，自己此生第一次来到大慈恩寺，怎么会有东西在此，会不会是邢智留下的？他难道猜到自己会找到大慈恩寺，所以留下线索，难道他已经……

她急忙走近，老僧指着桌上一个信封说：女施主，你的东西在此，请自取。

她拿起信封，封皮上什么也没写。老僧说：女施主请出寺开启。

她谢过老僧，急匆匆出了寺门，打开一看，纸上毛笔正楷繁体写着两句偈语：佛光普照路尽处，西出阳关有故人。孙尔雅立时惊呆了，这明显是在预示自己的逃亡之路！她逐字逐句反复念了几遍，琢磨着自己在新疆有什么故人，一个也没有呀，第一句无解。第二句更不解了，要说路尽处，到底是指逃亡之路的尽头，还是暗示自己和邢智生命的尽头，佛光普照又意味着什么，“慈航普度”也有多重含义，有生度，也有死度。

偈语既是老僧所赠，应该只有老僧能解。孙尔雅拔腿转身，沿原路返回寺院一路找过，可是怎么也找不到那位老僧了，那间僧房的摆设也不是刚才看到的样子！孙尔雅惊出一身冷汗，恍惚着进了大雄宝殿，朝大佛像虔诚地拜了三拜。

刚到宾馆门口，就见邢智从出租车上下来。邢智问她去了哪里。孙尔雅抬头看看大堂的钟表，说去了大慈恩寺，快一个小时了。邢智向孙尔雅要了房卡，递给前台服务员说：麻烦你们把我们房间里的东西拿下来，我们退房。

孙尔雅见他如此谨慎，心安多了。两人坐在大厅的沙发上，旁边没有其他人。孙尔雅马上拿出偈语给他看，说起刚才的诡异之事。邢智开始不信，后来反复斟酌了其中字句说，第二句是提醒我应该去探望故人了，第一句中的“佛光普照”就不知道指什么了。

故人是谁，对我们有益无益？

邢智打断她的话：偈语来得玄妙，必有缘故，你先保存好，以便将来验证。

过了几分钟，行李生拿着邢智的行李箱和孙尔雅的电脑包、行李箱过来。邢智接过，见密码位置没变，又拉开外面袋子拉链，特意设置的小机关还是原样。孙尔雅也检查了电脑包，没发现异样。这时行李生问道：你们的朋友呢？

邢智暗自吃惊，警惕地问：啊……我们的朋友来了？

行李生说：我刚才跟楼层服务员进您房间收拾的时候，发现两个男子在里面，吓了我一跳，他们说是你们的朋友，知道你们出门了在这里等你们，我告诉他们你们不上来了，要他们到大厅来找，他们就出来先下楼了，你们没有碰面吗？

哦，知道了，谢谢你。

差点没命！孙尔雅骇然警觉，杀手竟然跟那名老僧一样，来无影去无踪！

两人刚进宾馆就找上门来了，看来是在北京就泄露了行踪，西安这边也早做了准备。两人急匆匆出了宾馆，坐上一辆出租车在城里胡乱转悠，中途又换了两辆出租，直到看着安全了些，才找了个售票点买票。最后他们坐在一家餐厅吃饭，眼看火车发车的时间快到了，才直奔火车站，上了去乌鲁木齐的车次。

五

孙尔雅和邢智进了软卧包厢，发现对面也是一对年轻人，男的二十四五岁，女的二十一二岁，两人个子都不高。小姑娘见到前面的邢智，吓得直吐舌头，后面又见一个高瘦美女跟着，男人将女人的行李顺手搁到头顶，于是好感顿生，冲着孙尔雅打起了招呼：你好！你们到哪里？

孙尔雅听他们一口京腔，估计是从北京上来的，心想应该没什么危险了吧，于是笑着回答：我们去乌鲁木齐。

小姑娘兴奋地说：我们也去乌市，去那里度蜜月！你长得真好看，出差还是旅行啊？

小姑娘说这话的时候看了一眼邢智，她肯定不相信这个男人跟孙尔雅有什么特别关系。孙尔雅也察觉到了，脱口而出：我们也是去度蜜月！

这时一直靠着墙的小伙子扫了一眼孙尔雅和邢智，然后低头继续看书。

邢智提醒道：在外面不要乱说！

孙尔雅没好气地说：怕什么？人家也是一样去度蜜月的。在家可说好了，出门一切听我的，我是导演！

邢智做出无可奈何的样子：好，好，听你的，你是爷！

小姑娘扑哧一声笑了：你们真有趣，就像老夫老妻一样！

孙尔雅反问：我们是拖了些年头，已经疲劳了。老夫老妻什么样啊？

小姑娘望着天花板使劲想了一阵，然后说：差不多不是大男子主义，就是妻管严吧。反正都挺幸福的，不像我们这样，一天到晚对彼此心不在焉！

这时小伙子放下手中的书本，原来是一本《计算机软件程序编辑大全》。他提醒女友：嘿，你说话留点面子好不好？谁对你心不在焉啦？我这不是陪你出来了吗？

小姑娘不示弱：陪我出来算什么？一天到晚抱着那些破书看，也不知道陪我聊天，心里只有你的网络游戏，哪里有我？

那你想聊什么？说我陪你聊。

这有什么意思嘛，严刑拷打逼出来的，我不要！

那你到底要什么？

我要你主动对我好一点，来，先亲我一下！

小伙子勉强在女右脸颊上碰了一下。

孙尔雅看得直笑，看了坐在自己边上的邢智一眼，问对面小姑娘：没想到你老公也玩网游，平时玩什么？几级水平啦？

邢智替他们回答说：他不是玩网游的，而是编辑网游软件的。

小伙子对邢智点点头说：我是做网络游戏开发的。将来电脑可以像手机一样漫游，网游的发展空间非常大，中国人玩牌要抓，玩股票要亏，去澳门赌场开个眼界，回来就变成了腐败分子，所以只有玩网游才安全。

听说将来手机也能像电脑一样上网，这个研发过程需要多久？

应该在未来几年就能实现。首先是手机信号跟网络信号共享，这个技术已经很成熟了，接下来就等造出像电脑一样的手机了，摩托罗拉正在研发触控手机，有了它，用手指触摸就能玩游戏了。

两人正聊着，小姑娘拿出一个相机，交给孙尔雅，非请她帮他们小两口照合影不可。孙尔雅一连给他们照了十几张，小姑娘逼着男友做出各种搞怪的表情。孙尔雅说本来我的照相技术挺高，你们这么一闹腾都显示不出我的水平了。她将相机还给他们，小伙子看了说照得挺好的，传到网上点击率肯定高。孙尔雅感叹不已，说我们当年啊，女孩追求的是回头率，想不到你们这个时代追求的是点击率！

小伙子说你们也不老，我们之间的代沟没这么大吧。他把镜头对准对面的两人，说你们亲密一点，我也给你们照几张合影。

邢智马上用手挡住镜头，说不用你们的相机，用我们自己的。孙尔雅立即从背包里拿出自己的相机，递给小伙子说：我老公不喜欢照相，你随便来几张就好！

小姑娘说话了：其实大哥长得挺有个性的，不像我们家这位毫无特点。刚开始看大哥长相还有点怕，现在熟悉了，倒觉得爷们就得长成这样！

邢智被她说得不好意思了，忙开玩笑说：我惭愧，对不起观众，更对不起老婆。

孙尔雅帮他说话道：他小时候是有些不三不四，身上留下很多伤痕，但现在好多了，在家都老老实实听我的。跟他在一起，我有安全感，他对别的女人看都不看一眼！

小姑娘笑说：这我看出来了，从你们上车到现在，半个多小时他都没看我一眼！

几个人照着相，孙尔雅主动搂住邢智，做了几个相亲相爱的小表情，又各忙各的去了。

邢智注意到，这之后一段时间里，那个一直安静看编程书的小伙子出去上过厕所，抽过烟，还去餐厅找过吃的。前两次他什么都没带，后两次却不忘拿上自己的手机。

因为前一晚上几乎一夜未睡，邢智撑不住睡着了。不知什么时候，迷迷糊糊的邢智察觉到黑暗的包厢中似有动静，猛然睁开眼睛，只见那个小伙子起身，在茶几上轻手轻脚地摸索什么。过了一会儿，小伙子好像找着了，直起身来，又把东西随手扔到茶几上，转身打开门往外走了。邢智见小姑娘睡得正酣，便起身凑近细看，原来小伙子扔的是一个烟盒。

邢智一看表，已经凌晨四点了。这个时候跑出去抽烟，不是失眠就绝对不对劲！

邢智再也睡不着了，也轻轻拉开门，装着上厕所的样子先往后走，过了一个车厢也没看到人，又回头往前走到了抽烟区，果然见到小伙子正在这里抽烟，边上还站着一个夹克男子，个子跟自己差不多，正向小伙子借火点烟。瞥见邢智过来，夹克男子用食指点了点小伙子的手背，然后退在一边自个儿抽烟去了。小伙子关闭打火机，抬眼见邢智过来，说大哥你也睡不着啊，要不一起抽支烟吧。

邢智一边假装上卫生间，一边心里暗叫不好。一般人借火点烟表示感谢都是用手指轻点对方手背两下，夹克男子见自己过来却连点小伙子手背三下，其中肯定有鬼！自己应对这两人倒不是什么问题，但是包厢门只是顺手带上，如果有人趁机下手，熟睡中的孙尔雅就十分危险了！

邢智赶紧从卫生间出来，在软卧车厢走道上，正好遇到对面走过来一人，外面穿着一件大衣，右手插在大衣口袋里。这人眼睛肿得厉害，却透露出一股杀气！两人越走越近，就快挨近他们的软卧包间了。邢智紧盯着对方的右手，一旦露出刀枪什么的迹象，他就准备猛冲上去，先按住对方右手，迅速将其拿下。他最担心的，是对方几个人前后夹击。他想象着，如果三人同时攻击自己，该采取什么策略在这条狭窄的过道上瞬间放倒他们。

对面的男子见邢智充满戒备，也许被他的沉稳步态震慑住了，在距邢智四五步远处，把右手拿出来，手里拿着一包烟，若无其事和他擦身而过，继续往前走去。

邢智松了一口气，推门进去，见孙尔雅翻了个身，呼吸正常，这才放下心来。

片刻之后，小伙子也回来了。

你睡不着啊？邢智轻声问道。

是啊，我们做网络的，都是晚上兴奋，白天昏昏欲睡。

又过了两个多小时，列车广播提醒旅客，已经到吐鲁番车站了。这时孙尔雅和小姑娘都醒了。邢智把孙尔雅叫出来，在门口不远的走道上停下来，把刚才的情况讲了一遍。想到自己差点在睡梦中丧命，孙尔雅不禁大惊失色。她怎么也想不通，对面的小伙子竟是追踪者。邢智稳住她，说这对小夫妻不像杀手，很可能是两人在西安上车之后，才被杀手盯上收买了，说不定那个小姑娘还被蒙在鼓里呢。孙尔雅更想不通，年纪轻轻干什么不好，怎能跟黑社会勾结害人呢。邢智不以为然，说他这么单纯一个理工男，怎么知道对方是黑社会，要是对方给他看的证件是便衣警察，让他配合警方捉拿逃犯，他敢不听吗？

孙尔雅越听越觉得他的分析有道理，问道：那我们岂不是插翅难逃啦？

还不至于这么惨。

你快说该怎么办？孙尔雅催道。

我一切听你的，你是导演。邢智故意逗她。

你别卖关子了，演戏我是导演，躲开杀手你是导演。

前面马上下车！邢智作出决定，又仔细交代一番。

列车驶入吐鲁番车站时，天还没亮。满身疲倦的乘客们陆陆续续下了车。火车静静等待发车时刻，列车员站在门口，随时准备关门。

我们去餐车吃点东西吧。孙尔雅在心里数着停车的时间，突然对邢智说。

也好。餐车的饭菜吃得下吗？邢智问起小伙子，小两口已经在餐车吃过两次。

味道还不错，这个车上的厨师是新疆人，就是分量多了点。小伙子立即回答。

分量多我喜欢。邢智说着就取下行李箱。

你们不用拿着行李，我们帮你们看紧就是。小姑娘热心地说。

谢谢！我们的现金都放在箱子里，自己拿着放心。孙尔雅对小姑娘一笑说。

两人拉着行李，出门就往后面餐车方向去了。

邢智不时回头盯着，小伙子并没有跟出来，那个夹克男子却赶过来了！前面一节车厢走道上，那个穿大衣的男子也堵了过来！邢智一边催着孙尔雅快走，一边盯着靠近的西装男子。列车员正准备伸手关门，忽然感觉后面有人把自己推向一边，回头一看，一名女乘客急喊下车，下车！列车员侧身让了一下，此时，火车车身一震，“咔嗒”一声，已经启动了。女乘客迅速迈出车门，后面一个男的更是冲了出去。列车员骂一句不要命啦，迅速关上门，回头又被另一名西装男乘客狠狠撞了一下，忍不住瞪着眼问干什么呀。那位西装男子面无表情，用手重重拍着玻璃，好像在目送那对紧急下车的一男一女。车外那男的还微笑着朝他挥手致意，嘴上说着什么早已被火车开动的声音埋没。这种依依不舍的场面，列车员见多了。

你还跟杀手说再见，我可永远都不要见到他们了！孙尔雅看着远去的火车说。

两人刚走出车站，马上围过来很多司机，用维吾尔语、汉语交替喊着：进城十块，进城十块!

邢智和孙尔雅上了一辆出租车，这时过来一个带小孩的老人，颧骨上都有了酡红，估计在大西北待了很长年月了，老人提议：我们一起拼个车吧，他们要凑满四个人才会走。

孙尔雅犹豫了，人说江湖险恶，最要防范的就是老弱妇孺，火车上已经上过一次当了，再上一次当，丢面子不说，丢命可不是好玩的。但她四周看看，感觉没人更可靠。

邢智开口说：老人家上来吧，听您口音，不像本地人。

老人带着孙女上了车，告诉他们自己从内地来新疆三十多年了。一路上，老人回忆起自己的艰辛援疆史，感叹世易时移，车子很快到了市里。老人告诉他们，现在是旅游旺季，住的地方不好找。不过他儿子开了一家旅社，贵的房间五十块，便宜的三十块，条件虽差了点，但很干净。路过一家高档酒店的时候，老人说这里条件好，可以去看看，但不一定有空房。

邢智示意司机停车，老人留了儿子旅社电话，便相互作别了。

孙尔雅提议：我们还是住小旅社吧。

邢智说：其实酒店越大越安全，跟踪者看到到处都是摄像头，会有心理障碍。

孙尔雅解释：出来带的钱不够，怕到时不够用!

邢智故意说：那就少开一间房，我们两个人住一起。

孙尔雅做了个打住的手势说：想都别想，不知道女人饿死事小、失节事大呀?

邢智说：你的意思是，宁可死在杀手刀下，也不愿跟我住一个房间?我跟你住在一起，可不是为了让你失节，而是为了你保住性命。

孙尔雅气愤地说：你不用这么恐吓我，我不怕!

邢智去酒店大堂一问，还真没房间了，如果坐等，至少要等到九、十点人家退房出来。还有两个小时好等不说，万一那时没人退房呢。邢智只好出门，与孙尔雅一道去找那家老人介绍的小旅社。还好很快找到了，孙尔雅到前台问：有房间吗?

一个女子说：你们运气不错，上午才腾出了几个房间。

邢智插话问：你是老板吗?

我不是老板，我是个打工的。女子腼腆回答。

你们老板有小孩吗?

有。

几岁了?

女孩，十来岁。怎么啦?

没什么，我好像认识他家人。

女子带着他们去看房间，邢智跟在后面四处找，没看到监控器。女子打开四楼的两个房间，进去一看，设施非常简易，而且有一个房间还没有卫生间。孙尔雅便问还有没有好点的房间。女子回答都一样。孙尔雅只好去前台拿同事的身份证办理了入住手续。

两人先后洗了澡。邢智仔细查看了房间门窗，说这个安全度比北京的酒店差远了。他提醒孙尔雅小心点。孙尔雅不买账，说你不就是打那点歪主意吗，趁早打住。

休息一会儿之后，两人相约出去吃饭，之后又在一家服装市场转了转。孙尔雅买了一条围巾、一条维吾尔族风格的裙子。最后买了一大袋当地水果，回到旅社。

孙尔雅先推门进去了。邢智这边钥匙不好使，折腾了好久还没弄开。忽然听得孙尔雅啊的一声大叫传来。邢智冲进门去，还好门没锁上。只见一名男子挥舞着一把维吾尔匕首，把孙尔雅逼进了卫生间，男子伸手推门，尽管孙尔雅在里面死力顶着，脸上挂着惊恐的泪水，但还是被推开了一道门缝。男子挥刀乱砍，眼看孙尔雅的肩膀就要被砍中，邢智一个飞腿朝男子左腰猛踢过去，男子被踢飞倒地，头部还被桌子狠狠撞了一下，撞断了一条桌腿，电视机摔坏在地。整个过程不到两秒！邢智趁势用钢筋一样的手掌捏住男子手腕,反身一扭，刀子咣当落地，男子痛得哇哇大叫。邢智连续几个上勾拳，击中他的下巴，男子本来张口大叫的嘴巴，打得嘣的一声，脱落好几颗牙齿，满口鲜血，立即昏过去了。正待起身之际，邢智听得一阵异响，回头一看，另一名男子已跃在空中，手中的匕首朝自己猛刺过来！邢智赶紧身子后仰，双手撑地，瞬间把自己弹射出去。右脚正中对方小腹，男子被踢出门外！男子捂着小腹，用匕首指着邢智，处于防守状态。邢智顺手操起地上的匕首跟男子刀尖对刀尖，近距离僵持起来。

你别出来！邢智喊给孙尔雅听。

僵持数秒之后，邢智以迅雷不及掩耳之势把匕首猛地扔向对手头部，男子立即用手中匕首一拨，把飞来的匕首拨向一边。就在男子分神的瞬间，邢智猛地蹿了过来，左脚插入对手双腿间，两手抓住对手右手手肘，身体往下一坐，想把对手摔倒在地，哪知杀手趴在背上竟摔不动。原来房间太小，男子用脚抵住了墙角。男子趁机左拳猛击邢智左腋，邢智顿时被打得几乎无法使出力气。疼痛中邢智调整方向，使尽浑身力气，终于把对手摔了下来，顺势用右膝盖重重摁住对手脖子。男子憋得满脸通红，手上的武器被震落在地。

服不服？邢智凶狠地问道。还没等对方说话，又是一顿猛拳出击，拳拳落在对方脑袋上，直到对方没了气息才住手。这时候第一个杀手开始醒了过来，想爬过来夺取地上的匕首。邢智跳起来一脚踩下去，正中对方手臂，只听得咔嚓一声，应是胳膊断掉了。

见两人都不动了，邢智走到卫生间门口，敲了敲门喊道：出来吧，没事了。

邢智撕掉被单，搓成绳索分别绑了两个偷袭的贼人。回头一看孙尔雅手臂上的衣服被划开了一道长口子，鲜血正渗了出来，他慌忙扯过来扒开一看，手臂皮肉上有一道两寸长的口子。邢智赶紧回自己房间拿来一瓶云南白药涂上，再撕了一块被单裹住。然后问道：还痛不痛？

惊魂未定的孙尔雅回答：痛是小事，就是快被吓死了！

原来孙尔雅推门进来时，猛然发现窗帘下面有一个鞋尖，惊骇之下赶紧往外跑，谁知那人比孙尔雅还快，手持匕首转瞬间就堵在了门口。孙尔雅大叫一声，两手本能挡过去，手上的水果袋飞了起来，男子的匕首捅过一只哈密瓜，在她右手臂划了一道口子。孙尔雅一阵剧痛，只好顺势退进卫生间，拿肩膀把门死命顶住。这一声喊，喊来了邢智，也喊来了躲在邢智房间的另一名杀手。

孙尔雅出来一看，地上躺着两名被捆得结结实实的男子，都是二三十岁的样子。邢智一个人竟然瞬间打趴了两名凶悍的杀手，看来他说他有少林功夫在身一点不假。

先把他们解决，再送你去医院。邢智说完，拿起匕首往杀手A脸上敲了敲说：睁开眼睛，别装死了；否则，我让你永远睁不开眼睛。

杀手A抬了抬眼皮，迷糊中听见有人问他：老实说，你们是怎么跟踪进来的。

杀手A摇了摇头，又闭上了眼睛。

邢智见他不说，又问杀手B，杀手B也不说。

邢智恼火了：我给你们两条路。一、我问你们答，不讲废话我就放你们一条生路。二、你们可以保持沉默，那就去跟阎王爷交待吧。

邢智对杀手A重复问题：你们是怎么跟踪进来的？

杀手A不说。邢智一脚猛踩在杀手B的胳膊上，咔嚓一声胳膊又断了。

邢智再问杀手B，他还是忍痛不说。邢智把匕首猛地扎进杀手A的大腿里，杀手A惨叫了一声，一股鲜血冒了出来。

回头还没有再问，杀手B忍痛服了：我说！别折磨我们了！

原来，《织云疑云》见报之后不久，庄家安排北京的手下在孙尔雅家里和大小箱包里秘密搁置了五个微型追踪器，后来发现其中两个追踪器一路向西奔去，利用卫星电子系统一查，是在一列驶向乌鲁木齐的火车上，先是在西安下了火车，然后又上了火车，再次奔向去乌鲁木齐的火车。就在火车上的杀手即将行动之际，两人却在吐鲁番意外下车。

由于委托方对邢智悬赏五百万，对孙尔雅也悬赏五十万，杀手组织在西去铁路沿线城市早就布控等候，两人刚出吐鲁番车站，就被杀手一路跟踪到了小旅社。

孙尔雅听说自己身上被黑道放置了微型追踪器，顿时在箱包内一顿乱翻，但是没有找到。邢智拿过手提包细细检查，发现针缝的拉链边沿有胶贴痕迹。撕开一查，果然从包底找到一颗纽扣大小的玩意儿。他对孙尔雅说：就是这个，你照样在箱子内档找找，还有一个。

孙尔雅果然又找出一个。邢智拿过来放在地上，用匕首背部砸几下扁了，又使劲踩上几脚。孙尔雅问杀手：你们是怎么放进去的？

杀手B回答：这是在北京你家里就放下了的。

孙尔雅大惊：怎么进的门？

杀手 B 交代：北京负责跟踪你的人有你家钥匙。

难道是房东？孙尔雅问：负责跟踪的人叫什么？

那人姓范，我们不知道他的全名，只知道他跟几个手下一起负责放追踪器。

这回轮到孙尔雅彻底被震晕了，原来是范东！分手之后自己忘了问他要回钥匙，没想到他竟跟黑社会混到了一起，成为自己的死对头！

那火车软卧包厢那两小口是谁？邢智接着问。

我们也不知道，只知道火车上的同伴假装警察搞定了你们包厢的乘客，负责向我们火车上的同伴提供你们的动静。这时杀手 A 也开口说话了，好像怕邢智再捅他一刀似的。

……

问完话之后，邢智让孙尔雅给两个杀手多角度拍了照片，然后把记者证拿到他们眼前看了，最后警告说：你们听清楚了，如果你们改邪归正，从此躲得远远的，我们就放你们一条生路，承诺永不曝光你们。如果再继续助纣为虐，别怪在网络上对你们进行“人肉搜索”，把你们祖宗八代都曝光于天下！

两个杀手一听连声说了一堆“洗心革面、重新做人”之类的废话。

邢智又带孙尔雅去卫生间洗净血渍。两人换了衣服，下楼到前台，把两千元搁到柜台说：这里我们不敢住了，楼上进了小偷，被我收拾绑起来了，你去看一下，别让他们跑了。

女子还没搞清状况，两位客人径直出门离开了。

孙尔雅在出租车上说：想不到你这么有钱，我还以为你真没钱了。

邢智说：在北京真没钱了，到西安朋友那里拿了一点。

孙尔雅充满歉意：你说两人住一起，我还以为你没安好心呢，想不到你预判得这么准。

邢智呵呵一笑：也是撞的。其实这种情况下，两人住一起也躲不掉。

你真狠！孙尔雅回想起刚才的一幕，仍心有余悸。

第八章

----- • CHAPTER 08 • -----

一

在回家的路上，柳青青觉得越来越不对劲，感觉有什么东西源源不断从自己下身流出来，并且伴随着阵阵灼热感。她伸手摸了一把，发现下裆已经湿透了。她还以为是严磊的脏东西，奇怪怎么会有这么多。幸好是晚上，光线较暗，而且路上也没遇到几个行人，要不然让人看到真是羞死人了！走到半路她又感觉自己有些虚脱，浑身绵软无力，从招待所到她家里不过两百米的距离，竟比跑一场马拉松下来还要累。好在老公今天不在家，白天说去南方进货了，要过两天才能回来。要是老公在家，这件事能说得清楚吗？

柳青青做贼似地匆匆进了家门，感觉黏糊糊的东西已经流到了脚踝骨上。开灯一看，妈呀，全是鲜血！她顿时紧张起来，连忙脱了裤子，拿毛巾和纸巾连洗带堵的，忙了一阵子，好像流出来的鲜血渐渐少了起来。等她收拾得差不多，也快累昏了，往床上一躺，嘴里骂了几句“严磊这个倒血霉的”，很快在余恨未消里睡了过去。

早上醒来时已经九点了，平常这个时间柳青青早已坐到招待所前台了。她在床上挪了挪身子，还有些吃力，使劲挪开一看，屁股底下还是一滩血迹，不过已经被身子烘干了。她摸摸自己的身子，也是干干的，只是仍然虚弱不堪。

她想着危险应该过去了，应该马上洗干身上、衣服上、床单上的所有血迹；否则就算不被老公视为罪证，也难逃被他猜忌的嫌疑。她老公是厂区的个体服装经营户，虽然人长得一般，但在生意上很爱动脑筋，自从把柳青青这个厂花娶到手，他的注意力很快就转移到她身上来了。他老是打着关心老婆的旗号，对她的行踪和工作问东问西，上下班都亲自接送，晚上睡觉之前翻看她的手机成了惯例。柳青青嘴上不说什么，心里却清楚得很，老公这是没有安全感，生怕哪天自己玩丢了。

清理衣物时，柳青青拎出被血染的短裤，还是怔住了。这条短裤本是白色的，现在完全染成了红色！谁知道自己昨天晚上流了多少血啊？这都是严磊害的，这条血染的短裤就是他的罪证！他事后说得轻巧，说日后一定报答自己。本来就没指望他怎么报答，在工作上不为难自己就谢天谢地了。但自己吃的苦头的确大了点，这条短裤还不能洗！上面既有自己的血迹，还有他留下的精斑，可以作为证据留着，以防严磊今后再来骚扰或者他遭到拒绝之后在公司刁难自己。想到这里，柳青青把这条短裤用保鲜袋装好，存放在一个小铁盒里。她想着不能让老公找到，就找来梯子，爬上去放到了最高、最不起眼的一个储藏柜里。可是当她从梯子上下来时，赫然发现黄橙色的地板上有两滴血！血滴还没有散开，明显就是刚才爬梯子时从自己身上滴下来的。

柳青青到卫生间仔细检查，还真是又流血了，虽然量不大，但反复流血让她有些恐怖。她赶紧上网去查，一查更不得了——“当宫颈糜烂病变时，病变组织可以发生溃疡，溃疡面破裂，导致出血；有时病变组织呈结节状、乳头状，由于质地很脆，也容易发生出血。如果病变成宫颈癌的话，肿瘤侵犯间质内血管可以引起阴道出血，开始为接触性出血，以后发展为少量不规则阴道出血，晚期流血量增多，甚至大出血，会危及生命。”

柳青青一时忐忑不安，心想不去医院恐怕是不行了，于是硬着头皮给姐姐柳芸芸打了电话，说自己想去织云军医院妇产科看看。柳芸芸的一个好姐们儿就在那个科室，因为是专家，声望很高，平时很难预约。

柳青青听了姐姐的建议，立即去军医院妇产科做了全面检查。

当晚，姐姐柳芸芸就拿到了检查报告和药物来到柳青青家里。柳青青见了心急如焚地追问：什么情况？你那个专家姐们儿怎么说？

柳芸芸板着个脸说：你是有救又没的救！

那到底有没有救？是不是肿瘤病变什么的？

我那个姐们说了，你不是肿瘤，死不了！

柳青青心头悬着的石头落地了。她掩饰着问：那到底是什么原因呢？

什么原因你还装着来问我？你自己干的好事就全忘了！

柳青青心想完了，这下露陷了。

还没生孩子，就这么疯玩！我那个姐们可是说了，你受的内伤会影响生小孩的。你们不疯不痛快是吧？是不是用了什么道具？

没有，没有，哪有那东西！柳青青被姐姐几下就说得羞红了脸。

小宋这么猛，怎么一点都不懂得怜香惜玉啊？小宋人呢？柳芸芸问道。姐姐一直称呼柳青青的老公小宋。

他昨天出南方进货去了。柳青青见姐姐盯住老公小宋不放，更加不好意思，忙岔开话题。

去这么远啊，难怪，他是把几天的感情一次都预支了吧？

小鱼儿在幼儿园还好吧？柳青青怕姐姐继续纠缠下去，再次找到一个话题。

比以前好多了，现在可喜欢幼儿园了，奶奶去接他都不肯回家。柳芸芸提起儿子小鱼儿就满脸荡起了幸福感。

姐夫呢？现在在家里的时间多不多？柳青青想把姐姐的注意力彻底扯回她自己家里去。

他呀，怎么说都是假的，这阵子出去打官司了，还不知道什么时候能回来！

是啊姐，你也不容易。

我还好，有小鱼儿陪着我，我知足了。你呀也该跟小宋正经说说了，是个男人就别老是放空炮，别老是给你弄出血来，有本事就给你早点弄出个孩子来！

姐，看你都说到哪里去了！

姐说的都是大实话，你这阵子在家好好吃药，一个疗程吃完再找我那个姐们看看，我会给你打招呼的。

柳芸芸东拉西扯了一阵，柳青青只好强打起精神应付。眼看姐姐就要离开，柳青青把她拉住说：姐，这事你别怪小宋了，千万别给他打电话！

柳芸芸答应一声“好的”就出了门，可是到了柳青青楼下又觉得妹妹受了小宋的欺负，对自家的女人都敢这么下狠手，小宋真有点禽兽不如。要是让妹妹患上一个什么弱症，还不等于害惨了妹妹！柳芸芸马上给自己妈妈去了电话，把柳青青夫妻间的事绘声绘色说给老太太听。老太太还没听完就来火了，不光把小宋一顿好骂，连姐姐柳芸芸也没有轻饶。原来老太太一直认为小宋配不上自己女儿柳青青，就是姐姐柳芸芸在旁边使劲撮合，说找个会做生意的等于找了一棵摇钱树，最后才让老太太勉强松了金口。在老太太眼里，现在小宋虐待柳青青，姐姐柳芸芸俨然就成了同伙！

这天晚上，柳青青忍着不舒服，照例来到招待所。在前台坐了一阵，看到严磊带着那个失踪好久的康老板从眼前走过去。严磊得意地向她打了一个招呼，并且走近前台诡秘地说康老板回来了，红色真是代表红运当头啊！她赶紧低下头装作没看见。严磊见她不理，故意高声说柳经理我来客人啦，麻烦上来泡两杯茶。柳青青仍旧不理睬，直到等他们都上楼了，才示意边上的服务员上楼去伺候他们。

才过去一刻钟不到，老公小宋的电话进来了，柳青青忙接了问道：你什么时候回来？

小宋根本不回答她的话，只是狠狠撂下一句：他妈的，老子回来再跟你算账！

小宋的话有如五雷轰顶！柳青青顿时石化，完了！完了！

她赶忙拨过去想解释什么，却一次次被小宋掐断了。再拨，小宋干脆关机了。

小宋正在气头上，肯定什么话也不会听了。他怎么这么快就知道了？肯定是姐姐柳芸芸干的好事！自己早想到姐姐会去找小宋质问，所以出门特意叮嘱她不要打小宋电话。想不到这个马大哈的柳芸芸，还是坏了大事！柳青青也后悔当初没给姐姐说明白，哪怕是暗示这是自己跟别的男人出轨造成的，姐姐也不至于干出这种傻事！

柳青青立即拨打姐姐电话，稍一追问，就证实了自己的判断。原来柳芸芸下楼走了不远，先跟老太太汇报了事情经过，在老太太的连逼带骂之下，马上给小宋拨了电话过去：喂，小宋啊，我是柳芸芸，你丈母娘正在气头上，派我向你兴师问罪！你可得有心理准备啊，别到时回来被她扇了耳光还莫名其妙啊！

小宋听得已经莫名其妙了，忙问：姐，到底怎么回事？妈为什么要扇我耳光啊？有什么话请您直说。

柳芸芸不禁骂道：我知道你们两口子恩爱，一天都少不得，把那事看得比吃饭还重，但你也应该懂得珍惜自己的女人吧，你太过分了！让青青流这么多血连我都吓死了！

小宋还是不懂：什么流血？我怎么过分了？

你脖子上长着一颗猪头啊？她昨天流了很多血，医院检查结果是因为你们房事激烈过度，导致了大出血。你装什么糊涂，还想把责任推到别人身上去啊？

你说的是真的？

是啊，我姐们儿是妇科医生，她亲自检查的还能有假啊？你们要懂点事了……

我是问真是因为房事过度吗？小宋又追问一次。

没错啊，你连医生都不信了？

可我出差前根本没和她……

不是你还有谁？你这态度……

柳芸芸突然知道事情不对了。她来不及细想妹夫小宋遭到的晴天霹雳，而是意识到妹妹可能被别的男人糟蹋欺负了。她伤得这么重，不是流氓也肯定是劫匪！柳芸芸立马挂掉电话，转身跑去妹妹家，敲了半天门，见房间黑乎乎的，就掉头赶往招待所。

柳芸芸一到前台，劈头就问柳青青：青青你跟我说，是不是有人欺负了你？别怕，老妈、姐，还有姐夫都会替你出气！

柳青青不答话，赶紧把姐姐一把扯进了一楼的一间客房，进去就把房门关上了。

我看你的检查报告，就知道你不会是外遇什么的，肯定是被人胁迫欺负了！哎呀糟了，刚才老妈逼我，我不小心打电话让小宋知道了。柳芸芸十分愧疚地拉着妹妹的手说。

听到老妈都知道了，柳青青心里更是乱成一团，忍不住捂住脸抽泣起来。

青青到底是怎么了？

小宋这回肯定不会饶我了，这个家让我毁了……

柳芸芸看妹妹这样子，并没有控诉万恶的坏人，而是不停自责，难道她真有外遇了不成？她半安慰半责备地说：青青啊，你太年轻太容易相信男人了，但是什么人也不能把你伤成这样啊！这次是姐姐害了你，可是你得告诉姐，他是谁？你跟他到底是怎么回事？小宋的事别想那么多，先告诉我是他妈的谁欺负了你？

柳青青抽泣了一会儿，委屈地将自己与严磊的事对柳芸芸如实说了。她最后说：我一直不同意，可他力气太大了，又喝了那么多酒，我根本推不动他！

那不是酒后强……奸吗？这个狗官，被撤了职还这样嚣张，我们去告他！

柳青青没想跟严磊搞婚外情，可事情已经没法收拾了；她也没想跟老公小宋离婚，可事情也没法收拾了，自己还能怎么办呢？现在就是跳进黄河都洗不清了。如果不听姐姐柳芸芸的，不去状告严磊，纸也包不住火了。小宋回来一闹，自己跟严磊婚外通奸的事很快会传遍织云的每一个角落，等待自己的就是一个道德上的无期徒刑，一辈子都别想抬头做人了。如果听从姐姐柳芸芸的建议，去告严磊一个酒后强奸，自己还是一个被动的受害者，还有父母亲人站在自己背后，或许会失去跟小宋的婚姻，但不会被人们永远戳着脊梁骨咒骂。这对严磊是有点儿落井下石，但谁叫他乘人之危先对自己狠下毒手呢？

柳青青虽然伤心，却并没有糊涂，她试探着问姐姐：这种事要告他没那么容易吧？

柳芸芸不屑道：有什么不容易的？这个狗官把你害得进了医院，人证、物证俱在，你们招待所也有人作旁证，不怕他不认这个罪！

柳青青还是犹豫不决：万一没告倒他，反而把自己搞臭了怎么办？

怕什么？你不知道你姐夫是律师，你姐夫是律师夫人啊？他姓严的现在只是一只褪了毛的鸡，还能扑腾个什么？柳芸芸说着说着就咬牙切齿起来，好像被强奸的对象不是柳青青，而是她柳芸芸了。

姐，这事我们回家去商量，在招待所人多嘴杂，别弄得我下不了台！柳青青打开门，拉着柳芸芸就往家里赶。她担心柳芸芸在招待所碰到严磊。此刻，严磊跟康老板就在楼上房间，随时都会下来，按柳芸芸的脾气，厮打起来只会让自己更被动。现在自己的丑事只是家里人知情，该怎么做可以关起门来讨论。如果再闹开，全织云的人马上就知道了。

康老板回来之后，严磊在织云又开始扬眉吐气了，连走起路来都是虎虎生风，最重要的是他终于住回家里了。虽然严夫人之前闹了一阵，看到康老板果然回来开工了，心里乱七八糟的担心少了，但脸上依然绷着。她不痛不痒地问严磊：你还记得回家的路啊，这几天都去哪里鬼混啦？

严磊风轻云淡地说：还不是去找康老板，他扔下一堆焦头烂额的事就想跑？没门！这不是老老实实给我回来了！

两人正说着，严磊电话响了，拿出一看，是施局长。

严董你快来我这里一趟，出大事了！

什么事？康老板又跑了？

不是，你快来，是你的麻烦事！

严磊去了施局长说的地方，施局长把他带上车直奔市里。

到底什么事？严磊忍不住问道。

施局长见他问得急，犹豫很久终于问道：严董，我们这样的关系你就跟我直说，三天前你是不是把一个姑娘那个了？

严磊一惊，大叫道：绝对没有，施局长，我绝对没有干过这种事，肯定是有人想陷害我！

没有就好，现在人家报案了，那边受理的分局要我把你带过去了解情况。

严磊向施局长详细描述了当天的过程。施局长听完说：这事啊，就扯不清了，女方有反抗，有口头拒绝，女人的心理很难说，但是你喝了酒，这一点对你很不利。

严磊解释：她也喝了酒，我没有灌她逼她，都是她自己找上门的，招待所服务员可以做证。酒为色媒人，没错，我是跟她吹过牛，说我很快就要官复原职了，谁能说她没有一点那个意思，故意借酒壮胆呢？再说，她还帮我洗过衣服呢，被强奸的人会这么主动？

嗯，你这个说法也有道理。但是严董啊，话糙理不糙，你就算不是强奸，也算是通奸吧，人家可是有老公的，现在她老公杀你碎尸的心都有，形势对你相当不利啊！

严磊自然明白，自己才一只脚上了岸，现在又要被柳青青拖进是非旋涡了。这件事可没那么容易摆平！

柳青青和严磊在警局的描述八九不离十。柳青青接受完讯问就回避了，她回了附近的父母家。她的监护人柳芸芸则认定为伴随性虐待的强奸。施局长拿了阴道出血的检查报告仔细看了看，把柳家父母住地受理此案的分局魏局长拉到一边，在报告上指了指。

魏局长回头对柳芸芸说：根据双方对过程的描述，在第一次性行为后，女方有条件逃跑，但并没有逃跑，反而发生了第二次性行为，凭这点就难以认定是强奸。至于阴道出血，这份报告上指出女方患有一定程度的宫颈炎，既然你们有朋友是医生，应该比常人更了解宫颈炎虽不是什么大病，但在房事时容易导致阴道出血，因此无法断定男方强迫女方行事，更不能断定是你们所说的性虐待。还有，男方曾是女方的顶头上司，但男方已经被停职审查，根本不存在利用职权威逼女方一说。双方应该是在自愿的前提下，在酒精的作用下发生了性关系。我建议还是私了算了，同在一个公司，事闹大了都不好看。你们双方谈谈吧。

柳芸芸不依不饶：是不是强奸是证据说了算，法院说了算。我们手上还有一份关键证据，也请好了律师，到时候法庭上见！

魏局长起身说：法官看了这些材料，也会这么认定的。

施局长看了看严磊，示意他表态。严磊收起脾气说：我对不起柳青青，但我不认为我是强奸，我愿意支付一笔钱，把这件事和平了结。多少合适？你提个数。

柳芸芸冷冷地问：钱能治愈她身上的伤口，但是能买回清清白白的名誉吗？能买回一个新婚燕尔的和睦家庭吗？能买回健康生孩子的母亲身体吗？

严磊听着心里叫屈，忍不住说：是不是所有人的不孕不育都要栽赃到我身上？

柳芸芸厉声说：别人被你祸害我不管，我妹妹这辈子要是出一点问题，我们决不饶你！

施局长知道她在抬价，一边伸出两个手指头示意给严磊。

严磊忍住火气说：我拿二十万，只能这么多了，这笔钱我还不知道到哪里去借呢。

柳芸芸根本不买账，讥讽道：那劝你最好别借了！二十万你去夜总会吧，想买通我们，你讲童话还是讲神话呀？你把我妹妹当成什么人啦？

魏局长斟酌良久说：我提议一个数额，二十八万。

二十八万……柳芸芸不屑地冷笑，然后死死盯着严磊说：且不说你家严夫人是中年妇女，我现在给你二十八万，你会同意她跟别的男人这么玩吗？

严磊脸上青筋怒暴，眼看要张口骂人，被魏局长用手势强行压住了。

这是警局，不是骂街的地方！你尽可以提条件，千万别搞人身攻击。魏局长严正提醒。

不上几个七位数，这事免谈！柳芸芸毫不退缩。

你这是敲诈勒索！你还告我，我要去告你！严磊发飙了。

好啊，你去告啊，我巴不得去法院，让大家都看清楚你这个衣冠禽兽！柳芸芸针锋相对。

你们又来了！还想不想调解？魏局长也火了。

这时施局长电话响了，拿出一看，然后附耳对严磊说：你们周主任来了。

严磊跟着出门到了前坪，不满地嘀咕：怎么把他叫来了？

想想施局长是周主任姨妹夫，自己现在是重点监管对象，出了什么事自然会告诉周主任，而周主任自然会通告给孔董。十之八九，周主任一定是受孔董的委派。这意味着，织云公司至少是高管层，全知道严磊的糗事了。

周主任急匆匆下了车，见到严磊开门见山：现在什么情况？

严磊接受审判似的问：孔董怎么说？

他说你丢人，还骂了更难听的话。

严磊心生愧意，低头问道：他是什么意见？

安抚情绪，满足要求，从速私了，严格保密。

严磊一听，好似死刑一下改判无罪，一阵狂喜，再思忖十六个字，妈的，这不是罔顾事实，真把我当强奸犯了吗？好在周主任是来支持自己的，不便多说什么。他又问：其他人呢？

我还不知道他们什么想法。想也想得到，明天的会议又会是一场口水战。谈得怎样？

施局长回答：提了二十万，不答应，又提了二十八万，嫌少，看那口气，要上百万。

是一百万还是几百万？

还不知道。

那就按孔董意思，先提个五十万吧。

三人进了调解室，严磊提出五十万，柳芸芸暗自一惊，表面不为所动，照样拒绝了。

周主任暗示七十万，严磊又提出七十万。施局长和魏局长纷纷劝说，就事情性质来看，七十万是个天价了，真强奸罪赔起来也不过如此。

柳芸芸说我得打电话跟我妹妹商量一下。柳青青在电话里听姐姐说严磊愿意赔偿七十万，也不表态，只是在父母家哭着说：我的家都毁了，钱有什么用啊！

柳芸芸回来说：我妹妹不答应。

周主任又想暗示严磊再往上加码。柳芸芸却说：我妹夫今天不在，他也是受害人，我们得跟他商量了再说。

看到柳芸芸起身要走，严磊请求道：能不能让我跟柳青青单独谈谈？

免了吧，她见到你肯定作呕！柳芸芸头也不回地离开了警局。

二

邢智带着受伤的孙尔雅在出租车上向两边搜寻，终于找到一家条件不错的诊所，下车给她重新包扎伤口。当医务人员清洗伤口时，邢智看到伤口不浅，关切地问会不会留下伤疤，想不到医务人员看了他一眼，讥讽道：下次吵架，你在她脸上也来一刀，你们看上去就更有夫妻相了，绝配。

邢智听了并不辩解，孙尔雅看着别人误解，一边忍着疼痛，一边不停偷着乐。邢智警告：你还高兴？忘记刚才怎么被吓哭了？

孙尔雅哎哟一声，还没来得及接话，医务人员又不屑地横了一眼邢智说：到了这里你还想斗狠？对老婆动刀子算什么能耐？有本事到街上找流氓混混比画去！

孙尔雅更乐了，也不帮他澄清。邢智被骂怕了，连声应道：我出门就找流氓比画去！

收拾完伤口出来，邢智搀扶着孙尔雅上了一辆出租车就往火车站赶。在火车站广场上下了车，孙尔雅担心说：那两个杀手不会死在小旅馆吧？死了我们会很快被警方通缉。

死不了，他们受伤都不在要害部位，断手断脚是他们该受的惩罚。

那旅馆会报警吗？

旅馆肯定想报警，但见到杀手，杀手会阻止他们报警的。

杀手都被绑住了，还怎么阻止？

杀手只要能说话就行。旅馆肯定怕他们日后报复，最终只能放了他们。

那现在我们的处境岂不是更危险了？

比刚才在旅馆要安全多了。

为什么？杀手被放出来，难道不想报复吗？

他们肯定想报复我们，但他们首先要躲避自己组织的追杀。在黑社会，一个杀手派出去，被对手收拾了，再回组织，不仅很丢人，还会丢掉性命。他们这时肯定正忙于夺路逃命。另外，微型跟踪器被毁掉了，黑道组织就会丧失方向感，他们肯定认为我们不敢去乌鲁木齐，而是回北京或者直奔荒漠的可能性更大。

这么说，我们是更加安全了。

还不能这么说，这只是短期判断。长期来看，乌鲁木齐仍是他们监控我们的重点。打过这几次交道之后，他们开始知己知彼了。如果再次出手，他们一定会派出更难对付的高手。从这个可能判断，我们要么没事，要么就是出大事。

你别吓我了，我已经受了伤，还出大事，岂不是要搭上性命了？

躲过的不是祸，是祸躲不过。现在只有让章陕加速崩溃，黑道拿不到钱，就会放弃追杀，我们自然就安全了。

那我们该怎么办？

到乌鲁木齐去，了解章陕情况，破釜沉舟，最后跟章陕对赌一把！

两人买了去乌鲁木齐的火车票之后，邢智让孙尔雅坐在候车室里，拿过她的手机和芯片，说要找个僻静处打个关键电话。

孙尔雅有些不情愿：在这里打不是更安全吗？

邢智解释：现在离开车还有五十分钟，我找的这个人很关键，到乌鲁木齐再打她电话，有些冒风险，只能在吐鲁番打。大厅里太嘈杂听不清，声音大了又怕旁边的陌生人听见。警察就站在你边上，你没有任何危险。我一会儿就回来。

我跟你一起不行吗？都患难与共了，有必要这么设防吗？

这不是设防，这是纪律。该知道的不瞒你，不该知道的你最好躲着，这不光是保护别人，也是保护你。

说了半天，你还是不相信我。

你别多想了，这个电话很关键，可能会有点长，关系能不能拿到章陕坐庄的核心证据，你先在这等着，耐心点。

听到要找章陕坐庄的证据，孙尔雅也不再多说。

邢智走到一条长长的过道上，看到很少有人往来，就停住想了想，然后拨了一个电话号码，第一次没接通，再拨，终于接通了章陕秘书水红的电话。

喂，你是谁呀？水红接电话显然有些犹豫，估计很少接到这样的陌生电话。

姐，是我！邢智看看四周无人，提高了声音。

是你啊邢智，你还敢打我的电话？

姐，说话方便吗？我有好多话要跟你说啊！

方便，方便。不方便我能这么大声跟你说话吗？

我怕你跟老板在一起。那样我打你电话，不仅会害死自己，还会害死你！

你是怕姐出卖你吧？敢告诉我你在哪里吗？

姐，这就多此一举了。你不是知道我在吐鲁番吗？

姐承认好啦，姐是知道你们两口子在吐鲁番，但今后就不知道你们要去哪里了。

姐，我们不是两口子，都是被逼装的。那些跟踪器都是你安排人弄的吧？

哎，没想到这事我弄巧成拙了！那天章陕让我联系黑道，说愿意出五百万买你的人头，我担心你的安全，就向他建议，干脆让我把你找回来，坐在一起谈谈，没准效果更好。想不到他当时就同意了，让我花钱想法指使北京的人盯住那个女记者。后来一个偶然机会,我在织云总部碰到了女记者的前男友范东，再通过北京的人找到女记者先后供职的两家媒体调查，发现他跟女记者早就分手了，但还在织云冒充她老公拿钱干活。为了盯住女记者，我让范东进入女记者住处悄悄放置了微型跟踪器，以防她突然从我们视线里消失。如果她消失，我就别再想找到你了。

那些路上遇到的杀手，不是你找的吗？

章陕让我给黑道准备现金，但杀手不是我找的。有几次，我去他办公室，看到他跟吴非在商量什么，鬼鬼祟祟的，我一进门就不说话了，只是看着我，盼着我早点离开似的。

那你找的那个范东怎么跟杀手勾结起来了？

那天我跟章陕大闹一场，他很狂躁，就让我什么事也不要管了，一切都交给吴非。如果范东跟杀手勾结，可以肯定杀手是吴非找来的。

你跟老板为什么闹开了？

还不是为了钱的事！那一段时间他命令我出去筹钱，我说记者报道出来之后，就没人愿意借钱给我们了。他勃然大怒，骂我整天在你们面前搔首弄姿，才让你阴谋得逞，最终成功跑掉。后来浙江老赫给我打电话催款，我直接把电话给他听，他听完又骂，说我串通老赫来整他，还怀疑我跟老赫有奸情！我骂了他一句老流氓，结果遭到他好一顿暴打，到现在还是满身伤痕。他临走前对我怒吼，说不管用什么手段，都要搞定老赫，否则一个子儿也别想再拿到手。你说这个老流氓还是不是人！你也知道，老赫是我们最大的融资户，加起来有三四个亿，我就算真跟老赫上了床，老赫也不会善罢甘休啊。他原来一直信誓旦旦，说给够我五千万就放我走人，七年算下来，才给了一千万就不想给了，把我看得比你手下那些操盘手都不如！我被他霸占了七年，现在人老珠黄，一辈子算是毁在他手上了！

邢智听她这样痛骂章陕，彻底放下心来，只要她不跟章陕一个鼻孔出气，一切就好办了！于是顺着她说：姐，你是他最大的功臣，他这样对你太没人性了！他这是要逼你造反！

其实大家早反了。不说你，其他几个还有谁听他的？常青早就在谋划跑路，说待在这里只是为了等我一起走，我明确跟他说不可能，结果现在人影都看不到了，应该是投奔了北京某个大佬。看到常青跑路，图玉也很泄气，曾拓就更不用说了，他一直被老流氓看不上眼，早就不想干了，老流氓怕人跑光才不断笼络他们。

他最近是不是很恐慌啊？你估计他还能撑多久？

已经弹尽粮绝了。自从那次毒打我以后，我就没看到过他。我是巴不得他早点被抓进去，不，最好是早点死掉！他现在最恨的就是你，恨不得杀了你，碎了你的尸，但是他资金紧缺，这段时间应该是找钱去了。上次为了追杀你，他承诺给黑道五百万，结果派出好几路人马，只付了黑道一百万。所以，现在你也不用太担心，他给不出钱来谁还会为他卖命啊？说不定哪天自己都会被黑道反过来追杀！

多行不义必自毙。邢智觉得不应该隐瞒水红什么，就坦然说：我跟他有宿仇，到时我详细告诉你。他的很多信息就是我捅出去的。你先告诉我，他现在资金紧张到了什么程度？

他为了缓解资金紧张，已经急得像热锅上的蚂蚁了。前一阵子，就是《织云疑云》报道刚出来的时候，我找到女记者的前男友范东，他出了一个馊主意，说可以找一家上市公司去收购那家杂志社。我跟章陕说了，想不到章陕还真想这么做。他想出资三千万让织云老孔联系上海一家传媒公司共同收购这家杂志社，说好收购成功后让织云持有 50% 以上的传媒公司股份，再把织云股价往上推一把。为此他让我付了五百万的意向金，后来老孔他们还真跟杂志社股东签了意向协议。可是，付了意向金之后，他一分钱也拿不出来了，只能眼睁睁看着协议期限过去，五百万打了水漂。他跟老孔为这个事差点闹翻。章陕说织云高管根本不懂经营，那么好的海水淡化设备和技术拿在手上，都不知道好好转型，只知道整天守着老鼠仓，还经常不顾大局，坐在家里闹出一堆乱子来。老孔也针锋相对，说天下人都知道，所有麻烦都是章陕自己喂养的赵毅老鼠仓招来的。章陕把矛头指向织云高管，完全是推卸责任。最近股价暴跌，已经跌破了承诺价，作为庄家应该负起责任把股价拉上去，让织云高管看到信心，而不是整天逼着他们来给自己擦屁股。

邢智听了心里大喜。真是踏破铁鞋无觅处，得来全不费工夫！看来水红肯定对织云老鼠仓的安排有所知情。他趁机旁敲侧击：老板给织云老鼠仓的承诺价格是多少？又是怎么安排设计的呢？

他承诺四年之后，保证每股不低于二十元，低于这个价格会由黑铁投资按此价格进行回购。上次要求织云发布公告信息，老孔拖拖拉拉不情愿，他就把黑铁账户上的一千万股织云股票当作甜头送给他们，还给老孔搭配了一整套虚拟股权激励的制度设计，织云高管只要缴付每股四元钱的股本金，就能分配到四年之后按不低于二十元价格兑现的织云股权。织云其他高管都以为这是公司埋单的股权激励，其实都是章陕给他们埋单。因为股权没有直接过户到他们账户上，只有一纸协议，老孔看到股价下跌就心慌意乱，担心崩盘之后章陕没能力兑现协议条款。

通过这个协议，章陕倒是把织云高管跟自己捆绑在了一起，实现了共同进退、荣辱与共。这不会又是秘密派吴非去签订的吧？

这个,我也不是很清楚,我手上没有协议。你问这么多还想继续曝光吴非啊？

邢智听得出,水红一说到吴非就有些犹豫。他知道她对吴非一直抱有想法，可是吴非和她都是章陕从远方证券最早带出来的，对章陕的忠诚度很高。章陕喜欢念佛，把自己念得清心寡欲不说，还害苦了青春貌美的水红。章陕霸占了水红七年，使用频率却非常低，所以她只能把心思转移到几大操盘手身上。她虽然喜欢跟邢智、常青、图玉等人讲荤段子，开点过分的玩笑，可一般谁也不会放在心上，只有常青被水红逗得心猿意马，几次想动真格占她便宜，都被她巧妙躲掉了。她唯一不想躲的就是吴非，好几次她情真意切送上门，却都被吴非拒之门外。水红对吴非的那点爱恨交加，邢智早就看在眼里，记在心上。

邢智这时赶紧表明态度：我不想曝光吴非，他跟你一样都是受害者。我只想曝光章陕，其他人我都会尽力保护的。

水红无比幽怨地告诉邢智：现在吴非我也见不到了，他接手追杀你们的事情之后，我只跟他通过一次电话，告诉他章陕毒打我的事。他死活不肯告诉我自己在哪里，只是说关键时刻要体谅老板，也要相信老板。

邢智深思熟虑一番之后，关切地对水红说：我现在最担心的不是自己，而是你和吴非两个人。你们替章陕办的事最多，掌握他的秘密也不少，我怕他会铤而走险，在关键时刻来一招“丢车保帅”，把你们都牺牲掉。

完全有这个可能，连贾准都可以打发掉，逼急了他什么事干不出来？

姐，贾准现在是死是活？

死倒不会，已经改名换姓借道缅甸到国外享福去了。

他会不会也这样安排你们？

真这样就好了，我会要求跟吴非去同一个地方，但这恐怕只是一个梦了。安排贾准的时候，他手上还有钱，股价还在高处，他还有一定的控制力。现在股价已经被打到十五块以下了，估计他连自己的退路都无力安排了！

想不到章陕也有今天！我看他离死期不远了！

我也清楚这个形势，弟弟，你说我该如何是好啊？

他这次肯定没救了！他曾经说，只要赚钱的速度比融资利息增长的速度快，再高的利息也不可怕。他在资本市场发明了靠股票市值来融资的邪门歪道，股价越高融资额就越多。他还无数次跟我们吹嘘这是他的“独门秘籍”，他以为这样就可以确保他的股价永远上涨，只要自己不出货，世上没人能毁掉他，殊不知织云高管沉溺于老鼠仓，从来没打算在海水淡化项目上有所作为，上市公司缺乏长期业绩支撑，已经为他的股价崩盘埋下了定时炸弹。现在股价一跌，他才知道高利贷融资杠杆是多么脆弱！

水红接过邢智的话说：还有一点也让他玩不下去了。很多大额融资协议虽然是章陕亲自签的，但融资户彼此之间并不知情，都以为章陕盘子里面大部分都是自有资金，只有少部分是融资。老赫那一帮浙江融资户，经常三四个一起找上门来，章陕弄虚作假算账给他们看，让他们以为章陕始终能还钱，最后不了了之。他们根本不知道，像他们这样的融资户，章陕手上还有几十户，如果江浙沪的融资户一起找上门，彼此之间确认一下融资数额，就会发现章陕早把他们的钱亏光了，这个窟窿最少有十个亿！

邢智听了觉得机会已经成熟，于是果断说：姐，都这个局面了，你只能自己救自己。

你说得轻巧！章陕要是完蛋，我就是想脱身也找不到办法啦，只能跟他陪葬！

邢智紧紧追问道：姐，你还信得过我这个弟弟不？

水红叹了口气：唉，姐的一生都赔进来了，信得过你又能怎样？你自己都东躲西藏的，还管得了姐的水深火热？你要是像常青那样对我来点真的，我早跟你私奔了！

邢智严肃起来说：章陕的事让章陕自己去扛，你千万不要陪着他走下去了。告诉我，你拿得到章陕签的那些融资协议吗？

水红说：你们几个签的融资协议在我这里都有存档，但他签的那些协议没交给我，不知他藏到哪儿了？现在肯定没有办法拿到。

我记得所有的股票账户和融资明细你都有台账登记，对吗？

对，章陕盘子里的所有股票账户、融资明细我都做了台账。股票账户我分成两大类，一类是公开持股账户，章陕原始资金投入大约七个亿，大多用来做滚动式的融资抵押标的，在融资协议里都会标明，但融资户彼此之间不知道章陕会拿它们进行重复抵押融资；还有一类是秘密账户，是章陕闲散资金进出的股票账户，分散在你们几个手上，不做融资抵押，只是为了避开监管耳目的辅助跟风盘，这些账户比较分散，每个账户资金量都不多，所有的秘密账户加起来投入三个多亿，现在股价暴跌之后只剩下不到一亿五千万。在股价三十三块的时候，我还统计过，融资总额高达十九亿。现在经过股价暴跌，持仓总市值折损过半，都不到十四亿了。除掉海水淡化项目协议中送给织云的两千多万股，加上承诺织云老鼠仓的一千万股，即使章陕赔进所有家当，他也已经欠下十个亿融资。就算他撕毁协议，收回海水淡化项目和织云老鼠仓那三千多万股，也还倒欠融资户整整五个亿。

邢智大喜过望：这些台账章陕自己有备份吗？

没有，他需要对账时，只能找我查。

姐，你听清楚了。从现在起，我要你学会保护自己，并且严格按照我的计划去见机行事。我回头给你一个电子邮箱，你先把这些资料发给我，我让媒体继续曝光章陕。之后你立即联系上章陕，向他透露我跟记者就在吐鲁番，已经身无分文，无路可逃，尽在你的掌握之中，你说你手上有一个终南山的顶级高手可以雇佣，趁机问他要两千万现金，拿到钱就跑人，不跑就很危险了。

姐知道后果，但也不能拿你垫底。融资户如果知道他的底细，肯定找他挤兑，他玩完只是迟早的事！我也完了！他还欠我四千万呢，说得难听点，这是姐的卖身钱啊！

姐你听我的，我不会害你。就算拿不到他一分钱，你也要给我好好地躲掉。我不仅要让所有融资户知道，还要让天下人都知道，正是他自以为是的融资“独门秘籍”，让他死无葬身之地！你把这些融资明细信息发给我之后，再把秘密股票账户资料全部拷出来随身带上，然后删除所有台账记录。跟他周旋一番后立刻消失，最好用别人身份证躲到外地去。我来负责毁了他！等你看到他被抓走或被融资户撕成碎片的消息，你再打这个电话号码找我，我会帮你把那些秘密账户上的钱取出来，算是章陕对你的补偿。

水红听了仍有些犹豫：章陕被抓了，他们会放过我吗？

姐，你动脑子想想，账户信息都清空了，高利贷只能盯着章陕手上那些融资账户，这些秘密账户几百上千，散布在全国各地的证券营业网点，融资户绝对不知情，就算章陕自己，也要找到你才摸得清楚。我们几个都知道自己手上那一部分有多少。我想除了曾拓那里多一点，图玉那里几乎没有。如果你提前跟他们打好招呼，让他们两人及时闪人，免得章陕之祸殃及他们，谁还能把你怎么样啊？就是万一盯上我们也没用，我们只是拿薪水给章陕打工的，又没有掌握了章陕的任何资产，把口风守紧点绝不会有事的。

这个时候图玉、曾拓他们会听我的吗？

会的，大家都没把你当外人。他们要是不相信，你就说是我说的，告诉他们我的情况。

原来你早就把他们买通了！就剩我一个人被蒙在鼓里。

不是买通，他们跟我感情不错，对章陕早有不满。

那好，姐就听你一回，你可得对姐的下半辈子负责啊！

姐，你放心。如果到时帮你拿不到钱，我养你一辈子！

也没别的路了，那我现在就办，你等着收邮件吧，收到之后发短信告诉我。办好你说的这些事，我立刻从上海消失。

好！我马上把邮箱地址发给你，姐你好好保重啊！

邢智说完电话，赶紧回到候车厅，发现孙尔雅在椅子上等得很焦急了。旅客开始检票进站台，邢智立即对她说马上去乌鲁木齐，到那里就去上网收邮件，上海那边有章陕的重要坐庄证据发过来，这次一定让他彻底玩完。

孙尔雅一听能消灭章陕，把一肚子怨气立即咽了回去。于是，两人火速检票进站，登上了去乌鲁木齐的特快。

三

火车哐当哐当，一路向西。

孙尔雅因为手臂上有伤，半躺在软卧下铺上，邢智坐在她脚边。她用一只手比画着问他，什么人的电话让他打这么久，搞得像特务似的。邢智示意对面有人，等到乌鲁木齐再说。孙尔雅说有好几个小时，她手臂痛得受不了，要他先讲点好消息出来安慰她。说完她让出一半枕头，让他靠过来说悄悄话。他贴过来说现在没有杀手跟着，用不着扮演情侣戏了。她撅着嘴不高兴，说她不管，现在导演还是她，他得乖乖听她的。邢智闹不过她，只好把头并排跟她靠在一起，孙尔雅在里面，邢智朝里对着她，试了一下，能感觉到彼此的呼吸。邢智说太亲热了不习惯，说着就要起身离开她，却被她用左手一把按住了。孙尔雅说又不是让你干坏事，你怕什么。于是邢智悄悄把从水红那里听到的范东的故事讲给她听。孙尔雅开始还好奇，听到范东竟然出主意收购周刊杂志社时，有些羞愧难当。她曾把范东视为自己的男友，还一度打算与之结婚，想不到他骨子里是这么一个鄙俗的男人。想到这里，有几次她都想吐，在邢智面前到底还是憋住了，但是她满脸绯红，也不说话。邢智意识到了什么，说这人啊就像鱼儿，当利益的诱饵突然摆在自己面前，没有几个能抵制住诱惑不上钩的。范东被女友无情甩掉，肯定以为是自己经济基础不牢，于是乎不顾一切向钱奔去。孙尔雅听他这么说，把头扭向另一边，说没见过这么无耻的男人。邢智知道她不是骂自己，又替范东解释，别的男人没表现得这么无耻，是因为没有面临这样的机会。孙尔雅斜着眼问，你也是这样的男人吗？邢智老实说他不知道，劝她别把人想得太好，也别想得太坏，既要看到自己的利益，也要认同别人的利益，不能用道德之笔杀人，更不能以审判的名义惩治异己。看到孙尔雅若有所思，他继续说，这世界只有上帝才能执行最后的审判，为什么这个审判迟迟未至？这就是上帝的宽恕。上帝都不肯轻易动手，有些人却急着替天行道，今天要灭掉这个，明天容不下那个，这就叫越俎代庖，真应了那句“皇帝不急太监急”的古话。孙尔雅听完忍不住反驳，你这不是在否定你自己吗？老天都没有惩治章陕，那你急个什么呀？邢智不同意这个说法，说你又不是老天，怎么断定老天没有惩治他呢？“上帝要你灭亡，必先让你疯狂”，章陕的疯狂说不定就是老天赐予他的惩罚。邢智说，尽管他有千百次机会，但他从未动过用刀子捅死他的念头，他等的就是一个天意，不管这个天是青天，还是老天。

随后，邢智又把织云老鼠仓的情况做了介绍，说一千万股分给八个高管，章陕不光是为了让他们老实听话，还想激励他们做好新项目，达到一荣俱荣、一损俱损的效果，但是织云是老式国企，从根本看高管任免机制是一种短期承包责任制，政府主管部门的领导任期变动也决定了织云高管的任期变动，这都决定了他们只有谋取短期老鼠仓利益的冲动，而缺乏追求企业长期利益的干劲，章陕巧妙设置织云老鼠仓的动机势必大打折扣。

此时，孙尔雅不知是累坏了，还是痛得浑身无力了，听着邢智分析织云老鼠仓时竟慢慢闭上眼睛，在枕头上睡了过去。邢智看着孙尔雅的脸蛋轻声感叹，还说听好消息呢，把他的话都当催眠曲了，人家看着亲密无间，其实演的是同床异梦。没想到孙尔雅突然睁开眼睛说，你都想些什么呀？你这么聪明绝顶的人，脑袋里怎么也这么龌龊啊。这回轮到邢智脸红了很久，实在撑不住，又坐到她脚边去了。

火车徐徐进入乌鲁木齐站，下了车一看还是晚上，两人买了一张乌市地图，在车站不远处找酒店。两人都同意找一家最好的酒店，既能写作又能上网。找来找去，邢智指着一家西域王朝大酒店说：就这家吧，条件应该不错，边上不远就是胜利路，逃亡之路变成胜利之路，是好兆头！两人打的奔了过去，一看外表不错，差不多是四星级了。

邢智先把孙尔雅带到餐厅，给她点了一堆东西，让她先吃着等他，说北京借的身份证在吐鲁番曝光了，他得去附近办个假证。说完就走了，孙尔雅望着他的背影，心想这个男人除了内心有些黑暗，脸上长得有些瘆人，其他都不坏。

不到半个小时，邢智就回来了，还拿出两张身份证给孙尔雅看。孙尔雅惊问：这么快就办好了假证，你是不是在乌市黑道上也有熟人啊。

邢智一笑道：哪有熟人？花高价临时买了两张相像一点的证件而已。

多少钱？

一证一千。

看来你在西安朋友那里发了财嘛，这么大手大脚！

借了两万块，一路上不用省钱了。

两人走到酒店前台一问，房间都配有网线和电脑，孙尔雅立即用刚买的假证开了一个豪华标准间。邢智在边上悄声说还是开两个单间吧，我怕你跟我在一起没有安全感。孙尔雅也悄声回道，现在不跟你在一起，更没安全感了。再说，她今晚不想睡觉，就想听他讲完章陕融资的故事，然后开始写文章。邢智说至少明天白天得好好睡一觉吧。孙尔雅说明天的事明天再说，再说，明天开房不是省了一天房钱吗？邢智说不是说好不用省钱了吗。孙尔雅反问谁说不用省钱了，现在还是要听我的，要过好日子就得能省就省。

一路上，两人你一句我一句地进了房间。

孙尔雅迫不及待地打开电脑，让邢智过来打开他的邮箱，果然有一份新邮件，点开一看，全是一堆名单和数字。还有一些股东账户，上面标明了持股数和增减持股票的具体时间。孙尔雅看得懂后面的数据，却看不懂前面的数据。她问邢智：是这些吗？

邢智粗粗扫了一遍，兴奋地说正是。

然后他又拿了孙尔雅的手机，装上电池和芯片，给水红发过去一条短信：姐，东西收到，谢谢！你赶紧按原计划行动。另外，注意掩护好图玉和曾拓！

对方立即回复：好！我已经躲起来了，章陕那里拿不出钱，剩下全看你的了！

邢智回复"好的"之后，立即删除了通话记录和来往短信，最后把手机电池卸掉还给了孙尔雅。孙尔雅奇怪地问：你不是说在乌鲁木齐跟这个人联系有危险吗？怎么又不怕了？

邢智解释：在吐鲁番，我还不能确定这个人会不会站在我一边，所以不能暴露去向。但收到这些绝密信息，我就能完全信任她了。

孙尔雅追问：他（她）是男是女？

她是美女，叫水红，是章陕的秘书，很多机密资料都在她手上。

你连章陕的秘书一个电话就能搞定，到底什么关系呀？

我跟你这样的美女记者还是通过网络认识的，你说什么关系？

你跟她，没有像我们这样独处一室吧？

没有，她没有当过导演，我也不会听她的。

那还差不多，算你有点忠诚度。

收完水红的邮件，孙尔雅迫不及待地点开东方财经新闻网，发现头条新闻就是《财经新闻周刊》的封面文章《庄家章陕》，下面还将《织云疑云》、赵毅案报道都链接到了一起。孙尔雅兴奋得大气都不敢出，一口气读完了整篇报道。

你看这里！邢智指着文章下面的一个小标题念道：黑铁投资的法人吴非意外死亡。

怎么回事，吴非死了？两人都感到诧异，点开标题继续往下阅读起来。原来《织云疑云》《庄家章陕》两篇重磅文章刊出之后，监管部门迅速与纪检部门、警方成立了联合调查小组，对织云科技、万金证券和黑铁投资涉嫌重大关联交易进行深入调查。

就在联合调查小组派员进驻黑铁投资的时候，被对方告知吴非已经死亡多日，黑铁人员出示了一份医院的“死亡证明”，说五天前公司法人吴非在与客户谈判过程中心脏病突发，被送进 ××516 部队第四医院，终因医治无效而死亡。

随后，他们在网上还贴出了这份“死亡证明”，还有吴非在上海某公墓的墓碑照片。孙尔雅惊呼：哇塞！吴非好帅呀！他不会真的突然死亡吧？

她放大这份“死亡证明”，陡然想起这个 ××516 部队第四医院不正是织云厂区的那家医院吗？当时孙司机还指着门牌，说那是老织云仅存的一个标志。她指着吴非的“死亡证明”说：××516 部队第四医院就是织云那家医院。我去采访时，孔董说过，吴非经常来这个医院住院治疗心脏病。媒体说他之前还在与客户谈判，可以肯定与他谈判的客户就是织云科技。这不恰好证明了吴非跟织云科技的高度关联吗？吴非的心脏病是真的吗？

真有这么致命的心脏病，他还能登顶四姑娘山、穿越塔克拉玛干？邢智清楚吴非身体素无大碍，他提醒孙尔雅：你看看这个死亡报道的发布时间，是不是五天前的？

孙尔雅查看之后说：还真不是！《庄家章陕》四天前刊出，成立调查组是两天前的事，这篇死亡报道竟然是昨天才发出来的，而且是地方小报，说吴非已经在五天前意外死亡。就是说吴非死了六天，被烧成灰埋下很久了，消息才发出来。看来，如果不是成立调查组的消息传出来，这条消息可能永远不会刊发。这明显是事先安排的报道嘛！

有进步！邢智冲她竖起大拇指说：报道不是事先安排的，吴非之死才是事先安排好了的。地方小报消息面窄，容易做文章，查证起来有难度。

太不可思议了！是谁这样安排的呢？

除了章陕还能有谁？对于章陕来说，贾准不能被抓，被抓后章陕和万金证券就完了。跟贾准一样，吴非也不能被抓，否则章陕和织云高管就完了。吴非必须失踪，如果失踪还不解决问题，就只能玩假死，如果假死还不解决问题，就得真死了。

吴非一死，一切到吴非为止。三方协议是吴非签的，老鼠仓协议也是吴非签的，所有谈判都是吴非出面，织云大多数高管甚至不知道有章陕其人，火怎么也烧不到章陕身上。

章陕这样做，就是为了把调查小组的目光引向吴非，目的就是想告诉世人，吴非就是织云的庄家，现在他死了，把一切秘密都带走了。

如果织云高管被调查，难道不会从他们身上挖出章陕坐庄和吴非之死的内幕吗？

这个问题问到点子上了！现在可以判断，这个局章陕和织云高管早就设计好了，甚至织云高管被控制也是他们预料之中的事。织云高管想减轻罪责，只能死不认账，把事情往吴非头上推。谁都知道，庄家看中哪家上市公司，想坐庄赚钱，有勾结上市公司高管的，也有不勾结的。只要章陕不倒，织云高管肯定想摆脱勾结庄家的罪名，这样顶多是跟调查组死扛几天，最后“查无实据”，出来照样可以找章陕拿钱，说不定还拿得更多。

看完所有新闻，外面已经是早晨了。孙尔雅手臂不能动弹，就让邢智替她临时注册了一个电子邮箱。通过这个邮箱，她让邢智打字在总编孟夫子的信箱里留言，说自己和线人的确一路被黑庄跟踪追杀，还受了点伤，但现在很安全，正在准备写作另外一篇更重要的报道，涉及织云老鼠仓安排、坐庄融资模式、曲线收购周刊杂志社等重要内容，写好之后就发给他。估计时间还早，孟夫子不在网上，等了一段时间也没见任何回复。孙尔雅建议先看水红寄过来的资料，写完文章再跟孟夫子联系。

孙尔雅点开资料，趴在写字台上看了一会儿，对躺在床上有些疲惫的邢智说：这些数据和资料我都看不太懂，你先给我分类剖析一下，看看文章到底怎么写。

邢智坐起来说：这些资料你看不懂很正常，为了应对数据丢失和监管检查，登记的时候都设了防火墙，好吧，我给你一类一类地解释……

孙尔雅听完说：我知道了，每个融资户只知道自己的融资账户，却不知道其他融资户的账户。对章陕来说，一个或少数几个融资户要求还高利贷，完全能够应付。他可以把其他融资户的账户晒出来，说成是自己的账户，使忧心忡忡的融资户看到他有足够的资金，打消顾虑。如果把所有的融资账户同时晒出来，把融资户的名单同时曝光，大家就不难看穿章陕的障眼法，一旦所有融资户反应过来，章陕的末日就到了！

邢智很佩服她的敏锐，他补充说：光是曝光这些资料还不够，只有把章陕的诡异融资方式揭露出来，让世人看到他的疯狂做法，才能彻底把他打回原形。

邢智从章陕组织坐庄织云开始，讲到五大仓位开始建仓，将每股从四块不到一口气拉到三十多块，然后开始以动态股价计算持仓市值的方式，在市场上疯狂融资。

他告诉孙尔雅，章陕知道股票持仓可以在某些地方性银行进行打折低息融资，譬如七个亿的股票持仓市值，按照银行风险标准折价作为抵押，基本可以融到六七折的低息资金，即四个亿左右，有些地方性银行利息可能稍高一些，但跟年息20%—30%以上的民间高利贷相比，仍然偏低。章陕为了持续五年拉抬织云科技股价，必须融进大量资金，而且股价越高，需要的资金就越多。可是银行融资不许用这种零散的拖拉机账户，一旦章陕在某些账户上过于集中持股，达到监管规定的红线比例，就得发布增持股票的公告，这无异于暴露自己、引火烧身。他只能将融资视线转向沿海地区的民间高利贷。刚开始章陕还对高息融资耿耿于怀，尝到甜头后就上瘾了，认为成本虽然高了点，但手续简便、速度快捷、隐蔽性强，最关键的一点，就是对自己的控制力很弱，只要能到期还钱，再借仍然不难。有时只要看看他的股票账户就能给钱。章陕曾跟手下操盘手算过一笔账，说只要有足够资金，每年能使股价翻上十倍，拿出其中两至三倍来支付融资利息和拉抬交易成本，仍然能够暴赚。

当织云股价升至七块时，章陕持仓市值达到七亿，他开始大举融入高利贷，再用这些资金将股价继续拉高。当股价每上升两块钱，他又以这些更高的市值作抵押，融进更多高利贷。此举大大刺激了民间高利贷的死灰复燃，短短一年时间，为章陕融资的高利贷竟高达十九亿，而更多民间资金开始集结起来。他们挤破脑袋想跟章陕签约融资，导致江浙沪一些区域银行的储蓄发生大规模转移。

章陕在圈内自称“坚决不向银行伸手”，为自己独到的融资创意洋洋自得，但他注定要饮鸩止渴。这种融资方式最大的风险在于经不住风吹雨打，一旦遭到外界风险因素打压，股价大幅受挫，很容易弄成资不抵债，这是他的第一个灾难。而且，章陕为了笼络合作方，大肆承诺老鼠仓利益，每遇风吹草动，老鼠仓都会争先恐后出逃，这是章陕亲手种下的第二个灾难。另外，越是灾难时刻，就越需要资金护盘，但这时就更难找到资金，这是资金趋利避害天性决定的，也是章陕的第三个灾难。

一番分析下来，孙尔雅不住点头。她说：我知道怎么写了，题目就叫《章陕诡异融资揭秘》，有材料、有数据、有分析，再加上织云老鼠仓揭秘、收购周刊杂志社、追杀报道作者等内容，一定是最有力的一篇文章！如果那些融资户看到这篇报道，为了保全自己的资金，肯定都会想在第一时间里劫持章陕。如果让市场看到，算是给投资者提个醒，让他们看到庄家的疯狂和荒诞。如果让管理层看到，会让他们意识到国家的金融风险和金融安全。只有章陕自己看到了，才会被活活气死。

邢智也赞成说：就以记者的亲身经历为线索，接着你前两遍报道的逻辑写下去，让人感觉是一个紧凑的系列报道，有一种层层深入揭开黑幕的感觉。

两人说干就干，孙尔雅口述，邢智打字记录，从早晨开始，写到当天下午，完成了七千字的长篇报道《章陕诡异融资揭秘》。孙尔雅点开孟夫子信箱，发现孟夫子已经回复了。孟夫子对孙尔雅的采访进展非常满意，表示如果她这篇文章写出来，他还会选为封面报道，章陕不除，誓不收兵。周刊已经将其涉嫌操纵市场和黑社会的所有证据寄给了有关部门。孟夫子很担心孙尔雅的安全，他表示可以找朋友联系新疆警方把他们保护起来。另外，孟夫子还讲述了上海某传媒文化公司意向收购周刊的事情，说上面股东很感兴趣，准备几千万将周刊卖给对方，他怀疑跟庄家有关，如果收购成功，换人换血都有可能，他让孙尔雅先有个心理准备。孙尔雅让邢智先把写好的报道及相关融资资料发给孟夫子，回复说自己暂时安全，还说章陕融资链已经断裂，连给杀手的承诺款项都付不出来了，绝不可能再拿钱收购周刊，所谓收购意向协议，只是虚张声势而已，最后一定是白白浪费五百万意向金。

四

把文章发给孟夫子之后，孙尔雅仍兴奋有余，邢智却累得受不了。他说：我还是下去另开一间房睡觉。

不行，我再也不敢一个人待在房间了。

你的意思是要我永远陪着你了？

谁跟你说永远？至少陪到逃难结束！

你就不怕我犯错误？

你敢！

我不敢，但跟你在一间房，真的不习惯，我怕你说梦话，把你的秘密都说出来！

那你先睡，看在你帮我辛苦打字的分上，我来保护你一会儿。

要是你说梦话吵醒了我呢？

别废话，我从没有说梦话的习惯。另外，我现在给你立条规矩，你每次要先我睡着，但不能先我醒来。

要是不小心做噩梦惊醒过来，怎么办？

不准做噩梦，做噩梦也不准惊醒！

你这也能导演？

嗯，我是导演，都得听我的。

那我睡了。

好，你睡你的觉，我上我的网！

邢智倒在靠里的那张床上，嘴里低声咕哝着“你这个导演管得真宽，都管到梦里去了”，仅十几秒时间，就沉沉睡了过去。孙尔雅回头观察他一阵，暗笑一回，继续在网上浏览各类财经新闻。过了四五十分钟，或许是太安静的缘故，睡意开始阵阵袭击孙尔雅，她实在熬不住了，就去了一趟卫生间，回来脱掉外套外裤躺在床上，看着边上邢智睡得很香的样子，又是羡慕，又是担心。他不会先醒来看到自己的睡相吧？要是他…怎么办呢？想了一会儿，回头把外套、外裤重新穿好，把腰带扎得严严实实，又在房间找了一圈，最后把唯一的一个硬家伙——电吹风搁到自己床底。之后，她拼不过越来越重的睡意，也很快睡了过去。

一觉醒来时，孙尔雅发现自己睡了八个小时，房间已经黑漆漆的，她摸着额头想了想，目光四周搜寻一下，并未看见邢智，心想他该不是醒来看到自己睡在身边，受不了跑到外面去了吧，或许另去开房睡觉也未可知。孙尔雅闷闷不乐地坐了一会儿，又去洗漱一阵。她想到不知去哪里找邢智，又怕自己出去后邢智回来找不着，觉得实在无聊，又去上网冲浪。

没过二十分钟，有人敲门，孙尔雅从猫眼里看到是邢智，开了门问道：去哪里啦？

我去买了汽车票，离出发还有两个小时，先去医院给你换药，然后再吃饭，吃完带你去一个最美的地方。

哪里？

喀纳斯，我在那里特训过一个月。

你什么时候醒来的？

一个半小时之前。

你醒来看了我没有？

看了一眼。

动过坏念头没有？

动过。我看你在说梦话，嘴里咂巴咂巴的，肯定是饿了，就想给你嘴里塞点吃的进去。

啊，你太变态了！我都说了些什么梦话？

听不清，含含糊糊的，跟废话一样。

你是第一个听到我说梦话的男人。

有什么意义呢？

没有意义。下次不准偷偷听我说梦话了！

还有下次啊？为什么？

不跟你住一个房间，我没安全感；让你听我说梦话，我也没安全感。既然这样，下次我们不扮情侣了，直接扮新婚夫妻，免得扭扭捏捏的。怎么样？

不是夫妻却扮成夫妻，本身就很扭捏了。

你扭捏什么？一个美女跟你共处一室，便宜你大了去啦！

这也叫便宜？跟受刑差不多，简直就是反人性！

你一个魔鬼操盘手，我不说你反人性，你竟然指责起我来了！

……

两人一边掐嘴一边下楼，很快找到一家医院给孙尔雅换了药。护士说由于伤口包扎及时，已经快好了。忙完所有的事后，两人来到汽车北站，登上一辆去“布尔津”的大巴。车上播放着新疆维吾尔民歌，孙尔雅听了一会儿，就问要坐多远的车。邢智说差不多八个小时，六百多公里呢。孙尔雅说这么远，那给我讲讲你的故事吧。邢智说好，我的故事跟章陕的故事都是从“328 风波”开始的，路上先给你讲讲“328 风波”吧。

20 世纪 80 年代初期，当时还是大学金融系副教授的金彤上了一份“万言书”，痛陈创设全方位资本市场的重要性，建议把上海滩打造成“亚洲的华尔街”，并请愿做第一个“吃螃蟹的人”。这份“万言书”被高层广泛圈阅，其中很多建议逐渐被采纳，上海被确定为资本市场的“试点”，毅然下海的金彤受托开始筹建中国最早的券商——远方证券。

远方证券开张营业时，注册资本三千万，金彤担任总经理。因为他市场理念超前，远方证券聚集了一大批中国最尖端的资本市场人才，被称为资本市场的“黄埔军校”，金彤本人也被称为“上海滩的资本教父”。盛极一时的远方证券被称为“中国的美林”。

追随金彤成长起来的远方团队中，当时声震大江南北的还有他的三大操盘手：“天使”彭剑、“魔鬼”章陕、“血狼”高荒原。他们个个天赋异禀，很早就跟随着金彤南征北战。

“天使”彭剑原是金彤夫人的研究生，从美国留学回来后，被金夫人推荐给了金彤，成为他最得力的助手。彭剑的成名之战是联手香港投资公司，在港股市场上成功击退所有对手盘，最终控股香港大世界。此前内地还没有一家公司敢像他这样横扫香港股市。他的成功创建了一个经典的收购案例，同时也为内地投资人树起了一道难以逾越的丰碑，以至十年之后都没人能够超越。他的投资名言是："机会在上帝手中，但我们长着天使的眼睛。"他认为投资要有所为有所不为，很多看似馅饼的机会其实只是陷阱，善于放弃机会比善于抓住机会更重要。在远方证券国外业务拓展、分支机构设置过程中，他一再担任主角。市场上盛传他"一年只做一次、一次够吃三年"，他是金彤旗下最具风险意识的大操盘手。金彤出事之前，他用自己的"善庄"声誉为远方证券创建了中国第一家基金公司——盛德基金。

操盘理念跟彭剑恰恰相左的是"魔鬼"章陕。他很早就投到金彤旗下，一直以金彤的"学生"自居。在金彤所有的原始积累之战中，章陕始终保持着敏锐的市场嗅觉，抢购国库券就是听取了他的建议，金彤因此捞取了远方证券的第一桶金。他城府极深，对市场时刻保持着冷静克制，从不人云亦云。他在坐庄深发展时，与大江南北的机构联手合作，一战成名，令天下人尽皆侧目，被誉为"蛇吞象之战"。他认为资本市场是人类弱点的集中营。他对手下常说的投资名言是："每个人心里都住着一个魔鬼，统治他们，就能统治整个世界。"他的理念是敢为人所不敢，常为人所不屑，最大的机会就在最大的风险之中。他总是站在大众投资逻辑的反面，从大众欲望的反面找到获利机会。他所到之处，总是血肉横飞。但他深得金彤器重，被任命为旗下最大投资公司的老总。

当年最令市场闻风丧胆的还是"血狼"高荒原，他是金彤在上海滩上发现的一个融资天才，什么钱都敢要，什么招都敢使。也因为他，金彤身边渐渐聚集了上百亿江浙私募资本，哪里有钱赚，哪里就有他的身影。上海老八股中有很多"三无"概念股，股性极为活跃，是市场收购与反收购的绝好标的，上海本土资本曾一度掀起"老八股保卫战"，几乎每只股票中都闪现过高荒原的身影。但他并没有坚定地站在上海反收购同盟军一方，有时甚至站在收购的一方。有时，他站在举牌收购一方。却又站到反收购一方。不管站在那一方，最后他都大获其利。他的投资名言是："散户是羊，但我是狼。"据说他的操盘手法诡异之极，独步天下，无人能出其右。平时他就像一头饿狼，趴在人所不知的角落里，一旦嗅到血腥味，就会迅猛出击，瞬间置对手于死地。他为人处世极其谨慎,从不轻易与人深交,不像彭剑和章陕那样看重自己的团队,加上他唯利是图、不择手段的冷血个性，与金彤的其他手下始终格格不入。但他出道以来，每战必胜，从未输过，为他赢取了“天下第一操盘手”的称号。

金彤和他的三大门徒是市场造就出来的，在投资圈内名气很大。但在资本市场之外，三大高手并不像他们的老师那样抛头露面。之所以后来广为人知，与资本市场有史以来最大的一场腥风血雨密切相关。

中国商品期货市场经过整顿之后，步入了鼎盛发展时期，参与博弈的机构越来越多，渐渐形成了多空两大阵营，多头资金唯北京大机构中发投马首是瞻，而空头资金则以上海滩的远方证券为大本营。因为金彤三大门徒的参与，远方证券牢牢控制住盘面走势，而北方多头资金一直屡战屡败，两年下来已经溃不成军。

1995年中，多空双方围绕着328期货商品展开激烈鏖战。328期货是国家定期收储的商品，收储价格也由国家定期发布。当时处于宏观调控政策周期，受到政策影响较大的期货328品种价格也受到打压，因为国家每提高一块钱的收储价格，就意味着财政要多掏数千亿的真金白银。在价格公布的真空期里，空头资金在金彤的率领下气势如虹，连连攻城拔寨，而多头阵营中发投却不断传出旗下机构爆仓被踢出局的消息。

5月30日上午11时整，是国家发布328收储价格的时间。早在5月27日，市场上就传言国家会调低328收储价格，调整幅度高达三元，这对空方的市场预判是一种确认，所以空方将价格从一百五十元一路打压下来，牢牢控制在一百四十七元左右。如果这个价格被国家确认，那么多方阵营将分享数百亿利润的饕餮盛宴。按照持有的空单计算，光是远方证券一家，将一次进账上百亿利润,而所有这些赚头都得由多方买单,中发投将因此蒸发掉近百亿的资金,注定难逃亏损破产的命运。

5月29日开盘之后，正当整个资本市场为金彤喝彩，等着欣赏金彤一举剿灭多头主力中发投的时候，突然传来令所有人深感意外的消息：国家将在下调328收储价格的同时，为了维护生产企业的积极性，会给予商品生产方补贴三至五元！对市场来说，这等于宣布此前的下调价格毫无意义，而且实际价格还会小幅上调。

金彤听说后也很诧异，在彭剑的建议下给自己的好友、沪期所总经理上官阙如打了一个电话询问传言真伪。当上官阙如告诉他自己也不清楚传言真伪时，金彤脑袋里突然闪现出一种不好的预感。他对上官阙如说，如果不辨真伪，就不应该任由这种传言为祸市场，让投资者产生误解，建议沪期所立即发布一道澄清公告，就说没有收到任何有关328价格调整的通知，请投资者不要听信传言。上官阙如当即拒绝了金彤的建议，他说在国家敏感信息即将发布前一刻，沪期所如果发布这样的澄清公告，明显有维护空方打压多方的含义，再说，万一明天传言属实，交易所岂不是在打自己耳光吗？金彤听了有火，顾不得朋友面子说万一传言属实，更是说明有人在背后捣鬼，利用信息优势操纵市场，难道这样就叫公正吗？沪期所的中立就是睁一只眼闭一只眼吗？这样你一言我一语，两人说得都不高兴起来，只好挂了电话。

当金彤安静下来，“天使”彭剑说：老师要求发澄清公告，还真让上官总为难！

金彤气还没消，愤然说：有什么为难他的？多少年的交情难道还抵不上这一纸公告？我看他就是耍滑头，不敢担一点责任！

事情可能并没有这么简单，老师可以说是上官总最好的朋友，要是放在过去，上官总肯定会帮我们。这次他坚决不肯发澄清公告，肯定是他知道了一些什么，在这种情况下，他只能替沪期所担责任，而无法替您担责任。

没这么蹊跷吧？上官要真知道什么内情，就算他不肯帮我，至少也不会瞒着我吧？

老师，我总觉得这次的传言不像空穴来风，国家出台价格补贴也不是没有可能。从更远处看，这样既可以保护生产积极性，也可以激活内需。蹊跷的是，如果传言成真，谁又能掐算得如此准确呢？除非有人提前偷看底牌，预先知道国家即将发布的信息。如果真是那样，我们可就被动了！

彭剑，你多虑了！你的问题就是用放大镜看风险，而用显微镜看机会，所以你永远没法像高荒原一样，延中实业没有业绩，一天涨200%以上，你肯定只会看到风险而看不到机会。中国市场未来会怎么样姑且不论，但目前还只是个纯粹的资金市，就像一个赌场，谁钱多谁就拥有话语权，如果看到风险不敢去赌，还谈什么高风险高收益呀？退一万步，就算这次传言是真的，又能怎么样？我就不信有谁比我们远方更有钱！

老师，今天上午章陕给我来过电话。谈到传言的事，我看他的样子，已经有七分相信了，我建议老师明天还是把我们盛德和章陕、高荒原手上的资金、仓位、人员都集中到远方证券大楼里来，以便统一调度。

不行，绝对不行！兵临城下还换将收权，是犯了兵家大忌，如果连基本的信任都没有，大家会怎么想？谁还会为我拼命？再说章陕手上也没有多少资金，我们的主力资金都集中在高荒原手上，把那一群江浙大户请到公司来，公司的资金链岂不是全曝光了？

老师，我没有别的意思，我只是建议暂时把所有资金调配权集中到您手上，以便提高操盘效率，毕竟明天的局面太紧张了。

别人都说用人要疑、疑人要用。我还是坚持用人不疑、疑人不用，你们三人都是我看着成长起来的，如果都信不过，这天下我还能信谁去呀？我也希望你们三个人能相互信任，携手合作，共同把远方的事业推向新的巅峰。彭剑，我这个愿望不难实现吧？

彭剑看着金彤的眼睛，他从中分明看到了金彤对他的建议存在很大误读成分。他心里有些绝望，但还是表态：放心吧老师，我会全力以赴的。

5 月 30 日上午，328 合约果然高开在一百四十八块以上，在半个小时之内竟上冲至一百四十八块五毛。金彤给自己的三大门徒发出短信：严防死守，绝不给多头任何机会！结果上涨势头很快被打压下来，十点半左右，价格又回到一百四十八块之下。

十一点整，国家正式公布 328 收储价格，宣布将收储价格下调三元，但同时将给予生产企业四元的价格补贴。328 价格实际上不降反升，与早先的市场传言完全吻合！到中午收盘半个小时里，合约价格出现强劲反弹，金彤越是砸下巨资打压，多头力量反而越强大，就像练成了“吸金大法”一般，把所有进场的空头资金悉数收入囊中，中午竟收盘在一百四十九块的历史新高。

金彤这才感到事出意外，赶忙给三大门徒打电话，召集他们前来紧急商讨应对之策。可是，除了彭剑的电话能打通之外，章陕和高荒原的电话都处于关机状态。彭剑匆匆赶过来，对金彤说：章陕、高荒原可能背叛老师了！

金彤一时不知道到底哪个环节出了问题，急问：怎么可能？为什么？

其实 28 日晚上章陕就找过我，对我说北京一家部委投资公司想请我过去当老总，问我意下如何？我说北京的官商碰不得，相比较还是在上海滩跟着老师清静些。见我这样说，章陕就说他也是这样认为的，老师辛辛苦苦培养我们，这点忠诚度还得保持。后来还把那个市场传言告诉我，特意嘱咐我转告您，让您小心。

章陕这个时候拉你跳槽？明摆着不安好心啊！你误我大事啦！为什么不早告诉我？金彤突然醒悟了似地咆哮起来。

我昨天正准备跟您说这件事，您却说用人不疑、疑人不用的话，我跟章陕、高荒原向来格格不入，所以就不敢再提了。

金彤跟彭剑立即分开拨打章陕、高荒原办公室的电话，再打他们手下人的电话，都是关机或者无人接听。金彤又召集人马，带着彭剑直赴章陕、高荒原的两处办公操盘地点，结果发现已经人去楼空。

整个下午，金彤都是在一种恍惚状态中度过的。盘面已经被多头资金杀得落花流水，328 合约价格一度被多方直线拉升，空方买单越来越小，也越来越少。当一笔三十亿元的巨大多单现身，合约竟飙升到一百五十二元！

在当天回到一百四十九元下方的时候，彭剑多次劝金彤不要再开空单，而是顺从趋势，在盘中认输，快速平掉手头持有的空单，反手做多，但都被金彤置之不理。如果此时金彤听取彭剑的意见，还只是丢掉了几十亿的累积利润，自身亏损也不过数亿，但是金彤不甘心失败，更重要的是他承受不了两大门生的临阵背叛。他对彭剑吼道：对手做多已经明显涉嫌操纵市场价格，我大不了也是涉嫌操纵市场价格，我倒要看看他们是怎样的三头六臂！

到两点半之前，盛德基金和远方证券自营部的自营资金已经用光了，弹尽粮绝的金彤继续用电话调集江浙沪的民间资金，可是有些民资已经追随高荒原，不再信任金彤了。凭借自己的市场声望，金彤原想调集五十亿，但结果只集齐三十亿。

金彤自己也知道，这三十亿资金肯定撑不住最后的半个小时决战，扔出去立刻会灰飞烟灭，放弃挣扎或许还能挽回这三十亿。如果就此挂出降旗，远方证券的损失将高达两百亿元，追随金彤的所有空方资金将损失七百亿元！这个结果足以把金彤打进十八层地狱的最底层了，他已经没有任何退路可走！

输红了眼的金彤通知财务部总经理，要求立刻将远方证券账上的四十亿客户保证金调进自营账户，准备拼死一搏。彭剑和财务部总经理知道金彤在铤而走险，都极力劝阻。谁知金彤大怒，对着他们嚷道：你们到底听谁的？莫非也想听章陕、高荒原的指令？告诉你，只要我一天没被撤职，就还是公司资金调拨的一支笔！我宣布，现在就撤掉你财务部总经理的职务，立即由副总经理来接替！

彭剑心里很清楚，即使能用资金将盘面价格打压下来，最后也会因价格异动幅度太大，被监管部门认定操纵价格、宣布交易无效，而挪用客户保证金会让金彤难逃牢狱之灾。彭剑见金彤已经横下一条心来，只好装作上洗手间，背地里向上官阙如求救。

上官阙如立即给金彤打来电话，开口就问他是不是想自寻死路。金彤反问别人把价格拉到一百五十二元算不算违规，既然这样我也违规一回，把价格给他打回去，大不了鱼死网破！上官阙如气得在电话里大骂老金你疯了！这样会把远方断送掉的！金彤啪地挂断了电话。

火线上岗的财务部副总经理也知道此举风险巨大，但迫于金彤的权威，还是执行了金彤的指令，将四十亿客户保证金火速划转到交易 328 合约的指定账户上。

望着财务部总经理悲愤交加离去的背影，彭剑知道大势已去，自己再说什么也没有用了。他不能像财务部总经理那样一走了之，金彤身边已经没有人了，他要为金彤站好最后一班岗——指挥盛德基金所有操盘人员完成这次自杀式的最后决战！

最后半小时，金彤纠集所有资金向多方发起猛攻，结果到收盘前一刻钟时，竟成功把价格打到一百五十元下方。但这样空方损失仍很严重，金彤不肯就此罢手。在最后五分钟时间里，他一不做二不休，把所有剩余资金悉数抛出。他抛出的最后一笔空单高达六十亿元之巨，创出了中国资本市场有史以来的最大单笔纪录，比他挪用远方证券客户保证金的总数还要高出 50%！

多头资金被金彤的资金核弹炸傻了眼，竟不敢有任何接单动作，眼睁睁地看着最后一笔收盘在一百四十七元位置。这正是原来空方一直维持的理想价位。按照盘面最后结果计算，空方阵营应该是大获全胜。相反多头阵营则要承受数百亿的巨亏。但金彤、彭剑心里都清楚，这场闹剧犹如人死之前的回光返照，因为多空双方都明显涉嫌资本市场有史以来的最大价格操纵罪，后果一点也不会乐观。

收盘之后，多空双方都极其忐忑地等待着沪期所的最后裁决结果。金彤对彭剑说：死要死得轰轰烈烈，不能死得窝窝囊囊。我知道这个后果，但我只能这么做。至少我告诉了天下人，这背后是一场阴谋！

当天晚上，沪期所经过激烈的内部争论之后，果然发布公告：当日下午 328 合约交易出现异常，涉嫌操纵市场价格，违规操作行为尤以最后五分钟为甚。沪期所宣布自两点五十五分之后的成交均为废单，最后收盘价以两点五十五分最后一笔成交价一百五十元为准。

按照这个公告结果，中发投及其背后的老鼠仓赚取了两百多亿的暴利，而以金彤为首的空头阵营则亏损两百多亿，光是远方证券账面亏损就达七十多亿。空头司令金彤和他的远方证券一夜之间全军覆灭。远方证券随后宣布破产，金彤和他的助手彭剑等人因操纵市场价格罪和挪用投资者巨额保证金被捕入狱。

多空双方在此战中动用的保证金高达千亿，背后的杠杆市值更是以十万亿计，相当于当时整个国家几年的 GDP 总和，金彤被剿灭意味着江浙沪民间资本力量的严重受挫，所以这一结果引起举国震惊，舆论一片哗然。

金彤在看守所里主动承担了所有责任，关押一段时间之后，彭剑和其他远方系人员均被释放。出狱之后的彭剑悔恨莫及，发誓退隐江湖，永不涉足资本市场。

金彤获刑十九年，但入狱一年半以后，因脑溢血突发死于狱中。金彤患有高血压众人皆知，入狱之后心理压力过大，突发脑溢血似乎也很正常。但网络上有人爆料说，金彤所在的监狱食堂中有人被收买，一直在金彤的医疗营养餐中下药，该药物容易百分百消化掉，很难检测出来。长期服用会导致血管受损变薄变脆，高血压患者吸收之后容易导致脑血管突然爆裂，突发脑溢血。既然这种药物难以检测出来，爆料就成了一种传言，无人验证其真伪。

听到这里，孙尔雅瞪着好看的大眼睛说：你跟金彤或者彭剑肯定关系特殊！

邢智似乎还沉浸在“328 风波”的氛围中，低声说道：金彤是我的恩人。

金彤入狱之后，你为了惩罚叛徒章陕、高荒原，让金彤将毕生操盘本领传授给你，成了他的关门徒弟。后来你又潜伏到章陕旗下，但一直得不到多疑的章陕的信任，你只能不择手段，跟他的亲信交朋友，几乎买通了所有的人，贾准、吴非还有其他操盘手，特别是给我们提供章陕融资信息的秘书水红。你为的就是将拿到的信息转交给我，借助媒体的力量曝光并灭掉章陕。是不是这样啊？

你写武打小说啊，世上很多事情不是你想象的那样！

听你讲这段历史，至少四个谜底还没有解开：第一，328 多方是如何偷看到底牌的？第二，多空双方都违规了，为什么仅仅空方受罚而多方却逍遥法外？第三，多方背后的老鼠仓到底是哪些人的？第四，金彤之死到底跟章陕、高荒原有没有关系？

大巴已跑了多半路程，邢智说：这些问题只有上帝能回答你，我们还是先睡一会儿吧。

第九章

----- • CHAPTER 09 • -----

一

孙尔雅一觉醒来，发现自己正靠在邢智肩头上。邢智早醒过来了，但为了让孙尔雅睡得舒服，挺着身子一动不动。孙尔雅不好意思地说了声谢谢，赶紧坐正。邢智说谢什么，不是要装成夫妻吗？孙尔雅说那是晚上住酒店，白天就不用装了。邢智说错了，离开吐鲁番已经三天了，杀手会慢慢找上来的，还得继续装下去。孙尔雅又把头靠在邢智身上，说那这可是我的专利了。

不久汽车开进布尔津县城。邢智告诉孙尔雅，这是新疆最北端的一个县，是中国与哈萨克斯坦、俄罗斯、蒙古交界的地方，有一条著名的额尔齐斯河从这里穿过，最后流进北冰洋，这是中国领土上唯一能通到北冰洋的河流。在这个边陲县的一个村子里，居住着一个名叫亚德西的图瓦老人，他是《胡笳十八拍》古乐器之一——“楚尔”的唯一传人。邢智告诉她，那是他听到过的最美音乐，这次他要带她去看望亚德西，还要让她去欣赏亚德西老人的乐器演奏。

孙尔雅问自己用什么身份去拜访老人，邢智说你不是导演吗？

孙尔雅想了一会儿说：还是新婚夫妻最好，不然孤男寡女的关系说不清，还会让村民很忌讳。如果是新婚旅游，按少数民族的习惯，全村人都会热烈欢迎、盛情招待的。你是怎么认识这位亚德西的？

四年前参加章陕的操盘手苦训活动，被安排到了这里，认识了禾木村的亚德西老人，他给了我很多帮助，让我在他家里住了一个月，还给我讲述图瓦人漫长而又传奇的历史。

那我们现在就去禾木村吧。

不急，禾木村离布尔津还远着呢，至少有一百六十公里。今天有点晚了，先找个旅馆住下，明天一早就走。其实邢智不累，很想当天就赶到禾木村，但考虑到孙尔雅坐了这么久的长途汽车，觉得还是休息一下为好。

于是两人沿街走过去，最后找了一家干净舒适的小旅馆住了下来，照例是两人住在同一房间，孙尔雅照例是绑扎绷紧才安睡下去。

第二天一早，两人起来吃了布尔津特色的早点，又赶往长途汽车站。出了布尔津城几十公里的样子，车窗外面的景色映入视野，五颜六色的小山坡，清澈见底的小湖，还有摇摇晃晃引入眼帘的雪山之巅。这与在火车看到的南疆风景有着明显不同，它有着高原地区的寂静和空旷，也不断出现江南的秀丽山水。

孙尔雅被窗外的美景激动得叫个不停。她转头对邢智说：我看过九寨沟、香格里拉，还去过张家界，以为世上风景也就如此了，想不到新疆有这么美的地方！

到了禾木村你就知道，人间的原始美是什么样子！有人称禾木村是被这个世界遗忘的最美居住地，也有人说到了禾木村就跟到了阿尔卑斯山下的瑞士一样。

章陕选择这么美的风景区，哪是苦训啊，简直是犒劳你们！

当初这个地方才发现不久，路也没修好，旅游设施还没建起来，方圆几十里都不见人烟，晚上狼群出没长嚎，还真是一个与世隔绝的地方，不过这里比穿越塔克拉玛干沙漠要好得多，至少还有人间烟火味道。

听到邢智谈到穿越塔克拉玛干的事，孙尔雅坦承道：其实我早知道你们穿越塔克拉玛干的事情了，那的确是个奇迹，总共十七个人，只花十二天就完成徒步穿越，还是你打电话的那个水红带队，最后还选出魔鬼团队的“五虎将”。章陕视为“雷霆风暴”的一次特训，我原以为是为了对付“血狼”高荒原，想不到是为发动“5·19行情”做准备。

孙尔雅说着，从包里翻出自己的微型相机，取下储存卡，再装到那部给吐鲁番杀手拍照的相机上，打开其中的照片，指着一张照片问：你看一下，这是不是你们的那次行动？

邢智仔细看了一会儿，惊奇地问道：我们那次行动不允许拍照，你哪里弄来的照片？

卫星航拍下来的呀。

不可能，这个角度就不会是航拍的。

你放大仔细看看，这不是照片，只是一幅画！

一幅画？嗯，是像一幅画。

是我从阿里普大爷的画室里偷拍下来的。

孙尔雅把自己随队去参加穿越塔克拉玛干队伍的情况说了一遍，完了说：就是因为你们创下的纪录，让接下来的穿越之旅变得毫无意义。

这么说，你从那时起就盯上了章陕？

没有，只是偶然接触到赵毅老鼠仓案，才盯上了织云。即使到了织云，也没想到要把织云庄家跟塔克拉玛干穿越联系起来。直到你告诉我章陕极限培训之后，我才想起跟我偷拍的这幅画有关系。

太神了，冥冥之中有上帝啊！

要是媒体知道章陕为了对付全国股民，这么苦训操盘手，他早就被唾沫淹死了！

客车又朝前开了几十公里，速度慢下来。突然车厢里一片惊呼，人们纷纷拿出相机拍摄窗外的美景。邢智告诉孙尔雅，这就是卧龙湾，又称锅底湖，往前走几公里，就是喀纳斯湖。

我们可以从卧龙湾步行到你说的禾木村吗？孙尔雅看到外面的风景，有些忍耐不住。

距离还是有点远，我是没问题，就是不知道你行不行？

那我们就在这里下车吧，看到外面这么美，却一闪而过，我受不了！

好！邢智立即喊司机停车。

下了车，孙尔雅飞跑到公路边上的一个观景平台上，只见脚下的湖水微波浮动，碧蓝洁净，清澈透明如一面镜子，湖水四周花木似锦，绿草如茵，湖中小岛景色怡人，湖心岛宛若一条沉睡的卧龙，再向南去就是一座大堤，堤下是奔腾咆哮的喀纳斯河。

孙尔雅感慨不已：我突然有一股冲动，想从这里跳下去，永远留在这一团清澈的湖水里。

这里传说够多了。再往上去，就是月亮湾，还看得到嫦娥奔月时留下的两只脚印呢。你可千万别想不开，又给这里留下一个孙神仙的传说。再说那湖水我泡过，冰凉刺骨的，都是从雪山上流下来的，我当年泡几个小时就全身发紫，估计你跳下去马上又会跳上来！

你对这里这么熟，带我下去好好看一看。

邢智绕到另一边，选择了一条小路，直插卧龙湾。

到了水边，邢智指着远处大堤下面咆哮的河水说：这就是我们挨冻受饿的极限体能训练地点，每天只能吃一顿饭，还要在深水区连续泡上五个小时。那时的水温比现在低五摄氏度以上，最高不会超过三摄氏度，而且还要扛住急流的不断冲击。

操盘手在电脑上操盘，有必要训练成杀手吗？这个章陕是不是走火入魔了？

在章陕看来，操盘手就是杀手中的杀手！他要消灭的不是人的肉体，而是欲望和意志！他认为正是人类肉体的软弱和敏感，才刺激了欲望和幻觉的产生，这就是无穷无尽的灾难之源。他认为一个高手就是一个强者，使命就是战胜弱者。这个弱者包括自身肉体和意志的软弱，还有他人肉体和意志的软弱。所以同情心是弱者的专利，也是失败者的专利。这一点最令他佩服，也最令他恐惧的就是高荒原。高荒原才是一个彻底的强者。

这个章陕也太反人类了！走，我们到那块岩石上坐一会儿，你把章陕的黑暗训练讲给我听听，也让我长长见识！

于是两人爬到那块龟背一样的岩石上，面朝卧龙湾，看着阳光静静地击打着水面，波光顿时在两人的身上荡漾起来。邢智慢慢对孙尔雅讲起了自己那些难忘的经历。

魔鬼团队“五虎将”主持着章陕的五大仓位，类似于操盘经理，每个人各带着五至十个操盘手，在章陕指定地点秘密开仓操盘。刚开始培训时，魔鬼团队只有二十几人，两三年之后，就发展到了四五十人。

章陕每年都会举行为期两三个月的操盘手培训。针对不同等级操盘手，他分别安排初、中、高三个级别的培训课程，每一级又分为三部分：洗心课、操盘课、苦修课。

洗心课一般都是由他主讲，间或聘请佛学大师、哲学教师开坛讲座。章陕学佛二十多年，每天口念阿弥陀佛，谈及世事皆论佛理，养成了自己特定的语言和思维。洗心课的教材无奇不有，最基础的有他自编的《佛经大全》《信仰与组织》两本书，加上苏联小说《钢铁是怎样炼成的》。

他说，资本市场就是众生的一个苦海，“心不动则人不妄动，不动则不伤；如心动则人妄动，妄动则伤其身痛其骨”。操盘手就是用“伤其身痛其骨”的方式去普度“妄动”的众生。这是一种毁灭，世上没有比毁灭更有效的教育办法，只有毁灭才能促人猛醒，才能让众生认识到“苦海无边、回头是岸”。

章陕自豪地告诉弟子们，圈内人士曾送给他一个绰号“魔鬼”章陕。世事无常，四大皆空，魔鬼是上帝的另一面，同时又深藏于每个人的内心。在资本市场里，利字当头，在K线涨跌的背后，对财富的梦寐以求会把内心深处的魔鬼纷纷释放出来，这是人最软弱的时刻，也是极易被操盘手杀戮的时刻。操盘手在杀戮之时，就像收拾战利品一样把这些魔鬼收入囊中，最后变成魔鬼中的魔鬼。魔鬼团队用毁灭一切的方式拯救世界，让潮涨潮落都归于幻灭，这就是所谓的“大悲无泪、大悟无言、大笑无声”的境界。

“我不入地狱，谁入地狱？”章陕把这句名言贴遍每一个培训据点。因此，章陕把他精心训练的操盘队伍称为“魔鬼团队”。

章陕还说，人是上帝最不完美的创造，比动物界差远了。动物只知道自我本能，而人除了自我本能之外，还信上帝。听从自我本能，会像动物一样凶猛；信仰上帝，也会坚不可摧。可人类太投机，最后落得不伦不类，既自负又自卑。这个弱点在弱势群体身上展露无遗，越是缺少资源，就越喜欢梦想和折腾，越渴望变成强者。

他说，种下什么因，就会收获什么果。操盘手训练的目标就是成为强者，只有磨炼成“了生死、离贪爱、灭尽身智”的钢铁战士，才能承担起超度众生、拯救世界的重任。

他所称道的钢铁战士，既要有钢铁般的意志，又要有钢铁般的体质。他说，释迦牟尼《十戒》中，大多都是指万物皆为幻相，心不动万物皆不动，心不变万物皆不变。只有做到六根清净，才不会被外界色相迷乱心智。所以他给门下制订了“四废”训练目标：废目、废耳、废口、废情。

废目就是把自己练成瞎子。众生眼里看到的世界，只是“水中花、镜中月”，本质往往被表象掩盖，看见的机会往往是风险，看见的风险则又是机会。散户看到股票下跌，纷纷恐慌割肉，恰恰就是见底之时；散户看到股票上涨，忍不住纷纷追进，恰恰就是见顶之时。操盘手要像看不见滚滚红尘万般色相的瞎子一样，眼不见为净。瞎子往往比常人更能直抵最本质的真实，任何障眼法在他们面前都会失效。

废耳就是把自己练成聋子。声色娱人更误人。世人喜欢人云亦云，容易丧失自己的判断，无法听到自己内心的声音。资本市场上看到的都是假象，听到的也都是假话。操盘手在这个市场上只有两条出路：要么像聋子一样充耳不闻，能自行屏蔽一切信息源，不让任何声音影响到自己，令任何尔虞我诈都不起作用；要么做一个成功的谎言传播者，把谎言说得像真话一样，让人深信不疑。

废口就是把自己练成哑巴。人类文明起源于语言的发明，但欺骗、困惑、争执和诽谤也随之而来，语言就像一阵妖风，能暴露人类所有的秘密。散户不相信沉默的力量，也不懂得安静的重要，每天都在吃别人吐出来的口水。他们生活在谎言、废话、诅咒和赞美之中，十分享受这种文明的泡沫，又制造出更多的泡沫。操盘手要懂得沉默是金，少逞口舌之快。操盘手最终的承诺不是语言而是利润；庄家最终的奖励也不是语言而是利润提成。

废情就是把自己练得像宦官一样。散户总认为在资本市场上，是用自己的钱、自己的脑袋在玩，拥有相对的人身自由，拥有绝对的财务自由，所以买卖交易随心所欲，全凭自己一念之间，结果永远在追涨杀跌。自古以来，无情无义方能成就大事。宦官在阉割了命根的同时，还阉割掉了自己的感情。一个感情丰富的人总是软弱的，克制情欲是一条效率最高的成功捷径，随心所欲只会半途而废。

并且，还组织观看美剧《越狱》，练习坐监本事，说监牢就是操盘室，就是黄金屋。再厉害的操盘手也难以战胜一个坐监静守的散户。他还给大家讲解赌场老千术，说老千之所以屡屡得手，是因为思维突破日常时空局限，而赌徒们的思维受到时空局限，注意力都被老千的虚假动作吸引过去了，无法看到老千背后的真动作，所以才会中招被骗。

在操盘手受训的场所，章陕还贴上许多“魔鬼语录”，譬如“无欲则刚”“六亲不认”“寡情绝义”“不择手段”等等。他说操盘手没有朋友，只有敌人和对手。操盘手最重要的能力就是猎杀散户的能力。在金彤麾下三大高手中，别人看高荒原，觉得他的孤独是一种障碍，而章陕认为那是一种骄傲，一种睥睨天下的骄傲。章陕对“天使”彭剑根本不放在眼里，他认为不管是过去、现在还是将来的资本市场上，像彭剑这样操盘都是反市场的。市场机会是黑色的，执着价值投资，放弃价格投机，最终只会给自己带来灾难。高荒原完全不同，他的原则就是没有原则，眼睛里只有利，没有义，黑得纯粹，黑得彻底。“328风波”之后，章陕一直担心高荒原对自己下手，所以长期苦思破解之策。后来他终于想通了，那就是针对高荒原独来独往的弱点，训练出一支魔鬼团队，让他双拳难敌十手，在左支右绌之中露出破绽，在持久战中败北。

孙尔雅静静地听完邢智的介绍，觉得章陕太黑暗了，感慨道：我看过传销整个培训过程的录像，章陕培训你们比传销还过分，要把人活生生训练成瞎子、哑巴、聋子和太监，已经非常反人性了。这种训练就像邪教一样，分明是给你们洗脑搞劳改，目的就是要把你们训练成他的工具。我看他不该去坐庄，而是应该去当监狱长！

我参加过他的所有培训，没你说得这么可怕。他的洗脑术对我起不了作用，苦修课却让我受益不少。在新疆这么冷的晚上，我只穿两件衣服就够了，原来我的身体并不是特别好，受训之后倒是一次病都没生过。

看得出你很享受他的训练嘛！除了公开与散户为敌，他还有什么耸人听闻的黑招数?

邢智想了想，犹豫了一会儿才说：章陕经常说，食色性也，要我们像对待食物一样对待女人，只讲阴阳不讲情。为了破除男女之间有感情才能接触的认识，他还带队去上海最豪华的夜总会，花大价钱包下十几名“校花”，逼着大家集体嫖宿……

啊？这么恐怖！这也是训练内容吗？孙尔雅听了大吃一惊。

是，这是他的废情训练之一。他说要看破滚滚红尘，必须在红尘里先滚滚。世上美色害人不浅，见识多了就有免疫力了。

那你也参加了这个训练吗？没有心理障碍吗？

邢智脸上一下就红了：他说是为了破除心理障碍，我能不参加吗？

结果怎样，是不是见到女人就没有障碍了？

障碍越来越大了，有一种把人不当人的犯罪感。

难道没有肉体的舒服感吗？

没有。

那你跟我在一起，有心理障碍吗？

开始没有，现在有一点了。

为什么？

开始没把你当成女人，现在觉得你有点像女人了。如果你不再追问这个问题，我会觉得你就是最美的女人。

孙尔雅还能说什么呢？只好就此打住。

两人休息了一会儿，孙尔雅又忍不住问道：章陕训练你们“五虎将”联手对付高荒原，高荒原跑路了，现在你们五人合力就是天下第一，你们在市场上联袂上阵过吗？

邢智苦笑道：自从魔鬼团队败阵给高荒原之后，章陕才开始苦训旗下操盘手，他听远方证券的一个老员工说，高荒原曾与华尔街的程序化交易电脑对垒并且获胜，就让我们苦练与程序化交易电脑的对阵，开始我们每阵必败，但是我们有图玉这样的数字天才，对程序化交易软件进行定量分析之后，按照柴可夫斯基的钢琴组曲《四季》练习操盘指法和节奏，我们慢慢做到每阵必胜。章陕这时才说不用害怕高荒原了,希望他早点露面,一决高下。在“5·19行情”中,我们五人曾短期联手作战。这次坐庄织云,虽说五人都上场了,其实仓位主要集中在吴非、常青和我三人手上,图玉、曾拓只负责打些配合。虽说我们的配合就像齿轮一样,在眼下市场上,很难有人能胜过我们五人联袂上阵,但对手要是联合起来就不好说了。操盘也要讲道义,所谓得道多助,失道寡助。章陕性格过于刻薄、狭隘、狠毒和小气,早已在内部丧失人心,最终也会丧失天下人心。我曾跟他一起回老家,去收购章陕乡亲的身份证,亲眼见证过他的六亲不认。他对围在身边的穷困亲友说,自己只是一个“外出打工的人”,赚的就是一家人的饭钱,生怕那些人向他开口。亲弟弟章宁家里孩子患有先天性佝偻病,他更是无动于衷。当弟弟抱着孩子到他面前请求帮助时,他竟然说不要大惊小怪,说不定孩子长大病就自己好了,然后很不情愿地掏给章宁两百元草草了事。章陕的德行绝对不像一个拥有数十亿身家的大资本家,他配不上他占有的财富,迟早有一天,他都会还回去的。

二

小宋回到织云家里,不见老婆柳青青的踪影,便赶去岳父母家里,也不见人影,猜测是柳青青害怕躲了起来。他只好找到柳芸芸,柳芸芸开始也说不知道,后来又说就是知道这事也不能告诉他,怕他干出傻事来。

小宋怒气冲冲说:她怕我干傻事,她自己就不应该干傻事。

柳芸芸叹口气:哎,都怪我,不该打你的电话,把你们好好一对夫妻闹成这样!

小宋不满:哪有你这样当姐的,难道想一直把我蒙在鼓里不成?

柳芸芸耐心劝导:我知道你难受,是个男人都受不了,但这个时候你要克制住自己。你是受害者,青青更是受害者,两个受害者掐起来,对谁有好处?你应该不计前嫌,跟自己老婆联手对付严磊那个坏蛋!

听到柳青青成了受害者，小宋一头雾水。柳芸芸把事情的经过一五一十地讲了一遍。因为对妹妹有些愧疚，她将细节进行了口头加工，特别是把柳青青的抗拒浓墨重彩地描绘了一番，在她嘴里，柳青青跟古代烈女差不了多少。

小宋听完柳芸芸的故事，四处环顾，想找把刀子什么的前去跟严磊拼命。

柳芸芸见状劝他别急躁，现在严磊是掉毛的凤凰不如鸡，一条烂命贱得很，杀了他自己年纪轻轻就得赔进去，是吃了大亏。严磊不值钱，但织云愿意讨价还价，想尽快平息这事，单方面价钱已经开到七十万了，自己这边还没有松口，看来拿一百万回来应该不是大问题。只要钱没到账上，小宋去硬冲硬闯就是犯傻，就是帮严磊压价；等钱到了账上，再找机会收拾他也不迟。

在跟着柳芸芸去找柳青青的路上，小宋心中五味杂陈地消化着柳芸芸的道理。当他在她一个朋友家看到柳青青时，已经什么话都说不出来了。柳青青看到他就眼泪汪汪的，连声说老公对不起我害了你。小宋那只本来要扇她耳光的手忙扶住她，反过来不停地安慰起来，倒像小宋做下了什么对不住柳青青的事。

姐姐柳芸芸当他们的面给自己老公打了电话。老公是知名律师，听说警局调解的情况之后说自己正在外地开庭，一时半会回不了织云，但是给他们分析说，既然对方有公司出面，愿意赔偿七十万，就干脆开个高价跟他们玩玩，摸摸他们的底再说，要是对方态度不合作，就想办法把严磊的丑事捅出去，火上浇油，让他在织云引起公愤，不怕他不乖乖就范。

柳青青一听律师姐夫的主意，就断然拒绝：不行，这不把我也放到火上一起烤了吗？我在织云还活不活呀？小宋也会被人看不起的！

小宋附和着老婆点头：这事只能私下解决，公开了对方只会破罐子破摔，到时吃亏的还是我们夫妻俩！

柳芸芸把电话给了小宋。只听得律师姐夫说：我不是说要公开那件事，而是公开织云公司打算给严磊这个腐败分子埋单的事。你不想想，既然公司出面替他遮掩丑行，背后一定还有猫腻。这个时候就得跟他们赌一把，赌赢了就是一大笔钱，赌输了也没有损失，怕什么？

小宋犹豫道：怎么没有损失？损失已经这么大了！

律师姐夫说：那是既定损失，躲不掉的！我说的是未来可能性，这是一根橡皮筋，你们玩得好能拿到一大笔钱，玩不好就只有小钱了。

小宋似乎明白了一些，问道：姐姐的意思是开价一百万，不许讨价还价。你认为怎样？

律师姐夫马上否决：要三百万！小宋你连个价都不敢砍，还是不是生意人啊？

小宋有些气馁：总得有个底线吧？譬如不能低于一百二十万。就算公司给他掏钱，也未必能给这么多吧？

律师姐夫听着生气：我说小宋，你怎么老帮着严磊说话呀？青青真是看错了你！告诉你，三百万就是底线，这是策略，不要急，也不要轻易后退，先摸摸他们的底牌再说！

小宋被姐夫劈头盖脸一顿好骂，觉得十分憋屈，就把电话交给了柳芸芸。

柳芸芸也担心不妥，问道：万一他们不同意，再也不理我们了怎么办？

相信我，他们不会因小失大的。这个特殊时候，他们还这么为严磊的私事操心，背后的猫腻不知道有多大，比起我们为青青打官司的事来，根本不在一个重量级。

现在有什么特殊的？

你没看新闻吗，人家记者都写了那么大的文章，说织云和庄家勾结坐庄呢！

这跟青青的事有什么关系？

我也不清楚有什么关系。凭我多年的律师经验，直觉告诉我，他们生怕严磊出事，会不惜代价来掩盖的，这就是我们开价三百万最好的理由呀！

从警局回来之后，严磊就急着见孔董，可是孔董不见他，手机也关着。百般无奈之下，他只能求施局长帮他联系柳青青私下谈谈。

施局长不解，问他：你想干什么，这个时候，女方不是想找人收拾你，就是对你避之唯恐不及。

严磊痛苦不堪地说：已经开价到了七十万，她姐姐都不肯松口，我已经承受不了啦！

施局长不紧不慢地说：事是你做下的，你承受不了，难道要警方帮你承受啊？

严磊恼怒说：她姐姐这是想逼死我！这绝对不是柳青青的本意，她跟我在一起离开房间的时候还说过“你知我知”的话，她不可能一下变得这么绝情绝义！

施局长笑道：可惜你当时没有录音，不过录音也没什么用。在整个过程中，她喊过一次不，就证明她不愿意，其他的话都不足为凭。她可以说是怕你进一步伤害她而采取的策略，也可以说是想尽快摆脱你的魔掌。唉，老严你都这把年纪了，还信小女人的话？

严磊有些痛心疾首：只怪我自己，跟什么人喝酒不行，偏要跟她喝！还要怪沈总，送我什么不好啊，偏要送我两瓶茅台！更要怪孔董他们班子，本来整得我心如死灰，那天偏要给我解决所有问题，彻底让我放松了警惕！

施局长听了大笑，劝道：老严你别怨天尤人啦，再想下去，你会怪你妈生了你！还会怪你爹跟你妈谈恋爱结婚的事！一个人有一个人的命，你就是这阵子有些倒霉！

严磊接过话说：施局说得很对，我这阵子太背了！什么倒霉事都往我头上跑，再这么折腾下去，我还不如请你们把我抓进监狱里去！我要找到柳青青，当面问清楚她的意思，告诉她不要被人操纵了，把命运掌握在自己手里。

施局长觉得他更不可思议了，质问道：让柳青青不受家人摆布？你算她什么人，她为什么要听你的？老严我看你病得不轻！

严磊口出狂言：我要跟老婆离婚，再跟柳青青结婚！她家狮子大开口问我要钱，我没有。她们不是要名声吗？只要跟我结了婚，再没人会指点她了。

施局长说：你说得轻巧，哪有这么容易哟？她有老公，你有老婆，怎能说散就散？

严磊不死心：看她姐的口气，一百万都堵不住她的嘴。我拿出这一百万作为条件，足以让我老婆和她老公同意离婚，说不定现在我一分不给，我老婆都不想跟我了！

施局长问：你老婆和她老公现在很纠结，这我想得到。但是你怎么让柳青青心甘情愿跟你啊？我说句实话，你无权无钱还这么一把年纪，对小姑娘有啥吸引力啊？

严磊肯定地说：只要她肯跟我单独谈，我就有办法说服她。

施局长风趣说：看来你祖上给你留了宝藏，那我就试试吧，她来不来全看你的运气了。

严磊心想，如果这事自己摆平了，孔董他们也不好挑剔自己什么。自己还有七十万虚拟激励股权，按约定兑现价算，四年之后自己能拿到一千四百万，除掉一百万债务，一百万离婚开支，再给老婆儿子各一百万，还剩一千万。这一千万足够自己和柳青青过上好日子了，这笔钱连老婆都不知情，现在情势紧急，只要让自己见到柳青青，跟她好好算一算这笔账，还怕她不答应吗？

严磊拖着疲惫的身心回到家，见老婆正在收拾行李，想起刚才自己跟施局长说的话，心里顿时充满歉疚。如果柳青青答应了自己，就真的没法跟老婆在一起了，二十多年患难与共，自己实在舍不得，但没有其他办法，形势逼人，除了抛弃妻子这个下策，自己还能怎么办呢？严磊想到这里，劝慰老婆道：你干脆一个人出去转一转吧，外面更清静，等我把这个事处理好了你再回来！

严夫人默不吭声，继续收拾东西，两行清泪却垂了下来。

严磊看着揪心，忏悔道：这一屋子霉气，都是我带来的。

离婚！严夫人咬牙切齿地说。

严磊再不敢说话，在客厅来回踱了几圈说：也好，你先去清静一段时间再说，我有罪，我一切都会依你的。

市里还有一套房子，那是给儿子准备的。严夫人这么晚拖着行李箱出门，肯定不是去机场和火车站，应该是先去市里。严磊跟着，准备伸手帮老婆拿行李箱。想不到严夫人一声怒喝：把你的脏手拿开！

第二天，严磊接到周主任电话，说让他去找孔董，还没到办公楼，远远看见黑压压一片人堵住了大门，肯定出了什么事，不会又与自己有关吧？他的心一下子坠落深渊！

公司花三百万为严磊强奸案私了的传闻，在两天时间里传遍了织云。这天早晨，对职工建房事件记忆犹新的一些职工聚集在办公楼前，他们拉出了好几条横幅：

严惩强奸犯严磊！

严惩贪污受贿犯严磊！

挪用公款以权谋私者不得好死！

消灭一切人渣、败类、蛀虫！

……

严磊走近看清了横幅内容，顿时两腿发软，心里惨念道：天亡我也！

他转身正要往回走，听得背后有人大喊：严磊在那边，快把他抓起来！

十几个大汉一齐冲了过来，把严磊撂翻在地，反剪了手，不知道谁弄来一根绳子，立即把他五花大绑了。严磊大喊：你们误会！我没有强奸！没有贪污受贿！你们绑我是犯法的！

那群大汉不听严磊胡扯，连拖带拽把他缚在织云广场的旗杆台子上。严磊在高处扫描全场，群情激昂，一个个苦大仇深，恨不得把自己生吞活剥了。严磊又高喊冤枉，不知道谁先扔了一个水瓶，接着一堆东西飞向严磊。严磊狼狈不堪，不敢再喊了。

这时有人说：好久没看见这么热闹的场面了，还是二十年前严打的时候见过。

另一个人说："文革"的时候更热闹，台上的人背后还要插一根板子……

过了一阵，真有人弄来一块板子，上面写着：织云公敌严磊。

织云办公楼里的领导早已不知去向。将近一个小时过去了，严磊浑身麻木，抬眼远望，不禁大喜，救兵终于来了！只见施局长等几个人带了一队警察，拿着盾牌，把人群围住了。施局长站在车顶上，拿着扩音器朝人群喊话：现在，我向大家通报严磊案情，根据调查，有充分确凿的证据证明，严磊没有强奸朱某某（化名），朱某某及其家人也没有起诉严磊，双方最终达成和解。请大家不要听谣信谣，更不要传播谣言，小心被别有用心的人利用！

下面很多人质问：他不是强奸犯为什么要赔三百万？

施局长回答：双方的和解是在警方协调下进行的，严磊并未向女方赔偿三百万。我很清楚，三百万这个数目，是有人别有用心编造的谎言！

施局长的说法确实属实。后来柳芸芸一口咬定，严磊和周主任并没有答应。施局长甚至对柳芸芸说，你硬要咬定三百万，他实在赔不起，还不如让我们把他抓了关进监狱，你们慢慢找法院去要吧！柳芸芸听了这话也有些担心起来，说回家商量好了再来协调。今天严磊也是为这事来公司开会的。

施局长继续说：在没有任何证据的情况下，你们对公民私自进行诽谤、捆绑、示众，都是严重的违法行为，请马上离开；否则，将追究你们的刑事责任！

有些人觉得不对，准备散开了。有人马上又打气鼓劲，喊道：严磊生活作风腐败，以权谋私，一定要下台！许多人跟着喊起了口号，散开的人群又停下脚步。

施局长俯身往车里说了几句，站起来喊道：你们公司的内部事务会按照内部规定处理，如果不听劝告继续闹事，我们将以非法捆绑、非法示众、非法聚会、寻衅滋事的罪名执行逮捕。你们现在有十分钟的时间疏散！

闹事的人数并不少，但他们手无寸铁，一些人认为事情闹过了头，开始撤退。坚守的人见真有人离开，也忙着挤出来，一下子全部走掉了。

施局长带人帮严磊松了绑，悄悄告诉他柳青青托人找着了，但她不愿意单独见他。她说已经对不起老公了，这一辈子都要赎罪，不想见到严磊了，另外柳青青还表示永远辞掉织云的工作，事后准备跟老公一起躲到外地去做生意。施局长劝说严磊，还是别想入非非了，先把这个案子对付过去要紧。

在孔董的主持下，公司班子同意了一百五十万的垫资赔偿方案，如果柳家还不依，多余部分都由严磊自己想办法。在施局长劝说之下，柳芸芸代表受害人一家与严磊达成了一百六十万的调解协议。织云暂时替严磊垫付一百五十万，严磊立即筹集十万，一并打入柳青青本人账户上。在整个过程中，严磊十分懊丧，柳青青不愿见面，跟她共结连理、共度余生的想法成了泡影，钱也一点没少给。原来在会议之后，孔董告诉严磊，这次还是由他自己埋单，一切都会从他的虚拟激励股权中扣回来。末了孔董还开玩笑说严磊你还可以犯几个错误，才能真正弄得倾家荡产！严磊听了没说一句话，心里却恨得咬牙切齿。

过了三天，严磊认为自己人财两失，又花钱买了一个沉重教训。这天晚上见路上人不多，就壮着胆子出门散步，他走进单元门洞，心里正在感叹自由真好，陡然听得背后有人喊了一声：严磊！

严磊回头一看，是个陌生男人，一想不好，肯定是柳青青老公拿了钱还来找自己麻烦，于是警惕起来，反问道：你是谁？

对方还没回答，墙角边窜出七八个人，都是警察装束，把严磊团团围住。严磊惊问：你们到底是谁？连警察都敢假冒？

对方亮出证件冷静地说：我们是省公安厅抽调过来的，跟我们走一趟吧。

他们竟然绕过本地公安来抓捕。严磊仔细看了看对方的证件，其实他什么也没看清。他清楚，这次危机才是真的来临，自己的人生到这里算真正打上了句号。这看似安静的几天时间，不过是他的回光返照罢了。

夜色凝重，车子驶出这座城市，在车辆稀少的高速上狂奔而去。严磊戴着手铐，索性闭上了眼睛，最近的一幕幕纷纷涌上心头。这次自己被异地警力抓捕，肯定不是因为跟柳青青的案子，是那两百万的事还是别的什么，他心里一点底也没有。问题到底出在谁身上，他更没底。按说两百万的事，办公楼装修的事都只有公司班子成员知情，钱书记虽然跟自己过不去，但也不应该再把自己往火坑里推啊。他上次抓住自己把柄，瓜分了自己的股权，也算是最大受益者。如果再拿自己做文章，不等于跟自己的利益过不去吗？班子里这些人都被虚拟股权激励协议和那份保密条款绑得死死的，虽然屡屡跟自己过不去，但都是内部矛盾，顶多是想抓点把柄在手，以便将来好捏住自己。看来，这次肯定是外部惹出来的祸，自己在建房事件中惹恼织云数千群众，有人把这事捅到了上面，而自己和织云高层竟浑然不知，以为一切尽在掌握，可以继续翻手为云覆手为雨！

群众的眼睛是雪亮的。严磊读小学的时候，就知道这句语录，可是走到今天，人生过了一大半，才真正感受到这句话的可怕力量。

三

邢智和孙尔雅一路说着，就到了月亮湾。

这是一个水面呈半月形的景点。平静的水面中央露出两块人脚形的沙滩，孙尔雅说像是人跑步时留下的脚印。邢智告诉她，李商隐有一句诗："嫦娥应悔偷灵药，碧海青天夜夜心。"传说灵药就是指这一带出产的灵芝，嫦娥为了找它，差点错过了飞天的时间，匆忙奔月时留下了这两只脚印。也有传说这是当年成吉思汗追击敌人时健步如飞留下的脚印。孙尔雅看看沙滩笑说，成吉思汗还靠谱点，嫦娥要是这么一对大脚，就有点不可想象了。

从月亮湾上来，再找到去禾木村的公路，孙尔雅有些走不动了。她说在路边等等，如果有车经过，就拦下搭个便车。两人边走边等，就是不见车来。

又等了一阵，听见远处传来发动机的响声，心想总算等着车了。邢智张望了一会儿说，是辆摩托车。

过来的摩托车司机戴着头盔，朝他们看了一眼。孙尔雅赶紧小跑追着喊道：师傅，是去禾木村吗？带我们一段路好不好？两百块！

司机掉转头，惊奇地看着两人，犹豫了一下说上来吧。

邢智先跨上车，司机回头建议：女的坐中间，男的坐后面，这样安全些！

邢智没动，回答说：没事，过去一路上都很平坦。

他的意思是告诉司机自己对这一带很熟。看到孙尔雅也上来了，他回头说：抱紧我！

孙尔雅双手抱住邢智的腰，一股踏实的感觉传递到了心里，刚才的疲惫像被风吹走了。这时又听到后面有马达响起，邢智回头一看，不好，又来了两辆摩托！

邢智催道：师傅快走！

呜的一声轰鸣，摩托车飙了出去。孙尔雅紧紧抱住邢智，贴在他背上，有一种久违的感觉，甜蜜、温暖、安逸，世界融化了一般，风儿在耳边奏出天籁之声。

邢智一直盯着后视镜。糟了！后面的摩托很快追上来了！不会是暴露了行踪吧？他想想这一路上讲了不少故事，说不定车上有人听到，传到杀手耳朵里去了。

师傅加油啊！邢智在风声中大吼。

师傅也吼道：已经最快啦！

想不到，后面两辆摩托速度更快。从后视镜里看去，他们已经赶上来了，而且形成了左右两边夹攻之势！

这时，司机朝右边的那辆摩托喊道：你帮我带一个！太沉跑不起来！

完蛋了，他们是一伙的！邢智迅速地作出判断。

千里逃亡，没想到还是遇上了！邢智一下子不知所措。摩托车在飞驰，他根本不敢出手制住开车的司机，何况背后还有一个女人，稍有闪失，就会车毁人亡。

左边那台摩托冲到前面去了。右边的摩托司机终于听懂了，减速下来。这边司机也减速了，回头对邢智说：朋友，你们过去一个人，他那台车比我的性能好！

二对一，还要保护一个女人，如果前面那台车倒回来，就是三对一了。邢智正在揣度中，却听右边那个司机问：看你跑到前面，半天没追上，原来等朋友啊！他们怎么过来的？

听到这话，邢智知道这不是一场阴谋，悬着的心才落下了。

司机A纠正：不是的，这两位也去禾木村，想搭顺风车，说给我两百块油钱。

邢智也解释：我们从中巴半途下来后，等不到车，只好麻烦你啦！

司机B说：相逢就是缘分，我看你们像从内地过来的，你们坐过来一个吧。

看到邢智点头，孙尔雅上了司机B的摩托。

两台车跑了约摸半个小时，又慢了下来。前面有一家饭馆，司机C已经停了下来。下了车邢智问道：听口音你们也是内地来的，老家在哪里？

司机A说：我从山东来，他是辽宁的，他是山西的。我们已经游遍半个新疆了。

到新疆多久了？

近半个月了，游完北疆我们就要回家了。

你们三人不在同一个地方，约在一起真不容易。

嘿，我们不是网友嘛？在网上是摩友，我们那个摩友论坛好几百个会员呢。

哦，那下次去你们论坛看看！

禾木村到了，再往里走几百米就是。

司机B拿出一台专业相机，对着路边饭店招牌给大家拍照。

邢智拿出两百块，司机不肯收。他说：顺道而已，我们是摩友，又不是做摩的生意的，像你们这样的朋友，我们一路上不知带过多少。

邢智见对方不肯收钱，又发现自己和孙尔雅不小心被他们拍进了照片里，于是拉住他们，一定要请他们吃饭，以示感谢。三位摩友出门在外，最高兴的就是结交陌生朋友，被人请吃请喝，毫不犹豫就答应了。五个人一起走进了这家哈萨克人开的餐馆，点好几个菜，又要了一箱啤酒。

席间，邢智报上自己和孙尔雅的假名，说是从深圳过来旅游的。

三位摩友也作了自我介绍。原来他们自称"摩神组合"，A是"水摩神"，B是"山摩神"，C是"火摩神"，三人在论坛上开了一个叫"摩神西游记"的博客，在网上直播自驾游，点击率很高。三位摩友都是三十多岁，"火摩神"C看上去年纪稍大一点，又是领队，酒量不小，豪爽健谈，几瓶啤酒下肚，大家开始称兄道弟。他们相约在北京出发，一路向西，二十多天跑了五千公里。

"火摩神"C借着酒力，谈起了他的辞职自驾经历。孙尔雅听着新奇，问这问那的。"火摩神"看着更来劲了，总结说：两位朋友，我们虽是初次见面，但是很投缘，我就谈谈个人的一些感受吧。第一，这世界没有什么放不下。放不下，你就把自己囚禁了，放下了，整个世界都是你的。权力、钱财、名利、爱恨情仇，这些东西都虚无缥缈，它们是《西游记》里面的"紧箍咒"，会把人捆得死死的，但是"松箍咒"不在唐僧嘴里，而是在你自己心中，只要你一念"松箍咒"，就能把自己解救出来。第二，不要错过人生的美好风景。人一生太累，要去算计，要去患得患失，要去争分夺秒，要去抢去偷，要去诈骗，甚至还要去杀人放火！这是一条自我毁灭之路！我们不能再执迷不悟了，一定要找回一生美好的东西，一定要停下来审视自己，学会去享受，去珍惜。第三，不管怎么说、怎么做，人始终是孤独的。这跟人类在宇宙中一样，也是孤独的。

宇宙无穷无尽，人这点孤独又算得了什么？所以不要害怕孤独，孤独才是人的终身伴侣。

这一席话，把邢智和孙尔雅说得都有些无语了。

五人一起坐了一个多小时，最后喝了散场酒，都有些状态了。邢智搂着“山摩神”B走在前面，悄声说：兄弟，我还有一个请求，不知道你能否答应？

“山摩神”B痛快答应：兄弟客气什么！我能帮的你只管说！

邢智踌躇半响说：我和那位这次来新疆，不想让单位上其他人知道，尤其不想让我和她家里人知道。你说是不是？刚才拍的照片可千万不能放到网上去。

“山摩神”B一听明白了，立即拿出相机，当着邢智的面将有两人在内的照片全部删掉，回头拍着邢智的肩说：兄弟放心，这两张我删掉了！兄弟你好福气啊！

邢智忙说：惭愧！惭愧！

邢智带着孙尔雅进了禾木村，他发现村里的格局跟四年前完全不一样了，需要找人问问亚德西老人的家。孙尔雅说刚才在饭馆怎么不问老板呢。邢智说老板不一定会知道，因为他是哈萨克人，而亚德西是图瓦人，图瓦人属于蒙古族。

这里也有蒙古人？

禾木村是中国境内最大的图瓦人聚集地，喀纳斯湖附近到处都是他们的历史印迹。他们自称是成吉思汗的亲兵后裔，从不与外族通婚。所以有人说图瓦人是最纯种的蒙古人，只是人口越来越少了。

孙尔雅慢慢看见禾木村的样子，在两座大山中间，有很大一块舒缓的草原坡地，一条河流将坡地划成两半，草地上到处点缀着漂亮的小木屋和蒙古包，至少有几百户的样子，每户的木屋前后有大大小小的栅栏圈，圈里圈外都看得见牛羊在悠闲地散步，远处高山顶上是皑皑雪峰，在阳光下闪闪发光，近处是片片茂密的森林，森林上面还有团团绕之不去的白云。

孙尔雅惊叹：此景只应天上有啊，人间哪得几回见！

在这里你听到任何神话传说，都觉得很真实，一旦回到原来的生活里，才发现是幻觉。

你是说，在这里天上人间的界线已经模糊了？我真有点恍若隔世的感觉呢。

两人走到一个白色蒙古包前，恭恭敬敬地问路，但里面出来的老人不会说汉语，两人正想告辞。老人在附近找来了一位年轻人，年轻人会汉语。他问：你们要找谁？

邢智说：我想打听亚德西老人的住处。

年轻人一听是找亚德西老人的，立即指着远处一幢很新的大木屋说：那就是他的房子，可是他今天参加图海和丽拉的婚礼去了，晚上还有表演呢。

那他孙子巴尔泰尔呢，在家吗？邢智又问道。

应该也在婚礼上帮忙，他也有表演呢。年轻人听邢智说到巴尔泰尔，知道来的是朋友，就说：我带你们直接去婚礼上吧，他们应该都在那里。

孙尔雅有些犹豫，她知道少数民族的婚礼很讲究，特别是听邢智说他们自认为是纯种蒙古人，更加担心人家不欢迎。

邢智拉上她说：走吧，图瓦人的婚礼是人生大事，喜欢跟外人一起分享！

路上年轻人告诉邢智，这几年来村里旅游的人多了，县里对禾木村重新规划，出资给每一户村民都翻盖了新房子。

约莫步行十来分钟，年轻人将他们带到一座木屋的栅栏前，里面立即迎出来一位很精神的小伙子，年轻人介绍说他就是图海，然后又问图海亚德西老人和巴尔泰尔在不在，两位客人要找他们。图海听说非常高兴，说他们都在。他盛情邀请客人参加他们的婚礼。邢智说太打扰了。图海说有客自远方来不亦乐乎。图海的普通话说得很标准，中文底子看起来不同一般。这时年轻人介绍说图海是村里的大学生，现在在布尔津县里当公务员，是禾木村的骄傲。邢智见图海是见过世面的人，不再推却，领着孙尔雅走进了图海的家里。

屋里已经围了好多人，有歌声和箫声传出来，还有不时爆发出来的阵阵欢呼声。图海端上两杯奶酒递给新来的两位客人，敬了一个大礼说，亚德西老人和他的孙子巴尔泰尔正在进行音乐表演，等表演完马上告诉他们。邢智还了一个礼，孙尔雅也装模作样地还了一个礼。两人坐在靠后面的位置上，邢智指着那个吹着笛子一样乐器的老人说：他就是亚德西老人，正在演唱的年轻人就是巴尔泰尔。

孙尔雅顺着方向看过去，一个老人在认真地吹着，一个年轻人在憋足劲唱着。她问：老人吹的乐器好奇怪，杆身很细，声音却异常好听，时而苍劲悠扬，时而婉转欢快，好像有一种穿透时空的力量，应该不是普通的笛子吧？

邢智介绍说：这也是笛子，叫草笛，图瓦人称为楚尔，用芦杆制作而成。这在古代有记载，是著名的《胡笳十八拍》古乐器中的一种，现在都快失传了，亚德西老人是国内的唯一传人。前几年我来这里时，他正为找不到传人而苦恼不堪呢。

马上，巴尔泰尔的演唱又把孙尔雅的注意力吸引过去了，他的嘴里发出一阵金属猛烈撞击的高声，同时还发出了不同种类的几种低音，有风的呼啸，有马的嘶鸣……恰似一场金戈铁马的激战正在附近发生。所有的人都屏住呼吸，直到一阵微风掠过草地，阵阵鸟鸣回到树梢，人群中才爆发出一股热烈的掌声。

邢智对孙尔雅低声介绍：这就是“呼麦”唱法，也是图瓦人的一种特色音乐，在整个蒙古民族都已成为绝响，图瓦人中会唱的不超过三人，巴尔泰尔就是其中之一，它是通过控制声部同时发出多种声音，艰难之处在于需要运用闭气的技巧。

实在是太神奇了，这里的土地神奇，人也神奇，音乐更神奇！

音乐一停，就看到图海走到老人身边，低声说了些什么。老人和巴尔泰尔都转过身来，朝图海所指的方向看了过来。老人还没反应过来，巴尔泰尔却雀跃不已地跑过来，用中文大呼一声“邢智”，就抱住了邢智。一会儿老人也过来了，邢智又搂住老人直喊“爷爷”。孙尔雅在一旁很受感动，又有些不知所措。邢智把孙尔雅介绍给祖孙两人，老人一看连说：“漂亮！漂亮！”巴尔泰尔更是激动地抱了孙尔雅一下，生硬地对孙尔雅说：你是他的朋友，也是我的朋友！

孙尔雅也跟着起哄：好，朋友！

满屋子的客人都称赞孙尔雅漂亮得像下凡的仙女。

这时图海带着他的新娘丽拉，也过来敬酒，两人喝了个够，被亚德西老人拉到身边坐下，老人用有些夹生的汉语对他们说：今天是图海和丽拉新婚的日子，我给他们演奏了节目；你们是来结婚旅游的吧，我也要给你们演奏一首，邢智你想听什么？

邢智脸上露出天真的笑容，对老人说：爷爷，我想听您吹一首《美丽的喀纳斯》！

亚德西老人鼓足丹田之气，自胸腔喷薄而发，一种天籁之音从笛孔解放出来，在喀纳斯的山水间悠扬欢快地流淌起来。老人吹到动情之处，时间似乎凝固下来，山坡上的牛儿停止了走动，鸟儿也停止了欢唱，万物生灵不再喧嚣，都在倾耳恭听这美妙的笛声。这时巴尔泰尔又开始了，和着爷爷的笛声发出了喀纳斯湖畔特有的声音。

孙尔雅跟邢智碰杯，喝了一大碗马奶酒说：我醉了！

邢智问道：因为酒还是因为音乐？

孙尔雅说：都有。

听完老人和巴尔泰尔的演唱，他们又兴致勃勃地参与了“抢羊皮”的婚俗节目，还有集体舞蹈。一直紧绷着神经没有开心玩过的孙尔雅大呼“过瘾”。在最后的“闹婚”节目里，新郎新娘被姑娘小伙子们簇拥着，当着大家的面被强迫接吻。大家看到图海跟丽拉笨手笨脚的样子，就转过头要求“结婚旅游”的邢智和孙尔雅给新郎新娘做示范。邢智心想这回玩砸了，图瓦人不依不饶的性格他早知道，怎么办呢？不料，孙尔雅迅速贴上来，双手勾住邢智的脖子，嘴对着嘴就吻了起来。开始邢智还以为孙尔雅是做做样子，没想到她柔软的舌头也钻进了自己的嘴里。饶是铁汉也情动了！邢智积极响应着孙尔雅的动作，两人的嘴咬在一起，一口气竟坚持了好几分钟。新郎新娘也看得来了兴致，图海捉住丽拉就是一顿猛啃，丽拉也不再扭捏。这场表演让主人和客人都十分尽兴。

散场之后，亚德西老人和巴尔泰尔又带着邢智、孙尔雅来到自己的家里，跟他们聊了很多邢智当年在禾木村受训的趣事。后来又让巴尔泰尔带着他们去老人大孙子的木屋里休息，大孙子在外面跑生意，半个月才回来一次。

孙尔雅以怕冷为由，问巴尔泰尔多要了一床被子。在温馨、整洁的木屋里，也因为刚才都喝了不少马奶酒，有些兴奋，都睡不着，但都伪装睡着了。

一会儿，孙尔雅假装在梦中翻身，把手搭在了邢智脖子上。刑智轻轻拿起手放进了被子里。又不知过了多久，邢智感觉有动静。原来孙尔雅的手越过两床被子，又搭了过来。邢智醒了，扭头见她还在睡，不敢惊醒，轻轻转过身背对着孙尔雅，把她的手放到腰边的床铺上。孙尔雅却在他背后睁开了眼睛，盯着他的背说：邢智，我睡不着！

邢智吓了一跳，转过身来，坐了起来说：我也睡不着。

孙尔雅幽幽地说：有时候吧，我宁愿这次稿子发不出来，宁愿章陕能永远追杀我们，这样我们就不用回去了，一辈子就在这里落户当个牧民。

这是仙境，能洗净心里的杂念，就怕一离开这里，又会回到功名利禄的尘世之中。

这里的人都把我们看成夫妻了，如果在这里住下去，我们可要做一辈子真夫妻了。

你可得想清楚，我长成这样，跟你假扮夫妻已经赚了，要是做真夫妻，岂不更委屈你啊！

看久了，不觉得你哪里丑。禾木村的男人都黑黝黝的，你站在他们中间，还算帅的。

禾木村也有帅哥好不好？你看那个巴尔泰尔，一定迷倒过不少姑娘。

他们不跟异族通婚，只搞内部消化，除了你，我好像没的选择！

他们的风俗很固执，人口再少也不肯找外援，我都替他们的民族命运担忧！

看着婚礼上的漂亮图瓦姑娘们，你是不是很想当外援啊？

再漂亮也比不上你啊，没听她们说你是仙女下凡啊？

那我比水红漂亮吗？

你干吗要跟她比？她是我姐，对我们都很好。

还姐呢，是姐弟恋吧？

你想歪了，她其实是……她挺江湖的。

姐弟恋也无所谓。你喜欢她不？

喜欢，但不是你想的那种。

她知道你们嫖宿“校花”的事吗？

知道啊，这是训练内容之一，还是她埋的单呢。

你姐的身材比我还好吗？

你们差不多，她更成熟一些。

那你是喜欢成熟的女人还是我这样的女人呢？

邢智竟一时语塞，答不上来了。

孙尔雅顺势抓起他的手，放在自己的胸脯上，然后轻描淡写地说：你来检查一下，看看我到底成熟了没有？

刚才在婚礼上接吻的感觉一下又回来了，邢智的大脑快速充血了。他搁在孙尔雅胸脯上的那只手好像不是自己的，收回也不是，不收回也不是。

孙尔雅把嘴唇贴在他的耳边颤抖着说：你刚才在人家婚礼上吻我的时候，那么长时间，那么用力，我都快撑不住了！

他妈的，你还是男人吗？邢智在心里对自己大喝一声。他像一头猛狮一样，也激动得发抖起来，嘴唇终于寻找到了孙尔雅的嘴唇，两个人就这么紧紧地相互堵住了。喘息、挣扎，甚至搏斗，他的手在孙尔雅身上乱摸乱搓，没想到她今晚再也没有和衣而睡，只穿了一件薄薄的内衣。他在黑暗中扯掉了她的上衣，握住了她的两团嫩肉。她也同样扯掉他的上衣，双手紧紧匝住他的腰。这个姿势明显不是老手使出来的招数，因为他俩谁也不容易把对方的裤子扒下来。就这样纠缠了很久，她大口喘着气说：我来，我裤子上有个死结。

原来这是她从北京出来时带上的裤子，本来是用来防范他的，没想到现在反成了障碍。

邢智一听这句话，脑袋突然警醒过来。孙尔雅雪白的胸脯照亮了自己的双手，也照亮了自己左手上残缺的食指。她美妙的胸脯就像一把放大镜，陡然把他内心的秘密变得清晰、巨大！自己的未来到底在哪里？从她对范东跟踪两人讳莫如深的态度来看，这个女孩在情场上一定受过重伤，她再也经不起折腾了，她现在需要的不是做爱，不是一个情人，而是一个让她刻骨铭心的爱人！邢智顿时羞愧难当，他颤抖着说：好妹妹，我们暂时不要这样，章陕一日不除，我的注意力就无法集中。刚才在婚宴上普及性教育的时候，巴尔泰尔说他们出门办事之前，是绝不能做爱的，如果做了爱就会不吉利，事情就会半途而废。

那是迷信，你都当真了？

在别的地方可以不信，在这么神秘的地方、这么神秘的文化氛围中，我们还是宁可信其有，不可信其无。

孙尔雅套上刚才脱掉的衣服，不满地说：你是看不上我吧？还是心里想着你姐？

哪能啊？邢智急切地说：你现在就是我的女神，唯一的女神，我是怕太随便了亵渎你，才咬着牙放弃一时之乐的。

有人说过，一个男人能在女人毫无防备的情况下毅然放弃，要么说明男人没有动心，要么说明这个女人还不够诱惑。你说是哪一种呢？

我哪一种都不是。这是谁说出来的屁话啊。我是因为对你很动心，很在意，所以才时时刻刻不敢轻举妄动。

孙尔雅听他这么说，才放宽了心。她想了一会儿说：其实我也跟你一样，章陕没有彻底解决，就觉得事情还没做完，没法彻底放松。

那好吧，我们约定，章陕一倒，我就要你，到时你可不能后悔啊！

等章陕倒了，我把自己作为礼物送给你！

四

图海与丽拉的婚礼热闹了好几天。

每天下午，邢智和孙尔雅都会受到图海家的隆重邀请，享受贵宾待遇。其他时间两人就去喀纳斯欣赏湖光山色。看到喀纳斯纯净清澈的湖水，邢智感慨不已，说资本市场上经常把财富比喻成水，把水的流动看成财富转移，却忘记了老子说的“水利万物而不争”，水是这个世上最纯粹的物质，无常形、无是非、无利害、无得失，甚至无我无他，是真正的与世无争，不知道哪天资本市场才能变得像喀纳斯湖水一样清澈透明，参与者们才能变得像禾木村人一样纯净天真？孙尔雅开玩笑说真到那一天，我们俩就惨了，都得失业！

有一次来到阿尔泰山麓，巴尔泰尔说起珍稀动物雪豹的神奇故事时，孙尔雅猛然记起了一首歌，她给邢智轻轻地唱了起来：要去那草地的尽头，和我恋人一同行走，身旁有哭泣的野兽，还有最纯净的水流……。

鲜花、草地、牛羊、湖泊、鸟群、森林和雪山，还有热情好客的图瓦人和他们的村落，这一切就像喀纳斯清澈而纯净的湖水，洗涤着两人身上的滚滚红尘，也洗涤着他们内心深处的爱恨情仇。这是一幅多么美好的画面！在篝火燃烧的夜晚载歌载舞，在情人的臂弯里倾听过往的故事，在牛羊成群结队的山坡上恣意奔跑，在楚尔和呼麦的绝响中审视灵魂……孙尔雅第一次发现，自己并不只是一个跑新闻、挖内幕的记者，并不是一个只会写封面专题文章的女人，她更需要一份灵魂的安宁、一份长久的温情和一个刻骨钟情的男人。

在禾木村的第二个晚上，在孙尔雅的强烈要求下，邢智在小木屋的床上搂着她，给她讲述了自己的悲惨身世——

邢智出生在上海徐家汇的一条老弄堂里。祖父原是上海滩上的知名人物，到解放前已经积下了巨大的身家财富，可是造化弄人，解放后他们被划为资本家，在此后的历次运动中，还加上了恶霸、流氓和反革命的身份，财富遭到一次次洗劫，房产业从原来上千平方米变为三十平方米不到，最后在 20 世纪 50 年代的肃反运动中被处以枪决，只留下一个体弱多病的儿子。

父亲因为出身问题，屡次受到冲击，后来娶了同样出身不好的母亲，生下邢智。父亲的病越来越重，母亲为了给他治病，捡垃圾、扫厕所、拉煤块，什么脏累苦的活儿都干过，为了给父亲买药，邢智从小就跟着母亲捡垃圾，不仅无法上学，还在街头受尽别人欺侮，吃尽了人世间的苦头，经常被人打得头破血流。脸上、身上的伤痕就是那时留下的。

在父亲被诊断出患有尿毒症的那一天，母亲承受不了生活的压力，在破败不堪的小阁楼上吊自杀了。母亲的自杀给这个家庭带来了致命的打击，六七岁的邢智承担起所有负担，每天靠捡垃圾换回来的几毛钱，给长期卧床不起的父亲买药，而自己长期饿肚子，有时一连几天不进粒米，靠喝水维持生命。街道邻居可怜他们一家，有时会送一点食品、米面过来，在母亲去世后的五年多时间里，邢智仍然维持着病重父亲的生命。后来街道社区成立了，解决邢智家的困难经常成为街道组织的头等大事。

一天，街道主任蒋大妈带着一个中年人来到邢家，这个人就是金彤。那时金彤已是上海滩的一个公司老板，在一次“结对帮扶贫困家庭孩子上学”的活动中跟街道达成定点帮扶协议，然后又从几个困难家庭中选定了邢智。当他走进窄小的邢家，看到躺在床上奄奄一息的邢父时，金彤十分动容。在街道工作人员的帮助下，终于找到了满脸是血的邢智。

那天邢智刚好跟街头几个小流氓干了一架，看到这个十二三岁的孩子满脸是血，身上布满伤痕，金彤一边给孩子包扎，一边问他为什么跟人家打架。邢智说自己一个叫“苍蝇”的大孩子在路上挡住他，逼自己给他买烟抽。邢智拔腿就跑，结果被“苍蝇”和他的同伙追上揍了一顿，还把身上捡垃圾换的钱给抢走了。后来“苍蝇”动不动就抢邢智的钱。这天邢智出门帮父亲买药，身上藏了十几块钱，又被“苍蝇”一伙小流氓跟上，在没人的地方遭到他们的强行搜身，邢智坚决不让，双方就大打出手。

金彤问他输了还是赢了，邢智回答应该没输，自己先是被他们按住，将头往墙上撞去，受了伤，但他们三人更惨，“苍蝇”被邢智拿砖头在脑袋上开了瓢，另外一个也被邢智扔过去的砖头砸中腰部，看样子路都走不动了，还有一个见邢智不要命，给吓跑了。金彤称赞说好样的，就是要让那些欺人太甚的家伙没有好下场。后来金彤问他读过书没有，街道组织解释，在民政帮助下读过两年，后来因为照顾父亲没有继续下去。

拜访邢家之后，金彤做出了一个决定，由他出资让邢智上学，让邢父接受住院治疗，并帮助邢家还清所有债务。金彤不仅把邢智重新送进学校读书，每周还亲自给他补课、检查作业。金彤夫妇没有子女，干脆认了邢智作义子。在良好的环境中，邢智刻苦努力，很快赶上了拉下的所有课程，最后以优异的成绩考取了一所财经大学。

尽管邢父得到了最好的治疗，但因为长期积累的问题，导致肾脏功能完全衰竭，在医院病床上躺了两年多时间，还是病重过世了。

孙尔雅躺在身边，听他讲起那些悲惨童年，不由得心生怜悯。她轻轻抚摸着邢智脸上的伤痕问：这个是不是当年与人打架留下来的？

邢智黯然点头。

她又摸着他的断指问：这个呢？

这是后来的事，跟苦学操盘术、向章陕复仇有关。

是你的第一个老师吗?

是的，我为了给义父复仇，要老师传授操盘绝学，老师不肯，我就自断食指以示决心，结果感动了他。我跟老师苦学了五个月，才转投到章陕门下去。我想老师发过重誓，除非他自己愿意，我决不会暴露他的任何踪迹。

你是不幸的，但你又是万幸的，因为你遇到了金彤。金彤也是不幸的，但他选中你，又是万幸的。今天你终于有机会替他报仇雪恨了!

可是我最后一次见到义父时，义父反复叮嘱我一生不能学操盘术，永远也不要为他报仇。他认为一切都是他咎由自取。

你义父真令人佩服!

我义父是一个好人，哪怕全世界诅咒他，我也相信他。

难道章陕对你跟金彤的关系一点都不知情吗?

我跟金家的关系，除了义父义母之外，外界都不知情。义父资助的贫困孩子、遗弃孤儿，多达八十多个，资本市场的大佬们根本没人关注这个细节。

第三天上午十点半左右,阿尔泰山南麓下了一场不小的雨。午后雨过天晴，阿尔泰尔又陪着他们去喀纳斯湖畔，远望着云雾笼罩的喀纳斯湖面，让人美不胜收。突然奇迹出现了，只见远处云海中间，现出一道五彩光芒，随着时间推移，五彩光越来越清晰，呈现出一个巨大的圆环，中间是蓝色往外依次是紫色、黄色、橙色、金色，层层圆环光的中间是褐色，看上去很像一个和尚的巨大头部。远远近近的人们纷纷跑出来，面对这种奇景拜倒在地。巴尔泰尔说:这是佛光再现!是大吉兆头!

这道佛光总共出现了两次,每次时间都会延续十来分钟。邢智对孙尔雅说:喀纳斯的“云海佛光”十分灵验，但可遇不可求。你拿出西安大慈恩寺的神秘偈语来:“佛光普照路尽处，西出阳关有故人。”偈语至此全部应验，看来我们的事情有结果了。明天图海和他的新婚妻子要回到布尔津，他们有专车，我们就坐他们的车去县城，找一家网吧查看消息。

孙尔雅赞同:好!亲眼见到佛光普照，章陕应该走到了“路尽处”，明天咱们就告别“故人”亚德西老人，去见证章陕毁灭的历史!

夜晚再次降临，从图海婚宴上闹完回到小木屋，两个人都期待着明天的好消息，在床上聊了很久，仍旧睡不着。邢智告诉孙尔雅调息内气的心法，让她用意念控制住心跳的速度，如此反复深呼吸几次，孙尔雅开始平静下来，什么都不想了，一会儿就睡了过去。邢智没有强迫自己平静下来，太多的问题还在“路尽处”等着他——

章陕已经走到穷途末路，但接下来会以什么样的方式收尾呢？

是受到法律的制裁被打上句号，还是像高荒原一样潜逃出境打上省略号，抑或是峰回路转、柳暗花明打上一切待续的逗号？

如果章陕受到法律审判，水红、图玉、曾拓、常青，还有自己最终能撇得一干二净吗？

章陕命运尚且未知，何况还有那个深藏不露的绝世高手高荒原呢？

如果章陕不倒，织云高管老鼠仓还能掩盖多久？

……

邢智反复纠结着这些问题，仍然找不到一个完美答案。他看着在夜光中熟睡的孙尔雅，半是现实半是梦幻，就像一幅绝世美艳的作品。他听到了自己怦然心动的声音，但又觉得自己跟这个睡在身边的女孩恍若隔世、咫尺天涯。在这样的痛苦中，邢智撑到凌晨两点多，终于强迫自己迷迷糊糊睡了过去。

第二天一早，邢智独自跟着一个小伙走到山上，那个小伙说自己也是从上海过来的，还说自己在杂技团当演员，说着就给邢智表演了一个腾空飞起来的高难度动作。邢智羡慕极了，也跃跃欲试想学他，可是学不像。那个小伙说你站好别动，闭上眼睛听我喊口令。随着他的口令声，邢智感觉自己真的腾空了，慢慢地在空中飘荡。当小伙喊停的时候，邢智听着他的声音非常遥远，睁开眼睛一看，妈呀，已经躺在高空的云朵上面了！原来坐飞机时，就想着自己从飞机上砸下来，砸到云朵上会不会有弹性，没想到这回自己真的躺上来了，就像躺在柔软的席梦思上面。小伙在地面等不及了，就抛上来一根长绳，绑住了邢智的腰，他在下面使劲地扯，邢智才像风筝一样慢慢飘了下来。落地之后，邢智说真爽。小伙说还有让你更爽的，我可以把你变成一坨冰，说着他突然变成一个冰球，朝邢智滚了过来。邢智恐惧起来，拔腿就往山上跑去，可是冰球竟很快滚上了山坡,并且速度越来越快!眼看就要撞上了,邢智大叫一声“不好”,突然从梦中惊醒过来。原来是一个梦!

可邢智马上发现现实比梦里更可怕了——自己脖子上正架着一把闪闪发光的匕首!拿匕首的人站在自己头后面,正在轻轻敲击自己的下颌骨,不动是看不到他,可是一动又怕他的匕首先动。

此时他侧身背着孙尔雅,眼前就有一面镜子,他使劲张开眼睛,终于模模糊糊从镜子里看到孙尔雅脖子上不仅被人架着匕首,嘴里还塞满了毛巾之类的东西,明显想喊却喊不出声音来。

看来你正在做噩梦啊?是不是一路都在做噩梦?

邢智头后的人说话了,听声音十分沉着冷静,中气十足,威而不怒。能在夜深人静把事情做得如此干净利索,这一定是绝顶高手!邢智想起在吐鲁番遇险后对孙尔雅作出的判断,竟然又变成了现实!而且自己事先竟然毫无知觉!

你们是谁?到底什么目的?

邢智判断对方并不像吐鲁番杀手那样目的简单。如果仅仅为了杀人,两人在睡梦中他们多的是机会,轻轻两刀下来,还不会暴露踪迹。

看在你们请喝酒的分上,我们不想杀你们,但一定要把你们交给章老板。你是章老板的叛徒,该怎么清理门户,都是他自己的事。我从没杀过人,今夜也不想杀人,除非你们不听使唤,逼着我们动刀子!

孙尔雅听到这话,使劲挣了几下。

不要乱动!碰到刀子可别怪我!另一个人也说话了。

邢智惊呼:你们一个是“山摩神”,一个是“火摩神”!

算你记性好!抓住孙尔雅的“火摩神”C说道。

既然是熟人,又不想杀我们,那就好说话了,能不能先开灯让我们看一眼,真的是你们吗?邢智思忖着提出请求。

别耍心眼了,张老板说过,在他的徒弟中,数你最聪明。现在凌晨四点,这时开灯,想暴露我们啊?你们听清楚了,不要做任何无谓的挣扎,乖乖跟我们走,我们的车就停在村子外面的大马路上。

邢智听得出,这个控制自己的山西人“山摩神”B肯定跟章陕直接接触过。他们三人一定是章陕直接指派的高手，那个摩神A此刻应该也在车上等着。他们有备而来，决不能拖延下去，拖延到他们的车上，就更没有机会了。

邢智突然说：章陕答应给你们五百万抓我们是不是？我也可以跟你们谈个条件，我给你们一千万，你们放了我们，并保证我们在禾木村的安全。怎么样？

嘿嘿，你还真是看错人了！我为章老板办事，说好分文不取，别说你一千万，就是一个亿，对我们也没有吸引力。

你们到底是什么人？

我说过了，我是章老板的朋友，他是我的把兄弟。摩神B不紧不慢地说。

上次一起喝酒，邢智发现摩神B话说得最少，还以为他生性木讷，想不到他竟是主使，还跟章陕是朋友！

那“水摩神”呢？

他真是我们的摩友，不过是在乌鲁木齐才见的面，上次说是从北京一起出发的，是为了网上直播“摩神西游记”的需要，他现在还在旅社睡大觉呢。摩神B说话的腔调好像跟熟人聊天似的，一点也不像杀手。

可是邢智知道，遇上这样的人，才算遇到了真正可怕的对手。

摩神C把孙尔雅从床上拉下来，用手铐铐了，命令道：好好听话，我不会动你一根汗毛，要是企图跑掉，禾木村就是你们的葬身之地！

摩神B也拿出一副手铐铐住邢智，轻声而威严地命令道：不声不响地往前走，你不反抗我就不会为难你，你若反抗你们两人都会命丧当场，这不是我想看到的，应该也不是你想看到的。我知道你在少林练过，有两下子，但那是对付普通人，要对付我，你至少得练上十个春夏秋冬！

邢智赶紧表态：章老板是高人，你是他朋友，自然也是高人，我不会反抗的，再说反抗也没用，她怎么办啊？我们能不能不要这么急，先商量一下？

商量什么？

是我背叛章陕，不关这个女人的事。你不收章老板钱，证明你是一条讲道义的好汉，男人之间有斗争，咱们不要祸及女人好吗？你们放了她，我一定重谢，并保证一路配合你，直到你把我交给章老板。

章老板交代过，这个女记者不能放走，要放也由他放。你们乖乖跟我们去见他，说不定他只是想控制住你们一段时间，免得你们乱说乱动，到时候放了你们也未可知。

你跟章老板是什么时候联系的？邢智掐算着孙尔雅《章陕诡异融资揭秘》一文的刊发时间问道。文章应该已经刊出两天，对融资户和章陕不可能没有作用，说不定此时章陕已经被融资户控制在手上，也说不定逃得不知去向了。现在一定要让两个摩神相信，章陕已经自身难保，就算抓住他们俩也没有多大意义了。

我都出来七八天了，不抓着你们跟他联系也没有用。

你现在抓着人了，跟他联系一下呀，我就怕你再也联系不上他了。

摩神 B 听了果然拿出电话给章陕拨了过去，等了半天，电话里传来“你拨的电话无法接通”，再拨也是如此。

邢智趁机说：你们就是把我们送回上海，可能也找不到人来接手了，何必呢？

摩神 B 不以为然地说：谁说要把你们送回上海啦？直接送到北京就算交差了！

送到北京交差？谁来接手？

别问这么多，就算章老板不在，也会有人接手的。你不要蛊惑人心了，现在才凌晨四点多，章老板要睡觉，电话关机很正常。

邢智听了这话，章陕在北京果然还有同盟军！这时孙尔雅正要被摩神 C 押出房间，她走到门口，使劲摇头，坚决不肯出门。摩神 C 正要推她，邢智说你把她的嘴松开一下，问她是不是要上厕所，她昨晚喝了太多马奶酒，估计憋不住了。

摩神 C 听了转向摩神 B，好像在征询他的意见。摩神 B 说就松开一下，戴着手铐不怕她跑，她要是乱喊乱叫，我就捅死这个男的。摩神 C 依言拿掉了孙尔雅嘴里的东西。

孙尔雅喘着气说：憋死我了，我真的要上厕所。

厕所就在边上的小房间，摩神 C 摸索着把她带到厕所边上。她说：我戴着手铐怎么上厕所啊？还有你站在这里也不行，我要我男朋友过来，你走开点！

摩神 C 恼火地说：女人真麻烦！

孙尔雅更恼火地说：你更麻烦！请你喝酒你还装成辞职的公务员，一番大道理讲得那么冠冕堂皇，想不到是个黑社会分子！

邢智站在门口，摩神C给孙尔雅打开手铐退了出来，又把刀子顶在邢智腰间警告说：你最好老实点，否则你男朋友就会没命！

孙尔雅在里面一边上厕所，一边低声感慨：我还以为是章陕走到了“路尽处”，想不到我们比他还先到“路尽处”！老天不公啊！

孙尔雅从厕所出来，又被铐上手铐、塞上嘴，两个黑衣人推着邢智和孙尔雅，一前一后就要出门。黑暗中邢智故意不小心，打了一个趔趄，身子撞到柱子上，正好撞着了电灯开关，啪的一声小木屋的灯亮了。灯光之下两个摩神脸色极为难看，好像魔术玩家被人当场揭穿一样。摩神B上前一掌按灭灯光，他的刀尖突然扎进邢智的屁股。他低声警告道：如果你再玩一次，我就扎进你的心脏！

说完摩神B推着邢智就往外走。邢智一瘸一瘸地走下木制台阶，刚才那一刀扎得他生痛，估计快扎到骨头了。看来这两个摩神到晚上就变成了魔鬼，轻易惹不得。

两人在黑夜中冻得瑟瑟发抖，禾木村九月的晚上已经跟严冬一样，四个人中除了摩神B，每个人呼吸时都会冒出长长的白雾。邢智明白，摩神B的内息已经调整到无声无息了，他一定内功深厚。

正摸黑走着，快到一棵大树底下的时候，突然一声“哎哟”，摩神C一头栽倒在地，三人停住脚步，等着他爬起来，但半天也没见他动弹一下。摩神B推着邢智往前紧走几步，到摩神C身边蹲下一摸，摸到他的腿部时竟沾了一手腥湿，仔细一瞧才发现是血迹。

谁？哪位高人在此？摩神B站起来低声喝道。

我在此。一个同样低沉的声音传出时，几个人才发现二十米开外站着一个黑影。

摩神B马上放过邢智，朝黑影倏地扑了过去。因为天黑，邢智和孙尔雅看不清他们的动作，只看到两条黑影时而交织在一起，时而又两散分开。突然其中一条黑影朝他们扑了过来，邢智一脚扫过，孙尔雅就卧倒在地了。邢智用戴着手铐的手扯掉孙尔雅口中的毛巾，说卧倒装死。孙尔雅就吓得大气也不敢出了。邢智见来影并不是针对他们，而是横着走到了大树之上，另一条影子随即也横着上了树，两人在树上好一场恶斗，直打得树叶、树枝不断掉落下来，落在树下几个人的身上。最后一个黑影扑通一声落在邢智脚边，另一条黑影也飘下树来，在前面掉落的人身上点了一下，看着不动了，然后问道：邢老弟在哪里？

邢智一听放心了，抖落身上的树枝，拉着孙尔雅站了起来，朝黑影喊道：是虬髯兄吗？

黑影站着不动，回答说：正是。

你怎么也在这里？

唐大哥让我跟着你，你不肯。在你走后，我送张真人上了终南山，回头再到唐大哥处，他还是担心你的安全，就让我赶到喀纳斯等你。你们来的那天我就知道了，一直在暗中观察，刚才你们房间亮灯，提醒了我，仔细一看才发现你们被人绑架了。

虬髯客见他们被铐着，便从两个摩神身上搜出钥匙，给他们打开了手铐。

你是怎么击倒前面这个的？邢智指着地上的摩神 C 问。

我怕他们把你们带上车了更麻烦，就在远处摘下两根草根射过来，一根射中他的穴道，一根射伤了他的大腿。后面这个人功夫不错，可惜入错了门！

你是何方高人？也敢来挡少林弟子的路，你就不怕我师父找到你！被点穴的摩神 B 仍不服气，躺着威胁道。

嘿嘿，你听好了，我是终南山的虬髯客，有本事让你师父尽管寻上山去，我师父在那里等着你师父，我祖师爷也在那里等着你祖师爷！你投身少林，不知行侠仗义，反而助纣为虐，我正要好好问问你呢！

虬髯客边说边用手铐铐住那两个摩神，又在摩神 B 手上加绑了一个绳子，并对他说：委屈了，少林大侠！你的功夫了得，手铐铐不住你，只好多此一举了！

邢智见状求情：虬髯兄，他们虽是章陕所派，但对我们并无过分举动，还请手下留情。

虬髯客见邢智走动不便，忙问缘故。邢智告诉他开灯时被捅了一刀。虬髯客从身上摸出一个小瓶子，递给邢智说这是创伤药，让女友帮忙每天涂抹一次，直到完全恢复为止。邢智想请虬髯客返回小木屋细聊，被他婉言拒绝。他从腰间解下一个东西递给邢智说：这是唐大哥让我转交给你的，说你不要跟他客气，劝你完事之后再去找他。这两个人你们不好伺候，就让我带回西安吧。我不想打搅禾木村早晨的宁静，所以先走一步了。

虬髯客说完头也不回地走了，就像拎着两捆干柴，离开了黎明中的禾木村。

回到小木屋，孙尔雅惊魂未定地问：邢智，我们是在做梦吗？

邢智把虬髯客交给他的东西拿到灯下，一看是一条丝袜，里面长长地摆满了现金。他一叠一叠地拿出来，总共八叠。邢智感慨道：唉，这个唐老师，真是一根筋啊！

孙尔雅听不明白他的话，就问怎么回事。邢智把到西安找“西道”唐千年借钱、拒绝虬髯客保护的事情告诉她。孙尔雅对着西安方向就打躬作揖，嘴里念道：西出阳关有故人，唐大庄家，感谢您的救命之恩！

第十章

CHAPTER 10

一

赶到布尔津县城之后，邢智告别图海一家人，带着孙尔雅进入县城唯一的网吧。

孙尔雅迫不及待地点开东方财经新闻网，发现头条就是《章陕诡异融资揭秘》一文，读了一小半就没下文了。在这篇报道底下，还有两个小标题，一是“庄家章陕资金链断裂……”，另一篇是“织云高管腐败案中案，曝出……”都因标题太长被网站做了省略。孙尔雅点开细看，一个标题全文是“庄家章陕资金链断裂，上山求佛遇车祸暴卒”，两人一看大喜过望，互相兴奋地击了一掌。又看第二篇，是“织云高管腐败案中案，牵出惊天老鼠仓内幕”。

孙尔雅感叹道：真是否极泰来呀，昨夜还被杀手追踪，今天就传来这么多好消息！

邢智笑道：摩神肯定不知道这个消息，否则就不会对我们出手。

两人马上细看第一篇报道的时间，发现是昨天上午发生的事情，而《章陕诡异融资揭秘》刊发的时间就是前天。章陕暴卒九华山的新闻最早刊登在当地晚报上，晚上才被各大新闻网站转载。晚报的新闻很短，才几百字。大意是当天上午十点半左右，在九华山半山车道上，一辆上山的豪华越野车突然驶出公路，撞坏路边的防护墩，从三四百米高的悬崖坠落，经九华山旅游管理处及当地警方现场勘查，车上三人当场死亡，因为车辆和乘员都严重损毁，据死者随身证件和亲属双重确认，中年死难者男性为章陕，女性系章陕妻子 ×××，青年男性为章陕司机 ×××。至于造成此次事故的原因，警方正在进一步调查取证过程之中。

后面跟踪报道的各类新闻显示，在《财经新闻周刊》刊出《章陕诡异融资揭秘》一文的当天，向章陕追债的几十家融资户迅速聚集起来，在中午时分找到章陕在上海的办公室，一致要求归还融资款，找了好几处地方都没找到人。想不到仅隔一天，就传来章陕夫妇暴卒九华山的惊人消息，几个融资户立即先下手为强，向法院申请保全章陕所有财产，将他夫妻的公司、名下房产车辆、还有作为融资抵押标的的所有股票账户一律封存，更多反应慢了一步的融资户只能在黄浦江边望洋兴叹。

后面还有很多媒体对九华山事发现场的采访报道，其中一篇吸引住了孙尔雅和邢智，那是一篇对章陕越野车坠毁时刻几个现场见证路人的采访。一个黄姓男性游客说，当时正是十点半左右，他们顺着公路往山上步行的时候，突然发现大山深处升起一道五彩祥云，慢慢越来越清晰，后来幻化成一个巨大的圆环，中间是蓝色往外依次是紫色、黄色、橙色、金色，层层圆环光的中最间是褐色，看上去很像一个大佛的头部。路上很多游客感到十分惊奇，有的当即拜倒在地，大呼“佛光普照”“我佛慈悲”等等。这时黄姓游客和几个朋友正在章陕越野车边上，车辆速度并不快，车上窗户全部打开了，只听得车里的女人指着前面的景观对车里人大声说佛光再现，大吉大利啊。她的话未说完，车子头部一歪，就掉落悬崖了。黄姓游客同伴还争论说他看到司机紧盯着佛光方向，头都快从车窗里伸出来了。其他人不同意这个说法，说司机一直坐得端端正正，那里刚好有一个急弯道，肯定是刹车突然失灵才酿成了事故。

两人一口气看完了章陕暴卒的所有报道，孙尔雅惊奇地问：那天我们在喀纳斯湖上看到的五彩佛光是什么时间？看到的景观是不是一模一样？

邢智回答：完全一样，都是同一天上午十点半。喀纳斯佛光连续出现两次，每次持续时间十来分钟，你不妨查一下九华山佛光的状况，如果是天意，所有细节就会完全一样。

孙尔雅输入“九华山佛光再现”，在百度上搜出好几十条，按照时间顺序她找到最近关于“佛光奇观”的一次描述，也是出现了两次佛光，每次持续十来分钟。她感叹道：老天也太精准了！长这么大我还是第一次见识到“佛光普照”四个字的深刻含义，西安那句偈语“佛光普照路尽处、西出阳关有故人”到此才算真正揭开谜底！

邢智也深深被震惊了：三尺之外有神灵，看来天意难违啊！章陕一生念佛，却杀孽无数，屡屡挑战黑暗人性的底线，正应了“善有善报，恶有恶报，不是不报，时间未到，时间一到，统统报销”这句俗语。只是这次还搭上妻子和司机陪葬，着实令人有些不忍！

孙尔雅分析：章陕突然暴死的结局，确实让所有人都深感意外，就像贾准失踪、吴非死亡一样，他也把所有秘密都带走了，只是跟前两者不一样，他这次是永远带走了！

邢智一直担心水红、曾拓、图玉的事情，至此也暂告一个段落，心里不想孙尔雅继续追问下去，便说：他还哪有什么秘密？黑幕都给你揭得差不多了！

孙尔雅兴奋地说：他这样灰飞烟灭，虽然出乎意料，但也不错。这样一来，在司法审判中都牵扯不到你们这些操盘手了，你也不用跟他陪葬了！

邢智不得不佩服眼前这个女孩，便敷衍道：是啊，至少保护了很多人。

报上说尸体损毁严重，很可能面目模糊到无法辨认。章陕之死不会又是他故意玩出来的一个魔术吧？他不会像贾准、吴非一样只是在大众视线中暂时消失吧？

邢智用极其肯定地语气说：不会，他完全可以再玩出一个“活人失踪”魔术，但是“佛光普照”谅他还玩不出来！

……

两人再点开“织云高管腐败案中案，曝出惊天老鼠仓内幕”的报道。报道系《财经新闻周刊》孙尔雅的一位同事所写，跟孙尔雅的最后一篇封面报道同时刊发，看来孟夫子根据她提供的材料一直紧盯着织云科技的一举一动。

报道说织云科技原副董事长严磊涉嫌在职工建房过程中接受开发商巨额

贿赂和强奸公司女工，遭到举报后被当地省公安厅实施异地抓捕归案。对于自己的长期犯罪行为，严磊供认不讳。他在看守所坦言，自己之所以没有及时受到司法惩处，都是因为织云公司高层一直大力庇护所致。严磊因此供认出公司高管存在未经任何公告擅自进行股权激励的违规行为。经警方和证券监管机构联合调查，发现织云科技所谓的虚拟股权激励存在严重问题，在依法收押其董事长孔 ×× 和总经理杨 ×× 等人之后，调查组从孔 ×× 处搜出大量上市公司与私募资金暗中勾结坐庄、非法牟取暴利的重要证据，其中包括织云科技与万金证券、黑铁投资之间签订的 1.28 亿利益输送三方协议、黑铁投资低价赠予织云高管一千万股织云股票的协议、织云高管之间以“虚拟股权激励”名义私分一千万股票的协议、织云高管之间为此签订的多份保证书及其保密协议等等。

根据报道所述，就在严磊与受害人柳青青达成一百六十万赔偿协议之后，有人向省纪委进行实名举报，说严磊存在重大经济问题和生活作风问题，证据确凿，但每次都是公司召开班子会议讨论决定，最后由公司出面替他埋单，掩盖了他的严重犯罪事实。纪委根据举报线索，找到织云公司纪委书记钱某，对其晓以利害，重申法律底线。结果钱某把查证严磊受贿的多份存底证据上交给组织，并承认自己之所以参与包庇严磊，也是因为公司推行的秘密虚拟股权激励所致，自己跟公司签订股权激励协议的同时，还签订了保证书和保密协议。在保证书里，除了“一荣俱荣、一损俱损”的原则，还写着“保证本届班子成员在任期内一个都不能掉队、一切从公司班子稳定的大局出发、班子成员之间高度团结决不落井下石”诸如此类的内容。省纪委在认真研究钱某提供的虚拟股权激励协议之后，觉得织云现任班子已经涉嫌非法侵占国有资产，决定对其董事长和总经理立即实行“双规”。后来从孔董家里保险柜中搜出了大量协议原件，这些协议十分清楚地证明了织云高管一直在和织云最大流通股东黑铁投资暗中勾结，助其坐庄拉升股价，织云因此获取了海水淡化项目资金及其未来虚构利润，还从黑铁投资获得了一千万股的股权收益承诺。织云将这一千万股权以每股四元的低价买下，然后私分给公司各位高管。黑铁投资在协议里承诺，四年之后，该笔股权兑现价格为不低于每股二十元，低于该价格由黑铁投资悉数回购。按照最近最高价 34.99 元计算，这一千万股股权折合人民币达到

34990万元，而织云高管的总体支付成本只有4000万元，也就是说织云几位高管将在四年之后任期结束之前，共同分享三亿多元的非法财富。即使按庄家承诺的最低价二十元计算，这笔老鼠仓收益也达到一亿六千万。如果不是严磊案发牵扯出来，他们私分从黑铁投资攫取的数亿元财富将永远无迹可寻，因为这笔收益跟公司账面根本没有发生任何往来。

报道还指出，在省纪委宣布对织云所有涉案高管进行停职审查之后，还将案情上报给针对织云科技、万金证券、黑铁投资的联合调查小组。根据多份"虚拟股权激励协议"可知，其中孔董分配股权200万股，杨总160万股，沈副总120万股，钱书记110万股，刘副总100万股，严磊100万股，司董秘80万股，袁代表50万股，办公室周主任10万股，总计930万股，剩余70万股由孔董暂时掌控，必要时准备进行再分配。严磊因为受贿事发，被班子会议剥夺30万股重新分配给其他成员，他账户上仅剩70万股。那30万股分别再分配给沈副总5万股，钱书记7万股，刘副总5万股，司董秘和袁代表各4万股，剩余5万股收归孔董掌握，划为再分配股权。截至案发，孔董手上尚余75万股织云股权。

此外，孔董还供认收受黑铁投资数百万媒体公关费，其中送给《新世纪经营报》两百多万，仅报社何社长个人受贿就达百万以上。

孙尔雅看到这里，无比震撼，不禁脱口而出：想不到何社长背着我拿了织云这么多钱！

邢智听出画外之音，忙问：就是说你也拿了织云的钱？

孙尔雅脸红起来，扭捏了一阵说：何社长让我承诺不让报道外流，给过我五万，说是织云支付的记者幸苦费。

哎呀，这可麻烦了，要是何社长吐出来，你也逃不掉干系！

那怎么办？难道章陕死了，我还得继续逃亡啊？

法律盯上你，还逃得掉吗？不过你拿的钱不多，虽然足够立案说你受贿，但还能赌一把。希望在这段时间里，这个何社长拿人钱财太多，暂时记不起你这一笔。我给你五万，你赶快回到周刊把这笔钱交给孟夫子，说是当时何社长收买你的钱。因为害怕报复，你不敢报案，一直存在自己账户上，随时等待机会交给组织。你写个详细文字材料一起交上去，孟夫子肯定有经验帮你摆平这件事。

好，事不宜迟，我一会儿就写个材料在网上传给孟夫子。钱不用你的，那五万块我真的没动过，回去后取出来交上去就行了。谢谢你！

我们就不用客气了！唐千年给我十万，我要是还给他，他肯定不拿我当朋友，你尽管拿去花掉。这事你跟孟夫子说清楚，必须快速处理，要赶在何社长彻底交代之前。之前是主动，之后就是被动。

我明白，我这就给孟夫子写邮件过去，让他帮我紧急处理！

……

邢智等孙尔雅发完邮件，要了她的电话，装上电池和芯片，当着她的面拨了水红电话，提示音显示对方关机，再拨还是关机。邢智只好给水红电话发了短信过去：姐，我有紧急事情找你，如你开机见此短信，立即拨打这个电话。邢智。

他回头对孙尔雅说：让这个电话开一会儿，我们在布尔津等到水红电话再决定回程。现在章陕暴死，各路杀手必定会解除对我们的追杀，但也不可太大意，我感到章陕背后还有人，如果他们这时出手，胜算还是挺大的。

孙尔雅回想着也说：我也隐隐感觉事情没这么简单，你想想，章陕为了坐庄织云这么大的系统工程，才给了织云高管集体一千万股的老鼠仓，还是以四元价格事后逼急了才给的，而他在坐庄之初就以低于四元的价格给了赵毅一个人五百四十万股的老鼠仓。这说明什么？第一，说明他很信任赵毅，这种信任远远超过了他对织云高管的信任。第二，他十分看重与赵毅之间的关系，并且可以断定，他跟赵毅的关系比跟织云高管之间的关系还重要。第三，如果排除私人感情，他跟赵毅之间必定存在经济利益上的合作，甚至这种合作的意义超过了跟织云高管合作坐庄的意义。看来，章陕与赵毅之间远不止是一次老鼠仓的馈赠那么简单。但背后到底是什么内容呢？章陕一死，这个问题似乎也变成了永远的谜团。

邢智点头说：你的推断有道理。这几年章陕跟北京的曹宜妃之间一直遮遮掩掩，似有秘密往来，但我一直找不到任何证据。这次坐庄织云，除了“西道”“南童”低调秘密参与之外，我发现盘中还有第三股力量，以散户手法在低位抢走不少筹码，在高位一直锁仓，暴跌期间也没有砸盘，一点也不像章陕的对手盘，反而像长线合作的一致行动人。这股力量看着不大，所以我一直把它看成一个偶然因素。如果章陕真的背着操盘队伍，还另外藏有一支秘密援军，后面必定还有动作！

孙尔雅听了有些担心，忙打开织云科技的股票行情，一看已经从十三四元跌到了九元多，在孔董、杨总被“双规”当日已经宣布停牌。她掐指数了一下，已经连续停牌四天了。

两人从网吧出来，在布尔津街头找了一家最好的酒店，里面有西餐厅。他们一边吃饭聊天，一边等待水红电话。

中午十二点多，水红电话打了过来。邢智问她章陕都死了，为什么还不开机。水红告诉他，章陕死亡消息出来之后，一些融资户抢光了公司的所有东西，也抢光了章陕的家，别墅和车辆都被法院抢着查封了，现在她只好把章陕的两个孩子跟保姆藏到上海以外的地方，要不然孩子也得遭殃。那些认识她的融资户，发了疯地四处寻找她，也在寻找各自认识的操盘经理，图玉、曾拓都躲到苏州去了，一旦被他们发现后果不堪设想。水红说她也不敢守在上海，只能在周边城市躲来躲去，每天中午和晚上才敢开一下手机，看看短信又赶紧关闭，并频繁用假证换住酒店，生怕被融资户聘请的杀手找到。

水红感叹道：弟呀，恐怕姐这一辈子都不敢抛头露面了！

邢智安慰道：姐，你不要慌，毕竟这个魔头死了，大家都解放了。这阵子气氛紧张，你保护好自己也是正确的选择，等这阵风暴刮过去，一切还会风平浪静的。

水红急忙说：你在哪里？赶快回来呀？你不回来我都快撑不下去了！

姐，我还在新疆，最近两天就会赶回上海，到时我们还用短信联系，约定时间再通电话。你也好好关注一下图玉、曾拓，让他们保护好自己的同时不要过于担心。我回来后找大家一起聚聚，再商量一个善后方案。

好的，你可要尽快赶回来呀！昨天章陕保姆闹情绪，想扔掉孩子走人，我给她打了一笔钱，承诺给她双倍工资才稳住她。

想不到章陕平时不把水红当人看，这时候水红还在牵挂着章家的孩子。邢智听了心里有些感动，同时也产生了一丝愧疚。

邢智转开话题：你最后见到吴非是什么时候？

吴非肯定没死。一天我打他电话没通，第二天我继续打，终于通了。我问他在哪里，告诉他好多媒体在找他。他说老板安排了特殊任务，估计今后一段时间可能联系不上他了。我又问他在国内还是国外。他说还在国内，今后就不知道老板怎么安排了。结果刚过两天，我就看到报纸说他已经死了五天了，还贴出了织云军医院的死亡证明。我估计这是老板特意安排的报道，想转移媒体的视线。

那就是说，他现在肯定还活着？

肯定活着，就是不知他在哪里？

姐，章陕夫妻车祸现场是谁去确认的？

我没敢去，是警方通知让章陕亲弟弟章宁去的，他刚好在上海给儿子治病。他从九华山景区管理处带回了所有遗物、现场照片、法医死亡证明等。唉，章陕一辈子信佛，佛也不愿意保佑他！还算老天有眼，两个孩子都在上学，没有跟他们上山，要不然更惨！

是啊，不管章陕怎样，孩子总是无辜的，姐你等我回来一起处理这个事。

当两人火速赶到乌鲁木齐的时候，已经很晚了。打电话一问，机场已经没有飞上海的航班。两人又在西域王朝大酒店开房住了一晚。邢智记着和孙尔雅在喀纳斯小木屋里的约定，洗完澡有些冲动，但孙尔雅好像忘了这回事似的。她兴奋地说要早点睡，明天一早要去街上买本周刊的杂志。两人在车上折腾一天，很快就沉沉入睡了。

第二天一早，孙尔雅买了好几本周刊杂志，又买了一大堆报纸。两人走在乌鲁木齐的大街上，觉得晴空万里，心情无比舒畅。章陕之死，完全解除了他们的戒备和恐惧。出逃这么长时间他们还是第一次这样旁若无人地走在大街上。

两人吃过早点，邢智说金彤和章陕之间的恩怨总算有了一个结果，他要回上海告慰义父的在天之灵，还要看望义母，另外章陕孩子的善后也需要他出面。

他问孙尔雅是不是急着回北京，孙尔雅说不急，她想跟他一起回上海，一起去看望金彤夫人。另外，她也想见识一下邢智的“水红姐”，至于北京那边，她给孟夫子去个电话就可以了。

邢智说那就直接飞回上海吧。两人拉上行李箱，直赴乌鲁木齐机场。

二

金夫人是大学教授，一直住在大学的教师宿舍楼。那是 20 世纪 80 年代的老建筑，还是金彤在学校任教时，两人结婚后一起分到的房子。楼梯狭窄，栏杆已经被铁锈腐蚀，但楼梯上很干净。孙尔雅喘气爬着楼梯说：我还以为她住在郊区的某个大别墅里呢，她老人家住在几楼啊，就这样每天上下锻炼身体呀？

六楼，快到了。

到了门口，外面是一张厚厚的、生锈的铁门，邢智轻轻敲了三下，就听得里面有个健朗的声音回应：等一下，来了。

估计是在猫眼里看到了外面的人，一声“是邢智啊”响起，铁门哐当一声拉开了。孙尔雅看清了金夫人的模样，个子不高不矮，衣着简朴，处处透着上海女人的精致细腻，却没有一点市井之气，一看就是书香门第风范。她的容貌似乎不到五十岁，一点不像六十多的女人。金夫人见邢智身后还跟着一个漂亮女孩，连忙说请进，赶紧进来。

邢智毕恭毕敬地敬了一个礼说：义母您好！

孙尔雅也跟着鞠躬，喊了声阿姨你好！

金夫人把他们让进客厅坐下，又是泡茶又是削水果，忙个不亦乐乎。邢智也起身去帮忙。孙尔雅认真环顾起这个家。客厅本来不大，电视机还是老式的大屁股电视机。电视机对面靠墙竖着一排书架，把空间挤得更逼仄了，书架上满满当当摆满了历史、财经类的书籍。客厅中间摆着老式木头茶几，有些掉漆了，但擦得光亮，一张长木沙发和几张凳子基本上让客厅只剩转身的空间。窗户下面见缝插针似地摆了一架钢琴，用布盖着。窗户对面的墙上，挂着金彤的遗像。孙尔雅走近端详这位曾经叱咤风云的人物，和网上的照片不一样，这是黑白画像，没戴眼镜，脸圆圆的，稀疏的头发往左边梳倒，笑容憨厚朴实，目光智慧而慈爱，不太能看出有什么大将气度。她又扫一眼三个房间，也都简单朴素古旧。三室一厅一厨一卫一阳台，加起来一百一二十平米吧。她有些疑惑了，难道这就是“资本教父”金彤的家？

邢智曾经告诉她，金彤跟夫人并无子女，却资助了八十多名家境困难的孩子和孤儿，还认下邢智做义子，资助邢父住院治病。她似乎感觉到了，邢智为什么要替金彤报仇，可能远不止父子情义那么简单，他一定是被金彤的人格魅力折服了，在他心里，金彤就是一片天，就是他青少年时代的完美偶像。

邢智心里到底还有多少秘密呢？他深受金彤熏陶，又这么机警聪明，在资本圈交游甚广，将来会不会继承金彤的衣钵，也成为像金彤一样叱咤风云的男人呢？

孙尔雅正走神，金夫人端着茶出来了。

孙尔雅接过茶水，说了声谢谢。金夫人笑眯眯地问邢智：这么漂亮的姑娘，是你女朋友吧？再过两年就满三十，是该好好考虑终身大事了！

孙尔雅听着笑笑，却并不出声，她想看邢智怎么应对。

邢智一脸淡定地介绍：她就是那位记者孙尔雅，冒着生命危险，跟我一起躲到了新疆。蒙她不弃，我们在逃命的路上，扮过情侣，还扮过新婚夫妻。这次多亏她们杂志社，以最快的速度把她的报道刊登出来，把章陕逼上绝路，否则还不知道躲到什么时候。

金夫人握住孙尔雅的手说：你就是孙尔雅呀！真是感谢你，我在学校图书馆看到了你的报道，引起了巨大的反响，没想到你这么年轻！还没找男朋友吧？

孙尔雅汇报：我今年二十五岁，还没遇到合适的。

金夫人一听就对邢智说：那你们还扮什么情侣夫妻呀？男不婚女不嫁的，简直是天作之合嘛，现在章陕的事有了结果，你的心愿也了了，我看你要好好珍惜孙姑娘，争取早日修成正果，让我老太婆也高兴一回！

邢智被义母说的脸上绯红，一边小心翼翼陪着，并不敢正面应答。他看了一眼孙尔雅，见她也正望着自己，于是说孙尔雅现在是闻名天下的财经名记，可没那么好追。孙尔雅狠狠挖了他一眼，说你又没下功夫追过怎么知道不好追呀。金夫人抓起她的手说我一看你们两个就有戏，别糊弄我老太婆了，我等着喝喜酒呢。

金夫人又问起孙尔雅的父母和大学生活，孙尔雅一一作答，感觉金夫人就像自己的母亲一样，如沐春风。金夫人聊了一阵，进屋拿着一个盒子出来，递给孙尔雅说：第一次跟你见面，我就很喜欢你，我替金彤感谢你，就把这个祖传的镯子送给你吧。

孙尔雅见状连忙推却：阿姨不行，这么贵重的东西我不能收。揭露章陕是我的工作，主要都是邢智的功劳，我只是给他打个配合而已。说不定他找到别的记者，比我做得更好！

邢智一边说话了：孙记者不要谦虚，报道是你写的，我只是给你找了一点资料而已，天下再找不到第二个孙尔雅了，换了别人肯定早被章陕收买了。

孙尔雅笑道：你救了我两次命，我现在被你收买了！

金夫人听他们两人说得稀里糊涂的，弄不明白怎么回事，强行把手镯盒子塞到孙尔雅手里，跟着起哄说：小孙就算我也收买你吧，我真想让你成为我的儿媳！

孙尔雅听着扭捏了好一阵，才把路上发生的故事一五一十讲给金夫人听了。金夫人心里跟着故事跌宕起伏，听完说：这个世道怎么啦，真像马克思说的，为了一点利益动不动就杀人放火，太让人失望了。你们俩下次再也不要碰这些可怕的事了，看不顺眼就离他们远点，别让我老太婆在家里担心！

孙尔雅见金夫人已经把自己看成一家人，心里热乎乎的，也对金夫人嘘寒问暖起来，知道她桃李遍天下，在学校又是一级专家教授，修身养性，还经常跳健身舞，晚年生活过得有滋有味。孙尔雅羡慕不已，感慨说：要是您现在还带硕士研究生，我真想考过来跟您读几年书，好好恶补一下金融知识。

金夫人告诉她：我现在不带硕士，只有几个博士还跟着，你要是想读书，我倒是可以推荐我们学校的年轻教授，这样我们就可以经常见面聊天了。

孙尔雅高兴说：我要是来这所学校读书，一定每天来看你一趟。

金夫人笑道：看我有什么意思？你和邢智结婚了，干脆搬到我这里来住，我也可以像邢智一样给你找些学习资料，给你提些建议。

太好了！如能亲耳聆听您的教诲，我一定像您的弟子“天使”彭剑一样用功！

说到彭剑，老人脸色黯淡下来，沉思良久才说：彭剑所学，特别是他从美国深造回来，在国内已是顶尖级的金融人才，三十年教学生涯中，这么聪慧的弟子我只遇到他一个，可惜他还是给老头子毁掉了，造孽啊！

邢智似乎不想提起彭剑，对金夫人说：义母，您不是老说不要以“成者王侯败者寇”的思维去评价人事吗？今天怎么又提这事啊？再说彭剑从来就没被毁掉过。

老人改口说：你说得对，彭剑还是一条好汉！

孙尔雅好奇心起，追问不放：彭剑不是不知所踪了吗？他现在在哪里？

老人嘴角一撇说：这事你去问邢智吧，他为了向彭剑学徒，还剁掉了一根手指！

邢智阻拦不及，但还是不想对孙尔雅提及彭剑的事，他劝道：你别问了，我发过誓，绝不会对外人提及师傅任何信息。

金夫人用手指敲着茶几说：小孙是外人吗？这有什么不能说的，你发誓不说，我说！我老太婆可没发过什么誓！

金夫人开始给孙尔雅讲起一段鲜为人知的旧事。

在金彤正式被判入狱三个月之后，金夫人经不住邢智的强烈要求，带他去看望了监狱中的金彤。当邢智见到义父时，发现他身形消瘦，完全变了一个人。义父告诉他，在监狱里他过得很好，也很踏实，也开始思考那些以前没机会想的问题，他已经想通了很多重大问题，准备在将来日子里写一本有关中国资本市场制度性变革的书籍。他说这里的人对他很好，在监狱里他已经交了不少朋友，其中有监管人员也有狱友，他们都比外面的人更纯粹更真实，监狱方还考虑到他的高血压和糖尿病，专门给他开了营养小灶。告别时金彤交代邢智千万别想为他报仇的事，千万不可去学操盘术。他说操盘术就是毒药，自己一生就是毁在操盘术上，希望邢智毕业后能找家稳定单位，按部就班，朝九晚五，替他把义母照顾好。

可是邢智从监狱回来后，把金彤“决不可学操盘术”的叮嘱置之脑后，对义母发誓要剪灭章陕、高荒原，为义父报仇。义母见他不吃不喝，一连几天纠结于金彤的事情，经不住他再三恳求，一周之后带着他找到了她的学生、金彤的三大高手之一——“天使”彭剑。这时，万念俱灰的彭剑隐居到老家的山野之间，他在一处有山有水的大山脚下结庐而居，四十刚出头的人居然满头白发，几乎找不到一根青丝。彭剑大学本科学的是土木建筑专业，硕士跟金夫人学的是国际金融，留学美国又读了金融工程博士。金夫人看到彭剑居处虽然简陋，但风水设计极其讲究，山水花木布置也颇具心思，明白学生彭剑只是厌弃股市尔虞我诈，并未完全熄灭对生活的热爱，于是她极力劝说彭剑收下邢智为徒。

不管怎么说彭剑也不愿意，他说再好的操盘术都是赌术，只会害人害己。他当年跟金先生苦学操盘术，赢得了“天下第一善庄”的美誉又如何？结果不仅给自己带来厄运，还给金先生带来了灭顶之灾，让数千亿民间资金灰飞烟灭，让多少个家庭分崩离析，又让多少人痛不欲生！彭剑说当时要是再动动脑子，劝住金先生，说不定能让他冷静下来，但他看到加速临近的危险，因为不想被金先生责骂，并且对章陕、高荒原尚存善想，所以并未尽心尽力，眼看金先生掉进陷阱而无能为力。他发誓从此不再进入资本江湖，也不会收徒授艺，为求心安，他要把忏悔作为后半生的全部生活内容。

看到彭剑这样决绝，邢智什么也不说，拿起地上的一把砍刀，在柴垛上一刀就剁下了自己的左手食指，说既然彭先生不肯教授我操盘术，还要这手指何用？还要这两只手掌何用？金夫人和彭剑大为震惊，连忙抢救邢智。邢智对帮他包扎断指的彭剑说，他将在彭剑居处等待十天，如果彭剑不答应帮他为义父复仇，他就一天剁一根手指，直到所有的手指剁完为止，这样他就再也不想学操盘复仇的事情了。彭剑看到邢智如此倔强，叹了口气说你这孩子蠢呀！没有手指了还怎么学操盘？你这是以死相逼啊，罢罢罢，我教你半年，成不成全在你自己。邢智听了大喜，说放心，只要彭先生肯收我为徒，只要求学三个月。金夫人在边上说彭剑你还是心软，以前你对章陕、高荒原心慈手软，犯了大错；今天你对邢智心软，算是恰到好处！

金夫人为了帮助邢智进行实盘训练，将家中所有积蓄悉数交给彭剑，说是给邢智当“学费”。邢智果然在三个月之后，练成了操盘技术，屡次测试的水平让师傅彭剑都感到吃惊。他对金夫人说，这个义子你们收对了，他身上流的就是金先生的血液。邢智出师之日，彭剑说你去找章陕、高荒原吧，相信你不会在他们面前给我丢脸。

孙尔雅听完问道：现在彭剑在哪里？

邢智担心义母继续捅下去，赶紧说：你不要问了好不好，给我师傅留点清静吧！

饭后，金夫人又将他俩带到金彤原来的书房，房间的书籍都搬走了，墙上贴满了各种各样的奖状，书架上堆满了来信，还有一些奖杯和荣誉证书。房间活脱脱就是一个“陈列馆”。金夫人说这些都是金彤生前照顾的孩子，他们现在都像邢智一样长大了！金彤在的时候是不会让我这样摆的，他不在了，我把孩子们的成绩和心里话说给他，我想他也不会烦我的。

邢智告诉孙尔雅：义父不在了，这些孩子都是由义母接手照顾的。

金夫人感慨道：别看你义父整天在市场上冲啊杀啊，其实他心里纠结得很，一生中真正让他舒心的事情也只有照顾孩子这一件，我太了解他了！

当天，金夫人还带着邢智和孙尔雅去了金彤的墓地。邢智买了一大束花，放在墓碑下，认真鞠了三个躬。他对着墓碑说：义父，我答应听您的话，但我违背了您最后对我的嘱咐，还是进了股市，还是找了章陕、高荒原，今天我特地来向您道歉！现在章陕已经向您报到来了，我想他见到您之后也会向您道歉的，我相信，高荒原迟早也会向您报到的！等这些应该向您道歉认错的人都向您报到之后，我会永远遵从您的教导，决不踏进股市一步！

金夫人听着邢智的话，眼泪夺眶而出。她哽咽着说：老金，你没有看错人，邢智他们都长大了，都有了自己的主见，你就好好安息吧。

孙尔雅也对着金彤的墓碑鞠了三个躬，心里感叹：没想到金彤离世这么久，自己还能和他有这么一段缘分，这一切，都因为邢智……老天真是不可捉摸啊。

晚饭也是在金家吃的，孙尔雅帮着做饭。吃了饭，金夫人泡了茶，三人一起拉着家常，直到天色很晚两个年轻人才告辞出门。

两人回到酒店，孙尔雅把镯子戴到手腕上说：不到你义母家里，我还不知道你一直在骗我，还有什么事你没有坦白，老实交代还来得及！记得有次我们在网上聊天，你说隔我几千公里远，原来你都是骗我的，你就在上海，还骗我！还偷窥我！

邢智默不作声。孙尔雅追问：怎么不吭声啦，做了亏心事吧？以后你再骗我，我就去你义母那里告状，看你敢不敢！

邢智笑说：收了个镯子你就当尚方宝剑啦？

就是。我要天天将这把尚方宝剑架在你脖子上！

两人安静下来后，邢智又拿了孙尔雅的电话，说要给水红打个电话。水红知道邢智该回上海了，也从扬州潜回了上海。孙尔雅听着他们在电话里约好了见面的地方。挂了电话，邢智说他要去见一下水红，让孙尔雅一个人在酒店先休息。

孙尔雅坐着问道：你不会还防着我吧？这个水红帮了我们不少忙，我也想跟着你去见见她，想当面向她表示感谢。

邢智犹豫说：我不是防你，有些人、有些事你还是少接触为好，我怕你惹火烧身。

孙尔雅反击：你满身秘密，按说我最不该接触的人就是你，其他人算什么？

你去也行，但你要保证，不要好奇，尤其是不能泄露别人的身份。

水红是特务啊？搞得这么神秘！

她的身份很特殊，章陕很多事都是她出面办理，多数融资大户都认识她，如果她被那些疯狂的融资户抓住，不光她自己，连我们这些操盘手都要跟着遭殃。

孙尔雅从沙发上蹦了起来，说：那我更要去见她，今后你的安全我还要拜托她。再说，如果这次不是她给我们提供融资资料，我们还得在逃亡路上等更久，你放心好啦，我会像保护你一样保护她的！

邢智觉得好笑：谁保护谁啊？

孙尔雅骄傲地说：以前是你保护我，现在你告诉我这个秘密，就是我保护你了！

邢智不再跟她纠缠，带着她出了门，坐上出租直奔与水红约定的地方。

三

进入一条小巷之后，邢智打了水红新买的一个电话号码，不久便看到水红从一个楼梯间走了出来。孙尔雅看到一个三十岁左右的干练女子，头发盘在脑后，双目含情，脸庞清丽俊俏，一身休闲裙装，裹不住浑身上下优美的曲线。邢智迎上去，给两人作了介绍。水红赶紧拉着邢智的手，带他们上了楼梯，进入三楼的房间，她说：没有办法，其他场所目标太大，只能在这个不显眼的地方借避一时。

我知道，听说老赫纠集了江浙一带十几个融资户，到处找你，说找到你就能找到章陕的遗产。你还是躲在外地去安全一些。邢智拿开自己的手说。

三人坐在一条沙发上，邢智坐在中间，美女分坐两边。水红隔着邢智又拉住孙尔雅的手说：想不到你就是那个记者，二十天前，我还在到处找你呢。想不到你这么年轻！

邢智路上给孙尔雅讲过，水红曾化名水蓝，找到范东去北京监视跟踪她。现在水红提起这事，让孙尔雅有点无地自容。她红着脸敷衍：还是水红姐看着年轻！

水红半个身子好像压着邢智，浑圆的胸脯向下，正好落在邢智手背上。孙尔雅瞥见这一幕，感觉到一阵心惊肉跳。她马上抽回自己的手，故意坐得离邢智远了点。水红也坐直了身子，嘴里埋怨道：你们都是鸟变的，大难来时各自飞，留下姐守在这上海滩，要是我被老赫他们抓住，不被他们撕了才怪！

邢智开玩笑说：我不担心姐，姐的本事我清楚，遇上狼狼完蛋，遇上虎虎遭殃。

水红抓住邢智一顿好捶，嗔道：你跟吴非一样，都是负心汉！

看着水红跟邢智这么肆无忌惮，根本不把自己放在眼里，孙尔雅心里的醋坛被猛然打翻。她端着茶杯，眼睛盯着杯中舒展翻滚的茶叶，开始后悔自己跟着邢智来见水红。她不知道，水红是章陕从金彤手上要过来的，那时二十二三的水红是远方证券“一枝花”，是财务部的一名会计。金彤让章陕随便挑人，不管什么人才他都会放手，结果章陕独独挑了水红去投资公司做他的助手。“328风波”之后章陕自立门户，一直带着她。后来她渐渐成为章陕和五大门徒的纽带，跟操盘手的关系比章陕还要熟。吃斋念佛的章陕不仅给门徒洗脑洗心，自己也清心寡欲起来。两人表面上是情人关系，实际上他对水红也像对待金钱一样，喜欢占着却很少使用，而且屡屡承诺并不兑现，使水红心中积怨越来越多。水红跟章陕“五虎将”关系极为密切，尤其喜欢帅哥吴非，可吴非对章陕死忠，不管水红明示暗示，他都装作视而不见，不敢有任何实质性举动。倒是常青对水红暗生情愫，经常在言语之间放出诱饵，他技术虽好，却始终得不到章陕信任，水红也不喜欢他的个性，加上他经常在她身上占便宜，反让她对他戒备森严。水红对章陕最看好的邢智也有好感，但她知道邢智是个不谙风情的小男人，一直把他看成小弟和“闺密”。时间一久，邢智也投桃报李，对水红的热情动作，早就见怪不怪了。

这时水红对邢智说：上次还真亏了你及时提醒，我把电脑里的那些秘密账户都毁了。要是晚一天行动，我和图玉、曾拓一个都跑不掉，要么被融资户抓走，要么被关进看守所。现在大家都躲起来了，就等着你回来，商量怎么办呢。只是章陕那两个孩子有些可怜巴巴，遽然父母双亡，十分惊恐。我每次去看，他们都不让我离开，好像我才能保护他们似的。

邢智感慨：章陕的结局也太出乎意料了！

水红叹了口气：也好，一了百了，总比被那些高利贷绑架了要好，就是可怜了两个孩子，父母永别之前连招呼都没打上一声！

邢智戚然问道：章甘、章宁现在都在上海吗？

我在郊区金山县城租了一套房子，让保姆和孩子躲在那里，又在学校给孩子请了假。章甘、章宁这两天跟孩子在一起，但他们表示都不愿意收养这两个孩子，我建议兄弟俩一人负责带一个，章宁倒没说什么，但章甘死活不肯点头，好像怕惹麻烦似的。

这不怪他们。当年我亲眼见到章陕对兄弟薄情寡义，今天这样，只是报应而已。

章陕的确六亲不认。有一次，章宁带着孩子来上海治病，急需用钱，不知道怎么找到公司来了。章陕铁青个脸，很不高兴，好像这个乡里来的亲弟弟给他丢人似的，他说自己在外打拼花销很大，也很困难，只拿了五百块给章宁，说是回家路费。自始至终，他连躺在医院里的侄子没瞧过一眼！我实在看不下去，等章宁出门，追上去，自己掏了两千块钱给他，谎称是章陕临时向别人借的。章宁千恩万谢走了。没多久，他竟然给章陕邮寄一箱土鸡蛋过来，章陕见了那箱鸡蛋，一脸的厌弃，当即扔给我，我吃了一个多月啊！

孙尔雅在旁边听得都傻眼了。

原来章陕的父母是支边人员，在地质队工作，在兄弟中算是吃了公粮的人，后来把七八岁的侄子也带在身边，好歹有口饭吃。因为当时在甘肃，就给他起了个正式的名字，章甘。章陕是在陕西出生的，比章甘大两岁，父母上了班，他就带着章甘游来荡去。两兄弟从小到大到处打架，惹是生非。别看章甘人小，但身子长得比章陕还壮实，打起架来凶猛得很，人送外号“小霸王”，每次打架章陕都要靠他保护。不久，地质队到了宁夏，章陕又得了个亲弟弟，取名章宁。章宁小了十来岁，章陕对这个碍手碍脚的小弟弟，一直有些烦，经常丢下他一个人在家里哭闹。20 世纪 80 年代初，章陕到上海读书，从此和章甘、章宁少了联系。章甘后来顶了伯父的班，在地质队做事，后来地质队改制，章甘成了下岗人员。从此郁郁不得志，整天唉声叹气，完全没了昔日的雄风，成了一个破落户。章宁原来在章甘的帮扶下，开了个日货小店，后来地质队日渐衰落，人越来越少，生意也清淡了起来，便养了些鸡补贴家用。章陕在上海混出模样后，几年才回去一趟。父母去世后，干脆都忘了回家了，对两个弟弟也不闻不问，生怕他们找上门来。

水红告诉邢智：那两兄弟我都想过了，章甘肯定对章陕寒心了，而且还是堂兄弟，不太靠得住。章宁是亲兄弟，人也老实得多，我看得出他对侄子侄女比较用心，只是自己孩子也一身病，有些左右为难。现在章陕夫妻名下的资产已经被查封完毕，只有我那里还有一套别墅，是章陕买给我的，车库里两辆车，也都在我的名下，一辆是章陕用的奔驰，还有八成新，另一辆是我用的路虎。我想等融资户都安静下来了，再悄悄把这套房子和那辆奔驰车过户给他们，房子可以自住，车子可以先卖了再买辆普通的。如果再想办法给他们一点现金，章陕的两个孩子和章宁的孩子就都有了生活保障，也算给章宁吃下一颗定心丸。

孙尔雅听水红这么说，也觉得这个女人挺讲义气的，不禁产生了佩服之心。要是搁在别的小三身上，不与原配子女争夺财产才怪呢，谁还会来帮他们呢？但话又说回来，这样的女人更要防备，她能感动自己，也会感动邢智啊，万一感动升华了，弄出感情来，以她的手腕，拿捏住邢智岂不是小菜一碟！

邢智听水红说要把房子转赠给章陕孩子，马上反对说：不行，绝对不行！那个房子和车子在你名下，就是你的资产，你给他们了，自己住哪里？再者，这些怎么说也是你挣来的，不能让你白搭进去这么多年！我们还是另外想办法吧。

怕什么？先解决眼前的问题要紧，你不是说要养我一辈子吗？怎么，变卦了？

一码归一码，你的房子、车子是原则问题。

孙尔雅听了大惊，果然有事！连养她一辈子的话都说了，看来两人早就海誓山盟了。

邢智没注意到孙尔雅的脸色变化，他想了想又问水红：那些秘密账户清得怎样了？

我都查对得差不多了，总共有一千多个。本来散出去仅三个亿，后来章陕急用，取了几千万，现在股票市值大跌，能取出来的现金理论上还有一个多亿。但吴非、常青一走，有些账户没有他们授权，很难取得出来，好在你和图玉、曾拓都在，在你们分管的账户上取现都不存在问题，我手上也有一些账户能取现，如果织云不停牌，应该还能找回一些钱吧。

看来我们还有一场恶战！织云高管被一锅端，股票停牌，停牌期间又出了庄家章陕暴卒的消息，这种状况下如果复牌，股票一定是连续跌停，而且越到后面就越难卖出。现在只能等着复牌日期到来，用极端操盘手法抛掉秘密账户上的筹码。姐，吴非、常青都不在，凭我跟图玉、曾拓对抗整个市场，还有点困难，到时得请你也上场玩一把。如果这次我们联手作战能找回五千万，你少拿点，就三千万，算是章陕欠你的，另外两千万就留给章宁和孩子，车你可以转给他们一辆，房子就不用了，让他们自己再去买。

房、车的事你不要再说了，我主意已定。如果章陕活着，欠我的肯定跑不掉，但是人死了，债务也就带走了。我是需要钱，但我不会找死人去要。还有，你、图玉、曾拓也都是受害者，如果真找回来钱，也应该都有一份，这个话我已经跟他俩说过了。

我不需要，图玉、曾拓也拿了工资的，重点是你和章陕的两个孩子。这样吧姐，我们先静等织云复牌，卖掉股票之后再去找钱，看看到底能找回来多少再说。

也行，先等复牌再找钱，免得夜长梦多。

水红见到邢智，就像见到久违的亲人一样，两人一口气聊了很多事情，根本没有顾及身边一言不发的孙尔雅。邢智想起赵毅老鼠仓的可疑之处，就问水红是不是知道背后的交易。水红看了孙尔雅一眼，对邢智说：这事小孙还是不知道的好，我私下跟你再聊。

可邢智不想等，他说：姐你有话尽管说，小孙不是外人，她对这个问题也好奇呢！

水红说：那我更不敢说啦，告诉你们只会害了你们！

孙尔雅听水红这么说，心里越加好奇，加上有几分怨气，忍不住对水红说：不想让我听到很容易呀，你们去房间里关上门密谈，我保证不会偷听！

邢智会意地看了孙尔雅一眼，也跟着起哄说：姐，那我们就避一避，去房间里谈。

说着邢智拖着水红进了一间卧室，进去后水红回头看了孙尔雅一眼，终于紧紧闭上了房门。孙尔雅坐在外面，开始还默默等着他们出来，可是十分钟过去了，十五分钟过去了，房门依然没有打开。她开始有些烦躁不安起来。说实话，没人比她更想知道赵毅案背后的黑幕，但他们到底在说什么，竟花了这么长时间？他们在里面除了说话，还会干什么？是坐着，站着，还是躺着？想到范东和秦小敏曾在眼皮底下耍弄自己，她不禁有些担心，谁知道这一男一女就不是范东跟秦小敏呢，他们躲在房间里这么久不会故技重施吧？几次她都想破门而入，但都因为对邢智的信任感占了上风而作罢。

其实水红关上门就对邢智说：弟弟，这个小孙是记者，我看得出她很在意你，但我说的这些千万不能告诉她；否则，她好奇心一起，以为又碰到一个像章陕一样的大庄家，不仅会害了她自己，还会害了你。

邢智似乎猜到了什么，直奔主题：你是说老板的背后，还有一个更大的老板？

水红点头不语。

邢智追问：是不是“北妪”？

水红摇头说：不是“北妪”，不过与“北妪”有关。有一次章陕在我住处接过一个电话。他问对方准备好了没有，然后又说十个亿进场应该撑得住了。晚上睡觉时，我让他关手机，他说现在是紧急时候，不能关机，怕“北妪”曹宜妃突然找他。我猜这十个亿应该是曹宜妃为救章陕而组织的粮草。第二天章陕心情很好，跟我提了几次“东山再起”的话题。我思前想后，回忆起有一次跟章陕去北京，见到了曹宜妃的公公洪老爷子，他可不是一个简单人物，进他的院子就遇到了两道岗哨，八十几岁高龄仍声如洪钟、身形矫健。章陕和曹宜妃见了他都是毕恭毕敬，就像古代臣子见到皇上一样。那时赵毅老鼠仓案还没有东窗事发，洪老爷子让他的秘书给我们讲解位于江东的一座新发现的秘密矿山，初步勘探的结果表明，这座矿山富含铜锂矿，特别是锂矿储藏量可能居全国之最，开发价值高达数千亿。洪老爷子说先让赵毅以国资形式把这个矿山控制起来，对外严格保密，等章陕完全控制织云科技之后，再慢慢以增资扩股引进战略投资者的方式把矿山注入进来，然后在二级市场通过股票交易方式把矿山转卖出去。他说这叫溢价转让，上千亿就变成了上万亿，而且大大缩短了变现周期。

邢智听了十分震惊：我知道“北妪”跟章陕关系不一般，“西道”“南童”那里平常都是派我们几个打点，唯独“北妪”那里不让我们接触，都是章陕亲力亲为。但是我没想到他们竟结成了这样大的一个同盟，并且还冒出一个神秘的洪老爷子来。孙尔雅见到织云高管老鼠仓报道之后，都怀疑赵毅老鼠仓背后有鬼！现在这个局面恐怕连洪老爷子都没想到吧，他还会派“北妪”出来接盘坐庄织云吗？

应该不会来接盘了，如果章陕不死、织云高管老鼠仓没有自爆，或许这只股票还有救，现在这样失控的局面下，再砸钱进去，无异于飞蛾扑火。

我早就察觉有人埋伏盘中，跟庄家共同进退，曾请图玉计算过这笔资金额度，至少发现一个多亿，成本也很低，不到每股八块。难道这是“北妪”预先埋伏的资金？

正是，她跟章陕说进场了两个亿。

章陕坐庄织云原来并不是想在五年之后出货，而是想通过控制流通股，利用今后的转增配股机会扩大持股额度，最终达到绝对控股织云的目的。织云只是他们的壳资源。

没错，洪老爷子分析形势时，说未来几年市场一定会搞全流通，现在就得把握机会，国资没钱再投入，会放弃很多股本扩张机会，流通股东抓住这些机会，蛇吞大象不是问题。

赵毅案被江东轻判处理，是不是也是与他们出手保护有关？

你别问了，再问下去我也跑不掉了。其实很多都是我胡乱猜的，事实未必如此。

你肯定还知道一些什么！

知道的我都说了，后来洪老爷子说我机灵可靠，建议我在北京多留一个星期，跟他的秘书一起制订下一个五年计划。

什么内容？

水红摇头不语。

章陕是不是又逼你为他公关？这个老东西真不是个东西！

水红反劝邢智说：人生在世，必须睁一只眼闭一只眼，有些人事永远不要去碰，就算金彤在世又如何，碰了还不是一样遭殃！

……

邢智开门出来，见孙尔雅神情不爽，知道她在闹情绪，就跟水红约定了再次见面的时间，赶紧告辞离开小巷。

回到酒店房间，孙尔雅才开口发问：水红这么怕我知情，到底跟你吐露了一些什么秘密？

邢智不想把章陕、“北妪”、洪老爷子之间的内幕说给她听，怕她一路继续捅下去，最后正如水红所说的不知轻重厉害。他编着话说：章陕给赵毅老鼠仓，其实是想收购赵毅公司下面的一个子公司，那个子公司资产质量不错，有炒作前景，章陕认为如果把这块资产谋上市，会比坐庄织云更有利！

孙尔雅半信半疑：是吗？你们躲在房间半个小时，就是讨论这个话题？

不是，还问了其他几位同事的情况。

既然关上门说话，肯定就见不得人，图玉、曾拓的事难道比章陕还机密？

主要是涉及操盘出货、外出找钱的事，毕竟要躲着那些融资户，水红担心自己后面的安全，才不想让你知道，毕竟她对你了解不多。

恐怕还有你和她之间的一些秘密，也不想让我知道吧？

我跟她能有什么秘密？你这个醋吃得真是邪门！

我看她对你没安好心！

我们是多年同事。现在事情一团糟，随时都有性命之虞，在一起商量的都是如何善后，你可不要多想。估计孟夫子急着要奖励你呢，明天你就回北京吧，我还要在这里等一段时间，等事情办妥了再去北京找你。

你不会是想甩掉我，好跟水红在一起吧？

记者真是有想象力，难道你对自己就这么点信心？

是水红没信心吧？章陕靠不上了，我看她又想靠上你，你们肯定没好事！

我向老天保证，我跟她之间没有问题！现在都是看在章陕孩子可怜的分上，想帮他们一把。办完事我就来找你，少则一周，多则十天。你少犯职业病！

见邢智把话说到这个份上，孙尔雅不好再纠缠不休。她提醒道：你一定要意志坚定，别犯色戒，不要忘了在禾木村对我说的话哦。

邢智想原来她并没有忘记禾木村的约定啊，不禁有些感动：我遇上你，已是上天眷顾了。你放心，就是要犯色戒，我也只找你去犯！

四

2000 年 10 月初，太湖西山岛上，明月湾村的一座古院里，邢智、水红、图玉、曾拓四人围坐在庭院古树下，一边品尝极品碧螺春，一边讨论织云复牌逃货的事。

水红判断，目前联合调查组已经确认织云高管涉嫌集体受贿，宣布对他们进行撤职审查，织云也正在召开董事会和股东会，积极组建新班子，按理即将发出股票复牌公告。图玉默想了一会儿，预言三天之内织云一定复牌。

水红将所有账户数据堆在小方桌上，让他们各自进行确认，统计这次逃货可用的筹码。图玉和曾拓看着这些账户，手上用笔打钩的动作越来越慢，最后干脆放弃打钩。水红拿过他们的账户信息一看，很多账户都被他们打了叉。她问这是什么意思，难道这些账户都背着她上交给章陕了？曾拓沉默不语，图玉犹豫半天才吐露了实情。

原来自从发生邢智逃亡、吴非死亡、常青北奔等事件以后，图玉、曾拓就感到章陕末日来临，一天比一天提心吊胆。平时他们跟邢智关系最好，什么事都喜欢听听邢智的意见，但邢智一下跑得无影无踪，让他们惶惶不可终日。那段时间，焦头烂额的章陕怕他俩也步常青后尘，突然对他俩热情有加，不是承诺加薪，就是请他们喝茶，说眼下乱局很快就会过去，未来他要把操盘大权交给图玉、曾拓。章陕越是这样前所未有地示好，哥俩就越是不安。曾拓找到图玉商量，说章陕的主力账户都在吴非、邢智和常青手里，分给他们的只有大量“游击账户”，为防事态进一步恶化，哥俩商定一边敷衍章陕，一边暗地里积极变现“游击账户”，并在电脑上消除这些账户的操作痕迹，以备将来寻机取现。

说完图玉从贴身处掏出一个袖珍小本，看上去像通讯录，递给水红说已经跑掉的账户都在这本“密电码”里。接着曾拓也掏出同样一个小本子交给水红，红着脸说对不起我们先下手了。水红用计算机迅速统计了一下这些“游击账户”，两人合计已经变现了三千多万元，还剩三千多万元的股票。邢智手上有三千万元股票，水红手里也有一千多万元股票，吴非的“游击账户”已经被章陕变现取现得差不多了，只有常青手上还剩三千万元左右。水红指点着图玉和曾拓，揶揄说你们两个倒是会釜底抽薪啊。图玉和曾拓一时无言以对。邢智见状，转移话题，忙问他们把现金从账户上取出来没有。两人摇摇头，曾拓感慨说哪有机会啊，局势变化太快，前面忙着抛筹码，后面忙着躲灾，这些钱全在账上一分未动。邢智大叫一声说哥们你们立下大功了。三个人都看着他，满脸疑惑。

邢智解释，原以为只是一堆“死亡筹码”，想不到两人变现了三千多万，盘面局势一下就由被动变得主动了。图玉接着替他分析，重磅利空之下，绝不会再有人敢向织云投入现金，那么魔鬼团队手上的三千多万就成了唯一的“核武利器”。跌停趋势中，只有首尾两端能逃货，用活这三千多万现金，虽然无法改变趋势，但足够制造几个活跃的交易机会，只要抓住其中一两个机会，以几人合手之力，一定能收回更多现金。

曾拓这时忍不住补充说，出其不意攻其不备，这次好玩之处在于没有对手盘。邢智听了否定说不是没有对手盘，而是对手盘太大了，所有被实行资产保全的融资账户都是对手盘，他们都会不惜代价地找机会平仓，除非让他们看到一个新的上升趋势。此外，还有一个两亿多元的对手盘早就埋伏其中了，它同样想跑货，但跑不掉，由于它账上多的是现金，说不定它也会在盘中制造跑货的机会。邢智说完朝水红看了一眼，水红立即对图玉、曾拓点头，证实邢智所言非虚。

邢智继续分析，这个高达两亿的埋伏筹码，在制造盘中上升幻觉时是魔鬼团队的同盟军，在逃货阶段又是最凶狠的对手。要想制住它，第一，得手快。这次我们要把下单时间精确到1/60秒，抢先用巨单封住复牌之后的前三个跌停价位，让他人的筹码没有丝毫成交机会，这样才能争取盘中主动权。第二，得眼明。绝不轻易出手试盘，仔细观察封单的明细变化，不放过每一手筹码的变动，一旦盘中出现异动，就把手中现金悉数买进，等其他买盘涌现之时，再不顾一切疯狂卖货，一直卖到跌停价位为止。按照以前的战绩，图玉应该能算出来，这样的一次机会我们能卖出多少。

图玉掰着指头算了起来，除开常青吴非手上的“游击账户”，按停牌价计算，他们手中共有一亿元左右的市值，算上第一个跌停，也还有九千多万能够动用。如果真的有人比魔鬼团队更急于变现，魔鬼团队只要顺势而为，采取四两拨千斤的战法，抓住一次盘中打开跌停半小时的机会，突击变现六千万元应该没有问题。

水红感慨道可惜常青溜得太快，否则把他手上的三千多万筹码凑起来，就更容易控制盘面。图玉把常青手上那些账户从水红手上拿过来瞧了瞧，说常青团队习惯用固定密码，经常是一个操盘手操作几十个账户采用同一密码，今天晚上他就是通宵不睡，也要破译出他的一部分密码出来。水红十分高兴，说你争取从他那里多拿到一千万元筹码过来吧。

第二天一早，图玉冲进水红房里，把她从床上拽起，兴奋地喊道：常青的一半的账户密码都被我破译出来了！

几人立即测试账户，根据图玉破译的密码，果然有近半账户可以轻松打开。水红马上给这些账户重新设置了密码，说要防止常青更改密码，只能赶在他前面先下手为强。图玉笑说常青一觉醒来，发现这些账户操作不了，不知会急成什么样？水红说他能怎样，这些账户本来就是章陕的，章陕归天，收走这些账户不该吗？

接下来，四个人找来十几台电脑，还买了一台自动发电机，然后静静地守在西山岛上，晒晒太阳钓钓鱼，等待织云科技的复牌公告。

在图玉预言的最后一天，织云科技终于发布隔日复牌的公告。为了维稳，新晋董事会在公告中郑重声明，织云原高管班子集体违法违规行为，不涉及公司日常生产，也不影响海水淡化项目的投产进度。邢智看着公告，说这个公告好像是特意支持我们出货的。

隔日开盘之后，魔鬼团队三百万股筹码，除了水红操作的四十万股操之过急弄成废单，总共五百多万股封单中，魔鬼团队的二百六十万股抢到了跌停的最前位置。图玉报告说，在竞价时间内，撤走了一个一百五十万股的大单，这也说明的确有大机构没有抢到跌停先机，就主动撤单，目的是不想加剧市场恐慌心态。邢智说很好，继续盯紧这个机构。

开盘半小时之后，跌停成交总计三十多万股，全部进了魔鬼团队的口袋。或许见无利可图，封单上面又撤走了一百五十万股。图玉说手法还是竞价那一家。水红建议，他们撤，我们也撤，干脆上午就制造一个机会。邢智坚决不同意，他说我们一撤就中计了，对方马上会楔进一个三百万以上的封单，挡住我们的后路，那样我们就被动了。

到十一点整，封单上又少了一百万股，图玉说还是那家机构，现在除了我们的封单，就是一些融资户和散户的割肉筹码了。邢智说再等等，等这些筹码都撤了再看。

下午开盘之后，散户的五六十万割肉筹码渐渐减少，曾拓说可以出击了，再等怕是一个下午又白费了。邢智拍拍他的肩，说兄弟再耐心点，一个半小时交易下来，才成交了我们三万多筹码，大鱼还没有上来咬鱼饵，等成交密集些再说。

一点四十五分，离收盘还有一个小时一刻钟，突然出现一个十万股的主动买单。图玉兴奋地喊道来了。邢智说等到对方主动买入三次，大家按原计划一起动手，只留下一百万股封死不动，其余全部撤掉。

两点整，第三笔买单出现，成交了二十一万股。魔鬼团队三大操盘手加上水红一起快速敲打键盘，几乎在三秒之间就把一百多万股封单撤走了，然后反手做多买入，瞬间就把剩下的一百万封单吞噬掉了。图玉快速统计了结果，这一百万中自己对倒成交了三十万股左右，还有七十万股都被跟风盘吃掉了。邢智说现在我们手里有了四千多万现金，要在一刻钟之内让股价翻红到原收盘价附近。于是，他们四人把这四千多万资金分成十发炮弹，集中火力猛击盘面，每隔一分钟打出一发炮弹。连续打出四五炮之后，股价拔地而起，上百万股的买单开始追进，当股价达到原收盘价时，下面突然出现一笔三百多万股的买单。邢智说散户以为要直拉涨停了，立即开卖！一声指令传出，四人三十九根手指疯狂舞蹈起来，三百万的买单瞬间灰飞烟灭。图玉说这一笔成交全是我们的，刚才买入的现金全部回来了，要不要立即再砸跌停？邢智喊停，并解释说对方刚挨了一闷棍，此刻正在揣摸我们的实力，可能会再度出手挑衅。果然，见盘面卖单没有继续跟进，多单卷土重来。邢智又下达指令，在股价上升途中快速撤掉上面的巨大卖单，造成溃不成军的假象。做多力量见状，在两点半再次疯狂反扑。见时机已到，邢智命令抛出所有能抛出的筹码。一时间，七八百万股筹码如倾盆大雨从天而降，所有多单猝不及防，被魔鬼团队尽数吞噬。最后半个小时，魔鬼团队又以两百多万股抢封在跌停位置上。

图玉统计完账户情况，说今天买进两千五百万，成功卖出九千四百万，回笼资金近七千万，还有四千万被套。邢智说明天继续操作，争取再抢回两千万。

接下来织云股价持续五个跌停，魔鬼团队的账户市值损失也不小，直到卖出最后一股，图玉马上计算出变现金额：一亿零三百万。

接下来四人分头行动，分散到各自熟悉的证券网点，在全国范围内销户取现。四天之后他们又聚集到太湖明月湾古村。按照原来分析的情况，能找的钱都找回来了。因为常青手上的一些账户、营业网点只认常青，水红拿着开户协议去也不管用。还有一些账户营业网点耍赖，知道章陕死了，趁机落井下石，说非得账户本人持身份证才能办理取现业务。不过大部分营业网点还是只认熟脸，见到他们就办了取现手续。四人回到明月湾村清点一下，一共找回了六千三百万。在邢智、水红的主持下，水红、章陕孩子各拿两千万，图玉、曾拓、邢智各拿七百七十万。分掉这笔钱之后，邢智跟水红一起去金山看望了章陕孩子和章宁一家，章陕堂弟章甘闹情绪已经回老家了。在回程的车上，邢智同意水红将房、车过户给章宁，而章宁及其妻子要签订一个监护抚养章陕孩子的协议。邢智把自己分到的一张六百万现金卡交给水红。水红死活不肯接受。邢智说，我没有亲姐，就把你当亲姐，说过要养你一辈子，这六百万就当是我支付你的赡养费，今后不够用了再找我。水红坚辞不受，邢智威胁要断绝姐弟关系，水红只好收下，说你把姐当亲姐，我也把你当亲弟，这个钱我暂且收下，权当替你保管，等你结婚那天，姐当原物奉还。邢智说不用还了，这就是我送你的嫁妆，找个好人嫁了吧。大家失业都是因我而起，我还有一百七十万，足够今后出门赚钱买早点了，身上少带点钱，赚起钱来更上心。姐你记住，我会养你一辈子！

水红感动得稀里哗啦的，在路边停下车，狠狠地抱着邢智又亲又哭了好一阵。

经过水红和邢智做工作，章宁同意把家迁进上海，负责抚养哥哥章陕的两个孩子。邢智把两千万现金卡交到章宁夫妻手上，跟他们签订了一份非常详尽的监护抚养协议，包括委托水红找保姆和家庭教师、日常生活开支标准、学校选择标准、孩子身份保密条款、委托水红转让车辆购置新车聘请司机等等。考虑到目前章陕孩子面临的处境，在协议中水红承诺三年之内把别墅、汽车过户到章宁头上。

孙尔雅像英雄一样回到周刊。

在不到一个月时间里，她连发三篇封面专题文章，打破了创刊以来的发稿纪录。社里为她召开庆功大会，把她列为年度突出贡献人物，号召全社向她学习。刚开完会，孟夫子又找她谈话，说财经新闻部主编已调任广告部主任，社里研究决定提拔孙尔雅为部门主编。从孟夫子办公室出来，在回部门的路上，不少人向她表示祝贺，要求她请客庆贺。孙尔雅想，最好等邢智来北京再请客，让他也分享一下自己的快乐，不，这也是他的快乐。她在办公室对部门宣布：为了感谢大家的帮助和关照，她决定盛情邀请所有同事去酒店吃饭、K歌，为了不影响本期杂志编辑工作，日期暂定在下周，具体时间届时公告。

分别九天之后，邢智就到了北京。孙尔雅在酒店房间找到他，十分高兴，心想他这么快就来了，他跟水红应该也没什么。邢智告诉她找钱的情况，故意把找到的现金数额缩小了四倍，还把找钱的过程说得极其艰难。其实邢智不是怕她把这事曝光，而是觉得她没见过什么钱，会把六千万看得十分巨大，大到能收购她们周刊了，给一个黑庄后代和情人留那么多钱财，她肯定有心理障碍，而且他早看出她对水红有些不满，要是知道自己把六百万也给了水红，可能一辈子都别想解释清楚了。

邢智问她从何社长那里拿的那笔钱处理好了没有，她说孟夫子早就处理好了，还在全社大会上表扬她坚拒收买、品质廉洁呢。

孙尔雅还说要把那五万块还给他，说自己也存了一些钱，不像有些女人就指望着男人去养一辈子。她还说周刊同意报销两人在路上的所有费用，前几天她从财务领到了好大一笔钱，实在没地方放，只好先存起来了，回头准备给他去买礼物。

邢智知道她在讽刺水红，但听她这么说，心里仍是热乎乎的。在人的一生中，有钱是一种活法，没钱也是一种活法，很多东西都比钱重要，安贫乐道，像普通市民一样每天为日常衣食操心计划，就是他最理想的生活状态。他的手插在裤口袋里，手指摸捏着一张银行卡，卡上有五十万，他已经交给义母一张五十万的卡，这张卡他打算交给孙尔雅，以表示在摧毁章陕过程中对她的感激之情。看到她这么说，他有些犹豫了，他不知道这笔钱塞给她，会不会让她心生误会？最后他决定等找到一个别的借口再给她。

邢智望着孙尔雅说：我不想要你买任何礼物。

孙尔雅生气了：那你想要谁买？

谁买的都不想要，我要的是那种买不到、送上门的礼物！

想得美！真想要礼物你就跟我回家去！

回你家？岂不是我倒送上门啦？

你倒送上门怎么啦？也就是我练大了胆儿，换别人不被你吓死才怪呢？

这么说，为了感谢你看上我，我还得送个大大的红包才行啊！

嗯，这还差不多。在上海跟水红姐厮守了几天，终于懂了一点人情世故！

谁厮混啦？你又扯远了！

老实说，在我走后，水红姐拉过你的手没有？

本来好好说着话，怎么一会儿又无理取闹了？你是被胜利冲昏了头脑吧？

邢智作势伸手摸了摸孙尔雅的头，被她一把打掉。

拉手看来是确定无疑了，再看着我的眼睛回答，她亲过你没？

这个问题太无聊，我拒绝回答。

好，那就是亲过了，最后回答我一个问题，你们上过床没？

你再胡闹，我就回上海去了。没见过你这样的，自己长得如花似玉，我长得像个苦长工，还这么没信心，一天到晚吃不完的醋！

我不是吃醋，我只是想拨开迷雾看看你的真心！一个男人如果背着女朋友跟别的女人勾勾搭搭，八成没有好结果！

邢智看着她不说话，过了一会儿猛然抱住她的头，将自己的嘴堵住她的嘴。经不住邢智软磨硬泡，孙尔雅惊恐的眼睛渐渐变得温顺起来，跟他互相吸吮起来。

时间就像变慢了一样，好久两人才分开。邢智说：你中午肯定吃了不少蒜，刚才我从你牙缝里找到一颗，味道好重哦。

孙尔雅立即红了脸，追着他满屋捶打。

邢智求饶：我没有别的意思，有人说女人吃蒜最安全，再美的女人，别的男人一闻到她嘴里的大蒜味道就会被吓跑，但我不嫌弃你！

你还敢嫌弃我？我收留你是看你可怜，章陕死了，总不能让你一天到晚在外面流浪吧？

好啊，你骂我是流浪狗！

流浪狗收留下来，都很听话的。老实说，你跟水红上过床没有？

求求你别审问我了！从我们离开北京，再到禾木村，再回上海，再回到北京，这一路走来，我只跟一个女人上过床！邢智说完用哀求的眼光看着孙尔雅。

果然有鬼，她是谁？

非交代不可吗？我连一个女人的秘密都保不住，还算男人吗？

坦白从宽，抗拒从严。我是导演，你最好乖乖听我的。

戏都演完了，你还拿着导演的架子啊？

谁说戏演完了？以前是假戏，现在是假戏真做，只要我没有宣布辞去导演，你就得听我的。快说，那个跟你上床的女人到底是谁？

报告导演，她叫孙尔雅。在逃难途中，本人被她胁迫同房至少八个夜晚，尚未失身，经得起所有医学、考古学手段的检查。唉，这一路上是真不容易啊！

你是不是一路上都盼着失身？

不错，可我还是希望人家自己送上门来，那样才有面子。

我送你个鬼！

我就是一个鬼，你最好送个女鬼给我，好做成一对鬼夫妻！

孙尔雅被他说得不好意思起来，就说自己还要回周刊开会，下午会打电话给他，晚上给他隆重接风，好好犒劳他。邢智想着在禾木村孙尔雅的承诺，以为她今天就要把自己作为礼物送给他了，禁不住一阵心慌意乱。

五

下午四点，孙尔雅果然打来电话，她说已经开完会了，让他准备一下，六点钟赶到航天桥的香临天下酒店，她在那里预订了包厢。邢智听完暗自发笑，想不到她回到北京后也这么神秘，两个人吃个饭还正儿八经订个包厢。

邢智不知道航天桥在哪里，只听说北京下班时刻十分拥堵，于是五点钟就出门，结果打车五分钟就到了。离孙尔雅约定的时间还有五十分钟，他就在街边闲逛，看到一个高档水果店，走进去发现店子很大，水果也很新鲜，就顺手给她买了一大筐高档水果，估计够她吃两个星期了。他想送这个肯定比送银行卡更顺手，要送银行卡，必须先把两人关系加热到一定火候，否则会自讨没趣。

邢智拎着一筐水果按时赶到包厢，推开门发现包厢很大，摆着三张大桌子，足足有二三十人正闹成一团。他连忙说声对不起找错地方了，转身离开。孙尔雅在里面瞧见他，立即跟出来，在走道上叫住他：不是来吃饭吗，怎么掉头就走？

不知道这么多人，我不习惯！

没关系，都是我同事。

跟你同事一起我更不习惯！

孙尔雅心里明白了，他是魔鬼操盘手，一直躲着所有人的眼光，加上又是她的秘密线人，心里自然倍加警惕。她上前挽住他，抢过他手上的水果筐，灵机一动：我知道你神秘低调，不愿意在人前曝光，这样吧，我们再玩一回无间道，就介绍你是我的老同学，在北京卖水果的，总没问题了吧？

这水果不是卖的，是送给你的。

我知道，这么多人面前，你就当是给我一个面子，让我再当一回导演，好吗？

老同学混得这样弱势，你脸上也不好看吧？

谁弱势啦，别小看人，我就说你是开水果连锁店的，再大一点也行，就说是开全国水果连锁店的，还可以是上市公司呢。

别胡思乱想了，姑奶奶！我顶多就是一北漂农民，开了三四家店面而已。

于是孙尔雅领着邢智进门，给同事介绍说这是孙智，她中学同学，现在是大老板，在北京开了好几家水果店。邢智不说话，低头忙着给大家递水果。人家一看他不是圈里人，都陪着客套跟他打招呼，打完招呼又找熟人嘻哈扯淡去了。邢智找了一个角落坐下，还是感觉自己很扎眼。他想到自己在千万股民的市场里深藏不露，却在这群人中手足无措，感到了一种无可奈何。孙尔雅正在安排菜肴，拿着菜谱低头看了一会儿，突然抬头大声问邢智：老同学，你店里没急事吧？

邢智感觉像在课堂上走神被老师发现点了名，尴尬回道：没事没事。

孙尔雅右边是一个贴身闺密，左边坐着一个部门的帅小伙。孙尔雅让帅哥跟邢智换一下位置，弄得帅哥脸唰地红了。邢智说不用换，自己不会喝酒。孙尔雅想在禾木村不是喝了不少吗，为什么到这里就不会喝了？莫非怪自己冷落他了？

她走到邢智身边说：老同学，来跟我坐一起，平时你忙着水果生意，我忙着赶稿子，都没机会在一起聊天，今天一定要喝个痛快！

邢智也调侃说：老同学难道忘了？前年同学聚会，大家逼我喝酒，最后把大家的隐私都抖了出来，害得同学们几年都不敢见我！

同事听了一起起哄，说今天一定要让孙主编老同学喝酒，让他给大家也曝出些孙主编青春期的秘密。邢智坚决推辞，说等会还要回水果店照顾生意。孙尔雅怕在同事面前逼着他，顺水推舟地说：好，你不喝酒，那就特别照顾你，给你喝奶！

同事又开玩笑说还是老同学近水楼台，能喝到孙主编的奶。

席间，同事谈及孙尔雅的三篇封面文章，纷纷盛赞她是“中国的华莱士”，要求她趁着织云庄家事件热度不减，赶紧写一本《西域逃亡记》，一定能成为年度畅销书。孙尔雅当即表态，说这个建议挺好，她马上动笔开写，到时候希望大家多提参考意见。邢智听着她的话，渐渐皱起眉头，更加沉默寡言了。

一顿酒饭将近两个小时才散场，邢智心里刚松了一口气，却听得同事们强烈要求孙尔雅请客唱歌。孙尔雅只得点头招呼大家去隔壁的 KTV。

邢智悄悄拉住孙尔雅说：我就不去了，还要回水果店照看生意。

一起走嘛，我要听你唱歌。

我天生是一个音盲，去了只会扫你们的兴。

有亚德西老人和巴尔泰尔这样的朋友，你还敢说自己是音盲？

他们的音乐跟 KTV 是两回事。

孙尔雅想他跟这帮同事混在一起，等于绑架、囚禁他。她勉为其难地说：那好吧，我先陪他们一会儿，回头再来找你。

邢智回到酒店住处，洗完澡，有些迷茫地站在卫生间的镜子前，自己那张刻着长长疤痕的脸，变得模糊不清。水雾之中，不断闪现出孙尔雅的身影，她的一颦一笑，她的无理取闹，她的坚毅决绝，她的温柔真诚，她在摩托车上紧紧搂住自己传递过来的体温，她在旅店里安睡的样子，还有她在禾木村突然送给自己的长吻和突如其来的献身之举……除了母亲之外，第一次一个女人的身影在他心里挥之不去。他很清楚，他和她来自两个不同的世界，最后也必然奔往两个不同的世界。现在，他们只是偶尔交叉走到了一起，但这一次交叉相遇，唤醒了他内心沉睡多年的世俗生活梦想，那也是义母金夫人一直翘首以盼的梦想。一向冷静克制的邢智找不到答案，复仇之路把他逼到了人生选择的悬崖上。他使劲拍了一下自己的脑袋，又靠在沙发上乱七八糟看了一会儿电视，仍然感到前所未有的无聊。

他正打算用强制入睡赶走一切杂念的时候，孙尔雅的电话进来了。她问他在干吗，房间里听起来很吵。邢智告诉她自己正开着电视。

孙尔雅声音听着很轻：我要找你喝酒，你今天滴酒未沾，我想陪你喝个够！

邢智婉拒：我就要睡觉了，不想喝酒，你也回去休息吧。

我带了两瓶酒，今天一定要跟你喝个痛快，一路疲于奔命，我俩就从未彻底放松过。

要不明天吧？明天我陪你喝。

今天为什么不行？难道你房间里藏着一个女人？

哪有女人，你喝多了吧？

没有女人就赶紧打开门让我看看，我现在就在你门口！

邢智大惊，心想这个孙尔雅肯定喝多了，竟站在门外想导演一出突击查房的恶作剧！他赶紧打开门，她果然抱着一个纸袋，里面装着两瓶红酒，靠墙而立。

邢智把她扶进门来，坐到沙发上。

没想孙尔雅嚷道：你以为我喝多了？去！我今天跟他们只是虚与委蛇，特意留了一手就是为了跟你喝。我清醒得很，站在你门外十分钟了，就是想查查你的房！

查我的房？有什么好查的？

我想看看水红是不是躲在里面呀？这年头什么事都有可能发生，特别是你这种神秘莫测、来历不明的房客！

说着孙尔雅竟真的起身，在窗帘后面和卫生间、衣柜里认真查找了一圈。

我看你不是醉了，而是病了，还病得不轻。说说这病根是怎么落下的？

你要我送你礼物，就得听我的，扮演一回医生，帮我把病彻底治好。

孙尔雅打电话让服务员送来开瓶工具，把两瓶酒全部打开，将两个茶杯洗净倒满红酒，逼着邢智一口气连干了三杯，然后，她把自己跟范东、秦小敏的难堪往事复述了一遍。

在孙尔雅忍不住破口大骂的时候，邢智劝道：别这么较劲了，要理论起来，不是秦小敏插足你和范东，而是你插足范东和秦小敏！你不想想，你跟范东才多久？他们十几年坚贞不渝的地下孽情，怎会轻易败给你？其实你根本不用咬牙切齿，我看他们才是天造地设的一对，你顶多算一个伴娘！

孙尔雅听了哈哈哈大笑起来，笑着眼泪也忍不住滚落下来。她端起杯子把酒和泪一饮而尽，然后哭笑着问：按你说他们应该对我咬牙切齿啦？如果是我破坏了他们之间的幸福，那他们为什么还要把我骗进这个感情圈套之中？

邢智使劲搂住她说：傻瓜！他们是庄家呀,拉你进场,是为了让你做老鼠仓！

孙尔雅猛然推开邢智，一脸严肃地说：别骂我傻瓜！秦小敏就经常这样骂我！

邢智讨饶：好，这个黑庄秦小敏诡计多端又能怎样？到头来还不是像章陕一样被伟大的“中国华莱士”给毁了！

孙尔雅破涕为笑，盯着邢智问：你是黑庄章陕的弟子，对老鼠仓轻车熟路，不会也给人老鼠仓机会吧？

要坐庄才有老鼠仓机会，不坐庄哪有可能呢？

要是我跟你联手坐庄，你会悄悄让水红做我们的老鼠仓吗？

水红是毁掉章陕的功臣，你这样有点不地道吧？

功臣就要有功臣的样子，不能居功自傲，更不能随随便便就碰别人的男人！

谁是别人的男人？

你呀！

那别人又是谁？

我呀！

这是你一厢情愿，我可没有跟你签订卖身契。

今天我就跟你签！

今天你喝多了，再说也太晚了，我看明天吧，明天我坐等你送上门来。

邢智，不许婆婆妈妈！现在只有我们两人，你一定要给我放开喝酒，我就要你酒后吐真言，不准再谨小慎微，也不准心存戒备！

姑奶奶，我不是心存戒备，而是怕你喝醉了。

我不是姑奶奶，你也不是孙子，今天我们彻底解放一回！

喝醉了伤身子，你一个女孩子……

怕什么？喝醉了就睡在你这里，喝伤了身子就交给你养好，反正一起睡过好多回了。

睡过算什么？反正我是从来没有过什么想法，你那么美，我这么丑，我是癞蛤蟆死了心，不敢梦想吃天鹅肉。

孙尔雅脱了外套，一身紧身内衣，凹凸有致，撩着头发逼近了问：我真的有那么美吗？你是不是撒谎，还是我根本就没有打动过你？

邢智屏住呼吸，半天才说：真的很美。

好！谢谢你的赞美，我先干为敬！

邢智没法，只好也跟着干了一杯。

孙尔雅提议：我们碰一次杯就轮流说一句祝酒词。我先来，感谢遇到你这只癞蛤蟆，干！

感谢白天鹅飞过癞蛤蟆的天空！干！

感谢男癞蛤蟆没有被女癞蛤蟆霸占，给白天鹅留下机会，干！

感谢章陕，干！

感谢贱人范东和秦小敏，干！

感谢禾木村的夜晚，干！

感谢杀手，干！

感谢佛光普照，干！

感谢西出阳关，干！

感谢我们……没有做爱，干！

感谢！马上做爱，干！

摇摇两个空酒瓶，孙尔雅晕头转向地说：刚做爱就完了？ Waiter，再拿一瓶来！

孙尔雅满脸绯红，舌头开始打起结来。她感到周围的墙壁、天花板、桌子、椅子都在打转，但她心里仍然清楚，这是在邢智的住处，已经很晚很晚了。这个男人多次跟自己睡在一个房间，都没有发生事故。今天她却想跟他闹出一个事故来，不管是追尾，还是塌方。

邢智也差不多了，两人两瓶红酒下肚把他的心脏加速了，扑通扑通跳个不停，而且越跳越快，像被猛踩了油门的发动机。眼前的醉酒美人，就是一朵鲜艳盛开的花儿，身子晃来晃去一直在寻找重心，似春风拂过，花儿随风摇摆，绰约、娇媚，甚至有几分妖艳。

邢智去了一趟卫生间，回来控制了一下自己，对孙尔雅说：不喝了，再喝就出事了。

孙尔雅回应：出事怕什么，今天又不是危险期。

她颤颤悠悠站起身，扶着椅子想站起来，邢智上前扶住。

孙尔雅说：我要上洗手间。

邢智扶着她到了洗手间门口，退出来时顺手关了门。

过了好一阵，不见孙尔雅出来，也没听到声响。邢智走近问：贵妃醉酒了，没事吧？

贵妃都快睡着了，站不起来，命令你来抱我出去。

不敢啊，我怕癞蛤蟆会动邪念。

癞蛤蟆不想吃白天鹅，还是癞蛤蟆吗？快点行动，就算白天鹅想吃癞蛤蟆好了！

邢智推开门，见她坐在马桶上，裤子都没拉上，正冲自己笑呢。邢智别过脸去，要她先把裤子穿上。孙尔雅说：你不抱起来，我怎么穿裤子？

邢智搂住孙尔雅的腰，眼睛看着前面的墙壁。孙尔雅顺势贴住这个男人的胸膛，顿时感觉就像那次在摩托车上抱住他一样温暖踏实。她胡乱把牛仔裤裤头拉到腰间，抱住他说：好啦，抱我出去吧。

他连拖带抱把她弄到床上，正要松手，被她一把拉到身上。她瞪着双眼问你怕我呀？他点点头。她说这就够了，至少说明你在乎我，咱们别像小孩玩家家了，今晚我是你的礼物，随便你怎么拆开都行！说着就把嘴唇送了上来。邢智的防线瞬间崩溃，不自觉地把嘴唇迎上去。双方都恨不得把对方吃下去。邢智闭上眼睛轻轻一阵摸索，就解开了孙尔雅身上所有的衣物。顿时，两人积蓄已久的激情就像猛然决提的河水，马上奔腾咆哮起来……

睡到第二天上午十点，两人都醒了。邢智侧身看着孙尔雅，曾经魂牵梦绕的肉体近在眼前，欲火又噌地燃了起来，两人二话不说，又是好一场激战。情到酣处，孙尔雅娇媚地问：喜欢我送给你的礼物吗？

喜欢！

像你想象的那么美好吗？

比想象的还要好！

邢智在孙尔雅的温柔乡里已经驻守了二十一天，每天都过得水乳交融，只要孙尔雅下班回来，两人第一件事就是做爱，不停地做爱，直到爱得天昏地暗、斗转星移。

闲暇时间里，邢智帮孙尔雅把住处租到了一个离单位不远但又十分安静的小区。他告诉她这个小区监控摄像头较多，保安管理很严，外人进出手续复杂，相对来说安全一些。孙尔雅觉得他有些多虑，章陕不是死了吗？还怕什么？邢智不想告诉她章陕背后还有“北妪”曹宜妃和洪老爷子，再说他们之间的底细自己都没搞清楚，告诉她只是徒增烦恼。邢智说作为一个财经记者，时刻都不要忘记自己得罪过的那些人，说不定就在你忘了他们的时候，他们恰好想起你来，然后派人暗中盯上你，不声不响地除掉你。孙尔雅被他说得紧张了好一阵，连上街买菜都不敢一个人去。

邢智用自己剩下的钱买了一辆进口车，他说自己开车技术不好，每天让孙尔雅开着上下班。他告诉孙尔雅，这种车优势不多，就是加速快，如果发现有人跟踪，几脚油门就能甩掉对方；还有就是油箱大，如果被人跟踪，只要不停车，肯定比一般小车跑得远。

这天上午，孙尔雅上班之后不久，一个神秘电话打了进来，来电显示都看不到，邢智有些谨慎地接了电话，一听原来是好朋友“南童”叶晓天的电话。两人好一阵唏嘘感慨，互相问了彼此的近况。叶晓天说他跟唐千年一样，在邢智密信指点下，这次把“5·19行情”中该赚的钱都赚回来了，只是“东僧”章陕以这种方式了结，实在出乎意料。他经常想起章陕就感慨人生无常，“5·19行情”一举成就了“东南西北”四大庄家的名头，现在东方塌陷下来，就像打麻将突然缺了一条腿似的。邢智也把大慈恩寺老僧所赠偈语的怪事说给他，他更是大呼天意。邢智笑说你名叶晓天，最能洞察天机。叶晓天告诉邢智，他是从"西道"唐千年处获知邢智的最新电话,但这次打电话不仅仅是为了彼此问候,而是要告诉他一个绝密消息——有一次,他陪朋友去澳门赌场玩牌,在场内他发现一个人神似高荒原。因为早先听邢智说过要找他寻仇,就向场内服务生悄悄打听,原来他是这几年赌场的常客,就是姓名都对不上号。邢智听了内心一阵狂喜,真是踏破铁鞋无觅处,得来全不费工夫!他知道高荒原是市场前辈,叶晓天是后起之秀,叶晓天认得出高荒原,高荒原却不一定认得出叶晓天。自从 1996 年高荒原仓皇逃遁之后,就杳无音信,肯定是改名换姓躲了起来,这次若能确认他的身份,找到他的藏身之所,就算以给"西道"唐千年终身打工的代价,也要换取虬髯客出手帮助自己收拾高荒原。在电话里,邢智让叶晓天等着,自己将在两天之内赶到广州,然后一道同去澳门赌场寻找那个疑似高荒原的人。

可是,放下叶晓天的电话,邢智又犹豫不决了。现在他不再是那个孤身潜入章陕核心操盘团队的年轻人,他已拥有一个可以依赖终身的漂亮女友孙尔雅。如果把前往澳门追踪高荒原之事告诉她,她必定好奇心再起,一定会要求自己带她前往。为了摧毁章陕,差点搭上两人性命,对付高荒原可能会付出更大代价。何况随着章陕跟曹宜妃的关系浮出水面,他深感一切并不像自己猜想的那么简单,似乎还有一个更大的迷局等待着自己去破解。北京是"北姬"及其主子洪老爷子的老窝,很容易误入人家设好的迷魂阵,现在叶晓天送来消息,正好趁机逃出这个陷阱,等找到坑害义父的仇人高荒原,再从局外来观察整个资本江湖,或许会有更加清晰明了的判断。

下午,孙尔雅打电话回来,让邢智在家好好等着,下班就带他去一个地方吃饭,庆贺她的新书顺利签约。邢智问什么书。孙尔雅说就是上次吃饭宣布的那本《西域逃难记》,不过现在改了一个书名,叫《西出阳关》,取自大慈恩寺老僧所赠偈语"佛光普照路尽处,西出阳关有故人"。

邢智听了立即反诘:孙尔雅,你怎么这么不知深浅啊?签下这个合同等于卖了你自己。章陕这次坐庄织云,不知牵动了多少人的利益,这中间没有一个是你真正惹得起的,何况还有更多我们不知道的人事!

孙尔雅一听火气直冒:惹不起怎么啦?章陕我惹得起吗?织云高管我惹得起吗?连小小的何社长我都惹不起,但最终我还是把他们都惹了!你想躲着藏着没关系，我可不怕！我怕就不会出来当记者了！你放心，《西出阳关》我只写我自己，不会曝光你一根汗毛！你在我的逃难史上就跟摩神和虬髯客一样，无名无姓，无根无源，只是一个影子！

邢智听得出孙尔雅已经恼羞成怒，他要的就是这个效果，这个美妙、聪慧的姑娘跟自己的缘分只能到此为止了。他现在激怒她，就是想减轻她日后的痛楚。她越是误解，就越能从这段短暂的感情旋涡中解脱出来。

孙尔雅下班之后回到家，敲了半天门也未见邢智出来开门，以为他下午在电话里跟自己生气了,就一边骂着“小气鬼”一边用钥匙开门。进门一看没人，再在卧室、厨房找了一遍还是没人。她心里顿时有些感觉不妙，估摸着他不想跟自己出门吃饭，可能出去买菜去了，心里稍微安定了一些。当她坐在沙发上，才发现茶几上的杯子下压着一个信封。她忐忑不安地扯开信封，里面掉出一张银行卡，还有一张字条。

孙尔雅小心翼翼地打开字条，上面写着——

江湖险恶，自我保重。与君恩爱二十天，胜过浑噩二十年。但邢智不是一个男人，只是一个魔鬼，一个感情骗子，一个彻头彻尾的浑蛋！跟你最恨的男人范东相比，一点也好不到哪里去！你忘了我吧，从此，你走你的阳关道，我过我的独木桥。我将改名换姓，像我师傅一样远离资本江湖。这张银行卡很早就准备好了，算是西域路上对你的感谢，只是我一直不好意思交给你。另嘱：北京龙潭虎穴，你我行迹已露，请及时更换所有联系信息，学会自我保护。

浑蛋邢智特此留言

孙尔雅反复看着留言，不信这是真的。她放下字条，疯狂拨打起邢智的手机，可是这个电话怎么也打不通了。两行热泪顺着孙尔雅的脸颊滚落下来。她哆嗦着找出大慈恩寺神秘老僧赠送的偈语，看了半天，自言自语道：原来“路尽处”不止预示章陕的命运，还预示了我苦难深重的感情之路啊！

FONGHONG
凤凰联动出品